La danse des paons

Du même auteur
aux Éditions J'ai lu

Noces indiennes, *J'ai lu* 6962

Sharon Maas

La danse des paons

Traduit de l'anglais
par Martine Leroy-Battistelli

Titre original :
PEACOCKS DANCING

© Sharon Maas, 2001

Pour la traduction française :
© Flammarion, 2003

Mirdad, conserve toujours ta plénitude afin de combler le vide des plus démunis. Sois toujours fort et solide pour soutenir ceux qui sont faibles et chancelants. Sois toujours prêt à affronter l'orage afin d'offrir un refuge aux innocents malmenés par la tempête. Sois toujours source de lumière de manière à guider ceux qui cheminent dans les ténèbres.

Mikhail Naimy, *Le Livre de Mirdad*

Cher Journal

Bonjour. J'ai juste six ans. Je m'appelle Rita Maraj. J'habite à Georgetown, au 7, Victoria Street, avec Papa et Mildred. Mildred c'est la bone.

Papa t'a donné à moi aujourd'hui. Il a dit que tu sera mon Ami et que je peut t'écrire des choses. J'aime bien le petit chien sur ta couverture. J'ai aussi eu une bisyclette, elle est rouge et je sais presque déjà en faire. On a fait une fête avec Polly, Dona et Brian Coolij. J'ai eu un gâteau avec six bougies et je les ai toutes souflées sauf une mais je n'ai pas laissé Brian Coolij m'embrasser. J'ai fait un vœu. Je ne te dirai pas ce que c'est mais je te raconterai tout le reste.

J'ai deux chiens et trois chats. C'est moi qui les ai trouvé. J'aime bien regarder les fourmis.

Ma maman a est maurte quand je suis née. J'avais deux grands-mères mais il y en a une qui est maurte l'année dernière et c'est pour ça que je suis venu habiter chez Papa. Je n'ai jamais connu cette grand-mère-là (la maman de Papa), elle m'aimait pas et l'autre m'aime beaucoup mais elle habite très loin au bord d'une Rivière. Elle a un bateau et des cochons et des tas d'autres animaux et avant j'habitais avec elle (et Tata). J'adore les animaux et Papa a dit que je peux en avoir plein. L'eau de la rivière est noire. J'aime beaucoup lire.

Ce soir Papa n'est pas rentré pour me lire mon Histoire et c'est pour ça que je t'écris. J'ai appris à lire et à écrire à l'École primaire Mary Nobble et je fais encore un peu de fautes d'ortografe, mais pas trot. J'aime bien l'école mais je m'attire toujours des ennuis et j'y peux rien.

Janet Focks a dit que je ressemblai à un épouvantail alors j'ai jeté ses livres par la fenêtre. Miss Lee m'a mis à la porte. J'ai écrit mon nom sur le mur. Elle m'a donné une lettre pour Papa. Je l'ai lu et je l'ai jeté. Elle lui disait de me pégner avant que je parte à l'école mais le matin Papa dort alors c'est Mildred qui me pégne. J'ai plein de nœuds dans les cheveux et ça fait mal quand elle me pégne et c'est pour ça que je lui ai mordu la main aujourd'hui mais je l'ai pas fait exprés. Je voulais me pégner toute seule mais j'ai complètement oublié.

À bientôt, Rita

PS : J'espère que tu m'aime bien et j'espère qu'on sera des bonnes amies.

PREMIÈRE PARTIE

I

UNE CATASTROFE

« Ou bien elles partent, annonça Marilyn le tout premier jour de son installation au 7, ou c'est moi qui m'en vais. » La bouche pincée, elle posa sa fourchette et son couteau en argent dans son assiette, à côté des os de poulet, prit délicatement la serviette blanche damassée déployée sur ses genoux et en tamponna sa bouche écarlate. L'argenterie, la vaisselle et le linge de maison lui appartenaient en propre et lui servaient d'armes de poids dans son combat contre le désordre établi du 7. Elle repoussa son assiette, posa les coudes sur la table, appuya son menton sur ses mains jointes et considéra Rita en plissant les yeux, comme un chat.

Rita faillit dire : « Eh bien, va-t'en », mais papa prit Marilyn par l'épaule et regarda Rita en lui adressant un clin d'œil amusé, alors elle se tut, fixa son assiette, se mordit la lèvre supérieure en avançant la lèvre inférieure et Marilyn s'écria : « Tu vois, elle recommence à bouder ! Cette petite est pourrie gâtée ! »

Le soir, papa vint s'asseoir sur le lit de Rita et lui expliqua tout. « Marilyn n'aime pas les fourmis. Et nous avons besoin de Marilyn. Tu sais pourquoi, hein ? Je te l'ai dit. En général les gens n'aiment pas les fourmis, tu comprends, en général ils n'élèvent pas de fourmis chez eux. Alors s'il te plaît sois gentille, ma chérie, ne la contrarie pas. Vivons en paix, d'accord ? Fais ce qu'elle te dit. » Et puis il se pencha vers Rita et lui chuchota à l'oreille : « Ma petite fille préférée ! »

Rita s'écarta, l'air renfrogné. Elle était sa seule petite fille et en plus il n'y avait pas que les fourmis, il y avait aussi les chiens et tout le reste.

« La première fois qu'elle est venue ici, elle a flanqué un coup de pied à Frisky. Je l'ai vue, j'étais cachée mais je l'ai vue. Et elle a traité Dolly de vieille chienne dégoûtante. C'est elle la chienne !

— Où as-tu appris des mots pareils, dis-moi ? fit papa en étouffant un rire. Allons, endors-toi maintenant. Vous finirez par vous faire l'une à l'autre. Tu as maintenant une gentille maman, bientôt tu auras un petit frère et tu retrouveras une vraie famille !

— Va-t'en ! » Rita plongea sur son oreiller tout en effectuant un mouvement de torsion, si bien qu'elle tournait à présent le dos à papa. Bien fait pour lui.

Le lendemain Frisky mourait. Le surlendemain papa se mariait et ramenait Marilyn à la maison, le jour après le jour fatal. La mort de Frisky fut donc le signe annonciateur des terribles événements qui allaient se produire. Frisky avait la gale et Rita le baignait tendrement chaque jour avec une mixture prescrite par le vétérinaire, mais à son retour de l'école, le jour après ce jour fatal, Marilyn lui avait dit que Frisky était mort. « On l'a fait piquer. Ce vieux roquet galeux ! » Et Rita avait entendu Marilyn dire à papa : « Je ne veux pas d'animaux chez moi et il faudra bien qu'elle s'y fasse. Tu l'as beaucoup trop gâtée, elle n'en fait qu'à sa tête et il va falloir que je la prenne en main. Je suis sûre qu'il y a plein de puces ici. Elle faisait dormir ce vieux chien galeux dans son *lit* ! »

C'est ce qu'il y a de pire avec les belles-mères, conclut Rita au bout de quelques semaines. Elles détestent les animaux. En particulier les petits chiens abandonnés. Et aussi les chatons. Sans parler des fourmis, des crapauds et des chenilles qu'on met dans des boîtes à chaussures avec plein de feuilles vertes. Papa aurait dû y penser avant d'épouser Marilyn. Maintenant c'était trop tard. Prenez les fourmis, par exemple. Rita adorait les fourmis. Elle pouvait rester des heures à les regarder avancer sur le rebord des fenêtres, en colonnes impeccables, une deux, une deux, une deux, et elle les observait avec une loupe en se demandant à quoi elles pouvaient bien penser. Les fourmis pensent-elles ? Ou bien est-ce qu'elles *savent* – sans avoir besoin de penser ou de trouver des mots – ce qu'elles doivent faire, suivre, suivre, suivre, sucre, sucre, sucre ? On laissait un morceau de gâteau au sucre rose sur une table où il n'y avait pas de fourmis, et en moins de temps qu'il n'en faut pour le dire, en voilà une qui rappliquait en reniflant, puis deux, et c'était la ruée, toute une foule surexcitée qui criait regardez, regardez, par ici, par ici, par ici, sucre, sucre, sucre, alors les fourmis en ordre de marche transportaient des morceaux de gâteau plus gros qu'elles, une deux, une deux, une deux, porte porte porte, direction leur maison. Elles parcouraient toutes les pièces, montaient et descendaient le long des murs, des encadrements de fenêtre, des pieds de table, suivies des yeux par Rita, qui savait par où elles étaient entrées et par où elles allaient sortir. Elle les enfermait dans des pots remplis de sable et les regardait cheminer parmi le labyrinthe de tunnels avec les miettes dont elle les nourrissait, porte, porte, porte, en agitant leurs antennes et en chantant leurs chansons de marche. Elle leur avait donné des noms, mais s'embrouillait un peu. Elle imaginait qu'elle était toute petite, de la taille d'une fourmi, et qu'elle marchait et chantait avec elles. Elle tendait l'oreille pour capter leurs appels au sucre et leurs chansons de route, certaine de pouvoir les entendre si elle se concentrait suffisamment. Son élevage de fourmis prospérait depuis déjà trois bons mois. Et voilà que Marilyn, à peine arrivée, l'avait vaporisé avec une bombe d'insecticide rouge et les fourmis avaient été anéanties. À jamais.

À la suite de ça, Rita installa sa ménagerie dans le jardin. Sous des buissons, derrière un tas de planches, sur la banquette arrière de la vieille Morris réduite à l'état d'épave. Une portée de chatons qui se noyaient dans une rigole. Un oiseau avec une aile cassée, qui n'avait pas survécu. Et Rover, le chien de Polly, pendant les deux semaines que les Wong avaient passées aux îles. Ensuite elle déménagea sa clinique dans le jardin de Polly. Plus tard elle serait vétérinaire et habiterait dans une grande maison remplie d'animaux.

La deuxième pire chose, avec les belles-mères, c'était leur manie du rangement. Partout où Rita allait, il fallait maintenant qu'elle ramasse ceci ou cela pour le mettre ici et là. Qu'elle revienne sur ses pas pour reprendre ce qu'elle venait de laisser tomber. Aux temps heureux, quand il n'y avait que papa, on avait le droit de se promener en culotte et de semer toutes sortes de choses derrière soi : des papiers de bonbons, des illustrés, des bouts de ficelle inutilisables, et tout le monde s'en fichait – papa le premier, vu qu'il faisait pareil. De temps en temps Mildred rassemblait le tout et remettait les affaires à leur place, mais dans une aussi grande maison, il y avait des quantités de places et on ne retrouvait jamais rien, alors à quoi bon se fatiguer ?

Marilyn avait mis fin à tout ça. Elle avait emmené sa bonne avec elle, une bonne qui était censée ranger, mais Marilyn lui interdisait de ranger derrière Rita. Elle obligeait Rita à s'habiller et à se coiffer comme il faut. « Cette enfant a besoin d'être dressée, disait-elle à papa. C'est une vraie gosse des rues que tu as là. Je ne veux pas de ça, pas chez moi. Qu'est-ce que les gens vont penser ? Je ne suis pas devenue Mrs Maraj pour que les gens me traitent de souillon. »

La troisième pire chose chez les belles-mères c'était leur incapacité à s'énerver tranquillement, comme tout le monde, en se contentant de grimacer ou de secouer la tête. Non, elles se mettaient dans tous leurs états pour trois fois rien. Par exemple le jour où Rita s'était préparé un milk-shake à la papaye en prenant une des plus belles cuillères d'argent de Marilyn pour mettre les morceaux de fruit dans le shaker, et qu'elle avait oublié de la retirer. En retrouvant l'appareil démoli et la cuillère tordue, Marilyn avait ameuté tout le voisinage par ses cris et Rita était vite allée se réfugier dans le manguier du fond, jusqu'au retour de papa. « Cette enfant a intérêt à ne plus jamais toucher à une seule de mes affaires ! » avait hurlé Marilyn d'une voix suraiguë, et le pauvre papa s'était contenté de sourire en disant oui, oui, et puis il l'avait prise dans ses bras et elle s'était calmée.

Seul avantage avec les belles-mères, papa rentrait chaque jour un peu plus tôt. L'embêtant, c'était qu'il n'avait alors d'yeux que pour Marilyn et ça ne servait à rien.

Autrement dit, Marilyn était une catastrophe, en lettres majuscules. Rita le nota dans son journal. « *Cher Journal*, écrivit-elle deux mois après l'arrivée de Marilyn, *Papa a dit que j'allais avoir une nouvelle maman, mais tout ce que j'ai eu c'est une catastrofe.* »

Cet été, je lis J'ai lu

Bridget Jones revient !

Helen Fielding
L'âge de raison
Roman

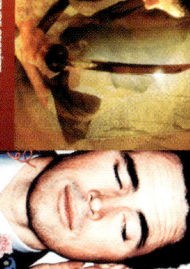

AVENTURE SECRÈTE

DAN MILLMAN
LE GUERRIER PACIFIQUE
UN DES MEILLEURS ROMANS INITIATIQUES DE NOTRE ÉPOQUE

Bien-être

JOHN GRAY
Mars et Vénus
Petits miracles au quotidien

Psychologie

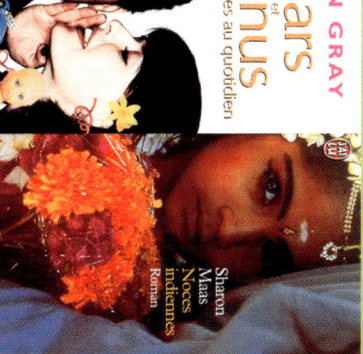

Sharon Maas
Noces indiennes
Roman

Nora Roberts

Star de la littérature féminine

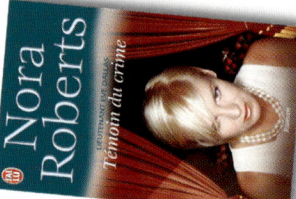

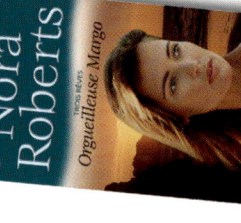

Véritable phénomène éditorial, Nora Roberts a publié 135 romans traduits en 25 langues et tirés à 110 millions d'exemplaires dans le monde entier.

II

UNE BOULETTE MONUMENTALE

Il y avait à Georgetown des gens à la langue vipérine qui disaient en chuchotant que Ronnie Maraj était lui-même une catastrophe, que même la meilleure des épouses ne pourrait le dresser. Des gens qui attendaient impatiemment la catastrophe suivante, qui se produirait aussi sûrement que le soleil se lève tous les matins.

Ronnie aimait bien lever le coude, penchant déconseillé quand on appartient à une famille hindoue chrétienne convenable. Ce penchant pour l'alcool était une malédiction qui l'avait poursuivi toute sa vie, provoquant un petit ennui ici, une boulette là, quelques accrocs tout au long du chemin, et tout le monde dans la famille en avait fait les frais. Les boulettes avaient quelquefois des conséquences d'une portée considérable. La conception de Rita, par exemple, avait été l'une de ces boulettes. Mais peut-être fallait-il imputer le goût de Ronnie pour la bonne chère, la boisson et la rigolade à une boulette, monumentale celle-là, survenue quand il avait trois ans, le jour où son père, sa mère et ses quatre frères et sœurs avaient été tués par un chauffard ivre.

Ronnie ne pouvait être tenu pour responsable de l'accident, bien entendu, mais s'il avait été un gentil petit garçon, il serait mort lui aussi. C'est en effet sa mauvaise conduite qui lui avait valu de rester à la maison ce jour-là, au lieu d'aller à la messe avec les autres. Il aimait bien pincer le derrière des dames assises devant lui ou ramper sous son banc pour filer sur le bas-côté, aussi ses parents l'avaient-ils laissé à la maison avec sa grand-mère, ce jour fatal où ils étaient tous partis dans la Vauxhall vert pomme.

Les deux voitures étaient entrées en collision au coin de Vlissengen Road et de Lamaha Street et ça n'avait pas fait un pli. Le père de Ronnie n'avait même pas eu le temps de freiner. Pas davantage que le conducteur de l'autre véhicule, bourré de jeunes fêtards éméchés partis faire une virée matinale. Un seul d'entre eux en réchappa et il ne but plus une seule goutte d'alcool de toute sa vie. La mère de Ronnie décéda quelques heures après son transfert à l'hôpital. Tous les autres moururent sur le coup. Ce fut l'accident le plus meurtrier de l'année à Georgetown.

Le petit orphelin fut donc élevé par sa grand-mère et sa tante Amy au 7, Victoria Street, une demeure coloniale hollandaise verte et blanche, située à Kingston, tout près de l'ambassade canadienne. Kingston, un des quartiers les plus verts et aérés de Georgetown, à un jet de pierre du Mur de la Mer, s'enroulait frileusement autour de Victoria Street, qui en était le noyau.

Victoria Street était une aberration urbanistique dans une ville où toutes les rues se coupaient à angle droit, car c'était un cul-de-sac fermé par un pâté de maisons, n'ayant apparemment pas d'autre raison d'être que de conduire au numéro 7. Du 1 au 6, de charmantes maisons de bois semblant sortir d'un conte de fées se faisaient face de part et d'autre de la courte voie, sagement posées sur leurs pilotis, en sentinelles disciplinées ; elles conversaient à mots chuchotés depuis les fenêtres garnies de stores et évoquaient le temps des maîtres coloniaux hollandais, français et anglais qui avaient jadis vécu derrière ces murs dissimulés au regard par des haies d'hibiscus et de lauriers-roses embaumants. Tout au fond de Victoria Street, le 7 prenait ses distances en s'étalant sans vergogne, grosse dame difforme de deux étages, avec de larges hanches et de longues jambes décharnées, surveillant la rue sans chercher à se cacher derrière du feuillage. Et une grosse dame laide, de surcroît. Une monstruosité de maison, disait-on, construite de bric et de broc, comme si les générations qui s'y étaient succédé avaient toutes eu une conception différente sur la façon de procurer de l'espace aux familles de plus en plus nombreuses, sans compter les domestiques, les tantes célibataires et les aïeules. Des pièces avaient poussé ici et là, des escaliers, en bois ou en fer, montaient et descendaient, soit peints, soit laissés à l'état naturel, et auxquels le temps et le climat avaient donné une patine argentée. À Georgetown, les maisons s'agrémentaient souvent d'une tour, mais aucune ne ressemblait à celle du 7, sorte de dent disgracieuse saillant du toit, avec une échelle menant à une plate-forme carrée, juste assez grande pour qu'une personne de petit gabarit puisse s'y tenir, à condition de ne pas bouger. Hideuse, nue, la maison du 7 se dressait sans honte au milieu d'un terrain démesuré (on ne pouvait en aucun cas parler de jardin). Pas de haie derrière laquelle se dissimuler, pas de plates-bandes fleuries le long de l'allée centrale, aucune fausse pudeur, rien qu'un chemin sablé bordé d'un côté par un fouillis de mauvaises herbes et d'arbustes à l'abandon d'où s'élevait un gigantesque manguier, et de l'autre par un bouquet de cocotiers. Derrière la maison, une véritable jungle croissait en toute liberté, avec un banian et un autre manguier plus petit, près du 6, où Rita grimpait quelquefois pour espionner James Isaac quand il était dans sa chambre et le bombarder de projectiles divers. Grand-mère et tante Amy avaient depuis longtemps déclaré forfait, tant pour l'entretien du jardin que pour l'éducation de Ronnie, et tante Amy avait même renoncé à vivre.

Ronnie vécut au 7 une enfance heureuse et insouciante. L'absence de parents et de frères et sœurs ne le gênait pas car il avait le don de se faire des amis, et parmi les garçons et les filles des numéros 1 à 6, il était le roi incontesté. Ils formaient une sacrée bande, ces enfants de Victoria Street, leur cohésion était légendaire et leur règle implicite, nous-tous-contre-le-reste-du-monde, un fait incontesté. Mais être né au 7 était à la fois un héritage, une responsabilité, un défi à relever et un honneur. Ronnie assumait tout cela avec une aimable décontraction.

En comparaison, les enfants des numéros 1 à 6 étaient désavantagés : ils avaient des parents. Des parents qui désapprouvaient l'insouciance en général et celle de Ronnie en particulier, ce matriarcat mi-hindou mi-chrétien qui exerçait sur lui une tutelle trop molle et doublement inefficace, et l'absence de discipline, autrement dit l'absence d'homme. Ils désapprouvaient en général la confusion politique où était plongé le pays et la fin annoncée du colonialisme. Ils désapprouvaient en particulier l'amitié de leurs rejetons avec un Indien. La difficulté se trouva résolue de diverses façons au moment où les enfants devinrent des adolescents et où la Grande-Bretagne accorda enfin son indépendance au pays. Quelques jeunes furent envoyés en pension en Angleterre. Les familles qui étaient restées ne tardèrent pas à émigrer en Angleterre, aux États-Unis, au Canada – des pays que recouvrait l'appellation collective d'Étranger – en quête d'une vie plus agréable. La bande de Victoria Street s'éparpilla aux quatre points cardinaux, en abandonnant Ronnie.

La fortune des Maraj était trop dépendante de la terre, de la canne à sucre plus précisément, pour qu'ils puissent partir. Ils possédaient depuis des générations une immense et lointaine plantation sur les bords de la rivière Corentyne que son premier propriétaire, un Anglais nostalgique, avait appelée Balliol, du nom d'une puissante famille des marches d'Écosse. À l'abolition de l'esclavage, ses quelque trois cents esclaves désertèrent en masse et le pauvre homme s'aperçut qu'il était difficile de trouver de la main-d'œuvre de remplacement ; le domaine périclita et il fut encore bien content de le vendre pour une bouchée de pain à un certain Mr Maraj, ce qui lui permit de fuir les moustiques et l'écrasante chaleur pour regagner la sécurité du monde universitaire. La plantation appartenait maintenant à Grand-mère, qui n'y avait jamais mis les pieds et laissait à Mr Nath, un administrateur compétent, l'entière gestion de ses affaires. L'argent affluait et elle se contentait de garder un œil sur les comptes.

Ronnie avait grandi avec le secours de deux religions. Grand-mère était une fervente hindoue, mais ses deux filles, Rohini et Lakshmi, s'étaient très tôt converties au christianisme sous l'influence d'une institutrice anglaise dévote, et elles se prénommaient depuis Catherine et Amy. Hindouisme et christianisme étaient pratiqués au 7 avec une égale piété, dans une coexistence difficile mais pacifique. Les deux religions – comme les deux tutrices de Ronnie, Grand-mère et Amy – condamnaient les penchants de Ronnie, mais cette réprobation n'avait absolument aucun effet sur l'adolescent. Ronnie avait un penchant pour les filles et la musique bruyante. Grand admirateur de Ringo Starr, il s'acheta une batterie avec pour objectif de se faire engager dans l'un des nombreux orchestres de Georgetown. Pendant six longs mois, de jour comme de nuit, le 7 et la totalité de Victoria Street résonnèrent de l'écho de ses baguettes (les habitants de Georgetown étaient des gens très tolérants et personne ne se plaignit jamais, quant à Grand-mère, qui ne mettait son appareil auditif qu'en cas de nécessité, elle n'était pas concernée) jusqu'au jour où, las de tant se démener, il jeta l'éponge.

Ronnie avait quinze ans quand la tante Amy mourut, le laissant sous la garde unique et purement nominale de Grand-mère. Elle sortait parfois de son antre, tel un dragon, pour lui rappeler le règlement avec beaucoup d'autorité et, dans ces moments-là, il n'en menait pas large. Le reste du temps elle ne s'occupait de rien, laissant à une succession de domestiques le soin de veiller sur son petit-fils tandis qu'elle se retirait dans sa chambre, tout là-haut, sous la tour en forme de dent, pour réciter ses prières et ses mantras.

III

RONNIE DEVIENT PÈRE

Si la conception de Rita avait été une boulette, sa naissance fut la cause d'un grand malheur. Sa mère, Lynette, une métisse issue d'une humble famille de la campagne, mourut aussitôt après l'accouchement.

Au premier regard Ronnie tomba amoureux de sa fille et décida de changer de vie.

Après des études sans gloire, il avait occupé plusieurs emplois, tous de courte durée. Il avait travaillé trois mois dans un garage, chargé et déchargé des bateaux sur les quais pendant cinq semaines et, depuis quatre mois, il était manutentionnaire au supermarché Quang Hing. Toutefois, maintenant que Rita était là, il fallait trouver mieux. Il voulait être un père digne d'elle, un père dont elle pourrait être fière plus tard. Il lui fallait donc exercer un vrai métier, un métier honorable, dans des bureaux. La chance lui sourit : le *Daily Graphic* fit paraître une annonce pour recruter des reporters stagiaires. Ronnie posa sa candidature, passa un entretien et fut embauché.

Et dans le journalisme, il trouva enfin sa voie. Mais il perdit Rita.

Sa belle-famille lui avait purement et simplement enlevé le bébé pour l'emmener sur les bords de la rivière Pomeroon, dans la province quasiment inaccessible de l'Essequibo.

Ronnie aurait voulu aller la reprendre, mais Grand-mère – qui avait largement les moyens d'engager une nurse, et puis Rita n'était-elle pas de sa chair et de son sang ? – resta intraitable. La honte que représentait la naissance de Rita l'avait rendue si furieuse qu'elle n'avait même pas voulu voir la petite bâtarde, une sang-mêlé, un affront au nom des Maraj. Pour elle, l'enfant n'existait pas. Quand elle mourut, Rita avait cinq ans ; Ronnie intenta une action en justice pour la récupérer, il eut gain de cause et Rita vint rejoindre son père au 7.

À ce moment-là, la situation de Ronnie avait quelque peu changé. L'héritage de la grand-mère ne s'élevait même pas à la moitié de ce qu'il espérait et une bonne partie de ce qu'elle lui avait laissé servit à rembourser ses dettes les plus criantes, puis ce qui restait de cette fortune légendaire fondit rapidement en raison de son train de vie extravagant d'une part, de la désastreuse situation économique du pays de l'autre, avec, pour couronner le tout, une chute de la demande en canne à sucre sur le marché mondial. Finalement la plantation Maraj fut nationalisée et l'argent cessa brutalement de rentrer.

Par conséquent Ronnie dut rester au journal. Ils n'étaient pas riches, loin de là, mais ils avaient tout de même une maison, cette construction bizarroïde, qui de monstruosité architecturale était passée à l'état de chose hideuse, à mesure que la peinture blanche des murs se craquelait et que le jardin se transformait en jungle miniature.

Au début, Rita entreprit de gratter les parties des murs qui lui étaient accessibles ; elle s'asseyait sur les marches du porche, ou en tailleur dans la véranda, glissait ses ongles le plus loin possible sous la couche de peinture, puis tirait dessus pour faire tomber de grandes lamelles blanches. Quelquefois elle prenait un couteau. Elle pouvait rester des heures entières à racler la peinture. Personne ne l'en empêchait ; personne n'y voyait rien à redire, pas plus Ronnie que Mildred. Ça, c'était au début. Ensuite elle fit la connaissance du chien de Polly Wong, puis de Polly Wong elle-même. Après quoi tout changea.

Du 1 au 6, les maisons étaient désormais occupées par un échantillonnage multicolore de familles de nouveaux riches jeunes et branchés. Les Maraj restaient les seuls représentants de la tradition et de la vieille bourgeoisie fortunée, malgré la réputation de bon à rien de Ronnie, malgré le délabrement de la maison et la pagaille du jardin. Rita endossa sans effort son rôle de chef de file de la jeune génération de Victoria Street. Après tout, c'était pour elle un droit héréditaire.

IV

TOUT LE MONDE TIENDRA LA CORDE

À en croire certaines gens qui hochaient la tête d'un air réprobateur, Rita était une enfant bizarre. Taciturne à l'extrême mais dotée d'une force et d'une autorité naturelles, elle semblait mettre les autres au défi de l'ignorer, tout en leur manifestant une totale indifférence. Elle s'intéressait exclusivement aux êtres qu'elle jugeait dignes d'une attention sans partage, et seuls quelques adultes triés sur le volet faisaient partie de ce cercle privilégié : son père, quand il était là, Mildred, la gouvernante, et la mère de Polly Wong. Avec les autres adultes, Rita gardait presque toujours un silence glacé, ne parlant que lorsqu'on lui parlait (ou, plus précisément, si une réponse s'imposait) et seulement par monosyllabes. Elle souriait rarement et ne riait jamais quand une grande personne se trouvait dans les parages. Et c'était bien ainsi. Les grandes personnes ne méritaient pas mieux.

Rita avait un rapport naturel avec les autres enfants, elle était aimée et respectée de ses camarades de classe, la bande de Victoria Street. Mais son cœur appartenait aux animaux, aux animaux de toutes espèces. Elle leur donnait le meilleur d'elle-même. Sa vie tournait autour des chatons et des chiots qu'elle ramenait chez elle pour les nourrir. Auprès d'eux elle oubliait le monde, et le monde – à savoir les garçons et les filles admis dans son univers – la regardait avec admiration, lui posait des questions auxquelles elle répondait avec intelligence et précision, et s'ingéniait à lui faire plaisir. Ils lui amenaient obligeamment des animaux abandonnés ou blessés, un petit chien avec une épine dans la patte récupéré chez la tante Ida, qui habitait à l'autre bout de la ville, un lézard dépourvu de queue, victime d'un galopin sadique. Rita inondait leurs plaies de mercurochrome, puis les pansait généreusement. Elle avait découvert des vertus intéressantes aux alcools méthylés et autres lotions à la noisette et à la calamine. Le flacon de Dettol de la salle de bains se vidait à une vitesse éclair. Elle s'était aperçue à force d'erreurs et de tâtonnements que le sparadrap n'adhérait ni sur les plumes ni sur la fourrure et que les chats étaient des patients moins patients que les chiens. Elle connaissait aussi le pouvoir apaisant d'une caresse ou d'une voix rassurante. De temps à autre, Rita rassemblait ses troupes pour se rendre au quartier général de la police montée, situé dans le voisinage, afin de passer en revue les chevaux dans leurs stalles, leur chuchoter quelques mots à l'oreille, leur donner des morceaux de carottes et caresser leurs encolures luisantes. Si elle en trouvait un qui boitait, elle fronçait les sourcils et questionnait Mr Hendricks, le chef palefrenier, pour savoir si la pauvre créature était bien soignée, avec un air de détresse qui touchait le cœur du brave homme et faisait une forte impression sur les enfants. Il émanait d'elle une authentique compassion qui lui conférait une aura magnétique.

Il était revenu aux oreilles de Rita qu'on allait piquer Madame, une vieille jument alezane, au seul motif qu'elle était vieille. Elle remua ciel et terre pour empêcher cet acte barbare. Le sergent Peters la traita avec une condescendance amusée. Rita sortit comme une folle de son bureau et alla trouver le caporal Duarte. Le caporal Duarte n'avait pas de temps à perdre avec une gamine de six ans. Rita s'adressa au chef palefrenier, qui était en train de curer les sabots de Valerian, l'étalon bai.

« Vous ne pourriez pas me vendre Madame ? » demanda-t-elle entre deux sanglots, s'adressant au postérieur de Mr Hendricks. Valerian balançait impatiemment son membre antérieur et il avait besoin de toute sa concentration pour le lui immobiliser.

« Te la vendre ? Elle vaut pas un clou, dit-il sans réfléchir, tout en continuant à manier vigoureusement son grattoir. Tu pourrais l'avoir pour rien.

— Pour rien ? Vrai ? Vous me racontez pas des histoires ?

dit Rita, tellement excitée que les yeux lui sortaient de la tête.

— On te paierait pour la prendre ! » gloussa Mr Hendricks, qui lâcha la patte du cheval et se redressa en se frictionnant la hanche.

Rita courut chez elle, folle de joie, et attendit le retour de son père. Vers minuit, comme il n'était toujours pas là, elle finit par s'endormir, mais le lendemain matin, dès son réveil, elle se précipita dans sa chambre, sauta sur le lit et le chatouilla en criant : « Papa, papa, papa, réveille-toi, réveille-toi, c'est terriblement important ! »

Ronnie se retourna en grognant et ouvrit un œil.

« Qu'est-ce qu'il y a, mon petit cœur ? Quelle heure est-il ? » Il sortit un bras de sous le drap et regarda sa montre. « Seulement six heures ! Pourquoi me réveilles-tu si tôt ?

— Papa, c'est terriblement, terriblement, terriblement important ! »

Alors l'histoire de Madame, condamnée à une mort cruelle et prématurée, sortit par flots de sa bouche et elle la conclut avec ces mots venus du fond du cœur :

« Je peux, papa, je peux, je peux ? S'il te plaît, s'il te plaît, dis oui ! »

Très ému et mourant d'envie de dormir encore une petite heure, Ronnie grommela : « Oui, bien sûr, ma chérie, fais comme tu voudras. » Rita poussa un cri de joie et plongea pour lui déposer un baiser sonore sur la joue, puis elle fila.

L'après-midi, en sortant de l'école, Rita s'apprêta à retourner à la section de la police montée avec une longue corde enroulée plusieurs fois autour de son bras. La nouvelle s'était répandue comme une traînée de poudre dans Victoria Street ; toute la bande des enfants – pas seulement les intimes de Rita, âgés de six et sept ans, mais les cinq ans et même les huit à douze, légèrement condescendants – fit cercle autour d'elle.

« Tu pourras la tenir par la corde, dit généreusement Rita à sa voisine Polly Wong. Moi je monterai dessus.

— Est-ce que je pourrai tenir la corde moi aussi ? Elle est longue, cette corde, Rita ! » implora Kalaam Farouk, qui habitait au 1. Kalaam avait douze ans et se croyait autorisé à exprimer quelques exigences, mais c'était tout de même le cheval de Rita.

Dawn deSouza (du 4) et Christine Knight (du 2), dix ans toutes les deux, regardaient en essayant de trouver quelque chose de très intelligent à dire, même si, en principe, elles n'auraient pas dû s'abaisser à jouer avec des petits.

« Oui ! Oui ! Laisse-moi tenir la corde moi aussi ! S'il te plaît ! S'il te plaît ! » s'écrièrent Dennis Roy (du 3), Donna deSouza (la sœur de Dawn) et Faith Isaac (du 6), tandis que la petite Maxine Wong saisissait la main de sa grande sœur Polly en levant vers elle ses yeux en amande, noirs et suppliants, consciente de ne pas avoir la moindre chance face à ses aînés. « Tu me laisseras la tenir avec toi, dis ? » chuchota-t-elle, et Polly lui caressa tendrement les cheveux en hochant la tête.

Christine Knight et Dawn deSouza se regardèrent sans rien dire – elles ne supplieraient pas, bien entendu, mais chacune savait ce que pensait l'autre. Alors, refusant de se laisser impressionner par une gosse de six ans, Dawn proposa, non sans courage :

« Et si on tenait tous la corde ? Elle est bien assez longue, non ? »

Les dix enfants regardèrent Rita. Madame était à *elle* et la décision lui appartenait ; Polly Wong, sa meilleure amie, serait obligatoirement avantagée. Mais les autres ? Dix enfants qui attendaient sa décision l'imploraient du regard. Rita les considéra tous avec bienveillance en leur adressant l'un de ses rares sourires.

« Ça aura l'air idiot, si vous tenez tous la corde pour me ramener. Mais vous pourrez la prendre à tour de rôle. D'accord ? Et Maxine n'aura qu'à monter derrière moi sur Madame, pour rentrer à la maison.

— Oooh, je peux ? Je peux vraiment ? s'écria Maxine en sautillant de joie sur place. Jé t'aime, Rita, Je t'aime !

— Il n'y a pas de danger ? demanda anxieusement Polly, qui n'oubliait pas ses responsabilités.

— Il n'y a absolument aucun danger, déclara Rita d'un ton rassurant. Sinon, je ne la laisserais pas monter, tu penses bien.

— Et moi ? dit Brian Coolidge, qui avait cinq ans comme Maxine et habitait avec sa mère au 4, sous les deSouza.

— Tu pourras monter dessus après, dit Rita. Quand on sera rentrés. À trois, ce serait trop lourd pour elle. »

Sur ce, elle partit d'un pas décidé en direction des locaux de la police montée, suivie par un troupeau d'enfants impressionnés par la sagesse de ses paroles et la noblesse de son entreprise. Pas un seul d'entre eux n'aurait même rêvé de ramener Madame dans son jardin. Pas un seul d'entre eux n'aurait même rêvé de demander une chose pareille à ses parents. Et pas un seul des parents n'aurait même rêvé de donner son assentiment. C'était un grand jour, un événement historique. Finis les chiots égarés, les chatons à moitié noyés, les lézards torturés, les oiseaux aux ailes cassées. Un cheval, un cheval, un cheval en chair et en os allait s'installer à demeure dans Victoria Street !

Un cheval, c'était exactement ce qu'il leur fallait. Un cheval mettrait la touche finale à leur parfait petit monde clos, à cette alliance fondée sur une complicité mutuelle et une loyauté tacite, qui leur servait de pacte face au monde des adultes de Victoria Street, fonctionnant sur un étrange système de domination et de soumission, parfois totalement aberrant, basé sur des sympathies et des antipathies embrouillées, traversé par des disputes et des invectives. L'hindou christianisé Ronnie Maraj était ainsi l'ami de l'hindou Shandar Roy, mais bien que tous deux indiens, ils étaient détestés par les Farouk, indiens eux aussi, mais musulmans. Mr Farouk, quant à lui, était l'ami de Mr Knight, un Noir qui habitait de l'autre côté de la rue, même si, officiellement, les Noirs et les Indiens étaient ennemis, parce qu'ils avaient l'un et l'autre fait leurs études « à l'étranger », ce qui les plaçait au-dessus du menu peuple. (Ils auraient bien aimé nouer des relations avec le père de Polly, le Dr Wong, diplômé de Cambridge.) Mrs Knight, une Blanche, était la meilleure amie de Mrs Wong, tandis que le Dr Wong allait souvent aux courses avec Mr Roy et pariait généralement sur le même cheval. Les deSouza, les Portugais du 4, n'étaient pas très sociables, néanmoins Mrs deSouza rendait souvent visite à Mrs Knight, laquelle jouissait d'une grande popularité parce que c'était une Anglaise pur jus. Son opinion était parole d'évangile, car bien que Mrs deSouza fût avocate et son mari magistrat à la Cour suprême tandis qu'elle-même n'était qu'une ancienne secrétaire aujourd'hui femme au foyer et son mari un employé de l'ambassade britannique (même pas consul), on savait bien qui était qui dans la hiérarchie. Miss Coolidge, la mère célibataire qui habitait au rez-de-chaussée de la maison des deSouza, ironisait sur la prétention de Mrs deSouza, avec sa voisine Mrs Isaac, car elles étaient toutes deux colorées – Mrs Isaac deux tons plus claire que miss Coolidge – et en vertu d'un orgueil soigneusement entretenu, d'une sorte de racisme à l'envers, elles se situaient elles-mêmes dans une classe à part, bien au-dessus de celle de tous les Knight et de tous les deSouza du monde.

Quels mauvais coucheurs, ces adultes ! Les enfants assistaient à leurs prises de bec dans la plus grande perplexité et, par un réflexe de défense, ils faisaient d'autant plus bloc et se sentaient supérieurs, plus matures que leurs parents. Ils composaient un assemblage multicolore de créatures agiles, dont les tons de peau allaient de la couleur de l'amande émondée, pour Polly Wong, jusqu'aux diverses nuances de brun doré caractéristiques des Roy, des Farouk et des Isaac, en passant par la carnation olivâtre de Donna deSouza et le teint de miel de Christine Knight. Rita était la plus foncée. Si les enfants de Victoria Street constituaient un microcosme de la société guyanaise, avec parmi eux des représentants ou des demi-représentants de six races, alors Rita, en qui se fondaient quatre continents, en était le prototype. Indienne par son père, elle avait reçu de sa mère un mélange parfait de sangs africain, européen et amérindien qui, dans une fusion harmonieuse avec la contribution paternelle avait produit cet elfe des forêts, éthéré et bien terrestre à la fois, doté de grands yeux arrondis de lutin d'une déconcertante et sombre clarté, d'une épaisse chevelure noire dont les boucles dansaient dans son dos et d'un corps robuste qui semblait renfermer un ressort sous la peau chocolat. Sans être beau au sens habituel, ni d'une parfaite symétrie, comme celui de Polly Wong, le visage de Rita était intéressant comme seul peut l'être un visage qui reflète (sans masque, sans ornements et sans filtre) la personnalité de son propriétaire.

Et en ce moment, le visage de Rita exprimait une détermination que n'édulcorait aucune hésitation. Elle allait chercher son cheval. Le roi des animaux. Un cheval pour couronner l'alliance de ces enfants luttant pour constituer une force unie, dans un monde rendu impuissant par les mesquineries et les fanfaronnades des adultes. Un cheval, même un vieux cheval, représentait la force. Avec un cheval ils ne seraient plus seulement une bande d'enfants ; un cheval ferait d'eux quelque chose de plus : les Bons contre les Méchants. Roy Rogers et Trigger face aux hors-la-loi. Ils se nourrissaient tous de la détermination de Rita, réglaient leur comportement sur le sien, l'accablant de questions pour qu'elle apaise leurs doutes, babillant avec excitation tout en pressant le pas pour ne pas se laisser distancer par ses longues foulées.

« Tu vas le mettre où, Rita ? demanda Dawn.

— Dans le jardin de derrière, bien sûr. Attaché au cainitier.

— Avec quoi tu vas le nourrir ? dit Christine.

— La, pas le, rectifia Rita. Avec de l'herbe, pardi. Tu ne sais pas que les chevaux mangent de l'herbe ?

— Y aura assez d'herbe dans ton jardin ? » s'enquit Christine, sceptique.

Christine se refusait à parler l'anglais britannique de sa mère. Son créole valait largement celui de Rita.

« Non, mais je pourrai demander à Persaud d'en apporter dans sa charrette. De l'herbe fraîche, tous les jours. Papa a dit qu'il la lui paierait. »

Les enfants semblèrent dûment impressionnés, non seulement par l'esprit de prévoyance et d'organisation de Rita, mais aussi par le fait que Mr Maraj cautionnait son entreprise, tant moralement que financièrement.

« Et pour le crottin qu'il va faire, Rita ? risqua timidement Dennis Roy.

— Elle, elle, *elle*, insista Rita. C'est une jument, idiot !

— Bon, d'accord, mais qu'est-ce que tu vas faire de tout son crottin ?

— Je le mettrai dans le jardin ! Quoi d'autre ! Tu sais pas que le crottin, c'est bon pour les fleurs ?

— Sauf que vous avez pas de fleurs ! Maman dit qu'y a rien que des mauvaises herbes, chez vous, et que c'est une honte pour Vict... »

Kalaam, toujours un peu gêné d'être le plus âgé de la bande, estimait qu'il était grand temps de montrer sa supériorité.

« Tais-toi, sinon je prendrai tout le crottin pour le jeter dans ton jardin à toi ! » Rita s'immobilisa, foudroya Kalaam du regard, puis frappa du pied et repartit, les cinq à huit ans sur ses talons, et ces prétentieux de dix à douze qui traînaillaient derrière en s'efforçant de trouver un juste équilibre entre la condescendance et la curiosité, entre un dédain de bon aloi et une admiration sans enthousiasme.

La police montée se nichait au milieu du quartier général de la police d'Eve Leary, à dix minutes de marche de Victoria Street. Les constructions étaient d'importance diverse mais toutes conçues selon un même plan d'une simplicité caractéristique. Des bâtiments d'habitation rectangulaires d'un seul étage, perchés sur de hauts pilotis et desservis par des escaliers extérieurs, alternaient avec des édifices administratifs plus vastes, reposant à même le sol et comportant plusieurs étages, l'ensemble étant recouvert de planches posées horizontalement et peintes du même jaune crème pisseux et écaillé. On avait tenté sans grande conviction de rendre les lieux plus attrayants en plantant des hibiscus rachitiques entre les bâtiments et des rangées de cannas flétris le long des allées.

Le box était vide. Un jeune garçon d'écurie était en train de répandre de la paille fraîche sur le ciment. Aucun signe de Madame.

« Où est Madame ? » demanda Rita en promenant partout son regard comme si la jument allait brusquement apparaître en hennissant de plaisir à sa vue et à la pensée des carottes toutes fraîches qui l'attendaient. Le lad, un nouveau qui ne savait pas encore quelle position occupait Rita, répondit : « Oh, à c'te heure, elle est sûrement morte et enterrée, si tu la cherches, va plutôt voir à l'abattoir. »

Rita le regarda, la bouche ouverte. Intrigué par son silence prolongé, le garçon d'écurie se tourna vers elle, tout en lançant une fourchée de paille dans un coin. « Qu'est-ce que tu fais, dis ? T'attrapes les mouches avec ta bouche ? »

À ces mots le visage de Rita se décomposa. Elle pivota sur ses talons et s'enfuit. Les enfants se précipitèrent à sa suite, mais la courageuse Polly Wong s'attarda un instant pour défendre l'honneur de sa meilleure amie.

« Tu es un assassin, tu es méchant, méchant, et en plus, tu es vieux et on te déteste tous, tous, tous ! » cria-t-elle au garçon d'écurie, dont ce fut le tour de rester bouche bée, tandis que Polly courait à toutes jambes pour rattraper les autres, sa longue tresse noire et soyeuse flottant derrière elle.

Cette nuit-là, Rita finit par s'endormir à force de pleurer, la figure enfouie dans son oreiller pour étouffer ses sanglots. Mais de toute manière papa n'était pas là pour les entendre et Mildred mangeait des crabes, en bas, dans la cuisine, avec Cyril, son nouvel amoureux.

Elle avait pleuré comme ça seulement une fois dans sa vie, le jour où Ronnie Maraj était venu l'arracher aux jupes de sa grand-mère. Elle s'était tellement débattue qu'il avait été obligé de la tenir pendant tout le voyage, de peur qu'elle ne fasse chavirer la barque.

Deux mois après le drame de Madame, Marilyn s'installa à la maison ; le lendemain Frisky mourut (assassiné !) et Rita pleura encore une fois.

V

ANIILACION

La première fois que Ronnie amena Marilyn à la maison, un mois à peine avant leur mariage, Rita alla se cacher derrière les rideaux du placard de l'escalier, d'où elle pouvait voir et entendre. Papa l'avait déjà appelée plusieurs fois, il était entré dans toutes les pièces en criant son nom, mais elle n'avait pas répondu.

« Je me demande bien où elle peut être. Je lui avais dit de ne pas sortir cet après-midi pour que vous puissiez faire connaissance. Je vais vite chez la petite voisine, Polly Wong, au cas où elle y serait. Attends-moi ici. Mildred ! Mildred ! Je fais un saut chez les Wong pour chercher Rita, apporte du thé et des gâteaux à Mlle Prabudial, s'il te plaît !

— Pourquoi n'envoies-tu pas plutôt la bonne ? grommela Marilyn.

— Elle risque de se faire un peu tirer l'oreille », dit Ronnie qui sortit aussitôt.

Retenant son souffle, l'œil collé à la fente des rideaux, Rita observait Marilyn. Par chance l'escalier se trouvait dans un coin, au fond du séjour, si bien qu'en serrant les rideaux au-dessus et en dessous de son œil et en les tournant pour suivre les déplacements de Marilyn, Rita voyait parfaitement tout ce qu'elle faisait.

Marilyn commença à inspecter le mobilier mais elle fut interrompue par Frisky, qui surgit par la porte d'entrée que papa avait laissée entrouverte et se mit à inspecter Marilyn avec enthousiasme, lui reniflant les jambes, se tortillant de ravissement, se jetant de bonheur sur ses mollets bruns et satinés, tout en poussant des jappements de joie. Marilyn jappait elle aussi, mais de contrariété, puis elle se mit à crier : « Fous le camp, sale bête ! Fous le camp, sale corniaud ! Fous le camp ! » en frappant Frisky avec son sac et en lui donnant des coups de pied. Rita allait bondir hors de sa cachette pour se porter au secours de Frisky qui, après tout, ne faisait que se montrer égal à sa réputation, quand Mildred sortit en trombe de la cuisine en hurlant allez, ouste !, saisit le chien par la peau du cou et le jeta dehors, si bien que Rita entendit le pauvre animal débouler dans l'escalier. Elle réprima une violente envie de se précipiter pour infliger le même traitement aux deux femmes, mais elle ordonna à son cœur de cesser de cogner aussi fort – et il obéit – en se promettant de le leur faire payer un jour.

Marilyn épousseta le bas de sa jupe à petits revers de main, la bouche – ou ce qu'en voyait Rita – déformée aux commissures par une expression d'extrême dégoût.

« Cet animal a la *gale* ! Vous avez vu son dos ! Comment pouvez-vous permettre à cette enfant de... Ronnie m'avait dit qu'elle avait un chien, mais cette bête galeuse... Pourquoi ne m'a-t-il pas prévenue ? En plus je suis sûre qu'il est couvert de puces, et...

— Un chien ? dit Mildred, tout en regagnant sa cuisine. La dernière fois que je les ai comptés, il y en avait au moins quatre et celui-là est le dernier, elle l'a ramené à la maison l'autre jour parce qu'on allait le piquer, et si vous voulez que je vous dise...

— Quatre chiens ? Et vous les laissez entrer dans la maison ? Mais qu'est-ce que c'est que ce gourbi ? Seigneur, il ne m'a rien dit, regardez un peu dans quel état est cette maison. Vous êtes la gouvernante, non ? »

Mildred se contenta de renifler bruyamment et disparut derrière le rideau de coquillages, qui isolait bien mal le salon de la cuisine.

Marilyn, plantée au milieu du séjour sur le tapis élimé, face à la cachette de Rita, reprit son inspection ; elle promenait son regard autour d'elle, les sourcils froncés, s'arrêtant sur chaque élément du mobilier dépareillé et sur les objets qui traînaient un peu partout, tandis que son front se plissait chaque fois d'une ride supplémentaire. La grande table ovale retint plus longtemps son attention. À l'exception d'un espace réduit à l'une des extrémités, là où Ronnie prenait ses repas (Rita mangeait toujours assise dans le fauteuil en regardant par la fenêtre, son bol à la main), elle disparaissait complètement sous des papiers, des livres de classe, de vieux magazines, des bandes dessinées, des coupures de journaux, auxquels s'ajoutaient un collier de chien, un flacon d'*Old Spice* vide et un chat en porcelaine cassé, le tout reflétant bien la pagaille habituelle régnant au 7. Dans un coin il y avait une cloche en grillage mangée par la rouille, conçue pour protéger les aliments des mouches, mais qui fonctionnait encore mieux comme attrape-mouches, ce qui permettait de les regarder s'agiter en bourdonnant, avant de leur rendre généreusement la liberté. En ce moment Priscilla, une mouche bleue que Rita avait capturée après le déjeuner et qu'elle nourrissait en vue de la relâcher ultérieurement, se jetait contre le grillage dans un désespoir suicidaire. En la voyant, Marilyn eut un mouvement de recul et elle détourna les yeux pour les laisser errer ici et là, dans la pièce. Le pantalon de pyjama de Rita pendait au dossier de la chaise sur lequel elle l'avait lancé, dans sa hâte de s'habiller pour partir à l'école (Mrs Wong était en train de klaxonner devant le portail). L'une des chaussures de Ronnie reposait à l'envers, et de façon inexplicable, sur le rebord d'une fenêtre – Rita se souvenait vaguement de s'en être servie quelques semaines plus tôt pour appâter un lézard qu'elle cherchait à faire descendre des poutres ; elle avait mis une appétissante araignée vivante sur la semelle dans l'espoir que le lézard viendrait la prendre et qu'elle pourrait ensuite le garder quelque temps comme animal familier, mais ça n'avait pas marché.

Ce fut sur l'élevage de fourmis que le regard de Marilyn s'attarda le plus longtemps. Il trônait en bonne place dans un coin de la véranda. Rita s'en occupait activement depuis plusieurs mois. Kalaam Farouk lui avait donné son vieil aquarium, qu'elle avait rempli de sable et placé dans une piscine gonflable hors d'usage. Il n'y avait pas beaucoup d'eau mais cela suffisait pour établir une sorte de douve autour de la forteresse vitrée abritant les fourmis et, à l'intérieur de cette forteresse, Rita leur avait aménagé un petit univers parfait, un paradis, où elles disposaient de toute la nourriture nécessaire sans avoir à aller la chercher à l'extérieur. Rita les nourrissait en effet des mets les plus délicieux qu'elle parvenait à récupérer – un morceau de ceci, une miette de cela – et, agenouillée devant l'aquarium, elle les observait, une deux une deux une deux, porte porte porte, marche marche marche, en les écoutant chanter leurs entraînantes chansons de marche. Elle restait là pendant des heures et personne n'y voyait rien à redire.

Sauf Marilyn. Rita s'en rendit compte à sa façon d'étirer la bouche. Marilyn n'aimait pas les fourmis, tout comme elle n'aimait pas Frisky. Par conséquent Rita n'aimait pas Marilyn.

Marilyn portait une robe rouge très moulante, qui lui arrivait aux genoux ; à l'endroit du ventre, une série de plis parallèles dus à la position assise entamaient l'aspect lisse de l'étoffe soyeuse. Les trois fines bretelles qui passaient sur chacune de ses épaules étaient peut-être un peu trop tendues, mais elles se mariaient à la perfection avec la multiplicité de lanières retenant ses sandales à talons hauts, en vernis rouge. Des épaules brun doré, des chevilles brun doré, partout une peau satinée et brun doré. Deux globes brun doré étaient prêts à s'échapper du corsage et, tandis que Marilyn se retournait, Rita vit les deux globes de son postérieur (dont le brun doré était invisible) se dessiner sous le tissu de sa jupe. Elle avait des boucles d'oreilles dorées, une chaîne d'or autour du cou et un sac garni de sequins d'or.

Le visage qui surmontait cette vision en rouge et or aurait pu être joli s'il n'avait été déparé par une bouche tombante, un front plissé, des yeux étrécis et l'expression de contrariété si évidente qui s'y inscrivait. Par la fente des rideaux, Rita vit Marilyn examiner attentivement le plancher puis le racler de la pointe de sa sandale, et elle se demanda ce qu'elle faisait. Quand Marilyn se pencha pour gratter le sol de son ongle long et incurvé, elle comprit : celle-ci avait découvert un chewing-gum mâché incrusté entre les lattes du parquet. Il y en avait tant dans cette maison que Mildred s'était lassée de rouspéter ; elle ne prenait même plus la peine d'essayer de les retirer et les laissait tout bonnement se dissoudre dans le bois. Marilyn s'accroupit et sa robe rouge remonta sur ses cuisses en les enserrant étroitement, si bien que Rita, qui se trouvait à peine à deux mètres, aperçut le triangle de son slip ; il était rouge, ce qui lui procura un sentiment d'extrême mépris, très réconfortant.

Rita eut un bref mouvement de recul quand Marilyn leva soudain les yeux et les braqua droit sur le débarras, mais elle n'osa pas lâcher le rideau de peur d'être trahie par le moindre frémissement. Marilyn avait-elle vu luire sa pupille ? Non. S'étant assurée qu'il s'agissait bien d'un chewing-gum, elle se redressa, lissa sa jupe tout en essuyant ses mains moites dessus (Rita vit des traces humides imprimées sur le tissu) et partit en tanguant sur ses hauts talons en direction du placard où on rangeait les verres et la vaisselle. Après avoir jeté un coup d'œil par-dessus son épaule comme si elle se sentait épiée, elle l'ouvrit et y prit un verre qu'elle éleva dans la lumière. Rita ne pouvait voir son expression mais le balancement de sa tête sur laquelle sa coiffure laquée à outrance faisait comme un casque en disait long sur ce qu'elle pensait. Marilyn rangea le verre, referma le placard et retraversa la pièce d'un pas décidé, se dirigeant droit sur Rita comme si elle venait de recevoir une information concernant sa cachette et s'apprêtait à écarter les rideaux d'un grand geste théâtral. Rita se tassa dans le fond du réduit en retenant sa respiration et, au même instant, Mildred sortit de derrière le rideau de coquillages, portant d'une seule main un plateau sur lequel deux grands verres de citronnade vacillaient dangereusement. Elle posa le plateau sur la petite table ronde près de la chaise, et dit en souriant à Marilyn : « Asseyez-vous donc, madame. Ça risque d'être long pour trouver la petite ! Voilà de la bonne citronnade bien fraîche. »

Marilyn hocha la tête et s'assit sur le canapé à côté de la chaise. Elle se penchait pour prendre un verre quand papa reparut, l'air désolé.

« Je ne la trouve nulle part, dit-il en se laissant tomber sur la chaise et en prenant l'autre verre. J'ai fait le tour de toutes les maisons, mais personne ne l'a vue. Je lui avais pourtant dit de rester ici, je lui avais dit que tu allais venir !

— Eh bien, si tu veux mon avis, c'est sans doute pour ça qu'elle est introuvable, fit Marilyn en buvant sa citronnade à petites gorgées. Tu sais ce qu'on dit d'elle ? Les gens bavardent, figure-toi, et ils m'ont mise en garde à plusieurs reprises. Mon père lui-même...

— Oui, je sais, ma chérie, tu me l'as déjà dit, mais une fois que tu seras là, elle finira par s'apprivoiser, j'en suis sûr... une jolie maman comme toi ! Quand elle aura une vraie famille, elle retrouvera un équilibre.

— Hum ! On verra bien. C'est une chose d'élever ses propres enfants, mais quand on a affaire à des gosses qui ne sont pas à soi, des gosses difficiles qui plus est, c'est une autre histoire. Et puis il y a mon bébé qui va bientôt arriver... »

En entendant ça, Rita sentit comme un coup de poing dans la poitrine. Qui était ce bébé qui allait bientôt arriver ?

« Un ange comme toi. Elle est peut-être un peu inquiète et c'est pour ça qu'elle est partie, mais quand elle te connaîtra, je suis sûr...

— Que sait-elle de moi, au juste ?

— Oh, pas grand-chose. Je lui ai dit que j'amenais une amie. Une dame.

— Une amie ? C'est tout ?

— C'est que je ne voulais pas l'affoler. Il faudra y aller doucement.

— Ça fait dix-huit mois que tu dis ça, Ronnie Maraj. Il faut y aller doucement. Il ne faut pas la brusquer. Il faut qu'elle se fasse à l'idée. En attendant tu me fais lanterner. Comme lorsque ta grand-mère est morte et que tu avais dit : "Attendons encore quelques mois pour nous fiancer, le temps que Rita s'habitue à vivre avec moi. Il ne faut rien précipiter, on se mariera plus tard." Ha ha ha ! Des excuses, tout ça, Ronnie Maraj. Et maintenant le jour du mariage approche et tu me dis qu'elle ne sait toujours rien.

— J'ai pensé que c'était mieux d'attendre le dernier moment. Et je le pense toujours. Ça fait beaucoup, tu comprends, toi, le bébé et le reste.

— Bon, dis-moi, quand vas-tu lui parler de nous et du bébé ? Quand j'aurai le ventre si gros qu'elle me prendra pour une barrique, c'est ça ? J'ai bien envie de me faire avorter et d'en finir avec toute cette histoire.

— Mais non, tu ne feras pas ça, je le sais. Je sais que tu m'aimes, chérie, tout comme je t'aime. Tu m'as toujours aimé, et moi je t'aime depuis toujours. On est faits l'un pour l'autre. Allons, calme-toi maintenant, ne te mets pas dans cet état. »

Il se pencha et Rita devina qu'il l'embrassait. Elle ressentit un tel dégoût qu'elle ferma les yeux très fort, mais elle les rouvrit en entendant la voix irritée de Marilyn. Apparemment elle ne s'était pas laissé embrasser.

« Tu t'imagines que je ne te connais pas, Ronnie Maraj ? Pour moi, tu es transparent. S'il n'y avait pas le bébé...

— Tu sais bien que je t'aime, chérie. C'est seulement que Rita...

— Rita, Rita, je n'entends que ça, cette enfant fait de toi ce qu'elle veut.

— Mais non, chérie, c'est toi qui fais de moi ce que tu veux.

— Si je ne savais pas que tu es riche, je me dirais que tu m'épouses uniquement pour mon argent.

— Quelle idée, ma chérie. Tu sais bien que ma grand-mère m'a tout laissé. Sa maison, sa fortune... » Il se pencha à nouveau sur elle et, cette fois encore, elle recula.

« Oui, mais tu fais honte au nom des Maraj. Regarde comme tu négliges cette maison. Tout comme toi, d'ailleurs. Je vais avoir besoin de toute mon énergie pour arriver à ce que la maison et le jardin ressemblent à quelque chose dont on puisse être fier. Vraiment, avec tout l'argent que tu as, tu aurais pu faire le nécessaire pour les entretenir ! Je n'ai jamais vu une horreur pareille, tu n'as même pas pris la peine de faire un peu de ménage pour me recevoir ! Et regarde le jardin ! Il est totalement à l'abandon et rempli d'un tas de cochonneries ; il y a même une carcasse de voiture sous le manguier ! Qu'est-ce qu'elle fait là ?

— Ah, tu l'as vue ? C'était ma voiture. J'ai eu un accident avec.

— Pourquoi tu ne l'amènes pas à la casse ?

— C'est que Rita aime bien y jouer, tu comprends. Les enfants adorent ça. Ça plaira aussi beaucoup à notre fils, tu verras !

— Ah non alors ! La première chose que je ferai, dès mon arrivée, ce sera de virer ce tas de rouille ! Je te le dis, Ronnie

Maraj, quand je serai ta femme, je ne me laisserai pas faire !
Cette épave devra disparaître ! Tout de suite, tu entends ?

— Oui, d'accord, comme tu voudras, chérie. Ce sera comme tu voudras. » Il se pencha pour la troisième fois et cette fois il fut récompensé, cette fois elle ne le repoussa pas.

Mais la première chose qui allait disparaître, c'était Frisky. Dès le lendemain du jour fatal. En même temps que les fourmis, anéanties par un brouillard d'insecticide, en même temps que les chats, les chenilles, les crapauds, expédiés sans cérémonie dans le jardin et mis au rebut.

Quand Marilyn eut terminé son inspection de la maison et décidé de ce qu'il fallait faire et où, elle s'attaqua au jardin. Les arbustes, le vieux tas de bois, la carcasse de la Morris. Dehors, dehors ! disait Marilyn, qui allait et venait avec son ventre qui s'arrondissait, désignant ceci et cela d'un air renfrogné et semant la panique dans le royaume de Rita. Elle donna également l'ordre d'abattre le manguier.

« La place d'un manguier, c'est derrière la maison. Devant, je veux des cannas, des roses, une haie d'hibiscus. Des lauriers-roses, bien entendu, et des fougères. On peut garder les palmiers, ils feront très bien sur une pelouse à l'anglaise. Doodnath, le jardinier de papa, va nous envoyer son cousin, sa femme et ses enfants ; ils feront du bon travail, bientôt on aura quelque chose d'impeccable. »

Rita élevait des grenouilles et des poissons dans un vieux pneu enfoncé dans la terre. Quand Marilyn le découvrit, en enjambant les herbes folles qui le dissimulaient, elle fronça le nez et déclara : « C'est un nid de moustiques. Enlevez-moi ça. »

La palissade du fond n'avait pas été repeinte depuis des années. Avec le temps, le bois était devenu gris, il était rongé par la moisissure et les fourmis. Bravant la jungle qui les cachait aux regards, Marilyn avait trouvé la brèche que Rita y avait faite, de manière à avoir accès à la rigole qui courait derrière, où on pouvait pêcher tous les poissons et les crapauds qu'on voulait. L'eau sentait un peu mauvais, mais ça valait la peine. On pouvait mettre les bébés grenouilles sur des bouts de bois et les laisser descendre le courant jusqu'au canal de Lamaha.

« Tout ça est immonde, dit Marilyn à Ronnie, qui la suivait comme un petit chien, la tête basse. Je vais enlever cette clôture et construire à la place un mur en béton bien propre. Avec des barbelés en haut, sur toute sa longueur. Des voyous pourraient venir nous voler ou nous égorger, on ne sait jamais. Vraiment, Ronnie, si tu avais la moindre considération pour moi, tu ne m'aurais même pas laissée voir ça, on dirait une zone sinistrée. La maison était dans un état épouvantable, Dieu merci, elle a meilleur aspect maintenant. Il suffira de repeindre l'extérieur et elle sera comme neuve, mais le jardin est une vraie catastrophe. Ta fille est un problème avec un P majuscule, dès que j'en aurai fini avec ça, je vais m'occuper d'elle. Je lui apprendrai les bonnes manières, même si je dois y laisser ma peau.

Cachée tout en haut de l'arbre, la figure tachée par le jus rouge des fruits dodus qu'elle enfournait dans sa bouche, Rita ne perdait pas un mot de cette tirade. Elle cracha un noyau de jamun en ajustant bien le tir et atteignit Marilyn à un endroit sensible. « Aïe ! » cria celle-ci, effectuant en mouvement de torsion pour se frictionner le derrière, tout en lançant à Ronnie un regard accusateur. « Il y a des marabuntas dans ce jardin ? Je viens d'être piquée ! »

Cette nuit-là, couchée à plat ventre sur son lit, dans sa chambre repeinte en rose où des rideaux fleuris rose et blanc flambant neufs dansaient dans le clair de lune et la brise salée venant de l'Atlantique, Rita mâchonnait son crayon, tout en cherchant dans sa tête un mot suffisamment effrayant pour décrire la situation induite par l'arrivée de Marilyn. « Ruine » n'était pas assez fort ; « destruction » convenait déjà mieux, mais sans être encore tout à fait juste, et même en ajoutant « totale » à « ruine » et à « destruction », on ne faisait qu'apporter la preuve de leur insuffisance. Elle descendit l'escalier sans bruit, alla prendre dans la bibliothèque un dictionnaire en lambeaux, qui sentait le moisi et les relents de produit tue-mouches, et l'emporta dans son lit. Elle regarda à « ruine », mais la définition ne la satisfit pas, même s'il était vrai que Marilyn avait ruiné sa vie.

« Je la déteste », dit-elle en s'adressant à la grande photo en noir et blanc de sa mère accrochée au mur. « Quel dommage que tu ne sois plus là. Pourquoi a-t-il fallu que tu partes ! S'il te plaît, punis-la, punis-la pour moi ! »

Elle mordilla encore un peu son crayon, gratta la croûte de son genou et se replongea dans le dictionnaire. À « ruine », il y avait « destruction » et elle se reporta à ce mot. Et c'est là, à « destruction », qu'elle trouva exactement le terme qu'il lui fallait. La définition qu'on en donnait – destruction totale de l'âme et du corps – la comblait. Le mot s'imprima à jamais dans son esprit. Elle referma le dictionnaire et acheva d'écrire son journal. Rita se servait du dictionnaire pour les définitions, pas pour l'orthographe. L'important, pour les mots, c'étaient la sonorité et la signification. Elle ne prenait donc jamais la peine de les copier sur le dictionnaire ; elle se les répétait, puis les écrivait phonétiquement.

Cher Journal, cette femme est une méchante sorcière. Elle a apporté l'ANIILACION.

VI

RITA VA VOIR LA REINE

Trois jours après le jour fatal, Rita disparut. Personne ne put dire quand ni comment, et étant donné que nul ne se rappelait l'avoir vue depuis le petit déjeuner, la durée de son absence était un mystère supplémentaire. Mildred fut la première à s'interroger, quand elle s'aperçut que la cuisse de poulet qu'elle avait posée sur la table pour le déjeuner de Rita était enduite de graisse figée. Elle alla chez Polly Wong, mais celle-ci n'avait pas vu Rita de la matinée. Mildred haussa les épaules et retourna vaquer à ses occupations, et ce n'est qu'à quatre heures, ne voyant toujours pas Rita revenir, qu'on commença à s'inquiéter un peu au 7 et qu'on téléphona au *Graphic* pour prévenir Ronnie. Il rentra à la maison de bonne heure, pas très content, et demanda à Marilyn où diable pouvait-elle être, alors Marilyn haussa les épaules en disant qu'elle était sûrement en train de traîner avec ses copines, à la suite de quoi des messages furent envoyés dans toutes les maisons, du 1 jusqu'au 6, pour savoir qui l'avait vue pour la dernière fois.

Personne.

Rita rentra juste avant le crépuscule. C'est Mildred qui la vit la première, depuis la fenêtre de la cuisine, tandis qu'elle se faufilait entre les buissons, silencieuse comme une ombre, et elle donna l'alarme. Ronnie la cueillit au moment où elle se glissait par la porte de derrière et s'apprêtait à monter discrètement l'escalier. Il la souleva dans ses bras en riant de soulagement, la porta jusqu'au fauteuil et la prit sur ses genoux, en la chatouillant comme il le faisait avant l'arrivée de Marilyn. Mais au lieu de glousser et de se tortiller, elle agita la tête d'un air boudeur, lui échappa et monta quatre à quatre dans sa chambre pour écrire des choses secrètes dans le journal qu'elle cachait dans un endroit très secret. Ronnie se contenta donc de hausser les épaules avec un petit sourire et il dit à Marilyn : « Elle a toujours été un peu difficile mais c'est une bonne petite, elle va s'assagir et s'habituer aux changements. »

Marilyn était fâchée parce que ça lui déplaisait de se faire rouler dans la farine par une gamine de rien du tout. Elle monta dans la chambre de Rita et la tira par le bras en disant : « Où étais-tu, où étais-tu ?

— Je suis allée voir la reine, voir la reine ! » glapit Rita, qui commença à se débattre, à se tortiller, à donner des coups de pied, à pincer et à mordre, si bien que Marilyn dut la lâcher. L'instant d'après, Rita était déjà dans le jardin et elle grimpa tout en haut du banian, d'où elle fit des grimaces à Marilyn. Marilyn se frottait le bras là où Rita l'avait mordue et ce fut son tour de hausser les épaules. « Tu ferais bien de l'attacher avec une chaîne, cette chipie. Moi, je renonce. »

Rita resta dans l'arbre jusqu'à la nuit tombée. Ensuite elle rentra dans la maison en catimini – la porte de derrière n'était pas fermée – et monta dans sa chambre sans être vue. C'est à ce moment que Marilyn vint lui parler du petit garçon qu'elle attendait.

« Va la voir, avait supplié Ronnie quand Rita était sortie dans le jardin en hurlant, après avoir mordu Marilyn. Essaie de lui parler gentiment, comme une mère. S'il te plaît, Marilyn. »

Très bien. Elle irait lui parler... quand Rita serait calmée. Elle lui ferait voir la réalité en face. À quoi bon la bercer avec des histoires de bonheur familial à l'eau de rose ? Cette enfant était une sauvage. Il était temps qu'elle revienne sur terre. Par conséquent Marilyn entreprit de lui ouvrir les yeux.

« Ton père rêve d'avoir un fils. » Elle s'assit au bord du lit en se frottant l'endroit où Rita l'avait presque mordue au sang. On voyait encore la marque des dents. Elle fronça les sourcils. Dire que c'était elle qui devait faire le premier pas, ravaler sa juste colère et rassurer Rita ! Rita qui n'avait même pas demandé pardon. Il faudra au moins qu'elle s'excuse avant qu'il soit question de quoi que ce soit.

« Tous les hommes souhaitent avoir un fils, et en particulier les Indiens, pour transmettre leur nom et leur sang. De toute manière, ton sang à toi est mélangé ; ton père veut absolument un fils de pur sang indien. Sais-tu qu'un homme sans fils fait honte à toute sa famille ? On dit qu'il n'est pas vraiment un homme. Tu ne pouvais pas le savoir, bien entendu, tu ne connais que des métis, personne ne t'a enseigné les coutumes indiennes, comme ton père et moi les avons apprises. Ronnie n'attend rien de toi, tu n'es qu'une fille. Ne sois pas triste, il t'aime beaucoup, bien sûr, mais tu sais comment sont les hommes, ils tiennent énormément à avoir un fils. Le bébé gigote beaucoup, c'est signe que ce sera un garçon. Ma grand-mère s'y connaît et elle dit que d'après la façon dont il bouge, ce sera un garçon. Il ne faudra donc pas que tu aies de la peine quand il naîtra, ni que tu t'imagines que ton père ne s'intéresse plus à toi, c'est seulement que son vœu le plus cher sera enfin réalisé. Je te dis ça pour que tu puisses t'habituer à cette idée. Tu as été le point de mire pendant longtemps, Rita, mais sache que ce n'est pas normal, c'est uniquement parce qu'il n'avait pas de fils. Il faut que tu t'y prépares. »

Après cela, Rita put vagabonder à sa guise et mener la vie qui lui plaisait sans que personne l'en empêche. Nul ne savait où elle allait, mais comme c'étaient encore les vacances d'août, ça n'avait pas beaucoup d'importance, puisqu'elle finissait toujours par rentrer. Les enfants de Victoria Street se sentaient abandonnés ; sans elle la vie perdait la moitié de son intérêt. Polly elle-même ignorait où Rita passait ses journées, ou si elle le savait, elle ne le disait pas. Les filles jouaient à des trucs ennuyeux comme la marelle, les garçons posaient des pièges pour attraper des lézards et, sans Rita, les vacances traînaient en longueur.

Pendant ce temps Marilyn mettait de l'ordre dans la maison. Elle avait d'abord eu un choc en découvrant qu'il ne restait presque rien de la fortune des Maraj. Elle était entrée dans une colère folle, elle avait menacé Ronnie de le quitter, de dire à son père de le traîner en justice pour rupture de contrat (quel contrat ? avait innocemment demandé Ronnie) et, à la fin, contrainte de se plier à la réalité, elle avait puisé dans ses ressources personnelles pour effectuer les travaux indispensables. Il s'agissait de sauver la face : Marilyn guignait la maison et le nom des Maraj depuis des années et elle n'avait pas l'intention de se ridiculiser. Elle ne laisserait pas la bourgeoisie de Georgetown se moquer d'elle dans son dos et dire qu'elle avait épousé un pauvre, alcoolique de surcroît. Ronnie aimait bien boire un verre de temps à autre mais ce n'était pas un alcoolique ; quant au fait qu'il était pauvre, elle allait y remédier. Son père n'était pas pour rien propriétaire du plus grand magasin de meubles de la ville. Elle n'était pas pour rien la fille unique d'un fils unique. Elle n'avait pas été pour rien la petite chérie de son grand-père défunt. Ce n'était pas pour rien que ce grand-père s'était querellé des années durant avec son fils. Ce n'était pas pour rien que grand-père Prabudial lui avait laissé des hectares et des hectares de forêt tropicale. Marilyn Prabudial était riche. On procéda donc aux travaux nécessaires et le 7 retrouva sa splendeur d'antan.

Ronnie était facile à vivre et accommodant à l'extrême. Il tombait d'accord avec tout ce qu'elle proposait, si bien qu'au lieu de faire de simples suggestions, elle commença bientôt à donner des ordres, auxquels il se soumit. Il avait tendance à se négliger mais Marilyn, aidée de sa bonne, réussit à améliorer son aspect, de manière à pouvoir sortir avec lui sans avoir honte. Habillé par elle, il avait beaucoup d'allure ; il était gai, sympathique et tout le monde riait de ses plaisanteries éculées, du genre de celles qui émaillaient les comptes rendus de spectacles qu'il continuait à fournir au *Graphic*. Dans les soirées il avait tendance à boire un peu trop, mais elle avait sa méthode pour l'aiguiller dans d'autres directions, quitte à le ramener à la maison et le fourrer au lit, si nécessaire, avant que la situation ne devienne incontrôlable. Marilyn aurait trouvé la vie conjugale plutôt agréable s'il n'y avait pas eu un os – un os qui s'appelait Rita.

Rita se glissa par la brèche de la palissade et suivit la rigole jusqu'à l'endroit où elle se déversait dans le canal de Lamaha. Elle escalada encore plusieurs clôtures et arriva dans un lieu presque champêtre. Des jardins potagers composés de carrés grands comme des mouchoirs de poche, séparés par des bananiers. Elle s'assit dans l'herbe pour réfléchir. Elle réfléchissait beaucoup ces derniers temps, depuis l'arrivée de Marilyn. Il y avait tant de questions à résoudre. Par exemple, quoi faire au sujet de Marilyn ? Marilyn avait purgé l'univers de tout ce qui valait la peine de vivre et il n'y avait pas moyen de se débarrasser d'elle. Elle était là pour de bon. Papa ne voulait plus l'écouter, elle, Rita. Papa, qui faisait toujours ses quatre volontés, avait perdu la tête à cause de cette sorcière. Les animaux étaient tous partis. D'abord exilés de la maison, puis chassés du jardin. Il y avait des choses vraiment trop dures à supporter. Rita ne s'inquiétait pas trop pour les fourmis et les crapauds, ils s'en sortiraient, ils se débrouilleraient pour survivre d'une manière ou d'une autre, mais qu'étaient devenus les petits chats ? Frisky était mort. Rita l'avait presque guéri mais Marilyn l'avait tué. Mildred avait casé les autres chiens chez des parents et des amis, à La Pénitence. Maintenant c'étaient des chiens de garde qui passaient leurs journées attachés à une corde à aboyer après les inconnus. Doodnath avait pris la chatte et ses chatons ; personne ne savait où ils étaient et tout le monde s'en fichait excepté Rita, et personne, non plus, ne se souciait de Rita. Personne dans tout le vaste monde.

« Comment ça va, petite ? » Depuis son carré de *calalloo*, Rookmini lui adressa un signe et sourit. Rita agita la main en réponse, mais sans sourire. Rookmini se baissa en ramenant ses jupes en boule entre ses genoux écartés, pour fouiller la terre noire. Elle avait déjà oublié Rita, qui se leva et poursuivit son chemin.

Tout le long du canal, il y avait des Indiens qui jardinaient sur de minuscules parcelles ; ils bêchaient et binaient inlassablement pour faire pousser les légumes à force de travail. Rita les connaissait tous par leur nom, maintenant. Ils étaient ses amis. Ils lui disaient bonjour de la main, avec quelques mots gentils, comme Rookmini venait de le faire.

« Viens, ma fille, j'vais te donner des *dunks* », dit la femme de Latchman, et Rita s'approcha en relevant les pans de sa chemise dans laquelle la paysanne versa les fruits.

« Viens voir, petite, viens voir c'que j'ai là », cria la grosse

Mrs Abdul. Rita enjamba les rangs de haricots et regarda dans le sac que celle-ci lui montrait.

Son regard s'illumina. « Des génipapes ! s'exclama-t-elle. Où vous les avez trouvés ?

— Sookdeo les a apportés de Buxton c'matin ! dit Mrs Abdul. Le reste, il l'emmène au marché de Bourda pour les vendre. Ram, le neveu de Sookdeo, il va aller vendre ceux-là à Water Street. Mais j'peux t'en donner un peu. Prends, prends, y en a plein ! »

Rita regarda les fruits qu'elle avait dans sa chemise, puis les génipapes, verts, gras et appétissants.

— J'ai déjà des *dunks*. J'ai plus de place pour les génipapes.

— T'as pas de poches à ton short. Mets les *dunks* dans tes poches et les génipapes dans ta chemise. Attends. J'vais t'aider. »

Mrs Abdul aida Rita à enfoncer les *dunks* dans ses poches, qui faisaient de grosses protubérances sur ses hanches maigres. Ensuite elle versa les génipapes dans le sac de fortune, tellement chargé qu'il lui descendait jusqu'en haut des cuisses.

— Ta maman va pas se fâcher ? Ta chemise est toute tachée à cause de ces *dunks*. Et oublie pas que les génipapes ça tache aussi terrible.

— Ça fait rien, dit Rita. C'est pas ma vraie maman.

— Ah bon ? Comment ça ? C'est qui qui s'occupe de toi, petite ? » demanda Mrs Abdul d'un ton apitoyé, mais Rita se contenta de secouer la tête et ses yeux se remplirent de larmes. Elle bredouilla quelques paroles de remerciement et s'en alla.

Ranjeet Singh était en train d'empiler des citrouilles sur sa charrette.

« Tu arrives tard aujourd'hui. J'ai cru que tu viendrais pas !

— Bien sûr que je suis venue », dit Rita. Elle rassembla les deux extrémités de sa chemise dans sa main gauche et s'approcha du petit âne gris attelé à la charrette. Elle le caressa derrière les oreilles, sur l'encolure, et, quand il releva la tête, elle lui embrassa le museau.

« Si ta mère te voyait, elle serait pas contente », dit Singh, mais Rita, qui faisait courir sa main sur le ventre gonflé de l'animal, ne l'écoutait pas.

« Je suis sûre que c'est pour aujourd'hui, elle est bien plus grosse ! dit-elle en tournant vers Singh de grands yeux implorants. Il vaudrait mieux pas la sortir aujourd'hui. Si jamais ça la prenait dans la rue ? Garde-la ici aujourd'hui, s'il te plaît ! »

Singh secoua la tête en riant. « Et comment tu crois que je vais amener ces citrouilles au marché ?

— Mais... »

Mais Singh n'entendait pas, il était descendu au canal avec deux seaux rouillés qu'il plongeait dans l'eau couleur de thé fort.

« T'inquiète pas, Lucky, je vais t'accompagner et je t'aiderai quand tu auras ton bébé », chuchota Rita dans l'oreille de l'ânesse. Puis elle plongea sa main libre dans sa poche et la ressortit pleine de *dunks* dont quelques-uns roulèrent à terre. « Tiens, Lucky, tu aimes ça ? Goûte, c'est sucré sucré sucré ! » Lucky enfonça dédaigneusement ses naseaux dans les fruits avec un ébrouement désapprobateur qui les éparpilla. Alors Rita éclata de rire et jeta son bras libre autour de l'encolure de l'animal.

« Oh, Lucky, comme je t'aime ! » dit-elle en enfouissant le visage dans la fourrure soyeuse de son cou, et le bonheur la submergea.

Rita passa toute la journée avec Singh, assise dans la charrette, les jambes pendantes. Il fallait qu'elle éduque Singh à ne pas fouetter Lucky, et Singh se laissait éduquer. Il lui permit aussi de tenir les rênes pour conduire Lucky, en faisant claquer sa langue et en criant « Hue, hue ! » à chaque fois que l'ânesse s'arrêtait pour brouter l'herbe des bas-côtés. Ils livrèrent les citrouilles au marché, puis ils chargèrent du fumier pour le porter dans un jardin, à la suite de quoi ils se rendirent au parc de la Promenade pour prendre un chargement de palmes de cocotier tellement longues qu'elles balayaient presque la chaussée. (Singh y avait attaché un chiffon rouge.) Tout en sillonnant la ville, Rita mangeait des génipapes, fendant d'abord l'écorce verte et dure, puis enfournant dans sa bouche des petites billes de chair jaune pâle. Une fois qu'elle avait bien sucé les pépins, elle les crachait sur les voitures qui passaient. Tous les trois, elle, Singh et Lucky, ils transportèrent des chargements divers toute la matinée, puis à l'heure du déjeuner ils retrouvèrent la femme de Singh au marché de Stabroek pour manger du poisson au riz (mais Rita, qui s'était gavée de génipapes, n'avait plus très faim) en buvant du *manby*. Ensuite ils firent diverses livraisons ici et là et, quand le soir arriva et qu'il fut temps de rentrer à la maison, Rita était encore un peu plus brune et aussi fatiguée que si elle avait elle-même tiré la charrette toute la journée. Le bébé de Lucky n'était toujours pas né.

Ce serait peut-être pour demain.

VII

RITA TRAVAILLE

Marilyn, Ronnie et Mildred ne se rendirent compte que les vacances d'août étaient terminées qu'au moment où Mrs Jarvis téléphona pour demander si Rita était malade et pourquoi elle ne venait pas en classe. Rita était absente depuis déjà trois jours et elle n'avait pas reçu de mot d'excuses. Rita savait par Polly Wong que l'école avait repris, mais elle ne l'avait dit à personne chez elle.

« Tu ne viens plus en classe ? lui cria Polly par-dessus la palissade.

— Tais-toi, idiote, sinon ils vont t'entendre, répliqua Rita en jetant un coup d'œil vers la fenêtre de la cuisine.

— Tu ne viendras plus ? Reviens, s'il te plaît, je m'ennuie de toi. Regarde, voilà du *chow-chow*, de la part de maman. Elle t'a vue par la fenêtre et elle m'envoie te demander pourquoi tu ne viens plus chez nous. Mais dis-moi si tu iras en classe demain, ou si tu es malade ou quoi.

— Non, j'en ai fini avec l'école, déclara Rita d'un air important, en se grattant une croûte qu'elle avait au bras. Maintenant je travaille.

— Tu travailles ! C'est vrai, Rita ? Tu travailles déjà ? » Polly regarda son amie, les yeux écarquillés d'envie. Mais son bon sens prit le dessus, car Polly était une enfant sensée, qui adhérait au système de pensée des adultes. « Non, non, je te crois pas. Les enfants travaillent pas. Arrête de gratter ta croûte, tu vois, ça saigne maintenant. Ça guérira jamais si tu l'enlèves tout le temps. Il faut la laisser sécher et elle tombera toute seule. Sinon tu auras une vilaine cicatrice. Alors, tu veux pas de *chow-chow* ? »

Rita porta son bras à sa bouche pour sucer sa blessure, l'abaissa et examina le résultat. Elle essuya la salive d'un revers de main puis, réflexion faite, prit le bol de *chow-chow* que lui tendait Polly. De ses doigts pleins de terre, elle en enfourna un gros morceau dans sa bouche. C'était délicieux.

« Tu me crois pas ? dit-elle tout en mastiquant. Eh bien, tu auras qu'à aller au marché demain matin et tu me verras en train de vendre des citrouilles et des légumes ! Et puis je peux manger des génipapes toute la journée, sans rien payer.

— Et ton papa est d'accord ? »

Rita mangea encore deux autres baies avant de répondre. « Bien sûr que oui ! Tu ne sais pas que mon papa fait tout ce que je veux ? Mon papa a dit que si je veux la lune il grimpera jusqu'au ciel pour me la rapporter. Il a dit ça.

— Oui, mais...

— Tu sais que c'est vrai. C'est moi que mon papa préfère, qu'il préfère le plus, il me dit tout le temps que je peux avoir tout ce que je veux. Et puis il veut pas avoir un fils, il préfère les filles. Et c'est vrai. Il aime pas du tout les garçons.

— Ne parle pas la bouche pleine, Rita, c'est dégoûtant. Tu devrais revenir à l'école, tu sais. Tu me manques et tous les enfants demandent après toi, et aussi Mrs Jarvis, et de toute manière si tu vas plus à l'école, tu deviendras bête et...

— C'est fini pour moi, l'école. L'école, c'est pour les bébés et les imbéciles. Je déteste l'école. Tiens, reprends ça. » Rita rendit le bol vide à Polly et courut voir sa colonie clandestine de fourmis, un mini élevage installé dans un pot de confiture de goyaves hors de portée des yeux fureteurs de Marilyn, sur une poutre de l'abri de jardin. On ne pouvait y accéder qu'en grimpant sur un tas de planches pourries que papa entreposait là pour la cabane à vélos qu'il n'avait jamais commencé à construire.

Quelques jours plus tard Marilyn fit enlever les planches, car on allait remettre le jardin en état. Et Rita fut réexpédiée en classe, ce qui mit un terme au temps des génipapes et des ânes.

On peut envoyer un enfant à l'école, mais pas le forcer à apprendre.

« Elle a l'air absorbée, avait dit Mrs Jarvis à Ronnie, au cours d'une conversation téléphonique confidentielle. Est-ce qu'il s'est produit récemment des changements dans sa vie ?

C'est une enfant extrêmement intelligente, l'une des plus intelligentes de l'école, mais depuis le début du trimestre elle refuse tout simplement de travailler. Elle reste assise à rêver. Impossible de lui faire écrire un seul mot. Elle n'enregistre rien. C'est comme essayer d'enseigner quelque chose à un mur de pierre.

— C'est que... on a eu quelques difficultés avec elle, ces derniers temps, bredouilla Ronnie. Elle est un peu perturbée en ce moment, mais je suis sûr que ça va passer. Il ne faut pas s'inquiéter.

— Bon, alors j'espère que ça passera vite. C'est tellement dommage de voir cette enfant gâcher son talent.

— Son talent ? Quel talent ?

— Vous n'ignorez tout de même pas que Rita possède un don extraordinaire pour l'écriture, dit Mrs Jarvis avec une note de stupéfaction dans la voix. Vous qui écrivez, vous vous en êtes sûrement aperçu. Vous avez dû voir ses cahiers d'exercice de l'an dernier. Quand elle est arrivée, nous n'avons même pas eu besoin de lui apprendre à écrire, elle savait déjà. Je croyais que c'était vous qui lui aviez appris, que vous l'encouragiez ! Et toutes ces petites histoires qu'elle apportait pour me les montrer, comme elles étaient jolies ! L'histoire de la reine Anne et de son gâteau d'anniversaire, par exemple. Vous en êtes certainement le coauteur, en quelque sorte ?

— Euh... à vrai dire, pas du tout.

— Alors c'est d'autant plus surprenant, et d'autant plus dommage. Je ne peux pas croire... Je lui avais pourtant mis d'excellentes appréciations sur son bulletin du trimestre dernier, et vous êtes donc forcément au courant, Mr Maraj. Je pense que vous devriez venir me voir pour que nous puissions parler tranquillement. J'ai lu dans le journal que vous veniez de vous marier, ne serait-ce pas l'explication ? Peut-être pourriez-vous venir avec votre femme, la belle-mère de Rita, afin que nous puissions réfléchir ensemble à la façon d'apporter à Rita le soutien et les encouragements dont elle a besoin ? »

Ronnie resta si longtemps sans rien dire que Mrs Jarvis crut qu'il avait raccroché.

« Mr Maraj ?

— Oui. Je suis toujours là, Mrs Jarvis. Je vais en parler à ma femme et je vous rappellerai dans un jour ou deux, d'accord ?

— Très bien. Rappelez-moi vite. Je suis certaine que ce n'est qu'une période transitoire et qu'il n'y a pas à s'inquiéter. Tous ensemble, nous parviendrons à la remettre très vite sur la bonne voie, j'en suis sûre. Néanmoins il faudrait que nous nous voyions le plus tôt possible, demain ou après-demain.

— Oui, oui, bien entendu. »

Mais Mrs Jarvis n'eut jamais de nouvelles de Ronnie Maraj. Ses paroles – « Je suis certaine que ce n'est qu'une période transitoire » – l'avaient rassuré et conforté dans ce qu'il pensait. Par conséquent il valait mieux laisser courir. Ça passerait tout seul ; inutile d'affoler Rita en remuant ciel et terre. Et puis pourquoi embêter Marilyn ? Elle avait déjà assez de soucis avec les artisans et les jardiniers qui lui avaient fait faux bond, Mildred qui refusait de cuisiner selon ses instructions, plus les petits désagréments d'un ventre qui s'arrondissait de jour en jour.

Ronnie appréciait beaucoup sa nouvelle vie. De temps à autre Marilyn piquait une colère, mais elle se radoucissait facilement avec quelques caresses et un dîner aux chandelles à Palms Court. Elle aimait bien qu'il l'accompagne pour faire du lèche-vitrines, son bras glissé sous le sien – même si elle se plaignait à chaque fois qu'il n'y avait rien à y voir – et elle se fit rapidement à l'idée de devoir puiser dans ses fonds personnels pour régler toutes les factures. Ronnie n'avait guère que son maigre salaire, alors qu'elle possédait non seulement des parts du magasin de meubles Prabudial mais également une parcelle de forêt, et, comme il y avait en ce moment en Europe un engouement pour les bois tropicaux, les exportations montaient en flèche. Ronnie avait un jour demandé à sa femme ce qui allait se passer une fois que tous ses arbres auraient été coupés et vendus et si elle envisageait d'en planter d'autres, mais Marilyn avait secoué sa jolie tête.

« Je ne connais rien aux affaires. Mr Pooran, mon gérant, s'occupe de tout. Je lui fais totalement confiance. »

Marilyn ne demandait qu'à mener la vie insouciante qui plaisait à Ronnie. Ils passaient leurs samedis à la piscine du Pegasus avec des amis, anciens ou nouveaux, assis à une table ombragée où Marilyn sirotait une Pina Colada et Ronnie ses chers rhums-Coca, tout en racontant des blagues. Un jour il avait proposé d'emmener Rita, qui serait contente de nager dans la piscine avec les enfants de leurs amis, mais Marilyn avait froncé le nez en lui expliquant pourquoi ça ne marcherait pas.

« Rita ne s'entendrait pas avec eux. Tu ne connais pas ta fille. Elle a une façon de parler qui la leur rendrait tout de suite antipathique. Ils risqueraient de la taquiner et elle se sentirait exclue. Et de toute manière, elle préfère largement vivre en sauvageonne dans le jardin en se vautrant dans la terre, ou filer je ne sais trop où, comme elle le fait tout le temps. On aurait tort d'essayer de la civiliser. Fichons-lui la paix.

— On pourrait peut-être aller tous les trois à Buxton, le week-end prochain, suggéra ensuite Ronnie, conciliant. Elle aimait bien la plage. Les Allicock nous prêteraient leur cabanon et on pourrait y passer la nuit du samedi. Elle adorait observer les crabes, jouer au cricket dans le sable et... »

Mais Marilyn fronça son nez encore davantage et secoua vigoureusement la tête.

« Ronnie, tu sais combien je déteste l'eau de mer, dans ce pays. Cette eau sale, toute marron.

— Elle n'est pas sale, c'est seulement de la boue. Il paraît que c'est excellent pour la peau. Tu seras encore plus belle ! On pourrait la mettre en bouteille et l'exporter comme un nouveau produit de beauté ! » plaisanta-t-il, mais en voyant l'expression de Marilyn, il abandonna vite ce registre et poursuivit sur un ton apaisant : « Mais si tu n'aimes pas la plage, on pourrait aller à Redwater Creek.

— Ce serait encore pire ! Est-ce que tu me prends pour une de ces folles qui se baignent dans les rivières ? Je n'ai pas envie de me faire mordre les orteils par un serpent ou un alligator. Non merci, je n'ai pas l'intention d'aller mourir là-bas ! » Marilyn se frotta la joue, fronça les sourcils puis sourit, montrant deux rangées de dents d'un blanc éclatant. « Si tu as vraiment envie d'aller à la mer, on pourrait faire une petite visite à mon oncle George, à Sainte-Lucie. Qu'est-ce que tu en penses ?

— Bonne idée ! s'enthousiasma Ronnie. Allons-y pendant les vacances de Noël ! Rita sera si contente de partir en voyage !

— Les vacances de Noël ? Tu n'es pas fou ? Je serai enceinte de... attends voir... de sept mois. Je serai énorme, tu ne t'imagines pas que je vais me promener sur la plage dans cet état ? Si on y va, il faut y aller très vite, peut-être le mois prochain. Sans compter qu'on n'a pas fait de voyage de noces. Octobre serait le moment idéal.

— Et Rita ?

— Oh, Rita ! Toujours Rita... Mildred est parfaitement capable de s'occuper d'elle ; de toute manière elle ne fait que ce qu'elle veut et elle n'a pas besoin de grand-chose : un bol de corn flakes le matin, une cuisse de poulet à midi, avec un demi-pot de beurre de cacahuètes entre les deux. Et un lit pour la nuit. Bon, c'est réglé. Demain j'écrirai à oncle George. »

L'un dans l'autre, Ronnie estimait qu'ils formaient un couple très harmonieux. Ils ne se disputaient presque jamais et les rares querelles qu'ils pouvaient avoir étaient de courte durée car Marilyn avait toujours une bonne idée pour résoudre au mieux tous leurs différends. Elle était formidable pour ça. Si seulement Rita était un peu plus raisonnable. Si seulement elles pouvaient devenir amies, toutes les deux. Ronnie se disait que l'instinct maternel de Marilyn s'éveillerait avec la naissance du bébé et qu'alors tout s'arrangerait. Rita aurait enfin une vraie famille ; il se comportait en bon époux et menait désormais une vie bien réglée, il n'allait plus faire la bringue avec ses copains – Marilyn ne l'aurait pas supporté –, et quand son fils naîtrait, ils formeraient une famille semblable à toutes les familles de Victoria Street : un père, une mère, un garçon et une fille, une superbe maison, un joli jardin. Grand-mère aurait été fière de lui.

Car dans le fond, c'est Grand-mère qui était à l'origine de tout. Grand-mère avait dit que Marilyn ferait une bonne épouse. Grand-mère savait depuis le début. Dommage, tout de même, qu'elle n'ait pas voulu reconnaître Rita. Pauvre petite Rita ! Finalement, tout ça, c'était pour son bien. Rita avait besoin d'une famille et c'est justement ce qu'il cherchait à lui donner. Si seulement elle s'assagissait un peu...

VIII

LA PLANTE BONJOUR-BONSOIR

À croupetons dans l'herbe au bord de la rigole passant devant la maison de Polly Wong, et en symbiose totale avec l'âme de la plante bonjour-bonsoir, Rita n'entendit pas que quelqu'un arrivait par-derrière et elle ne leva pas la tête quand Mrs Wong vint s'accroupir à côté d'elle en posant sa raquette de tennis par terre. Mrs Wong ne disait rien ; elle se contentait de regarder. Rita était solidement installée dans sa position favorite, ses genoux osseux bien calés sous ses aisselles. Pour être plus stable elle serrait ses jambes avec son bras gauche, la main entourant un genou, et elle tenait dans la main droite une longue tige qu'elle promenait lentement sur les minuscules ramilles de la plante bonjour-bonsoir, tandis que ses lèvres murmuraient les mots bonjour, bonsoir. En réalité, cette plante n'était qu'un simple enchevêtrement végétal constitué de centaines de sortes de palmes miniatures. La plupart du temps elles étaient ouvertes, mais dès qu'on les touchait elles se redressaient et s'étreignaient en formant de longues nodosités très compactes, ne se séparant que lorsque la plante avait la certitude de ne plus être en danger. Rita faisait doucement courir sa tige de palme en palme en les effleurant à peine, mais même à ce très léger contact elles se rétractaient.

Captivée par ce spectacle, elle ne fit pas le moindre mouvement indiquant qu'elle avait conscience de la présence de Mrs Wong, sinon qu'au lieu de chuchoter ses bonjour bonsoir, elle articulait seulement les mots en remuant les lèvres en cadence : bonjour, quand elle approchait sa tige d'une palme, bonsoir, quand celle-ci se refermait, avant de passer à la suivante. Mrs Wong regardait en silence. Bien qu'elle n'eût pas levé les yeux, Rita avait tout de suite senti l'intrusion de Mrs Wong dans son espace intime et elle se barricada en s'enveloppant dans un invisible manteau. En prévision de l'attaque. Mais comme Mrs Wong ne disait rien, ne faisait rien, elle se détendit et, jugeant que l'attaque n'aurait pas lieu, elle la regarda du coin de l'œil, puis tourna légèrement la tête. Mrs Wong ne lui rendit pas son regard, elle aussi était fascinée par la plante bonjour-bonsoir dont les minuscules palmes qui n'avaient pas été touchées depuis plusieurs minutes se rouvraient peu à peu, en hésitant. Mrs Wong fronça les lèvres, souffla doucement sur une ramille et aussitôt la plante prit peur et se rassembla. Alors seulement Mrs Wong rit sans bruit et regarda Rita, qui détourna le visage pour que Mrs Wong ne la voie pas sourire.

« Rita, dit alors Mrs Wong à voix basse. Tu n'as pas bougé depuis des heures. Tu étais déjà là quand je suis partie au tennis et je te retrouve exactement à la même place. Si ça continue tu finiras par devenir une plante, toi aussi !

— J'aurais pu rentrer à la maison tout de suite après votre départ et revenir ici juste avant votre retour, non ?

— C'est vrai. Mais dis-moi, tu ne veux pas venir chez nous manger une glace ? Polly aimerait tant que tu joues de nouveau avec elle... elle n'est pas à la maison pour le moment, elle est à son cours de danse et Maxine aussi, mais tu pourrais tout de même venir manger une glace avec moi et ensuite on irait les chercher ensemble. Elles seraient si contentes de te voir. Ça fait des siècles qu'on ne t'a pas vue ! Tu nous manques beaucoup !

— Les glaces, ça fait grossir. C'est ce qu'elle dit.

— Qui ça, elle ? Ah, tu veux parler de... Vois-tu, Rita, à ta place je ne m'occuperais pas tant de ce qu'elle dit. C'est une dame et peut-être qu'elle s'inquiète pour sa ligne. Les dames sont comme ça, tu comprends. Mais toi qui es si maigre, tu peux manger toutes les glaces que tu veux. De la glace au cachiman, un vrai régal ! »

Alors Rita se retourna et plongea ses yeux dans ceux de Mrs Wong, car s'il existait une chose qu'elle aimait par-dessus tout, c'était justement la glace au cachiman. Mrs Wong capta son regard noir comme la nuit et elles restèrent ainsi pendant toute une minute, sans dire un mot, sans sourire, si ce n'est qu'à un moment donné, les coins de la bouche de Mrs Wong tressaillirent imperceptiblement.

Mrs Wong avait un beau visage et le même teint crème que Polly. Ses yeux très écartés étaient si grands et si sereins qu'on avait l'impression de pouvoir s'y réfugier. Quand elle souriait, c'était comme voir le soleil se lever sur l'Atlantique depuis sa fenêtre. Rita avait très envie qu'elle sourie pour ressentir cette sensation de chaud et de propre, car au-dedans, elle se désagrégeait. La veille au soir elle avait écrit un poème dans son journal et, en regardant Mrs Wong, il lui revint à l'esprit.

Quand je pense,
C'est comme du sable.
Quand je ressens
c'est bien trop fade.
Quand je pleure,
c'est comme des pierres.
Quand je ris,
c'est plein d'ossements.

Mrs Wong sourit, alors Rita sourit aussi et dit : « D'accord. »

Elle se redressa, étira lentement ses membres, tel un chat, parce qu'elle était tout ankylosée d'être restée si longtemps accroupie. Mrs Wong se releva également puis se pencha pour ramasser sa raquette. Elle portait un chemisier blanc et une jupe plissée blanche qui lui arrivait à mi-cuisse, laissant voir des jambes du même ton crème que son visage et également lisses.

« Viens », dit-elle gaiement. Rita prit sa main tendue et franchit avec elle le petit pont enjambant la rigole, puis le portail du jardin.

La maison des Wong n'avait rien de commun avec celle de Rita. Ou plutôt avec ce qu'elle était avant le jour fatal. Depuis le jour fatal, elle se transformait sans cesse et bientôt elle ressemblerait tout à fait à celle des Wong. Le parquet de bois sombre reluisait ; un canapé et deux fauteuils disposés sur le pourtour d'un tapis carré encadraient une table basse sur laquelle il y avait un cendrier en forme de cœur et un vase de fleurs artificielles.

Rita alla droit vers l'aquarium installé sur une console contre le mur du fond ; elle connaissait bien le poisson rouge, mais il y avait si longtemps qu'elle n'était pas venue qu'elle fut surprise des changements.

« Où est Slippy ?

— Slippy... Qui ?... Ah oui, Slippy est mort. Polly ne te l'avait pas dit ?

— Pourquoi est-il mort ? Il était malade ? S'il était malade, elle aurait dû m'appeler. Je l'aurais soigné et il aurait guéri. Tiens, vous avez deux nouveaux poissons. Ils ont des noms ? »

Mrs Wong s'approcha pour regarder les poissons. « Non, je ne crois pas, en tout cas, Polly ne me l'a pas dit. Ça te plairait de leur trouver des noms ? Comme ça, s'ils n'en ont pas encore, on pourrait prendre les tiens ! »

Rita ne se le fit pas dire deux fois. Son front se plissa ; elle réfléchissait.

« Celui-là, avec la rayure noire, je trouve qu'on devrait l'appeler Flush. Et l'autre, celui qui ressemble à Slippy, lui... euh... » Elle appuya son doigt sur le verre et examina attentivement le poisson en question. « Lui, c'est Pinky. »

Elle tourna vivement la tête et regarda Mrs Wong, les yeux brillants.

« Flush et Pinky. C'est très bien. Vraiment très bien. Je suis sûre que ça plaira à Polly... À condition qu'elle ne leur ait pas déjà donné de nom, ajouta-t-elle prudemment. »

Mrs Wong laissa Rita à sa contemplation des poissons pour aller chercher la glace à la cuisine. Elle revint avec les coupes et elles s'assirent toutes les deux dans des fauteuils de rotin, dans la véranda, devant la fenêtre ouverte par où s'engouffrait la brise de mer parfumée de sel, et dégustèrent leur glace dans un agréable silence. Rita prenait son temps, elle savourait le goût piquant et aigre-doux du cachiman. Ce qu'elle préférait, c'étaient les petits morceaux de fruit moelleux mêlés à la crème glacée. Tout à son plaisir, elle portait à sa bouche de menues cuillerées de glace et de fruit et, pour finir, elle nettoya bien la coupe avec la langue (Marilyn disait que ça ne se faisait pas, mais Marilyn n'était pas là), puis releva la tête et vit que Mrs Wong l'observait, non pas avec ce méchant regard sournois qu'avait Marilyn, mais avec un gentil sourire tranquille qui vous réchauffait comme le soleil levant. Alors elle sourit aussi en disant simplement : « Merci.

— Je t'en prie, répondit Mrs Wong, dont la physionomie s'assombrit un peu. Ton papa et ta... ta...

— Belle-mère ?

— Oui, ta belle-mère. Ils sont partis, je crois ?

— Ah oui, ils sont allés à Sainte-Lucie. Ils sont descendus dans un hôtel horriblement grand avec une piscine. Ils m'ont envoyé une carte postale. Ça a l'air affreux. Je suis bien contente d'avoir refusé de venir.

— Tu as refusé d'y aller ?

— Oui. Papa voulait à tout prix que je vienne, il m'a suppliée et suppliée, mais j'ai dit non. Je lui ai dit que j'étais trop occupée, que j'avais des choses à faire. Des choses importantes. Et puis je me plais bien ici, je déteste ces endroits étranges.

— Des endroits étranges ?

— Oui, étranges. Ces endroits étranges et très loin. Ça ne me fait pas envie.

— Ah oui, tu veux dire étrangers.

— Oui, c'est ce que j'ai dit. Des endroits étranges. Alors j'ai dit à papa d'y aller avec elle. Il aurait préféré rester avec moi, mais je lui ai dit non. J'avais envie de rester tranquille ici. Rien qu'avec Mildred.

— Mais tu ne te sens pas... comment dire ? un tout petit peu seule, quelquefois ? Surtout que tu n'as plus d'animaux et que tu ne joues plus avec tes camarades...

— Non. Je suis bien toute seule.

— Mais que fais-tu toute seule, toute la journée ?

— Eh bien, vous voyez, je pense. Des fois je pense à des choses.

— Quelles choses ?

— Toutes les choses. Des fois je pense à mes idées et des fois je pense que je suis autre chose, une plante ou une fourmi, par exemple. Elle a tué toutes les fourmis de la maison, mais il y en a encore plein dans le jardin. » Rita eut alors un sourire malicieux et poursuivit à voix basse : « Je sais même où il y a des termites qui grignotent la maison, mais je ne le lui dirai pas, comme ça la maison s'écroulera. Je peux aussi grimper dans le cainitier et penser tout là-haut. Je fais semblant d'être un arbre, j'agite mes bras comme si c'étaient des branches et je deviens le ciel. »

Maintenant qu'elle avait commencé à parler, les mots sortaient à flots, comme si on avait appuyé sur un bouton déclenchant l'ouverture d'un barrage. Mrs Wong l'écoutait en hochant la tête et en souriant de temps à autre.

Soudain elle regarda sa montre et interrompit ce torrent de paroles. « Rita, il se fait tard. Il faut que j'aille chercher Polly et Maxine à la danse. Tu veux venir avec moi ? C'est à deux pas, juste au coin de Lamaha Street. »

Rita hésitait, ne sachant quoi répondre. Ce qu'il y a de drôle, avec les amies, c'est qu'il arrive quelquefois qu'on cesse de leur parler, qu'on ne leur dise plus un seul mot, même quand elles sortent de chez elles avec leur bonne, pendant qu'on est en train de discuter avec la plante bonjour-bonsoir. On les entend passer tout près mais on ne se retourne même pas pour dire bonjour, on fait comme si elles n'étaient pas là et elles non plus ne disent pas bonjour. Alors on n'est plus amies. On aimerait bien le redevenir, mais on ne sait pas comment s'y prendre, parce qu'on ne veut pas être la première à reparler même si on a été la première à se fâcher, pourquoi au juste, on a oublié, aussi c'est peut-être normal d'aller les chercher à la danse.

« Polly ne m'aime plus.

— Qu'est-ce que tu racontes ! Je t'ai dit qu'elle mourait d'envie de rejouer avec toi, et Maxine aussi. Elle croit que c'est toi qui ne l'aimes plus, elle m'a dit que tu ne lui parlais plus depuis une semaine, que tu l'ignorais complètement, alors je lui ai dit que tu étais peut-être trop absorbée.

— Quel genre de sorbet c'est ?

— Ab-sor-bée. Ça veut dire que tu es tellement perdue dans tes pensées que tu ne vois pas ce qui se passe autour de toi.

— Vous pouvez le redire ? »
Mrs Wong s'exécuta.

« Ab-sor-bée, répéta Rita. Ça s'écrit en un seul mot ?
— Oui, en un seul mot.
— Et ça veut dire tout ça à la fois ?
— Oui.
— Absorbée », dit encore Rita, pour mémoriser le mot. Un bon mot. Un grand mot avec une grande signification, pas comme ces stupides mots sans caractère dont le langage abonde, de ces mots qui ne veulent rien dire. Absorbé rassemblait une foule de petits mots et les exprimait tous à la fois. Désormais Rita savait exactement ce qu'absorbé voulait dire ; elle décida de l'écrire le soir même dans son journal et de l'employer le plus souvent possible.

Mrs Wong regarda encore sa montre.

« Rita, il faut absolument que je parte ; si tu es trop absorbée, tu n'as qu'à rester ici et continuer à penser, sinon, viens avec moi. »

Voyant que Rita, qui remuait les lèvres pour fixer dans sa mémoire ce mot fabuleux, ne bougeait pas, Mrs Wong ajouta habilement : On va emmener Rover. Tu pourras tenir sa laisse. »

Elle tendit la main, Rita la prit et se leva d'un bond. Elle laissa sa main dans celle de Mrs Wong jusqu'au cours de danse de Lamaha Street, tandis que de l'autre elle tenait la laisse de Rover. Après cela, Polly et elle redevinrent amies.

« Pourquoi tu n'as plus été amie avec moi pendant toute la semaine ? demanda Polly un peu plus tard, car c'était une enfant franche et directe, qui disait tout ce qu'elle pensait, contrairement à Rita.

— J'étais absorbée, déclara Rita d'un ton sentencieux, mais maintenant c'est fini. Ces deux nouveaux poissons que tu as... ils ont des noms ?

— Non... pas encore. Je m'étais dit qu'on pourrait leur en chercher ensemble. Tu es très forte pour les noms, tu as une idée ?

— Pinky et Flush », répondit instantanément Rita.

Rita ne dormait plus dans sa chambre. Depuis le départ de Ronnie et Marilyn, dix jours plus tôt, la maison était plus ou moins retournée à son état de confortable pagaille pré-marilynien et Mildred ne disait rien quand Rita tirait son matelas en haut de l'escalier et s'asseyait dessus pour dévaler les marches jusqu'en bas, comme sur un tapis volant. Elle ne protestait pas davantage quand Rita installait ce même matelas dans un coin du salon en déclarant que désormais elle allait dormir là, en tout cas jusqu'à ce que Marilyn revienne et soulève des objections.

« T'as toute c'te grande maison pour toi, avait décrété Mildred. En c'qui m'concerne, tu peux faire c'que tu veux. C'est toi la maîtresse. »

Dans un sens, c'était bien d'avoir la grande maison rien que pour soi, d'être toute seule dans tant d'espace. Mais d'un autre côté, ça fichait un peu la trouille de n'avoir personne à qui parler. Avec des animaux, ç'aurait été mieux. Rita savait qu'il était inutile de recommencer à élever des fourmis, mais elle ne put s'empêcher de mettre dans un bocal des têtards, qu'elle retrouva flottant le ventre en l'air au bout de deux jours. Du coup, c'était encore plus terrifiant, parce que la nuit les fantômes des têtards revenaient nager dans toute la maison pour l'accuser de leur fin prématurée.

C'est ainsi que le soir du jour où Polly et Rita étaient redevenues amies, Rita ne dormait toujours pas quand le portail s'ouvrit en grinçant. Elle crut d'abord que c'était Cyril, qui lui rendait de temps en temps visite depuis que Ronnie et Rita étaient partis, comme il le faisait souvent avant le jour fatal. Mais n'ayant pas entendu sa voiture, elle se demanda si ce n'était pas un fantôme, pas celui d'un têtard, mais le fantôme d'une personne. Mais non, les fantômes n'entrent pas par les portails. À cet instant, de petits coups discrets frappés à la porte de Mildred lui parvinrent, puis un bruit de voix, assurément pas celle de Cyril, une voix de femme. C'est drôle, pensa-t-elle, et elle s'endormit.

Mais le lendemain matin une grande surprise l'attendait. Elle était en train d'avaler son petit déjeuner à toute vitesse, talonnée par une Mildred très énervée parce qu'elle était en retard pour partir à l'école, comme d'habitude, quand Polly entra en trombe.

« Rita, Rita ! Rita, tu peux venir habiter chez nous ! »

Rita, qui avait la bouche pleine de pain et de beurre de cacahuètes, essaya d'avaler le tout en émettant de curieux gargouillis.

« Hier soir maman a parlé avec ton papa. Elle lui a téléphoné à son hôtel et il a dit qu'il était d'accord. Oh, Rita, Rita, viens, s'il te plaît ! Comme ce sera bien, tu pourras dormir dans ma chambre, il y a un matelas pour toi, mais tu pourras même coucher dans mon lit !

— Ah c'est vrai, j'ai oublié de te l'dire, Rita, fit Mildred, laconique, tout en ramassant le pyjama de Rita sur le tapis. Mrs Wong est venue pour demander si j'pouvais lui donner le téléphone de ton papa. Elle a déjà téléphoné, alors ?

— Oui, oui, s'écria Polly. Hier soir, quand on dormait, et il a dit oui, tu peux venir chez nous. Tout de suite après l'école ! Une semaine entière ! Qu'est-ce qu'on va s'amuser ! »

Ce fut ce qui arriva. Vivre avec les Wong, c'était comme si le monde entier vous tendait la main pour vous dire bonjour, sans jamais vous dire au revoir et, à la fin de la semaine, quand papa téléphona de Sainte-Lucie, Rita avait tant de choses à lui raconter qu'il dut se fâcher pour pouvoir placer un mot.

« Tais-toi une minute, Rita, s'il te plaît. Écoute-moi, ma chérie, je suis content que tu sois si heureuse et ça ne m'étonne pas. Mrs Wong m'a dit qu'elle était ravie de t'avoir, par conséquent je suis sûr que ça ne te dérangera pas que nous restions une semaine de plus, Marilyn et moi.

— Non, non, ça ne fait rien, papa, je me plais beaucoup ici... Oh !

— Qu'est-ce qu'il y a ?

— Mardi prochain, c'est mon anniversaire !

— Ton... Oh, zut, j'avais oublié.

— Tu m'avais promis !

— Oui, je sais, ma chérie, ça tient toujours. Promis ! Mais un autre jour, pas mardi.

— Mais si c'est un autre jour, ce ne sera pas vraiment un cadeau d'anniversaire.

— Mais si, ma chérie, ce sera pour le week-end suivant. Ah non, pas le suivant, puisque nous rentrons samedi, celui d'après... ah, mais non, je dois couvrir l'élection de Miss

Guyana, mais... c'est promis, ma chérie, on fera ce que je t'ai dit. Bientôt.

— Mais ce ne sera pas pour mon anniversaire. Ça devait être un voyage d'anniversaire. Ce n'est pas pareil. Je te déteste je te déteste je te déteste et elle aussi je la déteste. »

Sur ce, elle raccrocha brutalement.

Une heure plus tard, Mrs Wong la trouva tout en haut du cainitier.

« Ça va mieux maintenant, ma chérie ? »

Rita hocha la tête.

« Tu ne veux pas descendre ? J'ai de la glace au cachiman. »

Rita hocha encore la tête et descendit de l'arbre.

« Tu ne veux pas me dire ce que tu as ?

— Papa m'avait promis. Il m'avait promis que le jour de mon anniversaire, je n'irais pas à l'école. Lui non plus n'irait pas à son travail et on prendrait l'avion pour aller aux chutes de Kaieteur, rien que nous deux, sans Marilyn, on devait passer toute la journée là-bas. Ça devait être mon cadeau d'anniversaire. Il me l'avait promis il y a très très longtemps, avant qu'elle arrive, même, et maintenant il dit que ce n'est pas possible. À cause d'elle.

— Eh bien, ma chérie, il ne nous reste plus qu'à voir ce qu'on peut faire pour ton anniversaire, d'accord ? On organisera une fête, ça c'est sûr, on invitera toute la rue et on pourra peut-être emprunter un poney pour faire des promenades et... Je vais m'en occuper. »

Rita hocha la tête. Elle n'écoutait pas vraiment. Elle était absorbée.

« Joyeux anniversaire, joyeux anniversaire... »

Rita s'assit dans son lit en se frottant les yeux. Mrs Wong, le Dr Wong, Polly et Maxine faisaient un cercle autour d'elle. Et il y avait quelque chose d'autre, quelqu'un d'autre... Mrs Wong tenait un bâton à la main, un bâton avec une barre transversale et, sur cette barre était perché un perroquet attaché par une corde, elle-même nouée à un anneau lui enserrant la patte gauche.

Le Dr Wong avait un sourire jusqu'aux oreilles, Polly ne se contenait plus et Maxine sautillait sur place.

« Qu'est-ce que... Qu'est-ce que c'est ? bredouilla Rita.

— Un perroquet, bécasse, s'écria Polly. Un perroquet ! Et il est à toi !

— C'est ton cadeau d'anniversaire, ajouta Mrs Wong.

— Il peut *paler*, dit Maxine. Tu pourras lui apprendre à paler !

— Mais... ce n'est pas possible... Marilyn !

— Qu'elle aille se faire voir ! s'exclama Mrs Wong. Ne t'inquiète pas, tu pourras le garder. Il restera ici, dans le jardin, mais il sera à toi, tu devras t'en occuper, lui donner à manger, nettoyer ses saletés...

— Et lui apprendre à paler !

— Il s'appelle Robert. Le marchand a dit que tous les perroquets s'appelaient Robert.

— Pas celui-là. Il s'appelle Ringo Starr. Mr Starr. »

Ronnie et Marilyn rentrèrent chez eux en se disputant. Marilyn fulminait contre Ronnie, qui se défendait d'un air penaud. Ils descendirent du taxi, montèrent l'escalier et pénétrèrent dans la maison en se disputant. En voyant le désordre qui régnait dans le salon, Marilyn cessa brusquement de reprocher à Ronnie les péchés qu'il avait bien pu commettre et commença à invectiver Mildred et Rita, les accusant d'être deux souillons, ce qui était injuste vu que Rita n'habitait plus là depuis quinze jours, et que par conséquent elle n'y était pour rien si Mildred n'avait pas fait le ménage. Mildred fut renvoyée séance tenante.

Plusieurs jours s'écoulèrent avant que Rita ne découvre le motif initial de leur querelle, mais elle finit par avoir l'explication du mystère.

Marilyn avait perdu son bébé et c'était la faute de Ronnie parce que c'était un sale taureau. Voilà ce que Rita avait entendu Marilyn crier, une nuit (elle avait dû remonter son lit dans sa chambre), alors qu'ils la croyaient endormie.

L'emploi du mot taureau la rendit perplexe. À force de réfléchir à la question elle en vint à la conclusion que Marilyn avait été projetée en l'air par un taureau, que Ronnie avait tenté de se débarrasser d'elle par ce moyen. Cette explication la satisfaisait profondément. En outre, elle était bien contente de savoir qu'il n'y aurait pas de petit garçon au 7. En tout cas, pas tout de suite.

DEUXIÈME PARTIE

IX

KAMAL S'EN VA DEHORS

Kamal tâchait de retenir son souffle ; sinon, à coup sûr, ils l'entendraient. Lui entendait le bruit de sa propre respiration, le martèlement de son cœur, violent, désordonné, et il avait l'impression que le monde entier prêtait l'oreille et le guettait. Il se tassa encore davantage à l'intérieur de sa cachette, roulé en boule, les genoux repliés, la tête rentrée, épousant exactement la forme arrondie du panier. Pour la première fois de sa vie, il se félicitait d'être si petit, si souple ; comme un chat, disait-on toujours, agile et léger, capable de se glisser dans les espaces les plus réduits, de sauter des plus hautes fenêtres en atterrissant avec l'élasticité d'un ressort, puis de disparaître en un clin d'œil. Voilà pourquoi ils n'arrivaient jamais à l'attraper ; voilà pourquoi, quand Rani leur commandait de le ramener, il réussissait à leur échapper et à s'enfuir, et voilà pourquoi Rani voulait d'autant plus le retenir. Mais pour Kamal, c'était au contraire un aiguillon qui lui donnait envie de se sauver et stimulait son ingéniosité, si bien que, faute de le ligoter avec de grosses cordes, la perdante était toujours Rani. Il eut un sourire en pensant à sa fureur, puis à son affolement, quand on s'apercevrait de sa disparition.

Il avait étalé un torchon sur lui, au cas où on ouvrirait le panier ; on penserait ainsi que le *chowkidar*[1] n'en avait pas voulu et on le retournerait avec son contenu intact. Au début, il avait fermé les yeux très fort, comme s'il croyait que, du fait qu'il ne voyait pas le monde, le monde ne le verrait pas non plus – du moins le petit monde du Maha Pradesh, dont il connaissait si bien chaque recoin et chaque anfractuosité

---

1. Pour la signification des mots indiens, se reporter au glossaire figurant p. 499.

qu'il aurait pu sans peine retrouver son chemin les yeux bandés dans le labyrinthe des passages et des escaliers, guidé par les bruits, l'âcreté des odeurs, la forme des pavés, la douceur des pierres sous ses pieds nus, la texture des tapis et des tapisseries, son toucher, son ouïe et son odorat si affinés qu'il aurait presque pu se passer de voir.

À chaque seconde qui s'écoulait, son anxiété croissait. Plus il faudrait de temps pour charger la charrette et décider les bœufs à se mettre en mouvement, plus le danger grandirait : il lui fallait absolument s'assurer que tout était *normal* dehors. Il entrouvrit prudemment les yeux. Il faisait sombre à l'intérieur du panier, mais pas complètement noir ; des rais de lumière filtraient par le maillage d'osier. La curiosité l'emporta sur la prudence ; il changea tout doucement de position, plaquant son visage contre l'intérieur du couffin, de manière à pouvoir coller son œil droit contre l'une des fentes par lesquelles le jour pénétrait, et il inspecta la cour.

Tout paraissait normal. Dans la lumière grise de l'aube, chacun s'affairait comme à l'accoutumée. Vêtu seulement de son *kaupina* et coiffé d'un turban, Punraj traversa au petit trot le champ de vision limité de Kamal, ployant légèrement sous le poids du sac de riz qu'il transportait sur son dos. Le corps de Punraj, noir comme de l'ébène, luisait de sueur, bien que le soleil n'eût pas encore fait son apparition ; l'entrepôt était très éloigné et il n'en était certainement pas à son premier voyage. Kamal sourit encore ; il regrettait de ne pouvoir appeler Punraj pour lui confier son secret ; Punraj ne se fâcherait pas, il ne dirait rien. Punraj était un ami, un ami clandestin, l'un des nombreux amis de ce genre que Kamal s'était faits parmi les domestiques du palais.

Il ne voyait pas grand-chose à travers la fente et, quand Punraj eut disparu, il se passa plusieurs secondes au cours desquelles il ne distingua rien d'autre que le bâtiment en brique rouge, au fond de la cour. Il entendait néanmoins les bruits familiers du matin et en conclut qu'on n'avait pas encore remarqué son absence, que la vie suivait son cours habituel. Une chèvre passa au galop dans l'étroite bande de son champ d'observation, la chèvre blanche que, pour une raison connue de lui seul, il avait baptisée Wendy. À sa suite courait Bibi, une autre amie clandestine de Kamal. Vêtue d'une longue jupe rouge, Bibi zigzaguait derrière Wendy, qu'elle essayait d'attraper de ses bras tendus, mais la petite chèvre s'esquiva adroitement avant de disparaître à son tour. Kamal sentit l'odeur de la fumée montant des braseros allumés dans la cuisine et l'eau lui vint à la bouche quand il entendit grésiller le *ghee* dans lequel les cuisiniers faisaient frire les *puris* du petit déjeuner. Il entendit le tintement des seaux qu'on descendait dans le puits, le grincement de la poulie, l'eau qu'on transvasait dans les récipients d'argile, les papotages de l'armée de serviteurs, le cri perçant d'un paon perché sur un toit éloigné.

Il commença alors à s'impatienter. Il était temps de se mettre en route. Sinon ils allaient... et voilà ! La cloche du petit déjeuner retentit et Kamal, contrarié, se mordit la lèvre ; il aurait fallu que la charrette soit partie depuis longtemps car, ne le voyant pas venir, tout le monde se lancerait à sa recherche, alors qu'il ne serait pas encore sorti du palais et on le retrouverait sans peine. Il fut pris de découragement – se serait-il donné tout ce mal pour rien ? Il avait guetté la charrette pendant toute la semaine et elle était toujours partie bien avant l'heure du petit déjeuner.

On chargeait les paniers vides quand il faisait encore nuit et c'est pourquoi il avait pu se glisser sans difficulté dans les couloirs déserts, grimper dans la charrette, s'introduire dans une couffe ni ni connu et se couvrir avec le torchon, puis sortir la main pour chercher le couvercle à tâtons et le refermer sur lui. Ensuite il suffisait d'attendre. Mais aujourd'hui le charretier prenait son temps. D'habitude, il s'asseyait devant la cuisine sur la terre battue fraîchement balayée, pour boire son thé et échanger des commérages avec des serviteurs qui prenaient leur petit déjeuner avant d'entamer leur journée de travail. Installés en cercle autour d'un petit brasero et emmitouflés dans plusieurs épaisseurs de tissu car les matins étaient frisquets à cette saison, ils conversaient à mi-voix, en transvasant leur thé d'une tasse à l'autre pour le refroidir, puis, le menton levé, ils ouvraient la bouche pour y verser le breuvage laiteux. Kamal les avait épiés pendant toute la semaine et ils s'étaient toujours séparés bien plus tôt qu'aujourd'hui pour aller vaquer à leurs diverses occupations, après avoir secoué leurs vêtements et s'être époussetés. Le charretier regagnait sa charrette, s'installait sur la planche placée entre les deux bœufs, lançait son *hey-hey*, piquait plusieurs fois la croupe des bêtes paresseuses, et l'attelage s'ébranlait, longtemps avant que la cloche du petit déjeuner n'ait fait entendre son appel joyeux. Les bœufs s'arrêtaient devant les immenses grilles aux gonds encastrés dans les murailles du palais. Des gardes drapés dans d'épaisses couvertures retiraient de multiples barres, tournaient de multiples clés et défaisaient de multiples chaînes avant de pousser lentement le lourd portail pour laisser sortir les bœufs et la charrette. Les grilles étaient ensuite refermées et verrouillées, et les chaînes remises en place. Les bœufs, la charrette, les paniers étaient dehors !

Jamais, au cours des neuf années que comptait sa vie, Kamal n'était allé dehors.

Une crampe lui parcourut le pied droit, coincé dans l'arrondi du panier. Il changea légèrement de position, remua les orteils et essaya en vain de bouger son pied. Maintenant il avait mal partout. En plus il avait froid et faim. Il avait peur qu'on le trouve. Tout allait de travers. Le charretier avait disparu de la surface de la terre. Pourquoi fallait-il que ça arrive justement aujourd'hui ? Ce n'était vraiment pas de chance.

Kamal savait que les choses ne se passaient bien que s'il devait en être ainsi. On avait beau faire des plans et des projets, prendre toutes sortes de dispositions, si vos intentions ne correspondaient pas très exactement à celles du Destin, ça tournait mal à tous les coups, car, comme le disait le maître, l'homme propose mais Dieu dispose. Par conséquent si l'horaire du charretier avait changé justement aujourd'hui, cela signifiait que le Destin disait *non*, de façon claire et nette. Soudain, une rumeur inhabituelle venant de l'aile ouest lui parvint et, bien qu'il ne vît rien, Kamal devina que Lakshmi était sortie sur son balcon et criait quelque chose à quelqu'un se trouvant en bas, dans la cour. Il entendit distinctement chaque mot et comprit que le temps pressait ; si le charretier n'arrivait pas dans quelques minutes, on commencerait à le chercher sérieusement.

« Ramanath, as-tu vu Kamal ?

— Kamal ? Non, il n'est pas ici. Pourquoi ?

— On le cherche partout, il n'est pas venu prendre son petit déjeuner et Rani est très fâchée, en fait elle est dans une colère folle. Il n'est pas non plus dans sa chambre.

— Il doit être aux écuries, tu es allée voir ? La chienne a sans doute eu ses petits, tu sais qu'il attendait ça depuis plusieurs jours. Il est sûrement là-bas.

— Tu as raison. Je vais aller voir. »

Au même instant Kamal sentit la charrette pencher d'un côté sous le poids du charretier qui y montait, et il poussa un soupir reconnaissant ; les bœufs s'agitèrent, la charrette couina, il entendit le familier *hey-hey,* et en route ! Les grilles s'ouvrirent en grinçant, et il se retrouva dehors.

X

LES YEUX

Aux abords du *chowk*, la place du marché, la charrette fit halte et Kamal descendit sans être vu. Il sauta à terre et, guidé par le bruit, les odeurs et le tourbillon des couleurs, il partit vers le bazar. Quel univers ! Un univers regorgeant de fruits et de légumes, dont certains que Kamal n'avait jamais vus et encore moins goûtés. Ses narines aspirèrent en même temps mille arômes différents ; il y en avait de si délicieux qu'il s'arrêta rien que pour regarder et, comme il avait faim – il n'avait pas petit déjeuner –, l'eau lui vint à la bouche en voyant un homme ouvrir un énorme fruit rond, puis le partager en tranches translucides jaune vif, moelleuses et appétissantes.

« Qu'est-ce que c'est ? » demanda-t-il, et le marchand éclata de rire.

« Tu n'as jamais vu de jaque ? D'où sors-tu, mon garçon ?

— Du palais », répondit Kamal et, aussitôt, il plaqua la main sur sa bouche en posant sur l'homme un regard pétrifié, puis il remonta en courant la travée des marchands de fruits et arriva dans celle des fleuristes. Là, les parfums étaient enivrants. Kamal tourna la tête de tous côtés et, partout, il ne vit que des fleurs, des piles de guirlandes et des paniers pleins de roses ; une fillette de son âge était assise par terre devant une corbeille de tubéreuses qu'elle enfilait de ses doigts agiles ; des marchands arrivaient avec des paniers pleins et repartaient avec des paniers vides, car il était encore tôt et on continuait à réachalander les étals ; seul Kamal n'avait rien d'autre à faire que regarder.

Une fois qu'il eut vu tout ce qu'il y avait à voir dans le bazar, il déambula dans les ruelles voisines, la faim le tenaillant de plus en plus. Il se retrouva dans une venelle où le macadam s'effritait et où les boutiques n'avaient apparemment à proposer que des clous rouillés. Un peu plus loin, il crut défaillir : il n'y avait que des gargotes devant lesquelles des bassines d'huile grésillaient sur des braseros et les *puris* dorés gonflaient pour se transformer en ballons croustillants d'où s'échappait une odeur de petit déjeuner qui envahissait ses narines et lui tordait le ventre.

Kamal n'avait pas un sou en poche. Il n'avait pas pensé à emporter de l'argent ; y aurait-il pensé qu'il n'aurait pas su où en trouver. Il n'avait jamais eu d'argent, qu'en aurait-il fait ? Malgré ses vêtements de soie, sa chaîne autour du cou et à son doigt une bague en or massif, il était en ce moment aussi pauvre que le plus démuni des mendiants – il en voyait partout – parce que l'or et la soie ne se mangent pas. Du coup une idée lui vint et il aborda bravement un garçon – à peine plus vieux que lui – qui faisait frire des *puris* devant une échoppe. Il retira sa bague et la lui montra.

« Accepterais-tu cette bague en paiement d'un petit déjeuner ? » demanda-t-il en hésitant.

Le garçon regarda la bague, puis Kamal, et se tourna vers l'intérieur du local pour appeler quelqu'un. Un homme sortit de la pénombre en s'essuyant les mains sur un torchon sale. Il détailla Kamal des pieds à la tête et dit :

« D'où vient cette bague, mon garçon. C'est une bague volée ?

— Non, bien sûr que non ! s'indigna-t-il, puis se rappelant que personne ne savait qui il était, il ajouta d'un ton plus amène : C'est ma grand-mère qui me l'a donnée. Elle m'appartient. Je voudrais manger mais je n'ai pas d'argent. Voulez-vous l'accepter en paiement ?

— Oui, oui, bien sûr », dit l'homme en désignant une longue table où étaient assises trois personnes en train de manger. Kamal se glissa sur le banc et attendit qu'on le serve.

L'un des clients, qui portait un pyjama blanc et une calotte blanche, le regardait avec insistance.

« Tu es fou ou quoi ?

— Pourquoi donc ?

— Tu veux payer ton petit déjeuner avec cette superbe bague ? Écoute, ne fais pas ça. Je vais payer pour toi et quand tu auras fini de manger, je te montrerai un endroit où tu pourras la vendre un bon prix. »

Kamal accepta volontiers la proposition et mangea avec plus d'appétit qu'il n'en avait jamais eu au palais, car cette nourriture sans apprêt lui parut plus délicieuse que les mets les plus raffinés que Rani faisait préparer rien que pour lui.

La transaction n'était pas du goût du patron. Quand il les vit se lever pour partir ensemble, il fit une réflexion acide, mais l'homme se contenta de poser de l'argent sur la table et s'éloigna, suivi de Kamal qui courait derrière lui en le remerciant avec effusion.

« Je n'ai fait que mon devoir, dit-il pour mettre un terme à ce débordement de reconnaissance. Un garçon comme toi doit se montrer prudent ; il y a dans cette ville de mauvaises gens qui ne demandent qu'à te voler. Vois tes beaux habits, tes bijoux ! Pourquoi te promènes-tu ainsi, avec cet air de prince ? D'où viens-tu ? Que fais-tu dans la rue à cette heure ? Ne devrais-tu pas être à l'école ? »

Mis en confiance, Kamal lui dit comment il s'appelait et lui raconta son histoire. L'autre rit et lui souhaita bonne chance. « J'espère que tu profiteras de ta journée. Au revoir. Je suis content de t'avoir rencontré.

— Mais vous deviez me montrer une bijouterie ? Il faut que je vende ma bague pour pouvoir vous rembourser !

— Ne t'inquiète pas pour ça. Ça m'a fait plaisir de t'offrir ton petit déjeuner. Mais sois prudent ! »

Kamal trouva tout de même la bijouterie. Dans une rue où il y en avait plusieurs autres. Il vendit sa bague pour trente roupies et ressentit une grande euphorie à l'idée de posséder de l'argent à lui. Quand vint l'heure de déjeuner, il entra dans un restaurant obscur, dans lequel des garçons plus jeunes que lui allaient et venaient en courant avec des seaux d'eau, pour ramasser les assiettes sales et essuyer les tables après le départ des clients. Il mangea joyeusement et paya avec fierté.

Ensuite il déambula au hasard des rues et finit par arriver dans un quartier où les seules couleurs étaient le noir et le gris, un quartier grouillant de vie humaine et animale. Il vit des mendiants vêtus d'habits sombres et raides de saleté, assis sur le bord de la chaussée. Il vit des enfants, des bébés, avec des membres déformés et des yeux suintant de pus et couverts de mouches. Un chien qui n'avait plus qu'une moitié de tête se promenait la cervelle pendante. Des cochons se repaissaient d'excréments humains stagnant dans les caniveaux. La puanteur des ordures envahissait ces ruelles. Kamal avait envie de vomir, pourtant il continua son chemin en regardant, en s'étonnant et en se posant des questions auxquelles il lui était impossible de répondre. Il n'avait jamais rien vu de pareil ; il n'imaginait pas que tant de misère pût exister sur la planète où se trouvait également le Maha Pradesh.

Vers le milieu de l'après-midi il déboucha dans une rue plus large que les autres, remplie d'ornières et bordée de maisons délabrées. Le plus étrange de tout, c'était le grand nombre de femmes qu'on y voyait. Des femmes debout devant des portes ouvertes, assises dans la poussière, sur un tapis ou sur un *sharpai,* ou encore appuyées à des embrasures, des femmes qui riaient et bavardaient entre elles. Elles se démêlaient et se tressaient mutuellement les cheveux ; on en voyait d'autres qui attendaient, groupées autour d'un point d'eau, puis qui repartaient portant leur baquet à deux mains ou sur la tête. Il y en avait quelques-unes qui mangeaient, leur assiette sur les genoux, d'autres qui allaitaient un bébé, ou qui cuisinaient, accroupies devant un brasero, ou encore qui lavaient des récipients, voire des enfants, dans les caniveaux puants. Elles regardaient Kamal à la dérobée au moment où il passait devant elles, puis retournaient aussitôt à leurs occupations. Il vit également une poignée de fillettes, guère plus âgées que lui, et quelques jeunes enfants. Mais pas un seul homme.

Ah si. Il y en avait un. Il sortit d'une maison, fou furieux, poursuivant une fille aux longs cheveux embroussaillés, qui poussait des cris stridents, une fille de la taille et de l'âge de Nirmala, la sœur aînée de Bibi, qui s'était mariée l'année précédente, à quatorze ans.

Au moment où elle allait arriver dans la rue, l'homme l'empoigna par le bras en hurlant des mots que Kamal ne comprit pas. Des femmes qui se trouvaient là levèrent un instant les yeux, puis reprirent très vite leur besogne.

L'homme retourna vers la maison et cria quelque chose sur un ton impérieux. Une femme d'âge mûr apparut sur le seuil et lui tendit une sorte de manche à balai. Sous les yeux de Kamal horrifié, il fit alors pleuvoir des coups sur le dos de la fille, qui criait à fendre l'âme en implorant pitié, mais il continua à la battre, sans cesser de l'invectiver, la figure presque noire de fureur.

L'espace d'un instant, Kamal resta pétrifié d'indignation, puis il se précipita sur la brute et arrêta la main qui tenait le bâton. « Non ! Non ! Vous lui faites mal ! Laissez-la ! »

L'homme, stupéfait, s'immobilisa une fraction de seconde, le bras levé. Kamal voulut en profiter pour entraîner la fille. Elle le regarda.

Ces yeux ! Jamais il ne les oublierait, jamais de toute sa vie. Ce regard ! Quelle terreur ! Quelle souffrance ! Quel abject désespoir ! La détresse qu'on y lisait lui brisa le cœur, car jamais il n'avait vu une si profonde douleur, ni même quelque chose d'approchant, la terre n'étant pour lui qu'un lieu de bonheur où les êtres souriaient ; et même quand ils avaient mal, ils le cachaient derrière un sourire, sauf les petits enfants qui ne savaient pas encore dissimuler. La souffrance de cette fille était exposée à nu dans ses yeux, dans sa bouche aux coins tombants. Sa désespérance s'inscrivait sur ses joues sales et mouillées, dans ses cheveux ternes, dans le mouvement de son corps pour s'arracher à la main de Kamal, dans le glapissement qui s'échappait d'elle maintenant que la seconde d'immobilité prenait fin et que retombait le bras du bourreau. Le bâton rencontra son dos arqué et contracté avec un son mat.

La fureur s'empara de Kamal. De ses poings, il martela le bras de l'homme, y planta les dents, mais il était petit et fluet et l'homme grand et fort. Irrité, celui-ci l'envoya bouler d'une simple chiquenaude et Kamal atterrit au milieu de la rue, à quatre pattes comme un chat, pour se relever aussitôt. Il s'apprêtait à réattaquer quand des mains puissantes le saisirent. Il se retourna : une femme, sans doute une voisine, le maintenait.

« Ne te mêle pas de ça, mon garçon, c'est son oncle et elle a désobéi. Elle doit être punie.

— Mais il lui fait mal !

— C'est seulement pour qu'elle lui obéisse la prochaine fois. Il nous faut tous apprendre à obéir ; c'est la vie. Toi aussi tu dois obéir à ta mère, non ? Et à ton père. Et elle, elle doit obéir à son oncle », conclut-elle avec un odieux ricanement.

Une autre femme s'approcha. « Qu'est-ce que tu fais ici ? lui demanda-t-elle. Tu n'es qu'un enfant ; va-t'en. Tu n'as rien à faire dans cette rue.

— Je voulais seulement...

— Va-t'en. Et ne reviens jamais ici. Il faut que tu sois fou pour te mêler de choses qui ne te regardent pas.

— Mais cette fille... » Kamal se retourna : l'homme et la fille avaient disparu.

« Ça va s'arranger, ne t'inquiète pas pour elle. Son oncle va s'en occuper. Maintenant va-t'en et ne reviens plus ici.

— Pas avant que tu sois un homme, en tout cas », s'esclaffa la première. Kamal la regarda attentivement ; elle ne ressemblait à aucune des servantes du palais. Sa petite figure était grêlée par la variole. Des trous flasques et cernés de noir lui creusaient les ailes du nez et le lobe des oreilles, mais elle ne portait pas de bijoux, si ce n'est une succession de bracelets en plastique s'entrechoquant autour de son poignet osseux. Les dents qui lui restaient étaient jaunes. Elle était vêtue d'un vieux sari délavé, d'une couleur indéfinissable. Elle dégageait une odeur d'huile de noix de coco rance, de sueur âcre et de parfum frelaté.

« C'est ça, alors tu pourras revenir, renchérit l'autre. Avec toutes tes soieries et des beaux bijoux ! »

Elles éclatèrent de rire mais Kamal ne comprit pas pourquoi. En revanche, il comprit qu'elles avaient raison : il devait s'en aller. Cette rue ne lui plaisait pas ; il n'aimait pas ces deux femmes ; il ne pouvait pas venir en aide à la fille. Son instinct lui disait qu'il n'était pas à sa place ici. Il était temps de rentrer à la maison.

Il regagna le palais sans la moindre difficulté. Tout le monde connaissait le chemin ; on le lui indiqua de rue en rue, et finalement, en début de soirée, il arriva devant les grilles. En le voyant, les sentinelles poussèrent de grands cris de stupéfaction et de soulagement, et il lui sembla que le palais tout entier se déversait dans la cour pour lui demander où il était passé, lui dire qu'on l'avait cherché partout, qu'il était un vilain garçon et que Rani allait le gronder.

« Elle s'est même fâchée après moi, Kamal, lui chuchota son ami Hanoman, le fils du précepteur. Elle est persuadée que je t'ai aidé à sortir. Regarde ! ajouta-t-il en montrant ses mains striées de larges zébrures rouges. Elle m'a battu pour que je parle. Mais je ne savais rien ! Je ne savais rien du tout ! »

Des servantes le dépouillèrent de ses vêtements sales en riant sous cape. On le baigna, on le parfuma et on le mit au lit pour la nuit.

Juste avant qu'il s'endorme, un message lui parvint.

« Rani a dit qu'elle te verrait demain. »

XI

RANI

Appuyée sur un moelleux coussin de velours pourpre spécialement conçu pour enclore son énorme masse et renfermant une armature métallique palliant l'atrophie de ses muscles enfouis sous des montagnes de graisse, Rani se faisait masser les pieds. Son sari, retroussé au-dessus des genoux, était ramené en boule entre ses cuisses écartées. Ses pieds reposaient sur des poufs également pourpres, tandis que deux jeunes sylphides accroupies lui pétrissaient les plantes et massaient ses orteils enflés.

Sa main droite retombait languissamment sur une assiette de sucreries et se portait de temps à autre vers sa bouche. L'autre, posée sur son ample poitrine, tenait mollement un éventail en plumes de paon. Ses lourdes paupières étaient à demi closes et un visiteur moins averti aurait pu croire qu'elle dormait. Mais pas Kamal. Kamal savait que derrière ses paupières flétries se cachait une intelligence aussi aiguë qu'une épée à double tranchant et que l'apparente inertie de ce gros corps indolent était le meilleur travestissement de sa grand-mère, que seul un esprit aussi roué pouvait avoir inventé. Kamal ne doutait pas un seul instant qu'elle avait endossé ce déguisement à dessein et non par obligation. L'obésité n'avait pas pris Rani en traître ; elle s'était rendu compte des avantages qu'il y avait à dissimuler son astuce sous des couches de chair amollies et à masquer sa fourberie sous des monceaux de gélatine inoffensive. Cela faisait partie de sa stratégie.

Il entra par le jardin. Les grandes portes-fenêtres dont les persiennes étaient repliées ouvraient sur une terrasse et une fontaine en forme de cupidon (importée de France), si bien que la salle du Surya dallée de marbre gris, où Rani passait la plus grande partie de ses journées, s'étendait jusqu'à la pelouse vert émeraude sans que rien vienne l'interrompre. Rani, qui ne supportait pas l'éclat du soleil, était installée dans un recoin obscur, au fond de la salle, d'où elle aimait à contempler son domaine en s'assoupissant de temps à autre, mais généralement elle restait assise à regarder et à attendre, immobile, excepté sa main droite qui allait de l'assiette à sa bouche, ou l'autre qui se levait parfois pour agiter un instant l'éventail puis retombait aussitôt.

De somptueux tapis étaient déployés çà et là, à l'abri des rayons du soleil. À mesure qu'il approchait, Kamal sentit sur lui le regard intense de Rani ; il vit sa main, qui se dirigeait vers ses lèvres, s'arrêter une fraction de seconde ; il sentit que ses yeux s'étaient étrécis jusqu'à n'être plus qu'une fente à peine visible entre les replis de graisse et que l'air même qui l'entourait vibrait de venin.

D'un mouvement presque imperceptible des doigts, Rani congédia les deux jeunes filles. Elles se relevèrent, joignirent les paumes, s'inclinèrent en ployant gracieusement le genou, reculèrent et disparurent sans bruit à petits pas glissés. Elles laissèrent dans leur sillage un léger parfum de rose et de jasmin que Rani chassa vigoureusement par un pet sonore, se soulevant légèrement d'un côté pour permettre à l'odeur de s'évacuer, puis laissant retomber ses chairs tremblotantes avec un bruit mat. Kamal retint sa respiration, joignit les paumes des mains, sourit, se baissa et s'assit sur ses talons, devant elle, sur le tapis.

Les lèvres de Rani remuèrent. « Approche-toi ! » ordonna-t-elle, et Kamal avança imperceptiblement sur ses genoux. Il huma l'air mais cessa aussitôt de respirer : une insupportable puanteur. Toutefois, comprenant qu'il fallait radoucir Rani, il sourit et, toujours sans respirer, désigna le porte-encens en bois de rose, près de l'assiette de bonbons, et inclina la tête pour mimer une question qu'il espérait ne pas avoir à poser, du moins pas tout de suite. Rani grommela en hochant légèrement la tête. Soulagé, Kamal prit le porte-encens et la boîte d'allumettes en argent qui était à côté, frotta une allumette et enflamma quatre bâtons d'encens. Il les retira du bougeoir et les balança en cercle devant Rani, comme s'il lui rendait un culte, afin qu'elle ne soupçonne pas sa véritable intention. Ce mélange d'exhalaisons n'apporta qu'une très relative amélioration dans l'air ambiant mais Kamal, qui suffoquait, recommença lentement à respirer, sans jamais cesser de sourire pour ne pas lui laisser deviner son dégoût, tout en regrettant de ne pouvoir se ruer dans le jardin pour s'emplir les poumons d'espace et de soleil. Ici, au fond de la salle, l'air ne pénétrait jamais ; les odeurs accumulées produisaient une atmosphère de renfermé, aigre et stagnante, que seule Rani arrivait à supporter – Rani et ceux qu'elle condamnait à lui tenir compagnie, par exemple les petites masseuses.

Rani grogna, changea de position, et Kamal craignit une nouvelle émission de gaz d'échappement, mais elle se pencha seulement pour rapprocher son visage du sien.

« Hier, tu es sorti du palais. »

Kamal haussa les épaules.

C'était fait, c'était terminé, il était de retour et Rani n'avait aucun moyen d'annuler ce qui était arrivé. Aucune punition ne pourrait effacer cette journée ; elle avait éveillé ses sens et restait imprimée dans sa conscience, elle avait ouvert des portes et des fenêtres qui ne se refermeraient plus jamais.

« Je t'avais interdit de quitter le palais et pourtant tu es sorti. »

Rani parlait d'une voix lente et basse, dépourvue de toute émotion : elle constatait un fait. C'était la voix qu'elle prenait quand la colère bouillonnait en elle avec tant de violence qu'elle réservait toutes ses forces à la contenir. Ceux qui avaient quotidiennement affaire à elle connaissaient bien cette voix, car des milliers de petites choses déclenchaient sa fureur : des franges de tapis emmêlées, une colombe égarée se soulageant sur la terrasse, une graine de sésame logée dans une dent du fond. Convoqué en sa présence, le coupable (la bonne qui n'avait pas brossé les franges du tapis, le cuisinier qui avait confectionné le gâteau au sésame, le jardinier qui n'avait pas chassé la colombe) l'écoutait en tremblant dresser sèchement le constat des faits de cette voix-là, ramassée sur elle-même, tel un léopard s'apprêtant à bondir sur sa proie.

Depuis qu'il était tout petit, Kamal s'étonnait du pouvoir de Rani à inspirer la peur. Combien de fois avait-il vu des serviteurs affolés suer de terreur devant elle, les mains jointes, les yeux implorant sa clémence, ou tomber à genoux en la suppliant de les épargner. Qu'avait-elle pour faire naître une telle épouvante ? Sans doute n'était-ce pas plaisant de l'entendre tempêter quand le barrage cédait, mais elle ne battait jamais personne. Pourquoi ne hurlent-ils pas eux aussi ? se demandait Kamal. Ou alors ils auraient pu simplement tourner les talons et s'en aller, comme lui le faisait quand elle criait trop fort ou trop longtemps.

Pour sa part, Kamal ne connaissait pas la peur. Il n'avait peur ni de Rani ni de quiconque dans le palais. Il connaissait le mot peur, bien entendu, et il avait eu peur par l'entremise des nombreux héros des livres d'aventures qu'il aimait tant. Il savait donc par procuration ce que représentait le danger, la disparition de tout ce qui est cher et familier, et même la perte de la vie. Mais ici, il n'y avait rien à craindre. Ici, il était en sécurité. Ici, rien de mal ne pouvait lui arriver. Rani en avait décidé ainsi. Rani avait créé cet univers protégé, lisse et parfait, cet univers de plateaux d'argent débordant de mets au goût d'ambroisie, de vêtements de soie, de pelouses émeraude, de coupes où l'on pouvait plonger la main pour puiser des bijoux qu'on laissait ruisseler entre les doigts, comme de l'eau. Un univers où les paons faisaient la roue sur le gazon resplendissant, la queue déployée dans toute sa somptuosité. Rani avait créé ce monde et, pour lui, elle le conservait dans sa perfection, c'est pourquoi il ne devait pas, ne pouvait pas craindre Rani. Rani, souveraine absolue entre les murailles de son vaste empire.

« Voici le monde, avait-elle dit à Kamal, quand il était tout petit. C'est le seul monde que tu as besoin de connaître. »

Il savait qu'il existait un autre monde à l'extérieur, un monde plus grand, mais il n'avait aucune idée de ce que signifiait *grand* ; grand, c'était grand comment ? Et de combien pouvait-il être plus grand que le Maha Pradesh ?

Le Maha Pradesh était immense.

« J'ai créé ce monde pour toi, lui avait dit et répété Rani. Il renferme tout ce dont tu pourras jamais avoir besoin. Il te suffira. J'ai fait tout le nécessaire ; il y a ici tout ce qu'il te faut ; et si tu veux plus, tu n'as qu'à le demander. »

« Mais qu'y a-t-il de l'autre côté du mur ? » s'était enquis Kamal, car il avait parcouru la totalité du Maha Pradesh et inspecté le sommet du haut mur de pierre, surmonté de pointes de verre serties dans du ciment. Il y avait aussi des sentinelles tout du long et un impressionnant portail de fer par lequel, à toute heure du jour, des gens entraient et sortaient, mais jamais Kamal, et jamais Rani.

« De vilaines choses. Il y a la pauvreté, la saleté, et de méchantes gens qui te feraient du mal et chercheraient à te prendre ce que tu possèdes. Tu ne dois même pas penser au monde du dehors ; tu n'as pas besoin de lui. »

Ensuite elle avait souri en ouvrant les bras et Kamal, qui croyait tout ce qu'elle disait parce que Rani était pour lui son père, sa mère et tout le reste, s'y jeta et elle le prit sur ses genoux. Du doigt, elle lui montra le paysage qui s'étendait au-delà de la terrasse. « Regarde ! Regarde cette magnifique pelouse ! Vois comme elle descend doucement vers le jardin ! Regarde ce paon qui la traverse majestueusement ! Bientôt il relèvera sa queue et fera la roue et ensuite il dansera pour ses paonnes et aussi pour moi ! Le paon danse parce qu'il est conscient de sa beauté ; il n'y a de place que pour la beauté, dans le monde. Je veux que tu ne connaisses rien d'autre que la beauté, Kamal. Je regrette d'avoir perdu l'usage de mes jambes, sinon je te prendrais par la main pour t'emmener parmi ces superbes parterres de fleurs et je t'apprendrais le nom de toutes les roses. Quand j'étais jeune, Kamal, j'adorais les roses et je les soignais moi-même. Maintenant mes jardiniers s'occupent de tout. Mais ce sont les meilleurs jardiniers de toute l'Inde. Je leur ai donné l'ordre de faire du Maha Pradesh un paradis ; et ce paradis est pour toi. Car tu es un prince, Kamal, et il te faut ce qu'il y a de mieux. »

Alors elle lui raconta pour la millionième fois l'histoire de leur famille, une dynastie de rois remontant encore plus loin qu'on ne pouvait l'imaginer.

« Le Maha Pradesh était plus grand à cette époque. Plus grand que ce que tu connais – le Maha Pradesh était vaste, un véritable royaume, il se déployait aux quatre points cardinaux, aussi loin que portait le regard. Il n'était pas entouré de murs, parce que ses terres s'étendaient jusque sur les ondoyantes collines. Il y avait des villages, même des villes, et tout le monde nous vénérait et nous payait tribut. Mais vois-tu, Kamal... et ce fut le sort de tous les grands royaumes et pas seulement du Maha Pradesh, des conquérants arrivèrent de l'étranger, des hommes blancs avec des armes, des hommes blancs qui le voulaient rien que pour eux, et ces Blancs nous ont réduits à ce que nous sommes aujourd'hui. Par conséquent nous avons construit un mur pour préserver ce qui nous restait, et c'est ce que tu vois là. Le Maha Pradesh est plus petit qu'il ne l'était, c'est vrai, mais il est encore assez grand pour être qualifié de royaume et, un jour, il t'appartiendra.

— Et tout ça grâce aux vers ! déclara fièrement Kamal.

— Grâce aux vers ?

— Oui. Les vers à soie. Les vers à soie qui travaillent pour nous.

— Qui t'a parlé des vers à soie ?

— Hanoman. Il dit qu'il y a dans les collines une armée de vers à soie qui travaillent pour nous et font notre richesse, et que s'il n'y avait pas les vers à soie, toi et moi, nous serions pauvres comme les rats du bazar.

— Hanoman t'a dit ça ? Hanoman est un ignorant.

— Hanoman est mon ami. Il est au courant de tout et il me raconte plein de choses.

— Hanoman ne peut pas être ton ami. Il n'est que le fils de ton précepteur et toi tu es un prince.

— Pas du tout. Hanoman dit que les Anglais ont soumis les rois et qu'il n'y a plus de familles royales en Inde, donc je ne suis pas vraiment un prince. Et puis Hanoman est allé dehors. Il sait tout ce qu'il y a dehors et il me le raconte.

— Dans ce cas, je t'interdis de parler avec Hanoman.

— Tu ne peux pas, Mataji ! C'est mon ami, le seul ami que j'ai ! Hanoman et moi, on est comme des frères, même...

— Tu es de sang royal, Kamal ! Tu es un *Ksatriya*, tu appartiens à la caste des guerriers, tu ne peux pas être le frère du fils d'un précepteur.

— Mais si, je peux, je peux ! Il me raconte plein de choses

et je veux tout savoir, sur ce qui se passe dehors, sur les vers à soie et sur le reste.

— Tu n'as pas besoin de savoir quoi que ce soit sur les vers à soie. Ce n'est pas ton affaire. Ils font leur travail, tu fais le tien – chaque créature a sa place attitrée sur la terre. Je paie des serviteurs qui s'occupent des vers à soie et s'assurent qu'ils font leur travail. J'ai des serviteurs pour récolter la soie et la transformer en richesse, de manière à ce que tu puisses vivre comme le prince que tu es par ta naissance. Parce qu'un jour l'Inde retrouvera sa gloire d'antan, tu siégeras dans la salle du Surya et tu gouverneras. C'est le Destin. Personne, et les Anglais moins que quiconque, ne peut rien contre le Destin. La roue du temps tourne lentement mais un jour elle reviendra à son point de départ et tout sera restitué à son propriétaire légitime. C'est-à-dire toi. C'est pourquoi je prends soin de notre patrimoine en prévision de ce jour. Je suis la seule à croire encore au bien-fondé de nos anciennes coutumes, à savoir que nos anciennes coutumes étaient bonnes et qu'il faut les remettre en usage. Swani Subramaniananda n'a-t-il pas... oh, passons.

« Je suis la gardienne de ton destin, Kamal. Ne souille pas ton esprit. Ne t'abaisse pas à penser à des questions qui ne te concernent pas. Tu dois te comporter en roi. Tu dois gouverner, commander, déléguer et exiger l'obéissance. Tu dois montrer à tes subordonnés que tu es leur chef, que ta parole est la parole de Dieu. »

Kamal avait alors sept ans. Son extraordinaire vivacité d'esprit lui permettait de remarquer des détails qui échappaient aux adultes, aussi, dès la première occasion, il alla trouver son précepteur et lui dit : « Maître, qui est Swami Subramaniananda ? »

Le maître le considéra avec étonnement.

« Comment se fait-il que tu connaisses ce nom ?

— Oh, je l'ai juste entendu en passant.

— Eh bien oublie-le. Il ne signifie rien. »

Sa curiosité attisée, Kamal interrogea d'autres personnes.

« Qui est Swami Subramaniananda ? » demanda-t-il à Jairam, son conseiller favori ; mais celui-ci balaya la question d'un haussement d'épaules. Quant à Challu, il eut un petit sourire et s'éloigna.

Seul Gaindha Dwarka, le conseiller principal de Rani, se montra un peu plus bavard. « Ne prononce plus ce nom, dit-il à voix basse. Jamais. Ça vaudra mieux pour toi.

— Mais pourquoi ? »

Gaindha Dwarka jeta un coup d'œil autour de lui, avant de répondre, toujours en chuchotant : « Parce qu'il est celui qui sait qui tu es véritablement et ce qu'il adviendra de toi si tu quittes le Maha Pradesh. Je ne peux t'en dire plus. »

Sur ce, il posa un doigt sur sa bouche, puis se glissa derrière le rideau donnant sur la salle de l'Indra et, de ce jour, jamais Kamal ne put le faire parler davantage.

On l'avait donc laissé à sa perplexité. Il savait uniquement ceci : le Maha Pradesh était une création de Rani et, pour lui, elle en avait fait quelque chose de parfait. Ici, Rani était reine ; Rani gouvernait avec une main de fer ; la parole de Rani faisait loi. Et pour une raison connue d'elle seule et d'un mystérieux Swami Subramaniananda, elle refusait de laisser Kamal, son unique petit-fils, son seul parent, le seul être humain qu'elle aimait, en franchir la porte. Or il s'était passé de son autorisation et il allait devoir le payer.

Il le savait depuis le début. Il avait pris un risque en toute connaissance de cause. Mais il savait aussi que Rani ne disposait que d'un éventail de punitions limité – elle ne le ferait pas fouetter, comme les domestiques. Pour tout dire, le pire châtiment qu'elle pourrait lui infliger serait le maintien du statu quo, c'est-à-dire la claustration à l'intérieur des murs du palais.

Il s'agenouilla donc devant elle sans rien dire, la regarda et attendit qu'elle parle. Peut-être l'enfermerait-elle dans sa chambre pour la soirée. Ou pendant plusieurs soirs de suite. Ce n'est pas la crainte du châtiment qui l'avait empêché de s'échapper plus tôt, mais le manque d'occasions. Les murailles étaient si hautes, les sentinelles si vigilantes qu'il était presque impossible de trouver un moyen de sortir. Il y était tout de même arrivé en recourant à une ruse. Il recommencerait, il le savait, et il restait agenouillé à attendre la punition.

« Comment as-tu fait pour sortir ? » La voix de Rani n'était guère qu'un murmure et plus elle parlait bas, plus le danger était grand. Malgré tout Kamal conservait son calme, persuadé de son invulnérabilité.

« Tu refuses de parler ? Tu ne veux pas me dire comment tu es sorti ? Très bien, dans ce cas je prendrai les mesures appropriées. Il est évident que les gardes ont fait preuve de négligence. Tu en as sans doute soudoyé quelques-uns... impossible de sortir sans la complicité de l'un d'entre eux. Si tu refuses de me dire lequel, je les ferai tous punir. Tous, sans exception. »

À ces mots, Kamal sentit son sang se glacer ; il n'avait pas pensé à ça. Ses yeux s'écarquillèrent d'effroi, parce qu'il comprenait maintenant pourquoi elle avait parlé si bas que ses paroles presque inaudibles avaient à peine fait frémir l'espace lourd qui les séparait.

« Raconte-moi. »

Mais il était incapable de prononcer un mot. Sa langue restait collée au fond de sa bouche, sa mâchoire était paralysée et, pour la première fois de sa vie, il connut la peur. Pas pour lui-même, mais pour les autres. La lumière se fit soudain dans son esprit et il comprit pourquoi personne, parmi les serviteurs et parmi ses amis, même ceux qui se seraient jetés au feu pour lui, n'avait accepté de l'aider à sortir du palais. Pourquoi il avait dû se débrouiller seul. Il réalisa alors qu'il n'était pas invulnérable. Il comprit que d'un mot, d'un signe de tête, Rani pouvait le punir à travers les autres. Il comprit que Rani le connaissait mieux qu'il ne l'avait cru : elle savait qu'il avait le cœur compatissant.

Au reste, il n'avait jamais cherché à le lui cacher. Les instructions de Rani disant qu'il fallait témoigner aux serviteurs le mépris qui leur était dû en raison de leur statut inférieur, il les ignorait et faisait ouvertement le contraire en traitant les domestiques comme ses égaux. Hanoman, le seul camarade de son âge qu'il avait, n'était pas toujours disponible car il avait son lot de besognes, aussi s'était-il fait d'autres amis parmi le personnel. Munsami, Gangadin, Ali Yusuf ; il les connaissait tous par leur prénom. Il connaissait le nom et l'âge de leurs enfants. Si leur femme était malade et qu'on envoyait les enfants chez une tante, il était au courant ; quand un fils aîné était admis dans une bonne école ou qu'un père se faisait des cheveux blancs pour les fiançailles de sa fille, il le savait. Il lui était facile d'entretenir des liens avec les domestiques. Rani, qui ne bougeait pas de la salle du Surya, ne pouvait pas tout voir, par conséquent peu importait ses ordres. Certes, elle avait ses mouchards. Mais Kamal savait à qui il pouvait ou ne pouvait pas faire confiance.

Soondath était un serpent et Ramsaywack un rat. Kamal les fuyait, eux et leurs séides ; c'est eux qu'on lançait à sa recherche quand il disparaissait, eux qui lui plantaient leurs griffes dans le bras et le traînaient par les corridors pour le mener à Rani, devant qui ils se mettaient aussitôt à baver comme des escargots. Là, ils le lâchaient – car il ne fallait pas faire du mal à Kamal – et plaquaient sur leur visage des grimaces de respect hypocrites. C'étaient ceux qui le trahiraient dès que l'occasion se présenterait. Mais jusqu'ici il n'avait commis aucune faute assez grave pour qu'elle retombe sur un autre que lui. Jusqu'ici ce n'avait été que des jeux de petit garçon qui se prend pour un grand. Seulement sortir du palais était une tout autre affaire. Kamal savait depuis toujours que c'était la seule transgression qu'on ne lui pardonnerait jamais. La seule qui lui vaudrait une terrible punition, le moment venu. Et puisqu'il n'y avait aucun châtiment qui pût le toucher, d'autres seraient pénalisés à sa place.

Kamal savait que les domestiques qui enfreignaient le règlement étaient fouettés. Il le savait, mais dans ces cas-là il disparaissait pour se réfugier dans un lointain recoin de la salle du Surya. Un jour, après une de ces séances, il avait vu un homme se faire traîner dans la cour, cassé en deux, anéanti ; puis on avait ouvert les portes en grand et on l'avait chassé à coups de pied. Kamal s'était enfui et avait essayé d'oublier l'incident. Aujourd'hui, il n'était pas question de s'esquiver. Il dut rester assis à côté de sa grand-mère, tandis que les gardiens torse nu étaient amenés l'un après l'autre et qu'on leur flagellait le dos jusqu'à ce qu'ils s'effondrent, à la suite de quoi on les flanquait dehors.

Kamal essaya de négocier. Il implora Rani, tenta de l'amadouer et jura sur sa vie qu'aucun d'eux ne l'avait aidé à s'échapper. Il lui conta l'histoire de son évasion dans tous les détails ; il la supplia de ne pas s'en prendre aux gardiens et de le fouetter, lui, puisqu'il était seul coupable. Il demanda pardon en pleurant ; il s'agenouilla devant elle en la conjurant d'accepter son repentir ; il fit le serment de ne jamais recommencer ; mais tout cela en pure perte.

Rani dit à Soondath et à Ramsaywack de le tenir chacun par un bras, et il eut beau se tordre et se débattre, il ne put se libérer de leur poigne de fer. Soondath le prit sous le menton pour lui relever la tête et l'obliger à regarder ; il hurlait, les yeux fermés, mais les larmes s'échappaient en ruisselant sur ses joues et il entendait le sifflement du fouet, puis son claquement mat quand il s'abattait sur le dos nu d'une sentinelle qui hurlait de douleur. Il les entendit crier grâce et reconnut leurs voix : Mahadai, Challu et Basdeo étaient parmi eux, des hommes qui plaisantaient et riaient avec lui, des hommes qui étaient ses amis, des innocents qu'on punissait à cause de ses bêtises.

Kamal s'évanouit avant la fin de la séance, tellement il souffrait. Il avait l'impression que chaque coup de fouet tombait sur son dos. Il hurlait encore plus fort que les gardiens, parce qu'il criait non seulement pour eux, mais aussi pour la fille de la rue, et Ramsaywack le bâillonna avec un bout de tissu. C'est à ce moment que, n'en pouvant plus, il perdit fort heureusement connaissance.

Quand il revint à lui, il était allongé sur le tapis aux pieds de Rani. Il n'y avait plus personne dans la salle, à part Hiraman qui jouait du tabla, installé à l'écart, nu jusqu'à la taille. Le son caverneux du tambour avait remplacé les cris. Une douce paix, ce silence solennel annonçant le soir, emplissait maintenant l'atmosphère.

Rani mangeait, assise dans sa position habituelle. D'abord, Kamal se contenta de la regarder, immobile, les yeux mi-clos, et il sentit qu'elle le regardait aussi. Alors il bougea un peu et elle renvoya Hiraman d'un geste de la main.

Quand ils furent seuls, elle lui fit signe de s'approcher.

« La prochaine fois ce sera pire. J'espère donc pour le

repos de ta conscience qu'il n'y aura pas de prochaine fois. Je n'ai pas chassé les gardiens. Ils ont regagné leur poste le dos en sang, et ils seront désormais plus vigilants que jamais. »

Jamais plus Kamal n'essaya de sortir du palais. Il se résigna à sa condition de prisonnier, sachant qu'un jour il serait libre. Dans un sens, ça lui était égal. Il s'était en effet rendu compte qu'il n'était pas de force à supporter le spectacle du dehors.

XII

L'ASPHYXIE

Kamal avait maintenant douze ans ; il était beau et grand pour son âge. Mais il était malade. Il dépérissait. Rani envoya quérir les meilleurs médecins, des médecins de Bombay et de Delhi, et tous en vinrent à la même conclusion : Kamal se mourait.

« Qu'est-ce qu'il a ? » s'écria Rani, qui aurait bien aimé les faire fouetter pour leur incompétence et qui pleurait presque de rage.

Les médecins haussèrent les épaules et rangèrent leurs instruments. « Nous n'en savons rien. Nous ne pouvons rien pour lui. Il a décidé de mourir et il mourra. »

Rani fit venir des médecins de l'étranger, mais eux non plus ne purent guérir Kamal. « C'est une maladie de l'esprit. Il faut consulter un psychiatre », déclarèrent-ils, et Rani en convoqua un, le plus renommé de tout le pays. Il s'assit au chevet de Kamal avec un calepin et un crayon, et essaya de le faire parler, mais Kamal ne répondait pas. Il le fixait d'un regard vide ou bien détournait la tête.

Un jour enfin – et Kamal entendit clairement les mots à travers les brumes enveloppant son cerveau –, Rani prononça la formule magique qui allait le conduire vers la guérison.

« Qu'on aille chercher Swami Subramaniananda ! »

Bien qu'il eût les yeux fermés, Kamal sut que Swami Subramaniananda était là à l'instant même où il entra dans sa chambre. Il sentit une main fraîche sur son front brûlant et une lumière s'infiltrer dans son âme. Il entendit un doux murmure de mots : « Sors de la nuit, Kamal. Sors de la nuit. Viens dans la lumière du soleil. Et tout ira bien. »

Il ouvrit les yeux.

Swami Subramaniananda avait un crâne rasé luisant

comme du miel et des yeux qui voyaient à travers lui et le reconnaissaient. Quand Kamal eut plongé son regard dans ces yeux, il n'eut plus envie de mourir. Il sentit la vie se réveiller en lui et comprit que son heure n'était pas encore venue. Il sentit la Grâce le pénétrer, telle une aube glorieuse, et il sourit à Swami.

« Tout va s'arranger, mon fils, répéta celui-ci. Tu sortiras du palais. »

À partir de ce jour, Kamal se rétablit rapidement, mais il ne put remercier Swami, qui ne revint jamais. Il lui devait tant : bientôt, très bientôt, il entrerait comme interne à l'École internationale de Kodaikanal, dans les monts Palini du Tamil Nadu. La décision venait de Rani en personne, disait-on – comment aurait-il pu en être autrement – et elle l'avait prise sur les conseils de Swami.

Ce fut son ami, le conseiller Jairam, qui lui raconta ce qui s'était passé.

« Il a dit à Rani que tu étais en train de mourir d'une asphyxie de l'âme. Il a dit que si tu restais ici, tu mourrais à coup sûr. Il lui a dit qu'elle n'avait pas suivi ses recommandations, qu'elle avait fait fi de ses injonctions et qu'elle était en train de te tuer. Il a dit que c'était uniquement pour toi, pour te sauver, qu'il avait accepté de revenir. C'est sa dernière chance, elle ne doit pas la laisser passer.

— Swami Subramaniananda, murmura Kamal, pensif. J'ai entendu ce nom il y a très longtemps. Un mystère l'entourait, une sorte de tabou. Sais-tu...

— Tout le monde sait, dit Jairam en riant. Tout le monde, sauf toi. Quand tu étais petit, il nous était défendu de t'en parler. Mais maintenant, qu'est-ce que ça peut faire ? De toute manière, tu dois partir. Je vais donc tout te raconter. Tu n'avais pas un an quand tes parents furent tués au cours d'une émeute. Dans son chagrin et son désarroi, Rani fit venir Swami au palais. Elle ne savait plus vers qui se tourner, seule avec toi, son unique héritier. Dans une telle situation elle avait besoin d'un guide. Swani était son gourou. Chaque année, il quittait son ermitage de l'Himalaya pour venir lui rendre visite, jusqu'au jour où il prononça des paroles à la suite desquelles elle le renvoya... définitivement.

— Qu'avait-il dit ?

— C'est que Rani avait de grandes ambitions pour toi. Elle disait que tu serais un jour un grand homme d'État, que tu ferais fortune dans l'industrie de la soie. Tu devrais recevoir la meilleure instruction que le monde pouvait offrir. Tu serais riche, célèbre, puissant... tu deviendrais le chef de l'Inde, tu rappellerais les familles royales et restituerais les royaumes à leurs légitimes héritiers. Tu inverserais le cours du temps. Ah, elle avait tant d'idées, tant de projets ! Certains extravagants, irréalisables, et tu étais au centre de tout. Au premier regard qu'il avait posé sur toi, Swami avait dit : "C'est un enfant de Dieu. Il n'est pas fait pour les affaires de ce monde. Il renoncera à l'or et aux femmes et se fera moine." Rani avait explosé et exigé qu'il retire ce qu'il venait de dire – elle était convaincue que tout ce qui sortait de la bouche de Swami se réaliserait obligatoirement –, mais il refusa de se rétracter. C'est alors qu'elle lui défendit de jamais remettre les pieds au palais. Elle alla jusqu'à nous interdire de pratiquer notre religion en ta présence – elle s'en prenait à Dieu lui-même, comme si cela pouvait empêcher ce qu'Il avait ordonné ! Elle s'endurcit le cœur. Tu devrais être éduqué par des précepteurs matérialistes, en vue d'assumer le rôle auquel elle te destinait. Tu ne devrais pas sortir du palais... Connaissant l'histoire du Bouddha, elle savait que le spectacle de la misère et de la souffrance peut inciter un homme à se consacrer à Dieu. Par conséquent tu ne devrais connaître ni la misère ni la souffrance. Tu serais enfermé dans une prison dorée, comme le prince Gautama. Mais le prince Gautama s'était échappé et il était devenu le Bouddha, et toi aussi, tu t'étais échappé à ta façon. En te voyant sur le point de mourir, Rani sut qu'elle avait perdu la bataille... momentanément. Jamais elle n'aurait fait appeler Swami si elle n'avait pas réellement craint pour ta vie et compris que le bannissement de son gourou était la cause de ta maladie, et que lui seul était capable de te sauver. Elle t'aime sincèrement, vois-tu.

— Alors, maintenant, elle va me laisser partir ?

— Oui. Swami a dit qu'il fallait que tu ailles dans le monde et que tu fasses des études. Rani reste Rani, elle est toujours aussi ambitieuse et ne renoncera jamais aux rêves qu'elle a pour toi, son unique héritier. Mais elle les a quelque peu modifiés et, en outre, bien qu'elle rêve, elle rêve de façon réaliste. Elle sait que pour devenir un homme d'État, il faut avoir de l'instruction, et la meilleure possible. Elle pense aussi pouvoir encore mieux te tenir en te laissant partir. Elle croit que le spectacle des souffrances du monde te donnera envie de prendre les rênes du pouvoir qu'elle est en train de mettre en place pour toi. Elle va t'envoyer dans une école chrétienne ; elle estime que la morale chrétienne est plus souple et plus tolérante à l'égard des ambitions temporelles et des affaires du monde que l'éthique hindouiste. C'est donc maintenant à toi de jouer.

— Que sais-je du pouvoir ? Ça ne m'intéresse pas. Je suis content d'avoir échappé à la mort et je suis content de quitter le palais. J'ai hâte d'être à Kodaikanal. Mais qui peut savoir ce que l'avenir me réserve, ce qui est écrit dans mon destin ?

— Le seul qui le sache peut-être, c'est Swami Subramaniananda. »

XIII

COMPLÈTEMENT GAGA

Les années de Kamal au collège de Kodaikanal passèrent comme l'éclair, ainsi qu'il en va toujours des moments heureux. Étant le plus brillant élève de sa classe, il eut ensuite le choix entre les meilleures universités du monde entier. Afin de mettre le plus de distance possible entre Rani et lui, il se décida pour Harvard.

Bien entendu Rani était absolument hostile à son départ. Ils avaient eu à ce sujet une discussion houleuse au cours de laquelle elle lui avait vanté les mérites des universités indiennes. Mais depuis la maladie de Kamal, il s'était produit un glissement subtil dans l'équilibre des forces et Rani savait désormais que ni elle ni personne ne pouvait rien une fois que Kamal avait pris une décision. Elle accepta sa défaite avec une certaine élégance.

En outre, avait-elle dit à Dwarka, aucun signe n'indiquait que la prophétie de Swami était susceptible de se réaliser. Si Kamal avait un caractère réfléchi et affirmé, la religion ne l'attirait nullement ; il ne risquait pas de devenir un renonçant. Il voulait être ingénieur. Elle l'avait supplié de choisir la carrière d'ingénieur du textile, ce qui serait utile quand il reprendrait la fabrique de soieries ; mais non, entêté comme de coutume, Kamal avait jeté son dévolu sur le génie civil. De toute manière, il n'avait nullement l'intention d'entrer dans l'entreprise familiale.

Rani avait fait la grimace. Quel dommage ! Mais, dans le fond, l'affaire marchait toute seule. Elle avait engagé des hommes honnêtes et capables pour s'en occuper et les bénéfices ne faisaient que croître depuis dix ans, surtout grâce aux exportations. Il y aurait toujours de la demande pour la soie ;

les femmes auraient toujours envie de se draper dans de jolies toilettes. L'avenir était rose.

Kamal fit la connaissance de Caroline au cours de sa quatrième année à Harvard. Il la rencontra lors d'une fête donnée par un ami de Cambridge à l'occasion de Thanksgiving. Elle était l'amie de l'amie de cet ami et Kamal avait passé la soirée à répondre à ses questions pressantes concernant l'Inde, car l'Inde la fascinait depuis qu'elle était toute petite. Elle était d'ailleurs étudiante en anthropologie, avec pour matière principale la langue et les traditions tamoules. Elle devait partir en Inde l'année suivante afin d'effectuer des travaux de terrain pour sa thèse. Elle comptait sur lui pour qu'il lui donne des tuyaux et peut-être quelques adresses.

Elle posa sur lui un regard bleu pâle, qui l'émut à cause du mélange de naïveté et d'intelligence qu'il reflétait. Cette naïveté était le fait d'une connaissance de l'Inde totalement intellectuelle et stéréotypée, glanée dans des milliers de livres et d'articles, écrits par des Occidentaux, bourrés de préjugés et de sentiments condescendants, ce dont elle n'était nullement consciente.

Il se trouva amené à défendre son pays et la fit subtilement glisser sur une position d'où elle pourrait considérer ces mêmes questions avec une perspective différente. Ils étaient tellement absorbés par leur discussion qu'ils ne s'aperçurent pas qu'il était très tard et, à deux heures du matin, il fallut que quelqu'un vienne les chercher dans la véranda où ils étaient assis dans des fauteuils d'osier. Kamal habitait à proximité, avec des amis, mais Caroline vivait à Brookline, chez ses parents, et elle s'était garée près de l'université. Il lui proposa de la raccompagner à sa voiture et ils continuèrent à parler jusqu'à Harvard Square.

Soudain, il lui prit la main et s'interrompit au beau milieu d'une phrase. Ils parcoururent les derniers mètres en silence.

« Voilà ma voiture, dit Caroline en la désignant de sa main libre.

— J'espère...

— Kamal, c'était... »

Ils avaient parlé en même temps. Ils se turent et se regardèrent en riant.

« Continue. Toi d'abord... »

Caroline lui prit son autre main et les serra toutes les deux dans les siennes.

« Je voulais seulement te dire... Je n'ai pas passé une soirée aussi stimulante depuis... Oh, mon Dieu. J'ai l'impression de n'avoir jamais passé une telle soirée de toute ma vie ! Ç'a été merveilleux de parler avec toi, Kamal, et je crois que nous allons devenir de grands amis. »

Les paroles de Caroline s'avérèrent prophétiques. Ils devinrent non seulement de grands amis mais aussi des amants. Dès le premier soir, Kamal avait su qu'elle était la fille qu'il épouserait. Elle était tellement différente de lui, et pas seulement au plan physique, avec ses longs cheveux blonds et son visage pâle en forme de cœur. Elle était l'étrangère à laquelle il rêvait d'être réuni parce qu'elle représentait cette partie de lui-même qu'il ne connaissait pas encore, la moitié manquante qui ferait de lui un être complet. Le fait qu'elle était une intellectuelle ne l'empêchait pas d'avoir une nature chaleureuse ; elle était attirée ou plutôt fascinée par l'Inde et tout ce qui était indien, d'une touchante naïveté – un peu sèche parfois, mais d'une sécheresse de surface, facile à adoucir. Ils pouvaient discuter pendant des heures et se taire pendant des heures ; aux premières neiges, elle l'emmena dans la campagne noyée de blancheur et ils marchèrent longtemps enlacés, sans dire un seul mot, et, malgré le vent glacial qui lui fouettait la figure, Kamal eut l'impression que l'hiver fondait à leur approche comme les flocons se liquéfiaient sur ses cils. Il ouvrit la bouche pour en recueillir un sur sa langue et éclata de rire. Son petit visage blanc encadré dans un châle marron enroulé autour de sa tête, Caroline resplendissait d'une joie intérieure. Tout à coup, elle lui plaqua son gant incrusté de neige sur la joue et déclara : « Kamal Maharaj, si vous ne promettez pas de m'épouser, je vais me coucher ici même, dans cette congère, et je laisserai la neige me recouvrir jusqu'à ce que je finisse par ressembler à l'abominable femme des neiges. »

Kamal écarta sa main en riant, lui ôta son gant, qu'il lança dans la neige, et prit sa main tiède pour la poser sur sa joue.

« C'est mieux comme ça, Et maintenant, Caroline Baxter, dites-moi ce que vous voulez que je fasse. Que je me mette à genoux pour vous adresser une demande en mariage dans les règles ?

— Non. Dis-le seulement. Dis-le. Dis que tu veux te marier avec moi. Dis que tu veux être à moi pour toujours.

— Tu le sais déjà.

— Oui, mais je veux l'entendre. Je veux que tu le dises tout haut. Cette façon de communiquer en silence, à l'indienne, m'horripile. Allez, dis-le.

— Prends garde, tu ne me connais pas encore vraiment. Attends que nous soyons en Inde et je me métamorphoserai en patriarche indien, en tyran digne de tes pires cauchemars ! Je n'aurai pour toi aucun égard et je prendrai quatre autres épouses dans mon harem pour faire bonne mesure. Je t'écraserai sous ma botte, je t'interdirai de mettre le pied hors du domicile conjugal, sauf si tu marches à quatre pas derrière moi. Tu occuperas ton temps en apprenant à nos cinq merveilleux fils à suivre mon glorieux exemple. Quand tu parleras de moi, tu devras toujours dire : le père de mes fils, tu baisseras la tête et te cacheras le visage dans les plis de ton sari dès que tu me verras entrer dans une pièce. Tu me serviras humblement et sur des plateaux d'or de délicieux repas que tu auras toi-même préparés, et toi, tu ne mangeras que lorsque nos fils et moi serons rassasiés. À ma mort, tu...

— Si tu continues, je vais te faire avaler cette poignée de neige ! » s'écria Caroline en s'apprêtant à mettre sa menace à exécution.

Kamal s'arracha à son étreinte et courut en trébuchant. Elle se baissa pour ramasser de la neige et en fit une grosse boule compacte qu'elle lui lança dessus.

« Tu l'as cherché, espèce d'idiot ! »

La boule de neige l'atteignit en plein milieu du dos.

« Bon, c'est la GUERRE, alors ! » s'écria Kamal en prenant de la neige à son tour.

Il s'ensuivit un farouche combat qui dura une bonne demi-heure, puis brusquement Kamal ouvrit les bras en disant :

« D'accord, d'accord, tu as gagné. Je reconnais ma défaite. Je me rends sans conditions. Je me soumettrai à chacune de tes exigences. »

Elle se jeta contre lui et ils tombèrent tous les deux dans la neige.

« Épouse-moi. Je ne veux rien d'autre. Dis-le.
— Épouse-moi, murmura-t-il, et les mots sortirent dans un souffle, comme de la fumée, pour se perdre dans l'air glacé.
— Plus fort. Je n'entends pas.
— Épouse-moi, Caroline.
— Pardon ? Qu'est-ce que tu as dit ?
— Je refuse de crier. Je ne crierai pas. Viens ici. » Il attira sa tête contre la sienne, appliqua son oreille à ses lèvres, et répéta les mots, clairement et tendrement :

« Veux-tu m'épouser ? »

Elle sourit, l'entoura de ses bras, posa sa joue sur la sienne et dit dans un soupir : « Oui. »

Pour Kamal et Caroline, la route conduisant au mariage fut difficile. Caroline emmena Kamal chez elle pour le présenter à ses parents et ceux-ci lui réservèrent un accueil poli mais distant, qui lui fit craindre le pire.

« Ils appartiennent à l'aristocratie bostonienne, tu comprends. Une vieille famille aisée. Très anglo-saxonne, très blanche, très protestante. Ils ont une idée précise du genre d'homme qu'ils voudraient me voir épouser et... tu ne corresponds pas au modèle.
— Ils n'ont même pas essayé de me connaître.
— Te connaître ne les intéresse pas. Pour eux, ce qui importe, c'est qui tu es et ce que tu es.
— Ce que je suis ? Voyons, je ne suis tout de même pas plombier ! Je suis étudiant à Harvard, bonté divine. D'accord, je me rends compte que ce serait mieux si j'étais étudiant en droit ou en médecine, mais...
— La question n'est pas là, Kamal. Même si tu étais un futur médecin, ils ne voudraient pas de toi. C'est le pays d'où tu viens, tes origines, ton aspect extérieur qui leur importent.
— Autrement dit, ils sont racistes.
— Je suis désolée, Kamal, dit Caroline en baissant la tête.

Ils sont comme ça, voilà tout. Ils ne se referont pas. Je t'avais prévenu.

— Écoute, je me fiche totalement d'*eux*. Pour moi, ce qui compte, c'est de savoir si toi tu es capable de te passer de leur approbation.

— Oh, Kamal, comment peux-tu me poser la question ?

— Tu vas donc leur tenir tête ? Tu m'épouseras même s'ils ne sont pas d'accord ? Tu me suivras en Inde ?

— Je sais depuis toujours que je finirai par aller en Inde, Kamal. Je le sais depuis que j'ai lu *Le Livre de la jungle*, quand j'étais petite... c'est une attirance que je ne peux pas expliquer et pour moi il est parfaitement logique d'épouser un Indien, de le suivre dans son pays, et mes parents ne pourront rien pour m'en empêcher. Ils ne peuvent pas me retenir. Mais ils m'aiment et, tôt ou tard, il faudra bien qu'ils se fassent une raison. Et le jour où ils prendront mon premier enfant dans les bras, ils feront comme tous les grands-parents du monde. Ils deviendront complètement gaga. »

Kamal épousa Caroline et l'emmena en Inde. Elle écrivait une thèse sur la structure de la famille tamoule et voulait pour cela vivre quelque temps chez une famille, dans un village traditionnel, à l'abri des influences modernes. Les jeunes mariés commencèrent donc par sillonner le Tamil Nadu pour trouver le village et la famille adéquats. Il était prévu que Kamal l'aiderait à s'installer, puis chercherait une place d'ingénieur pas trop éloignée – il avait en vue un barrage hydroélectrique en construction bien situé. Ils ne pourraient se voir que le week-end, mais ce serait une situation temporaire et, de toute manière, leur amour était assez fort pour supporter une séparation qui ne ferait que le nourrir davantage.

Caroline finit par découvrir le point de chute idéal. Les Iyengar habitaient un village aux environs de Gingee, une petite localité à quelques heures de voiture de Madras. C'était parfait : une famille hindoue traditionnelle, la mère, le père et deux enfants. Mais surtout le père avait de l'instruction ; il était directeur d'une école secondaire, parlait parfaitement anglais, et la thèse de Caroline l'intéressait tout particulièrement. Il était à même de lui expliquer tout ce qu'elle voulait savoir et lui donnerait chaque jour une leçon de tamoul. Quant à Kamal, il fut embauché au barrage.

Ils n'avaient pas prévu d'avoir un bébé si vite, mais ce sont des choses qui arrivent. Tout à leur joie, ils projetèrent de se faire construire une jolie maison à côté du barrage, elle écrirait sa thèse, le bébé arriverait, que demander de plus ? Au diable les Baxter de Brooklin et la Rani du Maha Pradesh ! Ils n'avaient pas besoin d'eux.

Mais en définitive, faute d'argent, ils durent remettre à plus tard la construction de la maison – il n'était évidemment pas question de demander de l'aide à leurs familles. Puis Kamal se vit proposer un contrat d'un an, très bien payé, sur un autre barrage, en Inde du Nord. Ce chantier terminé, il retrouverait son ancienne place, mais avec un salaire supérieur – ses employeurs actuels tenaient absolument à le garder – et ils pourraient commencer à construire leur maison. La sagesse voulait que Caroline reste chez les Iyengar, avec qui elle se plaisait beaucoup, plutôt que d'accompagner son mari en Inde du Nord. Elle s'était liée d'amitié avec Sundari, dont le troisième enfant, une petite fille, avait à peine un an.

Caroline accoucha aussi d'une fille qu'on appela Asha.

Kamal ne put pas venir pour la naissance, ce qui les attrista l'un et l'autre, mais Caroline était entre de bonnes mains et ils avaient devant eux un avenir resplendissant. Bientôt ils s'installeraient dans leur maison et regarderaient leur fille grandir. Caroline prenait des centaines de photos d'Asha et les envoyait à Kamal, accompagnées de longues lettres euphoriques.

De son lointain exil, Kamal adorait sa fille. Il lui aurait été difficile, et coûteux de surcroît, de faire l'aller et retour en avion rien que pour une seule journée. Ils préféraient également mettre de l'argent de côté, plutôt que de le dépenser pour que Caroline fasse le voyage avec le bébé, ou même pour louer une maison près du barrage et y passer l'année ensemble. C'était si commode pour elle d'habiter chez les Iyengar. Elle avait sur place une baby-sitter ainsi qu'une amie en la personne de Sundari, ce qui lui laissait tout le loisir de travailler à sa thèse.

Enfin, à Noël, à l'insistance de Caroline, Kamal vint les retrouver. Asha avait trois mois.

En arrivant à Madras, il repéra aussitôt Caroline par-delà le mur de visages sombres des Indiens brandissant des pancartes, derrière les barrières. Elle se tenait à l'écart de la cohue, exactement comme elle l'était dans l'endroit sacré où il la plaçait dans son cœur. Elle portait un pantalon de coton d'un blanc éclatant et une longue tunique souple en batik, dans un camaïeu de bleus. Ses cheveux blonds, désormais coupés court, encadraient son visage bruni, lui faisant un casque qui reluisait dans le soleil de midi. La main en visière devant les yeux, elle scrutait la foule des passagers qui sortaient de l'aéroport en poussant des chariots vétustes. À l'instant où elle l'aperçut, son visage s'éclaira, comme devant l'apparition soudaine du soleil de derrière un nuage. Son bras se dressa comme un ressort pour lui faire de grands signes. Elle courut se jeter dans ses bras.

Quand ils se lâchèrent, elle le prit par la main pour l'emmener vers le taxi qui les attendait.

« Elle n'est pas là ? » demanda Kamal en s'approchant de la portière pour regarder à l'intérieur de la voiture. Il se sentit un peu déçu. Le temps était précieux ; chaque minute passée ensemble comptait. Elle aurait dû emmener Asha.

« Oh, non, je l'ai laissée à Sundari. Trois heures de voiture par cette chaleur, c'était trop de complications. À cause de la tétée et tout le reste, tu comprends.

— Peut-être, mais du coup, tu as dû la laisser pendant six heures, non ? Comment peut-elle rester si longtemps sans manger ?

— Pour ça, il n'y a pas de problème. Je tire un peu de mon lait, je le mets au réfrigérateur et Sundari le lui donne dans un biberon. Ah, si tu savais ! Tu es le papa de la plus jolie petite fille du monde ! En arrivant, tu pourras la faire boire toi-même ! »

Le voyage fut interminable. Le taxi, qui roulait lentement en cahotant sur la route non macadamisée et en tâchant d'éviter les nids-de-poule, les déposa devant la petite maison blanche au bout de la rue. Une nuée d'enfants les entoura –

les véhicules à moteur étaient une rareté dans le village ; il y en avait qui couraient devant à reculons, d'autres qui encadraient la voiture en tapant sur la carrosserie, tout en les apostrophant avec de grands sourires. Un gamin vêtu d'un short bleu déchiré sauta sur le capot et se coucha dessus en leur faisant des signes, un second enfila son bras par la fenêtre ouverte, deux autres grimpèrent sur le pare-chocs arrière et restèrent plaqués à la voiture tels des insectes écrasés sur un pare-brise.

Kamal, prévoyant, avait emporté plusieurs paquets de bonbons. Il en ouvrit un avec les dents et le passa par la fenêtre pour déverser les bonbons à l'orange et au citron sur la route poussiéreuse. Les enfants se désintéressèrent instantanément de la voiture pour se ruer dessus.

« Il y a des choses qui ne changent jamais, dit Kamal en jetant un coup d'œil par la vitre arrière.

— Et d'autres qui changent, au contraire. Regarde plutôt devant toi ! »

Kamal se retourna. Ils étaient arrivés chez les Iyengar. Le taxi s'arrêta. Alertée par le vacarme, le bruit du moteur ou encore par la rumeur publique, Mrs Iyengar les attendait sur le seuil de la maison, un grand sourire aux lèvres et un paquet dans les bras.

Une main minuscule, qui s'agitait maladroitement, dépassait du paquet. Dessous, pendaient deux petites jambes. Le reste du bébé disparaissait sous un fin tissu de coton. Puis Sundari le redressa et le cala dans le creux de son bras en le maintenant de l'autre main, si bien que le morceau d'étoffe glissa, laissant voir le petit torse nu, et l'enfant, installée comme dans un confortable fauteuil, fit face à son père.

Kamal la regarda et se tut brusquement. Il sortit lentement de la voiture sans même refermer la portière, franchit les quelques mètres de sable le séparant de sa fille et s'arrêta devant Sundari. Il aurait voulu parler, prendre le bébé, mais les mots lui restèrent dans la gorge et ses bras étaient paralysés. Il eut même l'impression d'avoir cessé de respirer, il avait la bouche sèche et ses oreilles n'entendaient plus, car autour de lui le monde entier faisait silence et même ses pensées s'étaient comme fracassées contre un mur. Alors ses yeux s'humectèrent malgré lui, ses bras s'ouvrirent pour recevoir l'enfant à l'instant même où Sundari la lui tendait. Il prit Asha dans ses bras comme s'il l'avait déjà fait des centaines de fois, la serra contre lui et l'emporta vers la clôture du jardin, bien à l'écart, afin que personne ne pût voir son visage... ou ses larmes.

Caroline s'était donné beaucoup de mal. Elle avait acheté à Madras un arbre de Noël et des décorations en plastique. Elle avait enveloppé le pied de l'arbre dans du coton imitant la neige, suspendu à ses branches des boules clinquantes, rouges et dorées, ainsi que de grandes guirlandes chatoyantes, pour tenter de recréer une atmosphère fidèle aux Noëls de ses souvenirs. Peine perdue. Même la grosse bougie brûlant dans son bougeoir de cuivre n'arrivait pas à lui faire croire que c'était vraiment Noël.

« Regarde-moi cet ange, dit-elle à Kamal, en lui montrant une chose blanche tombée d'une branche. Tu ne trouves pas qu'il fait vraiment toc ? Mais c'est tout ce que j'ai trouvé. Pourtant, crois-moi, j'ai fouillé tous les magasins. J'ai l'impression qu'ici Noël n'est pas un événement.

— C'est vrai », dit Kamal en regardant Asha, qu'on avait habillée d'une robe rouge vif faisant ressortir l'ébène de ses cheveux et ses yeux brillants, fixés à cet instant sur l'ange. Une fois de plus il s'émerveillait de la perfection de ses petits traits.

« Pour nous, c'est une chose qu'on lit dans les livres. Je suis désolé.

— Peut-être pourrait-on au moins chanter des cantiques ?

— Ce n'est pas vraiment ma spécialité. Souviens-toi, je ne connaissais même pas *Jingle Bells*, avant d'arriver en Amérique. Par conséquent je me demande... Hé, qu'est-ce que tu as ? Caro, Caro, tu pleures ? »

Caroline essuya une larme sur son bras nu. « Ce n'est rien... enfin, si... C'est seulement que... c'est seulement que... que... »

Kamal déposa précautionneusement Asha sur sa couverture et alla vers sa femme. Elle s'était détournée et de grosses larmes roulaient sur ses joues. Il la prit par le menton et lui releva doucement le visage.

« Raconte-moi. S'il te plaît dis-moi ce qui te tracasse. Tu sais que tu peux tout me dire. Tiens, sèche tes larmes, ajouta-t-il en lui tendant un carré de tissu propre, de ceux qui servaient à essuyer la bouche d'Asha quand elle avait fait son rot. Tu ne veux pas me dire ce que tu as ?

— C'est... c'est seulement parce que c'est Noël. J'ai le mal du pays. Ça me rend un peu mélancolique. Je suis trop... sentimentale... Mes parents me manquent. La neige aussi. Et la messe de Noël. Les réunions familiales. Et le déjeuner de Noël. La dinde ! Oh, Kamal, qu'est-ce que je donnerais pour une dinde ! Et pour une tarte aux pommes. Quand... quand j'étais petite je faisais partie de la chorale paroissiale ; on parcourait la ville en chantant des chants de Noël et on faisait la quête pour des œuvres de charité. J'avais un manchon, un manteau et un bonnet de fourrure, je me sentais si bien avec. Mais, ah, Kamal, il fait horriblement chaud ici ! Toute l'année ! Je pense aussi à mes amis. Je ne peux même pas leur téléphoner pour leur souhaiter un joyeux Noël. Et les cadeaux... les livres ! J'ai été obligée de laisser tous mes livres préférés, ils me manquent terriblement. Et la musique. Quel dommage que je n'aie pas emporté mon violon ! Comment n'y ai-je pas pensé ? Et... »

Là, elle fut obligée de se taire parce qu'elle avait la tête enfouie au creux de l'épaule tiède de Kamal. Kamal qui lui tapotait le dos et la serrait contre lui. Les sanglots qu'elle retenait difficilement s'échappèrent en petits hoquets convulsifs. Au bout d'un moment elle s'écarta un peu et reprit :

« Je veux rentrer chez moi ! Je veux rentrer chez moi, Kamal, je ne pourrai pas rester ici un jour de plus. Je n'ai rien fait depuis la naissance d'Asha. Sundari est un ange, c'est une bonne mère et moi une mère épouvantable. Il y a des moments où je ne supporte même plus la vue d'Asha. Il y a des moments où je regrette qu'elle soit née. Je ne devrais pas te dire ça. Je me déteste. Quelquefois il m'arrive même de te détester aussi, pourtant je n'ai que toi. J'ai écrit à mes parents mais ils ne m'ont pas répondu ! Je n'ai personne d'autre que toi... et... et Asha. Je me sens si seule ici ! Asha ne m'aime pas beaucoup, elle préfère Sundari. Je ne sais pas comment l'aimer. Je suis une très mauvaise mère et j'ai tellement honte de l'avouer. Je croyais que tout se passerait bien, mais non ! »

Kamal continua à la serrer dans ses bras en lui caressant le dos. Un torrent de paroles sortait de la bouche de Caroline, qui ne s'interrompait que pour pleurer ou le temps de reprendre son souffle.

Quand elle eut fini, ce fut au tour de Kamal de parler.

« Caro, Caro, que t'ai-je fait ? Je n'aurais jamais dû t'emmener ici. Je n'aurais pas dû te laisser toute seule. Je ne supporte pas de te voir malheureuse. Écoute... rien ne nous oblige à rester en Inde pour toujours. Dans le fond, peu m'importe l'endroit où je vis. Il y a plein d'autres pays. C'est toi qui as voulu venir ici. C'est toi qui avais un travail à y faire. Tu veux que je te dise... On va rentrer. Aux États-Unis. Termine ta thèse et dès qu'elle sera finie on rentrera. Tu te réconcilieras avec tes parents. Ils adoreront Asha. Et même si je leur déplais toujours, ce n'est pas grave. Je n'irai pas chez eux, voilà tout. Tu passeras le prochain Noël avec eux. Ça m'est égal... Noël ne signifie rien pour moi, vois-tu, je ne me sentirai pas exclu. On fera tout ce que tu voudras. Je peux trouver une situation n'importe où. Tu feras ce que tu voudras. Tu pourras travailler. On trouvera une solution.

— Mais... mais pour Asha ?

— On trouvera une solution, répéta Kamal. On va réfléchir. Écoute-moi, tiens bon encore un moment. Six mois ! Laisse-moi terminer mon contrat. Quand on rentrera, elle aura presque un an. On se la partagera. Je m'occuperai d'elle. On fera ce que tu voudras.

— Oh, Kamal ! s'exclama Caroline dont la voix se brisa dans un rire. Qu'ai-je fait pour mériter quelqu'un comme toi ? Quelle chance j'ai. Si mes amies te connaissaient, elles en pâliraient de jalousie, j'en suis sûre. Pardonne-moi de m'être laissée aller. J'ai tellement, tellement de chance. Je crois bien que nous sommes la famille la plus heureuse du monde.

— Même si tout n'est pas parfait pour le moment, ça le sera un jour, je te le promets. Nous ferons en sorte que tout soit parfait.

— Tant que nous nous aimons, Kamal, tout est parfait.

— Alors il ne faut jamais oublier ce moment de perfection. Si seulement nous parvenons à en garder le souvenir, rien de mal ne pourra nous arriver. Même si l'arbre de Noël est... comment dire sans te vexer... le plus joli possible pour l'Inde.

— Et même si tu n'es pas capable de chanter *Silent Night* », ajouta-t-elle en riant à son tour.

Ils se turent et posèrent un regard émerveillé sur Asha qui s'était endormie sur sa couverture. La douce lumière de la bougie donnait à sa peau des reflets dorés. Ses longs cils noirs caressaient sa joue. Sa poitrine se soulevait au rythme de sa respiration.

« Elle est si... si... chuchota Caroline, qui s'interrompit pour chercher le mot juste.

— Chut, dit Kamal en lui posant un doigt sur la bouche. J'ai compris. »

Les moments de perfection ne durent pas et peu après le départ de Kamal, Caroline fut reprise de plus belle par le mal du pays. Elle avait la nostalgie de tout : sa musique, ses livres, ses amis, ses parents, l'hiver, les arbres, le printemps, la nourriture.

Oui, la nourriture, plus que n'importe quoi. Elle était comme le symbole de tou ce que Caroline n'aimait pas dans sa vie présente. Non qu'elle la trouvât mauvaise, Sundari était une excellente cuisinière. Elle regrettait simplement la cuisine occidentale, américaine. Cela tournait presque à l'obsession. Elle avait toujours pris grand soin de son alimentation, elle était même assez portée sur la diététique. Elle aimait les légumes frais, les salades, les fruits de mer, les petits plats maison et ne mangeait jamais de conserves. Elle avait été végétarienne par intermittence. Mais pendant sa grossesse, elle avait eu de violentes envies de viande, qui n'avaient pas passé après la naissance du bébé. Mais où trouver de la viande dans ce pays ? Il y avait bien quelques bouchers à Gingee, mais rien que de voir leurs échoppes, avec la marchandise exposée à l'air libre, les mouches, le sang, les couteaux sales, la poussière, elle était dégoûtée. De temps à autre, elle demandait qu'on lui tue un poulet et assistait elle-même à la mise à mort pour être sûre que l'opération serait exécutée rapidement, à l'abri des mouches et avec un couteau propre. Toutefois il n'était pas simple de faire cuire un poulet chez les Iyengar ; Sundari n'y aurait touché pour rien au monde et elle n'était pas très contente de voir Caroline souiller ses ustensiles de cuisine pour le préparer.

Un jour, alors qu'Asha avait sept mois, Caroline découvrit à Gingee un supermarché caché dans une petite rue, où l'on vendait de la viande de la ville, ainsi que du beurre, du fromage, des spaghettis, de la sauce au soja et plein d'autres choses. Elle demanda au patron s'il pourrait lui procurer des boîtes de corned-beef, des saucisses et du jambon en conserve. Oui, c'était possible. Elle se régala et retourna passer une nouvelle commande. La fois suivante, le patron, tout heureux de lui faire plaisir, lui montra un véritable trésor : une boîte de raviolis ! Ladite boîte était vieille, poussiéreuse et légèrement bosselée, mais Caroline n'y fit même pas attention. Elle rentra vite chez elle, l'ouvrit, la réchauffa et mangea son contenu.

Le lendemain Kamal reçut un télégramme lui disant de venir de toute urgence. Caroline était très malade ; elle souffrait de botulisme, un empoisonnement alimentaire provoqué par l'absorption de conserves avariées. Quand il arriva, c'était trop tard. Caroline était morte.

Kamal porta le biberon à la bouche d'Asha, qui le repoussa avec colère de son petit poing serré. Elle se tortillait, battait des pieds et renversait la tête en arrière. Kamal tenta de l'immobiliser, de la caler au creux de son bras pour faire une nouvelle tentative, mais elle écarta encore une fois le biberon, l'air furieux et glapissant de rage. Tout à coup elle se retourna ; elle avait entendu du bruit dans la cuisine et savait de qui cela provenait. Kamal, vaincu, la posa par terre et elle fila aussitôt à quatre pattes vers la source du bruit, pour disparaître dans la cuisine. Un instant plus tard, Sundari en sortit avec Asha dans les bras.

« Elle s'est encore sauvée », dit-elle d'un air amusé, en tendant l'enfant à son père. Kamal voulut la prendre, mais elle lui martela les mains à coups de pied, en recommençant à se débattre.

« Elle ne faisait jamais ça, dit Sundari, comme pour se justifier. C'était une enfant si tranquille, si sage. C'est parce qu'elle fait ses dents. Ça va passer.

— Et sa maman vient de mourir, lui rappela Kamal.

— Oui, c'est vrai. Mais pour vous dire la vérité, je ne sais pas si elle s'en rend compte. Caroline était perturbée depuis quelque temps. Asha croit que je suis sa mère.

— Je l'avais remarqué.

— Que fallait-il que je fasse ? Dès que la petite pleurait, Caroline s'affolait. Elle me la donnait et Asha se calmait. Aurais-je dû refuser de la prendre ? C'est pareil pour vous. Elle ne sait pas que vous êtes son père. Elle ne veut même pas que vous lui donniez à boire. »

Sundari ramassa le biberon, essuya soigneusement la tétine avec son sari et le donna à Asha, qui tendait déjà les mains en gazouillant par avance de plaisir.

« Le problème, maintenant, dit Kamal, pensif, c'est de savoir ce qu'on va faire. Je dois reprendre mon travail dans deux jours. Je ne crois pas qu'on me donnera un congé pour raisons de famille. Je trouverai facilement quelqu'un pour la garder, pendant la journée, mais...

— Vous ne pensez quand même pas à l'emmener avec vous ? » s'exclama Sundari, horrifiée, en s'écartant légèrement, comme pour éloigner le bébé de son père. Blottie dans le creux de son bras, Asha tétait, les yeux mi-clos de bonheur. Il semblait bien qu'elle se sentît chez elle ici, et pour toujours.

« Mais si, bien entendu, que puis-je faire d'autre ?

— Vous n'y pensez pas. Vous pourriez prendre cette enfant pour qui vous n'êtes qu'un étranger qui ne cesse de l'embêter, et l'emmener dans le Nord où une autre étrangère s'occupera d'elle ?

— Seulement pendant la journée, quand je serai à mon travail. Je sais que ce n'est pas une solution idéale, mais je... » Il se tut à nouveau, se leva et se détourna pour que Sundari ne voie pas les larmes qui lui montaient aux yeux. « Je ne veux que son bonheur, mais pour le moment...

— Son bonheur passe avant tout le reste, déclara Sundari.

Pour le moment vous n'avez pas le droit de penser à vous. Vous venez de perdre votre femme et votre souffrance est profonde. Elle le ressent et cela, ajouté au fait qu'elle vous considère comme un étranger, la rend encore plus méfiante à votre égard. Toutes les décisions que vous prendrez à son sujet seront lourdes de conséquences. Vous ne pouvez pas l'emmener comme ça et la confier à une inconnue. Même si vous deviez vous en occuper vous-même, elle ne serait pas heureuse. Peut-on imaginer de retirer une enfant de sept mois à sa mère et à son environnement familier ? Pour elle, je suis sa mère. Regardez comme elle a l'air serein. »

Kamal regarda et constata.

« Vous voyez comme elle se méfie de vous. C'est normal à cet âge. Les trois premières années de la vie d'un enfant sont capitales. Un enfant a besoin de tranquillité. D'être entouré de visages familiers. D'avoir un foyer stable. On ne peut pas arracher un enfant à un foyer pour le mettre dans un autre. Ce serait de l'égoïsme pur et simple. En plus de ça, quelle expérience avez-vous des tout-petits ? »

Kamal se frotta la tempe d'un geste las. Il s'était souvent fait cette réflexion au cours des deux derniers jours.

« Absolument aucune. Et de toute manière, vous travaillez toute la journée et vous seriez obligé de la confier à des mains étrangères. Il vous faudrait payer quelqu'un qui s'occupe de votre fille ! Pourquoi tant de complications, alors qu'elle est déjà chez elle ici ?

— J'ai réfléchi à tout ça, Sundari. Je me suis demandé s'il ne valait pas mieux que je vous la laisse.

— Mieux ? Et comment ! Vous voyez une autre solution ? J'aime Asha autant que mes propres enfants. Vous vous en êtes sûrement rendu compte.

— Oui, mais quand j'aurai terminé mon contrat, je viendrai m'installer ici pour apprendre à la connaître et devenir un bon père.

— Elle aura tout de même besoin d'une mère. Vous en êtes conscient, j'espère ?

— Oui, je sais que je ne pourrai pas être pour elle à la fois un père et une mère.

— Il faudra donc vous remarier. Très vite.

— Non, non, s'insurgea Kamal. Je ne me remarierai jamais. Caroline a été le grand amour de ma vie. Je ne pourrai jamais la remplacer. »

Sundari eut un petit sourire entendu. En la regardant, Asha sourit à son tour et lui glissa son index dans la bouche. Elle jeta son biberon vide, qui alla rouler dans un coin. Surprise par le bruit, elle se retourna dans les bras de Sundari, vit le biberon et se débattit pour descendre. Sundari la posa par terre et elle alla vite le récupérer.

« Ah, c'est ce que vous dites maintenant. Mais une fois que votre chagrin se sera estompé, vous commencerez à chercher... vous essaierez de remplir le vide. Vous vous mettrez en quête d'une nouvelle épouse. Je vous aiderai, si vous voulez. Mon mari a beaucoup de relations, voyez-vous. Dans ce genre d'affaires, il est préférable de passer par un intermédiaire. »

Kamal secoua la tête, comme pour repousser cette idée.

« Non, non, je ne me remarierai pas. J'en suis certain.

— Dans ce cas, qui s'occupera d'Asha ? Ce n'est pas comme si vous aviez une mère qui pourrait la prendre avec elle.

— Il existe pourtant des hommes qui élèvent leurs enfants seuls.

— À l'étranger, peut-être, mais pas ici, pas en Inde. Peut-être quand elle sera plus grande, mais pour le moment, il faut qu'elle reste avec moi. Je serai sa mère. Ça ne me dérange pas du tout. Même, j'en serai très heureuse. Et Asha aussi. »

Entre-temps, Asha avait adroitement saisi la tétine de caoutchouc dans quatre de ses petits doigts et, tout en balançant gaiement le biberon, elle retourna près de Sundari et se mit debout, avec les gazouillis appropriés. Sundari se pencha et la prit dans ses bras. Asha se couvrit le visage avec un pan de son sari, dans l'espoir d'engager avec elle une partie de cache-cache, sans du tout s'occuper de son père.

Kamal sentit un flot de désespoir, glacé, mortel, le submerger. La mort brutale de sa femme l'avait ébranlé au plus profond de son être ; il se sentait incapable de prendre la moindre décision. La veille, le frère aîné de Caroline était arrivé des États-Unis pour prendre le corps, sans même demander la permission. Kamal, qui prévoyait de le faire incinérer, signa sans un murmure les papiers qu'on lui présentait. Il ne voulait pas de la dépouille de Caroline. Il voulait Caroline ! Il avait mal de son absence. À l'endroit où, jusqu'ici, il la sentait en lui, il y avait maintenant un énorme trou, noir et béant, un gouffre au bord duquel il vacillait dangereusement, en s'arc-boutant pour ne pas tomber. Seule la pensée d'Asha le retenait. Le cœur déchiré, il regardait l'enfant dans les bras de Sundari ; elle était en train d'enrouler une mèche de son abondante et soyeuse chevelure autour de son doigt potelé, les yeux fixés avec adoration sur la femme qu'elle appellerait bientôt Amma.

Jamais elle ne m'appellera Appa, songea-t-il. Je me sens capable de l'aimer assez pour que cet amour comble le vide qui est en moi... mais par où commencer ? L'emmener avec moi serait cruel, égoïste, ce serait servir mon envie en me servant d'elle. Sundari a raison, elle est bien plus heureuse ici, son bonheur doit passer avant tout le reste. Il me faut l'aimer suffisamment pour accepter de la perdre. Le véritable amour, c'est de renoncer. Je suis capable de l'aimer aussi bien de loin qu'en la gardant auprès de moi, et d'un amour que ni le temps ni l'espace ne limiteront.

Deux jours après, Kamal quitta Gingee. Il ne revint que trois ans plus tard, revêtu de la robe safran des moines.

TROISIÈME PARTIE

XIV

L'ABÎME

Les années suivantes, Marilyn fit encore deux fausses couches. Mais maintenant, ça y était. Un garçon s'annonçait. Elle avait dépassé le seuil critique et suivait à la lettre les recommandations du Dr Jagdeo : ne rien faire et donner des ordres depuis son lit. Même Rita s'était mise au pas.

Rita avait maintenant dix ans. L'annihilation prédite par elle avait bel et bien eu lieu. L'univers qu'elle s'était fabriqué au 7 n'existait plus ; il n'y avait plus une mouche de trop dans la maison et pas un seul lézard surnuméraire dans le jardin.

La maison avait été repeinte, on en avait démoli certaines parties et construit d'autres afin d'obtenir un ensemble harmonieux. Les vilaines échasses qui la soutenaient étaient cachées par un treillage entourant le soubassement, où l'on avait aménagé un garage. Des bougainvilliers géants grimpaient à l'assaut de cette palissade, atteignant presque les fenêtres de la galerie et, sur le côté droit, on était arrivé, à force de soins, à les faire pousser encore plus haut, de manière à ce qu'ils dispensent de l'ombre à la véranda. Dans le jardin, Doodnath, sa femme Jaiwattie et leurs cinq enfants, dont l'âge s'échelonnait de cinq à quatorze ans, avaient opéré un miracle de luxuriance et de couleurs. Les parterres de fleurs avaient été bêchés et rebêchés, on avait déversé des charretées de fumier dans la terre affamée, on avait semé, planté, arrosé sans compter et arraché les mauvaises herbes. On avait taillé les rosiers et installé des plantes grimpantes. Ce qui était jadis un fouillis de broussailles et de graminées envahissantes avait laissé place à un superbe et vaste parc, avec des pelouses vert émeraude, artistiquement bordées de plates-bandes de terre brune et grasse abondamment fleuries ; de somptueux flots de couleurs ruisselaient du feuillage, le rose éclatant des pétales d'hibiscus faisant un joyeux contraste avec l'orange vif des cannas. C'était le plus beau joyau de cette ville-jardin ; les gens venaient en pèlerinage dans Victoria Street pour tenter d'entr'apercevoir ces splendeurs à travers la haie. « Que c'est beau ! disaient-ils. Cette femme a fait des miracles. Elle n'a lésiné sur rien.

— Oui, mais c'est un peu excessif », rétorquaient les jaloux.

Et comme la jungle dont elle avait été la princesse, Rita s'était laissé apprivoiser. Elle avait accepté sa défaite et, cachée sous une apparente soumission renfrognée, elle avait trouvé de nouveaux amis dans les livres, des livres qu'elle dévorait dans la solitude de sa chambre ou dans les branches du cainitier miraculeusement épargné par Marilyn.

« Quelle belle maison tu as, maintenant ! lui disait-on.

— C'est pas mal », répondait-elle. Ce qui ne l'empêchait pas de regretter les têtards. Elle était toujours l'amie intime de Polly Wong ; Mrs Wong l'avait beaucoup aidée aux moments les plus difficiles et les animaux de Polly avaient eu droit à une double ration d'amour. Ringo Starr occupait la place d'honneur, près de la porte ; Rita l'aimait et le soignait comme une mère son bébé, mais tous ses efforts pour lui apprendre à parler étaient restés infructueux. Le seul mot qu'il parvenait à dire, en coulissant d'avant en arrière sur son bâton, c'était « Robert ! » Et il ne répondait qu'au nom de Robert, par conséquent Robert finit par devenir son surnom. Robert était libre. Il voletait dans le jardin de Polly, battant l'air sans grâce de ses grandes ailes maladroites ; il grimpait aux arbres auxquelles les filles ne pouvaient accéder, se hissait de branche en branche à l'aide de ses griffes et de son bec, mais quand elles l'appelaient, il venait.

« Elle est devenue raisonnable, disait Ronnie à Marilyn. C'est comme si c'était vraiment ta fille, elle ne te cause plus aucun souci.

— Je t'avais bien dit qu'elle avait besoin d'une main ferme. »

Ce soir-là, Rita barra le mot « trou » dans son journal et commença à mordiller son crayon. Elle se leva, prit son dictionnaire, chercha le mot « trou », sous lequel elle trouva « cave », « creux », « cavité » et enfin « gouffre ». À « gouffre », il y avait « abîme ». C'était exactement le mot qu'il lui fallait.

Elle lécha la mine de son crayon et, de son écriture nette et arrondie, elle écrivit :

Entre les pensées il y a quelque chose et non pas rien. Les pensées recouvrent cette chose et la cachent comme un rideau, elle est au centre de moi et si j'arrête de penser elle m'avalera. C'est un trou. Non. Un abîme.

XV

LE RÉVEILLON

Cher Journal,

En définitive ce n'était pas un frère, c'était une sœur, et je suis tellement contente parce que c'est ce que je voulais. Je ne l'ai pas encore vue à cause du réveillon. Je vais te raconter comment c'est arrivé.

Sa Royale Majesté a été d'une humeur massacrante toute la journée, elle ne voulait pas que je sorte et j'étais très embêtée parce que j'avais promis à Polly et Donna d'aller me promener au Mur de la Mer avec elles mais tant pis. J'ai été obligée de leur téléphoner pour leur dire d'y aller sans moi. Après il a fallu que je coure derrière Sa Royale Majesté... enfin, pas vraiment derrière, puisque Sa Majesté n'a pas quitté sa chambre de la journée. Mais courir tout de même.

« Rita, j'ai mal au dos, descends me chercher les coussins du canapé. Rita, cours dire à Hyacinth de me servir le déjeuner au lit. Rita, il y a un bruit épouvantable, ma tête va éclater, va me chercher de l'aspirine et ferme les volets. Ce soleil me tue ! Et ce bruit ! Éteins la radio ! Non, rallume-la mais pas trop fort, j'avais oublié que c'est bientôt l'heure de mon feuilleton. Non, Rita, s'il te plaît, reste à la maison aujourd'hui, j'aurais peut-être besoin de toi, je suis tellement nerveuse et j'ai un mal de tête à hurler. »

Après le déjeuner, elle s'est quand même endormie, j'ai poussé un grand soupir et je suis allée chez Polly, mais elle était déjà partie. Alors j'ai passé tout l'après-midi à regarder par la fenêtre, jusqu'au moment où elle s'est réveillée et a recommencé à me dire de faire ceci et cela

Papa n'est pas rentré de l'après-midi. Il n'est pas rentré de toute la soirée ni de toute la nuit. Et quand elle s'est mise à beugler au milieu de la nuit il n'était toujours pas là. Il n'y avait que moi et Hyacinth.

Et qu'est-ce que ce cher Mr Maraj faisait pendant ce temps-là ? Mais voyons, c'était le réveillon, il y avait de grandes fêtes partout, et Mr Maraj travaillait, il allait de soirée en soirée pour voir comment les gros bonnets célébraient ça. Et bien entendu on ne pouvait le joindre nulle part.

Aussi quand je l'ai entendue crier je suis vite descendue chercher Hyacinth, et Hyacinth est montée voir pourquoi elle criait. Sauf qu'on le savait déjà. Hyacinth est sortie de sa chambre en catastrophe et m'a dit de téléphoner à papa de téléphoner au docteur parce qu'« il arrive le bébé ».

Mais comment je pouvais téléphoner à papa ? Papa qui se baladait dans toute la ville et qui travaillait comme un malade pour faire ses reportages. Alors j'ai appelé l'hôpital et on m'a dit que le Dr Cameron n'était pas de service et d'envoyer Sa Majesté dans un taxi. J'ai appelé un taxi et on m'a dit, pas de taxi pour le moment, on en enverra un dès qu'il y en aura un de libre.

Et Marilyn qui criait criait criait.

On a attendu une demi-heure et toujours personne alors j'ai rappelé les taxis, mais c'était tout le temps occupé. Au bout d'une demi-heure j'ai encore appelé, mais là personne n'a répondu. Alors j'ai téléphoné à l'hôpital et ils ont parlé d'un grave accident dans Regent Street, un chauffard ivre, ou quelque chose comme ça, pas d'ambulance disponible.

Hyacinth était en haut avec elle et entre les appels je montais en vitesse pour la mettre au courant de la situation et aussi pour voir ce qui se passait, si le bébé arrivait ou quoi.

Hyacinth tenait Marilyn dans ses bras et lui essuyait le front, et elle respirait fort et m'appelait dès que je passais la tête à la porte.

« Où est passé cet homme ? » (C'est-à-dire papa.)

« Quand cet homme va-t-il arriver ? » (C'est-à-dire le Dr Cameron.)

« Pourquoi cet homme est-il si long à venir ? (C'est-à-dire le chauffeur de taxi.) »

Moi je n'avais que des mauvaises nouvelles à lui donner et elle avait envie de me tuer à cause de ça.

Une heure passe et, pour le coup, elle est vraiment en pétard.

Elle pique une crise de nerfs et hurle après ce docteur de merde, ce taxi de merde, ce bébé de merde et ce tout le reste de merde, sauf qu'elle ne disait pas merde. Je me disais Pauvre Hyacinth ! Alors Hyacinth qui a l'esprit pratique, a dit, très calme : « Cours chez Mrs Wong, ma fille, et demande-lui si elle peut l'emmener à l'hôpital. »

J'y suis allée, mais Mrs Wong n'était pas là, bien entendu, elle était à une soirée, pas de voiture, rien que la baby-sitter.

Pareil partout. Personne nulle part, sauf les domestiques, les baby-sitters et les gardiens, personne avec une voiture. Des vélos en pagaille mais pas une seule voiture.

« Ce réveillon de merde ! » qu'elle glapissait.

Alors Hyacinth m'a dit de faire bouillir de l'eau et j'ai compris que ça devenait sérieux parce que dans les livres la première chose qu'on fait quand un bébé arrive c'est de faire bouillir de l'eau.

À partir de là elle a vraiment commencé à hurler ; jusque-là elle criait seulement. Après les hurlements n'ont pas cessé. On aurait dit qu'on l'assassinait, alors qu'en réalité elle était juste en train d'avoir un bébé ! Moi en tout cas je jure que si jamais j'ai un bébé un jour je ne hurlerai pas comme ça.

Bon, j'ai fait bouillir quatre grandes casseroles d'eau sur les quatre feux du fourneau, je suis remontée là-haut dare-dare et j'ai frappé à la porte pour le dire à Hyacinth. Personne n'a répondu, tout était calme alors j'ai entrouvert la porte, j'ai glissé un œil et je l'ai vue allongée sur son lit toute dégoulinante de transpiration et quand elle m'a vue elle a crié : « Fous le camp d'ici, espèce d'idioooote ! »

J'ai refermé la porte et je suis restée dans le couloir pendant une éternité à trembler comme une feuille et à écouter ses hurlements, puis il y a eu un seul véritable hurlement, long et fort, et après ça un vagissement, alors Hyacinth a entrebâillé la porte et m'a dit : « Ça y est, ma fille, tu as une sœur, est-ce que l'eau chaude est prête ? »

Voilà, cher Journal, voilà comment est née ma sœur. N'est-ce pas que tu es aussi content que moi ? Qu'elle n'ait pas eu un garçon, comme elle voulait ?

« Rita, qu'est-ce que tu fais ? »

Papa ne frappait jamais, mais ça ne dérangeait pas Rita. Marilyn ne frappait jamais non plus, mais là, ça la dérangeait, même si elle ne le disait pas. Ce jour-là, papa entra avec un air tout réjoui. Rita referma vite son journal, le glissa sous l'oreiller et s'assit sur son lit.

« Tu écrivais ton journal ? demanda papa. Cette fois, tu as vraiment quelque chose à raconter, dis ? Comment la trouves-tu ?

— Oh, enfin, elle est... euh... elle est si... si... comment dire ?

— Comme une petite poupée. Les nouveau-nés sont tous comme ça, toi aussi tu étais comme ça, tu sais ! Alors, qu'en penses-tu ? »

Rita le regardait sans rien dire. Elle n'avait pas l'intention de lui dire son secret. Elle avait vu sa petite sœur avant le petit déjeuner, avant de faire quoi que ce soit. Marilyn l'avait fait appeler. Rita avait attendu devant la porte sans oser entrer, de peur de se faire réprimander, et puis elle avait frappé et Marilyn avait dit d'une voix mourante : « Entre. » Elle était donc entrée, s'était approchée du berceau placé à côté du lit et avait vu sa sœur pour la première fois.

En contemplant le bébé, Rita avait compris d'un seul coup une foule de choses. Une main vigoureuse l'avait empoignée. De l'intérieur. Tirée hors de l'abîme. Elle n'avait pas de mots pour traduire cette impression ; elle n'avait jamais rien éprouvé de pareil, mais c'était un peu comme de trouver un petit chat enfermé dans un sac, qui se noie dans un caniveau, de le prendre, de l'entendre se mettre à miauler, d'avoir envie de le serrer contre soi pour le garder toujours et lui faire comprendre qu'il n'a plus rien à craindre. Voilà ce qu'elle ressentait.

Elle ne parvenait pas à détacher les yeux de cet être humain miniature qui dormait paisiblement, la tête posée sur l'oreiller, avec sa peau douce et crémeuse, couleur de pétale de rose, ses mains minuscules et parfaites encadrant une petite tête coiffée de soie noire, les paumes retournées dans un geste de total abandon. Des doigts menus, trop fragiles pour être vrais, un visage d'une ineffable innocence, une perfection si absolue que Rita sentit une boule lui monter dans la gorge et déglutit pour la faire redescendre.

Ce fut un coup de foudre. Dès l'instant où elle posa les yeux sur elle, Rita aima sa sœur d'un amour total où se mêlaient de la vénération et un désir de protection ; un amour trop grand pour une enfant de dix ans.

« Une fille, dit Marilyn. C'est seulement une fille. Tant d'histoires pour une fille ! Rita, je compte sur toi pour que tu te remues et que tu aides Hyacinth à s'occuper d'elle. Tu peux l'emporter, si tu veux. Je crois qu'elle a faim. »

Rita écarquilla les yeux. L'emporter ? Toucher cet être vivant fragile et merveilleux, qui semblait prêt à se casser ? Comment était-ce possible ?

« Allez, vas-y, prends-la. Prends-la et emporte-la. Si elle dort, c'est seulement parce qu'elle n'en peut plus d'avoir pleuré. Elle a pleuré toute la nuit, je n'ai pas pu fermer l'œil un seul instant... Hyacinth est en train de lui préparer du lait à la cuisine, descends-la et fais-lui boire son biberon. Qu'on ne me dérange pas. Quand ton père rentrera, si jamais il rentre un jour, dis-lui de ne pas me réveiller. »

Sur ce, elle bâilla, tourna le dos à Rita, et rabattit le drap sur ses épaules.

Il lui était impossible de raconter ça à son père, pas plus que ce qui s'était passé ensuite, quand elle avait pris le bébé dans ses bras pour le descendre à la cuisine et lui faire boire son biberon, fascinée par le spectacle de cette petite bouche qui tétait avec avidité. Il ne le méritait pas. Elle le regarda, roula son crayon entre ses paumes d'un geste impatienté et, pour se débarrasser de lui, elle dit : « Oh, oui, elle m'a l'air bien », tira son journal de sous son oreiller et se mit ostensiblement à en tourner les pages. Ronnie comprit le message. Il haussa les épaules et sortit de la chambre.

À la date de ce jour, elle allait écrire les pages les plus longues, les plus importantes de sa courte vie. Dès que son père fut reparti, elle se leva pour pousser le verrou et, avant de se recoucher, elle prit son dictionnaire, parce qu'elle avait en elle des millions de sentiments qu'elle ne savait comment exprimer.

XVI

UNE BONNE ÉQUIPE

Isabelle était née sous une bonne étoile ; elle était née pour devenir une étoile. Née pour briller, en éclipsant sa grande sœur qui n'en éprouvait aucune jalousie, car dès la première seconde, Rita s'était donnée à Isabelle, comme jamais elle ne l'avait fait pour aucun être humain. L'amour qu'elle portait aux animaux lui avait servi d'apprentissage, maintenant c'était pour de vrai. Elle regardait avec ravissement se développer sous ses yeux cette toute petite chose, pas plus grande que la poupée favorite de Polly Wong (pour sa part, Rita dédaignait les poupées), qui grandissait de jour en jour, acquérait de la mobilité, de la connaissance, et elle, qui avait élevé des quantités de petits chats et de petits chiens, se constitua unique gardienne de ce qui promettait d'être la plus grande merveille de toute la création. Isabelle.

Qui pouvait résister à Isabelle ? En tout cas pas son père. Isabelle avait usurpé la place de Rita dans le cœur généreux de Ronnie, parce qu'elle était sans défense, douce, mignonne et avait besoin de la protection de son papa, alors que Rita était dure, caustique et hérissée de piquants qui lui servaient de cuirasse. Quant à Marilyn...

« Ronnie, tu n'es pas encore prêt ? Où est-il passé, celui-là, encore fourré sous le capot de sa voiture, je parie. *Ronnie !...* Ronnie, ah, te voilà. Je t'avais dit de te changer, d'enlever cette vieille chemise pleine de graisse. Tu as vu l'heure ? Il est presque dix heures et quart. J'ai dit à Mrs D'Aguiar que nous arriverions à onze heures, tu sais qu'elle est très à cheval sur la ponctualité, tu es allé chercher des roses chez Tulsiram ? Non. Je suis sûre que tu as oublié, tu t'imagines que je vais arriver les mains vides, ou quoi ? Allez, remue-toi un peu, monte te changer immédiatement, ah, mon Dieu ! ces maris ! pourquoi me suis-je mariée, les gens disent que les femmes mettent des heures à se préparer, mais ils ne te connaissent pas et puis, s'il te plaît, prends un bain, je te connais, tu serais capable de te mettre sur ton trente et un sans même te laver, et où est passée cette gamine, Rita ! Ah, te voilà enfin, est-ce que tu as habillé la petite ? Bon, alors amène-la-moi, Oh, la voilà, mon petit cœur adoré, Isabelle, viens voir maman, chérie, viens, c'est l'anniversaire de qui, aujourd'hui ? Viens dans mes bras, ma petite fée, mmmum, comme tu sens bon, mon trésor, tu as un an et tu es une grande petite fille maintenant, ah, mais ces cheveux ! Rita, regarde-moi ça, tu ne l'as pas coiffée, tu sais bien que je n'aime pas que ses cheveux lui tombent sur le front, comme les chiens ! Va vite chercher la brosse et le joli ruban rose que j'ai acheté hier. Viens, ma chérie, assieds-toi sur les genoux de maman et ne bouge pas, non, lâche la brosse, maman en a besoin pour arranger tes petites bouclettes et je vais te mettre ce joli ruban sur la tête, on va faire une belle promenade d'anniversaire au Jardin botanique, rien que toi, maman et papa, tu es contente, dis ? Il fait si beau, il y aura aussi ta petite amie Suzie, tu pourras jouer au bac à sable avec elle, et cet après-midi, on fera une jolie fête. Attention, tiens-moi le ruban mais ne le mets pas à la bouche, sinon il sera tout poisseux, voilà, maintenant donne le ruban à maman, allez, donne, lâche-le, ma chérie, non, j'ai dit pas à la bouche, desserre tes dents, si tu le mords comme ça, tu vas le déchirer, allez, ouvre la bouche, ouvre, sois mignonne... Ah, mon Dieu, Rita, viens, essaie de le lui faire lâcher, mon trésor, ma chérie, ouvre tes mains et donne le ruban à maman, Rita, tu es sourde ? Elle va mettre ce ruban en lambeaux, viens m'aider. Arrête de gesticuler, Isabelle, tiens-toi tranquille, voyons, cesse de te tortiller et donne-moi immédiatement ce ruban. Rita, je vais lui tenir le poignet et tu n'auras qu'à lui desserrer la main... Allons ! Isabelle, chérie, ouvre la bouche et lâche ce ruban, sinon maman te donnera une tape et tu vas pleurer. Voilà ! Tu as vu ! La prochaine fois, ça fera mal. Prends cette enfant qui hurle, Rita, elle a tout de même fini par lâcher ce ruban, regarde un peu, je suis toute froissée maintenant, il va falloir que je me change, emmène-la et calme-là, ce ruban est fichu, regarde-moi ça ! Il m'a coûté très cher et maintenant il est plein de bave ! Emmène-la, emmène-la, je ne supporte pas ces hurlements, emmène-la, calme-la, mets-lui son petit béguin et va m'attendre avec elle dans le jardin, mais fais attention qu'elle ne vomisse pas sur sa robe, ah, cette enfant est un cauchemar, je te le dis, pourquoi ai-je voulu être mère, je me le demande ! Ronnie, ah, te voilà. Déjà ? tu as eu le temps de prendre un bain, tu en es sûr ? Regarde un peu, il faut que je me change, ma robe est toute froissée et mon maquillage coule, j'ai besoin d'un quart d'heure, quelle heure est-il ? Quoi ! Bon sang, on va être en retard, je monte, j'en ai pour une minute, descends à la voiture et attends-moi mais ne recommence pas à farfouiller dans le moteur, tu entends ? J'ai horreur d'arriver chez les gens les mains vides, pourquoi as-tu pris cette chemise, elle n'est pas amidonnée, je t'avais mis une chemise sur le lit, tu es aveugle ou quoi ? Et puis tu sais que je déteste les chaussettes blanches. Ah, Ronnie, tu ne comprendras jamais rien ! Va voir si la petite s'est calmée, elle hurlait de tous ses poumons et tu sais... Zut, le téléphone, il sonne toujours au mauvais moment, va répondre. Je monte, si c'est Cheryl, dis-lui que je ne peux pas la prendre maintenant, je n'ai pas une minute à moi. »

Pendant ce temps, au fond du jardin, Isabelle et Rita inspectaient la mare aux têtards. Isabelle ne pleurait plus ; elle avait cessé de pleurer à l'instant où Marilyn avait disparu de sa vue et c'est avec un agréable sentiment de satisfaction que Rita l'avait portée dans l'escalier pour descendre au jardin. Ensuite elle avait pris ses deux petites mains pour la faire marcher dans l'allée sablée, bordée de cannas. Isabelle avançait d'un pas vacillant, entre les jambes de sa sœur, qui lui parlait avec tendresse.

« Elle t'a tapée, hein ? C'est une vilaine méchante. Ne t'occupe pas d'elle. Moi, je ne te frapperai jamais. C'est une vieille folle, hein ? Une idiote. Quelle idée de vouloir te mettre ce ruban ridicule ! Tu aurais été affreuse. Elle te prend pour une poupée qu'on habille et à qui on met plein de rubans, mais non, tu as eu raison de ne pas te laisser faire !

Heureusement, tu as un bon truc quand elle t'embête. Tu te mets à brailler, tout simplement ! Elle ne supporte pas que tu brailles. Elle aimerait que tu sois un bébé gnangnan et tout sourires, comme ces gosses tarés des magazines féminins, mais toi, tu détestes ça, pas vrai ? Ça y est, on est arrivées. Fais attention, ça glisse, il a plu ce matin et les bords sont un peu boueux... je ferais bien de te retirer tes souliers pour que tu ne les salisses pas, sinon elle va encore crier. Voilà. »

Rita lança les petites chaussures blanches et les socquettes à volants, qui atterrirent dans l'allée, du côté de la maison. Elle posa Isabelle au bord de la mare. C'était une mare de fortune. Une idée de Rita. Un vieux pneu enfoncé dans la terre, avec une feuille de plastique tendue dans le fond, pour retenir l'eau, le tout soigneusement caché aux regards de Marilyn, derrière le tas de compost et le précieux fumier de Doodnath, lequel gardait le secret, parce qu'il trouvait parfaitement légitime d'élever des grenouilles. Derrière des buissons. Invisible depuis la maison. C'était le principal.

Rita se rendait compte qu'Isabelle risquait de salir sa robe. Une robe rose ridicule, avec des volants blancs dans le bas et sur le corsage, ainsi qu'une large ceinture en satin blanc, dans laquelle Rita, en fronçant dédaigneusement le nez, retroussa la jupe pour qu'elle ne trempe pas dans l'eau. Isabelle avait également une culotte assortie, garnie de ruchés par-derrière ; consciente de ses responsabilités, Rita la lui ôta pour qu'elle puisse s'asseoir en toute sécurité sur le bord du pneu, avec sa culotte de plastique gonflée par la couche. Rita lui donna un bout de bois et elle se mit à touiller l'eau avec des gazouillis et de petits cris de joie, essayant de toucher les têtards qui filaient juste sous la surface. Rita la regardait et tout en la regardant, elle parlait.

« Ne la laisse pas te mettre le grappin dessus. Tu es à moi. C'est une vieille grenouille débile et elle s'imagine qu'elle peut faire de toi la poupée tarée de ses rêves. Mais tu n'es pas une poupée, hein ? Tu es Isabelle. Dis-le. Isabelle. I-sa-belle.

— Bell.

— C'est ça. Bell. I-sa-belle. Répète. I-sa-belle.

— A-bell.

— Bien. Tu t'appelles Isabelle. Tu veux que je te dise un secret ? C'est moi qui t'ai trouvé ton nom. C'est moi qui l'ai choisi. Parce qu'elle ne voulait pas de toi quand tu es née. Elle ne t'aimait pas du tout, elle ne voulait même pas te voir et elle n'avait aucun prénom de fille. Seulement un prénom de garçon. Sebastian ! Tu t'imagines ! Un garçon qui se serait appelé Sebastian Maraj. Sebastian Maraj. Elle disait que c'était un prénom chic et qu'avec ce prénom, un garçon irait loin, tu te rends compte ! Donc, elle n'avait pas de prénom de fille et papa devait en donner un pour te déclarer. Il savait que j'étais forte pour les noms, c'est pour ça qu'il me l'a demandé, mais je lui ai dit que j'acceptais à condition qu'il me jure de ne pas lui dire que c'était moi qui l'avais choisi et il a promis, alors j'ai dit Isabelle, et il lui a dit que c'était lui qui l'avait trouvé et tout s'est bien passé. C'est un très joli nom. Allez, essaie encore. I-sa-belle.

— A-belle. A-belle. A-belle.

— C'est bien. Et moi ? Comment je m'appelle ? » dit-elle en posant le bout de son index sur sa poitrine. Isabelle sourit et pointa son doigt vers sa sœur.

— « Ita.

— Presque. Rrr-ita. Et... Oh, zut, elle nous appelle, dépêche-toi, il faut qu'on y aille. »

Rita mit Isabelle debout sur le bord du pneu et ôta son T-shirt pour essuyer les traces de boue sur la culotte en plastique. Elle porta sa sœur jusqu'à l'allée, ramassant au passage la culotte à froufrous qu'elle lui enfila par-dessus l'autre, et sécha les petits pieds qui gigotaient. Arrivée dans l'allée, elle lui remit en hâte ses socquettes et ses chaussures.

Marilyn lui arracha Isabelle des bras. « Où étiez-vous passées, bon sang ? Regarde-moi cette enfant, on dirait que tu l'as traînée à travers des fourrés ! s'exclama-t-elle en voyant la robe retroussée dans la ceinture. Ma parole, Rita, je ne peux donc pas te la confier une seule minute ? Et combien de fois dois-je te dire de ne pas te promener partout à moitié nue, à ton âge ? On dirait une fille de domestique, pas étonnant, d'ailleurs. Oh, la barbe, la voilà qui recommence ! Ronnie, prends-la, vite. »

Elle fourra l'enfant qui pleurnichait dans les bras de Ronnie qui, ne s'y attendant pas, la saisit un peu trop vigoureusement et une fraction de seconde trop tard, en lui enfonçant les doigts dans les aisselles. Elle poussa un hurlement.

« Oh non, espèce d'idiot, tu ne peux donc pas... s'indigna Marilyn en frappant du pied. Donne-la à Rita, vite, vite, Rita, prends-la, oh, qu'est-ce qu'on va faire ? On est déjà très en retard et tu connais les D'Aguiar, Rita, il va falloir que tu viennes aussi, mais je te demande de te taire, tu entends ? Monte vite là-haut, donne-moi le bébé, non, emmène-la avec toi, prends de quoi t'habiller, la robe jaune qui tu avais pour le défilé du 1er mai, mais ne la mets pas, on n'a pas le temps, tu t'habilleras dans la voiture et emporte une brosse, tu es coiffée comme une folle, défais tes nattes et brosse-les bien, et grouille-toi, cours ! »

Rita grimpa l'escalier au galop, Isabelle – qui ne pleurait plus – sous le bras.

Ce n'est que plus tard, après s'être changée en hâte sur la banquette arrière et s'être donné quelques coups de brosse, que Rita se rendit compte qu'elle était nu-pieds. Nu-pieds, dans une robe en satin jaune ridicule, choisie par Marilyn. Les orteils pleins de boue. Elle sourit avec un sentiment de profonde satisfaction, s'appuya contre le dossier et fit sauter Isabelle sur ses genoux. Ce n'était pas son problème. Absolument pas.

Quand Isabelle atteignit ses trois ans, Rita et elle formaient déjà une équipe, elles étaient plus proches que des jumelles. On n'aurait pu dire qui adorait l'autre davantage. D'un côté, Isabelle menait Rita par le bout du nez, elle lui faisait faire tout ce qu'elle voulait, depuis le moment où elle se réveillait dans sa chambre inondée de soleil, jusqu'à celui où elle posait sa crinière noire et soyeuse sur l'oreiller à volants, tout ensommeillée, en frottant ses yeux de ses adorables petits poings, alors elle bâillait et tendait ses bras mignons pour que sa grande sœur énamourée lui donne un dernier baiser.

D'un autre côté, Rita était le centre de l'univers d'Isabelle. Elle avait beaucoup d'empire sur elle. Avec seulement quelques mots, elle arrivait à la calmer avant que sa colère n'éclate. C'est Rita qui lui avait appris à être propre. Rita qui la couchait, le soir, avec la promesse de lui raconter une histoire. Isabelle respectait Rita et lui obéissait dans une certaine mesure. Si Rita lui disait « Tiens-toi tranquille », Isabelle restait tranquille. Quand Rita disait « Chante Isabelle ! » Isabelle chantait. D'une voix limpide, elle entonnait *Twinkle Twinkle Little Star* et *Frosty the Snowman* et alors tout le monde applaudissait en disant : « Ce qu'elle est mignonne ! »

Rita éprouvait à son égard une fierté de mère. Car si Marilyn était responsable de l'existence du corps d'Isabelle, c'était sans nul doute grâce à Rita et à ses soins attentifs qu'il s'épanouissait. Et si elle n'était pas jalouse de l'intérêt qu'Isabelle suscitait par sa simple présence, elle l'était bel et bien de quiconque osait se substituer à elle pour accomplir ces petites tâches essentielles qu'elle considérait comme lui revenant de droit, à elle exclusivement. Elle seule était autorisée à faire manger Isabelle. Elle seule pouvait lui donner son bain, la câliner, l'embrasser, la prendre par la main pour lui faire faire ses premiers pas, lui apprendre ses premiers mots. Elle faisait grise mine à la bonne qui venait chaque matin à huit heures pour la remplacer pendant qu'elle était en classe ; mais dès le moment où elle rentrait à la maison, Isabelle était toute à elle.

Jusqu'au jour du drame.

XVII

TRAUMATISME

Cher Journal,

Aujourd'hui c'est le jour le plus affreux de toute ma vie. J'ai tué Isabelle. Elle n'est pas encore morte mais c'est presque sûr. Elle est à l'hôpital, je n'ai pas le droit de la voir et tout le monde me déteste. Je ne sais pas quoi faire et je ne sais pas si je pourrai survivre à cette nuit. Aide-moi, s'il te plaît ! Je ne peux pas dormir, je sais que quand je me réveillerai demain matin elle sera morte et on me mettra peut-être en prison.

Je n'arrive pas à croire que j'ai tué ma petite sœur. Elle a à peine quatre ans et c'est encore un bébé. C'est la plus jolie petite fille du monde et je l'ai tuée.

Voici comment c'est arrivé.

Marilyn nous avait emmenées chez Bookers, Isabelle et moi, pour faire des courses de Noël. Enfin, c'est surtout elle qui avait des courses à faire, il fallait qu'elle achète des chaussures, des vêtements et un tas de choses pour Isabelle. Moi, je voulais seulement un livre pour Polly. Marilyn est partie faire ses achats et m'a laissé Isabelle, comme à chaque fois, et je l'ai emmenée avec moi au rayon des livres. Je lui ai acheté une glace en lui disant de s'asseoir devant un pilier, juste en face des livres, pour la manger tranquillement. Je l'ai fait souvent et elle n'y voit pas d'inconvénient. Je le sais. Elle ne part jamais se promener ! Jamais, jamais. Elle ne va jamais nulle part sans moi. En principe elle reste assise et m'attend gentiment ! Comment j'aurais pu prévoir ça !

Bon... je cherchais un livre, j'en avais trouvé un qui semblait intéressant, et puis j'ai commencé à regarder les B.D. et je n'ai plus pensé à rien – tu me connais, je me laisse entraîner. Je ne sais pas combien de temps ça a duré, j'avais tout oublié. Et puis tout d'un coup, j'entends Marilyn qui m'appelle à grands cris et quand je regarde le pilier, là ou j'ai laissé Isabelle, elle n'y est plus.

Plus personne. Je suis restée un moment à regarder Marilyn comme une idiote et puis je suis repartie comme une flèche au rayon des livres, en pensant qu'elle était peut-être allée regarder des B.D., mais elle n'était pas là non plus. Marilyn s'est rendu compte que je ne savais pas où elle était et elle s'est mise à brailler en me disant de la chercher. C'est juste au moment où on partait toutes les deux à sa recherche qu'on a entendu une sirène dans la rue et on a failli se rentrer dedans, pour sortir du magasin. Il y avait plein de gens qui bloquaient le passage et qui regardaient quelque chose, et alors j'ai compris. J'ai compris, tout simplement. Marilyn aussi avait compris, elle s'est mise à hurler et elle a écarté tout le monde pour aller voir, je l'ai suivie et on s'est retrouvées au bord du trottoir à regarder la pauvre Isabelle étendue dans une mare de sang, et mon sang à moi s'est glacé. Je ne peux pas te dire ce que j'ai ressenti en la voyant couchée là, avec ses souliers jaunes et tous ces gens en blouse blanche autour d'elle, des médecins, sans doute, parce qu'il y avait aussi une ambulance. Je ne pouvais ni bouger ni parler, j'étais devenue comme une pierre, et dans ma tête je n'arrêtais pas de me répéter non, non, non, et je me suis mise à prier : Mon Dieu, faites qu'elle ne soit pas morte, faites qu'elle ne soit pas morte. Pendant ce temps des gens essayaient de calmer Marilyn qui était en train de piquer une crise de nerfs, un policier s'est approché d'elle et puis un docteur, il y avait plein de monde qui allait et venait et tout était sens dessus dessous. J'ai cru que j'allais m'évanouir, mais non.

On a allongé Isabelle sur une civière, on l'a mise dans l'ambulance, et Marilyn est montée avec elle.

Avant qu'ils referment les portes Marilyn m'a regardée avec son regard plein de haine et j'ai cru qu'elle allait me cracher à la figure, mais en fait elle a seulement craché ces mots : « Espèce de petit démon ! Si jamais tu as tué mon bébé, je... je... » mais elle n'a pas pu finir sa phrase parce qu'ils ont refermé la porte et l'ambulance est partie à fond de train, avec la sirène qui hurlait.

Je suis restée là sans bouger pendant quelques minutes. J'étais tellement choquée que je ne savais plus quoi faire ou quoi penser. J'avais envie de pleurer mais je n'y arrivais pas et je ne pouvais parler à personne parce que tout le monde était surexcité et racontait n'importe quoi. Mais peu à peu j'ai commencé à comprendre ce que les gens disaient. Juste derrière moi il y avait une marchande de quatre saisons qui avait tout vu et qui n'arrêtait pas de répéter : « La p'tite elle a couru après l'Père Noël, j'l'ai vue d'mes yeux... L'Père Noël il est sorti du magasin en agitant sa clochette, il a traversé la rue, la p'tite lui a couru après, tout droit dans une auto... J'l'ai vue comme j'vous vois, j'vous le dis, la pauv' p'tite courait après l'Père Noël. J'ai crié attention, ma p'tite, y a une auto qu'arrive, mais elle a pas entendu et elle a foncé dessus. Oh, Dieu du ciel, j'l'ai vue comme j'vous vois et moi j'étais là su' le trottoir à vendre mes genipapes et la p'tite elle s'est jetée dans la rue sans regarder. J'l'ai vue comme j'vous vois... »

Un policier s'est approché d'elle et elle a recommencé à raconter son histoire depuis le début, pendant qu'il prenait des notes et alors quelqu'un a dit : « C'est la p'tite Maraj, j'connais bien son père. La dame, c'était sa femme, elle c'est leur seule enfant. »

C'est là, tout d'un coup, que j'ai pensé à papa et j'ai couru à son bureau pour le prévenir.

Alors papa a tout laissé tomber, il est descendu en catastrophe pour prendre sa voiture et il ne s'est plus occupé de moi, alors je suis rentrée toute seule à la maison. Il n'a même pas pensé à moi une seconde. Il a juste téléphoné de l'hôpital, un peu plus tard, pour parler à Hyacinth et lui dire ce qui s'était passé et voilà comment je sais qu'Isabelle est en train de mourir et c'est entièrement de ma faute.

Demain matin elle sera peut-être morte !

Je ne veux pas qu'elle meure ! Je t'en supplie, cher Journal, fais qu'elle ne meure pas !

Cher Journal, ç'a été le jour le plus affreux de toute ma vie et ça va être la nuit la plus affreuse. Je voudrais être morte. Je voudrais que la voiture m'ait renversée, moi, à la place d'Isa-

belle. Tout est de ma faute et quand elle mourra tout le monde me détestera et me traitera d'assassin, alors je me suiciderai. Marilyn fera tout pour que j'aille en prison. Je le sais. Je sais à quoi ressemble la prison, parce qu'un jour on est passés devant avec papa et il m'a montré les fenêtres avec des barreaux de fer – on aurait dit des trous noirs – et les mains qui en sortaient pour faire des signes et papa m'a dit que c'étaient les mains d'hommes qui vivaient en enfer, qu'il en connaissait deux ou trois, et c'est là qu'on va me mettre, parce que j'ai tué Isabelle.

Cher Journal,

Ça fait deux jours que c'est arrivé et Isabelle ne s'est toujours pas réveillée. Marilyn dit qu'elle va sûrement mourir. Ou alors elle ne se réveillera jamais. Il peut se passer n'importe quoi. Marilyn est dans tous ses états et elle est furieuse après moi mais cette fois je trouve ça normal ; elle a raison, comme elle dit tout le temps, je ne suis bonne à rien, c'est vrai et je m'en veux tellement ! ! !

Je m'en veux mais c'est trop tard. J'aimerais être morte ou pouvoir mourir à la place d'Isabelle ; personne ne me regretterait. Comment pourrai-je vivre si elle meurt ? Je t'en supplie, fais qu'elle vive. Fais qu'elle vive. Fais qu'elle vive, mais pas en restant dans le coma, fais qu'elle nous revienne !

Je ferai tout ce que tu voudras si seulement tu fais qu'elle vive et qu'elle revienne. N'importe quoi. Excuse-moi si je suis toujours en train de rêver au lieu de faire attention à ce qui se passe. Je changerai. Je serai différente. J'arrêterai de rêver et de lire autant. Je serai attentive en classe et je lèverai toujours la main. Je serai si raisonnable que tu ne me reconnaîtras pas. Et il y a surtout une chose que je te promets de tout mon cœur : je veillerai toujours sur Isabelle. Je m'occuperai d'elle et je l'aimerai toujours, et tant pis si des fois elle me tape sur les nerfs. Je le promets. Je le jure. Je ne me fâcherai plus jamais contre elle. Je serai toujours gentille.

Mais si elle meurt je me tuerai parce que je ne pourrai plus vivre.

Cher Journal,

Merci, oh merci d'avoir écouté ma prière !
Isabelle va vivre ! Elle a une énorme blessure à la tête, on lui a fait douze points de suture mais elle vivra ! Mais... il se peut qu'elle ait une lésion cérébrale, d'après Marilyn. Un traumatisme grave. Ça veut dire qu'elle ne sera plus jamais la même. Dans ce cas, c'est presque aussi terrible que de mourir. Est-ce qu'elle peut devenir folle, par exemple ?
Je suis contente de savoir qu'elle va vivre mais si elle devient folle je ne sais pas ce que je ferai, vu que ce sera à cause de moi. Pourquoi est-ce que je ne l'ai pas surveillée ? Pourquoi est-ce que je l'ai laissée toute seule ? Pourquoi est-ce que je me suis mise à lire ces idioties de B.D. ? Marilyn a raison, je suis toujours perdue dans mes rêves, ça a bien failli tuer Isabelle, et maintenant elle va devenir folle. En tout cas, si elle est folle, je m'occuperai d'elle. Je te le promets, cher Journal. Si elle est folle je m'occuperai d'elle toute ma vie. Je ne les laisserai pas la mettre dans la maison des fous. Elle m'aura à côté pour prendre soin d'elle et la calmer si elle commence à se conduire comme une folle. Mais comment est-ce que les fous se conduisent ? Le seul fou que je connaisse c'est cet homme qui arpente tout le temps Water Street en disant des choses incompréhensibles. Il y en a qui sont violents, comme la femme de Mr Rochester, qu'il faut enfermer dans sa chambre, mais moi je m'occuperai d'elle, les fous ont besoin de quelqu'un pour s'occuper d'eux et pour Isabelle ce sera moi, parce que ce sera ma faute si elle devient folle. J'apprendrai à la retenir et à la calmer. Je serai gentille et affectueuse, je l'aiderai à ne pas être violente, à ne pas casser des choses ou attaquer des gens. J'espère qu'on n'aura pas besoin de l'enfermer. Mais si ça arrive, je ne la quitterai pas. Je réparerai le mal que j'ai fait ! Je suis bien contente qu'on ne me mette pas en prison – merci, cher Journal, c'est grâce à toi, je le sais. Tu lui as sauvé la vie, mais peut-être que tu ne feras rien pour la folie puisque je sais que je dois payer pour l'avoir laissée toute seule alors que j'étais censée la surveiller. Je comprends très bien. Et je promets de m'occuper de ma sœur toute ma vie, quoi qu'il arrive.

XVIII

MATILDA

Cher Journal,

Isabelle a encore la colique. C'est la troisième fois cette semaine. Elle dit qu'elle a vraiment très mal, Marilyn l'a mise au lit et lui a donné des médicaments, mais rien n'y fait.

Le Dr Singh n'est pas arrivé à trouver ce qu'elle a. Il dit qu'elle fait semblant de souffrir pour se rendre intéressante. Mais ça fait tellement pitié de l'entendre pleurer quand elle a des coliques que je ne peux pas croire qu'elle joue la comédie.

Un caillou atterrit dans la chambre de Rita. Elle posa son stylo, recula sur sa chaise, se leva et s'approcha de la fenêtre à pas lents, en répétant mentalement ce qu'elle allait dire, les lèvres étirées dans une parodie de sourire. Elle se pencha et vit Polly, plantée derrière la clôture du jardin, qui la regardait.

« Salut, Poll ! Qu'est-ce que tu veux ? »

Même de loin, Rita se rendit compte qu'elle avait l'air fâchée. Elle se demanda si Polly pouvait également lire dans ses yeux qu'elle se sentait coupable. Non, sûrement pas. D'ailleurs pour quelle raison aurait-elle dû se sentir coupable ? Elle avait attendu ce jour avec autant d'impatience que son amie et sa déception était tout aussi grande.

« Pourquoi est-ce que tu n'es pas venue, Rita ? Tu avais promis ! J'ai été tellement déçue. Je t'ai attendue devant le théâtre pendant une éternité, et puis il a bien fallu que j'entre, je pensais que tu étais simplement en retard, mais tu n'es pas venue. Qu'est-ce qu'il s'est passé ? J'ai cru qu'il était arrivé un malheur, un accident par exemple et, en sortant, je me suis précipitée chez toi, mais Hyacinth m'a dit qu'il ne s'était rien passé du tout et que tu étais juste allée faire des courses à Water Street !

— C'est que, tu vois...

— Écoute, je n'ai pas envie de rester en bas à m'égosiller. Je monte, d'accord ? »

Polly n'attendit même pas la réponse. Elle sortit de chez elle en courant, franchit au pas de course les quelques mètres séparant leurs deux maisons et, l'instant d'après, Rita entendit retentir le gong de l'entrée. Hyacinth irait lui ouvrir. L'air pensif, Rita quitta la fenêtre et se laissa tomber sur son lit en se rongeant les ongles. Des ongles rongés jusqu'au sang. Dès qu'elle se surprenait à le faire, elle retirait vite les doigts de sa bouche et s'asseyait dessus, mais parfois une force incontrôlable faisait remonter ses mains vers son visage et ça recommençait. C'était si réconfortant de se ronger les ongles, et tellement épuisant de résister. C'était plus facile de céder. De rendre les armes devant ce petit démon qu'elle avait elle-même fabriqué. Car c'était souvent ainsi que Rita voyait Isabelle. Quelquefois, quand elle était seule, elle ne parvenait plus à museler la rancœur qui montait du plus profond de son être, une rancœur inexcusable, bien entendu, puisque, de toute façon, elle aimait Isabelle, et puis comment en vouloir à cette adorable enfant au visage d'ange ? Surtout qu'elle savait pourquoi Isabelle était ainsi. C'était à cause du traumatisme, ce traumatisme dont elle, Rita, était responsable. Mais il lui arrivait de dire oui, alors qu'il aurait fallu dire non, et c'est dans ces occasions qu'elle commençait à se tourmenter. Au-dedans et au-dehors. Et c'était au-dedans que ça faisait le plus mal.

La porte s'ouvrit toute grande et Polly entra en trombe.

« Tu as intérêt à avoir une bonne excuse, mais je sais que tu n'en as pas, lâcheuse. Je crois avoir deviné ce qui s'est passé. Je parie que c'est à cause de ta sœur. C'est ça, dis ? C'est toujours ça ! Et puis arrête de te ronger les ongles, si tu continues, tu vas finir par avoir des moignons à la place des doigts ! Alors, dis-moi, c'était bien ça ? »

Rita, vexée, retira la main de sa bouche en faisant un effort surhumain. Ses doigts soudain cruellement délaissés s'en prirent aux fils du dessus-de-lit rouge. Elle hocha tristement la tête en évitant de regarder son amie. Elle savait d'instinct qu'elle ne pourrait supporter la peine et les reproches qu'elle lirait dans ses yeux.

Polly se jeta sur le lit, derrière Rita, et commença à lui marteler le dos de ses poings. Consciente de mériter ce châtiment, Rita ne se défendit pas. Elle venait de laisser passer la chance de sa vie. La chance de devenir actrice. D'obtenir le rôle principal de *Matilda apprivoisée*, d'Andrew Hinds, le célèbre dramaturge guyanais ; le rôle de Matilda, une petite sauvageonne, qui débarque en ville et tourne la tête de tous les hommes, mariés ou non... Rita s'était vraiment mise dans la peau du personnage, elle avait répété en cachette et savait le rôle par cœur. Polly l'avait entendue des milliers de fois ; elle était parfaite. La nuit, elle rêvait de Matilda, elle ÉTAIT Matilda. Matilda, c'était l'occasion de prendre un nouveau départ. Rita allait monter sur les planches. Elle deviendrait une grande actrice. Elle se ferait d'abord connaître en Guyana, puis elle partirait à l'étranger. L'Angleterre, l'Amérique. Broadway. Hollywood ! Fuir ! Se libérer ! Fuir, se libérer, mais de quoi ? Elle le savait, seulement c'était dur de l'avouer, serait-ce à elle-même. Elle ne l'avait en tout cas jamais dit à Polly.

Isabelle. Toujours Isabelle. Isabelle avait besoin d'elle ; mais elle, elle avait besoin de fuir, de ne plus se sentir indispensable. Oui, mais elle avait promis. Juré. Elle avait conclu un pacte avec elle-même, un pacte dont la rupture lui vaudrait certainement les foudres de l'enfer. Isabelle avait besoin d'elle. Voilà pourquoi elle savait qu'elle ne pourrait pas devenir une actrice. Elle ne pourrait pas monter sur les planches. Isabelle passait avant tout le reste. Elle resterait fidèle à son devoir, à sa promesse, à sa vocation sacrée.

Elle s'était sentie soulagée de savoir que le cerveau d'Isabelle n'avait pas été touché. Pourtant elle avait *quelque chose*, elle avait changé. En fait, depuis l'accident, tout avait changé. L'équilibre des forces avait basculé, Isabelle se retrouvant sur le plateau du haut et Rita sur celui du bas, avec une autorité amoindrie. Elle aimait toujours autant sa sœur, mais elle se rendait de plus en plus compte qu'elle ne lui plaisait pas. Pour tout dire, Isabelle était une sale gosse. Elle avait parfois envie de la gifler, mais elle se retenait. En effet, comment avoir la certitude que son comportement n'était pas dû à une sorte de lésion cérébrale ? Toute la question était là. Pauvre Isabelle, ce n'était peut-être pas sa faute. Peut-être le choc avait-il été trop violent. Elle n'avait que quatre ans, mais elle savait, elle savait que Rita était responsable de l'accident, vu que Marilyn le répétait plusieurs fois par jour afin que personne ne l'oublie, et chaque fois qu'Isabelle était terrassée par l'un de ses maux de tête – ils survenaient avec une incroyable constance, dès qu'elle voulait quelque chose qu'on lui refusait – Marilyn disait : « Oh, ma pauvre chérie, c'est à cause de l'accident », et Isabelle obtenait gain de cause.

Elle avait une grande cicatrice sur le côté de la tête. Heureusement invisible, parce que ses épais cheveux noirs la cachaient, mais elle en était fière et la montrait à tous ceux qui ne l'avaient pas encore vue, même à des étrangers, en disant : « Vous avez vu ma cicatrice ? », puis elle relevait la nappe de ses cheveux et les gens s'exclamaient, stupéfaits : « Oh, la pauvre petite, quelle vilaine cicatrice, comment est-ce arrivé ? » Alors Isabelle expliquait : « Ma sœur ne me surveillait pas aussi j'ai couru dans la rue et une auto m'a renversée. Je ne suis pas morte mais maintenant j'ai cette grande cicatrice et je l'aurai toujours même si on ne la voit pas à cause de mes cheveux ! » Elle débitait sa petite histoire d'une façon si jolie, si touchante, que chacun poussait des « Oh » et des « Ah » de compassion, l'embrassait ou même lui donnait un bonbon en compensation de ce grand malheur. L'histoire de la cicatrice, racontée par Isabelle, était irrésistible.

Cher Journal,

Marilyn l'a emmenée voir un autre docteur. Il vient de rentrer des États-Unis et il est au courant des toutes dernières méthodes. D'après lui, c'est psychosomatique. Ça veut dire que ce n'est pas son imagination, elle a vraiment mal au ventre, mais la cause est psychique et pas physique. Il a conseillé à Marilyn de lui faire suivre une psychothérapie.

Quand tout à coup Isabelle se pliait en deux, tout le monde savait que la crise était imminente. « Ooooh, disait-elle, ce que j'ai mal au ventre ! » Alors Marilyn la prenait dans ses bras, la couvrait de baisers et la consolait avec des cadeaux ou des surprises et si par hasard Rita se trouvait à proximité, elle lui jetait un regard venimeux, alors Rita s'esquivait furtivement en refoulant de méchantes pensées, telles que : « Quelle sale gosse ! Quelle vieille vache ! Comme je voudrais... je voudrais... je voudrais... »

De toute manière elle ne parvenait jamais à formuler ses souhaits jusqu'au bout car tôt ou tard une voix intérieure, sévère et tonitruante, se mettait à crier plus fort que ses envies et disait : Tais-toi donc, c'est toi la sale gosse, puisque tout est de ta faute.

« Elle est toujours dans les nuages », disait Marilyn à qui voulait l'entendre, en parlant de Rita. Sa fureur ne s'était pas calmée ; une fureur légitime, pensait Rita.

Elle avait juré de changer complètement si Isabelle ne mourait pas, mais tenir un tel serment excédait largement ses possibilités. Le rêve était devenu pour elle une façon d'être, une stratégie pour exister dans un monde froid, inhospitalier, accusateur, ainsi qu'un moyen commode de s'en évader. Elle ne pouvait pas davantage cesser de rêver que cesser de respirer. En classe elle passait son temps à regarder par la fenêtre jusqu'à ce que le professeur la rappelle à l'ordre. Elle oubliait les réalités. Les chiffres traversaient son cerveau sans s'y imprimer. La seule chose qui l'intéressait c'étaient les mots ; des mots qui jaillissaient du fond d'elle-même en un flot incontrôlable, des mots qui dansaient, qui chantaient, qui mettaient un peu d'ordre dans la confusion qu'elle sentait bouillonner en elle. Elle avait du mal à communiquer ; parler pour ne rien dire l'ennuyait à pleurer. Elle essayait d'écouter, mais son esprit s'en allait vagabonder sur des chemins à lui. Cela, elle pouvait le faire toute la journée, ce n'était ni ennuyeux ni entaché de culpabilité.

Il y avait désormais deux époques distinctes dans sa vie intime : « Avant » et « Après » l'accident. Avant, le monde de l'imagination était un kaléidoscope dont les confins se déplaçaient constamment ; là, la vie possédait des contours scintillants, son contenu était clair, étincelant et gai. Après, ces contours avaient perdu leur netteté, le contenu était devenu vague, flou, noyé dans la grisaille.

Il fallait faire quelque chose, partir quelque part. Quelque part où le froid, les remords et les récriminations ne pourraient l'atteindre, un endroit où elle serait libre, libérée du passé et de ses propres défauts. Il fallait qu'elle s'invente un idéal, un rêve qui deviendrait réalité, au lieu de n'être qu'un jeu d'ombre et de lumière limité au domaine de son imagination. Cela comblerait les vilaines cavités qu'elle avait à l'intérieur, des cavités habitées par des démons menaçants, qui la houspillaient et lui rappelaient ses fautes. La lecture faisait sa joie, et aussi le cinéma et le théâtre : des histoires qui prenaient vie, des histoires dans lesquelles on pouvait entrer et se perdre, des histoires dont elle était l'héroïne, bienfaisante, courageuse et valeureuse, où personne ne la montrait du doigt, où elle sauvait des gens au lieu d'être quelqu'un qui avait presque commis un meurtre. C'est alors que l'occasion s'était présentée de participer pour de vrai à une histoire de ce genre, de devenir cette Matilda rebelle et non conformiste qui finissait par trouver le salut grâce au pouvoir curateur de l'amour.

Mais c'était raté. Et en ce moment Polly Wong tapait du pied, les mains sur les hanches, en rejetant d'un geste rageur ses couettes derrière ses épaules. « Pourquoi ? Pourquoi ? Oh, Rita, tu attendais cette audition avec tant d'impatience et je sais, je SAIS qu'on t'aurait donné le rôle de Matilda. Il t'allait comme un gant, vrai de vrai ! Et devine qui l'a eu ! Devine ?

— Qui ? demanda Rita en se tournant à demi vers Polly.

— Belinda Moore !

— Belinda Moore ! Cette affreuse pimbêche...

— Parfaitement ! Et c'est ta faute, espèce d'idiote, parce que si tu étais venue comme tu l'avais promis, tu aurais été cent fois meilleure qu'elle. Elle est incapable de jouer, elle n'est pas drôle du tout, c'est seulement une grande bringue prétentieuse, et son papa, qui travaille au ministère, a sûrement soudoyé le jury. J'en suis sûre ! Sinon comment aurait-elle pu obtenir le rôle ? Elle n'est même pas drôle et il faut l'être pour jouer Matilda, autrement ça ne fonctionne pas, et moi je suis Sweetie Pie, il faudra que je joue avec elle et j'en suis malade. Je te le jure ! Oh, Rita, j'ai envie de t'étrangler, j'ai envie de t'étrangler. Et maintenant Belinda va la ramener de plus belle, et elle était déjà bien assez fière d'elle comme ça. Pourquoi tu n'es pas venue ? Moi qui croyais que rien au monde ne pouvait t'empêcher de te présenter ! J'étais sûre que tu viendrais, même si on t'avait menacée avec un revolver ! »

Un revolver peut-être pas, mais une sale gosse, haute comme trois pommes, oui, pensa Rita.

« Eh bien, tu vois, c'est à cause d'Isabelle.

— Isabelle, Isabelle ! Quel malheur que cette petite chipie soit venue au monde, vraiment ! C'est de pire en pire. Avant l'accident, ça pouvait passer, elle était si mignonne, mais maintenant elle n'est plus qu'une sale petite... » Là, Polly s'interrompit pour chercher le mot juste.

« Peste, lui souffla Rita.

— Oui, une sale petite peste. Elle sait très bien ce qu'elle fait. Elle est o... o...

— Odieuse.

— Oui, odieuse. Je parie qu'elle a encore piqué une colère. »

Rita acquiesça.

« Et pourquoi cette fois ? À cause d'une robe ou une bêtise de ce genre ? »

Rita secoua la tête, tira sur un fil du dessus-de-lit et commença à l'enrouler autour de son index.

« C'est à cause d'une poupée. Une poupée que son amie Suzie D'Aguiar a eue pour son anniversaire ; elle a un trou pour faire pipi et elle dit Maman. Elle est en vente chez Fogarty. Et Isabelle en voulait une aussi.

— Et pourquoi sa maman chérie n'est-elle pas allée la lui acheter ?

— Elle voulait aller au magasin, mais pas avec Marilyn. Elle voulait que ce soit moi qui l'emmène.

— Elle aurait tout de même pu attendre demain, non ?

— En théorie, oui, mais tu connais Isabelle. Comme tu l'as dit, elle a piqué une colère et, dans ces cas-là, elle se met dans un tel état qu'elle s'arrête de respirer, elle devient bleue, et tout le monde croit qu'elle va mourir, alors on essaie de lui donner satisfaction avant que ça aille trop loin, parce qu'alors elle a mal à la tête et il faut rester auprès d'elle et lui mettre une serviette avec des glaçons sur le front.

— Par conséquent tout le monde s'empresse d'exécuter ses volontés. Elle vous fait vraiment tourner en bourrique. Quelle chipie ! Elle savait que tu devais passer une audition, pourtant ?

— Non, bien sûr que non, ne dis pas ça. Enfin... je lui avais dit qu'il fallait que j'aille au théâtre, mais elle ne se rendait pas compte que c'était aussi important. Comment aurait-elle pu ? Elle n'a que quatre ans ! J'ai bien essayé de la raisonner, mais elle ne comprenait pas vraiment... tu vois, c'est bien le traumatisme de l'accident...

— Oh, tais-toi, Rita, tu me rends malade ! Le traumatisme, tu parles ! Elle n'est pas idiote, elle comprend tout à la perfection et elle se sert de cet accident pour te mener par le bout du nez. Crois-moi, elle savait très bien. Elle avait parfaitement compris ! Elle voulait seulement t'empêcher de partir, c'est ça qui est ennuyeux. Il est temps que tu ouvres les yeux, Rita... Elle est en train de te ligoter complètement, et le jour où tu auras vraiment besoin de te libérer, ce sera impossible ! Tu ne diras pas que je ne t'ai pas prévenue !

— Mais...

— Il n'y a pas de mais ! Tu sais très bien que j'ai raison, Rita, et si tu ne te décides pas à faire quelque chose... Je me demande... Je ne te reconnais pas ! Tu te souviens comme tu étais avant ? Tu nous faisais tellement rire, tu étais l'âme de notre rue. Depuis l'accident de cette gamine, tu restes là à attendre ses ordres. On dirait qu'elle est la reine et toi une suivante. Non, non et non ! Je veux te retrouver, je n'ai jamais eu de meilleure amie que toi et je ne supporterai pas cette situation un jour de plus... et pour couronner le tout, tu ne seras pas Matilda, j'ai envie de tuer quelqu'un ! Toi de préférence ! »

Mais Polly avait trop bon fond pour tuer son amie. À la place, elle se jeta sur elle, lui bourra la tête et les épaules de coups de poing, se bagarra avec elle sur le lit pendant cinq bonnes minutes et ne s'arrêta que lorsque Rita eut crié grâce.

« Et maintenant, dit-elle, tu vas venir chez moi *sans* cette odieuse petite chipie. »

Cher Journal,

Le Dr Singh a fini par convaincre Marilyn d'emmener Isabelle chez le psychiatre. Il a dit qu'elle souffrait de troubles émotionnels et c'est la cause de ses crises de nerfs, de ses maux de tête et de ses coliques. Il veut en trouver l'origine et Marilyn lui a dit que c'était moi, et elle m'a obligée à le voir moi aussi. J'ai été obligée d'y aller mais comme personne ne peut me forcer à parler, je suis restée assise sans rien dire pendant une demi-heure, et puis il m'a renvoyée. Il a dit à Marilyn que moi aussi j'étais gravement perturbée et il est sûr que je suis pour quelque chose dans ses coliques. Et aussi pour les colères et les maux de tête.

XIX

C'EST MOI RITA, LA PLUS SEXY...

Rita avait presque quinze ans quand elle s'aperçut qu'Archie Foot était le garçon le plus « diaboliquement » beau qu'elle connaissait et le seul dont elle était jamais tombée amoureuse. Les Foot avaient emménagé au 2 au mois de juillet précédent. Il n'y avait aucune raison logique de ne pas admettre Archie dans la bande de Victoria Street, mais quand on a un nom pareil on doit faire des efforts supplémentaires pour prouver qu'on n'est pas un débile, ce à quoi Archie s'était employé. D'ailleurs il n'y avait pas que ce patronyme ridicule ; la rumeur disait que les Foot étaient des expatriés de retour d'Angleterre, le père d'Archie s'étant vu proposer un poste de professeur d'histoire à l'université de Guyana. Qui donc quittait Londres pour rentrer à Georgetown ? Seulement les débiles, les nuls, les ratés, des individus porteurs d'un nom comme Foot. Professeur Foot ! Les *vrais* gens partaient pour ne plus jamais revenir ! N'était-ce pas la preuve que les petits Foot ne méritaient pas d'habiter Victoria Street ?

Seule Isabelle s'était montrée moins expéditive dans son jugement. Un jour, peu après leur arrivée, elle avait vu les deux petits frères d'Archie grimper sur le toit de leur maison, et depuis ils étaient ses idoles. Elle allait se planter devant leur portail, les yeux rivés sur le jardin, dans l'espoir de les entr'apercevoir. Quand l'un d'eux la surprenait à espionner, il lui tirait la langue et lui disait des grossièretés en faisant le geste de la chasser, mais Isabelle ne se laissait pas intimider. Elle était coriace et on ne se débarrassait pas d'elle aussi facilement. Elle restait là à guetter et à attendre le moment propice.

Au début de la nouvelle année scolaire, les lycées Bishop,

St Rose, Stanislas et le Queen's College étaient tous devenus mixtes ; des garçons furent admis à Bishop et à St Rose, tandis que des filles entraient au Queen's et à Stanislas. Le père de Polly estimait que l'enseignement scientifique était meilleur à St Rose qu'à Bishop, et il changea sa fille d'établissement. Quant à Archie, il se trouva être l'un des trois garçons, le seul de Victoria Street, à faire partie de la classe de Rita à Bishop, le lycée « littéraire ». Une raison supplémentaire pour lui de faire ses preuves...

Les filles sont parfois cruelles. En classe, elles bombardaient Archie de boulettes de papier propulsées à l'aide d'un élastique. Elles lui cachaient ses livres. Un jour, à la récréation, elles mirent une grenouille dans son pupitre. On aurait dit qu'il avait la lèpre. Elles fuyaient devant lui en poussant des gloussements. Elles ignoraient les deux autres garçons, des jumeaux chinois qui n'avaient d'yeux que l'un pour l'autre, et Archie se trouvait donc sans aucun camarade, assis tout seul à un pupitre, juste devant Rita.

Rita qui le plaignait, en un sens, sans pouvoir résister au plaisir de s'amuser un peu. Témoin silencieux, elle ne participait pas au harcèlement verbal auquel le soumettaient les autres filles et restait de marbre quand elles se tordaient de rire. Cette apparente neutralité pouvait même faire croire à Archie qu'elle était son alliée ; quand elle le surprenait à la regarder, avec un demi-sourire sur les lèvres, elle lui rendait gentiment son sourire, d'un air angélique qui cachait une extrême hypocrisie.

Car en réalité, Rita était la plus acharnée. Sa contribution au martyre d'Archie restait silencieuse et le malheureux n'avait pas le moindre soupçon de sa perfidie. Il ne voyait pas les papiers sur lesquels elle griffonnait des petits poèmes, pendant les cours ou à la récréation, et qu'elle faisait circuler dans la classe, pour que tout le monde puisse en profiter – excepté, bien entendu, les frères Chan assis au premier rang, dans leur splendide isolement. À la fin, le billet revenait à Rita, qui avait soin de le détruire. Au fil des semaines, ces épigrammes s'étaient faites plus osées à mesure que son imagination s'envolait. La livraison du jour était un chef-d'œuvre.

Rita plia son papier en souriant intérieurement. Dès que miss Humphries commença à écrire au tableau, elle le passa à la voisine d'Archie, assise devant elle à sa gauche. À cet instant miss Humphries se retourna, Rita lâcha le papier qu'Archie ramassa, tout cela dans le temps d'une inspiration.

« Archibald Foot, apportez-moi ce papier !

— Quel papier, m'dame ?

— Ne faites pas l'idiot. Je vous ai vu ramasser un papier que votre camarade vous a passé, apportez-le-moi tout de suite, s'il vous plaît ! »

L'air sincèrement perplexe, Archie commença à farfouiller dans ses affaires comme pour chercher ledit papier, puis ne trouvant rien, il regarda miss Humphries avec des yeux innocents. « Il n'y a aucun papier, m'dame. »

Miss Humphries vint se planter devant lui, les mains sur les hanches, et de sa position avantageuse le foudroya du regard. Miss Humphries était déjà énorme par nature ; la fureur la faisait doubler de volume. Son corps revêtu d'une robe à pois était massif et compact comme un sac de farine – un sac de farine pincé dans le milieu par une fine ceinture indiquant l'emplacement de la taille. Miss Humphries avait le teint clair. C'est une Blanche, disaient les gens ; la rumeur disait d'ailleurs qu'elle avait sept huitièmes de sang portugais. Le patronyme d'Humphries lui venait d'un arrière-grand-père paternel et cette unique goutte de sang anglais lui conférait une autorité bien supérieure à celle de tous les autres professeurs réunis. Surtout quand elle vous regardait comme ça. Rita tremblait.

Mais Archie Foot leva les yeux vers le nuage d'orage qui s'amassait au-dessus de sa tête et dit d'un ton assuré : « Vous devez vous tromper, m'dame, personne ne m'a passé de papier.

— Vous osez me mentir ! explosa Miss Humphries. Vous osez ! Allons, levez-vous ! »

Archie Foot se leva.

« Et maintenant allez au tableau et mettez-vous face à la classe. En vitesse ! »

Archie Foot obéit.

Le visage crispé par la détermination, miss Humphries prit

les livres d'Archie et les secoua l'un après l'autre. Aucun papier n'en tomba. Elle ouvrit le pupitre pour voir s'il ne l'avait pas glissé sous le couvercle. Toujours rien.

Abandonner à ce stade aurait été un aveu de défaite et miss Humphries ne s'avouait jamais vaincue. Elle s'approcha du tableau, saisit Archie par l'oreille, le tira à elle et entreprit de le soumettre à une fouille systématique, qui commença de façon relativement innocente. Elle vida les poches de son pantalon puis les retourna. Rien. Elle regarda dans la poche de sa chemise. Rien non plus. Elle lui dit de dérouler ses manches, lui fit ôter ses chaussures et examina ses chaussettes.

« Sortez votre chemise de votre pantalon », ordonna-t-elle.

Archie s'exécuta.

« Maintenant, défaites votre ceinture ! »

À ces mots, un murmure de stupeur parcourut la classe. « Elle va le faire mettre complètement à poil », chuchota une élève, mais un peu trop fort, si bien que tout le monde l'entendit. Plusieurs filles ouvrirent leur pupitre pour se cacher derrière l'abattant ; d'autres se mirent les mains sur les yeux, ce qui ne les empêchait pas de voir entre leurs doigts. Elles se tortillaient et laissaient échapper de petits rires gênés en échangeant des regards embarrassés. Rita fixait le bout de ses chaussures.

Mais en définitive, miss Humphries n'eut pas besoin de faire déshabiller Archie, car au moment où il défaisait sa ceinture elle aperçut un filet blanc révélateur et s'empara du papier d'un geste triomphal.

« Vous voyez ! On ne me la fait pas ! » s'écria-t-elle avec un rire positivement sadique qui n'eut aucun écho.

Elle déplia le billet, le lut, puis se retourna lentement vers Rita qu'elle foudroya du regard. « Rita Maraj, levez-vous ! » Sa voix était empreinte d'un froid mortel. Elle éleva la main, le poing serré, déroula lentement son index en le pointant sur Rita, puis le rentra, tout en disant : « Venez ici, vous. » Rita ne bougea pas, elle se mordit la lèvre, les yeux fixes. « Vous êtes sourde ? Levez-vous ! » Rita recula sur sa chaise, dont les pieds raclèrent le sol, et elle se mit debout. Ses genoux tremblaient : miss Humphries était réputée pour la dureté de ses punitions.

« Bien. Venez ici. »

Rita avait les jambes qui flageolaient tellement qu'elle ne put faire un seul pas. Elle semblait clouée sur place.

« Vous êtes sourde, mon petit ? Je vous ai dit de venir au tableau ! Il faut que je vous y traîne moi-même ? Allons, remuez-vous ! »

Miss Humphries remua pour sa part son énorme carcasse et vint se planter à l'entrée de la travée, l'air menaçant. Rita était incapable d'avancer. Elle était pétrifiée. De plus, pour accéder au tableau, il lui aurait fallu se glisser entre les pupitres et miss Humphries, qui bloquait l'étroit passage de sa masse impressionnante et ne paraissait nullement disposée à bouger. Et pourtant si ; elle s'approcha sans hâte de Rita et la poussa légèrement par l'épaule. Rita recula aussitôt d'un pas, puis, redoutant de nouvelles brutalités, s'enfuit vers le fond de la salle, remonta par le côté et alla se placer auprès d'Archie.

Miss Humphries lui tendit le papier.

« Maintenant lisez-moi ça tout haut. »

D'une petite voix, Rita commença à lire :

De toutes les filles qui sont ici
C'est moi Rita, la plus sexy...

Au mot « sexy », quelqu'un ricana et elle s'interrompit.

« Continuez ! » aboya miss Humphries. Rita déglutit, se gratta la tête et poursuivit sa lecture d'une voix rendue aiguë par la panique, sans même s'arrêter pour reprendre son souffle.

Je sais qu'Archie le solitaire me regarde en catimini
Mais il est timide et il me prend de perverses envies
De me glisser auprès de lui
Pour poser sur sa joue mes lèvres divines
Ou de ma belle et glorieuse...

Elle prit alors une grande inspiration et le mot suivant éclata littéralement :

... POITRINE...

Des gloussements, des rires s'élevèrent de nouveau ; Rita mourait d'envie de lever la tête, mais elle n'osait pas. Elle regarda miss Humphries. Ça ne suffisait donc pas ? Ce n'était pas assez clair ? Mais miss Humphries était impitoyable.

« Silence ! tonna-t-elle en donnant un grand coup de règle sur son bureau ! Relisez le dernier vers et continuez ! »

...Ou de ma belle et glorieuse poitrine
Lui effleurer la tête d'une pression câline.
Mais avant d'exécuter cet audacieux projet,
Mes compagnes en ai informé...

Une vague de gaieté retenue parcourut la classe par avance. On entendit même un petit hennissement étouffé. Sentant son courage l'abandonner, Rita s'interrompit et posa sur miss Humphries un regard suppliant.

« S'il vous plaît, madame. Je ne peux pas !
— Continuez ! »
Rita reprit sa lecture d'une voix à peine audible.

Alors sous leurs regards, je vais, toute rouge...

Elle s'arrêta, prise d'une envie de rire irrésistible, et elle sentit que si elle disait un mot de plus, elle éclaterait.
« CONTINUEZ ! » tonna Miss Humphries.

Mon sein j'avance, mes lèvres divines j'entrouvre...

Personne n'entendit la fin. La classe entière explosa. Les filles dégringolèrent de leur banc, elles se roulaient par terre en s'étreignant, en proie à une énorme hilarité. Rita avait laissé tomber son papier, elle s'était pris la tête dans les mains et tout son corps frémissait d'un rire silencieux. Tourné vers le tableau, Archie était secoué de sanglots – ou de rires. Les frères Chan écarquillaient des yeux ébahis. Miss Humphries tambourina sur son bureau pour réclamer le silence.

« TOUS EN RETENUE ! s'écria-t-elle à la fin. Trois

heures de retenue pour toute la classe, excepté Ronnie et Donny Chan. Quant à vous, miss Maraj, je vais m'entretenir de votre cas avec madame la directrice. Et vous, monsieur Foot... »

En prononçant son nom, elle frappa du pied, comme pour souligner son propos, déclenchant une tempête de rires qui l'empêcha de finir sa phrase. Le cours s'acheva dans un désordre indescriptible.

Le samedi suivant, Donna deSouza fêtait justement ses quinze ans. Elle n'avait pas invité Archie, mais comme il n'était question, dans le quartier, que de l'idylle naissante entre Rita et Archie, tous les jeunes – sauf Rita – la supplièrent de lui demander de venir à la dernière minute.

Les enceintes hurlaient comme dans n'importe quelle surprise-partie, et tout le monde se trémoussait joyeusement sur des danses rapides, puis quelqu'un mit *Stand by me*, quelqu'un d'autre éteignit la lumière et Rita se retrouva sans savoir comment dans les bras d'Archie Foot, pour un slow lent, très lent, et elle crut mourir de confusion à cause de tous les tourments qu'elle lui avait fait subir et rien que de penser à son poème, elle était parcourue de tremblements de honte. Pourrait-elle jamais le lui faire oublier ? Oserait-elle même un jour le regarder en face ? Il était pourtant là, qui la tenait contre lui. Comment cela était-il arrivé ? Est-ce qu'il l'avait invitée ? Est-ce qu'on les avait poussés l'un vers l'autre ? Elle ne se souvenait de rien. Elle le regarda à la dérobée et, dans la lueur arc-en-ciel des guirlandes lumineuses, elle découvrit qu'il était grand, mince et beau, et qu'un duvet naissant ombrait sa lèvre supérieure. Comment ne s'en était-elle pas aperçue plus tôt ?

Depuis l'incident de l'autre jour, Archie ne lui avait plus adressé la parole. En classe, ils s'évitaient mutuellement et hormis le fait qu'il la tenait dans ses bras, il en alla de même pendant toute la soirée. Il dansa tout le temps avec elle, sans même la lâcher entre deux morceaux, et c'était bien comme ça. Rita n'avait besoin ni de paroles ni de regards. Parce qu'elle se rendait compte qu'elle était amoureuse. Tout en dansant, elle rêvait, elle rêvait d'elle et d'Archie, du couple qu'ils allaient former, de leur mariage, de leur bonheur futur, et elle enfonça le nez dans le creux de son épaule, ferma les yeux, sentit le léger parfum d'eau de Cologne mêlé à la sueur, et comprit enfin de quoi il était question dans les chansons, les romans et les films. Et aussi dans les pièces de théâtre. Mais cette fois, c'était pour de vrai. Une affaire d'adultes. Au diable cette idiote de Matilda ! Au diable l'idée de voir son nom en lettres lumineuses dans Broadway ! Non, l'Amour avec un A majuscule. Elle était faite pour aimer. Née pour aimer. L'amour était le couronnement de l'existence, l'introuvable trésor. Jamais plus elle ne s'ennuierait tant qu'elle aurait l'amour. Et Archie. Archie qui l'aimerait, lui aussi... Elle continua à rêver en s'imaginant dans les bras d'Archie, en train de courir avec lui, pieds nus sur une plage des Caraïbes, et de rire, rire, rire tandis qu'il la jetterait dans l'écume blanche des vagues. Ensuite elle se serrerait contre lui, immobile, dans la lumière dorée du soleil couchant... Elle rêvait, les lèvres ourlées par un sourire imperceptible, les yeux clos pour mieux voir.

Elle imagina les paroles décisives qu'ils échangeraient avant de se quitter mais, à sa grande déception, Archie partit sans même lui dire bonsoir. Il lui pressa simplement la main et se mêla au flot des invités qui s'en allaient. Rita s'affola aussitôt. Il me déteste, pensa-t-elle.

Les jours suivants, une sorte de redistribution des rôles s'opéra parmi les jeunes de Victoria Street. Archie Foot avait réussi son examen d'entrée. Maintenant il était des leurs. De plus, il y avait sous sa maison un superbe ping-pong tout neuf, ainsi qu'une collection disparate de vieux fauteuils et un canapé où on pouvait s'asseoir pour bavarder. C'était l'endroit idéal pour se réunir. La maison des Foot devint donc le nouveau point de ralliement.

Sans l'accord de Rita. Rita refusait de se joindre à la bande. Elle estimait que la balle était dans le camp d'Archie ; il devait se manifester d'une façon ou d'une autre, faire le premier pas. Il ne faut surtout pas qu'il pense que je lui cours après, se disait-elle, et puis en définitive, je suis sûre qu'il me déteste. Qu'est-ce que je ferais si j'allais chez lui et qu'il m'ignorait ? À cette seule pensée, l'angoisse faisait battre son cœur. Puisqu'il me déteste, je le déteste aussi.

Avait-elle fait un faux pas à la soirée ? Elle repassa tout dans sa tête. Rejoua tous les disques, revécut toutes les étapes, mais c'était encore pire. Il aurait dû me dire au revoir. Il aurait dû m'embrasser sur la joue. Il aurait dû téléphoner ! Mais il n'avait rien fait de tout ça. L'univers de Rita s'écroulait...

XX

DES ÉPONGES VERTES

Cher Journal,

Isabelle suit une psychothérapie depuis six mois et le médecin trouve que ça ne progresse pas du tout. Il dit qu'elle a dû vivre une expérience traumatisante dans sa petite enfance. Il est au courant de l'accident, bien entendu – c'est la première chose que Marilyn lui a racontée – et il dit, d'accord, mais ce n'est pas ça. Par conséquent il voulait l'envoyer chez un autre spécialiste qui utilise l'hypnose.

Marilyn s'est fâchée et elle a déclaré qu'elle ne voulait plus entendre parler de psychothérapie, cette pauvre enfant n'est pas dingo, elle subit simplement une mauvaise influence (moi) et je suis la cause de tous ses problèmes (ceux d'Isabelle). Donc, finie la psychothérapie. Elle dit que ce sont tous des charlatans. Terminées les séances pour Isabelle. Pourtant elle continue à avoir mal au ventre et à la tête, et à piquer des colères.

Quant à Archie Foot, j'ai décidé de renoncer à lui, et à tous les hommes, pour toujours. Quand je serai grande, je serai ermite.

« Ces petites sœurs, quelle plaie ! grogna Polly en shootant dans un caillou qui alla rouler dans le caniveau.

— Elle n'est pourtant pas bien embêtante, rétorqua Rita. Tout ce qu'elle veut c'est être avec nous. »

Isabelle s'était arrêtée devant le 6 pour tirer la langue à Carol Coolidge qui jouait aux cartes avec une petite voisine, assise en tailleur sur le bas-côté de la rue.

« C'est une vraie peste. Depuis toujours. Elle est tout le temps collée à nous comme une sangsue. Elle le fait exprès, crois-moi. Elle sait qu'elle nous casse les pieds et c'est ça qui lui plaît. C'est une enquiquineuse. Elle n'a qu'à se faire des amis à elle, comme les autres gosses de la rue. Cette Carol Coolidge, par exemple, elles ont le même âge, il me semble. Mais non, madame Isabelle se croit bien trop supérieure, il faut qu'elle soit avec les grands.

— Ça ne dérangera pas Archie.

— Qu'est-ce que tu en sais ? Et de toute manière ça dérange les autres. Je me demande pourquoi tu ne l'envoies pas tout bonnement promener. Personne ici n'a un petit frère ou une petite sœur pendu à ses basques. Sauf toi.

— C'est juste pour aujourd'hui. Je te le promets. Elle est fascinée par les petits frères d'Archie, tu comprends, et elle voudrait devenir leur amie. Comme ça, j'en serai débarrassée. Définitivement. Tu sais bien qu'elle n'aime pas jouer avec des filles.

— Vous êtes tous complètement entichés de ces maudits Foot, tous tant que vous êtes. »

Rita se jeta sur Polly et lui plaqua la main sur la bouche.

« Chut, pas si fort, imbécile, il pourrait t'entendre ! On est juste devant chez lui.

— Tiens, c'est vrai ! s'esclaffa Polly en écartant la main de Rita. Et ne me regarde pas avec cet air furieux. Bonjour ! »

Polly s'approcha du portail des Foot et héla quelqu'un qu'elle avait dû apercevoir sous la maison, et qui sortit de l'ombre. C'était Archie. Rita sentit ses jambes flageoler ; son cœur se mit à battre à tout rompre. Consciente qu'un petit drame était en train de se jouer dans Victoria Street, Polly avait extorqué une semi-confession à Archie.

« Il ne te déteste pas, idiote ! Il t'aime, il me l'a dit... enfin presque, il ne sait pas comment renouer le contact et si tu refuses d'aller chez lui, je t'y traînerai au bout d'une corde ! Tu es vraiment lamentable ! Voyons, il ne va pas te manger ! Rappelle-toi ce que tu lui as fait subir. Tu n'avais pas peur de lui, à l'époque, comment se fait-il que tu sois devenue soudain si timorée ? Ça ne te ressemble pas. Je ne sais pas ce que tu as depuis quelque temps, tu es toujours de mauvaise humeur. C'est à cause de ta sœur, cette petite peste... Aïe ! Elle m'a donné un coup de pied, quelle... »

Isabelle courut se réfugier auprès de Rita et se pendit à ses jambes en glapissant :

« Je l'ai pas fait exprès ! C'est parce que j'ai glissé.
— Pas du tout, tu l'as fait exprès, ne t'imagine pas que je...
— Bonjour. Ça va ? »

Il était là, tout près, de l'autre côté du portail ; elle sentait son odeur, une odeur qu'elle aurait reconnue à des kilomètres. Il leur ouvrit et pour éviter d'avoir à le regarder, elle se baissa pour relacer les chaussures d'Isabelle, ce qui la dispensa également de lui dire bonjour. De toute manière, il était clair qu'elle ne l'intéressait pas, c'est à Polly et pas à elle qu'il avait dit bonjour, c'était sûrement de Polly qu'il était amoureux. Ils bavardaient comme de vieux amis (d'ailleurs, depuis leur petit tête-à-tête, ils étaient bel et bien devenus de vieux amis) sans s'occuper d'elle. Elle n'aurait jamais dû venir, elle savait qu'il la détestait, il avait dansé avec elle uniquement pour rendre Polly jalouse, parce que Polly était amoureuse de Bobby Fung, le fils des Pompes funèbres Fung – le fort en maths de sa classe –, même s'il ne s'était encore rien passé entre eux. Jusqu'ici elles s'étaient contentées d'aller sonner chez les Fung plusieurs fois par semaine, pour demander Bobby et commander un cercueil en tâchant de garder leur sérieux. L'amère vérité lui apparut soudain et elle eut envie de hurler et de se donner des coups. Pourquoi était-elle venue ? Pourquoi s'était-elle laissé traîner ici, si ça ne servait qu'à la faire souffrir ? Tout le monde était là, Donna et Dawn deSouza, Christine Knight, James (Cats) Isaac, Brian Coolidge, Dennis Roy et même les petits frères d'Archie, Patrick et Robert, et personne ne se souciait d'elle le moins du monde. Elle aurait volontiers pris la fuite, si elle n'avait craint de se ridiculiser. Dire que pas plus tard que la semaine dernière, elle chahutait et blaguait avec les autres, et maintenant elle n'était plus qu'une idiote en train de lacer au ralenti les chaussures d'Isabelle, qui frappait du pied pour montrer son impatience d'aller rejoindre la petite bande sous la maison, et du coup elle, Rita, n'avait d'autre possibilité que de se redresser le plus lentement possible, de s'approcher du groupe en feignant de ne pas se désintégrer, de dire aimablement bonjour à tout le monde, sauf à Archie, ça non, jamais, c'était à lui de faire le premier pas, elle n'allait tout de même pas lui courir après. Elle ferait semblant de le détester, comme lui la détestait, il suffisait de voir la façon dont il parlait à Polly, et en plus devant Cats, qui avait le béguin pour elle, c'était bien connu ! Eh bien, ils allaient voir ! Ah, mais comme ça faisait mal au-dedans !

Un sourire rayonnant plaqué sur le visage, Rita s'approcha de Cats, perché sur l'accoudoir du vieux canapé récupéré par Archie en même temps qu'une collection de vieux sièges dépareillés et quelques meubles de jardin hideux. Elle s'assit à côté de lui, lui tapa sur la cuisse, le regarda en battant des cils et le questionna sur la moto que son frère lui prêtait quelquefois. Nul besoin d'en dire plus ; Cats réagit au quart de tour, il était intarissable sur ce sujet et Rita n'eut plus qu'à faire semblant d'écouter, en hochant la tête de temps à autre, tout en l'inclinant de façon à bien voir à quel jeu jouaient Polly et Archie, sans pour autant cesser de regarder Cats d'un air intéressé, nonchalant, en conservant un calme olympien et en riant aux éclats aux bons endroits, de manière à ce que personne, et surtout pas ces deux traîtres nommés Polly et Archie, ne puisse soupçonner que son cœur se brisait lentement.

Isabelle courut rejoindre Patrick et Robert Foot, qui s'amusaient à grimper au treillage, de l'autre côté de la maison. Une fois arrivés en haut, ils s'accrochaient à une poutre à laquelle ils se balançaient plusieurs fois, avant de sauter à terre et de remonter aussitôt. Patrick avait huit ans, Robert six ; ils n'avaient que mépris pour les filles en général et pour Isabelle en particulier, qui brûlait néanmoins de conquérir leur amitié. Mais ces deux malappris, qui ne semblaient pas se rendre compte de leur chance – ils étaient les seuls parmi les enfants de Victoria Street à avoir la faveur d'Isabelle –, restaient sourds à ses « je peux le faire moi aussi ! ».

Isabelle regardait en faisant la moue, mourant d'envie de les imiter, mais manquant de courage pour grimper toute seule. « Je veux monter moi aussi ! » cria-t-elle en frappant le sol de son petit pied. Patrick et Robert feignirent de ne pas entendre ; ils comptaient le nombre de fois qu'ils pouvaient se balancer avant de se lâcher. Patrick était arrivé à sept, Robert seulement à quatre. « Je peux faire mieux que vous ! s'égosillait Isabelle. Je peux me balancer dix fois. Moi aussi. Moi aussi je sais ! » Sur ce, elle agrippa le treillage et entama son ascension.

« Oh, tire-toi de là, petit moustique, dit Patrick en se laissant tomber à terre. Ne t'avise surtout pas d'essayer de grimper.

— Je sais, je sais, tu vas voir ! »

Isabelle commença à escalader le treillage à une vitesse surprenante.

« Descends de là, petite idiote !

— Je vais l'attraper », cria Robert, qui était en haut. Il redescendit un peu pour repousser les mains d'Isabelle avec ses pieds ; dès qu'elle essayait de saisir une latte, Robert lui donnait un petit coup sur la main, tandis que Patrick, qui était en bas, la tirait par les jambes, mais ils n'avaient compté ni l'un ni l'autre avec l'obstination d'Isabelle et sa volonté d'avoir toujours le dessus. Plus ils s'ingéniaient à la faire descendre, plus elle s'entêtait ; ses mains étaient rapides, elles s'accrochaient aux lattes comme un singe à un arbre, pendant qu'Isabelle bourrait Patrick de coups de pied avec une surprenante férocité. Elle l'atteignit à l'œil ; il poussa un cri, la lâcha un bref instant, puis revint à la charge de plus belle, en grimpant au treillage pour l'attraper par la taille.

Assis juste en face, les aînés ne pouvaient pas ne pas remarquer ce remue-ménage et au moment où Isabelle et Patrick atterrirent sur le sol, bras et jambes entremêlés, Rita et Archie se précipitèrent vers eux.

« Ça t'apprendra, Isabelle, c'est bien fait pour toi, tu n'avais qu'à les laisser tranquilles ! » s'exclama Rita en prenant sa sœur par la main pour l'aider à se relever. Elle hurlait mais n'avait rien, car Patrick avait amorti sa chute ; elle hurlait de rage, non de douleur. Rita avait appris à faire la distinction, elle reconnaissait les glapissements de la vanité froissée, elle savait que s'ils n'étaient pas promptement apaisés ils éclateraient sans retenue et dégénéreraient en crise de nerfs. Il n'était pas question de ça. Aussi quand Isabelle lui noua les bras autour de la taille et se plaqua contre elle avec d'amers sanglots, elle caressa ses cheveux noirs et dit d'une voix aussi douce qu'elle le pouvait : « Ce n'est rien, ma chérie, calme-toi. Patrick ne l'a pas fait exprès. Ne pleure pas, mon trésor, ce n'est rien. »

Pendant ce temps, Archie chapitrait son frère. « Comment as-tu pu la tirer comme ça... une petite fille ! Elle aurait pu se faire très mal, la pauvre. Qu'est-ce qui t'a pris ? Et toi, Robert, si tu as envie de te bagarrer, fais-le plutôt avec des garçons de ton âge ! dit-il en leur envoyant une claque à chacun.

— C'est une enquiquineuse, s'indigna Robert, elle n'arrête pas de traîner devant la maison pour essayer d'entrer ! D'ailleurs, qu'est-ce qu'elle fait ici ? Elle n'a qu'à avoir des amis de son âge ! Pourquoi est-ce qu'on devrait jouer avec ce bébé ? Qui lui a demandé de venir ? Nous on ne joue ni avec les filles ni avec les bébés !

— Elle est toujours devant le portail à nous épier, on la déteste ; on ne se bagarrait pas, mais elle ne peut pas grimper avec nous, ce n'est pas pour les filles, elle voulait grimper et c'est dangereux pour une fille !

— Si, je peux, je peux ! hurla Isabelle. Je peux grimper en haut et me balancer, je l'ai fait des millions de milliards de fois et puis je vous déteste, je vous déteste ! Je veux rentrer, Rita, ramène-moi à la maison, je déteste ces garçons et je ne reviendrai plus jamais ici, je vous déteste tous, vilains méchants Foot que vous êtes, ma maman dit que votre mère est une vieille clocharde, elle est moche, grosse, elle a le derrière qui ballotte quand elle marche et on dirait qu'elle a versé des seaux de gélatine dans sa poitrine, voilà ! »

Rita poussa un petit cri et regarda Archie. Juste avant de détourner les yeux, elle vit sa propre honte se refléter dans les siens. Il fallait à tout prix sévir ; elle gifla vigoureusement Isabelle, qui se mit à hurler. Elle se jeta par terre en braillant de tous ses poumons, elle se tordait de rage, battait des pieds et gesticulait tant et si bien que sa robe lui remonta jusqu'à la taille.

Rita resta un moment pétrifiée, à regarder sa main. C'était la première fois que ça lui arrivait. Elle n'avait encore jamais giflé Isabelle, bien qu'elle en ait eu souvent envie. Un sentiment de culpabilité familier l'envahit, mais pour l'instant elle n'avait pas le temps de s'y attarder parce que Isabelle vociférait.

Dans un cas pareil, Rita était persuadée, tout simplement persuadée, qu'Isabelle souffrait de graves troubles psychiques et que c'était sa faute. Mais d'un autre côté, il fallait réagir.

Elle releva sa sœur. Elle savait très exactement quoi faire pour maîtriser cette petite créature hurlante et déchaînée. Le temps d'arriver à la maison, elle serait couverte de bleus, à cause des coups de pied qu'elle ne manquerait pas de recevoir, elle aurait des griffures sur les bras et le visage, mais cette fois, c'était trop. Elle ne pouvait pas se permettre de laisser Isabelle faire une crise de nerfs ici, chez les Foot.

« Viens, dit-elle avec autorité. On rentre.

— Je ne veux pas rentrer à la maison, je veux grimper, je veux rester ici !

— Non. On rentre. » Rita saisit fermement Isabelle par la taille et l'entraîna vers le portail.

« Je te déteste, je te déteste, toi aussi tu es une vieille clocharde, je t'ai vue mettre plein d'éponges vertes dans ton soutien-gorge. Oui, je t'ai vue, je vais les montrer à tout le monde, et... »

Avant que Rita ait pu faire un geste, Isabelle lui avait ouvert son chemisier pour retirer les éponges du soutien-gorge. Elles s'éparpillèrent sur le ciment, à la vue de tous. Des éponges vertes dont plusieurs avaient été laborieusement découpées pour s'ajuster à la forme du soutien-gorge qu'elle avait acheté avec Polly, tout juste une semaine plus tôt, au rayon lingerie de Fogarty, son tout premier soutien-gorge, qui lui faisait une poitrine dont elle était si fière, cette poitrine qui avait inspiré le poème à Archie Foot. Le rembourrage d'éponges vertes gisait maintenant, telle une offrande, aux pieds d'Archie.

Rita n'attendit pas les rires qui allaient forcément s'élever. Elle lâcha la taille d'Isabelle, la saisit par le poignet, la traîna jusqu'au portail, qu'elle ouvrit, et la poussa dehors. Isabelle se débattait en hurlant, mais Rita la tenait d'une poigne de fer. C'est seulement lorsqu'elles furent toutes deux rentrées au 7 et que ni Polly ni Archie ni Cats ni personne ne pouvaient les voir ou les entendre, que Rita dit : « Comment, comment as-tu osé ? »

Elle avait prononcé ces mots d'un ton glacial, les dents serrées pour ne pas exploser. Une fureur primitive bouillonnait en elle. Elle ferma les poings en réprimant une envie de la bourrer de coups.

« Tu es un méchant petit démon ! gronda-t-elle d'une voix basse et dangereusement atone, en détachant bien chaque mot, car elle craignait de ne plus pouvoir se maîtriser si elle se laissait aller un seul instant. Je ne t'emmènerai jamais plus nulle part ! C'est la dernière fois, la toute dernière. Tu es un démon, un démon, à cause de toi ma vie est fichue ! »

Elle regarda autour d'elle comme pour chercher une arme : un bâton, une batte de cricket, un bout de bois, n'importe quoi. Ne trouvant rien, elle leva la main droite, sans lâcher de l'autre l'enfant immobilisée comme dans un étau, et enfonça les doigts dans son bras maigre. La main droite resta en suspens au-dessus de la tête d'Isabelle, comme pour prendre de l'élan, avant d'assener un coup violent, pour la seconde fois de la journée.

Isabelle, qui jusqu'à présent était restée pétrifiée par la voix glaçante de sa sœur et le caractère irrévocable et inhabituel de ses paroles, leva la tête vers la main planant au-dessus d'elle, ouvrit la bouche et poussa un cri perçant, le cri de la victime avant le coup fatal, et elle commença à se débattre.

Marilyn surgit en haut de l'escalier et descendit en faisant claquer ses talons. « Isabelle, Isabelle, qu'est-ce que tu as ? Oh ma chérie, ma pauvre chérie, elle t'a frappée ? Cette méchante fille t'a frappée ? Viens voir maman, mon trésor, oh, ne pleure pas. Tu es le bébé chéri de maman, miséricorde, regarde ta figure, qu'est-ce qu'elle t'a fait ? C'est une méchante fille, souviens-toi qu'elle a failli te tuer. Viens voir maman... »

Rita regardait sans rien dire. Elle avait lâché Isabelle dès que Marilyn était apparue, et la fureur qui, un instant plus tôt, l'emplissait d'une envie de frapper, de faire mal, de mutiler, l'abandonna aussi vite qu'elle était venue. Sans faire un seul geste, elle regarda Isabelle courir vers sa mère et enfouir le visage dans ses jupes, en balbutiant des mots incompréhensibles. Marilyn s'accroupit et la prit dans ses bras, en caressant ses cheveux bouclés et son dos secoué de sanglots. Elle releva la tête pour lancer à Rita un regard où se lisaient la menace, les reproches, l'hostilité et le triomphe, chaque sentiment luttant pour l'emporter sur les autres.

Rita s'éloigna, la tête basse. Sa colère s'était évaporée. Il ne restait que le remords et les lambeaux d'une promesse trahie.

Le soir, quand elle alla se coucher, elle trouva son lit occupé.

« Isabelle ! »

Isabelle battit des paupières et la regarda de ses grands yeux ensommeillés.

« Je peux dormir avec toi ?
— Pourquoi est-ce que tu ne vas pas dormir avec ta mère ?
— J'aime pas maman, elle est méchante, Rita ! »

Rita, qui s'était retournée pour se déshabiller, ne répondit pas. La honte et la colère continuaient à la consumer ; jamais plus elle ne pourrait regarder Archie en face, ni même ses amis. Sa vie était fichue.

« Rita ! » dit doucement Isabelle d'une voix charmeuse.

Rita se retourna à contrecœur vers l'enfant qui avait remonté le drap jusque sous son menton et serrait contre elle un ours en piteux état. Ses traits étaient alanguis par le sommeil, son sourire innocent, repentant, était d'une douceur à faire fondre. Elle tendit ses petits bras vers sa sœur, remuant les doigts en signe d'impatience.

« Rita, pardon, pardon d'avoir été vilaine et d'avoir retiré tes éponges vertes. Ne sois pas fâchée contre moi, s'il te plaît. Je ne supporte pas que tu sois fâchée. Je t'aime tant, Rita. S'il te plaît, faisons la paix. Je suis si malheureuse quand tu ne m'aimes pas, tu n'es pas venue m'embrasser dans mon lit et je ne pouvais pas dormir, je ne pourrai plus jamais dormir si tu ne me donnes pas un baiser avant. »

Rita posa sur elle un regard sévère, indifférente aux bras qui se tendaient vers elle.

« Tu as fait une chose absolument épouvantable.

— Je sais, Rita, je te demande pardon et, si tu veux, demain j'irai là-bas pour m'excuser. Promis. Et je te promets aussi d'être sage pour toujours, Rita, ne me déteste pas, je t'en prie.

— Je ne te déteste pas.

— Mais tu es fâchée ! Oh, Rita, ne sois plus fâchée contre moi, sinon je vais pleurer ! »

Et comme de juste, les grands yeux noirs se mouillèrent et se mirent à ressembler à des flaques miroitantes, bordées par des joues lisses couleur de miel. Incapable de supporter l'immense désespoir qui s'y lisait, Rita alla prendre un livre sur une étagère.

« Pleure tant que tu veux, mais pas ici. Retourne dans ta chambre ou bien va pleurer dans le giron de ta mère. »

Elle choisit un livre sans se presser, puis alla à la fenêtre, son livre à la main, et ferma les rideaux. N'entendant plus Isabelle, elle jeta un coup d'œil vers le lit. Isabelle avait rabattu le drap sur sa tête. Dessous, la forme blanche était agitée de tremblements. Rita s'approcha et écarta le drap d'un coup sec.

« Allons, ça suffit. Lève-toi et retourne dans ta chambre. »

Isabelle était couchée sur le ventre, la tête enfouie dans l'oreiller. Elle était secouée de sanglots réprimés, qui se déchaînèrent sous la dureté de ces paroles.

Rita s'assit sur le bord du lit. Elle avança une main hésitante et la posa sur les cheveux soyeux.

« C'est bon, Isabelle, ça suffit. Maintenant calme-toi et retourne dans ton lit », dit-elle en s'efforçant de parler calmement. Les sanglots redoublèrent.

« Isabelle, ça suffit ! Va-t'en, j'aimerais bien pouvoir dormir, et toi aussi tu es fatiguée. Arrête de pleurer et va te coucher ! »

Mais Isabelle pleurait si fort qu'elle n'entendait rien et, en outre, les paroles de Rita manquaient de conviction ; c'était sa main, qui massait tendrement la nuque d'Isabelle, qui disait la vérité et à laquelle Isabelle répondit. D'un mouvement souple, elle se retourna sur le dos et se jeta contre sa sœur, en lui nouant les bras autour du cou. Ses sanglots bruyants mais jusque-là assourdis par l'oreiller éclatèrent maintenant que plus rien ne les étouffait.

Isabelle n'avait pas son égale pour demander pardon. Ses repentirs faisaient fondre le cœur de Rita. Malgré tout, elles n'avaient jamais eu de dispute aussi grave. Cette fois, c'était sérieux. Tous les espoirs de Rita gisaient en morceaux sous la maison d'Archie. Des éponges vertes ! Plus elle essayait de ne pas y penser, plus elles se rappelaient à sa mémoire. Ce soir encore, ses joues brûlaient à ce souvenir. Mais les sanglots d'Isabelle étaient irrésistibles.

Ses bras se refermèrent involontairement sur le petit corps, lui prodiguant du réconfort à contrecœur, malgré la voix intérieure qui la sermonnait.

« Elle est encore toute petite. Un bébé. Elle ne se rend pas compte. Elle ne comprend pas, elle ne peut pas comprendre. Elle ne l'a pas fait exprès. Elle ne cherchait pas à t'humilier devant Archie, elle ne sait même pas que tu l'aimes. Ce n'est pas sa faute si elle est comme ça, après ce qui lui est arrivé. Tu dois lui pardonner. La pauvre. Pauvre petit bébé, elle n'a que toi. Tu dois l'aimer même si elle se conduit mal, puisque c'est à cause de toi qu'elle est comme ça. Elle a besoin de toi. Vois comme elle pleure. Si tu ne l'aimes pas, qui le fera ? Allons, ne sois pas cruelle. »

Et les bras de Rita resserrèrent leur étreinte, ses mains parlaient en douces caresses à la petite fille, puis elle se coucha à côté d'elle, rabattit le drap sur elles deux et Isabelle finit par s'endormir à force de pleurer, sans qu'aucune parole ait été prononcée.

Isabelle tint sa promesse. Dès le lendemain, elle se rendit chez Archie avec un bouquet de roses blanches cueillies sur le rosier préféré de Marilyn, et lui présenta ses excuses, en le charmant de ses grands yeux noirs.

Puis ce fut le tour de Rita. Pendant toute une semaine, Isabelle la gâta tant et plus. Chaque jour, quand elle rentrait de l'école, elle trouvait des fleurs sur son bureau et de jolis dessins sur son oreiller. Isabelle était aux petits soins pour elle ; elle lui apportait des jus de fruits, des caramels (chipés dans la boîte de bonbons). Elle lui épluchait des mandarines et disposait artistement les tranches sur une assiette qu'elle lui présentait avec force sourires et révérences. Elle lui astiqua sa bicyclette. Elle la fit asseoir sur une chaise et dansa sur son disque préféré, en tournoyant et en sautillant si bien que Rita ne put que sourire.

Rita ne voulait plus entendre parler d'Archie. Quand elle passait devant chez lui, elle détournait la tête. En classe, elle changea de place et s'installa à l'autre bout de la salle. Chaque fois qu'elle le voyait arriver, elle s'en allait dans la direction opposée. Elle se jura de ne jamais plus lui parler ni le regarder. Elle songea même à s'enfuir de Victoria Street.

Et puis Archie passa à l'attaque. Il lui téléphona de façon tout à fait inattendue pour lui proposer d'aller voir une reprise de *My Fair Lady* au Metropole. Elle accepta et il passa la prendre à trois heures pile, après quoi ils se rendirent en ville chacun sur son vélo en observant un silence embarrassé. Ils n'avaient toujours pas échangé un seul mot quand ils s'assirent dans la pénombre fraîche du balcon. Rita était si occupée à penser aux éponges vertes qu'elle ne parvenait pas à suivre le fil de l'histoire ; elle n'avait toujours pas osé regarder Archie une seule fois.

Vers le milieu du film, Archie lui prit la main. Rita sentait ses doigts autour des siens, elle regardait fixement l'écran et n'y voyait que des poitrines rembourrées d'éponges vertes.

Sa poitrine était plus plate que jamais. Tant mieux. Elle aimait Archie. Elle le détestait. Jamais elle ne se remettrait d'une telle humiliation. Les éponges vertes la hanteraient toute sa vie.

Après l'avoir ramenée chez elle, Archie lui déposa un petit baiser sur la joue en disant : « Merci... ça m'a fait très plaisir.

— Oui, merci... j'ai passé un bon moment.

— Ça t'a vraiment plu ?

— Oh... oui, merci beaucoup.

— Est-ce que... je me disais... si tu voulais, on pourrait... faire le chemin ensemble pour aller au lycée. »

Rita hocha la tête, toujours sans le regarder, bien entendu. Le lundi matin, il l'attendait devant le portail. Ils se parlèrent par monosyllabes, puis en phrases de trois mots. Ils formaient enfin un couple.

À la fin du trimestre, Archie partit en pension en Angleterre. Il disparut aussi soudainement qu'il était arrivé. Rita eut un chagrin fou pendant exactement trois jours. Puis elle tomba amoureuse d'un vieux.

XXI

LE VIEUX

Le vieux était américain. Les Isaac avaient déménagé du 6 – la maison voisine de celle de Rita et juste en face de chez Polly – le mois précédent et trois Américains les avaient remplacés. Mais un vieux pouvait-il s'intéresser à une Rita de quinze ans ? Il en avait au moins vingt-cinq, ce qui, sur l'échelle des choses inaccessibles, en faisait l'équivalent de l'Everest.

Ces Américains étaient tous trois célibataires et tous méchamment beaux, au dire des filles de Victoria Street, qui parlaient d'eux en poussant de petits cris et des rires étouffés. Des Américains. Quelle vie de rêve elles auraient si elles réussissaient à en épouser un ! La rumeur disait qu'ils étaient des consultants en informatique chargés d'aider la Guyana à accéder à l'ère de l'électronique. Ils étaient là pour six mois.

Rita préférait le brun, et ce fut donc lui dont elle tomba amoureuse. Polly avait un faible pour le rouquin et Donna deSouza était folle du blond. Mais la vie n'est pas facile quand on n'a que quinze ans et qu'on s'est entichée d'un vieux. Il faut faire preuve d'imagination.

Donc, quand les parents de Polly n'étaient pas là, elles se postaient toutes les trois derrière les stores baissés pour lorgner la villa d'en face et sa galerie sur laquelle s'ouvraient une enfilade de fenêtres toujours ouvertes et dépourvues de rideaux, ce qui permettait de voir jusque dans le séjour et même dans les moindres recoins de la maison et d'observer les faits et gestes des trois Américains. En ce moment, ils étaient en train de dîner, mais le téléphone sonna et l'un d'eux – le rouquin de Polly – se leva pour répondre.

En face, au 5, une courte lutte pour la possession du récepteur opposa alors Polly et Rita, mais fort heureusement, le rouquin n'entendit pas leurs glapissements car la main de Rita, moite d'excitation, se plaqua sur le micro. Elle réussit à avoir le dessus sur ses deux amies à qui elle tourna le dos afin de conserver à son expression – et surtout à sa voix – tout le sérieux nécessaire.

« Allô ? Qui est à l'appareil ? murmura-t-elle d'un ton feutré.

— C'est Tom, qui êtes-vous ? dit la voix à l'autre bout du fil.

— Ah, Tom... Eh bien, voilà, Tom. Sachez que vous avez complètement séduit une de mes amies. Et elle se demande... pour tout dire, je suis moi aussi une de vos admiratrices, voyez-vous... Où est-ce que nous vous avons vu ? Oh, nous vous avons vu à la banque, l'autre jour, nous travaillons toutes les deux à la Chase Manhattan Bank. Nous vous avons vus tous les trois et... »

Rita sentit qu'on lui donnait un petit coup dans les côtes et elle eut un geste agacé de sa main libre. Un second petit coup et elle se retourna vers Polly qui articulait des mots en silence en lui montrant la fenêtre. Rita jeta un regard entre les lamelles du store vénitien. Les deux autres Américains s'étaient levés de table pour se grouper autour de leur téléphone, exactement comme elles.

Rita toussota et prit son ton le plus mondain.

« ... Voilà, Tom, maintenant que nous vous avons vus, nous estimons que vous correspondez absolument à notre type d'hommes. L'ennui, c'est que nous ne savons pas lequel de vous trois est le bon. Ou plutôt qui est qui. Par conséquent dites-moi qui est le grand brun ?... Ah, Russell ? Bien, écoutez-moi, Russell est celui qui me plaît le plus. Pourriez-vous me passer Russell, s'il vous plaît ? Allô, c'est Russell ? Puis-je vous appeler Russ ? Moi, je m'appelle... Julia. Je vous ai vu l'autre jour à la Chase Manhattan Bank et vous m'avez fait une forte impression. Je suis certaine que vous m'avez remarquée. Je suis grande, brune et très belle, s'il m'est permis de dire ça de moi-même. Mes lèvres ressemblent à des cerises sauvages. Tout le monde le dit. En ce moment elles frémissent d'envie de toucher les vôtres... Hé, pourquoi riez-vous ? C'est sérieux. Maintenant, écoutez-moi, Russ, vous avez un ami blond, n'est-ce pas ? Très séduisant. Bill, c'est ça ? Bien sûr que nous savons beaucoup de choses sur lui. Nous sommes au courant de tout. Nous avons nos espions. Quoi qu'il en soit, mon amie, une jeune Indienne très sexy, meurt d'envie de lui parler. Elle est à côté de moi, passez-lui Bill, d'accord ? Au revoir, Russ, à bientôt... »

Donna arracha le combiné des mains de Rita, mais au lieu de parler elle l'appuya sur son cœur et partit d'un fou rire incontrôlé. Comme Polly ne parvenait pas non plus à garder son sérieux, Rita reprit l'appareil.

« Excusez-nous, Russ... Oh, désolée, Bill. Voyez-vous, Bill, mon amie Genevieve vous adore mais elle est incapable de prononcer un seul mot tant elle est émue. En tout cas nous sommes trois jolies filles esseulées et nous avons une envie folle de vous rencontrer. Qu'en pensez-vous ?... Où ça ? Laissez-moi réfléchir une seconde. Attendez, je vais consulter mes amies. »

Rita se tourna vers Polly, puis ayant lu sur ses lèvres les mots qu'elle articulait avec force grimaces, elle poursuivit :

« Dites-moi, Bill, que pensez-vous de l'hôtel Atlanta ? C'est un endroit super. Rendez-vous au bar, d'accord ? Samedi après-midi ? À quatre heures ? Formidable. Génial. Je suis vraiment impatiente de vous voir. Retenez bien nos noms : Julia, Genevieve et... et... Carmen. À samedi, donc. Baisers à vous tous ! » conclut-elle en imitant le bruit des baisers.

« Réflexion faite, dit-elle après avoir raccroché, tout en s'essuyant les paumes de main sur son corsage, je me demande si l'hôtel Atlanta est vraiment une bonne idée. Une de nous aurait pu s'y rendre en délégation pour voir ce qui va se passer, mais qui voudrait aller à l'Atlanta un samedi ? Pas moi, en tout cas ! »

L'hôtel Atlanta, situé sur la côte Est, à environ un kilomètre de Georgetown, était le plus célèbre bordel du pays.

En définitive, ce fut grâce à Isabelle que Rita et Russell entrèrent en relation. Un jour, Isabelle, qui faisait du vélo dans Victoria Street, tomba en voulant éviter un chat qui traversait la rue et s'écorcha le genou. Elle se précipita chez elle en poussant des hurlements qui rameutèrent toute la maisonnée. Après avoir reçu les soins nécessaires et s'être rapidement remise du choc et de la douleur, elle fila dans sa chambre pour écouter une cassette sur son Walkman, sans plus penser à sa bicyclette qu'elle avait abandonnée au milieu de la rue.

Rita était en train de téléphoner à Polly – elles étaient voisines mais c'était tellement mieux de se parler au téléphone – quand on sonna à la porte. Elle raccrocha pour aller ouvrir et faillit tomber raide morte à la vue d'un Russell à la mine contrite.

Elle resta à le regarder fixement, muette de stupeur, mais il était trop navré pour remarquer son embarras.

« Je suis vraiment désolé mais... voyez ce que j'ai fait ! » dit-il en lui présentant un amas de métal tordu. En reconnaissant le vélo d'Isabelle, Rita reprit ses esprits. Russell n'était pas venu lui faire avouer qu'elle était la mystérieuse Julia qui l'avait appelé chaque jour de la semaine pour lui tenir des propos aguichants. Qui s'était répandue en excuses à cause du lapin qu'elles leur avaient posé à l'hôtel Atlanta. (« Dès que nous avons vu quel genre d'hôtel c'était, nous sommes parties sans attendre... nous ne sommes pas ce genre de filles ») et qui, depuis, l'avait régalé chaque après-midi d'anecdotes et de blagues à mourir de rire. Selon le cas – c'est-à-dire selon que ses parents étaient là ou pas –, elle appelait soit de chez elle, soit de chez Polly, d'où elle pouvait l'épier à travers le store. Elle avait l'art de le faire rire ; elle savait aussi qu'une rencontre entre eux deux mettrait un point final à ces conversations. Et voilà qu'il était là, devant elle, sur le pas de la porte.

Elle se ressaisit et s'efforça d'écouter ce qu'il disait.

« ... Je ne l'avais pas vu, vous comprenez. Il était derrière ma voiture, j'ai reculé et tout à coup j'ai entendu un bruit de ferraille et... c'était ça. Je connais cette petite, votre sœur, je crois ?... C'est ce que je pensais, mais je n'en étais pas absolument sûr ; il y a tant d'enfants dans cette rue... De toute manière, je vais lui en acheter un autre, bien entendu. Dans ce genre de rues, il faut toujours faire très attention à cause de tous ces gamins, on devrait toujours regarder derrière soi, encore heureux qu'il n'y ait pas eu d'enfant dessus cette fois...

— Ce n'est pas grave », dit-elle d'une voix rendue suraiguë par l'effort qu'elle faisait pour la déguiser.

C'est alors qu'Isabelle arriva dans l'escalier, vit son vélo et fondit aussitôt en larmes.

« Ne pleure pas, ma jolie, ce n'est rien, je t'en achèterai un autre, je suis désolé, ne pleure pas... tu vas avoir un vrai vélo maintenant, d'accord ?

— Quand ? »

Par-dessus la toison bouclée d'Isabelle, les yeux de Russell croisèrent ceux de Rita.

« Eh bien... si on disait... tout de suite ? »

L'instant d'après ils montaient tous les trois dans la voiture de Russell pour se rendre en ville. Isabelle à l'arrière et Rita devant, qui n'osait prononcer un seul mot de peur que Russell ne reconnaisse sa voix. Vaine précaution.

« Rita connaît un garçon qui s'appelle aussi Russell, chantonna Isabelle.

— C'est vrai ? dit celui-ci en se tournant vers Rita avec un sourire. Ce n'est pourtant pas un prénom très courant dans ce pays.

— C'est son fiancé. Elle est amoureuse de lui, elle dessine plein de cœurs sur ses cahiers et, dedans, elle écrit son nom et le sien. Des fois elle lui téléphone en prenant une voix bébête et elle lui dit : "Russell, chéri... Oh, Russ, mon amour." Je l'ai entendue. »

À cet instant, Rita se demanda quel pouvoir magique elle aimerait posséder : celui d'expédier à jamais Isabelle sur la lune ou celui de s'évaporer en fumée et de ne plus jamais réapparaître. Les deux, en fait, ç'aurait été l'idéal.

Pendant tout le trajet jusqu'au magasin de cycles, elle resta tournée vers la portière, morte de honte, tassée sur son siège comme si elle cherchait à s'y dissoudre. Russell garda le silence pendant cinq bonnes minutes, mais elle sentait son regard sur elle. Elle sentait sa colère ; dans un instant, il s'arrêterait pour les flanquer dehors toutes les deux, et alors elle tuerait Isabelle pour de bon.

Par conséquent lorsqu'elle entendit un rire étouffé, elle

n'en crut pas ses oreilles. Puis il y en eut un autre, plus sonore, plus long, qui ressemblait davantage à une petite explosion ; elle coula vers lui un regard méfiant, mais ne vit que son profil, fendu par un large sourire. Alors, soudain, Russell se rabattit sur le bas-côté, s'arrêta, se laissa tomber sur le volant et partit d'un fou rire irrépressible. Paralysée par la confusion, Rita songea un instant à ouvrir sa portière pour prendre la fuite. Mais Russell déploya l'un de ses longs bras bronzés, tourna vers elle sa figure rouge comme un homard et toute striée de larmes, la tira à lui et enfouit la tête dans son épaule, si bien que, finalement, elle se laissa gagner elle aussi par l'hilarité.

« Pourquoi vous riez ? s'écria Isabelle en sautant furieusement sur la banquette arrière. Qu'est-ce qu'il y a ? Dites-moi ! Et mon vélo ! Je veux mon vélo neuf ! Arrêtez de rire et allez m'acheter mon vélo ! »

Mais pour une fois personne ne lui obéit.

XXII

DES CHOSES SCANDALEUSES

Cher Journal,

Je voudrais avoir cinq ans de plus et ressembler à... je ne sais pas trop quel genre de femme il aime, mais je voudrais en tout cas ne pas me ressembler. Je déteste être ce que je suis. J'ai les jambes trop longues et trop maigres et les dents de devant bêtement écartées. Je voudrais être gracieuse, élégante, et parler d'une voix douce et susurrante. Je voudrais porter des robes noires moulantes et des talons hauts. Être tout en courbes, onduler, battre des cils et remuer du popotin, parce que c'est ça qui plaît aux adultes comme Russell. Je me demande pourquoi, mais c'est bien connu – après tout, c'est comme ça que Marilyn a attrapé Papa, non ? Je suis contente de l'avoir pour ami, mais il me considère comme sa petite sœur et c'est encore pire que de ne pas l'avoir du tout. Exemple, le jour où je suis allée chez lui pour la première fois et qu'il m'a présentée aux autres en disant : « Voici ma petite sœur Rita. » C'est à vomir. Ils me traitent tous comme si j'avais cinq ans.

Et puis je dis des choses et ils se mettent tous à rire. Ils me prennent pour une sorte de clown, qui est là pour les amuser, et c'est bien ce que j'ai l'impression d'être. Si seulement j'arrivais à me taire !

Si seulement il pouvait me voir comme je suis vraiment. Voir tout l'amour que j'ai dans mon cœur. Mais dès que je suis avec lui, je recommence à faire l'idiote et il me trouve tellement drôle... Au moins il s'intéresse à moi mais pas de la façon que je voudrais. Si seulement il pouvait voir ce que je suis au-dedans... Mais dans ce cas il ne tomberait pas amoureux de moi. Il ne ferait même pas attention à moi parce que je ne dirais plus rien tellement je serais intimidée, et je me contenterais de le regarder avec des yeux de merlan frit. Alors je suis sûre qu'il s'enfuirait à toutes jambes.

Je l'aime je l'aime je l'aime. Je l'adore. Si j'avais seulement deux ans de plus, ça changerait tout. Quel dommage que je ne puisse pas sauter par-dessus mes quinze ans. Les filles de dix-sept ans savent comment s'y prendre pour attraper les vieux.

Cher Journal,

Lui aussi connaît quelques bonnes histoires. Il aime bien raconter des « blagues de films », sur des choses qu'on ne peut comprendre que si on va au cinéma. Par exemple :

Quand vous allumez la télé, ça tombe toujours juste au début de l'information dont vous avez besoin, jamais à la fin, ni pendant une pub.

Toutes les bombes sont équipées d'un dispositif de minutage électronique, avec de gros chiffres en rouge pour qu'on sache exactement quand elles vont exploser.

Peu importe que vous n'ayez jamais manipulé de bombe à retardement puisque de toute manière le jour où vous en aurez une entre les mains, vous saurez automatiquement quoi faire et vous réussirez à la désamorcer un quart de seconde avant le moment prévu pour son explosion.

Tous les étrangers tels que les nazis sadiques et les espions russes parlent couramment anglais.

Je lui ai dit que j'en chercherais plein d'autres et il m'a dit de les noter parce qu'il en fait collection.

Cher Journal,

Isabelle a commencé ses cours de danse et elle adore ça. Son professeur dit qu'elle est une danseuse-née. Depuis elle ne quitte plus ce tutu ridicule et fait des pirouettes dans toute la maison. Elle est même venue chez Russ un jour que j'y étais et elle a commencé à faire l'intéressante, à tourner sur les pointes, à sau-

ter, à faire des battus et même à l'aguicher. Tu te rends compte. À cinq ans !

Et lui, il a marché, elle l'a beaucoup impressionné. Il m'a dit : « Ce sera une vraie beauté, ta petite sœur. Dans quelques années, on se bousculera devant ta porte. » C'est à vomir.

Cher Journal,

Je viens de m'apercevoir que sa chambre est tout près du manguier. J'y ai grimpé et j'ai regardé à l'intérieur. Il n'y a pas de rideaux à la fenêtre et je l'ai vu sans sa chemise. Il était devant la glace et me tournait le dos, mais à un moment donné il s'est retourné pour aller chercher quelque chose et j'ai vu qu'il avait plein de poils sur la poitrine. Il était en train de se raser, je suis restée à le regarder pendant un bon moment et puis je suis redescendue. S'il savait que je grimpe aux arbres, je l'impressionnerais encore moins. Les femmes ne grimpent pas aux arbres. Mon Dieu ! Comme j'aimerais être enfin une femme et ne plus grimper aux arbres !

Cher Journal,

Je voudrais être morte.

Hier soir, ils ont invité plein de gens. Je ne savais même pas qu'ils connaissaient tant de monde, vu qu'ils sont là depuis si peu de temps. Et des femmes ! Des femmes adultes ! Comment se fait-il qu'ils en connaissent tant ? Russ m'avait parlé de cette soirée et il n'a même pas pensé que je pouvais avoir envie de venir. Il ne s'est même pas excusé de ne pas m'inviter. Qu'est-ce que je pouvais espérer, de toute manière ? Pour lui je ne suis qu'une gamine.

Ils parlaient très fort et ils ont bu du rhum. Je me suis cachée dans le jardin et je suis restée longtemps à guetter, mais je n'ai pas vu Russ une seule fois. Je commençais à me dire qu'il n'était pas là, qu'il n'aimait peut-être pas ces réunions, qu'il avait peut-être préféré partir parce qu'en réalité c'est moi qu'il aimait, mais je me trompais LOURDEMENT.

J'ai vu de la lumière s'allumer dans sa chambre alors j'ai grimpé dans l'arbre et il était avec une femme. J'ai vu la chose la plus dégoûtante du monde. La plus écœurante, la plus révoltante, la plus odieuse, la plus vulgaire, la plus honteuse, la plus choquante, la plus grossière, la plus scandaleuse du monde. C'était à vomir. Ne t'imagine pas que je vais te donner des détails, cher Journal, ça non. Rien que d'y penser j'ai envie de vomir et je ne salirai pas tes précieuses pages en écrivant dessus de pareilles saletés. On voyait bien quel genre de femme c'était. Je n'aurais jamais cru ça de lui. Après ils ont éteint la lumière, je suis redescendue de l'arbre et je suis allée me coucher.

Ce qu'il y a de sûr, c'est que je ne tomberai jamais plus amoureuse et que je ne me marierai jamais. Ma décision est prise, c'est une affaire réglée.

De toute façon je ne plais pas aux hommes. Je suis trop spéciale. C'est sûrement tant mieux.

Cher Journal,

J'ai réussi à ne pas le voir pendant toute une semaine. Il doit trouver drôle que je ne vienne plus chez lui, mais je m'en fiche complètement. Ça lui apprendra. Il faudra tout simplement qu'il se passe de ma délicieuse compagnie pendant quelque temps.

Cher Journal,

Ma tante Doreen est ici. C'est la sœur de ma mère, au cas où tu l'aurais oublié. Je me rappelle l'avoir vue seulement deux fois. Elle habite au fin fond du pays, sur la rivière Pomeroon, dans un patelin qui s'appelle Charity. Elle est gentille. Elle s'occupait de moi quand j'étais petite, mais je ne m'en souviens pas. Papa a été obligé de faire un procès pour me retirer à mes grands-parents (les parents de ma mère) et il aurait peut-être mieux fait de me laisser chez elle, avec son mari, ses enfants et mes grands-parents. Je ne connais même pas mes grands-parents ! En tout cas je ne me souviens pas d'eux. J'ai habité chez eux il y a très longtemps, avant que Papa me ramène à Victoria Street (il me semble que je t'ai déjà parlé de ça, mais comme tu as peut-être oublié, tu ne seras pas vexé si je te le redis), mais je ne me souviens de rien parce que je ne les ai plus revus depuis. Ils habitent très loin et c'est pour ça que je n'y suis jamais retournée et qu'eux ne viennent jamais ici. Tante Doreen est venue en ville parce qu'il fallait qu'elle voie un spécialiste pour son cœur, et elle veut m'emmener là-bas avec elle. Pour les vacances de Pâques. Je crois que je vais dire oui.

Primo : Si je m'en vais, Russ s'apercevra peut-être que je lui manque.

Secundo : Si je pars je pourrai peut-être ne plus penser à lui.

Tertio : J'ai très envie de connaître la famille de ma mère. J'ai vécu jusqu'ici sans grands-parents et il est temps que je fasse leur connaissance.

XXIII

DES BLAGUES DE POURSUITES EN VOITURE

« Tu ne peux quand même pas arriver les mains vides, dit Marilyn. Emporte donc ça. »

Rita regarda la boîte posée sur la table de la cuisine d'un air dubitatif. Elle savait ce qu'elle contenait : un batteur électrique que Marilyn avait reçu deux ans plus tôt de sa tante des États-Unis en cadeau de Noël. À l'époque, elle avait fait la moue. « Qu'est-ce qu'elle s'imagine ? Elle nous prend pour des sauvages ou quoi ? Elle ne sait donc pas que j'en ai déjà un ? Elle fanfaronne parce qu'elle habite aux États-Unis. Enfin, je pourrai toujours le refiler à quelqu'un d'autre. Ça m'évitera d'avoir à acheter un cadeau. »

Elle l'avait donné à une cousine qui le lui avait aussitôt rendu.

« Il ne marche pas. Tu n'as qu'à le rapporter au magasin pour le faire réparer. Tu as sûrement une garantie. »

Mais Marilyn n'en avait pas, bien entendu, et cela faisait deux ans que la boîte dormait sur le haut d'un placard de la cuisine.

« Je croyais qu'il ne marchait pas, dit Rita.

— C'est vrai, mais c'est l'intention qui compte. Tu ne peux pas arriver chez eux les mains vides, il faut que tu leur apportes quelque chose de la ville. Quelque chose qu'on ne trouve pas là-bas. Je me suis dit qu'un gadget électrique ferait tout à fait l'affaire, on n'en trouve pas dans leur cambrousse. En tout cas, il est neuf. Quand ils s'apercevront qu'il ne marche pas, tu n'auras qu'à dire que tu es désolée et leur proposer de le faire réparer. Mais ils te diront de ne pas te casser la tête, c'est l'intention qui compte. Tu ne t'imagines tout de même pas qu'ils se donneront le mal de l'envoyer en ville et de se le faire réexpédier ?

— Pourquoi est-ce qu'on ne leur achète pas quelque chose de neuf ? Quelque chose qui marche ?

— Tu te figures qu'on fabrique l'argent, peut-être ? De quoi te plains-tu ? Ils seront très contents d'avoir un truc comme ça ! Je parie qu'ils seront les seuls du coin à avoir un batteur ! Je parie même qu'ils n'en ont encore jamais vu, là-bas, dans la brousse ! Tiens, voilà un sac, voyons si ça rentre... oui, c'est parfait.

— Mais...

— Mais mais mais. Tu ne sais dire que ça, mon petit. Si tu continues tu finiras par te transformer en chèvre ! »

Marilyn tira la fermeture Éclair du sac et le prit par les anses pour le soupeser.

« Et en plus ce n'est pas très lourd. Tu n'as pas beaucoup de bagages, de toute manière, tu pourras le porter sans difficulté. Et n'oublie pas...

— Maman, laisse-moi partir avec Rita. S'il te plaît !

— Non, ma chérie, ce n'est pas possible. Rita va voir son grand-père et sa grand-mère et tu ne te plairais pas chez eux.

— Mais je ne veux pas que Rita s'en aille ! Je veux qu'elle reste avec moi ! Qui est-ce qui va me raconter des histoires dans mon lit ?

— Moi, ma chérie, je suis ta maman, après tout !

— Oui, mais tu ne sais pas inventer de belles histoires, comme Rita, tout ce que tu sais faire, c'est me lire des choses ennuyeuses dans des livres ! Je veux aller avec Rita ! Rita, emmène-moi, s'il te plaît ! S'il te plaît, s'il te plaît ! »

Isabelle se jeta sur sa sœur et s'agrippa à elle en la regardant avec des yeux remplis de larmes ne demandant qu'à couler, des yeux au fond desquels planait une lueur inquiétante, indiquant qu'elle s'attendait à un refus. Rita comprit. Une colère se préparait. Et à la veille de partir en voyage, la dernière chose dont elle avait besoin c'était justement une colère.

« J'aimerais beaucoup t'emmener avec moi, ma chérie, mais n'oublie pas que tu as tes cours de danse. Te rends-tu compte que tu serais obligée de les manquer pendant trois semaines ? »

Isabelle cessa un instant de pleurer pour pouvoir réfléchir.

Derrière ce petit front plissé, son cerveau était en train d'élaborer une nouvelle stratégie, et Rita le voyait très clairement. Elle avait trouvé une parade au « Emmène-moi avec toi » – un tremblement de terre n'aurait pu empêcher Isabelle d'aller à son cours de danse –, mais dans une seconde, ce serait « Ne t'en va pas, Rita ». Il fallait tout de suite inventer quelque chose.

« Je viens de penser à une histoire fantastique à te raconter. Dépêche-toi de monter dans ta chambre et saute dans ton lit avant que je l'oublie ! »

Le visage d'Isabelle s'illumina, elle n'était plus qu'une petite fille candide et ravie.

« Une histoire qui fait peur ?

— Tellement peur que tes cheveux vont tomber, que ta peau deviendra verte et que tes dents se mettront à branler !

— Ouououilllle ! » cria Isabelle en filant, et Rita poussa un grand soupir.

Tout le monde dormait encore quand tante Doreen arriva en taxi pour chercher Rita, qui n'eut donc pas à entamer d'autres négociations avec Isabelle. Ses bagages l'attendaient près de la porte d'entrée avec le sac en plastique noir renfermant le batteur. Rita songea un instant à le laisser là où il était. À quoi bon humilier ses grands-parents en leur offrant un appareil, neuf certes, mais inutilisable ? Elle le prit néanmoins en haussant les épaules et sortit sans bruit. Elle le leur remettrait scrupuleusement en précisant qu'il ne marchait pas et en leur demandant pardon pour cet affront ; ils auraient ainsi une preuve de la mesquinerie de Marilyn.

Rita avait vu plusieurs fois tante Doreen au cours de la semaine et elle l'aimait déjà beaucoup. En réalité, elle la considérait davantage comme une grande sœur que comme une tante, une grande sœur dont elle avait tellement besoin en ce moment. Et si Doreen était sa grande sœur, cela signifiait que Grand-père et Grand-mère étaient ses parents, et de ça aussi elle avait bien besoin.

Le voyage promettait d'être long. Le taxi les déposa au marché de Stabroek, où elles s'entassèrent dans un minibus bondé, avec leurs bagages sous les pieds. « C'est toujours comme ça, déclara tante Doreen. On aura de la chance si on arrive vivantes à Charity. »

Le chauffeur était un Noir colossal coiffé d'un bonnet multicolore en laine synthétique qui recouvrait une volumineuse coiffure rasta. La musique reggae déversée à plein volume par les haut-parleurs condamna les passagers – des Indiens et des Noirs en proportion à peu près égale – au silence pendant tout le trajet.

Le minibus démarra sur les chapeaux de roue en slalomant dans la circulation du petit matin comme s'il avait le diable à ses trousses, traversa les faubourgs de la ville, puis remonta la rivière Demerara. Le chauffeur fut obligé de ralentir pour franchir le pont flottant enjambant le fleuve, mais une fois de l'autre côté, il repartit à tombeau ouvert. Rita sourit intérieurement : on se serait cru dans une poursuite en voiture, et cela lui rappela les blagues de Russell et sa promesse de lui en fournir de nouvelles. Elle lui en voulait toujours, mais... il fallait bien qu'elle s'occupe l'esprit pendant le voyage. Elle sortit son carnet et un crayon qu'elle mordilla quelques instants, puis commença à écrire.

Si, au cours d'une poursuite en voiture, vous voyez quelqu'un traverser la rue, foncez droit dessus, ce sera forcément un as du saut périlleux arrière et il atterrira sur le trottoir sans une égratignure.

Elle remâchonna un peu son crayon, regarda par la fenêtre pour voir ce qui se passait dehors et se remit au travail.

En général, les voitures sont déjà en marche quand on monte dedans. Mais si vous devez en faire démarrer une, soit elle refusera de partir, soit elle explosera.

Si vous êtes pris dans une poursuite en voiture, vous décollerez forcément d'un pont, à un moment donné, pour retomber sur les quatre roues et vous vous en sortirez indemne.

Si on vous tire dessus à l'occasion d'une poursuite en voiture, tranquillisez-vous – les balles atteindront à coup sûr la voiture qui est derrière vous, et cela provoquera un gigantesque carambolage qui vous permettra de prendre la fuite.

Au bout de plusieurs heures, quand le minibus arriva à Bartica dans un nuage de poussière, Rita n'était plus amoureuse de Russell. En définitive, c'était bien un frère, quelqu'un avec qui partager des blagues et faire le clown. Elle avait noté une foule d'histoires dans son carnet et était impatiente de les lui raconter. Elle avait bien ri pendant tout le voyage et c'était véritablement le meilleur remède. Son chagrin s'était miraculeusement envolé. Elle n'avait plus envie d'être la femme de Russell, ni de personne d'autre. Elle voulait redevenir une petite fille, avec une grande sœur, un père et une mère. C'est ce qui allait la sauver.

En définitive, elle arriva entière à Bartica, entière mais raide et courbaturée. Elle regardait autour d'elle avec stupéfaction. On aurait dit qu'une émeute, ou même une révolution, était en train de se produire, pourtant tante Doreen ne semblait pas s'inquiéter. « Viens, mon petit », dit-elle simplement en prenant son sac ainsi que celui qui contenait le batteur, et elle se lança dans la mêlée. Rita passa son sac en bandoulière sur son épaule et suivit sa tante sur la jetée s'avançant sur l'Essequibo.

Il y avait là plusieurs embarcations qui attendaient des passagers. Les bateliers et leurs rabatteurs se disputaient en vociférant et quelques-uns semblaient même sur le point d'en venir aux mains. Dès qu'ils virent la tante Doreen ils l'appelèrent. « Par ici, madame, on a de la place pour deux, de la place pour deux. Montez. Venez, venez, asseyez-vous là. J'ai de la place pour vous. Par ici... » en l'encerclant comme une meute de chiens enragés. L'un d'eux voulut s'emparer de ses bagages, mais elle l'écarta d'un coup de sac à main, dégageant le passage pour elle et pour Rita.

Une grimace dédaigneuse tordit son visage et elle posa un regard méprisant sur les bateaux et leurs pilotes.

« Où est Errol ? Je veux Errol.

— Errol n'est pas là, madame, il est à Supenaam.

— Et Harold... je prendrai le bateau d'Harold.

— Harold n'est pas là non plus, dit l'un des plus braillards, un géant en short rouge. Venez avec moi. Je suis presque plein, plus que deux personnes et on part. »

En effet, le bateau était presque plein. Une bonne vingtaine de passagers revêtus d'un gilet de sauvetage orange étaient alignés sur des bancs. Ils avaient tous une expression de stoïque indifférence.

« Ah ça non, on ne montera pas avec vous, en tout cas. Vous êtes déjà plein. Ce sera une chance si vous ne coulez pas, avec cette quantité de passagers. Hé, vous... VOUS ! »

Elle désigna un Indien efflanqué qui se trouvait dans le bateau voisin et leur tournait le dos. En l'entendant crier, il regarda par-dessus son épaule, puis s'approcha avec un large sourire.

« Oui, m'dame, voulez aller à Supenaam ?

— Oui. On est deux. Tenez, prenez ce sac. Et faites monter la fille d'abord. Viens, ma chérie, fais attention en embarquant. Donnez-lui la main... voilà. C'est bon. »

La tante monta après Rita et lui passa un gilet de sauvetage. Ce bateau-là était presque vide mais il eut vite fait de se remplir. À peine quelques minutes plus tard, il glissait sur le fleuve, la proue dirigée vers la ligne des arbres bordant l'horizon, sur la rive opposée, tandis que l'Indien mettait le moteur en route. L'embarcation prit de la vitesse et l'avant s'éleva très haut au-dessus de l'eau. On eut bientôt l'impression d'être sur la mer ; d'ailleurs, vers la droite, l'Atlantique aux eaux marron s'étendait à l'infini vers l'est, tandis que par-devant les arbres paraissaient encore plus lointains. Tantôt les vagues montaient jusqu'à la proue, tantôt elles se creusaient en un abîme dans lequel le bateau piquait du nez avec un bruit mat et terrifiant.

« T'as pas peur, petite ? demanda tante Doreen en sentant que Rita lui prenait la main.

— Je ne savais pas que l'Essequibo était aussi grand, dit Rita en montrant la terre qui se profilait au loin. Ça semble tellement loin... il faudra combien de temps pour arriver ?

— Oh, ça, c'est seulement un groupe d'îles au milieu du fleuve. Supenaam est à trois heures de bateau de Bartica. Ici, à l'embouchure, l'Essequibo est large de plus de vingt-cinq kilomètres. Cette île, là-bas, est plus grande que La Barbade. Mais ne t'inquiète pas, mon petit, il n'y a aucun danger. Il n'y a presque jamais d'accidents, sauf en cas de tempête. Et de toute manière, tu as ton gilet de sauvetage. Tu sais nager ? »

Rita hocha la tête en blêmissant.

À Supenaam, une nuée de chauffeurs de taxi fondit sur les passagers qui débarquaient. Tante Doreen les chassa avec des gestes agacés, comme si c'étaient des mouches. Elle se dirigea vers une voiture en stationnement, jeta le sac en plastique noir sur la banquette arrière et fit signe à Rita de monter. Le chauffeur passa la tête par la vitre ouverte. Sa figure ronde, luisante de transpiration, avait l'aspect de l'acajou ciré.

« À Charity », lui lança tante Doreen d'un ton sec. Et se tournant vers Rita : « Ce ne sera plus très long, maintenant. Encore environ deux heures et on sera arrivées. »

XXIV

DES SANGS MÊLÉS

Le batteur électrique enchanta Grand-mère. Elle l'installa à la place d'honneur, sur le buffet, après avoir poussé un vase de fleurs artificielles et une photo de mariage dans un cadre de plastique pour lui faire de la place.

« Merci, ma chérie, c'est très joli !

— Ce n'est pas moi. C'est Marilyn. En plus il ne marche pas... Je lui ai dit...

— C'est pas grave qu'il marche pas, on n'a pas l'électricité, de toute manière. On voit bien qu'il est neuf. On n'a pas beaucoup de choses neuves ici. Il fait très bien sur le buffet.

— Mais... je peux toujours le remporter. Elle a seulement voulu se moquer de vous.

— Comment tu peux dire des choses pareilles de ta belle-mère, ma fille ? C'est un cadeau très gentil, très généreux. Il faudra que je lui écrive pour la remercier. Tu m'aideras, je ne suis pas très bonne en orthographe, tu sais. J'ai pas l'habitude d'écrire des lettres. C'est pour ça que je t'ai pas écrit pendant tout ce temps.

— Mais ce n'est pas la peine... » Rita se tut. Sa grand-mère avait pris le batteur dans ses bras, elle le contemplait avec admiration, le caressait et on aurait presque dit qu'elle lui murmurait des mots doux. Une expression de tendresse éclairait son visage.

« C'est l'intention qui compte », dit-elle enfin en regardant Rita.

Rita lui avait déjà vu cette expression une heure plus tôt, au moment où elle débarquait sur la jetée où sa grand-mère l'attendait, les bras grands ouverts. Elle pleurait d'émotion et répétait sans cesse : « Oh, mon bébé, mon petit bébé. » Sa petite figure parcheminée, dont la peau faisait penser à du cuir pâle et avachi pincé de minuscules plis, s'était mouillée de larmes tandis que ses yeux s'étaient illuminés. Rita n'avait jamais rien connu de semblable de toute sa vie.

Grand-mère était petite et maigre, mais agile comme un singe, à voir la manière dont elle escalada l'escalier abrupt donnant accès à l'entrée de la maison. Ses cheveux noirs, brillants et raides comme des baguettes de tambour, retenus sur la nuque par une barrette en plastique, lui tombaient dans le dos en mèches clairsemées. Son teint clair surprit beaucoup Rita. Sa tante Doreen avait la peau très foncée – brun sapotille, comme on disait ici – de même que sa mère, Lynette, pour autant qu'elle pouvait en juger d'après les photos.

Elle ne tarda pas à découvrir que le teint sombre venait de son grand-père, qu'elle trouva assis dans un fauteuil à bascule, dans la galerie du premier étage.

« Il peut plus marcher, expliqua Grand-mère. À cause de son arthrite.

— Viens près de moi, mon enfant, laisse-moi te regarder », dit Grand-père.

Elle s'agenouilla à côté du fauteuil et le vieux Noir chenu la prit par le menton pour lui relever la tête ; il lui caressa la joue et fit courir sa main dans ses cheveux. Il lui enserra le visage, l'attira vers le sien et le couvrit de baisers en pleurant à chaudes larmes. Puis il l'entoura de ses bras et la pressa si fort contre lui qu'elle faillit en perdre la respiration. Pour finir, il se cacha la figure dans les mains et pleura encore un moment, laissant échapper des sanglots bruyants et des larmes que Grand-mère essuya avec un coin de son tablier. Grand-mère se mit à pleurer à son tour, tante Doreen aussi, et Rita suivit le mouvement.

C'était la première fois de sa vie qu'elle faisait l'objet d'un tel débordement d'émotion. C'était embarrassant. Mais tellement bon. Délicieux. On se sentait léger, comme lorsque des nuages qui obscurcissent le ciel s'écartent peu à peu.

« T'es tout c'qui nous reste de Lynette, répétait Grand-père. Ça fait si longtemps. Pourquoi t'es jamais venue voir ta vieille grand-mère et ton grand-père ? Pourquoi ton papa t'a gardée en ville, pourquoi tu nous as pas écrit ?

— Je... je ne savais pas... personne n'a jamais... »

Mais Grand-mère intervint.

« Tais-toi, George, sois pas dur avec la petite, c'est pas sa faute, elle savait pas.

— C'était une enfant difficile, ajouta tante Doreen. Quand j'allais la voir elle ne disait pas un mot. Elle restait cachée sous la table jusqu'à ce que je m'en aille. Tu as changé. Tu es bien mieux maintenant. C'est sûrement parce que tu es devenue grande.

— C'est fou c'qu'elle ressemble à sa mère, hein ? dit Grand-mère à Grand-père.

— Oui, mais on voit bien qu'elle a du sang indien. Regarde-moi ces cheveux ! répliqua Grand-père en empoignant l'épaisse tignasse de Rita, qu'il balança d'un côté à l'autre avec délectation.

— Moitié indienne, déclara tante Doreen en plissant le front pour mieux se concentrer sur ses calculs de pourcentages. Toi, dit-elle à sa mère, tu es moitié anglaise et moitié amérindienne. Donc Lynette et moi on est un quart blanches et un quart amérindiennes. Par conséquent Rita a un huitième de sang blanc et un huitième de sang amérindien.

— Plus un huitième de sang africain et un huitième de sang portugais, dit fièrement grand-père. Par moi. Ma maman était une pure Portugaise, expliqua-t-il à Rita, dont il continuait à rouler les cheveux entre ses doigts. Mon papa était presque cent pour cent noir, du sang d'esclave. Avec un peu de sang blanc des Vandermeer... une bonne famille hollandaise. La plantation Den Haag, sur la rive ouest de l'Essequibo.

— Elle a donc du sang anglais, hollandais, portugais, amérindien, africain et indien, récapitula tante Doreen en comptant sur ses doigts.

— Elle est à moitié indienne. C'est le sang indien qui est le plus fort. Mais regardez ces cheveux ! Là, le sang noir ressort. Ça frisotte ! » Grand-mère passa la main sur la tête de Rita et caressa les boucles enfantines. Puis elle se saisit à son tour de l'épaisse toison, l'examina, la soupesa et referma les mains dessus. « Vous avez vu comme ils se redressent... des cheveux trop nerveux pour une Indienne. Et sa bouche, ses cils. Pourtant son nez est fin. Ça doit lui venir de son père. Vous êtes hindous, musulmans ?

— Non... chrétiens. »

Rita avait l'habitude des conversations de ce genre. Les Guyanais n'aiment rien tant qu'expliquer et explorer les incroyables mélanges de races qui font de chacun d'eux un individu unique au plan ethnique. C'est une forme de quête d'identité, une façon de se situer dans la trame du tissu social, mais jusqu'à présent elle n'avait jamais eu envie de se livrer à ce jeu. Ne connaissant que son père et sachant qu'il était un pur Indien, elle ne se souciait pas du reste. Il lui sembla soudain qu'être de sang pur était suprêmement ennuyeux. Sa mère lui avait légué une ascendance tellement plus fascinante !

« Chrétiens ! Vraiment !

— Oui... enfin, nous ne sommes pas pratiquants. Je crois que mon père est baptisé. Mais ma grand-mère était hindoue.

— Et toi, tu es baptisée. C'est bien.

— Non... pas que je sache. Nous n'allons pas à l'église. Et Marilyn est hindoue, mais elle ne pratique pas. C'est un peu mélangé, tout ça.

— Les mélanges, c'est pas bon, déclara Grand-mère d'un ton sévère. Les mélanges de sang, c'est bien, mais pas les mélanges de religion. Dieu n'aime pas ça. Il faut savoir ce qu'on est, où on va et comment on y va. On peut pas aller à la mosquée un jour, à l'église le lendemain et au temple le jour d'après. Dieu n'aime pas du tout ce genre de choses. Il donne à chacun un chemin à suivre. Les chemins sont différents, mais ils conduisent tous à Lui. Si tu marches sur trois chemins différents à la fois, à un moment donné, tu ne sais plus où tu es. Ça trouble l'âme. Il faut que tu choisisses, mon petit, pour pouvoir suivre ton chemin avec toute ta ferveur et tout ton cœur... Et si tu veux que je te dise, Lynette...

— Arrête, maman. Elle est trop fatiguée pour écouter un sermon et puis ce n'est pas sa faute si sa maman était une tête de mule et si elle s'est enfuie avec un Indien. Elle est fatiguée et elle a faim. Je vais voir ce qu'on peut lui donner à manger avant qu'elle aille se reposer un peu, et après on l'emmènera visiter notre domaine. Tu feras aussi la connaissance de tes cousins, Fred, George et Pete. Ils vont rentrer de l'école d'une minute à l'autre. »

Rita était alors montée tout en haut de la grande maison délabrée. Elle s'était allongée sur le lit que tante Doreen lui avait assigné et elle s'était endormie sur-le-champ.

Maintenant le soir tombait.

« Viens, on va faire un tour, dit tante Doreen, comme si elle avait senti que Rita désirait sortir pour ne plus voir l'étrange spectacle de Grand-mère remettant à regret et avec amour le batteur à la place d'honneur, sur le buffet.

La maison reposait sur de hauts pilotis effilés, plantés au bord d'un petit cours d'eau qui se jetait dans la rivière Pomeroon. En arrivant à Charity, Rita s'était étonnée de ne pas prendre un taxi, mais un autre bateau à moteur, plus petit, pour descendre le fleuve vers son embouchure. La maison de Grand-mère se trouvait sur la rive opposée de l'Akinawa, à un peu plus d'un kilomètre de Charity. On ne pouvait y accéder que par bateau. Il n'y avait pas de voisins, pas d'électricité, pas de téléphone. Rien qu'un ponton de bois, long et étroit, s'avançant dans la rivière, puis un chemin sablonneux conduisant à la maison.

À son arrivée, elle avait aperçu des arbres. Des arbres, il y en avait partout, bien entendu ; le fleuve serpentait à travers la jungle, la mangrove bordait ses rives, de longues vrilles sinueuses plongeaient dans les profondeurs de l'eau. On avait cependant défriché une parcelle de forêt sur laquelle s'élevait la maison, et les arbres qu'elle avait d'abord vus lui étaient familiers ; c'étaient des papayers, des avocatiers, des bananiers et, par-derrière, de grands cocotiers ondoyants et un manguier géant.

Le sable de la cour était rose. Sans même l'examiner de près, Rita s'aperçut qu'il était constitué de coquillages écrasés, légers comme des flocons d'avoine mais durs et craquants sous ses pas. Elle ne tarderait pas à apprendre qu'il venait de Shell Beach, sur la côte atlantique, d'où il avait été apporté par bateau. Shell Beach où elle irait un peu plus tard, avec ses cousins George et Pete, pour attendre dans le silence de la nuit que les superbes tortues de mer sortent de l'eau pour pondre leurs œufs. Mais en ce moment, c'étaient les chiens qui retenaient son attention. Ils avaient surgi de nulle part, un noir et un marron, deux bâtards, produits de races impossibles à identifier, qui coururent vers elle en jappant de joie, lui sautèrent dessus pour lui lécher le visage, éperdus d'adoration ; elle sourit, les calma, les caressa, en se penchant très bas pour répondre à leurs avances, et s'agenouilla finalement sur les coquillages roses. Elle offrit son visage à leurs langues. Elle les prit dans ses bras, les serra contre elle, et ils se calmèrent.

Ses yeux s'embuèrent. Une fois de plus, les nuages s'écartèrent. Elle sentait leurs corps chauds et leurs cœurs qui battaient ; elle sentait leur vigueur, leur joie, et elle s'aperçut qu'elle était heureuse, véritablement heureuse, et qu'elle n'avait pas connu un tel bonheur depuis des années, depuis le temps où elle était une petite fille qui réparait les ailes des oiseaux, dans l'arrière-cour du 7.

Le soir, avant d'aller se coucher, Grand-mère vint la voir dans sa chambre.

« Je viens juste t'apporter quelque chose, un cadeau. »

Elle souleva la moustiquaire, monta sur le lit et elles s'assirent toutes deux face à face, en tailleur, comme deux petites filles sous une tente.

Elle avança la main, ouvrit le poing et laissa tomber quelque chose dans la paume de Rita. C'était un petit cœur en or, pas plus gros que le pouce, accroché à une chaîne. Rita le retourna, il était légèrement bombé et son pourtour était orné d'une guirlande de fleurs entrelacées.

« Oh, dit Rita. C'est pour moi ?

— Oui. Quand j'avais ton âge, mon papa – tu sais qu'il était anglais ! – nous avait emmenés en Angleterre, mon frère et moi, pour nous faire connaître sa mère, notre grand-mère. Elle m'avait donné ça ; c'est un héritage familial qui se transmet de grand-mère à petite-fille. Donne, je vais te montrer... »

Elle reprit le bijou des mains de Rita, défit une épingle de nourrice piquée dans le tissu de sa robe et en introduisit la pointe dans le cœur de l'une des fleurs. Les deux faces du médaillon s'ouvrirent comme les pages d'un livre. L'une d'elles renfermait un portrait miniature. Elle rendit alors le cœur à Rita qui l'éleva dans la pâle lueur de la lampe à gaz brûlant au chevet du lit.

« Oh, c'est ma mère !

— Oui. Tu peux y mettre une autre photo, si tu veux, mais si tu gardes celle-là, elle te protégera. Ce médaillon te portera chance, comme à moi. C'est juste après mon retour d'Angleterre que j'ai rencontré mon bien-aimé... ton grand-père.

— Je le garderai toujours sur moi », dit Rita en se penchant vers sa grand-mère pour l'embrasser.

XXV

« C'EST PAS TA FAUTE »

Plus le temps passait, plus Rita admirait sa grand-mère. Grand-mère était apparemment le pivot autour duquel tournait toute la maisonnée ; elle était le moteur où chacun puisait son énergie et le repère sur lequel tout le monde s'orientait. Levée avant l'aube, elle balayait la cour, nourrissait les poules, allumait le feu de bois dans la cuisine, chassait la fumée qu'il dégageait, allait chercher de l'eau à la rivière. Tante Doreen et les garçons – et Rita dès le deuxième jour – mettaient aussi la main à la pâte, mais il était clair que Grand-mère était la terre dans laquelle ils étaient solidement enracinés, le soleil autour duquel leurs vies gravitaient.

Le premier jour, au petit déjeuner, Grand-mère posa devant Rita une assiette contenant deux tartines et de la compote de potiron, en prononçant ces mots : « Mange, ma chérie », et dès cet instant Rita eut l'impression d'être reliée à une centrale électrique invisible qui, pendant les deux semaines suivantes, l'alimenta en énergie de façon imperceptible mais constante. Son petit visage fripé de lutin, tantôt renfrogné, tantôt rieur, tantôt têtu, tantôt pensif, l'attirait comme un aimant. Quand Grand-mère parlait, tout le monde écoutait ; ce qu'elle disait semblait quelquefois d'une naïveté enfantine, pourtant la moindre de ses paroles exprimait une vérité fondamentale. Grand-mère allait au cœur des choses, et ce qui semblait naïf de prime abord s'avérait en définitive empreint d'une sagesse particulière.

L'affaire du batteur, par exemple, que Rita n'avait toujours pas digérée.

Elle ne supportait pas de devoir repartir en laissant Grand-mère dans son erreur ; elle ne supportait pas de la savoir la dupe de Marilyn.

« Tu devrais le lui renvoyer. Elle a fait ça par avarice et elle s'imagine que vous êtes trop jobards pour vous rendre compte de quoi que ce soit. Si tu le gardes elle va triompher.

— Non. J'vais le garder et il faut que tu m'aides à écrire une lettre de remerciements pour lui dire que j'ai beaucoup apprécié cette gentille pensée.

— Mais non, sa pensée n'était pas gentille ! C'est une vieille garce infecte ! Elle me déteste, elle est arrogante, gâtée et prétentieuse !

— Je n'aime pas t'entendre employer ces mots pour parler d'une dame, mon enfant. De plus, ce que tu dis n'est ni charitable ni chrétien. Tu ne devrais pas dire d'aussi vilaines choses de ta belle-mère.

— Mais c'est la vérité ! Et puis, à quoi ce truc va-t-il te servir puisqu'il ne marche pas !

— Je trouve qu'il fait bien sur le buffet. Tout ce qu'il y a dans la maison est vieux et moche. Ça fait plaisir d'avoir quelque chose de neuf. Et puis c'est l'intention qui compte.

— Mais puisque je te dis que ses intentions sont mauvaises ! »

Rita pensait qu'elle devait employer un langage simple et enfantin afin de mieux se faire comprendre de sa grand-mère. Celle-ci n'était apparemment pas capable de saisir les subtilités psychologiques à l'œuvre dans cette affaire. Elle n'était qu'une paysanne sans malice, au raisonnement simpliste et sans détours ; elle ignorait tout de la ruse et de l'intrigue ; la fourberie d'une Marilyn dépassait sa compréhension.

« Raison de plus pour que j'aie de bonnes pensées envers elle. Si elle a de mauvaises pensées pour moi et moi de mauvaises pensées pour elle, on sera toutes les deux comme des éponges. On absorbe les mauvaises pensées de l'autre, nos pensées deviennent de plus en plus mauvaises et chacun se sent plus méchant. Mais si elle a de mauvaises pensées et moi des bonnes, quand ses mauvaises pensées arriveront devant ma porte, elles ne pourront pas entrer. Elles ne pourront pas me faire du mal. Mes bonnes pensées me serviront de bouclier, tu comprends. Ses mauvaises pensées se cogneront la tête contre ce bouclier et elles tomberont, assommées. Au début, elles ne comprendront pas ce qui leur arrive, puis elles se relèveront, se frotteront le crâne en disant : "Aïe, aïe, aïe", et elles retourneront à toute vitesse chez l'envoyeur en disant : "On peut pas entrer là-bas, on se cogne la tête." Alors la personne qui aura envoyé ces pensées commencera à réfléchir. Elle s'apercevra que ses méchantes pensées lui font très mal, vraiment très mal, parce qu'elles reviendront toutes avec la tête cabossée. Et ça fait très, très mal. Finalement elle comprendra que ses méchantes pensées ne font du mal qu'à elle. Alors elle se mettra à avoir des pensées gentilles et tout le monde sera heureux. »

Le troisième jour, Rita lui confia sa rancœur à l'égard d'Isabelle. Ça s'était fait sans préméditation. Elles étaient parties toutes les deux en canoë pour acheter des provisions à l'épicerie. Grand-mère ramait. À l'aller, elles n'avaient pas échangé un seul mot, il n'y avait eu que le silence, pas un silence épais et gênant, mais une paix profonde qui enveloppait le fleuve, la forêt et le ciel. Grand-mère participait elle-même de ce silence tandis qu'elle plongeait vigoureusement sa pagaie dans l'eau qui s'écartait sans bruit sous la petite embarcation.

Et puis soudain, pendant le retour, les mots étaient sortis et Rita n'avait pas pu les arrêter. On aurait dit que le silence avait crevé la membrane qui empêchait les pensées de passer, non seulement les pensées, mais les sentiments collés à elles tels des parasites, des sentiments mauvais, noirs – l'aigreur, la colère, la haine –, tous dirigés contre Isabelle, sa sœur, son enfant et l'être qu'elle aimait le plus au monde. C'était un torrent de mots ; Grand-mère écoutait sans rien dire. La forêt écoutait, de même que la rivière et le ciel, et ils résonnaient dans le silence. Elle s'en voulait terriblement, comme s'il n'y avait autour d'elle que beauté, paix et harmonie et qu'elle seule détonnait, qu'elle était un vilain insecte malfaisant, indigne de ces lieux paisibles, indigne de Grand-mère. Mais il lui était impossible d'endiguer les mots. Grand-mère écoutait sans faire aucun commentaire. Finalement Rita se tut parce que le flot de mots s'était tari. Il ne restait que sa propre laideur, semblable à un tas d'excréments sur une plage de sable immaculé.

Alors Grand-mère prit la parole : « Elle est comme ça

parce qu'elle se sent petite et mauvaise. Si elle veut être le centre du monde, c'est seulement parce qu'elle se sent si petite et si mauvaise. Quelqu'un qui se sent vraiment grand à l'intérieur, grand comme cette rivière, comme le ciel et comme la terre, ce quelqu'un n'a pas besoin d'être méchant ni d'attirer l'attention parce qu'il sait qu'il est bon à l'intérieur. Seuls ceux qui se sentent mauvais à l'intérieur ont besoin qu'on leur dise qu'ils sont bons, beaux et importants. Toi, tu es beaucoup plus grande et plus riche qu'elle, aussi tu dois être patiente. Mais il faut que tu lui apprennes à devenir meilleure. Pour qu'elle trouve en elle des choses capables de la rendre heureuse. Parce qu'elle est très, très malheureuse. Mais écoute-moi, Rita, tu ne dois pas la laisser te mener par le bout du nez. Tu dois rester ferme, même si elle pleure. Si tu la laisses te marcher dessus, tu ne l'éduques pas, tu la pousses à être plus mauvaise et toi aussi tu te sentiras mauvaise. Il faut que tu comprennes que tu es plus grande qu'elle, il faut que tu l'aimes, que tu lui tendes la main pour qu'elle puisse se lever et être satisfaite d'elle-même, mais il faut tout de même lui dire non quand elle est méchante, pour qu'elle apprenne. »

En arrivant au ponton, Grand-mère escalada la petite échelle et Rita lui tendit les paquets, avant de vite monter à son tour. Grand-mère s'installa sur les planches et lui fit signe de s'asseoir à côté d'elle. La confession n'était pas terminée. Le pire restait à venir.

« L'ennui, c'est que je me dis toujours que c'est ma faute quand elle se met à hurler et à piquer une colère ! Je me dis que c'est à cause de moi qu'elle est comme ça, alors pour me faire pardonner, je dis oui à tout ce qu'elle veut.

— Pourquoi tu penses que c'est ta faute ? »

Alors elle déballa tout : qu'elle avait oublié de surveiller Isabelle, des années plus tôt, Isabelle qui était partie se promener pour finir sous une voiture. Puis le spectre d'une lésion cérébrale qui ne s'était jamais complètement dissipé et réapparaissait chaque fois qu'Isabelle s'enfonçait les doigts dans les oreilles, ouvrait grand la bouche et hurlait comme si la fin du monde était imminente. Qui réapparaissait chaque fois qu'on voyait la souffrance se peindre sur son visage, quand elle se plaignait d'avoir mal à la tête, se mettait au lit et restait étendue sans bouger parce que le moindre mouvement lui était douloureux, les stores baissés parce qu'elle ne supportait pas la lumière, avec un gant de toilette humide et frais sur son petit front.

« C'est ma faute, sanglotait Rita. J'aurais dû la surveiller. C'est ma faute ! » Mais tandis qu'elle parlait, elle sentit quelque chose de chaud contre son bras, et c'était la tête de Bruno, le chien marron. Elle se poussa un peu pour qu'il puisse se glisser entre elle et Grand-mère, et appuya sa joue sur sa fourrure fauve ; elle sentit le bras de Grand-mère qui la prenait par l'épaule, pour l'attirer à elle, et elle pleura.

Elle pleura jusqu'à ce qu'elle n'ait plus de larmes, et Grand-mère la laissa pleurer sans chercher à la consoler. De sa langue, Bruno lui essuyait les joues, tandis que Rex, le noir, la regardait de ses grands yeux mélancoliques, la tête posée sur ses genoux, et elle pleura ainsi jusqu'à épuisement de son chagrin. Grand-mère, assise auprès d'elle, dans le crépuscule, ne disait rien. Quand les insectes nocturnes arrivèrent pour donner leur concert du soir, Rita, incapable de pleurer davantage, resta avec Grand-mère et les deux chiens à écouter le silence amassé derrière ce rideau de sons, et c'était bon.

Le soir, Grand-mère, d'ordinaire si affairée, parut disposer de tout son temps. Elle tint compagnie à Rita jusqu'à ce que la pleine lune, haute dans le ciel, commence à se refléter dans la rivière couleur d'encre qui la zébrait d'une multitude de rides minuscules, jusqu'à ce que quelqu'un allume les lampes de la maison et que tante Doreen les appelle pour dîner.

Le dernier soir, Grand-mère entra dans la chambre de Rita et vint s'asseoir au bord du lit. Derrière la moustiquaire elle paraissait fantomatique, éphémère. Rita souleva le voile et s'installa à côté d'elle. À cause de l'obscurité, elle ne voyait guère que son profil sombre et le blanc de ses yeux qui luisait. Mais les traits de Grand-mère étaient imprimés dans sa mémoire, son cœur lui disait que ces yeux étaient pareils à des fenêtres ouvertes et, en fermant les siens, elle sentit l'amour inébranlable qui y rayonnait.

« Écoute-moi, dit Grand-mère. C'est pas ta faute. »

Rita avait complètement oublié leur conversation sur la rivière. Elle avait connu depuis tant de moments heureux. Chaque jour ses cousins l'avaient emmenée sur la rivière Akinawa, dans un canoë, pour lui apprendre à ramer. Elle s'était mise à aimer le silence omniprésent, un silence interrompu de temps à autre par la pagaie de Pete, le cri d'un perroquet ou ses battements d'ailes quand il plongeait dans la forêt tropicale. Chaque jour elle avait nagé dans les eaux pures et sombres de l'Akinawa avec ses cousins, chaque jour elle s'était rapprochée un peu plus de ce qu'elle était en réalité. Elle n'avait plus pleuré car l'innocence, qui est le bonheur même, l'emplissait tout entière, ne laissant aucune place pour la culpabilité. Enfin libérée et guérie, la gaieté de sa nature éclatait.

Aussi quand Grand-mère parla de faute fut-elle prise de court.

« Ma faute ? Quelle faute ?

— Tu vois, dit Grand-mère en souriant, tu es déjà guérie. Mais de toute manière, c'est pas ta faute. Pour l'accident. Et les hurlements. Et les maux de tête. Et la lésion cérébrale.

— Mais si, c'était ma faute, Grand-mère. On me l'avait confiée et il faudra que je vive avec ça toute ma vie.

— Mais non, c'est pas ta faute. Cette enfant a une mère... c'est elle qui en porte la responsabilité.

— Mais elle me l'avait confiée. Je devais la surveiller. Je n'aurais pas dû la perdre de vue. Je n'aurais pas dû... »

Grand-mère descendit du lit, se pencha et embrassa Rita sur le front.

« Ça fait rien. C'est pas ta faute. Souviens-toi de ça. »

Alors Grand-mère lui prit la main et y glissa quelque chose, une petite chose dure et molle à la fois. Rita ouvrit le poing pour voir ce que c'était, mais dans l'obscurité elle ne distingua qu'une ombre ; elle la tâta et ses doigts lui dirent que c'était du cuir enveloppant un objet dur. Grand-mère riait sans bruit.

« Qu'est-ce que c'est ? » chuchota Rita.

Grand-mère rit encore, lui reprit l'objet, tira ce qui semblait être un cordon et Rita s'aperçut que c'était une petite bourse. Grand-mère la retourna pour la vider dans ses mains impatientes. Quelque chose de dur en tomba.

Rita écarquilla les yeux ; elle ne voyait rien, mais, au toucher, il lui sembla que c'étaient de simples cailloux.

« Des diamants, dit Grand-mère. Des diamants bruts. Tu sais que George était chercheur d'or. Et son papa avant lui. On en a des quantités, des quantités de diamants.

— Mais... pourquoi vous ne les vendez pas ? Ça vous ferait beaucoup d'argent et...

— Qu'est-ce que tu veux que j'en fasse ? dit Grand-mère d'un ton dédaigneux. Est-ce que j'ai pas tout ce qui me faut ? La rivière et le ciel. Mes poules, mon maïs et mes cocotiers. On les met de côté pour nos petits-enfants. Ce soir je te donne ta part, parce que c'est pas ta faute ce qui est arrivé à Isabelle. Et parce que Dieu t'a envoyée au monde pour faire un jour une chose pour laquelle tu auras besoin d'argent.

XXVI

DENTS DE LA MORT

En classe Rita s'en sortait laborieusement. Élève médiocre dans l'ensemble, elle passait le plus clair de son temps à regarder par la fenêtre. Les maths étaient sa bête noire. Elle n'arrivait pas à retenir les dates historiques et elle avait beau se répéter mille fois « soixante-douze », huit fois neuf restait pour elle une énigme insoluble. Le ronron des professeurs l'ennuyait ; il suffisait d'un mot pour qu'elle parte dans ses rêveries. Apprendre par cœur était une torture ; elle avait l'impression qu'on la coulait dans un moule d'où elle ne pouvait s'échapper que par l'imagination. Elle avait pourtant l'art de manier les mots : grâce à son don des langues – la sienne et les langues étrangères – elle réussissait aux examens les plus importants.

Son séjour chez Grand-mère avait guéri une moitié de son âme, mais ouvert dans l'autre un abîme de perplexité. Est-il possible que cela soit tout ? N'existe-t-il pas autre chose, quelque part ?

Elle avait la réputation d'être « difficile ». Elle était si calme en classe qu'elle passait presque inaperçue. Certains professeurs avaient l'impression qu'elle dormait pendant les cours, assise bien droite et les yeux grands ouverts, mais dormant néanmoins. Débranchée. Les devoirs qu'elle rendait étaient sans intérêt ; elle payait les professeurs insipides par des copies insipides ; si insipides même qu'il leur arrivait de penser qu'elle se moquait d'eux. Il y avait dans l'insipidité de Rita une malice frisant l'ironie, qui leur faisait froncer les sourcils et se demander si quelque chose ne leur avait pas échappé, s'ils ne l'avaient pas sous-estimée, s'ils n'étaient pas passés à côté d'une clé essentielle permettant de comprendre cette personnalité fantasque. Elle était imprévisible. Son originalité se manifestait dans les circonstances les plus improbables, quand on s'y attendait le moins, sous des formes qui contredisaient tout ce qu'on savait ou croyait savoir d'elle. Elle n'entrait dans aucune catégorie, ne correspondait à aucun profil déterminé.

« Rita n'est pas vraiment... comment dire ? Pas vraiment là », soupiraient les professeurs, et ils levaient les yeux au ciel en échangeant des sourires entendus.

Car il y avait des jours où elle se réveillait soudain pour se mettre à écrire avec fureur, ne s'interrompant que quelques instants de temps à autre pour mordiller son stylo ou se gratter la tête. Pourtant, même dans ces cas, la copie qu'elle rendait était sans intérêt, médiocre, bourrée de fautes d'orthographe. On la soupçonnait parfois de le faire exprès.

Ce fut miss King qui finit par découvrir le cahier d'exercices rouge. Il était rempli de poèmes dédiés à ses professeurs.

Notre Miss Deval devrait changer de nom,
Car ses élèves le déforment honteusement
Et quand elle entre au petit galop
Tout le monde rit en faisant « Ho ! Ho ! ».

Quand Mr Baichoo commence à éternuer
Il déclenche un vent cruel
Qui à terre fait rouler la craie,
Et nous de rire de plus belle.

Mrs McIntyre est notre préférée,
À partir de la taille, elle est toute soufflée.
Si, pour m'amuser, avec une aiguille je la piquais
Cela suffirait-il pour la dégonfler ?

Mr Currie fait plutôt bonne mine,
Mais s'il est contrarié aussitôt il fulmine.
De nos devoirs mieux vaut ne pas parler
Sinon c'est pour nous la retenue assurée.

Rita fut convoquée chez la directrice, qui lui reprocha de gâcher un précieux talent à écrire d'ineptes poésies et l'exclut du lycée pendant une semaine, pour lui permettre de réfléchir. Elle en profita pour aller chez sa grand-mère, dans le Pomeroon, où elle passait désormais toutes ses vacances.

Ces séjours étaient pour elle les seuls moments où sa vie lui paraissait avoir un sens. Elle n'avait jamais envie de repartir. Mais chaque fois Grand-mère la renvoyait chez elle. « Pour vivre ta vie », disait-elle.

Quand elle protestait, Grand-mère se contentait de sourire. « La vie attend que tu te réveilles et que tu trouves ce pour quoi tu es sur terre. Où, comment et pourquoi. Il y a des gens pour qui c'est clair dès le début. Moi, par exemple, ma tâche est ici, à la ferme. Pour d'autres, il faut chercher. Toi par exemple. Parce qu'ils ont une tâche spéciale, différente. Tu es différente, parce que Dieu t'a faite différente, parce qu'il te veut ainsi pour le travail qui te revient. Un jour tu sauras ce que c'est. Et tant que tu auras pas trouvé, tu seras pas heureuse. »

Mais en attendant, Rita traitait son mal de vivre par l'humour.

La vie est une farce, le vrai bonheur est une chose rare, avait-elle écrit sur une feuille de papier épinglée au mur de sa chambre, et en dehors des heures de classe, elle s'efforçait d'être fidèle à cette devise. Elle avait toujours eu la cote auprès de ses camarades et encore maintenant, surtout maintenant, son ascendant naturel faisait d'elle un chef de file, après les cours, quand venait le moment de s'amuser. Lorsque l'ennui commençait à s'installer, Rita trouvait toujours une idée originale et il lui suffisait de quelques mots pour mettre tout le monde en branle afin de lancer un projet, organiser une petite fête, une sortie, monter une farce ou pis encore.

Mais ce fut la semaine du Corbillard qui lui valut de figurer dans les annales de Georgetown.

Polly et elle avaient découvert un corbillard qui prenait la poussière dans un coin de la maison des Pompes funèbres Fung. Polly était enfin devenue la petite amie en titre de Bobby Fung et de temps en temps elle passait chez lui avec Rita pour lui dire bonjour. En voyant le corbillard – une chose en bois, en forme de carrosse, avec des marchepieds sur les côtés et, par-devant, un siège surélevé pour le cocher et son aide –, Rita était tombée en arrêt. Puis elle en avait fait le tour sans dire un mot, mais son imagination s'envolait déjà. Quoique vieux et poussiéreux, il semblait en bon état et, surtout, désespérément, merveilleusement démodé. Il s'en dégageait quelque chose de magique. Rita l'imaginait remontant pesamment les avenues ombragées de Georgetown, un cocher en livrée trônant sur son siège, le fouet à la main ; le cocher porterait un chapeau noir à larges bords, une culotte et de hautes chaussettes noires, une houppelande noire, des chaussures et des gants noirs, mais ce serait un Blanc, de même que le mort couché dans le cercueil ; le cheval noir attelé au corbillard avancerait au pas, comme il sied en pareille occasion, suivi par les membres du cortège funèbre – la veuve du défunt, ses enfants et petits-enfants –, vêtus de costumes de l'époque victorienne, abrités sous des ombrelles noires et pleurant dans des mouchoirs noirs. Tout cela, Rita le voyait aussi nettement que si on lui avait projeté un film.

« Est-ce que vous pourriez me le vendre ? demanda-t-elle à Bobby Fung.

— On pourrait même te le donner. »

Il n'était évidemment pas question d'entreposer le corbillard au 7, mais la mère de Donna deSouza accepta sans difficulté de l'accueillir dans sa cour, et la bande de Victoria Street décida aussitôt de lui rendre la vie. Pour commencer il fallait l'amener jusque-là, ce qui n'était pas une mince affaire. On avait déjà le cheval – Maxine Wong faisait de l'équitation depuis longtemps et elle avait un cheval à elle au Poney-Club. Par un heureux hasard, Bolivar était noir et Maxine se montra ravie de le prêter pour cette noble entreprise.

Rita ne manquait pas de bras pour l'aider. Il y avait les six jeunes de Victoria Street, plus la bande de Bobby Fung, plus des camarades de classe divers et variés, qui avaient eu vent du projet et étaient curieux de le voir marcher... ou plutôt rouler.

Parmi les employés des Pompes funèbres Fung, personne ne savait quoi que ce fût de ce type de corbillard – c'était un vestige d'un passé lointain, conservé pour la seule raison qu'on ne s'était pas donné le mal de s'en débarrasser. Deux d'entre eux prirent tout de même la peine de l'épousseter un peu et de le sortir dans la cour. Le reste fut laissé à l'initiative de Rita. C'est ainsi que, au milieu des appels et des jurons, on fit reculer Bolivar entre les brancards, on l'attela vaille que vaille, puis à force de caresses on obtint de lui qu'il remorque l'engin jusqu'à Victoria Street, à quelques pâtés de maisons de là. Rita jugea que le mieux serait de le conduire par la bride et elle prit donc une des rênes, Maxine l'autre, et elles emmenèrent l'équipage dans les rues sous les yeux stupéfaits des passants, manquant de provoquer plusieurs collisions entre des voitures, ainsi que des chutes parmi les cyclistes, tandis que toute la bande suivait sagement derrière. C'est ainsi que le corbillard fit une entrée triomphale au 6, Victoria Street.

On le repeignit en rose vif avec des touches de vert acidulé sur les brancards, les roues et le pourtour des fenêtres. Les harnais étaient vieux et raides, mais parfaitement utilisables. On les nettoya, on les graissa, on les astiqua jusqu'à ce qu'ils prennent une teinte de vieil acajou.

Au bout d'une semaine, ce travail était terminé. On baptisa le corbillard du nom de Dents de la Mort, avec une bouteille de rhum chipée dans le bar de Ronnie Maraj. Il était prêt pour son voyage inaugural.

On alla chercher Bolivar et on l'attela à Dents de la Mort. Les jeunes s'y entassèrent, vêtus en costume d'époque, ainsi qu'ils en avaient reçu la consigne. La plupart portaient des couvre-chefs mangés aux mites, des chapeaux mous, des panamas, et on vit même un vieux casque à pointe. Les garçons s'étaient affublés du pantalon de cérémonie de leur père, resserré au genou par un ruban, et les filles de la plus ringarde des robes du soir de leur mère, rembourrée à l'endroit de la poitrine. À force de supplications, ils avaient réussi à se faire prêter des jaquettes (très difficiles à trouver dans cette époque post-coloniale) ; une fille avait déniché un manteau doublé de fourrure rapporté par sa mère d'un séjour hivernal en Grande-Bretagne. Une multitude de plumes récupérées ici et là étaient piquées dans les résilles et les rubans de chapeaux.

Tout le monde était prêt.

« Je peux venir moi aussi, Rita ? »

Difficile de résister au ton plaintif d'Isabelle. Pendant toute la semaine elle avait assisté aux préparatifs sans faire pratiquement aucun commentaire. De temps en temps elle brandissait un pinceau ou posait une question. Rita savait ce qui l'attendait ; elle s'y était préparée.

« Non, Isabelle, ce n'est pas possible. »

Ah, ce voile de tristesse sur ces yeux sombres !

« S'il te plaît, Rita, s'il te plaît, laisse-moi monter. Prends-moi devant avec toi pour conduire le cheval ! S'il te plaît !

— Non, Isabelle, je t'ai dit que ce n'était pas possible.

— Mais pourquoi ! » Sur le « pourquoi », elle frappa du pied, fronça les sourcils, serra les poings. Rita reconnut les signes. Elle tourna le dos à Dents de la Mort, mit un genou à terre, saisit les petits poings d'Isabelle, les desserra et prit ses mains dans les siennes. Elle sourit de son sourire le plus affectueux, le plus tendre, et d'un ton ferme et déterminé, l'air de dire « essaie-un-peu-si-tu-l'oses », elle déclara :

« Parce que j'ai dit que ce n'était pas possible ! !

— Mais moi je veux venir, je veux venir avec toi ! »

Le joli minois se plissa ici et là et se transforma en un masque renfrogné : la lèvre inférieure en saillie, le nez froncé, les yeux noyés dans des plis rageurs. Elle dégagea ses mains d'un geste furieux et les éleva, les doigts recourbés en griffes. Rita resta de glace.

« Très bien. Dans ce cas, on va voter. Que ceux qui veulent qu'Isabelle vienne avec nous lèvent la main. »

Seule la main d'Isabelle se leva. Les autres restèrent ostensiblement baissées.

« Tu vois, Isabelle, c'est ce que je te disais. Tu ne peux pas venir. Ce n'est pas pour les petits. De plus, ça pourrait être dangereux. »

La figure d'Isabelle se chiffonna en une moue facile à identifier.

« Si tu cries, dit Rita avec calme, si tu recommences à faire une colère, tu le regretteras. Les chevaux n'aiment pas les petites filles qui crient. Surtout celui-là. Il mange les enfants qui crient pour son petit déjeuner ! Tu peux me croire ! »

Les yeux d'Isabelle s'agrandirent d'épouvante ; elle jeta un regard sur Bolivar, fondit en larmes et sortit du jardin en courant, prenant le temps de s'arrêter pour refermer soigneusement le portail derrière elle, avant de se réfugier chez elle. Longtemps après que le danger supposé fut écarté, les hurlements d'Isabelle continuèrent à s'échapper des fenêtres du 7. Rita haussa les épaules.

« Elle va sûrement avoir mal à la tête, maintenant. Mais ce n'est pas ma faute. Elle n'a rien compris, voilà tout. »

Elle fit sortir Bolivar dans Victoria Street, puis monta sur la banquette. Maxine et Polly s'assirent à côté d'elle, aux places d'honneur. Les autres s'entassèrent derrière.

D'un geste théâtral, elle donna un petit coup de rênes sur la croupe noire et luisante de Bolivar, et en route !

On était samedi matin et ils avaient toute la journée devant eux. L'attelage s'engagea dans les rues de Georgetown, remonta Water Street pour gagner le secteur commerçant, où la foule envahissant les trottoirs le regarda passer, muette de stupéfaction. Il descendit Regent Street, laissant la cohue, pour arriver dans des quartiers plus calmes, plus résidentiels. Dès que surgissait la grosse berline qui avançait dans un balancement solennel derrière un Bolivar déconcerté mais docile, chacun interrompait ses occupations pour le suivre des yeux. Des visages apparaissaient aux fenêtres des maisons ; la rumeur avait dû se répandre d'une manière ou d'une autre, car il y avait des gens en attente devant le portail des jardins, qui leur faisaient des signes en les appelant. Rita, Polly et Maxine regardaient droit devant elles, comme il sied aux membres d'un cortège funèbre. Mais à l'intérieur de la voiture, on était moins discipliné. Tout le monde riait et se poussait pour avoir une place à la fenêtre et répondre aux badauds qui les saluaient. On les ovationnait comme des princes du sang ou des célébrités. Ici et là on voyait surgir un appareil photo. De temps à autre, un jeune sortait d'une maison en courant et criait : « Bonjour, je peux monter ? » Alors Dents de la Mer s'arrêtait, sa porte s'ouvrait en grande pompe pour admettre un passager supplémentaire.

Mais tout à coup, sans le moindre avertissement, Rita tira sur les rênes.

« Qu'est-ce qui se passe ? demanda Polly.

— On s'arrête, tout de suite. Je vais leur dire de rentrer chez eux.

— Pourquoi... » Mais Rita était déjà descendue pour aller ouvrir la portière de la voiture.

« Descendez tous. Rentrez chez vous.

— Mais pourquoi ?

— Oh, Rita !

— On commençait à peine à s'amuser.

— Rita ! Tu gâches tout ! »

Mais Rita ne voulait rien entendre. « Rentrez tous chez vous ! Tout de suite !

— Mais pourquoi ?

— Parce que Bolivar est fatigué, voilà pourquoi. Ça vous plairait de parcourir les rues toute une matinée en tirant une voiture bourrée d'un tas de crétins hystériques ?

— Mais tu avais dit...

— On s'est donné tellement de mal...

— C'était une telle fête...

— La fête est terminée. Pour aujourd'hui.

— Et demain ? »

Rita réfléchit, puis pointa son index à cinq reprises. « Toi, toi, toi, toi et toi. Demain à quatre heures, on pourra faire une sortie d'une heure. Et toi, toi, toi et toi, lundi. Il ne faut pas abuser. » Ce qui fut dit fut fait.

Le lundi, une grande photo de Dents de la Mort parut dans le *Graphic*. Ronnie était tout fier (il avait écrit la légende), Marilyn hargneuse, et Isabelle observait un silence boudeur.

« Cette fille s'arrange toujours pour se mettre en vedette », dit Marilyn.

Dents de la Mort vécut une semaine et faillit bien justifier son nom.

Alors que l'équipage longeait le Mur de la Mer, un petit chenapan lança une pierre sur Bolivar et l'atteignit au flanc. Le cheval prit peur. L'un de ses sabots se coinça dans le caniveau bordant la rue. Il tomba sur les genoux, se releva, puis s'affaissa de nouveau. Dents de la Mort fit une embardée sur la gauche. Une roue glissa dans le caniveau, puis une deuxième. Bolivar fut entraîné vers l'arrière. Dents de la Mer bascula. Ses passagers furent projetés sur le côté, ce qui acheva de le renverser. Tout le monde hurlait. Bolivar, toujours prisonnier des brancards, s'abattit sur le flanc. Rita et Polly (Maxine n'était pas de la fête ce jour-là) quittèrent leur banquette en faisant un magnifique vol plané.

Des automobilistes s'arrêtèrent et partirent chercher la police ainsi qu'une ambulance, mais par miracle, il y avait eu plus de peur que de mal. Bolivar boita pendant une semaine. Les roues de Dents de la Mort étaient irréparables. La vie reprit son cours habituel.

XXVII

RITA S'INTERROGE

Quand Rita atteignit l'âge de dix-huit ans, Marilyn commença à la harceler pour qu'elle cherche du travail afin de pouvoir payer son écot. La perspective d'avoir un emploi, quel qu'il fût, la rebutait autant que l'idée – qu'elle avait écartée de prime abord – d'entrer à l'université. Rester assise toute la journée derrière un bureau pour remplir des formulaires ou accomplir ces besognes dévolues aux jeunes filles dans les compagnies d'assurances et les ministères ! Elle n'était apparemment bonne à rien, excepté rêver, mais rêver ne suffisait pas. Ni pour la société, qui exigeait impitoyablement que chacun se démène pour gagner sa vie, ni d'ailleurs pour elle-même. Elle avait envie de se consacrer à une tâche concrète, à un rêve qu'elle pourrait réaliser.

« Je croyais que tu voulais être vétérinaire, dit Ronnie, secourable, pendant le déjeuner.

— Voyons, Ronnie ! » Marilyn pressa délicatement sa serviette sur ses lèvres et hocha la tête d'un air apitoyé devant la naïveté de son mari. « Tu n'as donc pas suivi la glorieuse scolarité de ta fille ? Tu t'imagines qu'on va l'accepter à l'université avec ses résultats en mathématiques ? Et puis de toute manière, est-ce que tu crois qu'on a les moyens de lui faire faire des études ? Tu n'es vraiment pas réaliste. »

Rita reposa brutalement ses couverts et quitta la table.

Cher Journal,

Qu'est-ce que je suis venue faire sur cette terre ? Il doit bien y avoir une raison. Une grande mission, une niche à ma mesure, où je pourrais m'installer, mais laquelle et où ?

Grand-mère parle tout le temps de la tâche que je dois accomplir. Mais je ne la trouve pas, je ne la sens pas.

Que dois-je faire ? J'ai dix-huit ans et je ne sais absolument pas où je vais. Les autres filles rêvent toutes de se marier. Pas moi. Je ne suis pas comme elles. De toute manière personne ne voudrait de moi. Je suis trop imprévisible. Les hommes n'aiment pas les filles imprévisibles, ils préfèrent les créatures douces et féminines.

Pourquoi ne puis-je pas être normale, banale et satisfaite de mon sort, comme tout le monde ? Marcher au pas avec les autres. J'entends battre un tambour différent et ça me donne envie de courir, de danser, de faire des sauts périlleux. Si je cédais à cette envie, on me mettrait chez les fous. Peut-être que je suis folle, après tout. Cher Journal, dis-moi si c'est moi qui suis folle ou si c'est les autres.

En plus, tous ceux à qui je tiens s'en vont. Tous ! Ils partent au Canada, aux États-Unis, en Angleterre, et ils m'abandonnent. Même Polly !

Polly est une personne normale, elle n'a pas l'esprit embrouillé comme moi. Une fille brillante, qui obtient des A comme ça, et elle va partir aux États-Unis pour faire des études de microbiologie. La microbiologie ! Je ne sais même pas ce que c'est !

Et si je partais moi aussi ? Mais pour aller où et pour faire quoi ?

Papa essaie de me convaincre de me lancer dans le journalisme, mais je sais que ça ne me plairait pas. Il faut écrire ce qu'on vous dit d'écrire. Je le sais parce qu'il n'arrête pas de le dire lui-même !

Je ne vois pas à quoi je pourrais servir. Je ne suis bonne à rien. Un gâchis. Une aberration. Une monstrueuse erreur ambulante. Sans utilité pour personne, à part Isabelle, et tu vois ce qu'elle est devenue. Une sale gosse de petite sœur pourrie qui s'imagine qu'elle peut vous marcher sur les pieds, voilà ce qu'elle est.

Grand-mère est la seule personne avec qui je me sente normale. Elle dit que je suis normale. Elle me dit de ne pas m'inquiéter, j'ai une tâche qui m'attend et le monde entier attend que je trouve ce que c'est et que je fasse ce pour quoi j'existe.

La vie a un sens quand je suis dans le Pomeroon avec Grand-mère et que le ciel, la rivière et la forêt confirment chacune de ses paroles. Mais ici, tout me paraît absurde.

Pourquoi tu ne te maries pas ? m'a demandé Donna l'autre jour. C'est ce qu'on fait à mon âge, après le lycée. Elle va épouser un garçon qui travaille à la Guyson's Engineering Company. Un vrai bonnet de nuit. Mais moi qui pourrais-je épouser ? Archibald Foot ?

Rita finit tout de même par choisir une carrière. Elle serait poète. Elle prit cette décision après avoir remporté le premier prix au Concours national des jeunes poètes. Cette année, le thème était « les animaux », ce qui ne pouvait pas mieux tomber. Le poème de Rita s'intitulait *Un chien astucieux*.

Connaissez-vous l'histoire de ce chien
Que les puces tout le jour harcelaient ?
Il se grattait tant et plus sans pouvoir se débarrasser
D'un seul de ces immondes parasites.
Alors il réfléchit et d'une brindille se mit en quête.
Il la prit dans sa gueule en guise de perchoir,
Et voici comme procéda l'astucieux animal,
Pour de son pelage chasser les puces :
Le bâton entre les dents dans la mer il entra
Et les puces affolées de ses pattes décampèrent.
Tandis que lentement dans l'eau il s'enfonçait,
Les puces terrorisées son ventre et sa queue abandonnaient
Pour se réfugier sur son dos afin d'être plus haut.
Sur son cou, sa tête et son nez
Elles se ruaient à mesure que la marée montait.
Sur le perchoir, c'était la bousculade
Car les puces gorgées de sang voyaient le trépas approcher
Alors dans l'onde salée le chien lança le radeau
Et les confia à leur tombe aquatique.
Puis, se secouant vigoureusement, le rivage il regagna
Et rentra chez son maître, qui le brossa et le peigna.

Rita connut quelques jours de célébrité, qui éveillèrent en elle de grands espoirs ; elle se voyait penchée sur sa feuille, écrivant des poèmes de l'aube au crépuscule, des poèmes qui seraient publiés dans de minces recueils. Elle deviendrait la voix de Guyana. Ce devait être ça, la tâche dont parlait tout le temps Grand-mère. Comment ne l'avait-elle pas compris plus tôt ?

Elle irait vivre dans le Pomeroon, dans une hutte amérindienne ouverte aux quatre vents. Les gens viendraient de loin pour essayer de l'entr'apercevoir, mais elle les chasserait avec un manche à balai. Ils diraient : « C'est une excentrique » ; les poètes ont le droit d'être excentriques. Légèrement dérangée, en fait. Un peu fêlée, mais bourrée de talent. Sa folie ferait partie de son image, partie de l'aura de génie poétique qui l'envelopperait d'une douce et aimable lumière. Elle dénouerait ses cheveux, qui lui feraient comme un épais nuage noir et crêpelé autour de la tête ; elle porterait des robes insolites, parfois déchirées, longues et flottantes ; elle mordillerait ses crayons et circulerait sur un vieux vélo rouillé les fois où elle viendrait en ville pour recevoir des prix et donner des interviews, et en la voyant passer les gens la montreraient du doigt en disant : « Regardez, c'est... »

Mais la gloire est fugitive, ainsi que Rita put le constater au bout d'une semaine. L'éternelle et angoissante question du « Quoi faire de ma vie ? » se reposa alors. « Il faut qu'elle travaille », disait Marilyn ; ils ne pouvaient pas l'entretenir jusqu'à la fin de leurs jours. Elle devait participer aux frais du ménage. Se payer ses vêtements. Devenir responsable. Et arrêter de rêvasser. Ronnie ne lui était d'aucun secours, lui qui aurait pu comprendre qu'elle avait de plus nobles ambitions ; quand Marilyn la houspillait, il se contentait de hausser les épaules et prenait un sourire penaud en disant : « Vois-tu, ma fille, c'est la vie. »

Elle envisagea un instant de déménager, mais pour aller où ? Qui accepterait de louer une chambre à une jeune fille de dix-huit ans sans emploi ? Rita ne se souciait guère de ce qu'on disait d'elle, mais elle savait que le fait d'avoir mauvaise réputation – ce qui lui arriverait très certainement si elle décidait de prendre son indépendance – lui rendrait la vie encore plus difficile. Comme toujours dans ses moments de découragement, elle alla voir sa grand-mère qui, après lui avoir remonté le moral trois semaines durant, la renvoya chez elle.

XXVIII

LA PAGE FÉMININE

Finalement ce fut Ronnie qui lui trouva un emploi au *Georgetown Guardian,* le concurrent du *Graphic*, dont il était désormais le rédacteur en chef. Mr Maugham, le rédacteur en chef du *Guardian* était un ancien camarade d'école et il existait entre les deux journaux une amicale rivalité. Mr Maugham ne demandait pas mieux que de donner sa chance à Rita, qui ressentit un frisson d'excitation. Le journalisme ne la tentait pas particulièrement, mais ce serait peut-être un début. Tout ce qu'il lui fallait, c'était un sujet sur quoi écrire. Quelque chose de captivant. Quelque chose qui ébranlerait le monde ou, du moins, la société guyanaise endormie qui se mourait lentement par étouffement.

Comme son père, elle commença par être reporter stagiaire, puis fut rapidement promue responsable de la page féminine. Elle haïssait la page féminine.

« Mais je ne suis absolument pas faite pour ça ! s'était-elle plainte à Mr Maugham. Je ne connais rien aux produits de beauté et à la mode !

— Ne dis pas de bêtises, avait-il répliqué en se penchant sur le bureau de Rita avec ce sourire mielleux qui lui était propre. Toutes les femmes sont au courant de ces choses. On ne peut quand même pas mettre un homme à la page féminine.

— Et pourquoi pas Angela Crawford ? Ça lui irait comme un gant, ce sont des sujets qu'elle connaît à fond et qui la passionnent.

— Premièrement, Angela Crawford n'écrit pas aussi bien que toi, et deuxièmement, tu portes un nom qui évoque quelque chose pour les lecteurs. Ils connaissent ton père, ils connaissent ta belle-mère qui, elle, sait tout sur la mode et les mondanités. Tu as accès à tous les gens importants. À propos – là, ses yeux s'étrécirent et il se rapprocha un peu de Rita – à propos, je compte sur toi pour nous tuyauter. Si tu entends parler de quoi que ce soit chez toi, que je n'apprenne surtout pas que le *Graphic* était sur le coup avant nous. Par exemple, quand le Dr Glen a épousé la fille Ramdehall, comment le *Graphic* a-t-il pu sortir la nouvelle avant que personne n'en ait eu vent ? Voilà ce que j'attends de toi. Et ne va pas me dire que ta belle-mère n'a pas glissé quelque chose dans l'oreille de ton père... Elle est la tante de cette fille ! Je compte sur toi pour avoir la primeur de ce genre d'affaires.

— Mais tout ça ne m'intéresse pas ! Et de toute manière, elle ne me dira rien, elle me fuit comme la peste et... »

Mais Mr Maugham était déjà reparti. Rita sentit ses poings se serrer, puis elle soupira et passa son irritation sur les touches de sa machine à écrire.

Connaissez-vous la dernière rumeur ? Geraldine Hinds a été choisie par la Compagnie des mines d'or Omai pour être sa candidate à l'élection de Miss Guyana, et tous ceux qui ont un jour posé les yeux sur Geraldine savent...

Elle tapait son article de façon presque automatique, mais tandis que ses doigts s'activaient, son esprit, récalcitrant et indocile comme toujours, regimbait. Elle se rebellait intérieurement contre l'ennui de tout cela. Elle écoutait un autre tambour – là était le cœur du problème. Un tambour qui avait adopté une autre cadence que celle du monde où elle vivait et qui l'en dégoûtait. Elle rêvait de marcher sur ce rythme stimulant, de voir où cela la conduirait, mais c'était impossible, elle était ligotée, enchaînée, comme ces prisonniers qui ont un boulet aux pieds. Elle ne comprenait pas, cela la dépassait... comment se faisait-il que personne, sauf elle, ne ressentît cet ennui qui, tel un sac en plastique passé sur sa tête, l'empêchait de respirer, l'empêchait de vivre ? Suis-je folle ? Névrosée ? Elle assistait aux conférences de presse organisées par l'Opposition, elle écoutait le chef du parti ronronner à n'en plus finir et elle luttait pour ne pas bâiller ; ensuite elle ne se rappelait pas un seul mot de ce qu'il avait dit ; ses comptes rendus étaient d'habiles paraphrases des communiqués de presse remis aux médias. Certains journalistes posaient des questions très pertinentes, mais elle se taisait, ne sachant quoi demander. Elle se disait qu'elle devait être complètement stupide, mais en fait c'étaient ces sujets débattus avec tant de vigueur qui lui semblaient stupides et sans intérêt. Si loin de la vraie question, la grande question qui exigeait une réponse, maintenant, tout de suite. La question suprême inscrite dans le ciel quand les nuages s'écartaient, et que seule Rita pouvait lire : Pourquoi es-tu sur terre ? Où vas-tu ? Pourquoi ? Pourquoi ? Pourquoi ?

Un morceau énorme manquait à sa vie, qu'elle ne parvenait ni à définir ni à nommer. Ce n'était qu'un énorme morceau de rien. Un rien semblable à un morceau retiré au ciel. Nébuleux, vague et si essentiel pourtant que son absence la torturait. Il y avait au-dedans d'elle un barrage fait de rien et, derrière ce barrage, un besoin de se libérer, d'attaquer, qui prenait des proportions démesurées. Une mutinerie, la révolution ! Tout bouillonnait en elle. Pourtant ses doigts continuaient à frapper docilement sur les touches de son antique petite machine à écrire.

Ce qu'elle préférait, c'était le courrier du cœur, intitulé *Chère Dianne*. Elle avait d'abord trouvé ça ennuyeux car les lettres entraient toutes dans l'une des quatre catégories suivantes : la jeune fille abandonnée par un jeune homme, l'épouse abandonnée par son mari, la jeune fille éprise d'un garçon amoureux d'une autre, la femme célibataire (ou mariée) abandonnée par un homme marié. Puis Rita décida d'écrire elle-même des lettres auxquelles elle répondait et c'est là que ses ennuis commencèrent.

Un jour, Mr Maugham la fit venir dans son bureau. Il lui dit de s'asseoir et prit une page dactylographiée, qu'il entreprit de lui lire.

Chère Dianne,
Mon mari a quatre épouses, moi et trois autres. Je suis la première et la seule véritable. Il passe une semaine par mois chez chacune de ses femmes et il a en tout sept enfants. Cela

dure depuis onze ans. Je ne peux plus supporter cette situation mais il dit que si je l'aime vraiment, je dois être compréhensive. L'une de mes rivales me téléphone matin, midi et soir et je suis convaincue qu'elle m'a jeté un sort, car j'ai maintenant de terribles douleurs dans le bassin et je ne peux plus avoir de rapports avec mon mari. Je pense qu'elle est possédée du démon. Je crains pour ma vie – je suis certaine qu'elle m'a jeté une malédiction. Que dois-je faire ?
Une Maudite

Chère Maudite,
Vous avez deux possibilités :
1. Le flanquer à la porte. Je suis sûre que vous pourrez trouver un mari plus fidèle.
2. Si vous ne pouvez pas faire ça, il existe un moyen très simple de mettre un terme aux persécutions de cette femme. Demandez à une amie dévouée de lui rendre visite et de se lier d'amitié avec elle. Que votre amie fasse semblant de vous détester, afin qu'elles se racontent des ragots sur vous. Votre amie n'aura qu'à dire en passant que vous allez régulièrement voir un sorcier très puissant, connu pour avoir provoqué la mort de ses rivaux. Après ça, elle arrêtera certainement ses sales manigances !

« Peux-tu me dire ce que ça signifie ? »
Rita haussa les épaules.
« Qu'est-ce que ça peut faire ? C'est intéressant. Ça change un peu.
— Et ce sont de pures inepties ! Chaque mot, Rita ! Ces lettres deviennent de plus extravagantes de semaine en semaine. Ça ne peut pas continuer. À partir d'aujourd'hui, Angela Crawford sera Dianne et toi tu t'occuperas des nouvelles locales. »
Rita haussa encore les épaules et se leva pour sortir. Quand elle fut près de la porte, Mr Maugham l'appela et elle se retourna.
« Ne le prends pas mal, d'accord ? Je continue à penser que tu écris bien, mais nous avons nos limites et notre politique. Est-ce que tu comprends ? »

Mais c'était plus fort qu'elle. Chaque mot qu'elle écrivait sentait la polémique. Mr Maugham dut la convoquer à plusieurs reprises.

« On ne peut pas imprimer ça, Rita : *Le gouvernement brade nos forêts à des sociétés étrangères...* Enfin, Rita, tu ne comprends donc pas, notre journal est la voix du gouvernement.

— Oui, d'accord, mais je parle aussi des sociétés privées qui les vendent à de grosses firmes d'exploitation du bois. Est-ce que ça passera ? »

Mr Maugham se frappa le front. « Et la compagnie privée que tu cites appartient à ta belle-mère. Prabudial. Le sens de la famille ne t'étouffe pas, on dirait.

— Bien sûr que non.

— Eh bien moi, si. Ton père a beau travailler dans un journal concurrent, il reste mon ami. Laisse tomber, Rita. Fais-moi un article sur un sujet inoffensif sur lequel tout le monde sera d'accord. Écoute, j'ai une idée... que dirais-tu de l'orphelinat St Ann ? Une jolie petite histoire émouvante, voilà ce qui serait parfait pour la page féminine, c'est un genre où tu excelles, et puis les orphelins font l'unanimité. Fais-moi ça pour dimanche. D'accord ? »

Est-ce que j'ai le choix ? se demanda Rita, tandis qu'elle acquiesçait d'un signe de tête et sortait du bureau sans prononcer un seul mot.

XXIX

DES PRÉTENDANTS À LA PELLE

Ronnie Maraj était devenu un monsieur bien gras et content de lui, et Marilyn n'avait rien à lui envier. La bonne vie avait enveloppé leurs os et leur cœur d'un matelas douillet. L'ensemble de la population s'en sortait difficilement, avec des poches de plus en plus dégarnies, à l'image des rayons des supermarchés. Ronnie et Marilyn dépensaient sans compter, grâce à un héritage substantiel et à la hausse des exportations de bois tropicaux vers les pays riches, comme s'ils vivaient dans une contrée imaginaire où tout poussait sur les arbres.

Marilyn avait fini par renoncer à garder la ligne et son corps s'empâtait en liberté. Elle avait son homme et sa maison ; elle n'avait pas de fils, mais elle avait une fille belle comme le jour, qui ne faisait qu'embellir, dotée d'une nature pétillante et charmante (à condition de passer sur ses colères occasionnelles). La danse lui avait donné une grâce qui arrêtait le regard (surtout celui des hommes) ; ses gestes enchantaient l'œil, ses sourires étaient un régal. Elle avait failli remporter plusieurs prix, mais elle ne possédait ni la discipline ni les capacités de travail nécessaires pour devenir une grande ballerine. De toute manière, quel avenir y avait-il à Georgetown pour une danseuse étoile, alors que l'économie s'effondrait et que le pays tout entier s'enlisait dans les sables mouvants ? D'ailleurs il n'avait jamais été question qu'Isabelle fasse carrière dans la danse, ce n'était qu'un moyen d'atteindre un objectif. Isabelle ferait un beau mariage, il n'y avait aucun doute là-dessus ; il faudrait que ce soit un étranger, un Blanc. Certes, le choix était limité, mais en tant que rédacteur en chef du plus grand journal du pays, Ronnie était bien placé pour savoir qui allait venir, quand, pour combien de temps et où il était descendu. Ronnie était au courant de la venue du jeune frère célibataire de l'ambassadeur du Canada. De l'arrivée d'une équipe d'ingénieurs américains chargés de la construction d'un pont flottant sur la Demerara, comme de celle d'un jeune ornithologue britannique mondialement connu venu étudier les mœurs de l'aigle harpie sur lequel il devait écrire un ouvrage. (Marilyn avait pris un air dédaigneux en disant que les ornithologues étaient des fauchés par définition et qu'elle n'avait pas l'intention d'envoyer sa fille crapahuter dans la jungle derrière un mari obsédé par les oiseaux.)

On les avait tous présentés à Isabelle. Les Guyanais étaient connus pour leur sens de l'hospitalité et c'était pour Marilyn un devoir sacré de veiller à ce qu'une soirée soit organisée en l'honneur de chaque étranger célibataire qui posait le pied dans le pays. On conviait la presse pour que sa photo soit publiée dans les journaux, et Isabelle, radieuse, lui était présentée. Marilyn avait bien dressé sa fille. Elle lui avait appris à battre de ses longs cils soyeux en coulant par-dessous des regards enjôleurs, à sourire de façon provocante, à marcher avec grâce, sans se dandiner sur des talons hauts mais avec un balancement des hanches élégant et sensuel. Cela plaisait aux hommes. Il est vrai qu'Isabelle n'avait que quinze ans, mais il n'est jamais trop tôt pour semer des graines qui porteront peut-être un jour des fruits. On songeait pour elle à un mariage précoce, un mariage précoce avec un homme d'expérience, plus âgé, un connaisseur, quelqu'un qui l'emmènerait dans son pays et lui assurerait la vie agréable qu'elle méritait. Car une chose était certaine : il n'y avait pas d'avenir pour elle en Guyana. Tous ceux qui auraient pu faire des époux acceptables étaient déjà partis ; elle devait tourner ses regards ailleurs et tout investir dans la grande entreprise qu'était la chasse au mari.

Mais au désespoir de Marilyn, cette tactique ne fonctionnait pas.

À dix-sept ans Isabelle n'était toujours pas mariée. Elle possédait à fond l'art de flirter et d'entretenir une conversation. Tout y était : l'intonation charmeuse de la voix, l'exquise inclinaison du menton, l'arrondi des sourcils quand elle les haussait pour poser une question pertinente et absolument délicieuse... mais d'homme, point. Isabelle était la douceur et la grâce personnifiées ; elle savait comment circonvenir une proie et la prendre au filet de ses ruses, mais avec l'innocence d'un enfant. Par conséquent soit ils étaient plus malins qu'elle et se dégageaient du piège avant de perdre la tête, soit elle était simplement trop jeune. Sa mère privilégiait la deuxième explication. La tactique changea. La cible aussi. Ce ne serait plus un homme d'expérience plus âgé, mais au contraire un jeune, peut-être le fils du premier. Un étudiant de Harvard plein d'avenir, par exemple, pensait vaguement Marilyn. Bien entendu, l'idéal aurait été d'envoyer Isabelle dans une université où elle aurait eu l'assurance de rencontrer ce genre de sujets, mais vu ses résultats scolaires plus que médiocres, c'était hors de question. Malgré tout il fallait impérativement qu'elle parte à l'étranger.

« Pourquoi pas une école de mannequins ? dit Isabelle. À Londres, peut-être ?

— Ou une école hôtelière, ajouta Rita. À Cambridge. Je vois déjà les étudiants délaissant leurs livres et leurs cahiers pour faire la queue au restaurant dans l'espoir d'apercevoir Isabelle traversant la salle avec un plateau d'assiettes de purée en leur faisant les yeux doux. »

Marilyn ignora ostensiblement la remarque de Rita et s'adressa à sa fille.

« Mannequin ? Ça ne me plaît pas beaucoup, c'est tellement commun.

— Les top models gagnent des fortunes !

— Oui, mais il faut d'abord arriver au top et ce n'est pas facile. Tu serais en concurrence avec des Blanches superbes. Tandis qu'ici tu es une princesse, une jolie princesse indienne, et c'est la carte que tu dois jouer, celle que tu joues le mieux. Je ne veux pas que tu te mélanges à ces filles de rien que sont les aspirants mannequins. Toi tu es à part et si tu veux gagner, tu dois rester à part.

— J'adorerais être mannequin. Imagine ma photo sur la couverture de *Vogue* !

— Isabelle ! Tu n'y es pas tout. Il faut réfléchir à un plan à long terme, donc pas question de devenir mannequin. »

Jusque-là Marilyn avait réussi à ne pas croiser le regard de sa belle-fille, mais au moment où elle tourna la tête, les yeux de Rita se plantèrent dans les siens.

Toi et moi, nous connaissons la vérité, il me semble, disait ce regard.

Rita ne comprit pas tout de suite ce qui l'avait réveillée. Elle se frotta les yeux et alluma sa lampe de chevet pour regarder sa montre. Trois heures. Elle éteignit la lumière et se retourna de l'autre côté pour se rendormir. Alors elle entendit un sifflement perçant qu'elle ne connaissait que trop bien. Isabelle. Encore.

En s'approchant de la fenêtre ouverte elle sentit des gravillons sous ses pieds nus. Le sol en était jonché ; Isabelle avait déjà dû en lancer plusieurs poignées avant qu'elle se réveille. Elle se pencha à la fenêtre et regarda dans le jardin.

« Rita ! C'est moi, descends vite ! »

Inutile de discuter à distance. Rita descendit l'escalier sans bruit et ouvrit la porte d'entrée. Elle regarda ostensiblement sa montre. « Isabelle, il est trois heures ! Tu n'es pas folle ? Qu'est-ce que... oh, mon Dieu, regarde-toi !

— Fiche-moi la paix, marmonna Isabelle en poussant Rita pour entrer dans la maison.

— Tu as bu, et tu as fumé, et ta robe, une si jolie robe que tu n'as portée que deux fois et que tu aimais tant, regarde-moi ça. Ton corsage est tout déchiré ! Tu es blessée ? »

Isabelle se pencha pour ôter ses sandales à talons hauts. Elle les suspendit à son index, mit le poing sur la hanche et toisa sa sœur d'un air furieux. À peine visible dans la faible clarté du lampadaire de la rue qui éclairait la véranda, Isabelle dégageait une sensualité vulgaire que Rita sentait plus qu'elle ne la voyait. Un regard lui avait suffi pour prendre note du corsage déchiré, des cheveux décoiffés, du rouge à lèvres barbouillé et des traînées de larmes noircies par le mascara qui lui striaient les joues. Son haleine empestait le rhum, ses vêtements, sa peau et ses cheveux dégageaient une odeur de tabac froid. Il y en avait aussi une autre, vague mais âcre, inconnue de Rita, une odeur qui donnait une impression de malaise, de sordide. Elle se sentit comme vidée, salie par la présence d'Isabelle.

« Isabelle, Où es-tu allée ? Avec qui ? Dans quel état tu es ! Il ne faut pas que Marilyn te voie comme ça.

— Marilyn peut a-a-a-aller se fai-ai-re foutre ! bredouilla Isabelle en se dirigeant vers l'escalier sur lequel elle trébucha.

— Attends, je vais t'aider. »

Rita lui offrit un bras qu'Isabelle prit avec gratitude.

— R-r-r-rita, ne-ne parle de ça à personne, tu m'entends ? Promis ? Ce crétin de Terry Quail...

— Chut, ne parle pas ou tu vas réveiller tout le monde. Va te coucher, ça tombe bien qu'on soit demain dimanche, tu pourras dormir tard, mon Dieu, Isabelle, tu pues !

— Tout le monde pue. Le monde entier pue. Terry Quail pue. Rita, il m'a flanquée hors de sa voiture, il m'a obligée à rentrer à pied une fois qu'il en a eu fini avec moi !

— Je me demande pourquoi tu sors avec des salauds pareils. Marilyn ferait une crise si elle savait... Mais tais-toi maintenant. Tu peux marcher sur la pointe des pieds ? »

Non, elle ne pouvait pas. Elle avança en chancelant dans le couloir obscur, un bras passé sur l'épaule de Rita, et réussit tout de même à arriver jusqu'à sa chambre. La porte craqua quand Rita l'ouvrit et Isabelle rit tout haut.

« Chut ! » la gronda Rita. Elle traîna sa sœur sur le tapis et la jeta pratiquement sur son lit. Puis elle retourna à la porte, la ferma sans bruit et alluma le plafonnier. Isabelle dormait déjà, elle ronflait, vautrée sur son lit, ses chaussures toujours accrochées à son index amolli par le sommeil. Rita soupira. Elle s'approcha du lit, roula sa sœur sur le côté, défit la fermeture Éclair de sa robe, qu'elle mettrait dans la poubelle le lendemain matin, et la fit glisser le long de ses hanches. Elle tira le drap de sous le corps étendu et l'en recouvrit. Elle resta plusieurs minutes à regarder sa sœur, en méditant sur les transformations qui étaient en train de se produire chez elle. Maintenant que le sommeil détendait ses traits, son visage avait perdu cette expression de sensualité sournoise, navrante par son affectation, vulgaire dans son évidence, qui commençait à s'inscrire de façon permanente sur la physionomie d'Isabelle. À force de vouloir être à tout prix irrésistible, elle était en train de perdre cette essence même de la beauté qu'elle avait reçue à la naissance, cette grâce naturelle qui n'avait eu besoin d'aucun artifice pour irradier, mais qui une fois trafiquée, avait perdu sa spontanéité, pour se figer en un masque sans vie. Toutefois, dans l'innocence du sommeil, son éclat transparaissait ; le maquillage lui-même ne parvenait pas à le camoufler. Rita alla humecter un linge dans la cuvette posée sur la table de toilette et essuya avec soin les résidus séchés de rouge à lèvres, de fond de teint, d'ombre à paupières et de mascara. C'était déjà mieux. Sous le fard, Isabelle avait un teint parfait, brun, lisse et éclatant comme du bois ciré.

Pauvre Isabelle. Pauvre enfant gâtée.

Rita avait parfois la certitude qu'Isabelle était précisément cette tâche dont sa grand-mère lui parlait si souvent. Qu'elle avait envers elle une dette dont elle ne pourrait jamais s'acquitter ; qu'elle devrait passer sa vie à la protéger, à la défendre, à lui pardonner et à la guider, mais sans jamais pouvoir la guérir. Il lui arrivait de se dire aussi que malgré son incapacité à se prendre en charge et le fait qu'elle se débattait dans un océan déchaîné sans savoir où aller, ni comment, sa sœur lui servait d'ancrage. Isabelle la retenait sur la terre. S'il n'y avait pas eu Isabelle et le fait qu'Isabelle avait besoin d'elle, elle se serait envolée dans le ciel pour se perdre dans les nuages.

Rita se promit d'avoir une longue conversation avec elle dès le lendemain. Elle la mettrait en garde pour la énième fois. Isabelle lui rirait au nez, elle le savait par avance. L'humiliation de la nuit oubliée, elle regarderait Rita de ses grands yeux innocents, se confondrait en excuses, verserait quelques larmes de repentir et implorerait son pardon. Puis une fois que Rita le lui aurait accordé elle rejetterait ses cheveux noirs en arrière, dans un mouvement étudié, croiserait ses jambes parfaites en ramenant les pieds dans une attitude qu'elle savait irrésistible, du moins pour les hommes, bâillerait nonchalamment et s'étirerait langoureusement en disant : « Les garçons, ah, les garçons ! Tu as raison, Rita. Les garçons sont une plaie. Tu n'as pas besoin de me le dire, je les connais mieux que toi, maintenant. Je sais ce qu'ils cherchent. » Alors elle se mettrait à glousser, à minauder, et ajouterait de son air le plus charmant : « Ils me courent tous après, je te le dis ! Ils sont fous de moi ! Et moi je prends mon temps pour faire mon choix. Quant à ce crétin de Terence Quail... »

Rita connaissait la chanson. Elle soupira, éteignit la lumière et sortit en refermant doucement la porte sur une salve de ronflements sonores qui la suivit dans le couloir. Isabelle ronflait comme un docker après une dure journée de travail.

XXX

UN DRAGON DE VERTU

« Rita ! Rita ! Vite ! » Isabelle entra en trombe, lança son cartable dans un coin et monta l'escalier quatre à quatre, tout en desserrant le nœud de sa cravate, qu'elle jeta par-dessus la rampe. Elle ouvrit toute grande la porte de la chambre de Rita et là, tout essoufflée, elle s'arrêta enfin pour reprendre sa respiration, et sourit jusqu'aux oreilles.

Rita, assise à son bureau près de la fenêtre, pivota sur sa chaise et regarda sa sœur. « Qu'est-ce qui se passe ? » dit-elle, un peu agacée d'avoir été interrompue dans la rédaction de son journal. Au regard brillant d'Isabelle, à son expression presque hystérique, elle devina que sa cadette allait l'assommer pour le restant de la journée avec le récit compliqué de sa dernière aventure, lui demandant des conseils, quêtant des encouragements, des louanges, assoiffée d'applaudissements. Elle ferma son journal et se leva. Isabelle, tel un chien de chasse lâché par son maître, fondit sur elle et la prit dans ses bras en l'emportant dans une polka maladroite.

« Rita, devine, devine quoi ? Oh non, tu ne devineras jamais. C'est trop beau pour être vrai. Tu ne peux pas imaginer. Mais devine, vas-y, devine ! »

Isabelle renversa sa sœur sur le lit, en lui serrant les mains comme pour en extraire une réponse. Rita se mit à rire malgré elle ; ces effusions étaient le signe que, une fois de plus, Isabelle marchait droit vers un précipice, mais comment ne pas se laisser gagner par un enthousiasme aussi sincère ?

« Attends, laisse-moi réfléchir. Terry Quail t'a demandée en mariage ! Enfin !

— Quel rabat-joie tu fais, Rita. J'avais hâte de tout te raconter, mais si ça ne t'intéresse pas, je vais aller... Je vais aller le dire à maman. Elle, elle m'écoutera ! J'aurais voulu que tu sois la première, mais... »

Elle fit mine de s'en aller mais, comme elle l'avait prévu, Rita l'obligea à se rasseoir.

« D'accord, tu sais que je te taquine, ne fais pas semblant d'être vexée, parce que je vois bien que tu meurs d'envie de tout me raconter. Allez, dis-moi tout ! »

Isabelle, qui n'attendait que ça, se leva d'un bond et se planta au centre du tapis où elle prit la pose, les cheveux rejetés derrière l'épaule, le menton relevé, et regarda sa sœur d'un air faussement intimidé.

« Ma chère sœur, j'ai le plaisir de t'annoncer que tu as devant toi une candidate à la prochaine... élection de Miss Guyana ! » Sur ces mots, elle lança triomphalement les bras en l'air et son visage s'éclaira aussi soudainement et clairement que si on avait appuyé sur un bouton.

« Oh mon Dieu ! » dit Rita en enfouissant la tête dans le creux de son bras.

Isabelle lâcha la pose et regarda sa sœur d'un air furieux.

« C'est tout ce que tu trouves à dire ?

— Que dire de plus ? D'où t'est venue cette idée ? C'est miss Deval qui t'a dit que c'est dans cette voie que tu avais le plus de chances ? »

Isabelle, vexée, se jeta sur le lit.

« Tu ne me prends jamais au sérieux. Attends un peu et tu verras !

— C'est plutôt toi qui te prends trop au sérieux, Izzy, voilà l'ennui. Tu as besoin de moi pour te retenir sur la terre, sinon tu ouvrirais tes ailes pour t'envoler par la fenêtre.

— Tu penses que je n'ai aucune chance d'être élue Miss Guyana ? C'est ça ? Je ne suis pas assez belle ? » Elle porta les mains à ses cheveux, décoiffés par ses gesticulations, et les tapota pour les remettre en place.

Rita renifla et retourna vers son bureau. « Belle ? Qu'est-ce que ça a à voir ? Et même si cela était ?

— Oh, toi ! Tu es jalouse parce que tu es...

— Continue. Je suis quoi ?

— Rien.

— Est-ce que tu allais dire que je suis moche ?

— Non, pas du tout. Tu n'es pas moche, tu es seulement... comment dire ? Pas vraiment à la hauteur, fit Isabelle avec un petit rire hypocrite. Tu as un visage intéressant mais personne n'aurait jamais l'idée de te demander de te présenter pour être Miss Guyana.

— Et à toi, quelqu'un te l'a demandé ? Qui ça ?

— Oui, c'est justement ce que je voulais te dire ! Après les cours je suis allée chez Fogarty pour acheter... peu importe... Mr Behari est sorti de son bureau, il m'a vue et il est venu me parler... tu le connais ! Il vient toujours me baratiner, ce vieux cochon ! Il doit avoir dans les quarante ans et il a une femme et des enfants, il paraît que sa femme l'avait quitté, mais elle est revenue... en tout cas, il m'a dit que Fogarty cherchait une jeune fille à parrainer pour l'élection de Miss Guyana, que je serais parfaite, et il m'a demandé si j'aimerais poser ma candidature ! Je n'ai même pas eu besoin de réfléchir, Rita, j'ai dit oui tout de suite !

— Tu as dit oui ? Est-ce que tu as signé quelque chose ?

— Non... pas vraiment. Il m'a emmenée dans son bureau et je lui ai parlé un peu de moi, ensuite il m'a demandé mon âge et quand je lui ai dit que j'avais dix-sept ans, il m'a dit qu'il faudrait l'autorisation de mon père, mais je lui ai dit que ça ne poserait pas de problème.

— Ah, je vois. »

Isabelle entra dans une rage affectée.

« Qu'est-ce que ça veut dire "Je vois" ? Je les connais tes "Je vois". Je sais exactement ce que tu penses. Tu cherches à me gâcher ma joie, tu n'es qu'une idiote de sainte-nitouche, jalouse en plus, et une, une... (Elle s'interrompit pour chercher le mot juste.) ... un dragon de vertu, conclut-elle sans conviction.

— Je n'ai rien dit. »

Isabelle interpréta cette remarque comme une promesse de neutralité et de soutien éventuel. Elle refoula sa rage dans un coin de son esprit pour un usage futur, au cas où, et dit avec un ton suppliant :

« Voyons, Rita il faut que tu m'aides, il le faut. Réfléchis un peu... je n'aurai jamais une aussi belle occasion. Et si j'étais élue ! Je partirais à Londres pour me présenter à l'élection de Miss Monde ! Et imagine si j'étais élue, là aussi ! C'est tellement facile, il me suffira d'être belle et je sais comment m'y prendre, tu sais que j'ai une chance !

— Mais qu'est-ce que j'ai à faire là-dedans ? C'est toi qui seras belle et qui gagneras, pas moi. Je ne peux pas être belle à ta place !

— Non, mais écoute-moi, je ne pourrais pas y arriver toute seule. J'ai besoin que tu me conseilles, que tu me conduises aux répétitions et aux soirées. Il va falloir que je m'achète un maillot de bain à tomber à la renverse et une robe du soir. Je la dessinerai moi-même. Je vais faire un malheur, tu peux me croire ! Une robe verte avec des paillettes et un super décolleté. Je me vois... » Elle bondit du lit et exécuta quelques pas élégants, des pirouettes flamboyantes, sans cesser d'expliquer ses objectifs et ses ambitions, avec un « Je » tous les trois mots. Elle regardait Rita avec des yeux qui ne voyaient rien et ses paroles n'atteignaient pas leur cible, elle évoluait dans une bulle d'auto-adoration. Rita l'observait en silence, un silence tel qu'Isabelle finit par le remarquer. Elle s'immobilisa et lui lança un regard furibond.

« Pourquoi tu me regardes comme ça ?

— Comme ça quoi ?

— Tu le sais très bien. Comme si tu pensais que j'avais perdu la tête. Tu ne me crois pas, hein ? Tu penses que je n'ai aucune chance d'être élue.

— Mais si, tu as de très bonnes chances, au contraire. Je me disais seulement que ça ne t'avancera pas à grand-chose.

— Tu es jalouse, voilà tout. Ça m'avancera forcément à quelque chose. C'est le rêve de toutes les filles, mais bien sûr les filles quelconques n'ont pas la moindre chance. Pense à tout ce que ça me rapportera ! Une voiture, une sélection automatique pour l'élection de Miss Monde, et si j'étais élue là aussi, tu te rends compte ! Toutes les agences de mannequins viendront me faire des propositions, et peut-être même Hollywood ! Tu m'imagines en vedette de cinéma, Rita ! Moi je me vois déjà sur un écran, et... à quoi penses-tu, Rita ? Pourquoi est-ce que tu souris comme ça, comme si je disais des absurdités ? »

Rita se leva. Elle regarda sa montre, puis considéra sa sœur avec un gentil sourire.

« Je me demandais simplement combien il y a d'acteurs de cinéma jeunes et célèbres qui se promènent actuellement à Hollywood, parce que tu rêves d'en épouser un, j'imagine ? »

XXXI

MR HANOMAN

Rita était seule à la maison quand l'inconnu se présenta. C'était un samedi matin. Isabelle était partie avec sa mère pour une séance de photos et Ronnie était au journal. Rita lisait dans sa chambre quand elle entendit un premier coup de sonnette, puis, comme elle ne répondait pas, un deuxième. Elle se leva en bougonnant, descendit avec son livre, un doigt en guise de marque page, et alla ouvrir. Elle vit tout de suite qu'il n'était pas comme les autres Indiens, même si, en apparence, il ne se distinguait en rien de ceux qu'elle connaissait. Un homme d'âge moyen, grand, râblé, avec des cheveux noirs huilés, plaqués en arrière, et une peau de bébé, étonnamment lisse. Alors pourquoi avait-il l'air d'un étranger ? C'était quelque chose d'indéfinissable. Tout en lui semblait familier, pourtant dès le premier regard, elle sut qu'il était différent. Elle sentit en elle une accélération, comme si le joueur de tambour silencieux avait subrepticement adopté un rythme plus rapide, un autre toucher, une mesure différente. Elle le regarda et son impression se confirma.

L'inconnu souriait sans rien dire. Rita se taisait elle aussi, et on aurait pu croire qu'ils attendaient l'un et l'autre que le mot de passe soit prononcé. Finalement, ce fut Rita qui brisa l'envoûtement.

« Bonjour, puis-je... ? »

Le visiteur sortit de son espèce de léthargie.

« Je suis bien chez la famille Maraj ? »

Au moment où il prononçait ces mots, Rita se dit que son instinct ne l'avait pas trompée, car il avait un accent étranger. Un accent qu'elle ne connaissait pas, ni anglais, ni américain, et certainement pas de Guyana, de Trinidad ou d'où que ce soit dans les Caraïbes.

« Oui, c'est bien ça. Qui voulez-vous voir ? Mon père n'est pas là pour le moment, il est à son travail.

— Je peux entrer ? » dit-il avec un sourire énigmatique.

Rita hésitait. Devait-elle le faire entrer ? Un inconnu dont elle ignorait ce qu'il voulait et qui ne semblait pas disposé à le lui dire. Mais une fois encore son instinct la guida.

« Bien sûr, mais je me demande comment je pourrais... »

Sans cesser de sourire, l'homme se pencha, défit les lanières de ses sandales de cuir et les retira. Désormais pieds nus, il avança d'un pas et Rita s'écarta malgré elle pour le laisser entrer. Non, ça n'allait pas.

« Excusez-moi, je ne sais même pas comment vous vous appelez », lança-t-elle d'une voix qui sonna fort, un peu trop même.

L'homme rit sans bruit.

« Hanoman. Dilip Hanoman. » Mais au lieu de lui tendre la main il joignit les paumes sur sa poitrine. Rita était de plus en plus déconcertée ; ne sachant quoi dire ou quelle attitude prendre, elle l'emmena dans la véranda, là où Marilyn recevait ses visiteurs, et lui désigna un fauteuil, sur lequel il s'assit.

« Mr Hanoman, je... vous voulez boire quelque chose ?

— Juste un verre d'eau, s'il vous plaît. »

Tout en allant chercher de l'eau, Rita se posa mille questions. Quelque chose d'étrange était en train de se produire, mais elle avait beau réfléchir, elle ne voyait vraiment pas quoi. L'homme se comportait comme s'il la connaissait et qu'elle le connaissait, comme s'il n'y avait rien de plus normal que de venir frapper à la porte d'une maison, d'y entrer, de s'asseoir et de demander un verre d'eau, sans faire la moindre allusion à ce qui l'amenait. Pourquoi ne s'était-il pas présenté tout de suite ? Pourquoi semblait-il s'attendre à ce qu'elle lui demande d'entrer et pourquoi l'avait-elle fait, comme si elle était envoûtée ?

Ne trouvant aucune explication, elle se dit qu'il ne lui restait plus qu'à se ressaisir et à lui poser des questions.

« Mr Hanoman, qui vouliez-vous voir ? Comme je vous l'ai dit, mon père est à son travail...

— Ah, Mr Maraj, Mr Ronald Maraj, est donc votre père ?

— Oui, bien sûr, mais...
— Et combien de frères avez-vous ?
— Des frères ? Aucun. Il n'y a que moi et ma sœur. »
Le sourire de l'homme s'estompa très légèrement.
« Vous et votre sœur, c'est tout ? Mais vous devez sûrement avoir des cousins ?
— Des cousins. Oui, j'ai des cousins, mais ils ne sont pas ici. Ils habitent dans le Pomeroon, avec leur mère, qui est ma tante. La sœur de ma mère. »
L'homme secoua énergiquement la tête. « Non, non, je ne parle pas des cousins du côté de votre mère. De celui de votre père. Des cousins Maraj. Vous en avez sûrement, non ? Des cousins au second ou au troisième degré ?
— Mr Hanoman, je ne comprends absolument rien ! Pourquoi êtes-vous là ? Qui êtes-vous ? D'où venez-vous ? »
Il se pencha et répondit presque en chuchotant :
« Je suis venu ici pour une mission de la plus haute importance. »
Rita fronça les sourcils. Il fallait que cet homme soit un peu dérangé, on aurait dit un agent secret dans un roman de gare. Elle aurait dû le mettre à la porte, mais quelque chose l'en empêchait. Presque sans le vouloir, elle se laissa tomber dans un fauteuil, à côté de Mr Hanoman. Elle regardait droit devant elle, sans rien dire, mais Mr Hanoman semblait trouver ce silence tout à fait normal. Il se souleva légèrement sur une hanche, glissa la main dans la poche de son pantalon et en retira un gros portefeuille. Il l'ouvrit, sortit plusieurs cartes de l'un des volets et en sélectionna une qu'il lui tendit.
« Je suis l'envoyé spécial de l'ex-maharani de Khandapuram, annonça-t-il d'un ton solennel. Son Altesse m'a demandé de me rendre en Guyana pour prendre contact avec la famille Maharaj.
— Notre nom est Maraj.
— Non. Maraj est une déformation de Maharaj, un nom royal. Le nom d'origine de votre famille est Maharaj.
— Comment savez-vous tout ça ?
— J'ai fait mon enquête. Ces derniers jours, je me suis renseigné auprès de l'état civil et j'ai consulté les registres

des naissances et des décès. J'ai essayé de retrouver les descendants de feu Maharaj Mokesh.

— Je n'ai jamais entendu parler de...

— C'est votre arrière-grand-père. Il a été le dernier de votre famille à avoir entretenu des relations avec sa famille d'Inde. La dernière fois qu'il nous a écrit, c'était pour annoncer la naissance de son quatrième enfant. Depuis nous n'avons plus eu aucune nouvelle. Plus aucune. Maharaj Mokesh n'avait ni frère ni sœur, car après sa naissance son père était hélas devenu stérile, parce qu'il avait attrapé les oreillons. Il s'était donc promis d'engendrer plusieurs enfants afin de relancer la lignée des Maharaj. Il avait épousé une dénommée Sati Bholanauth, dont il avait eu deux garçons et deux filles. J'ai essayé de retrouver la trace de ces enfants mais tout ce que j'ai trouvé est ce Mr Ronald Maraj qui, semble-t-il, est votre père. Il existe plusieurs autres Maraj dans ce pays et je suppose que certains d'entre eux sont apparentés à votre père. Je recherche exclusivement les descendants mâles.

— Pour autant que je sache, nous n'avons aucun parent. Mon père n'a ni frère ni sœur.

— Mais il a bien des oncles et des tantes ? Des cousins ? Les enfants et petits-enfants de Maharaj Mokesh. Il avait quatre enfants. Je suis en train de dresser la liste de ses descendants. Il y en a obligatoirement plusieurs. Je compte au bas mot deux enfants pour chacun de ces quatre rejetons, ce qui ferait au minimum quatre petits-enfants, y compris votre père. Et si ces huit petits-enfants avaient eu une moyenne de seulement deux enfants – vous voyez que je suis modeste –, il doit y avoir seize arrière-petits-enfants de Maharaj Mokesh. Y compris vous et votre sœur. Au moins seize. Une moyenne de seize enfants pour votre génération. En étant prudent. Avec un peu de chance, il pourrait y en avoir beaucoup plus. En supposant par exemple que chacun des enfants et petits-enfants de Mokesh ait eu non pas deux mais trois enfants en moyenne, ça ferait... j'ai déjà fait le calcul... ça ferait trente-six arrière-petits-enfants, ce qui correspondrait davantage à la norme. Mais si nous restons mesurés, je m'attends à ce qu'il y ait seize arrière-petits-enfants, au moins. Y compris vous. Mais je m'intéresse uniquement aux descendants mâles. Sur ces seize, on peut supposer qu'il y a une moitié de garçons. J'espère donc trouver au moins huit garçons pour votre génération de Maharaj. Et si nous avons de la chance, ces seize-là ont peut-être déjà des descendants mâles. Vous par exemple, vous êtes mariée ?

— Mariée ? Non, bien sûr que non. » Rita était offusquée par le sans-gêne de la question et plus généralement déconcertée par le ton péremptoire sur lequel il avait débité son petit exposé – on aurait dit qu'il l'avait préparé à l'avance et il était clair qu'il connaissait tous ces chiffres par cœur.

— Quel âge avez-vous ?

— Vingt-sept ans. Pourquoi ?

— Vingt-sept ans, et vous n'êtes pas mariée ? C'est fort regrettable, votre père s'est montré bien négligent. Pourquoi ne vous a-t-il pas encore trouvé un mari ?

— Chez nous, Mr Hanoman, les parents ne cherchent pas de conjoint pour leurs enfants, nous ne sommes pas en Inde. Nous avons abandonné cette coutume depuis longtemps. Nous sommes libres de choisir nous-mêmes notre partenaire.

— Dans ce cas, c'est vous qui êtes fautive. Si vous étiez mariée vous pourriez avoir des fils et je me serais fait un plaisir de les ajouter à ma liste !

— S'il vous plaît, Mr Hanoman, je ne comprends rien à ce que vous racontez ! Quelle liste ? Pourquoi faites-vous une liste ? Qu'êtes-vous venu faire ici ? Pourquoi cherchez-vous des Maraj mâles ? »

Mr Hanoman regarda sa montre. « Comme je vous l'ai dit, je suis l'envoyé spécial de Son Altesse l'ex-maharani du Maha Pradesh. Elle m'a chargée d'établir la liste des descendants mâles. Le motif n'a rien de secret : ces mâles sont les héritiers de la fortune du Maha Pradesh. Je dois les retrouver de toute urgence. S'il est vrai que votre père n'a que deux filles, il faut que je recherche le reste de la famille, les garçons. Il faut absolument que je parle à votre père... quand rentrera-t-il ? Où puis-je le trouver ?

— À cette heure il doit être à son bureau, au *Graphic*.

— Bon. Alors j'y vais de ce pas pour lui demander les

noms de ses parents. C'est bien dommage qu'il n'ait ni fils ni petit-fils, mais que faire ? Oui, que faire ? »

Sur ces mots, Mr Hanoman se leva. Il se dirigea vers la porte d'un pas léger, en glissant sur ses pieds nus, sortit et se pencha pour remettre ses sandales. Puis il se redressa et se tourna vers Rita en exécutant le même geste énigmatique consistant à joindre les mains sur la poitrine, comme pour prier. Il sourit, lui adressa un signe de tête et disparut.

XXXII

HÉRITIÈRE DU TRÔNE

« Enfin, papa ! Réfléchis, réfléchis un peu. Il t'a sûrement dit où on pouvait le joindre. Sûrement ! » Isabelle frappa du pied de contrariété et regarda son père d'un œil noir, en secouant la tête de stupéfaction. (Ah, les hommes ! Ce qu'ils sont bêtes !) Elle se dirigea vers le réfrigérateur d'un pas décidé, l'ouvrit d'un geste irrité, passa les boissons en revue, prit une bouteille de limonade et le referma brutalement.

« S'il me l'a dit, je ne m'en souviens pas », dit Ronnie sur un ton apaisant. Mais Isabelle ne voulait pas qu'on l'apaise.

« Et tu l'as laissé partir comme ça ! dit-elle en claquant dans ses doigts. Il faut que tu sois fou, papa ! »

Elle fourragea dans un tiroir pour prendre un ouvre-bouteilles. La capsule fusa à travers la cuisine. Ronnie leva la main et la rattrapa.

« Je ne pouvais tout de même pas l'attacher, non ?

— Tu aurais pu l'inviter à la maison ! Pour dîner ! » Marilyn était furieuse, elle aussi. « Voyons, Ronnie, tu ne penses donc jamais à ta fille ? Bonté divine ! Une occasion pareille, et tu l'as simplement...

— Répète-moi ce qu'il t'a dit, papa. Ses mots exacts.

— Je ne me rappelle pas les mots exacts.

— Bon, le sens général, alors. Depuis le début. Tout est tellement embrouillé qu'on n'y comprend rien du tout.

— C'est qu'il a parlé de façon embrouillée, mais pour autant que j'ai pu comprendre, c'est une sorte d'émissaire d'une espèce de maharani indienne ; il y a une grande fortune pour laquelle ils cherchent un héritier et il semble que nous sommes de lointains parents.

— Mais comment l'a-t-il su ? Comment est-ce qu'il nous a retrouvés ?

— Un de nos ancêtres leur avait écrit il y a très longtemps en disant qu'il avait quatre enfants. Ils ont dû supposer que la famille s'était multipliée et qu'il existait aujourd'hui une foule d'héritiers potentiels. Mais nous avons seulement deux filles. »

Un silence consterné se fit, auquel Rita mit bientôt fin.

« Mais enfin, papa, comment cela se fait-il ? Pourquoi sommes-nous les seuls qui restions de cette famille ? Que sont devenus les autres ?

— Je n'en sais rien. La seule personne dont je me souvienne vraiment, c'est ma grand-mère. Il y avait aussi une tante, une vieille tante, sans doute la sœur de ma grand-mère.

— Et tes parents ?

— Pour moi, ce sont des ombres. Je sais seulement qu'ils sont morts dans un accident de voiture en même temps que mes trois aînés. En allant à la messe. Un jour, j'avais quatre ans à l'époque, on m'a emmené voir leur tombe.

— Et ta grand-mère ne t'a jamais parlé de ce qui était arrivé aux autres membres de la famille ?

— Il me semble que l'un d'eux est mort avant ma naissance, dans l'incendie de Water Street. Un cousin, peut-être. Ou bien un oncle. Je ne sais pas trop, c'est très vague et très loin. Je n'ai aucune idée de ce qui leur est arrivé. Ils ont dû mourir d'une façon ou d'une autre, et peut-être n'avaient-ils pas d'enfant. Je me souviens d'avoir entendu parler d'une épidémie qui avait emporté un de nos parents, mais c'était sûrement quand j'étais tout petit. Je n'ai jamais cherché à avoir des détails sur ce qui s'était passé.

— Les détails n'ont aucune importance, ce qui compte c'est que nous n'avons pas de famille du côté Maraj. C'est bien ça ?

— C'est ça. Pas en Guyana.

— Et toutes ces personnes de Georgetown qui s'appellent aussi Maraj ?

— Nous ne sommes pas parents. C'est un nom assez courant. Cet homme prétend qu'à l'origine notre nom était Maharaj. D'ailleurs ma grand-mère s'appelait Maharaj. Ce qui veut dire que mon père a dû changer son nom. Parce que c'était plus facile à prononcer, sans doute. Mais nous sommes les seuls de cette lignée. Nous n'avons aucun lien de parenté avec les autres.

— Alors ça veut dire que c'est moi qui suis l'héritière légitime ! s'écria Isabelle.

— Toi ou Rita. Plutôt Rita, puisqu'elle est l'aînée.

— Oh, Rita ne compte pas, déclara Marilyn en regardant celle-ci avec dédain. Ces gens sont des Indiens, ils ne voudraient pas d'une métisse. Sans compter que c'est une enfant illégitime. Tu connais les Indiens, ils sont très stricts là-dessus.

— Ils sont également stricts pour d'autres choses, par exemple la religion. Tu ne peux pas dire qu'Isabelle est une fervente hindoue.

— D'accord, elle est chrétienne par le baptême, mais tu sais ce qu'on dit : du moment qu'on a des ancêtres hindous, on est hindou. C'est l'ascendance qui compte, et personne ne peut dire qu'il y a eu des mélanges chez nous. Dans ma famille on s'est toujours mariés entre hindous, même si on s'est convertis au christianisme. Nous n'avons pas une goutte de sang noir et pas une goutte de sang musulman non plus, bien entendu, ajouta-t-elle en coulant un regard vers Rita.

— De toute manière, il a bien dit qu'il recherchait des descendants mâles. Isabelle ne l'intéresse pas. Il n'a jamais évoqué la possibilité qu'elle soit leur héritière.

— Et alors, qui est l'héritier ?

— Je n'ai pas très bien saisi, mais d'après ce que j'ai pu comprendre, il existe déjà un héritier, en Inde, mais il s'est mal comporté et ils veulent le déshériter. Ou du moins le menacer de le déshériter. C'est peut-être bien tout ce qu'ils cherchent, lui faire peur, afin qu'il revienne dans le droit chemin, et alors c'est lui qui héritera, comme prévu. Vois-tu, Isabelle, je ne suis sûr de rien. C'est une histoire embrouillée et il me l'a racontée en commençant par la fin. Tout ce que je peux dire c'est que tu n'as pas la moindre chance. Ça en tout cas, c'était clair.

— Tu aurais tout de même dû l'amener ici pour lui présenter Isabelle. Et moi. On en aurait peut-être appris davantage. Même si elle n'est pas leur héritière, il aurait été bon d'en savoir plus sur eux. Une famille royale ! Tu te rends compte,

Isabelle, tu descends d'une famille de maharadjahs ! Tu es une princesse. »

Isabelle s'éclaira, mais pas pour longtemps.

« Ça me fait une belle jambe. Pour le moment, le seul et unique titre qui pourrait me servir à quelque chose c'est celui de Miss Guyana. Il faut que je sois élue, maman, à tout prix ! Je ne supporte plus de rester ici, tous les gens intéressants s'en vont. Pourquoi est-ce qu'on ne part pas, nous aussi ? Mes amis ont tous un père qui s'est débrouillé pour les faire partir. Et papa, lui, il reste assis à se tourner les pouces...

— On a déjà parlé de ça cent fois, Isabelle. Pour pouvoir émigrer, il faut déjà avoir de proches parents sur place, qui puissent vous mettre le pied à l'étrier. Nous, on n'a personne. Personne. Ou alors il faut exercer un métier qui les intéresse, et je ne pense pas qu'on ait besoin où que ce soit d'un rédacteur en chef. Le *New York Times* n'est pas venu me dérouler le tapis rouge. Autre possibilité, il faut avoir de l'argent, et ce n'est pas notre cas.

— Je croyais que si, pourtant ! Maman disait toujours que la société Prabudial était une mine d'or...

— Oui, *était*, Isabelle. À la façon dont ta mère et toi avez dépensé l'argent...

— Tu ne vas tout de même pas rejeter la faute sur moi ! s'insurgea Marilyn. Et toi, avec tes voitures ! Tu ferais mieux de te taire. Il faut que cette petite fasse bonne impression, non ? Comment pourra-t-elle rencontrer des personnes intéressantes si elle se promène en haillons ! Et puis tu sais bien que l'État nous pressure, tout augmente, il y a l'inflation et tout le reste, les gens bien ne peuvent plus survivre dans cette saleté de pays, et si tu avais eu un peu de jugeote, Ronnie Maraj, il y a longtemps que tu aurais tout liquidé pour partir. Notre seul capital, c'est Isabelle et sa beauté. Ne t'inquiète pas, ma chérie, tu seras élue. Cette Rose McGuire ne t'arrive pas à la cheville. Et une fois que tu seras à Londres, pour l'élection de Miss Monde, on te remarquera forcément. Toutes les candidates finissent par décrocher des contrats de mannequin, et souviens-toi de Shakira Baksh. »

Comment oublier Shakira Baksh ? Une Guyanaise d'origine indienne, élue Miss Guyana, qui était arrivée troisième au concours de Miss Monde, et qui avait épousé Michael Caine ! Un conte de fées devenu réalité.

Isabelle ne trouva rien à répondre. Peut-être un reste de modestie l'empêchait-il de parler tout haut de ses rêves, mais Rita connaissait sa sœur comme sa poche et elle reconnut l'expression lointaine de son regard, le demi-sourire qui flottait sur ses lèvres. Isabelle était en train de se repasser la liste de ses stars favorites. Une d'entre elles, peut-être, mordrait à l'hameçon.

Oubliée, la fortune des Maharaj ! D'autres cibles lui semblaient plus proches, plus faciles à atteindre et plus attirantes.

Le lendemain du jour où Marilyn signa le contrat en vertu duquel la maison Fogarty s'engageait à parrainer la candidature d'Isabelle, Ronnie Maraj, qui regagnait gaiement son domicile à deux heures du matin, au sortir d'une réception où il avait bu un peu trop de rhum-Coca, entra en collision avec un minibus au coin de Vlissengen Road et de Lamaha Street.

Les policiers qui dressèrent le constat déclarèrent que les conducteurs étaient l'un et l'autre dans leur tort. Les conducteurs étaient également morts tous les deux.

La question se posa de savoir si Isabelle devait ou non maintenir sa candidature. Rita, qui pour sa part était accablée par le chagrin, posa justement cette question à Marilyn et à Isabelle, qui répondirent par une petite moue.

L'élection n'aurait lieu que dans quatre mois, après tout. Ronnie aurait souhaité que la vie continue comme avant. C'était l'ultime chance pour Isabelle, surtout maintenant que son père était mort et dans l'incapacité de faire des choses (quelles choses ? se demanda Rita) pour elle. Il était indispensable qu'elle se place quelque part. Afin d'avoir le choix d'une carrière, disait Marilyn. Cette élection était trop importante pour son avenir pour qu'elle se désiste juste parce que... Ce n'est pas ça qui ramènerait ce pauvre Ronnie à la vie.

Isabelle rejeta ses cheveux en arrière et haussa les épaules.

« C'est ce qu'il aurait voulu, dit Marilyn pour la septième fois. Vois-tu, Rita, la vie continue. Il faut que la vie continue.

Qu'est-ce qui se passerait si on arrêtait de vivre chaque fois que quelqu'un meurt ? Et si on pense à la situation dans laquelle nous allons nous retrouver – je parle de la situation financière –, il est d'autant plus nécessaire qu'Isabelle soit élue. Sinon, qu'allons-nous devenir ? Elle n'a aucune perspective d'avenir dans ce pays, et nous non plus. Le seul fait de pouvoir se présenter à l'élection de Miss Monde sera un grand pas en avant, même si elle n'arrive pas en finale. On la verra dans le monde entier et je suis sûre que des personnalités importantes, des gens des médias par exemple, la remarqueront.

— Pense à Shakira Baksh, dit Isabelle.

— Il faut absolument continuer. Le temps que la compétition devienne sérieuse, Isabelle aura surmonté son chagrin ; elle sera à nouveau capable de sourire. On ne peut pas lui gâcher ses chances à cause de cette tragédie. Il y a aussi des considérations financières. Nous allons nous retrouver pratiquement sans un sou. L'assurance-vie qu'il avait souscrite est de la plaisanterie, personne ne pourrait vivre avec ça. Quant à Prabudial, ça ne rapporte presque plus rien en ce moment, je ne sais pas ce qui se passe. De quoi allons-nous vivre ?

— Vous pourriez vous mettre à travailler, Isabelle et toi !

— Travailler ? Et dans quoi, veux-tu me dire ? Tu me vois en train de taper des rapports dans un bureau ? Ah ça non, ma fille. Quant à Isabelle... »

Mais Isabelle était capable de se défendre toute seule.

« Tu ne sais pas ce que c'est d'avoir un rêve, Rita. Savoir qu'on a un avenir qui vous attend, un avenir merveilleux, qu'on est sur le point d'y arriver et puis...

— Et puis il faut que papa gâche tout en se faisant tuer, c'est ça ? Qu'il meure au plus mauvais moment, si bien que le pauvre petit trésor ne peut plus s'envoler vers la gloire. C'est ça ?

— Oh, Rita, tu as une façon si moche de présenter les choses ! Je suis réaliste, voilà tout. Je ne ferai pas revivre papa en me retirant de la compétition, tu le sais.

— Non, mais c'est de mauvais goût. C'est comme si ça ne te faisait pas de peine...

— Mais si, j'ai beaucoup de peine, Rita. J'aimais papa plus

que n'importe qui d'autre. On était tellement proches et ça me brise le cœur quand je pense... » Isabelle baissa la tête et quand elle la releva, ses yeux étaient humides d'émotion et la tristesse faisait tomber les commissures de sa bouche. « Je ne supporte pas l'idée que mon pauvre papa soit mort. Je fais mon possible pour ne pas y penser. S'il n'y avait pas cette élection pour me changer les idées, le chagrin me rendrait folle, tu peux me croire, Rita. »

Rita haussa les épaules. Isabelle avait sûrement raison. Les gens continuent à vivre, même quand d'autres meurent. Grand-mère ne s'était pas arrêtée un seul jour de travailler dans sa ferme quand Grand-père était mort, deux ans plus tôt. Elle était trop sentimentale, émotive à l'excès. Elle avait les nerfs à fleur de peau. Elle ressentait trop profondément les choses ; ce n'était pas comme ça qu'on pouvait faire son chemin dans un monde dur et cruel.

C'est ce que Mr Maugham se tuait à lui dire. Il ne fallait pas prendre les choses trop à cœur. C'était louable de sa part de vouloir dénoncer des scandales, en tant que journaliste, mais se laisser entraîner par ses sentiments et trop s'émouvoir des malheurs d'autrui, c'était aller au-devant des ennuis. Et pourquoi fallait-il que Rita s'implique autant dans des affaires aussi... aussi impopulaires. À plusieurs reprises, elle s'était jetée tête baissée dans la défense d'une cause et après avoir discuté pied à pied avec Mr Maugham, l'avoir supplié et cajolé pour obtenir de haute lutte la permission de poursuivre sa croisade, elle avait pondu ce qu'elle estimait être un brillant plaidoyer, qu'il avait finalement refusé tout net de publier.

« Écoute-moi, Rita, les gens se fichent des conditions de vie dans les prisons, déclara Mr Maugham. Je ne publierai pas ton "Enfer derrière les barreaux".

— Mais ces malheureux vivent comme des animaux ! » Rien que d'y penser, Rita en pleurait presque. « Ils marinent dans leur crasse. Ils sont obligés de dormir sur le dos, les bras le long du corps, et ne peuvent même pas aller aux toilettes. Leur nourriture est bonne pour les cochons. Ils n'ont rien pour s'occuper l'esprit, ils vivent dans des trous puants et obscurs... c'est un scandale !

— Oui, oui, je sais, tu expliques tout ça là-dedans, dit

Mr Maugham en tapotant la liasse de feuillets posée devant lui. Mais c'est un scandale qui ne préoccupe pas le citoyen ordinaire. Ton article a beau s'appuyer sur une formidable enquête et être très bien écrit, il n'est tout simplement pas publiable ! Pour le citoyen ordinaire, ce sont d'infâmes criminels qui n'ont que ce qu'ils méritent. Tu sais que le taux de criminalité est en forte augmentation – tout le monde connaît quelqu'un qui a été volé, cambriolé, violé ou assassiné. Les gens veulent que ces individus soient mis pour de bon hors d'état de nuire, et plus ils auront la vie dure, plus la population sera satisfaite !

— Mais...

— Souviens-toi de ce qui s'est passé l'an dernier, quand tu as écrit ton article sur l'asile d'aliénés. Tu croyais que ça déclencherait une révolution, mais tout ce que ça m'a rapporté, c'est un flot de lettres de lecteurs disant qu'il valait bien mieux qu'on les enferme, plutôt que de les laisser traîner dans la rue – on ne sait jamais avec les fous, beaucoup sont dangereux... c'était l'idée générale.

— Il faut pourtant que je...

— Tu as une nature généreuse, Rita, mais il ne faut pas mélanger la compassion avec les affaires, et moi j'ai une entreprise à gérer. Je ne peux pas me permettre de laisser un collaborateur s'insurger contre tout ce qui choque sa sensibilité. Je ne t'ai pas retiré la page féminine pour que tu te lamentes sur nos pauvres assassins bien-aimés. Tu as une belle plume, mais le métier de poète t'aurait peut-être mieux convenu. Ou de philosophe, ou même d'infirmière. Fais donc un article sur l'hôpital public. La situation y est tout aussi dramatique, mais ça intéresse les lecteurs parce qu'ils se sentent concernés. N'importe qui peut tomber malade et se retrouver à l'hôpital. Mais épargne-moi ces âneries. »

Il lui fourra dans les mains son article sur les prisons. Elle se mordit la lèvre ; une cinglante repartie lui démangeait la langue mais elle la ravala et sortit du bureau.

Une semaine plus tard, un rat géant emporta le petit doigt d'un nouveau-né à l'hôpital public. Rita tenait l'accroche de son article sur l'enfer des hôpitaux.

XXXIII

UN REVENANT

Rita mit un moment pour le reconnaître. Les douze dernières années n'avaient pas été très tendres avec lui ; il s'était empâté et son sourire juvénile avait perdu de son naturel. Mais elle reconnut les yeux ; il faut dire qu'on ne rencontrait guère d'yeux bleus ici, elle n'en avait jamais vu d'autres et l'éclat de ces yeux bleus là aurait été inoubliable même dans un pays purement européen.

« Russell !

— Bonjour, Rita ! Tu te souviens de moi ! »

Elle souriait tant qu'elle en avait mal aux joues. « Oh oui, bien sûr ! Entre. Qu'est-ce que tu fais ici ? Tu es venu pour travailler, cette fois encore ? Qu'est-ce que...

— Doucement, doucement, je vais tout te raconter, mais calme-toi... Tu veux que je te dise, tu es une grande maintenant ! »

Rita dansait presque de joie. « Entre, assieds-toi. Qu'est-ce que je peux t'offrir ? Un citron pressé ? Du thé ? Du café ? Un Coca... ah, non il n'y a pas de Coca. Des gâteaux secs, peut-être ? Et... »

Elle l'emmena dans la véranda et le fit asseoir dans un fauteuil de rotin.

« Non, rien, je ne veux rien. Seulement te voir... Sais-tu que de toutes les personnes que j'ai connues en Guyana, tu es celle qui m'a laissé le souvenir le plus net et que j'avais le plus envie de revoir ? D'ailleurs, tu es la première à qui je viens rendre visite. Tu te rends compte ? Ma petite voisine, ma petite sœur ! Viens près de moi, laisse-moi te regarder... ce que tu as changé ! Tu as l'air en pleine forme ! Comment vas-tu ? Raconte-moi ce que tu deviens. J'étais presque sûr que tu ne serais plus là. Je me disais : Ne te fais pas d'illusions, elle est sûrement partie. Elle a dû émigrer comme les autres, en Angleterre, au Canada ou je ne sais où. Ou alors elle est mariée. Avec un gars de la Chase Manhattan. Dis-moi, tu n'es pas mariée, j'espère ? »

Il lui prit la main gauche et l'examina. Rita se sentit devenir toute rouge. Elle détourna la tête pour qu'il ne voie pas son embarras et retira sa main. Pendant que Russell parlait, elle avait cessé de danser et de sourire comme une idiote, et elle s'efforçait de se comporter en femme adulte.

« Non, je ne suis pas mariée, bien entendu.

— Pourquoi bien entendu ? J'ai vraiment de la chance. Et puis je suis rudement soulagé. Parce que je ne veux pas de mari jaloux dans les coulisses quand je t'emmènerai dîner ce soir au Pegasus. Ou un amoureux... Oh, merde, Tu as un amoureux. Je parie que tu as un amoureux. Qu'est-ce que tu as autour du cou ? Je suis sûr que c'est un garçon qui t'a donné ça. Ce garçon dont tu m'avais parlé, qui habitait dans la rue... comment s'appelle-t-il, déjà ? Archie je ne sais plus quoi.

— Archie Foot... Non, Archie est parti, il est maintenant en Angleterre. C'est ma grand-mère qui m'a donné ce cœur. » Elle porta la main à son médaillon et le caressa. Peut-être était-ce lui qui lui avait ramené Russell. Son premier amour.

« Il n'y a personne, alors ? Pas d'amoureux caché quelque part ?

— Non.

— Ouf. » Russell fit le geste de s'éventer et poussa un long soupir, de soulagement. « J'ai vraiment eu peur pendant quelques instants. Je viendrai donc te prendre ce soir, à huit heures. Maintenant, raconte-moi tout. »

Rita répondit par monosyllabes aux questions de Russell. Jamais elle ne s'était sentie aussi ridicule. Elle ne savait ni quoi dire, ni quoi faire, ni où porter ses regards. Russell lui faisait la cour, ce qui ne lui était jamais arrivé autrefois – autrefois, quand il était le grand frère et elle la petite sœur. Les premiers moments d'embarras (ah, ces stupides coups de téléphone !) avaient alors rapidement laissé place aux rires et, ensuite, ce n'avait été qu'un jeu prolongé – la différence d'âge creusait entre eux un abîme et la jeunesse de Rita était si évidente, si protectrice, que le feu avec lequel elle avait joué s'était trouvé noyé dès la première étincelle. Ses fantasmes romantiques, elle les avait habilement déguisés ; tout en rêvant d'être aimée, elle savait que c'était impossible et, en définitive, cela lui plaisait. Aimer en vain faisait partie de cette petite comédie. Quel bonheur d'aimer à la folie et de connaître la souffrance d'une passion non partagée ! C'était un amour de conte de fées, qui existait uniquement dans son imagination et qu'elle lui cachait sans peine en jouant les garçons manqués. À l'époque, elle ne courait aucun risque.

Aujourd'hui, le risque était partout.

Il lui faisait la cour. Il trichait. Il ne respectait pas la règle du jeu et elle ne savait plus que faire.

Elle n'avait pas l'habitude de ce genre de situations. Elle n'était pas de ces filles que les hommes cherchent à séduire. Adolescente, elle avait décidé une fois pour toutes qu'elle ne pourrait jamais plaire à un garçon ; les hommes n'aiment pas les filles imprévisibles, ils préfèrent les créatures douces et câlines. Elle avait stoïquement accepté la chose, avec même un certain soulagement, et ensuite elle en avait encore rajouté dans la bizarrerie, pour être sûre que sa théorie tenait le coup. On pouvait faire les quatre cents coups avec Rita, mais pas faire du sentiment – c'était une règle établie, connue et respectée par toute la gent masculine de Georgetown.

Mais elle était aujourd'hui une jeune fille vierge de vingt-sept ans, et ce Russell était en train de démolir les défenses dont elle s'était entourée, Russell avec ses cheveux noirs, ses yeux bleus et sa poitrine velue, le prince de ses rêves d'adolescente. Russell qui, sans le savoir, avait libéré dans son cœur des torrents d'amour, Russell grâce à qui elle s'était envolée dans les sphères célestes, Russell qui, toujours à son insu, l'avait fait tomber d'un manguier, d'où elle avait atterri si rudement qu'elle ne devait jamais s'en remettre, ni permettre à un amour naissant de prendre son essor.

Archie Foot. Russell. Ces deux-là elle les avait aimés. Personne d'autre.

Et Russell était revenu, qui la regardait avec ses yeux d'un bleu éclatant et brillant de surcroît d'une lueur qu'elle n'avait jamais vue et n'avait pas envie de voir, parce que maintenant, elle ne savait plus que faire.

Elle se sentait aussi empruntée qu'une chèvre parmi des ballerines.

Quant à Russell, soit il ne remarquait rien, soit ça ne le dérangeait pas. Il la questionna sur sa vie, puis de son propre chef il lui parla de la sienne. Marié puis divorcé, il était parti travailler en Californie et, dernièrement, on lui avait proposé de s'occuper de la mise en place d'un serveur Internet à Georgetown, ainsi que de la création d'un centre où l'on donnerait des cours d'informatique. Voilà pourquoi il était là. Pendant que Russell discourait sur l'entrée de la Guyana dans l'ère de l'Internet et jonglait avec des termes techniques, Rita livrait un combat pour sa vie.

Si elle manquait d'expérience, elle possédait un instinct parfaitement sûr et, en ce moment, cet instinct lui envoyait des signaux rouges. Tôt ou tard, Russell allait recommencer à faire le joli cœur et elle ne pourrait plus se contenter de lui répondre par oui ou par non. En tout cas pas si elle allait dîner ce soir avec lui au Pegasus et si elle souhaitait le revoir. Toute la question était de savoir si elle en avait vraiment envie. Devait-elle répondre à la lueur aguichante qui brillait dans ses yeux, devait-elle se laisser gagner par le feu qui embrasait positivement Russell (alors même qu'il parlait de navigation sur le Net en employant une foule de termes qu'elle ignorait) ? Oui, oui, oui, bien sûr, criait l'amour oublié, relégué dans une prison obscure, tout au fond de son être, qui réclamait maintenant sa libération.

Non, non, non, jamais, criait une autre voix, celle de la raison peut-être, de l'habitude, ou celle d'une petite fille qui n'avait jamais été aimée et qui ne pourrait jamais l'être.

Avant de partir, il l'appela « chérie ». Il lui caressa les cheveux et lui rabattit une mèche derrière l'oreille en lui disant d'une voix tendre : « Tu es devenue très jolie. » Jamais un homme ne lui avait parlé ainsi. Et comme elle baissait la tête, il lui mit un doigt sous le menton, la lui releva de manière qu'elle soit obligée de le regarder, et ajouta en riant : « Quand tu étais une petite fille tu étais moins timide, tu sais. Tu me plais comme ça.

— Mais je ne suis pas une petite fille. Plus maintenant.
— Inutile de me le dire, je le vois bien. »
Elle sourit et baissa les yeux.

« Rita, ma jolie Rita. Quelque chose me dit que ma décision de revenir ici est la meilleure que j'aie prise depuis longtemps. »

Puis il regarda sa montre et dit : « Oh, il faut que j'y aille. Mais je reviendrai. Huit heures moins le quart, d'accord ? »

Elle voulut dire non, mais ce fut un oui murmuré qui sortit de sa bouche, et elle hocha la tête sans réfléchir. Russell sourit de son sourire enfantin, un peu de traviole, qui lui donna à nouveau l'air d'avoir vingt-cinq ans et réveilla chez Rita toute la souffrance poignante d'une jeune fille assoiffée d'amour. Il l'embrassa sur le front et s'en alla.

Il fallait le reconnaître : Isabelle était ravissante. Si seulement elle arrêtait de se tortiller...

Debout entre Rita et l'armoire à glace, moulée dans une longue robe du soir rouge pailletée, elle se tournait en tous sens, se déhanchait, la main derrière la tête, le menton relevé. Elle fronça les sourcils, arrangea son décolleté et son corsage, scruta anxieusement le miroir, sourit de nouveau en jetant à Rita un coup d'œil provocant par-dessus son épaule, fit une petite moue, envoya des baisers à un public imaginaire, adressa des signes au miroir, d'un air faussement timide, puis releva à deux mains sa chevelure en éventail au-dessus de sa tête et la laissa retomber en vagues noires ondoyantes.

Elle se retourna vers sa sœur dans une attitude théâtrale, illuminée d'un sourire si éblouissant que le soleil, vexé, disparut.

« Alors ? demanda-t-elle au bout d'un moment, tandis que son sourire s'effaçait.
— Alors quoi ?
— Je ne te plais pas ? Tu ne me trouves pas bien ?
— Isabelle, tu ne devrais pas me poser cette question, tu le sais. Je ne suis pas une spécialiste, adresse-toi plutôt à ta mère. Ou aux gens de chez Fogarty.
— Oh, Rita ! tu sais bien qu'ils n'arrêtent pas de me dire que je suis merveilleuse. Ce que je voudrais c'est un avis sin-

cère. Je veux que tu me dises la vérité. C'est pour ça que je t'ai demandé de venir, parce que je sais que tu ne me mentiras pas. Alors, qu'est-ce que tu penses ?

— Tu es ravissante. Si seulement tu te tortillais un peu moins. »

XXXIV

LA GAGNANTE EST...

Deux semaines plus tard, Russell vint rejoindre Rita devant le Pegasus. En arrivant il lui déposa un petit baiser sur la joue et elle lui sourit.

« Je t'ai fait attendre, dit-il, excuse-moi.

— Ce n'est pas grave, de toute façon, ça commencera sûrement en retard. Ou plutôt à l'heure guyanaise. J'ai réservé des places devant. Viens... » Elle le prit par la main et, tandis qu'ils pénétraient dans la salle où l'élection devait avoir lieu, elle chuchota : « Tout ça m'ennuie affreusement. J'ai une sainte horreur de ce genre de manifestations mais tu sais ce que c'est... les sœurs ! »

Ils se glissèrent dans une rangée et s'assirent aux places réservées par Rita. Un bourdonnement fébrile montait de l'assistance et ils furent obligés de hausser le ton pour pouvoir s'entendre.

« J'en ai trois... des sœurs, je veux dire. Alors oui, je sais ce que c'est. »

Rita fit une grimace, suivie d'un geste de résignation. « Il n'y a que moi qui puisse lui mettre un peu de plomb dans la tête. C'est bien dommage qu'elle ne m'ait pas écoutée, mais tant pis. De plus mon journal m'a chargée de couvrir l'événement.

— Ils n'ont pas peur que tu manques d'objectivité ? Si ta sœur est dans la course...

— De toute manière, la décision ne dépend pas de moi. Mais si elle est élue, je pourrais raconter les dessous de l'histoire. C'est justement la raison pour laquelle mon patron espère qu'elle sera élue.

— Elle a donc de bonnes chances de gagner ?

— Elle est favorite. Elle sera probablement élue et alors

ce sera l'enfer à la maison. Elle est déjà bien assez vaniteuse comme ça. Tout à fait insupportable. Côté caractère, il vaudrait mieux qu'elle soit battue. Mais du coup, elle serait encore plus insupportable, parce que dans le fond, elle n'est pas *vraiment* vaniteuse. Elle n'est en réalité qu'une pauvre petite fille sans cervelle, qui n'a aucune confiance en elle. C'est sans doute pourquoi elle a besoin de ça, dit Rita en désignant la scène. Son envie de devenir une star tourne à l'obsession. Comme si à force de se répéter "je suis une star, je suis une star", elle allait finir par y croire. Bon, d'accord, elle *est* belle et a beaucoup d'admirateurs, mais il n'y a rien derrière. De l'air chaud, c'est tout. Elle est en train de s'envoler dans une montgolfière et je prie pour qu'elle ne se dégonfle pas ce soir.

— On dirait que tu la plains.

— C'est vrai. Elle est blessée à l'intérieur, tu comprends. Elle est... elle n'est pas tout à fait entière, si tu vois ce que je veux dire. » Rita s'interrompit. Un jour elle lui raconterait toute l'histoire, mais ce n'était ni le moment ni le lieu. « Parfois, quand elle fanfaronne un peu trop, je ne la supporte plus, mais l'instant d'après elle se montre sous son vrai jour, et ce n'est plus qu'une pitoyable gamine qui a besoin d'être aimée. Quand elle était toute petite elle n'avait pratiquement que moi, aussi je me sens... comment dire ? responsable d'elle, un peu comme une mère. Elle est tellement superficielle, tellement obsédée par son physique, par le désir de tourner la tête aux hommes et d'être admirée. Si seulement... »

Russell posa sa main sur la sienne. « Chut, Rita, ça va commencer. »

Elle se tut et porta son regard vers la scène. Les bavardages cessèrent, le président du Lions' Club prononça une petite allocution, accueillie par des applaudissements enthousiastes, il y eut des allées et venues sur le plateau, d'autres discours, puis la première candidate fit son entrée. Elle était en maillot de bain. On avait installé en prolongation de la scène une courte passerelle sur laquelle elle s'avança ; elle tourna sur elle-même, prit la pose, présenta son sourire éblouissant et ses membres gracieux à l'examen et à l'admiration du public, qui applaudit. On se croirait dans un marché aux bestiaux, songea Rita, et elle se pencha vers Russell pour lui faire part de cette comparaison peu charitable, mais en voyant qu'il avait les yeux rivés sur la charmante créature paradant devant lui, elle s'empressa de refermer la bouche et examina la concurrente d'un regard acéré. Elle se sentit sombrer dans un abîme de désillusion. Un cri de révolte muet monta en elle. Il se régalait ! Elle avait l'impression d'être trahie et coupée, à cause de cette trahison, de l'homme qu'elle aimait. Oui, qu'elle aimait. Elle se l'avouait enfin. Elle aimait Russell. Il ne s'agissait pas uniquement d'une attirance physique. Non, c'était aussi une union des esprits, une complicité muette, une rencontre des cœurs, mais dans ce cas comment pouvait-il se repaître ainsi du spectacle de cette chair féminine ? Comment pouvait-il se laisser prendre à ce vieux piège éculé ? Comment pouvait-il être aussi bête ?

En définitive elle n'avait pas vraiment essayé de ne pas tomber amoureuse. Elle aurait dû s'en rendre compte ; elle s'en serait d'ailleurs rendu compte si elle avait eu davantage d'expérience. Russell l'avait conquise au premier regard, à l'instant où il lui était apparu sur le seuil de la maison, dès le premier mot murmuré sur un ton qui avait été à ses oreilles innocentes pareil à du miel pour un prisonnier condamné au pain et à l'eau.

Le jour de leurs retrouvailles restait à jamais gravé en elle. Russell lui demandant avec une note d'inquiétude dans la voix : « Tu n'es pas mariée, dis ? » et son sourire de soulagement quand elle lui avait répondu par la négative. Russell lui disant qu'elle était jolie. Russell lui relevant le menton pour l'obliger à le regarder dans les yeux. Russell lui écartant les cheveux du visage pour l'embrasser sur le front. En y repensant, la suite lui semblait comme programmée d'avance.

Il était évident qu'elle dînerait avec lui au Pegasus.

Qu'elle irait chez lui ensuite.

Qu'elle se donnerait à lui, corps et âme.

Que son amour renaîtrait, d'abord hésitant, puis avec des débordements de sentiments qui l'avaient prise de court, sans qu'elle tente de les endiguer. Laissons faire ! Laissons faire ! Ça y est !

Après cela, sa timidité s'était évaporée, elle était devenue sa maîtresse en même temps que son amie, et elle était heureuse, si heureuse qu'elle avait envie de le clamer partout, de chanter et de danser dans la rue, pour faire savoir au monde entier qu'elle était à lui et qu'il était à elle.

Mais elle n'avait pas cédé à cette envie. Pour le moment elle gardait le secret de son amour, surtout vis-à-vis de sa sœur et de sa belle-mère, elle le gardait jalousement comme si le seul fait de leur en parler risquait de le salir. Elle regrettait de ne pouvoir faire partager son bonheur à son père ; elle aurait aimé que Polly soit là, pour avoir une amie avec qui échanger des confidences et rire comme des folles. Mais Ronnie et Polly étaient partis. Il ne lui restait que son journal, qui l'écoutait patiemment et enregistrait tout, en s'abstenant hélas de tout commentaire.

Pour le moment, il ne fallait pas mettre Marilyn et Isabelle au courant. C'était trop intime, trop soudain. Hier, pourtant, elle avait failli se trahir. À l'occasion de l'une de ses crises de nerfs, de plus en plus fréquentes à mesure que le grand jour approchait, Isabelle s'était montrée particulièrement odieuse.

Rita avait préféré décrocher et s'était mise à penser à Russell, en arborant un sourire rêveur qu'Isabelle avait pris pour un affront personnel.

« Pourquoi tu souris comme ça ? Moi au moins j'ai été sélectionnée, alors que toi, personne n'aurait jamais l'idée de te demander de te présenter ! Tu n'es même pas capable d'attraper un homme ! »

Bientôt, tu verras, avait pensé Rita.

Mais à cet instant, blessée par l'attitude de Russell, elle se tassa sur son siège, les bras croisés. Les hommes ! Au fond, ils sont tous pareils, ricanait la voix de la Raison, muette depuis deux semaines, reléguée dans un coin obscur de son cœur, et qui refaisait insidieusement surface. Tais-toi, répliquait l'Amour. Il n'y peut rien. C'est la nature humaine.

La candidate suivante était Rose McGuire, une Noire incendiaire aux longues jambes couleur d'ébène. Elle adressa un ultime et étincelant sourire au jury, agita la main à l'adresse du public et disparut derrière le rideau de velours rouge. La salle éclata en applaudissements déchaînés et ceux de Russell ne furent pas les moins enthousiastes.

« Quelle fille ! dit-il en se tournant vers Rita. Si ta sœur peut rivaliser avec elle, c'est qu'elle est véritablement sensationnelle.

— Elle peut », dit Rita, d'un air maussade que Russell ne remarqua pas, car il était hypnotisé par la concurrente suivante, une fille au teint crème (elle doit avoir une bonne dose de sang chinois, se dit Rita) qui, malgré son charme évident, fit moins sensation que les candidates précédentes, parce qu'elle était beaucoup plus petite. Les applaudissements furent donc moins nourris et les commentaires de Russell moins dithyrambiques.

« Elle est bien, mais il n'y a aucune comparaison avec l'autre », chuchota-t-il à Rita, et comme elle ne réagissait pas, il la regarda et dit : « Rita ? Ça va ?

— Très bien, répondit-elle sèchement.

— Tu as le trac, hein ? Moi aussi j'aurais le trac, si c'était ma sœur. Hé, regarde, c'est elle ? »

Non. C'était bien une Indienne, mais pas Isabelle. Beaucoup moins jolie, d'ailleurs, même si le seul fait d'être Indienne augmentait ses chances, car on murmurait que, cette année, Miss Guyana serait une Indienne. L'année précédente, on avait élu une métisse et celle d'avant, une Noire, et c'était un secret de polichinelle que les Noires, les métisses et les Indiennes – en intercalant de temps en temps une Chinoise, une Portugaise, une Blanche, ainsi qu'une représentante d'un mélange des catégories ci-dessus – devaient se relayer pour porter la couronne. Rose McGuire était la mieux placée parmi les Noires, mais cette année c'était en principe le tour d'une Indienne et, de toutes les Indiennes, Isabelle était la plus belle. Tout le monde le disait. Russell serait du même avis. Sans aucun doute. Il aimait les filles. Les jolies filles. Rita était désormais forcée de le reconnaître, et de reconnaître également que ça l'irritait. Elle le croyait au-dessus du lot et maintenant il lui fallait admettre que c'était en définitive un homme ordinaire. Le salaud !

Quand Isabelle parut, ce fut le délire. Rita avait prévu la réaction du public. Tout comme elle savait d'avance, avertie par la morne résignation qui s'était emparée de son cœur, que Russell s'enflammerait pour Isabelle – à titre personnel et parce qu'elle était la sœur de Rita. De même qu'elle savait qu'Isabelle jetterait tous ses feux, que Russell serait ébloui et qu'elle, Rita, serait reléguée dans l'ombre.

Les candidates revinrent ensuite se présenter en robe du soir. Tout se déroula sans le moindre accroc et ce fut encore Isabelle qui eut le plus de succès.

C'était presque fini. Il ne restait plus que l'entretien, une simple formalité.

Les cinq juges posèrent chacun une question à chacune des candidates, des questions qui revenaient tous les ans. Mais Mr D. les orienta sur des sujets sociaux, politiques et internationaux. « Que feriez-vous si vous étiez le président des États-Unis ? demanda-t-il à la beauté noire qui avait tant plu à Russell. Quel serait votre souci prioritaire ?

— La faim dans le monde », répondit-elle, puis elle fit un petit exposé sur la situation des masses sous-alimentées et la façon dont on pourrait combattre ce fléau, en économisant dans d'autres domaines.

Les applaudissements, qui jusque-là avaient été maigres, éclatèrent à nouveau quand Rose McGuire sortit de scène. Aucune des concurrentes précédentes ne s'était exprimée avec autant de conviction, d'assurance et d'intelligence. Même s'il y avait une certaine naïveté dans ses propos, elle avait parlé avec son cœur et le public l'avait senti. Du coup, la victoire d'Isabelle semblait moins évidente. L'entretien comptait pour le tiers des points.

Aucune des concurrentes suivantes ne se signala par ses qualités intellectuelles. Puis ce fut le tour d'Isabelle.

Rita sentit son cœur tambouriner et une prière lui monta aux lèvres, qui ne s'adressait pas à Dieu, mais à Isabelle. Oh, ma petite chérie, mon petit cœur, ma pauvre petite sœur ! Tâche de ne pas te ridiculiser, s'il te plaît, dis quelque chose de drôle et d'intelligent, et surtout, garde-toi de tes déclarations creuses et stupides.

Mais à l'instant où Isabelle ouvrit la bouche, Rita perdit tout espoir. Au lieu de parler avec son timbre habituel, plutôt agréable, elle récita d'une voix de gorge, qui se voulait langoureuse, des réponses toutes prêtes et maintes fois répétées. Puis Mr D. lui posa sa question.

« Miss Maraj, imaginez un instant que vous occupez une importante position qui vous vaudrait l'admiration de nombreuses personnes. Quel serait votre principal souci ? »

Isabelle resta sans rien dire pendant trois secondes, trois secondes qui semblèrent une éternité à Rita, trois secondes durant lesquelles son cœur battit si fort qu'elle crut que Russell allait l'entendre. Mais il était ensorcelé et ne quittait pas Isabelle des yeux.

« Oh, mais vous ne savez donc pas ? répondit-elle enfin en minaudant. J'ai déjà une importante position. Je suis une princesse indienne, issue d'une grande famille de maharadjahs. Je rêve de retourner en Inde pour y prendre ma place d'héritière légitime. En tant que princesse, je ne doute pas que j'aurai justement une position unique et que je serai adorée de mes sujets. C'est une chose dont je rêve depuis longtemps et le titre de Miss Guyana me permettra, j'en suis persuadée, de conférer un prestige supplémentaire à la couronne royale. »

Rita poussa un gémissement. Il lui sembla presque voir les cils d'Isabelle battre longuement sur ces derniers mots, le coup d'œil oblique faussement intimidé, la moue savante des lèvres trop rouges, le geste délicat pour rejeter ses cheveux en arrière et cette façon sensuelle d'étirer le cou.

Morte de honte, elle se cacha le visage dans les mains. « C'est pas vrai, quelle idiote !

— Qu'est-ce qu'il y a ?

— Oh, Russell, elle a tout gâché. Quelle réponse stupide !

— Oui, c'est vrai, ce n'était pas très intelligent, mais à part ça, elle est épatante. Quelle fille ! Allez, Rita, applaudis, il faut faire comprendre au jury que c'est elle que nous voulons. »

Rita le regarda, muette de rage, mais il était tout occupé à applaudir, à battre des mains et à taper des pieds comme si sa vie en dépendait, puis brusquement, en même temps que la moitié de l'assistance, il se mit à scander sur l'air des lampions : « Isa-belle ! Isa-belle ! Isa-belle ! »

Rita lui saisit le bras. « Tais-toi, pour l'amour de Dieu », siffla-t-elle dans le tohu-bohu général. Isabelle, puis les juges, sortirent de scène. Dans la salle, tout le monde commença à faire des pronostics sur le résultat du scrutin ; il fallait presque hurler pour s'entendre, ce qui ne contribua pas à calmer l'irritation croissante de Rita.

« Enfin, Rita, quelle mouche te pique ? C'est ta sœur, bon Dieu, je croyais que tu voulais que je la soutienne ! C'est bien pour ça que nous sommes venus, non ?

— Oui, mais tu n'as pas besoin de te rendre ridicule ! Ça suffit bien qu'*elle* se soit ridiculisée.

— Voyons, Rita, arrête, reviens sur terre. C'est un concours de beauté, pas un test d'intelligence ! Si tu veux mon avis, la partie va se jouer entre la grande Noire et Isabelle. C'est très serré, mais elle va gagner. Et puis zut, c'est juste un divertissement !

— Un divertissement ? Une mascarade, tu veux dire ! Tu appelles ça un divertissement, eh bien, permets-moi de t'expliquer de quoi il s'agit en réalité. Ça fait cinq ans que je couvre cette manifestation et crois-moi, je sais ce qui se passe dans les coulisses et on ne peut vraiment pas parler de divertissement ! Cette année je suis encore mieux placée pour le savoir parce que mon idiote de petite sœur est dedans jusqu'au cou et je vais te dire ce qu'il en est : c'est de l'exploitation pure et simple. Prends quelques filles que personne ne remarquerait si elles n'étaient pas un peu mignonnes. Monte-leur la tête avec des idées de célébrité, d'argent, d'adulation, d'un mariage avec une vedette de cinéma... oui, ça surtout, depuis Shakira Baksh... Et voilà qu'elles s'imaginent toutes qu'elles vont capturer un prince charmant hollywoodien. Ou du moins un Blanc plein aux as. »

Russell se plaqua contre son dossier et leva les mains comme pour se défendre.

« Hé, hé, doucement ! Il n'est donc pas possible à un homme de s'amuser un peu sans que tout le clan féministe lui tombe dessus ? N'oublie pas que c'est toi qui m'as emmené ici. Merde alors, c'est ta sœur, tout de même ! Tu ne crois pas en elle !

— Croire en elle ? Oh, si, je crois en elle. N'oublie pas que je l'ai élevée, pour ainsi dire. Je lui ai donné son premier biberon. Je l'ai changée. Je l'ai bercée pour qu'elle s'endorme. Je lui séchais ses larmes quand elle se faisait mal, je lui soignais ses bobos. Je... »

Rita se tut brusquement.

« Continue, ironisa Russell. Tu as fait quoi ? »

Rita avait failli dire : « J'ai été une mère pour elle. » Ces mots avaient déjà pris forme dans son esprit, ils n'attendaient que d'être prononcés, mais au dernier moment, une pensée nouvelle les avait arrêtés. *Et je l'ai laissée se jeter sous une voiture.* Elle se mordit la lèvre et se tut.

Russell ouvrit la bouche pour parler, quand ses paroles furent emportées par une tempête d'applaudissements. Le regard qu'il lança à Rita était hostile et celui qu'elle lui rendit un peu contrit. Mais déjà le maître des cérémonies tapotait l'air devant lui pour faire taire le public déchaîné.

« Mesdames et messieurs. Mesdames et messieurs... Votre attention, s'il vous plaît. Mesdames et... merci. Le jury a rendu son verdict. »

Les applaudissements éclatèrent de nouveau et il dut attendre cinq minutes avant de pouvoir continuer et entamer un petit discours calculé pour faire monter le suspense jusqu'au point d'ébullition, avant d'annoncer : « La deuxième dauphine est... »

Le silence dura très exactement cinq secondes, et il était si total que Rita entendit distinctement les battements de son cœur.

« Camille Chang ! »

La petite Chinoise s'avança, sourit, s'inclina, prit son bouquet de fleurs d'un air modeste et monta sur la dernière marche du podium.

« La première dauphine est... »

Rita s'efforçait de jouer les indifférentes. Elle se sentait lentement envahir par un sentiment d'irritation envers Russell et d'exaspération vis-à-vis d'Isabelle, sans compter qu'elle s'en voulait d'avoir provoqué la catastrophe. Elle ferma les yeux et se mordit les lèvres en se demandant ce qu'elle souhaitait le plus : qu'Isabelle soit élue ou qu'elle ne le soit pas ? Les deux possibilités semblaient aussi fâcheuses l'une que l'autre, étant chacune une cause de désagréments potentiels. Mais finalement, sa loyauté l'emporta. *Faites qu'elle gagne.*

L'assistance fut prise de frénésie : pas de silence cette fois, mais un déchaînement de sifflets, d'applaudissements et d'acclamations.

« La première dauphine est... Mesdames et messieurs, votre attention, s'il vous plaît. La première dauphine est... »

Enfin du silence. Et dans ce silence, il lança :

« Miss Isabelle Maraj ! »

L'excitation du public redoubla, centupla. Les huées se mêlaient aux cris de victoire, les sifflets aux acclamations. Le maître des cérémonies se tourna vers les coulisses, les bras ouverts comme pour y accueillir la délicieuse Isabelle. Mais d'Isabelle, point.

Les clameurs se turent à mesure que la « non-apparition » d'Isabelle devenait une évidence pour toute l'assistance. Le silence se faisait pesant. Oppressant. Rita, mortifiée, enfouit son visage dans ses mains ; de tout son cœur elle plaignait sa sœur. Elle avait compris pourquoi elle restait dans les coulisses. Isabelle – elle le savait grâce à un phénomène de transmission de pensées qui, dans les moments douloureux la reliait à sa cadette avec autant de netteté qu'une ligne téléphonique –, Isabelle pleurait. Elle pleurait si fort et si désespérément qu'elle ne pouvait plus se tenir debout et encore moins venir sur la scène pour recevoir un bouquet de fleurs dont elle ne voulait pas et monter sur une marche qui n'était pas la plus haute. Isabelle ne pouvait s'y résoudre ; Isabelle s'était envolée si haut dans ses rêves que le retour sur terre promettait d'être des plus rudes.

Rita se leva brusquement. « Il faut que j'aille la voir », dit-elle à Russell. Elle sortit de la rangée en butant sur des genoux, sans entendre le maître des cérémonies qui priait le public d'excuser l'absence d'Isabelle, due à des « circonstances imprévues », sans l'écouter se préparer à annoncer le nom de la nouvelle Miss Guyana. Au moment où elle atteignait la sortie, elle perçut, comme de très loin, les mots « Miss Rose McGuire » clamés triomphalement. Et juste avant de refermer la porte, elle entendit l'ovation saluant la nouvelle reine.

XXXV

LA BAMBOUSERAIE

Isabelle avait la figure bouffie et marbrée, les coins de sa bouche retombaient et, bien qu'elle ne pleurât plus, ses yeux étaient rouges et barbouillés de traînées de mascara. En voyant arriver Rita, elle se précipita vers elle et recommença à sangloter. Rita la prit dans ses bras et lui tapota doucement le dos, processus habituel destiné à soigner un amour-propre blessé ; mais cette fois, elle savait qu'il faudrait davantage qu'une étreinte et quelques paroles réconfortantes. Isabelle était anéantie.

Marilyn, qui accourut derrière sa fille, était hors d'elle, bien évidemment.

« Ce jury a été acheté, c'est indéniable. Comment ont-ils osé ! Tout était truqué. Isabelle était de loin la plus jolie... tout le monde le disait, le public l'avait plébiscitée, tu n'as pas entendu les applaudissements ! Comment ont-ils même pu penser...

— Tais-toi ! Tais-toi ! cria Isabelle. C'est encore pire. Je ne me suis jamais sentie aussi humiliée de ma vie... Je voudrais mourir. Oh, Rita, emmène-moi, s'il te plaît, emmène-moi. »

Plantées dans le couloir exigu conduisant aux loges, Isabelle et Rita bloquaient le passage, et ceux qui se glissaient entre le mur et les deux sœurs enlacées les dévisageaient avec curiosité, puis ils se retournaient et les regardaient en chuchotant. En croisant le regard d'une grande Noire vêtue avec recherche, Isabelle fit une grimace et lui tira la langue. La femme se détourna en hâte et disparut.

Isabelle se dégagea des bras de Rita. Elle avait une expression de dégoût.

« C'était la tante de Rose McGuire. Ils doivent jubiler. Oh, je les déteste, je les déteste tous, je voudrais ne m'être jamais présentée, je voudrais être morte, Rita, emmène-moi, s'il te plaît ! »

Rita la prit par la main et l'entraîna jusque dans le hall du Pegasus, envahi par le public qui quittait la salle. Marilyn les suivait. On aurait dit qu'elles dégageaient toutes les trois une aura tragique qui leur ouvrait un chemin parmi la foule jacassante ; sur leur passage tout le monde se taisait et s'écartait machinalement en jetant des regards curieux et apitoyés à Isabelle, qui bien qu'elle eût la tête baissée était facilement reconnaissable à sa robe rouge pailletée – dans l'émotion elle n'avait pas pensé à se changer pour une tenue plus discrète – et elles laissaient dans leur sillage un silence déférent, tandis que les regards suivaient la candidate favorite mais battue, accrochée au bras de Rita.

« Rita, Rita, on aurait dû aller se cacher quelque part en attendant que tout le monde soit parti. Oh, c'est à mourir ! Tout le monde me regarde ! Jamais je ne m'en remettrai !

— Ne dis pas de bêtises ! » lança Rita en aspirant une grande bouffée d'air frais, heureuse de se retrouver enfin dehors. Marilyn se précipita pour prendre Isabelle par l'autre bras.

« Ma pauvre chérie ! Ma pauvre petite chérie. »

Au moment où elles arrivaient dans le parking, une haute silhouette sortit de l'ombre. Rita recula d'un pas, entraînant Isabelle avec elle, et elles faillirent perdre l'équilibre.

« Oh, pardon, Rita. Je ne voulais pas vous faire peur... Je vous cherchais, je suis allé à votre voiture, pour voir si vous étiez encore là et...

— Seigneur, quelle peur tu m'as faite, Russell ! Excuse-moi, mais...

— Il fallait que tu ailles la chercher, je sais. Je me suis dit que... »

Russell s'interrompit, comme si c'était maintenant à Rita de dire quelque chose ; Rita, qui attendait que Russell s'écarte du passage, gardait le silence. Isabelle renifla et leva les yeux vers lui. Il posa sur elle un regard attentif et bienveillant. Il toussota, pensant que Rita allait faire les présentations et, comme rien ne se passait, il prit la situation en main.

« Bonsoir, je m'appelle Russell Chambers. Ravi de faire

votre connaissance. Vous étiez absolument magnifique. Pour moi, c'est vous la gagnante ! » Il avait une voix douce et agréable. Isabelle renifla encore, rejeta ses cheveux en arrière et redressa les épaules en lui lançant un pauvre sourire reconnaissant, non dépourvu d'une certaine fierté. Elle ne dit rien.

Russell s'écarta et Rita poursuivit son chemin, sans lâcher la main de sa sœur. Marilyn lui décocha au passage son sourire le plus éblouissant en disant : « Vous êtes un ami de Rita ? »

Il lui emboîta le pas. « Oui, Rita et moi sommes de vieilles connaissances... vous ne vous souvenez pas ? j'étais votre voisin. Je l'ai accompagnée ici pour soutenir Isabelle. Nous avions l'intention de l'emmener dîner à La Bambouseraie pour fêter l'événement. Ce n'est pas de chance. »

Rita, qui marchait en silence à quelques pas devant eux, entendit tout. Le culot de Russell la stupéfiait. Un dîner pour fêter l'événement ? Première nouvelle. L'idée avait dû lui venir pendant l'élection. Des signaux d'alerte se déclenchèrent dans sa tête quand elle entendit la réponse de Marilyn.

« Oh, mais il n'y a pas de raison de changer vos projets, nous ne voulons surtout pas vous gâcher votre soirée, même s'il n'y a rien à fêter... Isabelle, ma chérie, poursuivit-elle en élevant la voix, tu te sens en état d'aller à La Bambouseraie ?

— Tu n'es pas folle, maman ? Pour me donner en spectacle, dans l'état où je suis ?

— Mais non. Tu n'auras qu'à passer à la maison et prendre une bonne douche pour oublier ta déception, enfiler une autre robe, te remaquiller et tu seras parfaite. Il ne faut pas qu'elle reste à la maison ce soir, ajouta-t-elle un peu plus bas, à l'adresse de Russell. Elle ne ferait que ressasser et pleurer toutes les larmes de son corps. La compagnie de quelqu'un qui l'admire lui remontera le moral. Vous voyez ce que je veux dire. »

Rita pouvait très nettement imaginer le clin d'œil faussement gêné que Marilyn adressa alors à Russell dans l'obscurité, et son sourire complice. Marilyn était aussi transparente que sa fille. Rita fouilla dans son sac pour prendre sa clé de voiture, l'introduisit dans la serrure de la portière, côté passager, qu'elle ouvrit d'un geste brusque en ordonnant sèchement à sa sœur de monter.

Prends sur toi. Tu es en colère. En colère contre Russell, tu n'as pas encore digéré votre dispute.

Isabelle s'installa devant ; Rita ouvrit la portière arrière de l'intérieur et fit signe à Marilyn de monter.

« Bonne nuit, Russell. On se voit demain ? dit-elle en faisant un effort surhumain pour garder un ton calme et amical. Excuse-moi pour tout. » Russell lança un regard désolé à Marilyn, qui saisit la balle au bond.

« Mais voyons, Rita, tu n'as pas compris ? Nous allons tous dîner à La Bambouseraie. Ce sera un lot de consolation pour Isabelle, ça la déridera un peu. Elle a besoin de se changer les idées. Il ne faut pas qu'elle reste à la maison à se morfondre, ça lui fera beaucoup de bien de sortir, puisque Russell a retenu une table.

— J'ai cru comprendre qu'elle ne voulait pas sortir. Elle n'a pas envie que les gens la voient.

— Il y a un salon particulier à La Bambouseraie, intervint Russell. On sera seuls. Personne ne la verra. De toute manière elle n'a pas à avoir honte. Elle a été magnifique, tout le monde te le dira, elle n'a simplement pas eu de chance.

— Tu vois ! s'exclama Marilyn. Russell, vous êtes un garçon épatant. C'est exactement ce qu'il faut ce soir à Isabelle. Elle avait pris cette élection bien trop à cœur, voyez-vous, aussi elle est affreusement déçue, elle est anéantie et elle a besoin qu'on lui dise et lui répète qu'elle est merveilleuse... Voilà, c'est réglé. Montez, Russell, et faites-moi un peu de place, je viens avec vous, moi aussi. »

XXXVI

ISABELLE FRAPPE ENCORE

Cher Journal,

J'en ai assez d'être gentille, ça ne paie pas. Isabelle m'a pris Russell. Il lui a suffi de claquer dans les doigts. Il lui a suffi de ne pas être élue Miss Guyana, de poser sur lui un regard plein de détresse, de se rengorger sous ses compliments, de baisser les yeux avec un petit sourire intérieur et de les relever vers lui, tout fondants d'adoration, de refouler ses larmes d'un battement de paupières, puis d'allumer toutes les lumières. Comment puis-je me battre contre ça ? Je ne suis pas faite pour jouer à ces jeux. Jamais un homme ne voudra de moi. Je n'ai pas ce qu'il faudrait, je ne peux pas leur apporter ce qu'ils cherchent. Mais que cherchent-ils, bonté divine ?

Je lui faisais confiance, je lui avais donné mon cœur et il est parti comme ça, hypnotisé par Isabelle. Ensorcelé. Oui, c'est ça. Elle a tissé une toile invisible et il s'y est laissé prendre. Comme une mouche dans une toile d'araignée. Insensibilisé par un philtre magique. J'ai dit insensibilisé ? Non, au contraire. Tous ses sens étaient en éveil, en feu. Ça se sentait à des kilomètres. Elle a appuyé sur le bon bouton et l'a allumé. Cher Journal, voilà comment sont les hommes. Incapables de résister. Dans le fond, je l'ai toujours su, c'est pourquoi je me tenais à l'écart de la mêlée – parce que je ne suis pas de taille à rivaliser – mais mon Dieu, oh mon Dieu, celui-là je l'aimais ! Je l'aimais vraiment et je l'aime toujours.

Je souffre et je suis en colère, et il n'y a qu'à toi que je peux le dire. Je suis incapable d'être comme ça. Je n'ai pas l'art d'appuyer sur des boutons pour déclencher des réactions, de remuer mon derrière et d'envoyer des signaux invisibles comme une chienne en chaleur. Le langage de la séduction est pour moi du martien. Je n'arriverai jamais à l'apprendre. Et qui plus est, je n'ai aucune envie de l'apprendre. Jamais ! Jamais ! Je veux seulement être moi *! ! ! !*

Je ne savais plus où me mettre de les voir tous les deux occupés à leur petit manège, et Russell qui n'avait même pas honte, qui n'avait même pas l'honnêteté de lui faire comprendre que nous formions un couple. Mais non, nous ne sommes pas un couple. Plus depuis ce soir. Nous ne l'avons jamais été. Tout s'est passé dans mon imagination. Mes rêves m'ont emportée ; ils me présentaient une belle image. Et puis il y a eu ce soir, et cette bombe qui les a réduits en poussière.

C'était romantique à souhait, là-haut sur la terrasse de La Bambouseraie, sur le toit du monde, avec seulement les étoiles au-dessus de nos têtes, et cette délicieuse musique de fond, les serveurs en gants blancs glissant de-ci de-là parmi les plantes vertes. Marilyn jubilait ; elle savait parfaitement que Russell m'appartenait. Non, il ne m'appartenait pas, il ne m'appartient plus. Il lui appartient. Elle n'a eu qu'à lever le petit doigt.

Il m'a invitée à danser par politesse, et il a aussi fait danser Marilyn. Elle était ravie. Mais après il a dansé uniquement avec Isabelle. Je suis restée sans rien faire, avec la rage en moi et mon cœur qui se brisait. Ça leur permettait de se parler en tête à tête, il lui murmurait à l'oreille et elle lui souriait. Elle se pressait contre lui.

Alors, cher Journal, que dois-je faire maintenant ? La souffrance s'accumule là où l'amour s'était installé et j'ai l'impression de me noyer dedans. J'ai trop espéré. J'ai trop aimé, et maintenant, si je n'avais pas cette plume à la main pour écrire ces mots, je ferais... je ferais... je ne sais pas ce que je ferais, mais ce serait quelque chose de terrible, par exemple m'arracher les cheveux ou me mettre à hurler par la fenêtre.

Non, non et non ! Je ne me noierai pas dans mon chagrin, comme l'héroïne d'un roman à quatre sous ! Je refuse ! Ouvre les yeux, Rita, et tu t'apercevras que tout ça est grotesque.

Dès l'instant où il a vu Isabelle, il a pris feu. Comme un chien qui a reniflé une chienne en chaleur. Oui, continue, emploie les termes les plus grossiers, ça t'aidera. Un chien, parfait. Voilà ce qu'il est. Avide. Bavant la langue pendante devant un morceau de viande. Rappelle-toi ses yeux quand il l'a vue arriver en maillot de bain. Et toi, assise à côté de lui, malade de jalousie, morte d'envie d'être là-haut, à sa place, belle comme le jour. C'est vraiment ce que tu voudrais ? Jalouse de ta sœur ! Jalouse d'Isabelle ! Désirer avoir un corps comme le sien, posséder sa faculté d'appuyer sur des boutons pour transformer des hommes intelligents en chiens pantelants !

Peux-tu avoir du respect pour un homme qui se conduit comme un toutou ? Et si tu en es incapable, est-ce que tu peux quand même l'aimer ? Bon, il est parti et il ne valait pas la peine que tu l'aimes. Pas une seule fraction de seconde. C'était de l'amour gâché ; ne recommence jamais plus. L'amour est ce que tu as de plus précieux à donner, souviens-toi de ça. Merci de me le rappeler, cher Journal. Il me semble parfois que tu es Dieu ; le seul fait de te parler me guérit. Je peux t'ouvrir mon cœur, mettre ma vie à tes pieds, et ta bienveillante sagesse me soulage de ma souffrance, me décharge du fardeau de mon chagrin, et je me sens libre !

J'examine mon cœur, il est libéré... plus de souffrance, plus de chagrin, plus de jalousie. Libre et léger ! Russell ? Il ne valait pas la peine. Ni avant ni maintenant. Isabelle ? Pauvre petit être. Marilyn ? Laissons-la se réjouir ; elle s'imagine qu'Isabelle a harponné un Blanc !

Cher Journal, tu m'as guérie ! Il est trois heures du matin et je vais enfin pouvoir dormir. Demain nous avons rendez-vous à la piscine du Pegasus, avec Russell. Peu m'importe. Je suis libérée.

Isabelle se remit étonnamment vite de son échec. Le lot de consolation était bien plus intéressant, bien plus précieux ; il avait deux jambes, des organes masculins, des cheveux noirs et des yeux bleu cobalt remplis d'adoration ; il avait aussi, du moins à sa connaissance, un compte en banque bien fourni, et surtout, il habitait la Terre promise, à savoir les États-Unis.

Dans le fond, se disait Rita, tout cela était écrit d'avance. La première pierre avait été posée depuis plus de dix ans, le jour où Isabelle avait abandonné son vélo dans la rue, juste derrière la voiture de Russell, à la suite de quoi il était venu sonner au 7 ; non pas pour elle, Rita, mais pour Isabelle. C'était une sorte de présage.

Déjà à l'époque, elle avait fait son admiration ; la jolie Isabelle de cinq ans, malicieuse et effrontée, toujours accrochée à sa grande sœur ; Isabelle dans sa tunique de danse, glissant dans son tutu, pirouettant sur les pointes pour lui, ses petites mains voletant autour d'elle comme des papillons.

« Elle est adorable ! » s'était-il exclamé ce jour-là, et maintenant elle était prodigieusement adorable, et Russell incapable de résister. Ce qui venait de se produire n'était qu'un écho du passé.

XXXVII

SUR LES POINTES

Cette fois encore, Isabelle pirouettait sur les pointes, mais au seul bénéfice de Rita. Elle portait une robe noire à fines bretelles, très ajustée et légèrement évasée en bas, qui lui couvrait à peine les fesses, une version pour adulte de son tutu de petite fille. Rita était allongée sur son lit, la tête appuyée sur une montagne d'oreillers, et elle avait hâte qu'Isabelle s'en aille pour pouvoir se replonger dans sa lecture.

« Je suis sûre que c'est pour ce soir, Rita, absolument sûre, il faut que je sois à mon avantage. Je suis certaine qu'il va faire sa demande. À la façon dont ça s'est passé ces derniers jours... Nous sommes pour ainsi dire fiancés. Il l'a pratiquement dit. "Je veux t'avoir près de moi pour toujours", voilà ce qu'il a dit. C'est clair, non ?

— Mais vous ne vous connaissez que depuis quinze jours ! Comment pourrait-il te demander en mariage si vite !

— Tu n'as jamais entendu parler de passions irrépressibles ? De l'amour qui balaie tout ? Eh bien, en voilà un exemple. Je croyais que ça n'arrivait que dans les romans ou au cinéma ! De plus, le temps presse. Dans un mois il sera parti, il y a des décisions à prendre avant son départ et il me faudra un trousseau... C'est une chance que j'aie demandé un passeport avant le concours, c'est tellement long pour en obtenir un. C'est drôle, tout de même. Si je ne m'étais pas présentée à cette élection, je n'aurais pas de passeport, d'ailleurs je n'aurais même jamais rencontré Russell, et c'est parce que j'ai été battue que je me suis pour ainsi dire jetée dans ses bras ! Oh, Rita, comme je suis heureuse ! C'est un homme, un vrai, si adulte et si mûr, je me sens tellement... tellement en sécurité entre ses bras, il m'a tant aidée après mon échec, quand j'étais si découragée, et depuis il n'a pas cessé de me soutenir. Vois-tu, maintenant ça ne me fait plus rien de ne pas avoir été élue, et... »

Rita ferma les yeux et – pour autant que c'était possible – ses oreilles. C'était une histoire qu'elle avait déjà entendue et qui ne gagnait pas en profondeur à la répétition.

« ... Rita, tu ne m'écoutes pas ! Réponds-moi !

— Pardon, je n'ai pas entendu ta question.

— Je te demande s'il vaut mieux que je dise oui tout de suite, ou si ça paraîtrait de mauvais goût d'accepter trop facilement. Je devrais peut-être me faire prier, lui dire que j'ai besoin de réfléchir, pour l'inquiéter un peu. »

Rita bâilla et détourna la tête. « Comme tu voudras.

— Je suis bien avancée, avec ça. Et tu ne m'as même pas dit ce que tu pensais de ma robe... Tu ne la trouves pas trop courte ? demanda-t-elle en tirant sur l'ourlet. Regarde... » Elle s'assit sur une chaise en face de Rita et croisa ses jambes cuivrées. « Est-ce qu'on voit mon slip ? Ce n'est pas trop provocant ? Peut-être que ça lui plaira. Ah, attends... (Elle se leva d'un bond et se pencha en avant.) Et là, tu le vois, quand je me baisse ? »

Rita jeta un œil par-dessus son livre. « Eh bien, si je veux le voir, je le vois, à condition de me pencher un peu. S'il ne veut pas le voir, il pourra continuer à regarder poliment vers le haut. Tout dépend de ce qu'il veut. »

Isabelle semblait préoccupée. « Je suis sûre qu'il ne sera pas choqué personnellement, c'est juste au cas où d'autres hommes seraient susceptibles de le voir. Et maintenant regarde... » Elle leva les bras en l'air et se mit à tourner lentement, comme si elle dansait avec un cavalier invisible. « Et là, tu vois ma culotte ?

— Oui, absolument.

— Oh, zut ! Qu'est-ce que je peux faire ?

— Mettre une culotte avec des volants par-derrière. Comme celles que tu portais à ton cours de danse.

— Mais Rita, où est-ce que je pourrais... Oh, méchante, tu me fais marcher, tu te moques de moi, je te déteste ! Pourquoi est-ce que tu ne prends jamais rien au sérieux ! Tu ne te rends pas compte à quel point c'est important... »

Isabelle était au bord des larmes. Elle sortit de la chambre en courant et claqua la porte derrière elle. Rita soupira, tapota ses oreillers et reprit son livre. Elle en avait lu à peine deux pages quand la porte se rouvrit brusquement et Isabelle réapparut, toujours pieds nus, dans une robe rouge diaphane, plus longue et plus ample que l'autre, les bras chargés de plusieurs paires de chaussures qu'elle laissa tomber par terre. Elle exécuta une pirouette à l'intention de Rita, puis se pencha pour présenter à son inspection un postérieur recouvert de dentelle noire.

« C'est beaucoup mieux, tu ne trouves pas ? Mais je ne sais pas quoi mettre comme boucles d'oreilles. Je pourrais peut-être emprunter celles de maman, celles en diamant. Tu crois qu'elle voudra ? Elles feraient un effet terrible avec cette robe. Il faut aussi que je choisisse mes chaussures, alors dis-moi... »

Rita referma son livre avec humeur, le lança sur les oreillers et s'assit au bord du lit.

« Écoute-moi, Isabelle, tu sais parfaitement que ce n'est pas à moi qu'il faut demander ce genre de conseils, parce que je me fous complètement de l'effet que tu feras et que je n'ai pas la moindre idée de ce qui va avec quoi. En ce qui me concerne, tu peux aussi bien te draper dans un tapis de bain. Va plutôt consulter Marilyn et fiche-moi la paix !

— Sale vache ! » Isabelle lui tira la langue, ramassa ses chaussures et sortit de la chambre, folle de rage.

Rita tira la langue en direction de la porte, et murmura d'un air dédaigneux : « Ah, les femmes ! »

Isabelle faisait triste mine. Assise sur le lit de Rita dans une chemise de nuit en dentelle rose, elle se tamponnait les yeux avec un coin du drap. « Je n'y comprends plus rien, Rita. Il s'en va dans une semaine et il ne m'a toujours pas fait sa demande. J'ai glissé des allusions à droite, à gauche, au milieu, maman aussi, mais il n'a absolument pas réagi. On aurait dit qu'il ne voyait pas où je voulais en venir... il faut pourtant qu'il se décide ! C'est lui qui a commencé, après tout ! Alors pourquoi est-ce qu'il ne me donne pas une preuve qu'il est sérieux ?

— Il veut peut-être te faire une surprise la veille de son départ.

— Mais non, voyons. Il sait forcément que ce ne sera pas une surprise. Je lui ai pratiquement demandé sa main, et l'autre jour, Marilyn lui a presque soufflé ce qu'il fallait dire. S'il m'aime, bien entendu, et je sais qu'il m'aime ! Il me l'a dit des centaines de fois. Il est fou de moi. J'en suis sûre. Rien qu'à sa façon de me faire l'amour... Rita, il est si amoureux, si tendre et ses mains...

— Isabelle, épargne-moi ce genre de confidences.

— Oui, mais il m'aime vraiment. Tu n'imagines pas la façon dont il me regarde quand il me le dit. Il veut donc forcément m'épouser ! Il n'en a jamais assez, il me l'a dit plein de fois. Cent fois. Et moi je l'aime aussi. Je le lui ai dit.

— Dans ce cas, puisque tout est si clair, c'est qu'il attend le dernier soir pour faire sa demande. Pour te laisser dans l'incertitude, tu comprends ?

— Je ne peux pas croire qu'il... j'ai fait des allusions tellement énormes. J'ai besoin de savoir tout de suite.

— Tu verras, la veille de son départ, il va t'offrir une énorme bague de fiançailles.

— Tu le crois vraiment ?

— Bien sûr. Et tu pourras aller le rejoindre un peu plus tard aux États-Unis.

— Oh, Rita, s'il ne m'épouse pas, je mourrai ! Je mourrai, voilà tout ! »

Dans sa chemise de nuit en dentelle noire, Isabelle ressemblait à un ange vengeur. En proie au plus grand désarroi, elle allait et venait dans la chambre de Rita, ne s'arrêtant que de temps à autre pour frapper le sol de son petit pied.

« Tu aurais dû me prévenir, Rita. Ce n'est pas bien. Tu savais depuis le début et tu ne m'as rien dit.

— Je ne savais pas. Je te le jure.

— Il m'a dit qu'il te l'avait dit.

— Il m'a dit qu'il était *divorcé* ! Il a bien dit *divorcé*.

— Séparé ! Il était séparé de sa femme et maintenant ils veulent faire encore un essai. Mais toi tu savais, tu savais depuis le début !

— Isabelle, il m'a dit qu'il avait été marié et qu'il était divorcé. Je m'en souviens parfaitement. Sinon je n'aurais pas... je n'aurais pas...
— Tu n'aurais pas quoi ?
— Peu importe.
— Si, continue, tu n'aurais pas quoi ?
— J'ai dit... : Peu importe. N'en parlons plus.
— Il m'a laissé entendre... Il a dit... Que lui et toi... »

Rita se leva, furieuse, et alla vers la porte. « J'ai dit : N'en parlons plus. Je n'ai pas envie de parler de ça. »

Elle sortit dans le couloir. Isabelle la suivit.

« Parler de quoi ? De vous deux ? Tu l'as eu avant moi ? Tu savais et tu me l'as quand même présenté alors que tu savais qu'il était marié, comme si... »

Rita, qui était arrivée en haut de l'escalier, se retourna d'un bloc.

« Qu'est-ce que tu as dit ?
— J'ai dit que tu as eu une aventure avec lui, que tu t'es bien amusée et que lorsque tu as découvert qu'il était marié, tu me l'as refilé parce que... parce que... tu savais qu'il était exactement mon type, tu voyais que j'étais en train de tomber amoureuse, ç'a même été un coup de foudre, il me l'a dit pendant qu'on dansait, et pendant tout ce temps, toi tu savais et tu n'as rien dit ! Pourquoi est-ce que tu nous as présentés ? Quelle humiliation... J'ai raconté à tout le monde qu'on allait se marier, qu'est-ce que je vais leur dire maintenant ? »

Rita claqua la langue. Elle portait un vieux T-shirt déchiré et le bas d'un pyjama-short défraîchi, dont le haut devait être enfoui dans un coin de son armoire. Ses cheveux, lâchés pour une fois, bouillonnaient autour de sa tête et lui descendaient jusque sous les épaules en une superbe crinière noire, aussi large que longue. Elle avait une tête de plus qu'Isabelle, un avantage naturel dont elle décida de tirer parti. Isabelle comprenait fort bien le langage de la domination et de la soumission. Rita saisit sa sœur par les poignets et la tira à elle en la regardant avec des yeux furibonds et, se sentant menacée, Isabelle eut un mouvement de recul. Alors Rita la poussa, elle ne résista pas et se laissa pousser jusqu'au moment où elle sentit le rebord du lit dans le creux de ses genoux. Rita lui donna une dernière bourrade et elle tomba sur le matelas, les jambes repliées, les bras étroitement serrés, silencieuse, terrorisée par cette grande sœur qui l'écrasait de toute sa taille et la fixait avec une expression qu'elle ne lui avait encore jamais vue.

« Écoute ce que je vais te dire, Isabelle. Écoute bien, pour une fois dans ta vie, écoute. » Elle se tut un instant pour s'assurer qu'Isabelle écoutait avant de poursuivre : « Je ne t'ai pas jetée dans les bras de Russell. C'est même le contraire. Je n'avais nullement l'intention de jouer les Cupidon quand je l'ai emmené à l'élection. Est-ce que tu comprends ? Est-ce que tu le crois ? »

Isabelle hocha craintivement la tête et Rita reprit : « Pourrais-tu, juste une fois dans ta vie, te dire dans ta petite cervelle que la terre ne tourne pas autour de toi ? Que les autres n'ont pas pour seul souci dans la vie le bien-être de ta personne ? Si pour une fois tu pouvais comprendre – non, pas seulement comprendre, mais véritablement assimiler cette sage idée, qui te permettrait de devenir adulte –, ton existence serait bien plus facile. Si tu as craqué après ta défaite à ce concours débile, c'est uniquement parce que tu étais convaincue qu'Isabelle Maraj possédait je ne sais quel droit à la victoire, qu'Isabelle Maraj était en quelque sorte le centre de l'univers, qu'Isabelle Maraj devait obtenir tout ce qu'elle désirait : un nom, la célébrité, la fortune et un mari blanc et riche. Si tu avais pensé un seul instant que toutes les filles qui étaient là avaient autant envie de gagner que toi, qu'elles étaient aussi sensibles et donc susceptibles, tout comme toi, de souffrir, qu'une seule d'entre vous pouvait être élue et que toutes les autres – sauf toi – ont eu la bonne grâce de sourire de leur infortune et même d'aller féliciter Rose pour sa victoire, alors... Qu'est-ce que je disais ? Ah oui. Si tu prenais le temps de réfléchir un instant à l'obsession stupide, mesquine et égocentrique qui te pousse à ne t'intéresser qu'à toi-même et à ce que tu veux, tu serais peut-être quelqu'un de meilleur, de plus sympathique et pourquoi pas ? de plus heureux ! Vois-tu, je me suis longtemps crue responsable de tes déficiences, je croyais que ton accident t'avait rendue parano et hystérique et c'est pour ça que j'ai supporté tes caprices, parce que c'était ma faute si tu avais eu cette saloperie d'accident. Mais je me dis quelquefois que tu n'es tout simplement qu'une sale petite garce. Une lésion cérébrale, tu parles ! Il y a quelque chose en toi qui fait que tu es une garce et en moi quelque chose qui me pousse à te trouver des excuses et à pardonner, bien que tu ne le mérites pas. Mais un jour il faudra que tu comprennes, Isabelle ! Un jour il faudra que tu grandisses et que... que... » Rita interrompit sa harangue pour écarter de son visage la masse de ses cheveux. Elle transpirait et avait l'impression que du feu brûlait sous sa peau. Isabelle était recroquevillée contre la tête du lit, les bras serrés autour de ses genoux.

« Et que tu sois un être humain, voilà tout ! C'est si difficile que ça, bon Dieu ! »

Elle s'assit au bord du lit et se pencha vers Isabelle. « Et maintenant je vais te dire un secret. Je n'avais pas l'intention de t'en parler parce que j'ai ma fierté et que ce n'est pas particulièrement flatteur pour moi. J'étais amoureuse de Russell. Si je l'ai amené au concours ce n'était pas dans l'intention de vous réunir, mais parce que je ne pouvais pas passer une seule soirée sans lui. Alors, puisque j'étais obligée d'y assister à cause de toi, je lui ai demandé de m'accompagner. Et maintenant peux-tu essayer rien qu'un dixième de seconde de faire une expérience ? Essaie de te mettre dans ma peau. Essaie d'imaginer que tu es moi, que tu aimes un homme pratiquement pour la première fois de ta vie, et que tu vois ta petite sœur faire étalage de tout ce qu'elle possède, onduler des hanches et battre des cils pour séduire cet homme. Et tant que tu y es, pense à ceci : je n'ai pas été souvent amoureuse, contrairement à toi. C'est la deuxième ou la troisième fois. Par conséquent, c'est pour moi une situation très particulière. C'est difficile à croire, mais vrai. Il y a peut-être quelque chose qui cloche chez moi, mais le fait est là. Tandis que toi, tu t'éprends et te déprends au même rythme que tu t'achètes des robes. Ce soir, essaie de ressentir ce que je ressens. Arrête de penser à toi, ferme les yeux et concentre-toi ! »

Isabelle se tassa encore davantage et regarda fixement sa sœur, les yeux écarquillés. « Rita, je...

— Ne prononce pas ce mot ! Je ne peux plus l'entendre. Je, je, je, matin, midi et soir ! Je t'ai dit de fermer les yeux ! »

Isabelle obéit aussitôt.

« Bien. Et maintenant concentre-toi. Tu es moi. Ressens ce que j'ai ressenti. Je vous observe en train de flirter sans vous soucier de rien. Tu y es ? »

Isabelle hocha la tête, les yeux toujours hermétiquement clos.

« Regarde-toi en train de lui faire les yeux doux. De l'aguicher. De le séduire. De le séduire délibérément !

— Je ne savais pas je ne savais pas je ne savais pas ! Je ne voulais pas te faire de peine ! C'est vrai, je te jure ! » Isabelle bafouillait, les mots sortaient de sa bouche en flots incohérents. Elle se jeta contre Rita avec des sanglots désespérés. Mais Rita la repoussa violemment et la regarda droit dans les yeux en la maintenant par les épaules.

« Je sais bien que tu ne savais pas, idiote. Comment aurais-tu pu savoir ? Pour toi, Rita n'a qu'une seule raison d'exister : tourner autour d'Isabelle comme un foutu satellite. Mais Rita aussi a une vie, Rita éprouve des sentiments et Rita est capable d'aimer. C'est tout ce que je dis. Je ne t'en veux pas d'avoir fait quelque chose que tu ne savais pas que tu faisais. Je ne lui en veux même pas à lui, bien qu'il se soit conduit envers moi de façon ignoble ; j'ai eu tort de m'amouracher d'un pareil salaud. Regardons les choses en face : Rita et Isabelle se sont fait avoir toutes les deux, deux naïves petites Indiennes d'un pays perdu, inexpérimentées et assoiffées d'amour, séduites par un beau prince blanc venu d'Amérique. Il s'est bien moqué de nous. Il nous a donné une bonne leçon, puis il est parti et Isabelle et Rita n'ont plus qu'à aller se cacher dans un coin pour panser leurs blessures. Maintenant, si tu veux bien, Rita a envie qu'on lui fiche la paix un petit moment.

— Mais...

— Tu n'as pas entendu ? »

Isabelle ouvrit la bouche pour dire quelque chose, mais elle se ravisa et sortit de la chambre.

Isabelle n'avait toujours pas sa pareille pour demander pardon.

« Je regrette, je regrette sincèrement. Je ne voulais pas te faire du mal.

— C'est bon. Tu ne pouvais pas savoir. C'est lui qui savait.

— Je comprendrais que tu me détestes. Je ne peux pas supporter que tu me détestes, Rita. Je ne sais pas comment je pourrai jamais me faire pardonner. Ne me déteste pas, je t'en prie, qu'est-ce que je deviendrais sans toi ? »

Isabelle apporta à Rita des verres de jus d'orange, des assiettes de mandarines épluchées et tranchées, et lui astiqua sa voiture. Mais elle ne parvint pas à guérir sa colère.

Cher Journal,

Je ne supportais plus de rester à la maison. Isabelle qui tournait en rond en se lamentant, avec un air de chien battu, et moi comme une brebis qu'on va conduire à l'abattoir. J'ai pris deux semaines de congé, direction le Pomeroon.

Grand-mère m'a accueillie à bras ouverts, comme d'habitude. Mais elle a terriblement vieilli ! Ça faisait un an que je ne l'avais pas vue et je ne m'étais jamais rendu compte à quel point une année peut user et vieillir quelqu'un.

C'est comme si on avait étiré sa peau jusqu'au maximum et qu'on l'avait drapée sur un squelette minuscule sur lequel elle pend, trop lâche, fripée et flasque. Ses cheveux argentés sont longs et raides et si clairsemés qu'on voit son crâne. Elle les porte noués dans le milieu du dos. Ses yeux sont trop grands pour sa figure ratatinée ; ils sont aussi noirs que l'eau de la rivière et aussi luisants, avec des profondeurs secrètes que j'aimerais tant explorer, car en eux réside la sagesse du temps. Apparemment elle a toujours autant d'énergie, mais elle est plus lente. Maintenant tante Doreen fait presque tout. Grand-mère s'occupe à des tâches qu'on peut faire en restant assis, éplucher les légumes, nettoyer des ustensiles, hacher des aliments.

Je lui ai tout raconté. Et je lui ai parlé d'une autre chose, une chose qui m'est venue à l'esprit il y a très longtemps, des années, en fait, exacerbée par la mort de Papa et reléguée dans les profondeurs à cause de cette affaire de Miss Guyana.

J'en ai assez. Je ne veux plus rester ici. Ni dans cette maison, ni dans ce pays. J'entends toujours le murmure des tambours lointains, mais il s'est renforcé et son appel est incessant. Il faut que je parte.

L'ennui, c'est que je ne sais pas où. Pas encore. Grand-mère me dit d'attendre ; la réponse viendra de l'intérieur de moi-même. Grand-mère dit que nous portons toutes les réponses en nous-mêmes. Il faut seulement apprendre à attendre et écouter le silence.

Quand la rumeur du monde s'éloigne, dit-elle, quand le bavardage des pensées se tait, notre cœur nous montre le chemin. Notre destin est inscrit dans les eaux profondes de notre pensée. « Reste tranquille et écoute », dit-elle.

Grand-mère arrive encore à pagayer. Elle m'a emmenée sur son canoë à un endroit de la rivière où les arbres se rejoignent dans le haut et où l'eau noire luit comme du verre, un endroit secret où même la moindre pensée émet un bruit plus discordant que le coassement des crapauds. Là, elle a posé sa pagaie sur ses genoux et a laissé dériver le canoë.

« Écoute-moi ! m'a-t-elle dit. Il n'y a rien à faire et nulle part où aller. Il faut seulement être. Être ce que tu es ; ce que tu es véritablement et non ce que tu t'es obligée à être. Sois pareille à cette rivière. Quand elle est calme et que sa surface est lisse, elle reflète la vérité : voie comme les arbres, ton visage et le mien s'y réfléchissent, aussi nettement que dans un miroir. Sois comme la rivière, comme l'eau, et tu sauras quel chemin prendre. »

Assise les jambes allongées dans le fond du canoë, immobile comme les palétuviers qui bordent la rivière et dont les branches retombent jusque dans les profondeurs de l'eau, Grand-mère ne fait qu'un avec la nature. J'éprouve pour elle une sorte d'effroi respectueux. Je frissonne, je me sens toute petite, mais en l'aimant je deviens aussi vaste qu'elle, aussi vaste que la nature, et je sais qu'elle me transmettra sa sagesse, que c'est le véritable héritage que je recevrai d'elle.

Peut-être une telle immobilité n'est-elle possible que dans le sommeil. Peut-être est-ce pourquoi j'ai fait ce rêve cette nuit : Papa venait vers moi. Il pleurait. « Ramène-moi à la maison, disait-il. Je ne trouverai pas de repos tant que je ne serais pas rentré chez moi ! »

— Mais tu es chez toi, Papa ! Nous sommes au 7. Tu es chez toi ! »

Mais Papa secouait la tête. « Non, non et non. Emmène-moi jusqu'à la maison. » Et il a encore pleuré un peu.

Voilà tout mon rêve. Ça m'a réveillée et alors je me suis aperçue que j'avais pleuré moi aussi, et une grande tristesse m'a enveloppée, la nostalgie de quelque chose que je ne connaissais pas encore, que je ne pouvais pas comprendre.

« Peut-être parlait-il de l'Inde ? a dit Grand-mère.

— L'Inde ? Pourquoi l'Inde ?

— Ton père est indien ; son âme a ses racines là-bas. C'est peut-être l'autre face de ton âme qui t'appelle ; il y a peut-être quelque chose en toi qui a besoin de connaître l'Inde.

— Je me sens souvent étrangère à moi-même, lui ai-je répondu. En suspens dans le monde, sans savoir où est ma place, ni à quelle culture et à quelle race j'appartiens. Sans racines.

— C'est vrai. Tu ne connais pas tes racines », a dit Grand-mère. Elle employait des mots créoles très simples, mais je la comprenais parfaitement et je sais ce qu'elle a voulu dire, parce que ses paroles sont la vérité.

« Si tu veux guérir, il faut que tu retournes à tes racines. La première fois que tu es venue ici tu étais très mal en point parce que tu te sentais totalement déracinée. L'esprit de ta maman t'a conduite ici pour que tu guérisses ; elle t'a ramenée à ses racines. Mais tu n'es pas complètement guérie ; il y a encore en toi une partie qui est égarée et malade. Ma tâche est terminée, Rita, je ne peux rien faire de plus pour toi. C'est pour ça que ton papa t'est apparu dans la paix du sommeil. Il est venu te dire de rentrer chez toi.

— Mais l'Inde est si loin !

— La distance est une chose qui n'existe pas. Ni le temps. Ni la séparation. Tes ancêtres vivent en toi ; ils t'appellent. Tu es arrivée dans une impasse. Il faut que tu t'en échappes, que tu ailles plus loin, que tu découvres de nouveaux horizons. Souviens-toi des diamants que je t'ai donnés : ils sont la clé de ton destin. Vends-les, ils t'ouvriront des portes... » Elle a fermé les yeux. « Je vois d'autres diamants qui t'attendent là-bas. Des *diamants d'une autre nature. Beaucoup plus précieux que les cailloux que je t'ai donnés. »*

Comme à l'accoutumée, Grand-mère vint s'asseoir au chevet de Rita la veille de son départ pour Georgetown.
« On ne se reverra plus. C'est la dernière fois.
— Grand-mère ! Non ! Ne dis pas ça ! Je reviendrai !
— Non, dit Grand-mère. Tu ne reviendras pas. »

XXXVIII

L'ART DE LA PERSUASION

« Tu ne peux pas t'en aller et m'abandonner comme ça ! »
En rentrant du Pomeroon, Rita fit part à sa sœur de son intention de partir en Inde ; Isabelle la suivit dans sa chambre en gémissant.

« Emmène-moi avec toi, Rita ! S'il te plaît ! Qu'est-ce que tu veux que je fasse dans ce maudit pays ?

— T'emmener avec toi ? Tu veux rire. Tu n'as qu'à chercher un emploi et travailler, comme tout le monde.

— Quel genre d'emploi crois-tu que je peux trouver avec les notes que j'ai eues à mes examens ? Femme de ménage, ou quelque chose dans ce genre ? Qu'est-ce que je ferai ici toute seule ? Toute seule avec Marilyn ? Rien que d'y penser j'en suis malade, Rita. Et puis tu sais bien que je meurs d'envie d'aller en Inde. En plus, c'est moi qui y ai pensé la première.

— Toi !

— Oui, parfaitement. Depuis le jour où ce type est venu te raconter sa drôle d'histoire. Rappelle-toi comme j'étais contrariée ; je voulais partir là-bas pour savoir exactement de quoi il s'agissait. C'est pour ça que je me suis conduite comme une idiote au concours, que j'ai dit que j'étais une princesse... Je ne pourrai jamais oublier. Dis oui, s'il te plaît !

— Tu t'imagines que j'ai envie que tu me suives partout comme un petit chien !

— Je ne t'embêterai pas, c'est promis. Tu n'auras qu'à me déposer dans ce palais dont il a parlé et m'y laisser. Après, je me débrouillerai, je ne serai pas dans tes jambes. Tu pourras aller où tu voudras, laisse-moi seulement faire le voyage avec toi !

— Redescends sur terre, Isabelle. Tu n'es pas une princesse et tu n'en seras jamais une. Il n'y a plus de royaumes en Inde.

— Oui, d'accord, mais il a parlé d'un héritage fabuleux, il me semble ? Pourquoi est-ce qu'on nous écarterait de la succession uniquement parce qu'on est des filles... c'est trop injuste. À notre époque ! Pourquoi faut-il que ce soit obligatoirement un héritier mâle ?

— Tu crois donc qu'ils attendent que tu viennes revendiquer l'héritage ? Tu rêves ! »

Malgré tout, les paroles de Grand-mère lui revinrent à l'esprit. Qu'est-ce qui était plus précieux que des diamants et qui l'attendait dans la maison de son père ? Les diamants qu'elle avait lui paieraient sa liberté, Grand-mère l'avait dit et c'était vrai. Il y avait également le cœur en or suspendu à son cou, qui devait lui porter chance. Les paroles de Grand-mère avaient un ton prophétique. Il lui semblait que c'était elle qui lui disait d'entreprendre ce voyage, qui lui donnait les moyens de s'évader, qui allait la guider.

« Ils n'ont pas trouvé d'héritier mâle, n'est-ce pas ? Il n'y en a pas ! Cela veut dire qu'ils seront sans doute obligés de se rabattre sur moi. Sur nous, je veux dire, ils n'ont pas le choix, hein ? Nous sommes les seules Maraj qui restent. C'est papa qui l'a dit.

— Isabelle, tu recommences. Tu ne peux pas te présenter chez eux en disant que tu convoites leur fortune ! Ils te flanqueraient à la porte et tu ne pourrais pas leur en vouloir. Réfléchis, bon Dieu ! C'est ridicule, c'est une conduite vénale. Il n'en est pas question !

— Mais c'est eux qui ont commencé... ils cherchent quelqu'un, alors pourquoi pas moi ?

— Puisqu'ils ont commencé, laissons-les finir. Ce que tu envisages, c'est une chasse à l'héritage dans ce qu'elle a de plus éhonté. Ça me rend malade !

— Mais enfin, Rita, tu ne peux tout de même pas ficher le camp en Inde et me laisser toute seule ici ! Qu'est-ce que je ferais sans toi ? Et pourquoi l'Inde plus particulièrement ! Je me le demande. Jusqu'ici tu n'avais jamais dit que tu voulais y aller.

— J'ai mes raisons.

— Et comment paieras-tu ton voyage ? Tu n'as même pas les moyens de prendre un appartement, comment pourrais-tu te payer un billet d'avion pour aller à l'autre bout de la planète ?

— Ne t'inquiète pas pour ça. Mais à propos d'argent, si on parlait de toi ? Toi non plus tu n'en as pas.

— Oh, maman m'en donnera. C'est un bon investissement... Elle comprendra.

— Ne dis pas de bêtises. Elle t'en donnerait peut-être si elle en avait, mais elle n'en a pas. Papa a laissé tellement de dettes qu'elle mettra toute sa vie à les rembourser. Elle n'a plus un sou.

— Oh, mais si.

— Ah bon ?

— Maman a vendu Prabudial à la Hudson-je-ne-sais-plus-quoi, une société canadienne qui la harcelait depuis un an. Elle a touché un joli magot ! Maman est redevenue riche. Elle parle de m'envoyer dans une école de mannequins en Angleterre, mais ça, c'est bien mieux. Je finirai par la convaincre.

— Elle a vendu Prabudial ! s'écria Rita, scandalisée. Elle a vendu cette magnifique forêt équatoriale à ces vautours ? »

Isabelle haussa les épaules. « Elle avait besoin d'argent. Et elle m'en donnera une partie s'il s'agit d'assurer mon avenir. Emmène-moi avec toi, s'il te plaît, Rita. C'est la chance de ma vie. Sans doute ma dernière chance. Tu ne peux pas t'en aller et me laisser ici ! Je te promets de ne pas t'embêter. Emmène-moi avec toi, c'est tout ce que je te demande. S'il te plaît ! Après tu seras débarrassée de moi pour toujours ! Promis ! »

Rita ne disait rien.

« Rita ! Je ne sais pas ce que je deviendrai si tu me laisses ici. Je vais sûrement mal tourner, je suis si malheureuse ! Tout au fond de moi je suis désespérée. Je fais mon possible pour avoir l'air gai, mais au fond je suis découragée. Je n'ai aucun avenir ici, je le sais. Je ne te demande pas grand-chose. D'ailleurs, ce sera la dernière fois que je te demanderai quoi que ce soit. C'est promis. S'il te plaît, Rita, ne m'abandonne pas. Encore une fois... »

Quand Isabelle dit « Encore une fois », Rita la regarda droit dans les yeux. Il n'y avait pas d'erreur : Isabelle savait très bien de quoi elle parlait. L'allusion était limpide. Et pour une fois, Isabelle avait de bons arguments. Rita soupira et fit un geste de résignation. On n'échappe pas à son passé. Elle n'avait pas fini d'expier.

QUATRIÈME PARTIE

XXXIX

DOUZE BOUCHES À NOURRIR

J'ai toujours su qu'Amma et Appa n'étaient pas mes vrais parents. Pourtant j'étais vraiment leur fille. Ils étaient l'amour et la bonté personnifiés et, malgré cinq enfants de leur sang, ils me considéraient comme leur fille.

Tout comme j'ai toujours su qu'Il existait. Depuis toujours, du plus loin que je me souvienne, il était là, cet homme qu'on disait être mon vrai père, mais qui, à mes yeux, était davantage comme un dieu, là-haut, quelque part dans le ciel, avec Indra et d'autres créatures célestes, et daignait descendre parmi nous de temps en temps pour nous accorder sa présence. Il ne venait pas souvent ; la dernière fois j'avais à peine huit ans, mais je n'ai pas oublié – chacune de ses visites reste à jamais gravée en moi. Quand il était là je n'ouvrais pas la bouche – j'avais du mal à prononcer un mot et je répondais à ses questions affectueuses par oui ou par non, ou même par un simple haussement d'épaules en détournant la tête pour ne pas rencontrer ses yeux, car je ne supportais pas la façon dont ils semblaient voir à travers moi, en plongeant au plus profond de mon être, et j'avais des picotements de bonheur. Quand il repartait, ces picotements persistaient longtemps, si bien que je n'avais pratiquement pas l'impression d'être une enfant d'homme jusqu'à ce que la vie ordinaire ne me reprenne et me ramène peu à peu sur terre. Tout cela pour dire que j'avais pour cet homme une véritable vénération, je ne le considérais pas comme un père mais comme mon sauveur, même à un très jeune âge. Oui, je le vénérais, alors que ce que j'éprouvais pour Appa et Amma était simplement de l'amour – mais l'amour suffit pour un enfant normal, n'est-ce pas ?

Nous habitions à Gingee, dans une grande maison. Grande

pour moi, en tout cas, quoique j'aie connu depuis de vraies grandes maisons à côté desquelles la nôtre était une bicoque. Mais pour Gingee, elle était grande. Je connaissais les maisons de mes camarades de classe, vois-tu, et la nôtre paraissait tellement plus imposante, même si je ne peux que rire aujourd'hui de tant de naïveté. Ou plutôt je rirais si ça m'était possible, si je n'avais pas oublié comment. La maison se composait de pièces communicantes, meublées seulement de quelques étagères où l'on rangeait les vêtements et les ustensiles ménagers ; pour dormir, on étendait des nattes sur le sol – à l'intérieur l'hiver et dehors l'été. C'est tout. Mais nous avions tout de même la lumière électrique et une radio qui braillait de la musique de film à longueur de journée. Amma aimait bien la musique de film et elle chantait en même temps que la radio.

Nous avions donc un certain confort et notre maison de Gingee n'était pas un taudis – car j'ai vu de vrais taudis. Oui, j'ai vu les endroits les plus misérables où peuvent vivre les humains, des trous de l'enfer. J'en ai vu et j'en ai habité. La seule pensée de ces endroits me fait battre le cœur plus vite et je sens la panique remonter en moi comme une nausée, une panique emprisonnée dans mon corps et qui ne pourra jamais s'en échapper, tels des renvois qui remontent doucement pour redescendre ensuite. Je donnerais n'importe quoi pour pouvoir vomir, mais je ne peux pas. Cette chose est enfermée en moi à jamais et, quand je prie, c'est pour la guérison de cette maladie qui m'habite.

Toujours est-il qu'entre le palais et la bicoque l'éventail est large et je dirais que notre maison de Gingee se situait quelque part au milieu. Quand j'y repense il me semble que c'était le paradis. Je donnerais tous les palais du monde, et même le paradis, pour y retourner ou ne l'avoir jamais quittée. Mais le destin en a décidé autrement.

Appa était directeur de l'école secondaire anglaise et faisait par conséquent l'objet d'un grand respect, qui rejaillissait sur nous, ses enfants. J'avais le même âge que Prema, la troisième de ses enfants, qui était aussi ma meilleure amie ; il y avait deux garçons plus âgés et deux filles plus jeunes, et nous étions tous très heureux ! Nous habitions un quartier tranquille et quand nous avions terminé nos devoirs et nos tâches ménagères nous pouvions aller jouer dehors tant que nous voulions, parce qu'il y avait très peu de circulation, au contraire des secteurs plus animés de la ville où les rues étaient encombrées de véhicules de toutes sortes dégageant des gaz d'échappement nauséabonds, et aussi de rickshaws surgis de nulle part, qui se précipitaient sur tous ceux qui tentaient de traverser la chaussée. Ces rues me terrorisaient et, quand nous allions en ville, je m'agrippais toujours à une main, celle de mon grand frère, celle d'Amma, ou celle de ma sœur Prema quand il n'y avait pas de grande personne. Mais bien sûr je sais aujourd'hui que cette rue n'était en réalité qu'une paisible voie ; parce que maintenant je connais le monde et je sais que les terreurs qu'il renferme sont pires que toutes celles qu'on peut imaginer, même en enfer. J'ai lu des livres sur l'enfer et les démons qui le peuplent, mais je te jure que ce que j'ai vu sur la terre est un million de fois pire. C'est la vérité. Parce que j'ai connu le bonheur avec Amma, Appa, Prema et les autres, je peux faire la comparaison et dire que mon enfance a été un paradis. C'est le sentiment que j'ai aujourd'hui.

Appa était un homme d'une très grande bonté. Il vous regardait par-dessus ses lunettes à verres épais et souriait. Il pouvait aussi être sévère, un directeur d'école doit être très sévère. Il lui arrivait même de fouetter des élèves indisciplinés, seulement des garçons, jamais les filles. Il faut dire qu'en ce temps-là les filles étaient toujours sages. Mais alors pourquoi les filles sont-elles toujours les plus durement punies ? J'aurais préféré mille fois être fouettée que subir ce que j'ai dû subir plus tard, parce que j'étais une fille. Mais tu voulais que je te raconte mon enfance.

Quand je me retourne sur cette époque, les détails sont très flous. Je vois une maison avec une grande véranda sur le devant, où Amma s'installait pour nettoyer le riz, trier les haricots et ce genre de choses, parce qu'elle aimait être au courant de tout ce qui se passait et faire la causette avec les voisines. Amma était aussi gentille qu'Appa. Je n'arrive pas à croire que j'ai eu la chance d'avoir des parents comme eux, même si ce n'étaient pas mes vrais parents. Quand je pense à eux et à ma vie avant mon douzième anniversaire j'ai envie de pleurer, parce que c'est très rare, je le sais aujourd'hui, et quand je ferme les yeux je vois le beau visage d'Amma et son regard débordant d'amour.

Il y avait sûrement aussi des choses déplaisantes à Gingee, mais je les ai oubliées, parce que ça ne compte pas. Je ne me rappelle que les bonnes, c'est-à-dire l'affection que me prodiguaient Amma et Appa ; c'est comme si ma vie d'alors, la vie que je vivais jour après jour, n'était qu'un film défilant devant mes yeux, des images éphémères et sans substance – par conséquent, ce n'est pas la peine que je te les décrive. Ce qui compte c'est le sentiment que j'avais, que nous avions tous, d'être enveloppés dans un merveilleux manteau d'amour où rien ne pouvait nous atteindre ou nous blesser. Je pense que c'est ça qui a fait mon enfance, et non les événements particuliers qui se suivaient en chaîne – parce que ce sont des choses qui passent. Ce qui demeure c'est ce qui se trouve derrière... l'écran de mon être, pourrais-je dire, sur lequel passaient ces images ; parce que c'est ce qui ne m'a jamais quittée depuis, ce qui m'a maintenue en vie quand tout le reste disparaissait, s'écroulait dans un abîme obscur, en avalant mon âme. Parce que je pouvais me dire : si les événements de mon enfance ne sont que des images éphémères, c'est pareil pour cette abomination. Reste ce que tu es, me disais-je sans cesse, et ne te laisse pas atteindre par les images. Reste comme tu es. Reste comme tu es. Il n'y a que ça de vrai. Tout le reste n'est qu'une image qui passe.

Voilà le secret de ma survie. Je ne parle pas de ma survie physique, car bien que gravement meurtri, mon corps n'a jamais failli mourir – quoiqu'il me soit souvent arrivé de le penser et de prier pour que vienne sa fin. Je parle de la survie de mon âme, qui depuis un an environ se trouve en grand péril. Mais elle a survécu et malgré de multiples blessures, elle est intacte et le restera à jamais, à cause de son intégrité première.

Je t'ai dit que je ne me souvenais pas des choses désagréables ; en réalité, ce n'est pas tout à fait vrai. Je me rappelle en effet qu'Appa était tombé malade peu après mon onzième anniversaire. Je ne sais toujours pas de quelle maladie il souffrait, seulement qu'elle avait été très grave et très brève, si brève qu'il était mort alors que nous avions juste eu le temps de nous habituer à le voir couché dans son lit, ruisselant de transpiration et tellement faible que c'est tout juste s'il arrivait à nous sourire.

La mort d'Appa fut le plus grand malheur de toute mon enfance, bien entendu. Cette disparition était déjà cruelle en soi, et elle nous plongea dans le plus noir chagrin ; imaginez un brouillard opaque dans lequel vous ne voyez même pas votre main devant vous, eh bien, voilà ce que nous ressentions. Parce que nous aimions tant Appa et, à présent il n'était plus. Il fallut nous accoutumer à la vie sans lui, et je croyais que ce serait simplement la vie moins Appa, c'est-à-dire rien qu'avec nous, les enfants, et Amma. Mais ce fut bien autre chose qui arriva. Maintenant que je suis plus âgée, je sais pourquoi : c'est parce que Appa était celui qui gagnait l'argent nous permettant de vivre. J'étais habituée à voir chaque jour Amma préparer nos repas mais je ne me rendais pas compte que c'était Appa qui ramenait l'argent nécessaire pour acheter la nourriture, ainsi que nos uniformes et nos livres d'école et toutes ces autres choses qui me semblaient aller de soi, à l'époque. Je sais aujourd'hui qu'il faut de l'argent pour acheter tout cela – les vêtements, le savon, le pétrole, les lentilles – et donc qu'il faut quelqu'un pour en gagner. Désormais, c'était à Amma de subvenir à nos besoins, mais que pouvait-elle faire ? En tout cas pas diriger l'école à la place d'Appa, n'est-ce pas ? Il arriva donc ce qui devait arriver, à savoir que le frère cadet d'Appa hérita de nous et de la maison.

Le frère d'Appa était instituteur lui aussi, mais là s'arrêtait toute ressemblance entre eux, car loin d'être bon, le frère d'Appa était très méchant. C'est l'impression qu'il me donnait. Il habitait à l'autre bout de Gingee. Sa maison était bien plus petite que la nôtre, nous ne pouvions donc pas aller y vivre et il en résulta que le frère d'Appa vint s'installer chez nous avec toute sa famille. Notre maison lui aurait certainement beaucoup plu s'il n'y avait eu son contenu, c'est-à-dire nous ; mais il était obligé de prendre la maison et son contenu. Il me semble qu'il existait une législation là-dessus, ou un devoir envers son frère qu'il lui fallait remplir. Maintenant nous habitions tous ensemble avec le frère d'Appa, la femme du frère d'Appa et les filles du frère d'Appa. Il en avait trois. Du jour au lendemain notre grande maison nous parut bien plus petite ; en fait, c'était parce qu'elle était plus remplie, d'autant que les trois filles du frère d'Appa, très jeunes et très bruyantes, prenaient beaucoup de place. Le frère d'Appa et sa famille s'étaient d'ailleurs approprié la quasi-totalité de la maison, ne nous laissant à nous qui étions sept – Amma et les six enfants – qu'une seule pièce.

Je n'avais jamais aimé le frère d'Appa et sa femme, même avant le malheur qui nous avait frappés. C'est bien normal, sans doute, puisqu'il ne m'aimait pas non plus. Il n'aimait aucun de nous, mais moi encore moins, parce que, disait-il, j'étais une bouche supplémentaire à nourrir, je n'étais pas de sa chair et de son sang et d'autres choses de ce genre. Un jour, il se disputa avec Amma à mon sujet. Je ne me rappelle pas les mots exacts et, de toute manière, j'étais trop jeune pour en saisir le sens, mais je me souviens très bien qu'Amma lui avait dit d'un ton suppliant : « Mais il envoie de l'argent pour sa pension ! » Et je compris alors qu'elle parlait de Lui, ce dieu que je n'avais vu qu'environ trois fois. Il était beaucoup question d'argent en ce temps-là, mais ça me dépassait. C'est seulement maintenant que je sais ce que l'argent représente et que la vie et le bonheur d'un être humain ne pèsent pas lourd en face de lui. Seules me sont restées en mémoire des paroles qui revenaient souvent, par exemple ces deux mots « douze bouches » qui, pour mon cerveau de onze ans, semblait être l'axe autour duquel tournait toute notre vie : « douze bouches à nourrir », gémissait sans cesse le frère d'Appa, à quoi venaient s'ajouter les « je dois faire à manger pour douze bouches », de la femme du frère d'Appa. Presque aussi souvent que ces « douze bouches », c'était « ces sept bouches supplémentaires », c'est-à-dire nous, Amma et ses enfants. Il m'arrivait même de rêver de ces sept bouches supplémentaires grandes ouvertes, flottant çà et là, sans tête et sans corps, tandis qu'Amma introduisait dans chacune d'elles une minuscule cuillerée de nourriture, après quoi la bouche se refermait aussitôt. Voilà ce que nous étions pour eux : des bouches ouvertes qu'ils devaient remplir. Tu ne vas pas me croire, mais alors qu'ils n'arrêtaient pas de se plaindre et me détestaient tout particulièrement, je n'ai pas rêvé une seule fois que je pourrais être un jour séparée d'Amma, parce qu'elle faisait partie de moi. Une chose pareille me semblait tout simplement impossible et je ne prêtais qu'une oreille distraite aux discussions qui s'élevaient à mon sujet ; je me souviens qu'Amma me prenait souvent dans ses bras, qu'elle pleurait et me serrait très fort, mais je continuais à ne me douter de rien. Si j'avais eu le moindre pressentiment, sois sûre que je me serais enfuie. Mais où aurais-je pu aller, moi qui n'avais que onze ans et ignorais tout de la vie ?

Amma essaya de me mettre à l'abri. Une nuit elle me réveilla, posa un doigt sur mes lèvres, m'enveloppa dans une couverture et me fit traverser le jardin obscur. Il devait être très tard, parce que la rue était totalement déserte. Les deux mains posées sur mes épaules, Amma me poussait presque ; je dormais encore à moitié et elle ne prononça pas un seul mot, pourtant je sentais à sa façon d'être qu'il fallait se presser et j'avançais aussi vite que je pouvais, tantôt me prenant les pieds dans la couverture qui pendait sur moi, tantôt butant dans les nombreuses ornières de la rue. Il nous fallut marcher longtemps mais je compris assez vite où nous allions – Amma m'emmenait chez sa sœur. Sa sœur, ma tante, devait être avertie de notre arrivée, puisqu'à l'instant où Amma lui toucha l'épaule – elle dormait dans la véranda du fond, comme nous – elle se leva aussitôt, comme un ressort qui se déroule, et nous fit entrer dans la maison. Tout ça sentait tellement le mystère, le secret ! Je mourais de peur parce que je voyais qu'elles aussi avaient peur, même si j'étais incapable de dire pourquoi. Personne ne m'avait donné la moindre explication mais je savais que l'argent était au cœur de cette affaire. Je me rends compte aujourd'hui que ça n'avait pas été habile de la part d'Amma de m'emmener chez sa sœur car c'est évidemment là que le frère d'Appa vint me chercher en premier, le lendemain matin, en s'apercevant de ma disparition. Il arriva de très bonne heure, Amma aussi, et une terrible dispute éclata entre eux trois, Amma, le frère d'Appa et la sœur d'Amma. Je ne savais pas vraiment de quoi il était question, j'étais complètement désorientée, mais des bribes de phrases me parvenaient à travers leurs cris : Amma suppliant le frère d'Appa de me laisser chez sa sœur, sa sœur disant qu'elle me garderait volontiers, que ça ne coûterait rien, et puis le frère d'Appa rétorquant que je ne rapporterais rien non plus. Cette remarque, je m'en souviens particulièrement à cause du ton méchant qu'il avait pris pour dire ça. Les méchancetés vous restent en mémoire comme les gentillesses ; elles sont pareilles à des épines qui s'enfoncent et qui, quand on essaie de les retirer, pénètrent encore plus profondément. Je n'ai donc jamais oublié les paroles du frère d'Appa disant que je ne rapporterais rien, et c'est à cet instant que j'ai réalisé qu'il me faudrait désormais gagner ma vie.

Le frère d'Appa m'emmena en car à Madras le jour même. J'ai peu de souvenirs de ce voyage, parce que j'étais désespérée d'avoir quitté Amma, mes frères et sœurs, en particulier Prema et, bien sûr, ma maison, qui en réalité appartenait désormais au frère d'Appa. Je la regrettais tant, malgré tout, que je pleurai pendant tout le trajet, raison pour laquelle je ne regardai pratiquement rien par la fenêtre. Tout le monde veut aller à Madras, bien sûr, mais moi je n'en avais absolument pas envie ; à la façon dont les gens en parlaient, je me disais que ce devait être une sorte de paradis, et quand quelqu'un était allé à Madras, il en faisait tout un plat. J'avais des camarades d'école qui y étaient allés et qui de ce fait avaient droit aux plus grands égards ; on les traitait comme des rois ou des reines, ils prenaient des grands airs et ne cessaient de parler des merveilles qu'il y avait dans cette ville, des merveilles que nous autres n'avions jamais vues et ne verrions jamais. Maintenant, c'était mon tour de les voir, mais je n'en éprouvais aucune joie, parce que tout ce que je voyais c'étaient les larmes d'Amma quand le frère d'Appa m'avait arrachée de ses bras.

Je t'ai déjà dit qu'il me serait donné de connaître des maisons plus grandes que notre maison de Gingee. Eh bien, c'est justement ce jour-là que j'en vis une pour la première fois.

Je crus alors que c'était un palais, mais depuis j'en ai vu de plus grandes encore. C'est la preuve que tout est relatif dans la vie. Le bonheur est relatif, de même que la souffrance. Les gens se plaignent de ceci ou de cela et s'imaginent que leurs malheurs sont insurmontables et insupportables, mais si j'avais pu échanger rien qu'une seule minute de mes souffrances contre une vie entière de ces contrariétés insignifiantes que certains appellent des ennuis, ah, comme j'aurais accouru ! Mais je n'en étais pas encore là. Mon arrivée dans cette grande maison, très belle aussi à l'intérieur, marqua le commencement de mes malheurs.

Je ne sais toujours pas comment le frère d'Appa avait entendu parler de ces gens qui cherchaient une bonne, et je me demande pourquoi ils n'avaient pas plutôt pris une fille de Madras ; peut-être parce qu'ils se disaient que je ne pourrais me réfugier nulle part si jamais il me prenait l'idée de m'enfuir. En tout cas le frère d'Appa me remit entre leurs mains et je les entendis parler des gages qui devraient lui être envoyés chaque semaine. Mais apparemment tout ça ne me regardait pas.

En vivant avec ces gens, je commençai à m'interroger pour la première fois sur la nature de la cruauté. Pourquoi certains êtres préfèrent-ils se montrer cruels alors qu'il leur serait aussi facile d'être bons, et donc plus heureux ? As-tu jamais attentivement regardé les yeux d'une personne cruelle ? Moi oui. Ils sont ternes, remplis de boue et tout froncés à l'intérieur ; leur bouche ressemble à une vilaine fente et dans les moments où ils se montrent cruels je vois très nettement qu'ils auront un destin affreux. La cruauté est comme une lourde balle qu'on lance en l'air : quand elle a atteint une certaine hauteur, elle change de trajectoire, puis retombe à une vitesse vertigineuse pour frapper celui-là même qui l'a lancée – peut-être pas dans cette vie, mais dans l'autre. Ai-je donc été quelqu'un de cruel dans mon existence précédente, pour que la balle retombe sur moi dans celle-ci ? Je n'en sais rien. C'est l'affaire de Dieu seul, et qui sommes-nous pour contester ses jugements ?

Mais je m'égare. Je reviendrai là-dessus plus tard. Le frère d'Appa m'avait laissée chez ces méchantes gens. Un homme et sa femme. Ils s'appelaient Sri et Srimati Ramcharran. Ils m'avaient engagée comme domestique.

En réalité j'étais leur esclave. Tu crois peut-être que je ne devais pas être si malheureuse puisque j'habitais dans une superbe maison, mais vois-tu, quand on te traite comme une bête de somme, tu souffres de façon intolérable, aussi somptueux que soit l'endroit où tu vis. La dame me battait à la moindre faute, ou à ce qu'elle considérait comme telle. Par exemple, quand j'astiquais une glace et qu'elle y trouvait une infime trace de doigt, elle me battait avec une ceinture exclusivement réservée à cet usage, qu'elle accrochait à un clou. La maison était magnifique et remplie de meubles – il y avait de vraies tables et de vraies chaises, à l'occidentale, et c'était la première fois que j'en voyais. Et des tapis partout, des lits et des appareils électriques. Au début je ne savais pas les faire marcher ; pour tout dire, ils me faisaient peur. Le mixeur par exemple ; la première fois que je m'en étais servie, Srimati m'avait donné un saladier avec dedans un mélange quelconque, en me disant de le mettre sous les batteurs et d'appuyer sur le bouton. Ce que j'avais fait. Le saladier s'était alors réveillé et avait commencé à danser en rond comme un fou ; terrorisée, je l'avais rattrapé, mais soudain le magma jaunâtre s'était mis à danser à son tour et à gicler dans toute la cuisine. La dame me fouetta, bien entendu. Avec l'aspirateur, ce n'était pas beaucoup mieux, il était plus fort que moi et m'entraînait dans plusieurs directions à la fois. Mais je n'en veux pas à ces machines, ce n'est pas leur faute si elles sont comme ça, elles n'ont pas d'âme et ne cherchaient pas à me faire du mal exprès. Contrairement à Srimati.

À l'école anglaise d'Appa, le maître nous avait appris ce vers : « Pierres et bâtons peuvent me briser les os mais les mots ne peuvent me blesser. » Eh bien ce n'est pas vrai. Je ne suis pas encore bien vieille mais depuis toujours, ce qui me blesse le plus, c'est l'impression que je ne vaux rien aux yeux des autres. Oui, j'ai reçu ma part de coups, mais ce sont les mots – même ceux qu'on ne prononce pas – et les regards des gens pour qui je ne suis rien et même moins que rien, qui me font le plus mal. J'ai été blessée de la sorte par le frère d'Appa, puis par cette femme et cet homme. Mais ils ont aussi meurtri mon corps, chacun à leur façon.

Regarde mes bras : tu vois ces marques qui montent et qui descendent comme les barreaux d'une échelle ? Eh bien, ça, c'est elle. Quand j'avais fait une bêtise – c'étaient toujours de petites choses, si insignifiantes que je ne m'en souviens même pas – elle prenait une fourchette et l'exposait à la flamme du fourneau à gaz jusqu'à ce que les dents rougissent, puis elle l'appuyait sur mon bras. Et plus je criais, plus elle appuyait fort. À propos de fourchette, je me rappelle que mon premier forfait avait été de ne pas me servir de couverts, étant donné que, chez nous, nous mangions toujours avec les doigts. Le premier soir, en me voyant mettre la main dans mon bol – ils m'avaient donné du riz avec un peu de *sambar* et je m'étais assise par terre dans un coin, le plus loin possible, pour ne déranger personne – elle me réprimanda en me traitant de cochonne et d'idiote. Elle me dit que je devais apprendre les bonnes manières et m'asseoir à table, ce que je fis, mais en me voyant mettre les doigts dans le riz pour en faire une boule, elle rit de cet horrible rire moqueur qu'elle avait toujours avant de se mettre vraiment en colère, et elle dit à son mari : « Regarde cette vilaine petite cochonne, tu as vu comment elle mange ! » Je pris alors un couteau et une fourchette, ce que je n'avais encore jamais fait. Comme je ne savais pas m'en servir, j'étalai du riz sur mon couteau et le portai à ma bouche. Alors elle se jeta sur moi, envoya promener le couteau, et le riz s'éparpilla sur le sol. « Ce n'est pas comme ça qu'on mange dans cette maison ! » hurla-t-elle. Je mis alors le riz sur la fourchette, ce qui semblait absurde, les grains allaient forcément glisser entre les dents. Cette fourchette avait dû lui donner l'idée de me torturer avec, parce que c'est la première fois que cela se produisit. On a du mal à croire que des êtres humains puissent traiter d'autres êtres humains de cette manière, mais c'est vrai, ces marques en sont la preuve.

Je ne me plains pas ; si je te raconte ça, c'est uniquement parce que tu me l'as demandé.

Dans cette maison il me fallait faire toutes sortes de choses d'une façon qui ne m'était pas habituelle et j'en appris beaucoup sur les usages des Occidentaux, même si mes patrons étaient indiens, évidemment. Mais ils disaient que les coutumes des Occidentaux étaient meilleures et que je devais faire les choses comme ci et non comme ça.

Je ne t'ai pas encore parlé des enfants. Il y en avait deux, et moi qui ai pourtant toujours aimé les petits, je dois dire que ces deux-là étaient difficiles à aimer, car ils étaient aussi méchants que leurs parents. Ils prenaient un grand plaisir à me faire souffrir dès qu'ils le pouvaient, mais de façon sournoise, surtout la petite fille. Elle était encore pire que son frère, si c'est possible à croire. Elle marchait derrière moi, toute innocente, et de temps en temps elle me donnait un coup de pied, me tirait les cheveux ou me pinçait. De petites choses, sans doute, mais qui faisaient quand même mal.

L'homme me maltraitait aussi, mais autrement. Tu m'excuseras si je n'en parle pas, si je ne te donne pas de détails. Même après si longtemps et malgré de bien pires outrages, je brûle de honte à cette seule pensée. Je te dirai seulement que cela commença presque tout de suite après mon arrivée et que cela se produisait toujours lorsque la dame n'était pas là, quand elle emmenait ses enfants chez sa sœur, par exemple ; elle allait souvent en visite et m'enfermait dans la maison, dont les portes étaient munies de gros cadenas et toutes les fenêtres de barreaux. L'homme rentrait parfois chez lui et me faisait de vilaines choses. C'est là que j'ai compris que le démon habite en tout homme. Mais comme je l'ai déjà dit, tout est relatif. Aujourd'hui je rirais presque en pensant à ce qu'il me faisait. Mais sur le moment il n'y avait vraiment pas de quoi rire. Toutefois je ne t'en parlerai pas. Je ne veux pas que tu aies honte pour moi. Les détails n'ont pas d'importance.

Je vais donc laisser cet homme et son démon pour passer au chapitre suivant de mon histoire. Je ne pensais pas pouvoir être encore plus malheureuse, mais comme tu le sais, c'est pourtant ce qui se produisit. Le fait que cet homme et cette femme ont été justement punis n'est pas une consolation.

Je n'ai jamais su ce qui s'était passé exactement, je sais seulement qu'un jour, aux toutes premières heures de l'aube, les chiens s'étaient mis à aboyer, la chaîne du portail du jardin avait cliqueté et quelqu'un avait crié assez fort pour réveiller toute la rue. Je m'étais levée en hâte pour regarder par la petite fenêtre à barreaux ; il faisait sombre, mais je voyais tout de même trois ou quatre personnes derrière le portail, qui s'égosillaient pour qu'on leur ouvre. L'homme et la femme étaient levés, je les entendais chuchoter avec animation : apparemment, ils avaient décidé de ne pas ouvrir, en tout cas ils ne sortirent ni l'un ni l'autre, et les appels redoublèrent. L'un d'eux tenait à la main une de ces choses en forme de cône dans laquelle on parle... Oui, un mégaphone. Alors je compris. « Police, ouvrez ! » criaient-ils. Personne ne vint leur ouvrir, mais je vis soudain les trois policiers remonter l'allée – ils avaient sectionné la chaîne, je ne m'en étais pas rendu compte sur le moment mais plus tard je vis qu'elle était coupée. Les chiens se jetèrent sur eux. Ils étaient attachés à de longues chaînes qui leur permettaient d'atteindre l'allée et de sauter sur les intrus, si nécessaire. Le premier policier les abattit purement et simplement, tous les deux ! Arrivés devant la porte, ils commencèrent à cogner dessus et la dame finit par leur ouvrir ; elle devait se dire que sinon, ils l'enfonceraient. L'homme avait disparu. Il s'était caché, mais ils fouillèrent toute la maison, ils entrèrent même dans ma petite chambre donnant sur la cuisine et finirent par le trouver, je ne sais trop où, et lui mirent les menottes. Il avait fait quelque chose de mal, quelque chose en rapport avec l'argent ; je ne me rappelle pas le terme qu'ils avaient employé, ça commençait par un F, je crois... Comment ? Oui, c'est ça, fraude. C'était bien ça. Moi, j'étais toujours devant ma petite fenêtre, et mon cœur se gonfla de joie quand je vis qu'on l'emmenait, attaché aux poignets de deux policiers par des menottes. La femme les suivit jusqu'au portail en poussant des cris et des gémissements, mais ils n'en tinrent aucun compte et ils l'écartèrent. J'étais toujours à la fenêtre, scrutant l'obscurité, et quand elle rentra dans la maison, je retournai sans bruit vers ma paillasse et m'y étendis, ne voulant surtout pas me trouver sur son chemin, certaine que dans sa fureur elle me jetterait par terre et déchargerait son venin sur moi. Mais elle ne pensait pas du tout à moi. Je l'entendis réveiller ses enfants et leur crier de se lever et de s'habiller, et que ça saute ! Je l'entendis hurler au téléphone pour demander un taxi, puis elle téléphona à d'autres personnes pour leur raconter ce qui s'était passé, elle téléphona aussi à sa sœur, je pense, parce qu'elle dit : « On arrive tout de suite. »

Puis il se fit un grand silence. Dès le début – je vivais là depuis un an environ –, j'avais décidé de m'enfuir à la première occasion, mais cette occasion ne s'était jamais présentée. Elle m'enfermait à clé chaque fois qu'elle sortait, et comme les fenêtres étaient munies de barreaux, c'était comme si je m'étais trouvée dans une prison. Je pouvais aller et venir à ma guise dans toute la maison, mais il n'y avait pas moyen d'en sortir.

Cette fois aussi la porte était fermée à clé – mon premier mouvement fut bien entendu d'aller vérifier. Ça ne m'étonna pas. Mais l'excitation aiguisait ma présence d'esprit. L'homme et la femme avaient chacun un trousseau de clés, et quand on l'avait emmené, j'avais vu que mon patron portait toujours son pyjama blanc, froissé et avachi. Il n'avait sûrement pas emporté ses clés. Avait-elle pensé à les prendre en même temps que les siennes ? Tout était là. J'entrai sans bruit dans leur chambre pour m'en assurer. Je ne sais pas pourquoi je prenais tant de précautions, je n'avais rien à craindre, ils étaient partis tous les deux ! Et les enfants aussi ! Je suppose que c'était la force de l'habitude, et mon cœur battait si violemment qu'on aurait cru que je courais un grand danger, mais non – ce fut si facile ! En effet son pantalon était posé sur le dossier d'une chaise et sa serviette sur le siège. Je l'ouvris, les clés y étaient. Je n'avais qu'à tendre la main.

J'eus l'idée d'emporter quelques affaires. J'enfournai des vêtements dans le sac en plastique que m'avait donné le frère d'Appa. Ensuite j'allai dans la cuisine pour remplir une bouteille d'eau et prendre un peu de nourriture, les restes du déjeuner de la veille, quelques bananes et deux oranges. Puis je sortis de la maison et descendis l'allée du jardin. Les chiens étaient morts, la porte était ouverte et la liberté m'attendait.

Il faisait noir comme dans un four et les rues silencieuses n'étaient éclairées que par de rares lampadaires qui jetaient des îlots de lumière dans l'obscurité. Je me dépêchais d'aller d'un l'îlot de lumière à l'autre, terrorisée par les ténèbres régnant dans l'intervalle. Je marchais sans savoir où aller. Le sac en plastique était lourd, il me battait les mollets. Je le passai d'une main dans l'autre à plusieurs reprises et, au bout d'un moment, je m'arrêtai et mangeai toutes les bananes, là, au beau milieu du trottoir. Après ça il me sembla plus léger.

L'air aussi était plus léger ; le jour se levait. Ça faisait combien de temps que je marchais ? Je n'en avais pas la moindre idée. Je ne savais même pas dans quelle direction j'allais, parce que je n'avais jamais mis les pieds en ville, sauf le jour où le frère d'Appa m'avait amenée à Madras, un an auparavant. Quelquefois, à un croisement, je m'engageais dans une rue qui me paraissait plus large, espérant je ne sais pourquoi que cela me rapprocherait de mon but. Ce but je le connaissais, bien sûr. La gare routière. Où pouvais-je aller sinon chez Amma ?

Je me languissais d'Amma, mais c'est à Lui que j'adressais mes prières, à cet homme grand et maigre, habillé d'ocre, qui était mon père et que je n'avais pas vu depuis des années. Je ne sais pas pourquoi je continuais à penser à lui, alors qu'il m'avait abandonnée – que pouvais-je imaginer d'autre, puisqu'il n'était pas venu me voir depuis cinq ans ? Cinq ans, c'est une éternité pour un enfant – assez de temps en tout cas pour effacer tout souvenir de lui. Pourtant il se tenait toujours en arrière-plan des images qui composaient ma vie, quelque part derrière la douleur et la souffrance, la solitude et la détresse, je le sentais là, qui attendait dans l'ombre, attendait de venir à mon secours, et c'est pourquoi je le priais, parce que, comme je l'ai dit, il était Dieu pour moi. Tandis qu'Amma était *ça*, Amma, ma mère, et j'avais besoin de me retrouver dans ses bras, c'était comme une véritable faim et, en cette sombre matinée, je me hâtais sans savoir où j'allais, certaine, en quelque sorte, que mes pas me ramèneraient automatiquement vers elle.

Guidée par des bruits annonciateurs de vie – le klaxon d'un rickshaw, la lointaine rumeur de la circulation – je parvins dans une grande avenue, et c'est alors que je vis enfin quelqu'un. Une femme venait dans ma direction, sur le trottoir d'en face, un ballot sur la tête, et semblait aussi pressée que moi. Je n'aurais jamais adressé la parole à un homme, car je savais maintenant que les hommes portaient tous un démon en eux, sauf Appa et Lui. Je traversai la rue et me mis à trottiner à ses côtés.

« Où est la gare routière ? »

Elle me jeta un regard sans ralentir le pas. « C'est loin. Tu es à pied ?
— Oui.
— Il n'est pas bon pour une jeune fille de sortir seule dans les rues. Sois prudente. Tu n'as qu'à continuer tout droit – ensuite il faudra que tu demandes à quelqu'un d'autre, d'ici c'est trop compliqué à expliquer. Tu en auras pour une heure, peut-être plus. Tu n'es pas d'ici ?
— Non.
— Où sont tes parents ? »

La dame était curieuse et je n'avais pas vraiment envie de répondre à ses questions, mais j'étais tellement reconnaissante que quelqu'un s'intéresse à moi, après avoir vécu si longtemps chez ces horribles gens, que je répondis volontiers. Et même, une fois que j'eus commencé à parler, il me sembla que je serais capable d'ouvrir mon cœur et de lui raconter mes malheurs. Mais je me contentai de répondre : « Mon père est mort, ma mère et mes frères et sœurs sont tous à Gingee.

— Ah, tu es de Gingee ? Dans ce cas, ce sera beaucoup plus simple pour toi. Ma cousine a de la famille à Gingee. Moi je n'y suis jamais allée, mais je connais l'autocar qui y va. Il passe dans Mount Road, tu n'as qu'à y aller – j'en viens justement. C'est toujours tout droit, tu sauras tout de suite que tu es arrivée parce qu'il y a beaucoup de monde. Ensuite il te suffira de demander le numéro de ton car à quelqu'un et quand tu auras trouvé l'arrêt, tu n'auras plus qu'à l'attendre. »

Mon cœur bondit de joie en entendant ces mots et je souris pour la première fois depuis bien longtemps ; je la remerciai et me hâtai de partir dans la direction qu'elle m'indiquait.

Je finis par arriver dans Mount Road. C'était un vrai

bazar ! Il était encore tôt et pourtant quelle circulation ! J'étais complètement abasourdie. Où devais-je aller ? À droite, à gauche, en face ? De quel côté était Gingee ? Et l'arrêt du car ? Quel car ? Qui allait m'aider ? Il fallait que je trouve quelqu'un, je me plantai devant une dame qui passait en courant sur le trottoir, mais elle était trop pressée pour perdre son temps avec des gens de mon espèce – n'oublie pas que j'errais dans les rues depuis bien avant l'aube, que je ne m'étais ni coiffée ni lavée avant de partir, que je portais de vieux habits défraîchis et trop petits pour moi, par conséquent je devais avoir l'air d'une pauvresse. Cette dame était bien vêtue, elle avait un sac à main pendu à l'épaule et quand je lui demandai où se trouvait l'arrêt du car, elle parut agacée, haussa les épaules, fit un geste de la main, puis elle m'écarta et repartit en hâte vers ses affaires. Je n'avais alors plus le courage d'aborder quelqu'un d'autre, je continuai donc à marcher sans but et tout à coup je vis un arrêt de car. Il y avait une longue file de personnes qui attendaient et je n'hésitai pas à demander à une dame si le car de Gingee s'arrêtait là.

« Ici c'est le car qui vient de Gingee. Pour aller à Gingee, c'est en face. Prends garde à ne pas te faire écraser en traversant ! » Elle avait bien raison de dire ça, il fallait faire très attention car c'était pire de traverser cette rue qu'une rivière remplie de crocodiles ! Pour franchir cette rivière-là, il fallait un radeau, et même comme ça c'était dangereux ; le radeau sur lequel je m'embarquai était un groupe de personnes qui attendaient pour traverser à un endroit où il y avait des bandes imprimées sur la chaussée, et quand elles avancèrent j'avançai aussi, ce qui n'empêcha pas les voitures de ne s'arrêter qu'au dernier moment et de nous donner de petites bourrades pour qu'on se dépêche, ce que l'on fit bien entendu.

Je réussis à trouver le bon arrêt et même à monter dans le car mais – tu ne vas pas le croire – je dus très vite en redescendre ! Parce qu'un homme arriva pour vendre des tickets et que je n'avais pas d'argent.

L'argent ! Je n'y avais même pas pensé. Ça montre bien à quel point j'étais naïve, puisque tout le monde sait que l'argent est tout ! L'argent a davantage de prix qu'une vie humaine, je l'ai appris depuis, mais ce jour-là mon ignorance me valut d'être jetée hors du car qui m'aurait sauvée. Il m'aurait été très facile de me procurer ces quelques roupies ! Mes patrons laissaient traîner de l'argent partout dans la maison – de l'argent pour payer le *dhobi* et le laitier, pour acheter des noix de coco et le reste. La petite monnaie ne manquait pas ! J'aurais pu également emporter un objet pour le vendre, si j'avais pensé à ça, mais vois-tu, je n'ai pas l'habitude de voler. Je n'ai jamais rien volé de ma vie, pas même une rose pour mettre dans mes cheveux. Rien. Je n'avais donc pas songé à prendre quoi que ce soit avant de quitter la maison – trop d'honnêteté nuit ! Un tout petit peu de malhonnêteté m'aurait sauvée ! Mais comment aurais-je pu savoir ? Le destin est le plus fort.

Je n'avais pas d'argent pour le car et rien à vendre. Il ne me restait plus qu'à mendier.

Je commençai par remonter la file des personnes qui attendaient le car suivant en sollicitant uniquement les femmes. Je leur disais qu'il me fallait de l'argent pour aller à Gingee. Les trois premières détournèrent la tête sans rien me donner. Puis une dame me donna une roupie et l'homme qui était derrière et avait entendu mon histoire m'en donna une aussi. Évidemment, j'avais eu honte de mendier, parce que ce n'était pas dans mes habitudes, non vraiment pas – nous étions une famille honorable ! Mais le désespoir fit fondre toute ma honte, me donna de l'audace, et je finis par m'enhardir. Si au début je m'étais montrée timide et craintive, en gardant les yeux humblement baissés, comme Amma m'avait appris qu'il convenait à une fille de mon âge, je pris peu à peu de l'assurance et regardais en face les femmes à qui je m'adressais, avec une note plaintive dans la voix et, dans les yeux, un regard auquel il était difficile de résister, qui leur donnait honte de ne rien me donner, au lieu de me faire honte de moi. Après tout, j'étais vraiment dans le besoin ! Au bout d'un certain temps je vis que les hommes aussi me donnaient quelque chose, même si je ne les sollicitais pas directement, et quand le premier car arriva j'avais déjà récolté sept roupies, rends-toi compte, j'étais folle de joie !

Ça continua ainsi pendant une demi-heure – ou plus, peut-être – sans aucun problème. Je n'avais plus aucun scrupule à demander de l'argent, même aux hommes. J'osais même les regarder. Tout le monde sait qu'une fille bien élevée – ce que j'étais – ne doit pas regarder un homme en face, par conséquent peut-être que tout est de ma faute. J'ai souvent réfléchi à ça depuis et je pense que c'est mon impudeur qui a été la cause de ce qui est arrivé ensuite. J'avais remarqué que les hommes auxquels je m'adressais me regardaient avec beaucoup d'intérêt et me donnaient volontiers une roupie, alors que les femmes m'ignoraient ou que si elles me donnaient quelque chose, elles le faisaient en détournant légèrement la tête. C'est les hommes qui me regardaient, mais je jure que ce n'est pas par dépravation que je me comportais de la sorte, c'était simplement le désespoir, mon cœur qui réclamait Amma, l'envie de retrouver ses bras. J'étais prête à faire n'importe quoi pour retourner là-bas, même à regarder les hommes dans les yeux, du moment que ça les incitait à se montrer généreux ! Plus vite j'aurais récolté l'argent nécessaire au voyage, plus tôt je serais rentrée chez moi. Un homme me donna même cinq roupies !

Il m'en fallait vingt-sept. Je prenais la pièce qu'on me donnait dans la main droite et la portais à mon front, en signe de remerciement. Ensuite je la glissais dans ma main gauche et quand celle-ci était pleine, je la vidais dans le sac pendu à mon épaule. À deux reprises, j'avais arrêté de mendier pour aller m'agenouiller un peu à l'écart sur le trottoir afin de sortir mes pièces et de les compter avec soin. La deuxième fois, j'étais arrivée à la somme de vingt-trois roupies. Il m'en fallait encore quatre, juste quatre. La joie d'avoir presque atteint mon but devait se voir sur mon visage, je me rappelle même que c'est en souriant que je m'étais relevée pour retourner vers la file d'attente, j'étais sûre que les gens se montreraient généreux, bienveillants et charitables, et c'est dans cet état d'esprit que je les abordais ; tout de suite, d'ailleurs, un homme me donna une pièce de deux roupies. C'est juste après ce présent considérable, pour lequel je le remerciai d'un sourire rayonnant, qu'une femme en sari vert foncé, celle qui allait être la cause de mes malheurs, m'adressa la parole. Elle était derrière lui et m'avait entendu dire que je voulais retourner chez ma mère, à Gingee, et qu'il me fallait de l'argent pour le car.

« Pourquoi ta mère ne t'a-t-elle pas envoyé l'argent, *beti* ? »

Elle avait plein de rides autour de la bouche, des dents qui avançaient et une pastille en or à la narine. Elle tenait à la main un sac semblable au mien et une gamelle. Voyant qu'elle me souriait avec bienveillance, je n'hésitai pas à répondre à sa question.

« Ma mère n'est pas au courant de mon retour, jusqu'à aujourd'hui je travaillais comme domestique et j'ai décidé de rentrer chez moi.

— Si ta mère t'a placée comme domestique, répliqua-t-elle d'un air un peu préoccupé, elle compte sans doute que tu lui obéisses, que tu travailles dur pour que ta famille vive mieux et que tu ne rentres chez toi que lorsqu'elle t'enverra chercher. »

Jusqu'ici je n'avais pas cessé de sourire, mais en entendant ça, je m'assombris. « Mais ma mère ne voulait pas m'envoyer à Madras, elle sera très contente que je revienne, je vous assure ! C'est mon oncle qui m'a emmenée ici. »

Chaque fois que je repense à cette femme, je me dis que c'est juste après ça que tout bascula. Je comprends maintenant que, déjà, les dés étaient jetés et mon sort fixé, parce qu'elle resta un moment à me regarder sans rien dire, à croire qu'elle se livrait à un rapide calcul et échafaudait un plan dans sa tête avant de reprendre la parole. Ai-je imaginé que ses yeux m'avaient alors regardée d'une façon différente, vaguement sournoise, comme si elle me voyait déjà à Bombay, avec ma figure sale et striée de larmes, mes mains serrant tellement fort les barreaux durs et froids que mes jointures blanchissaient, comme si elle avait vu tout ça dans cette fraction de seconde, comme si elle voyait la vie qui m'attendait et se reconnaissait comme l'instrument qui allait mettre ce destin en œuvre ? Mais si elle n'était qu'un instrument du destin, comment puis-je lui en vouloir ? J'ai peut-être mal agi dans mon existence précédente et c'était sans doute l'instant où toutes les constellations convergeaient sur ce point unique du temps et de l'espace, en disant : « C'est le moment. » Par conséquent à quoi bon tous ces « J'aurais dû prendre de l'argent dans la maison » ou ces « Je n'aurais pas dû l'écouter » ? Y a-t-il un moyen de savoir ? Non. Les regrets sont rétrospectifs – mais vains, puisque ça ne change rien. Cet instant arriva et prit fin, et tout fut décidé, je n'avais d'autre possibilité que de me soumettre et c'est ce que je fis.

Quand elle rouvrit la bouche sa voix avait imperceptiblement changé. Elle était devenue plus affectueuse, enjôleuse, et j'avais tellement faim de tendresse et soif d'attention que je lui souris tout naturellement, et je sais qu'elle vit la tristesse dans mes yeux. Comment pouvait-il en être autrement ? Je m'étais fait des illusions et j'étais obligée de le reconnaître. C'était vrai qu'Amma souhaitait mon retour, mais qu'en était-il de l'oncle ? Une petite voix intérieure me le chuchotait depuis le début, mais je n'écoutais pas parce que je pensais tout le temps *Amma, Amma, Amma...* Amma viendrait à mon secours, Amma m'aiderait ! Amma ne me renverrait pas ! D'accord, pas elle, mais l'oncle oui, et c'est exactement de ça dont je pris conscience à cet instant, de même que cette femme si bonne. En effet je la croyais bonne parce qu'à cette époque je ne savais pas lire dans le cœur des gens ni faire la différence entre un sourire qui n'est qu'un mouvement des lèvres et un sourire qui illumine les yeux.

« C'est mon oncle qui m'a envoyée ici ! » Au moment où je prononçais ces mots, les peurs et les incertitudes que j'avais refoulées au fond de moi refirent surface. Je les sentais dans mes yeux ! Et elle aussi. Elle avait compris – et pris sa décision.

Mes incertitudes et sa détermination : elles s'affrontèrent en cet instant et me livrèrent entre ses mains.

« Viens, mon enfant, raconte-moi tout, me chuchota-t-elle gentiment en m'emmenant à l'écart. Tu as l'air si triste. Que t'est-il arrivé ? Tu as eu des ennuis chez toi ? Pourquoi ton oncle t'a-t-il envoyée ici ? »

Je croyais qu'elle me plaignait – comment ne l'aurais-je pas cru ! J'avais un si grand vide en moi, j'étais brisée à l'intérieur, assoiffée d'amour ! J'avais tellement l'habitude d'être maltraitée – depuis des mois et des mois – que mon cœur réclamait à grands cris une parole bienveillante, et comment pouvais-je déceler l'hypocrisie de ce sourire ! Au moment où j'avais presque réussi à réunir la somme nécessaire pour payer mon voyage, je compris tout à coup que je m'étais illusionnée, qu'on ne voudrait pas de moi. L'oncle m'enverrait ailleurs, encore plus loin peut-être. Le désespoir me submergea, je lui racontai tout, elle écouta comme jamais personne ne m'avait écoutée ; mon cœur débordait d'une gratitude incapable de s'exprimer, tel un épais nuage de mousson qui ne parvient pas à crever. Je ne savais plus pleurer !

« Ne t'inquiète pas, *beti*, tout va s'arranger ; je vais m'occuper de toi. Si tu rentres chez toi ton oncle te battra pour te punir de t'être enfuie, tu le sais, dis-moi ? »

Je la regardai avec des yeux pleins de tristesse et de confiance en murmurant : « Oui », parce qu'elle disait vrai.

« Il te battra et te cherchera une autre place, une place dans une autre ville, bien plus loin que Madras, peut-être, quelque part d'où tu ne pourras plus t'enfuir. Il existe des endroits abominables pour les jeunes filles, le sais-tu ? »

Non, je ne le savais pas – des endroits abominables pour les filles ? La maison d'où je venais n'en était-il donc pas un ? Néanmoins je répondis « Oui », dans un murmure, et elle me sourit encore plus gentiment.

« C'est la vérité, dit-elle. Aussi tu ferais mieux de ne pas retourner chez toi. Ce que tu dis de ton oncle m'inquiète. Il a toute une famille à nourrir, il cherche à se débarrasser de toi, une bonne à rien qui n'est même pas sa fille. Il se débarrassera peut-être aussi de tes frères et sœurs de la même façon. »

Je l'interrompis parce qu'il était important qu'elle sache que ce n'étaient pas vraiment mes frères et mes sœurs, ce qui devait être une bonne nouvelle, puisqu'elle me tapota l'épaule en souriant :

« Tu vois, tu n'es même pas de son sang ! Une enfant adoptée, et une fille qui plus est ! Y a-t-il quelqu'un pour te revendiquer et défendre tes droits ? Non, personne ! Ne sais-tu pas que les filles coûtent cher ? Il lui faudra trouver de l'argent pour ta dot, et si tu ne te maries pas tu resteras toute ta vie à sa charge. Voici donc ce que nous allons faire. Tu vas m'accompagner chez moi – je devais prendre le car pour aller voir quelqu'un, mais tant pis, c'est plus important que je m'occupe de ta situation. Viens avec moi et je t'aiderai. Je te trouverai du travail. Une bonne place où tu pourras gagner beaucoup d'argent, être belle et bien habillée. Tu es une très jolie petite fille, sais-tu, tu as la peau lisse et claire et de si beaux yeux noirs ! Tu n'es pas faite pour être une domestique. »

Déjà nous nous étions mises en route. La dame me conduisait par le bras. Elle habitait assez loin, dans une rue qui n'avait pas été balayée depuis pas mal de temps. Le temps d'arriver, c'était déjà l'heure du déjeuner. Elle étala une natte dans la véranda et partit à la cuisine chercher deux assiettes en aluminium, une cruche d'eau et deux verres. Ensuite elle ouvrit sa gamelle. Elle était remplie de riz au *sambar*, de haricots, de chutney et de *rassam,* mais elle mangea très peu, elle resta simplement assise par terre, en face de moi – pas sur le tapis, mais à même le sol – à me regarder.

Quand j'eus terminé mon repas, elle me dit d'aller faire la sieste. « Tu es fatiguée, je le vois. Et puis il faut que je téléphone pour la place dont je t'ai parlé. Étends-toi ici et repose-toi, je ne serai pas longue. J'ai une voisine qui a le téléphone. Je serai de retour dans une demi-heure. »

À mon réveil je me rendis compte que j'avais dormi longtemps car le soleil commençait à projeter des ombres allongées. Je m'assis, les os encore lourds de sommeil, le cœur las. Je partis à la recherche d'un endroit où me soulager et, en entrant dans la pièce du milieu, je vis, assise par terre, qui triait des lentilles. En entendant mon pas elle leva la tête et sourit ; elle avait compris ce que je cherchais puisqu'elle me montra une porte donnant sur l'extérieur, et là, je trouvai les toilettes. Quand je revins, elle me fit signe de m'asseoir. Elle avait mis une poignée de lentilles dans une assiette qu'elle agitait délicatement de temps à autre, et tout en parlant elle y faisait courir ses doigts pour prendre les petites pierres qu'elle jetait ensuite par terre.

« Malheureusement, pour la place que j'envisageais pour toi, ça ne marche pas. Ils ont déjà quelqu'un. J'ai donc téléphoné à mon mari, à Bombay. Mon mari travaille tantôt à

Bombay, tantôt à Madras, c'est une triste vie pour une épouse fidèle, mais qui suis-je pour me plaindre ? C'est très difficile de trouver du travail à Madras et si on veut avoir une bonne place il faut accepter de partir. Mon mari m'a dit de t'envoyer à Bombay, il t'aidera et s'occupera de tout. Il est très bon et connaît plein de gens là-bas ; il te trouvera un travail qui te conviendra, ne t'inquiète pas. »

Bien sûr, j'avais entendu parler de Bombay, mais je n'en savais pas grand-chose, sauf que c'était une ville immense et que presque personne, à Gingee, n'y était allé ; je savais malgré tout que c'était très loin et j'eus sûrement l'air épouvanté.

« Ne t'affole pas. Il s'occupera de toi. Il m'a dit de te mettre dans le prochain train et comme il sait que c'est très compliqué pour une jeune fille de faire un si long voyage, il m'a demandé de te trouver un chaperon, ce que j'ai fait. Sa tante, une dame très gentille, t'accompagnera. Je lui en ai déjà parlé et elle a aimablement proposé de t'accompagner, afin que tu ne te sentes pas perdue. Tu partiras ce soir.

— Ce soir ? » La consternation m'avait fait hausser le ton, ce qui était impoli ; elle fronça les sourcils.

« Tu veux avoir une bonne place le plus vite possible ? Dans ce cas il faut sauter sur l'occasion au lieu de te plaindre. Je croyais t'avoir bien fait comprendre que c'est extrêmement difficile de trouver du travail en ce moment et je pensais que tu serais heureuse de saisir cette chance de partir tout de suite, surtout que la tante de mon mari a si gentiment proposé de tout laisser tomber pour t'accompagner. Ne me dis pas que tu n'es pas reconnaissante de tant de bonté – à moins que tu préfères que je téléphone à mon mari pour lui dire que tu as changé d'avis, que tu préfères retourner chez ton oncle ?

— Non, non, ne faites pas ça, je vous en prie, je vous suis sincèrement reconnaissante et j'ai très envie d'aller travailler à Bombay... C'est seulement, c'est seulement... »

Je ne pus finir ma phrase, je n'ai pas l'habitude de mentir et c'était un mensonge, bien entendu ! Tout dans mon cœur réclamait Amma et ma maison mais comment pouvais-je espérer y retourner ! La porte m'en était fermée, je le savais, et cette dame était si bonne et si généreuse que je lui avais menti pour ne pas sembler ingrate. Mais Bombay ! C'était si loin ! Comment ferais-je pour regagner Gingee quand le moment viendrait ?

Lisait-elle dans mes pensées ? Sans doute, parce qu'elle dit aussitôt : « Je sais que tu souhaites par-dessus tout retourner dans ton pays natal, mais sans argent c'est un rêve sans espoir. À Bombay tu gagneras de l'argent. Mets-en de côté le plus possible et à ton retour ton oncle t'accueillera à bras ouverts. À Bombay tu pourras habiter chez la tante de mon mari, elle te logera gratuitement, à condition que tu acceptes de dormir dans la véranda. Tu n'auras plus que ta nourriture à payer, mais ça ne te coûtera pas cher – le frère aîné de mon mari a un magasin d'alimentation et il te fera des prix. Par conséquent, ne te tourmente pas à cause de ton Amma – quand tu auras travaillé quelques mois à Bombay et fait des économies, tu pourras rentrer à Gingee et la serrer dans tes bras.

« Mais assez parlé maintenant – il est temps de partir à la gare. Nous irons à pied jusqu'au coin de la rue et là nous prendrons un rickshaw – c'est très loin et il faut arriver à l'avance, parce que tu n'as pas de réservation. Viens, *beti*, allons-y. »

Et c'est ainsi que je me suis retrouvée à Bombay.

CINQUIÈME PARTIE

XL

UNE VISITE

D'un geste impatienté, Rani tira sur la corde de la grosse cloche de bronze. Celle-ci se balança plusieurs fois en émettant un appel impérieux. Quelques secondes plus tard à peine, trois jeunes filles au teint doré, vêtues d'une longue jupe froncée et d'un corsage assorti taillés dans une soie somptueuse, surgirent de derrière le rideau séparant la salle du Surya de la galerie des Miroirs.

« *Hukam* ? » dit la plus âgée des trois en inclinant le buste, les paumes jointes et les yeux baissés.

D'un doigt alangui, Rani dessina une courbe et montra l'un des deux téléviseurs encastrés dans une arche en bois sculpté, à l'entrée de son alcôve. Sur un écran tremblotaient des images en couleurs d'une vidéocassette que Lakshmi avait rapportée la veille. Une ravissante héroïne aux joues rebondies articulait les paroles d'une chanson qu'on n'entendait pas. L'autre poste était en noir et blanc, et c'était lui que désignait Rani. Le regard des trois filles suivit le doigt et s'arrêta sur l'écran montrant uniquement le portail fermé.

« Oui, *hukam* ? » dit encore la jeune fille d'un air perplexe.

La main de Rani retomba sur la table en bois de santal placée près d'elle et ses doigts se refermèrent sur la télécommande. Elle pressa un bouton et l'écran s'obscurcit avec un petit claquement. Les trois filles se regardèrent, encore plus intriguées, car Rani n'éteignait pratiquement jamais le magnétoscope. De l'aube au crépuscule des images défilaient ; quand elle parlait avec quelqu'un ou donnait des ordres, il lui arrivait de couper le son, et après elle rembobinait la bande pour visionner ce qu'elle avait manqué. Deux ou trois fois par semaine, Lakshmi se rendait en ville, au vidéoclub Bisheswar, pour louer une cargaison de films que

Rani consommait à la chaîne. Les trois filles ne se rappelaient pas avoir déjà vu l'écran éteint.

Rani prit son temps ; elle se prépara un *paan* en roulant divers ingrédients dans une feuille de bétel, puis elle leva la tête et arrêta son regard non pas sur les servantes mais sur un minuscule point de lumière verdâtre filtrant entre les ciselures du moucharabieh en bois de santal, un infime bout de jardin inondé de soleil.

« Nous avons de la visite, dit-elle. Qui est-ce ?
— De la visite, *hukam* ?
— Deux personnes. On les a fait entrer il y a quelques minutes. Je n'ai pas vu si c'étaient des hommes ou des femmes. Elles avaient la démarche et la tête d'une femme mais les parties basses d'un homme, pour autant que j'aie pu le voir. Allez demander à Lakshmi qui sont ces gens, ajouta-t-elle en congédiant les servantes d'un geste de la main, après quoi elle enfourna la chique dans sa bouche.
— Bien, *hukam*. »

Le buste incliné et les mains jointes, les trois jeunes filles sortirent à reculons dans un bruissement de soie et disparurent derrière le rideau de perles, qui retomba en tintant.

Tout en mâchonnant son *paan*, Rani arrangea ses coussins dans son dos, souleva son genou à deux mains pour soulager une crampe, puis le laissa retomber avec un petit grognement. Son doigt pressa le bouton *rewind*. L'opulente et muette beauté repartit en arrière à fond de train, s'immobilisa brutalement sur une nouvelle pression du doigt de Rani et se mit à chanter avec enthousiasme.

Lakshmi avait soixante-six ans. Sa légendaire beauté avait mûri comme de la soie de qualité. Sa peau, nourrie d'huiles riches et restée souple grâce à des massages quotidiens, avait la patine du vieil or. Pas une seule ride ne déparait son visage ; tout au long de ces nombreuses années elle avait toujours réussi à sourire à son exigeante maîtresse, pas seulement avec les lèvres mais également avec le cœur, et la rancune n'avait pas altéré sa beauté : Lakshmi avait conservé sa dignité. Bien sûr, elle s'était empâtée, et les plis de son sari enveloppaient aujourd'hui un corps certes alourdi mais toujours ferme et harmonieux, avec les rondeurs naturelles chez une femme dans la maturité de son âge.

Elle écarta le rideau de perles, en proie à une certaine agitation, puis s'étant bientôt ressaisie, elle s'approcha calmement de Rani d'un pas glissé, les mains jointes, avec un sourire charmeur et une attitude pleine d'humilité.

« *Hukam*, je m'apprêtais justement à venir vous voir quand on m'a dit que vous me demandiez. *Hukam*, il y a deux...

— Des hommes ou des femmes ? demanda Rani en baissant le son du téléviseur.

— Des femmes, *hukam*.

— Pourquoi portent-elles des vêtements masculins ?

— Ce sont des étrangères, *hukam*, elles ne savent pas. »

Rani réfléchit un instant tout en continuant à mâchonner son *paan*. Une lueur d'intense curiosité s'alluma dans ses yeux. Elle coupa le son.

« Que viennent-elles faire ici ?

— C'est justement ce que je venais vous dire, *hukam*. Figurez-vous qu'elles arrivent d'Amérique du Sud et prétendent vous être apparentées. Il semblerait que Dilip Hanoman ait vu une de ces deux filles quand vous l'aviez envoyé rechercher des membres de la famille à l'étranger. Il n'avait pas trouvé de descendants mâles mais il y avait ces deux filles.

— Amène-les-moi. Tu es certaine que ce sont des femmes ?

— Oui, *hukam*, tout à fait certaine.

— J'aimerais tout de même que tu t'en assures, s'il te plaît.

— Bien, *hukam*, je vais le faire.

— Et qu'elles s'habillent en femme avant de venir me voir.

— Bien, *hukam*.

— Maintenant retire-toi, s'il te plaît.

— Bien, *hukam*. »

Elles arrivèrent peu après, mal à l'aise dans leur sari, mais Rani vit tout de suite que c'étaient effectivement des femmes. La plus grande était aussi la plus foncée de peau et la moins intéressante. Elle n'avait aucune allure. Le pire, c'étaient ses cheveux : affreusement crépus et réunis dans une natte informe, ramenée devant l'épaule. Son sari était correctement drapé – Lakshmi avait dû y veiller – mais le rabat pendouillait inélégamment et glissa à trois reprises dans la demi-minute qu'il lui fallut pour approcher. Elle le rejetait chaque fois en arrière avec une brusquerie bien peu féminine. Et puis elle marchait à grandes enjambées, comme un homme.

Pas la petite. Rani avança légèrement le buste pour mieux la voir. À l'évidence, elle non plus n'était pas habituée au sari, mais elle avait un port exquis et marchait la tête haute, le menton relevé, la main gauche délicatement posée sur l'épaule. Son visage était tout simplement ravissant : de grands yeux écartés, une bouche arrondie et charnue, un teint doré irréprochable, semblable à la peau d'une pêche de l'Himalaya. Elle avait des cheveux épais et soyeux, noirs comme de l'ébène et brillants comme du satin, que Lakshmi avait dû natter avec soin et orner de fleurs, mais Rani les imaginait lâchés, longs, superbes, épousant la forme des épaules, comme en réplique à son corps parfait. Elle se pencha un peu plus, pour autant que son embonpoint le lui permettait, et examina la jeune fille. Elle lui rappelait quelqu'un – mais qui ? Elle tripota la télécommande et, pour la seconde fois de la journée, l'écran s'éteignit, tandis qu'une image lui apparaissait : elle à quinze ans, étendue toute nue le long du muret entourant la fontaine en mosaïque, dans le Purdah du palais de son père, pendant que ses servantes favorites la massaient avec amour, en un temps où tout allait au mieux dans le monde et où elle était promise au jeune maharadjah Tanjit. Avant que ce monde parfait ne s'effondre. Elle plissa les yeux ; se sentant admirée, la jeune fille sourit. Un sourire si charmant que Rani, définitivement conquise, sourit à son tour, dévoilant des chicots rougis par le bétel. Un rire joyeux monta du plus profond d'elle-même. Elle leva la main et décrivit un petit cercle avec son index.

La fille comprit instantanément ; elle écarta les bras et tourna lentement, en pivotant sur la pointe des pieds à petits pas légers, comme on le lui avait appris, pour faire admirer sa longue chevelure retenue sur la nuque par un bouquet de jasmin, puis retombant en cascade jusque dans le milieu du dos, exactement comme ceux de Rani, autrefois. Lakshmi se pencha vers sa maîtresse et chuchota : « Elle s'appelle Belle, *hukam.* » Elle avait prononcé Bell-ih.

« Quoi ? Belly[1] ? » Rani s'esclaffa de son propre humour, mais le rire se changea en toux. Lakshmi se précipita pour lui tapoter le dos et l'aider à se pencher en avant. Paralysée par ses quintes, Rani fit un geste maladroit en direction de la table en bois de santal et Lakshmi prit le crachoir qu'elle approcha des lèvres de Rani. Celle-ci se racla la gorge et lâcha un bouchon de mucosités mélangé de salive rouge vif dans l'ustensile que la servante recouvrit d'un mouchoir bordé de dentelle, puis elle en sortit un second de son corsage pour lui essuyer la bouche et tout rentra dans l'ordre.

« Viens ici, Belly », dit Rani en désignant la petite.

Accroupie auprès de sa maîtresse qui ne pouvait pas la voir, Lakshmi adressa un geste impérieux à Belle, qui comprit le message. Elle s'agenouilla aux pieds de Rani, joignit les mains sur la poitrine et posa le front sur le tapis. Lakshmi regarda ensuite l'autre fille, qui se tenait un peu en retrait, toute raide, et pointa un doigt sévère à côté de Belle en articulant des paroles facilement déchiffrables : « À genoux ! »

La grande bringue s'avança en se prenant les pieds dans son sari et s'agenouilla maladroitement. Elle adressa un regard anxieux à Lakshmi, qui montra le sol avec encore plus d'autorité. Elle s'inclina et posa à son tour le front sur le tapis.

« L'autre s'appelle Riitha, *hukam,* dit Lakshmi.

— Riitha et Belly... Belly n'est pas un nom de bon augure, il est trop vulgaire pour être utilisé en public. Je vais lui en chercher un autre, mais moi je l'appellerai Belly. Pour m'amuser. »

La dénommée Belly ouvrit la bouche comme pour protester, mais Lakshmi secoua vigoureusement la tête et posa un doigt sur ses lèvres. La bouche de la fille se referma, comme celle d'un poisson, sans qu'aucun mot en soit sorti. Lakshmi baissa les paupières et hocha la tête en signe d'approbation.

« Tu dis qu'elles viennent d'Afrique du Sud ? »

---

1. Jeu sur la prononciation à l'anglaise du « e » final de Belle, « belly » signifiant « vertes ». (*N.d.T.*)

Rani se démancha le cou autant que ses moyens le lui permettaient pour regarder Lakshmi.

« D'Amérique du Sud, *hukam*.

— L'Afrique du Sud, l'Amérique du Sud, peu importe, c'est la même chose. Pourquoi ont-elles fait un si long voyage pour venir ici ?

— Elles disent qu'elles recherchent leur famille. Leur père est mort depuis quelques mois. Les voilà seules au monde et elles sont donc venues se réfugier ici. Elles n'ont plus que vous.

— Pourquoi parles-tu à leur place ? Elles n'ont donc pas de langue ? Laisse parler la petite. C'est elle que je préfère. J'ai décidé qu'elle s'appellerait Balwantie, c'est de meilleur augure que Belly. Toutefois quand je serai d'humeur à plaisanter je l'appellerai Belly. Viens ici, Balwantie, assieds-toi à côté de moi, sur ce coussin, pour que je te voie mieux, et raconte-moi ton histoire. Laisse-moi te toucher. Mon Dieu, quelle jolie peau ! Jolie, très jolie. Exactement comme la mienne autrefois. Et ces cheveux, doux comme de la soie. Des yeux comme des diamants noirs ! Prends bien soin de ta beauté, mon petit, c'est ton bien le plus précieux ! Si tu es vraiment de la famille, et ça tu devras m'en donner la preuve, tu es ici chez toi et je suis ta grand-mère. La famille est la seule chose que je n'aurai pas eue en suffisance et que l'argent ne peut acheter ! Appelle-moi Dadi. Quel bonheur ce sera de voir à nouveau de la beauté et de la jeunesse dans le Purdah Mahal. Tu pourras t'installer ici, je veillerai personnellement à ton bien-être et à ce que tu sois dorlotée comme ta beauté le mérite... Je te raconterai des histoires de ma jeunesse pour que tu te fasses une idée de ce que devrait être notre existence. Tu sais peut-être que j'étais jadis une princesse aussi jolie que toi, mon enfant, fiancée au prince maharadjah... à l'âge de dix-sept ans... »

À l'insu de Rani et de Lakshmi, Belle donna un petit coup de coude à Rita, agenouillée auprès d'elle. Rita jeta un regard furtif vers sa sœur, qui redressa le pouce, le poing fermé.

XLI

LE PURDAH

« Tu as vu ! dit Isabelle. J'en étais sûre. J'ai mes chances. »
Rita se contenta de renifler.

« Qu'est-ce que tu as ? Ne me dis pas que tu es reprise par tes scrupules ! »

Rita ouvrit sa valise sur le lit et en sortit une pile de T-shirts. Elle se dirigea vers l'armoire en jetant un regard à sa sœur au passage.

« Sais-tu où nous sommes, Isabelle ?

— Évidemment. Dans le Maha Pradesh. Pourquoi ?

— Non, je veux dire, est-ce que tu sais dans quelle sorte de maison nous nous trouvons en ce moment ?

— Un palais. C'est fantastique, non ? Tu as vu ces murs de mosaïque, et toutes ces glaces ? Les cadres ont vraiment l'air en or ! Et les sols... c'est du marbre, et...

— Tu as entendu comment elle a appelé cet endroit ?

— Non, comment ?

— Le Purdah Mahal.

— Oui ? Et alors ? Ça fait penser au Taj Mahal ! s'esclaffa joyeusement Isabelle.

— Mahal veut dire palais, je l'ai lu dans mon guide. Mais sais-tu ce que Purdah signifie ?

— Non. C'est toi le dictionnaire ambulant, pas moi.

— Le Purdah, c'est la résidence des femmes. Dans les demeures indiennes traditionnelles, c'est là qu'elles passent leur existence. Elles n'ont pas le droit de parler aux hommes ni même de les voir. C'est une sorte de prison. Tu n'as rien remarqué en montant ici : il n'y a que des femmes ! Pas un seul homme ! Tu n'as pas vu cet écran de bois qui ferme le fond de la salle de Rani ? Et puis regarde les volets de ces fenêtres... tu vois comme il fait sombre dans cette pièce, la lumière du soleil ne passe qu'à travers les ciselures ! Viens te mettre ici ! »

Rita s'approcha de la fenêtre et essaya d'ouvrir les persiennes de bois sculpté. Impossible, elles étaient fixées au châssis. À travers les interstices, elle voyait seulement la cour, en bas, remplie d'une grande animation et où pour la première fois depuis des siècles, lui sembla-t-il, elle aperçut des hommes. Des serviteurs, de toute évidence. Quelques-uns déchargeaient une charrette ; d'autres transportaient d'énormes sacs dans un bâtiment situé en retrait ; deux sentinelles encadraient le grand portail ; des hommes assis en cercle sur le sable buvaient du thé.

La chambre qu'on leur avait donnée était plus longue que large et percée de fenêtres sur les deux petits côtés. Elle s'étendait sur toute la largeur du palais du Purdah ; Rita la traversa pour regarder par les fenêtres ouvrant sur l'autre côté, et également pourvues de volets fixes. De là on avait une vue splendide : en ajustant son regard dans l'arrondi dessiné par la trompe levée de l'éléphant, Rita découvrit une vaste et magnifique pelouse bordée de plates-bandes de fleurs dignes de figurer dans une version indienne de *Maisons et Jardins*. Au loin deux jardiniers à moitié nus – les seuls humains en vue – bêchaient la terre. Le silence enveloppait la scène ; le silence emplissait la chambre. Un silence oppressant, qui sentait le renfermé.

Isabelle, qui s'était mise à la fenêtre elle aussi, regarda sa sœur.

« Tu veux dire... tu veux dire que c'est une espèce de... de harem ?

— Non. Je pense que ce n'est pas tout à fait la même chose. Un harem est un endroit où les hommes enferment leurs concubines, je crois. Je n'ai pas vraiment étudié la question. Mais vois-tu, ici, en Orient, les femmes restent entre elles. En principe, elles ne doivent pas sortir de la maison. Et il me semble que c'est ce qu'elle attend de nous.

— Oh, ne dis pas de bêtises, Rita ! Voyons, ce pays grouille de femmes, il y en a partout, dans les rues et dans tous les coins. On l'a bien vu !

— Oui, mais nous sommes dans le palais d'une famille

royale et c'est là qu'on trouve ces Purdahs. C'est sans doute pour s'assurer de la vertu des femmes. Et tu sais ce que je pense ? Je pense que Rani attend ça de toi. Même si elle t'accepte comme son héritière, elle t'obligera à vivre ici, dans le Purdah. »

Les yeux d'Isabelle s'écarquillèrent et elle porta machinalement les mains à son cou. « Non, Rita ! Je ne pourrai pas ! Vivre dans ce palais, sans jamais en sortir, à attendre qu'elle meure ! Et ça risque d'être *très long* !

— Je t'avais prévenue – un héritage, ça se paie. Tu l'as vue, assise sur son gros derrière et servie jour et nuit par des nymphes obséquieuses ! Si tu as envie de lui lécher le cul, c'est ton affaire, mais moi, je vais me tirer d'ici le plus vite possible ! Demain au plus tard, je serai partie. Tu as intérêt à vite décider ce que tu vas faire.

— Mais Rita, où veux-tu que j'aille, moi ? Tu ne peux pas disparaître comme ça et me laisser ici ; il faut rester ici pour essayer de savoir avec certitude de quel côté souffle le vent ! Pour le moment nous ignorons tout. Je veux absolument parler à ce Mr Hanoman.

— Tu n'as donc pas compris ? Pourquoi nous a-t-on emmenées voir cette Lakshmi plutôt que Mr Hanoman ? Elle prétend qu'il est sorti, mais faut-il la croire ? À mon avis il est bel et bien là, mais dans un autre corps de bâtiment. Tu n'as pas vu cette grande bâtisse, tout à côté ? Je parie que c'est là qu'habitent les hommes, entre autres Mr Hanoman. Ce palais est immense, il faut bien que quelqu'un s'occupe de l'intendance, bonté divine, et cette grosse Rani, assise devant sa télévision, elle n'a pas l'air de s'occuper de quoi que ce soit. Il me semble que c'est plutôt une sorte de figure tutélaire. Mais elle est maligne. Elle laisse les hommes gérer les affaires, et au bout du compte, c'est elle qui décide. Elle ne m'inspire pas confiance. Et puis, tu as vu les gardiens ? Ils sont armés ! Il est impossible d'entrer et de sortir d'ici comme on veut – tu as vu les grilles !

— Tu ne cherches tout de même pas à me faire peur, dis ?

— Je te conseille seulement de bien ouvrir l'œil. Et de ficher le camp d'ici tant que c'est encore possible. »

XLII

DES FEMMES

Rani s'ennuyait. C'était la première fois qu'elle voyait ce film, mais depuis quelque temps elle avait toujours l'impression que chaque film n'était qu'une variation du précédent. Elle actionna la cloche pour appeler Lakshmi, puis roula ses épices favorites dans une feuille de bétel qu'elle mâchonna avec impatience pendant la minute qu'il fallut à Lakshmi pour accourir.

« Vous avez appelé, *hukam* ? Je change le film ? Celui-là ne vous plaît pas ?

— Le film, bof. Les filles... elles se reposent ?

— Oui, *hukam*. Elles m'ont semblé très fatiguées, elles ont fait un long voyage. Je les ai emmenées dans leur chambre et maintenant elles doivent dormir tout à leur aise. »

Rani hocha la tête. Elle éteignit le son avec la télécommande et inclina légèrement le buste. « Alors, qu'en penses-tu ?

— La petite est très jolie, *hukam*, tout à fait délicieuse, mais elle n'a aucune éducation. Elle fait même un peu vulgaire. »

Rani balaya la remarque d'un geste de la main. « Pfft, l'éducation est quelque chose qui s'acquiert. L'essentiel c'est la matière première. Chez elle, elle est d'une grande qualité. Elle promet beaucoup. Il me la faut.

— Mais, *hukam*, elle n'a pas la moindre idée de nos usages. Elle vient d'une culture barbare, je m'en suis tout de suite rendu compte. La grande est encore pire. Elle n'a aucune grâce naturelle, contrairement à la petite. C'est un buffle d'eau en comparaison.

— Oublions la grande, elle ne m'intéresse pas. La petite correspond exactement à ce que je cherche depuis toujours.

Je ne pouvais pas trouver mieux. Mais il faudra d'abord faire une petite enquête. La grande a du sang pollué, ça se voit à ses cheveux. Renseigne-toi pour savoir si la petite est de race pure, s'il te plaît. C'est le point numéro un. Point numéro deux : la grande a peut-être l'air godiche mais c'est la plus intelligente des deux. La petite n'a pas de jugeote. La grande voit tout et elle risque de nous mettre des bâtons dans les roues. Il faudrait s'en débarrasser. Lui dire de s'en aller ; si elle n'a pas d'argent, tu n'auras qu'à lui en donner. Et lui trouver quelqu'un pour l'accompagner.

— Très bien, *hukam*, mais si je peux me permettre, pourriez-vous me dire quelles sont vos intentions pour la petite ? »

Rani s'esclaffa bruyamment, oubliant une fois de plus que le rire et la toux sont d'inséparables jumeaux, pour elle en tout cas. Elle devint écarlate et faillit s'étouffer en constellant de fragments de bétel à moitié mâchés la joue de Lakshmi qui se penchait sur elle pour la secourir. Sans même prendre le temps de se nettoyer, la servante approcha une coupe dorée des lèvres de sa maîtresse et attendit patiemment que celle-ci parvienne à avaler le remède entre deux quintes. Un ultime raclement de gorge lui indiqua qu'il était temps de lui présenter le crachoir.

« Il ne faut pas rire, *hukam*. C'est mauvais pour votre santé », dit-elle, et alors seulement, elle sortit un mouchoir de son corsage pour essuyer sa joue souillée. « Vous ne devriez pas rire. Maintenant, dites-moi s'il vous plaît quelles sont vos intentions au sujet de la petite. »

Rani s'exécuta. Cette fois elle ne riait plus.

Les deux sœurs étaient assises en tailleur sur des coussins, devant une longue table ovale en bois doré, très basse. Si basse que, ne pouvant glisser leurs genoux dessous, elles devaient se pencher beaucoup pour atteindre leur assiette. Une trentaine de convives auraient pu facilement y prendre place et elle était suffisamment garnie pour nourrir une douzaine de personnes ; des plats en acier inoxydable de toutes dimensions leur étaient respectueusement présentés par Lakshmi qui soulevait le couvercle et les leur mettait sous le nez en annonçant ce qu'ils contenaient, comme s'il s'agissait d'une cohorte d'importantes personnalités, puis elle les servait généreusement. Rita et Isabelle avaient beau protester et faire des gestes de refus, allant même jusqu'à essayer de repousser la main qui les servait, Lakshmi n'en avait cure ; elle continuait à remplir leurs assiettes en disant avec un sourire : « Allons, allons, mangez, mangez », et diverses autres paroles d'encouragement.

Leur repas terminé, elles eurent droit à une visite guidée du palais. Le rez-de-chaussée se composait de deux parties égales séparées par la galerie des Miroirs, un vaste passage orné, comme son nom l'indiquait, de glaces serties dans des cadres dorés, avec un sol recouvert de superbes mosaïques dans des tons bleu clair. Ce couloir s'ouvrait d'un côté par une grande porte donnant sur la cour d'entrée, et à l'autre bout par une seconde porte, côté jardin. La salle réservée à Rani était située dans la partie gauche. À droite de la galerie des Miroirs il y avait une grande pièce en longueur occupée par des jeunes filles – au moins huit, estima Rita sur un rapide coup d'œil – assises par petits groupes, qui bavardaient ou jouaient à des jeux divers. Deux d'entre elles disputaient une partie de ce qui semblait être une version indienne du Monopoly. Dans un coin, deux ou trois autres entouraient une femme plus âgée, qui leur faisait la lecture ; à un moment donné, elle haussa la voix pour souligner quelque chose puis se tut brusquement et son auditoire partit d'un rire un peu gêné. Elles étaient toutes belles et toutes oisives ; pourtant, derrière cette aimable nonchalance, on sentait une certaine tension, l'apathie trompeuse du chat qui guette la souris en feignant de dormir. Elles attendent, pensa Rita, mais quoi ? Les deux sœurs étaient entrées sans bruit, leur présence ne fut pas immédiatement perçue mais soudain l'une des joueuses de Monopoly les vit et se leva d'un bond, imitée par toutes les autres ; un silence impressionnant s'installa et tous les yeux se tournèrent vers Rita, Isabelle et Lakshmi qui se tenaient sur le seuil, des yeux qui les évaluaient, les soupesaient, les comparaient. C'est Isabelle qu'elles regardent, se dit Rita. Pas moi.

« Les servantes », déclara sèchement Lakshmi en faisant signe à celles-ci de se rasseoir, puis sans autre explication elle pivota sur ses talons et ressortit dans la galerie des Miroirs, suivie des deux filles. Tout au bout du couloir, un grand escalier conduisait au premier étage.

Isabelle retint Rita par la main. « Tu as vu ? Tu as compris ? C'est un harem. Rani est lesbienne et ce sont ses femmes ! Et... et maintenant elle me veut moi aussi, j'en suis sûre !

— Tu as voulu venir, tu n'auras qu'à te débrouiller », lui chuchota Rita à l'oreille, en pressant le pas pour rattraper Lakshmi qui montait l'escalier.

Un large couloir ponctué de portes courait dans le milieu du premier étage dont elles connaissaient déjà une partie : leur chambre, avec une immense salle de bains contiguë et un vestiaire.

« Ce sont d'autres chambres ? » demanda Isabelle, histoire de dire quelque chose. Mais Lakshmi se contenta de hausser les épaules. Les deux sœurs échangèrent un regard et suivirent leur guide taciturne, qui les emmena dans une immense pièce, tout au bout du couloir. Le sol de marbre rose moucheté était recouvert de superbes tapis de haute laine. Du côté de l'entrée le mur s'ornait d'une mosaïque monumentale représentant une scène de jardin, avec un avatar de Krishna jouant de la flûte, trois *gopis*, une rivière, la pleine lune et deux paons dansant. Cette pièce se trouvait à l'opposé de l'édifice par rapport à leur chambre ; de même forme oblongue que celle-ci, elle était percée aux deux extrémités de fenêtres protégées par des écrans de bois sculpté. Il y avait cependant une grande différence, en ce sens que le mur faisant face à la mosaïque était constitué d'une gigantesque dalle de marbre ajouré. Rita s'approcha pour regarder par les interstices et vit une cour, une cour qui ne ressemblait pas à celle du devant, réservée au service, mais plutôt à une cour d'apparat.

Il était facile de l'imaginer peuplée de souverains, de princes et de ministres somptueusement vêtus, entourés de serviteurs en grande livrée : au fond, face à l'écran, quelques marches de marbre menaient à l'estrade réservée au roi. De chaque côté, des fontaines, des fontaines d'où l'eau ne jaillissait pas, mais des fontaines tout de même. Derrière l'estrade, des statues de pierre noire représentaient des divinités hindoues, principalement des déesses à quatre bras et à la poitrine opulente, portant des lotus. Sur la droite, Rita vit deux gigantesques éléphants de pierre face à face, dont les trompes relevées formaient une arche derrière laquelle il y avait deux grandes portes richement sculptées. Rita se représentait ces portes gardées par des sentinelles enturbannées, en train de s'ouvrir pour livrer passage au cortège royal ; il lui semblait voir les musiciens accorder leurs instruments, elle entendit véritablement l'écho nasillard d'un sitar et le tambourinement d'un tabla, d'abord lointain, puis se rapprochant et battant en cadence avec son cœur, qui cognait, qui frappait, qui galopait. Elle s'agrippa aux ciselures de l'écran de marbre, tandis que sa tête s'emplissait de l'espace, de la couleur, de la lumière, de l'odeur douceâtre de l'encens, grisante, entêtante. Elle se sentit vaciller, basculer...

« C'est ici que les femmes se rassemblaient pour assister aux audiences royales à travers les *jalis*, dit une voix tout près d'elle, qui la ramena aussitôt à la réalité. C'était une époque merveilleuse. En ce temps-là le palais vivait. Aujourd'hui il est si vide, si calme, si mort... Il n'y a plus d'hommes. Plus d'hommes de sang royal, veux-je dire, plus de prince, plus de maharadjah. Tout ça a disparu, maintenant. La magie s'est enfuie.

— C'était comment, à cette époque ? » demanda Rita en s'apercevant qu'un flot de nostalgie descellait, du moins momentanément, les lèvres de Lakshmi. Profitons-en, pensa-t-elle en lançant un regard à Isabelle, c'est le moment de la faire parler.

« C'était comment ? Oh, c'était magnifique ! Personne aujourd'hui ne peut imaginer le faste de cette époque ! J'étais très jeune en ce temps-là mais je me revois parfaitement à cette même place, en train de regarder le maharadjah Sanjay assis sur son royal coussin. On le voyait très bien d'ici ! On n'entendait pas un mot, bien sûr, mais qu'importe, nous n'étions que des femmes. Quel plaisir c'était de regarder ce qui se passait en bas, dans la cour, depuis notre cachette, pendant que les hommes vaquaient à leurs affaires. Ma maîtresse n'était guère plus vieille que moi, c'était une jeune épousée à qui tous les espoirs étaient permis ! Qui aurait pu imaginer que son mari, le prince, mourrait si vite, alors qu'elle portait son enfant ! Et ensuite... on n'a pas compris – personne ne nous avait prévenus – nous ne pouvions pas prévoir... »

Elle se tut soudain, comme si elle répugnait à quitter ce monde enchanté pour évoquer des choses qui n'auraient jamais dû se produire.

« Que s'est-il passé ? demanda Rita tout bas, de peur de rompre l'enchantement.

— Nous avons été trahis, dit Lakshmi d'une voix aiguë et tremblante d'émotion. Trahis par l'Empire britannique, par des dirigeants auxquels nous étions toujours restés fidèles. Vendus ! Nous n'avons pas eu le choix ! Il a fallu fusionner : on ne nous a pas laissé d'autre possibilité ! Nous avons dû disparaître pour pouvoir survivre – mais dans quel état ! Plus de titres, plus de terres, plus de sujets. Que pouvait faire la maharani, elle qui n'était qu'une femme, quand dans toute l'Inde royale, même les plus puissants souverains, même les plus anciennes familles régnantes se détruisaient en acceptant la fusion, que pouvait-elle faire ? Rien. C'est le destin. C'est la volonté de Dieu et il faut l'accepter.

— Et qu'est-il arrivé quand... »

Rita s'interrompit à l'instant où se déclencha un carillon assourdissant, pareil à la voix fantomatique d'un dieu électronique ivre de fureur. Lakshmi lui posa la main sur le bras.

« Il faut que j'y aille. Ma maîtresse m'appelle. Je vais vous reconduire dans votre chambre ; suivez-moi. »

XLIII

DES DESSEINS INSENSÉS

Postée devant la fenêtre de sa chambre, Rita examinait les grilles de l'entrée à travers le volet de bois ajouré. Même de loin, on voyait qu'elles étaient solidement fermées par deux énormes verrous et une grosse chaîne munie d'un cadenas. Dans la grille de gauche était aménagé un portillon par lequel, la veille, elle avait parlementé pendant près d'un quart d'heure avant qu'une sentinelle se décide à appeler Lakshmi ; ensuite il lui avait fallu discuter encore un quart d'heure avec cette dernière pour réussir à la convaincre qu'elles étaient bien des parentes de Rani et pour que le portillon s'ouvre comme à regret afin de les laisser entrer. Rita se rendait compte maintenant qu'il serait peut-être aussi difficile, sinon plus, de ressortir du palais.

Ce petit monde autarcique, avec ses grilles cadenassées, ses sentinelles enturbannées, sa reine obèse et son harem personnel, sa monarchie d'opérette, son Purdah et ses sols de marbre, c'était exactement l'antidote qu'il fallait à la morosité où elle avait sombré depuis son départ de Guyana. C'était un monde de portes closes qui ne demandaient qu'à être ouvertes, ouvertes par Rita, et par elle seule, car c'était aussi son monde. Il était légitimement le sien, autant que la modeste ferme des bords de l'Akinawa où Grand-mère ramassait ses haricots, triait le riz et nourrissait ses poules. Cet univers-là était celui du prévisible, du quotidien, de la routine, centré sur la nécessité de se nourrir, de se protéger, afin de se maintenir en vie et en état de travailler. Celui-ci était un monde échappant au domaine des choses concrètes, logiques et sans surprise. Le Purdah et les gardes enturbannés, symboles de l'enfermement, étaient des clés permettant de s'évader pour un esprit aiguillonné par la soif de savoir.

L'indécision la rongeait. Rester ou partir ? Elle était à la fois curieuse et dégoûtée. Parmi toutes les incertitudes de leur situation une seule chose semblait claire : Rani était au centre de tout et détenait toutes les réponses.

Isabelle se brossait les cheveux, assise devant une coiffeuse basse en bois couleur miel. Après le départ précipité de Lakshmi elles étaient retournées dans leur chambre pour attendre la suite des événements ; Isabelle s'était changée et remaquillée, mais ne voyant pas revenir Lakshmi, elle avait entrepris de défaire ses bagages, comme en préparation d'un séjour prolongé.

Rita s'était assise sur son lit pour écrire son journal, puis elle avait parcouru la chambre de long en large en examinant le mobilier, avant d'aller se mettre à la fenêtre. Au bout d'un moment elle se retourna vers sa sœur.

« Alors, Isabelle, est-ce que tu as pris une décision ? »

Isabelle cessa de s'admirer dans la glace et fronça les sourcils.

« Je t'en supplie, Rita, ne joue pas les rabat-joie ! On commence à peine à s'amuser. Je croyais que tu voulais connaître l'Inde ? Eh bien, voici l'Inde, la demeure de nos ancêtres ! Tu ne peux pas t'en aller comme ça... je t'en suppliiiie, je me mets à genoux et je t'imploooore, ne me laisse pas seule avec Rani !

— Qu'est-ce que tu risques, après tout ? Tu crois vraiment qu'elle va te violer ? Elle est tellement grosse, elle ne pourra pas te courir après ! Tu as peur qu'elle se jette sur toi ou quoi ? À moins que... »

Elle cessa de rire, réfléchit un instant et reprit :

« À moins qu'elle te fasse enchaîner pendant qu'elle se livrerait à ses cochonneries. Qu'est-ce que tu en penses ? Ou bien elle pourrait s'ingénier à te rendre amoureuse d'elle. Oh, Rani, Rani, ma chérie, tu es celle dont je rêve depuis toujours !

— Là, tu vas un peu loin, s'exclama Isabelle en riant malgré elle.

— Quoi que tu fasses, dit Rita d'un ton sérieux, garde bien

la tête sur les épaules. Elle ne m'inspire pas plus confiance qu'à toi et je suis sûre qu'elle manigance quelque chose.

— Ton fameux sixième sens.

— Et Lakshmi lui mange dans la main. Il n'y a qu'un seul moyen d'obtenir des informations ici. Les femmes de tout à l'heure... je parie que ce sont de vraies commères. Je vais aller les voir. Elles nous diront peut-être ce qui se prépare. »

Elle alla jusqu'à la porte, s'arrêta et se retourna. « Tu viens ? »

Isabelle se leva et la suivit.

En descendant l'escalier, elles croisèrent une femme agenouillée par terre qui astiquait les montants de la rampe de bois sculpté. Elle était assez âgée et pauvrement vêtue ; sa peau ridée était très foncée et, au moment où elles passaient, elle recula et se plaqua contre la rampe, comme un chien qui craint un coup de pied d'un maître cruel. Elles avaient déjà vu plusieurs femmes comme celle-ci. Une qui poussait lentement un balai drapé d'un chiffon sur le sol en mosaïque de la galerie des Miroirs. Une autre qui brossait soigneusement les franges d'un tapis sur le palier du premier étage. D'autres encore qui remplissaient des seaux d'eau au puits de la cour pour les emporter quelque part, sans doute dans la cuisine. Elles étaient toutes foncées de peau, portaient toutes un sari de coton pourpre, plus ou moins passé, et chacun de leurs mouvements de recul, chacun de leurs regards apeurés disait la soumission.

Rita frappa à la porte des servantes et, sans attendre de réponse, elle tourna lentement la poignée et entra. Ce qui se produisit ensuite fut si rapide qu'elle fut prise de vertige. Elle ne vit qu'un tourbillon de couleurs arc-en-ciel, un envol de jupes et de châles de soie, des mains qui se tendaient pour l'accueillir, des visages souriants frôlant le sien, dans un mélange entêtant de senteurs : l'huile de noix de coco, le jasmin, la rose, mêlées aux fumerolles blanches de l'encens ; tout cela dans une atmosphère envahissante mais indéfinissable de féminité qui se refermait sur elle. Et accompagné de gazouillis fébriles, ponctués de petits cris, de rires et d'exclamations de bienvenue. Elle secoua vigoureusement la tête pour se ressaisir, leva machinalement les mains comme pour repousser ce bouillonnement de soieries, de bruits et d'odeurs et s'écria : « Non ! Attendez ! Arrêtez ! » Les bras s'abaissèrent, les voix se turent et Rita promena son regard dans la pièce.

Elle se retrouva bien vite installée sur un somptueux tapis, avec Isabelle, les servantes silencieuses, assises ou agenouillées, faisant cercle autour de ces étrangères qu'elles regardaient avec une curiosité non dissimulée. L'une d'elles, particulièrement hardie, avança la main pour toucher les cheveux soyeux d'Isabelle.

Isabelle sourit. Ce fut le signal ; comme si ce sourire était une invitation, les servantes se rapprochèrent et leur babillage reprit de plus belle. Des bras bruns graciles, ceints de multiples bracelets tintinnabulants, se levèrent pour toucher. Isabelle était à l'évidence le principal objet d'intérêt, comme toujours sa beauté fascinait. Poussant des cris d'admiration, les filles examinaient sa peau lisse et dorée, son abondante chevelure, ses mains douces et effilées, ses petits pieds nus, ses ongles à l'ovale régulier, l'arc de ses sourcils, la courbe de ses lèvres, sans s'occuper de Rita. Puis une fille toucha la tresse de Rita et dit quelque chose dans une langue incompréhensible. Des regards apitoyés se posèrent sur Rita ; des mains caressèrent les frisottis rebelles de son front et les voix qui les accompagnaient étaient compatissantes, gentilles, la plaignant de cette injustice de la nature. Quelqu'un tira sur sa tresse, elle crut qu'on voulait la lui défaire et elle se retourna vivement pour la rabattre devant son épaule.

« Est-ce qu'il y en a une parmi vous qui parle anglais ? » demanda-t-elle d'une voix forte, et sa question, que tout le monde comprit, déclencha des éclats de rires, tandis que des mains s'étaient levées devant les bouches pour étouffer des gloussements.

Pourtant, tout au fond, une fille leva une main hésitante.

« Je parle anglais.

— Très bien, dit Rita. Pourriez-vous répondre à quelques questions ?

— Comment ?

— Répondre à des questions ? Nous dire quelque chose ?

— Oui, oui. Dire quelque chose. Moi dire quelque chose, fit la fille avec un charmant sourire.

— Bien. Avant tout, comment vous appelez-vous ?

— Je m'appelle Saraswati, dit-elle en détachant bien chaque mot, comme si c'était une phrase apprise par cœur.

— Alors, Saraswati, écoutez-moi. Je m'appelle Rita. (Elle se désigna du doigt.) Ma sœur s'appelle Isabelle. I-sa-belle. » (Elle la montra.) « Je m'appelle Rita », répétèrent les filles en chœur en montrant Rita, puis, montrant Isabelle : « Je m'appelle I-sa-belle. »

« Je m'appelle Sita ! » s'écria triomphalement une autre, puis ce fut « Je m'appelle Premawati ! » « Je m'appelle Jasoda ! » « Je m'appelle Rukmini ! »

Les présentations achevées, Rita s'adressa de nouveau à Saraswati.

« Saraswati, il faut que vous nous aidiez.

— Nousaidié ? » Saraswati fronça les sourcils en essayant de deviner ce qu'avait dit Rita. « Moi pas comprendre.

— On n'ira pas très loin comme ça, dit Rita à Isabelle. En définitive je crois qu'il va falloir interroger Lakshmi. »

Cette fois Saraswati avait compris. « Non, non, non, pas Lakshmi », dit-elle en secouant violemment la tête, et au mot « Lakshmi », les autres commencèrent à marmonner entre elles. Saraswati se lança dans un long aparté avec l'une de ses compagnes et Rita fut obligée d'intervenir.

« Parlez-nous de Rani, dit-elle à Saraswati. Que veut Rani ? Que faites-vous ici toute la journée ? Toutes ces belles jeunes filles ? Est-ce que Rani aime les belles jeunes filles ? »

Toute fière d'avoir compris, Saraswati répondit : « Oui, oui, Rani aimer. Rani aimer beaucoup belles jeunes filles. Beaucoup beaucoup belles jeunes filles ici dans cette pièce, cette belle jeune fille, cette belle jeune fille... (Elle désigna une servante.) Rani aimer Jaya, Rani aimer Indira !

— Tu vois, je te l'avais dit ! dit Rita à Isabelle qui n'avait pas encore prononcé un seul mot. Elle aime les femmes et tu es la prochaine.

— Rani aimer Isabelle ? » demanda-t-elle à Saraswati.

La combinaison des mots Rani et Isabelle dans une même phrase fut comprise de tout le monde. Des cris émerveillés montèrent, des « Oh » et des « Ah », des hochements de tête énergiques, des sourires lascifs, des battements de paupières suggestifs, des murmures manifestement obscènes suivis de petits rires gênés.

— Tu vois ? dit encore Rita à sa sœur qui hocha tristement la tête, toujours sans rien dire. Avant que tu aies le temps de réaliser, tu vas te retrouver parmi ces servantes. Ne pense plus à être l'héritière de Rani. Elle cherche une nouvelle amante... veinarde ! Et maintenant, est-ce que tu as envie de rester ici ?

— Je pense tout de même...

— Qu'est-ce qui se passe ici ? »

La voix de stentor fit taire immédiatement les papotages.

Rita se retourna et eut la confirmation de ses craintes : Lakshmi entra résolument dans la pièce. Malgré elle, Rita eut envie de se réfugier dans un coin, se sentant coupable comme une écolière surprise en train de griffonner un petit mot en classe. (Rita Maraj ! Levez-vous !)

Mais pourquoi ? Qu'est-ce que j'ai fait ? Pourquoi n'aurions-nous pas le droit de rendre visite aux servantes ? Pourtant Rita savait d'instinct que ces servantes et le rôle qu'elles jouaient était l'un des secrets jalousement gardés de ce palais ; des secrets qu'il leur était formellement interdit de tenter de découvrir toutes seules.

« Qu'est-ce que vous faites ici ? aboya Lakshmi. Je vous cherche partout. Vous ne devez pas vous promener toutes seules, est-ce que c'est poli de se conduire ainsi chez les gens ? Laissez ces filles tranquilles. N'allez plus jamais les voir, ça ne servirait qu'à les exciter et à leur faire oublier leurs devoirs. Et maintenant suivez-moi, Rani vous demande. »

XLIV

UN PLAN DE SÉDUCTION

Assises en tailleur sur un tapis, les deux filles faisaient face à Rani. Le téléviseur était bâillonné. Rani mâchonnait sa chique sans dire un mot. Appuyée au dosseret du divan, elle regardait Isabelle, les paupières mi-closes. Plusieurs gros coussins soutenaient ses genoux largement écartés. Au-dessus de sa tête, sur une étagère, trois bâtons d'encens dégageaient de minces filets odorants qui tissaient une dentelle diaphane avant de se dissoudre dans un invisible nuage parfumant l'atmosphère. Rita réprima une toux.

Malgré tout, ce silence pesant n'était pas total, car la respiration rythmée de Rani y introduisait de discrets crissements, tels ceux de la craie sur un tableau. On aurait presque pu croire qu'elle dormait. Presque. S'il n'y avait eu ces yeux mi-clos qui ne cillaient pas, ce regard immobile posé sur Isabelle, l'enveloppant comme dans un filet imperceptible.

Isabelle s'arracha à la contemplation de Rani pour lancer un coup d'œil inquiet à Rita. C'est ridicule, pensa celle-ci, ça dure trop. Il faut que quelqu'un dise quelque chose. Il faut que je parle, que je passe outre à ce stupide interdit. Pour qui se prend-elle, cette Rani ?

Elle s'éclaircit la voix et ouvrit la bouche pour parler, mais au même instant Rani bougea ; elle baissa les bras, prit une de ses cuisses et la souleva. Aussitôt Lakshmi sortit de l'ombre en bondissant comme un chat pour pousser, tirer et tapoter les coussins, puis lui réinstaller ses jambes dans une position plus confortable. De temps à autre Rani émettait de petits grognements et seuls quelques tressaillements de douleur entamaient son expression de total désintérêt quand Lakshmi dépliait et massait doucement ses genoux rouillés ou qu'elle remettait dans l'alignement ses membres ankylosés puis les allongeait avec amour sur les coussins.

Une fois l'opération terminée, Rani éteignit le magnétoscope et prit la parole.

« J'ai réfléchi à la situation et je pense que le moment est propice. Balwantie est très belle ; elle ferait une épouse parfaite pour Kamal. »

Isabelle resta bouche bée de stupéfaction ; elle pencha un peu le buste pour dire quelque chose, mais Rani continua à parler, presque sans reprendre sa respiration. Isabelle l'écoutait en tortillant un coin de son sari.

« Kamal n'est pas ici actuellement et je dois vous dire tout de suite qu'il n'est pas favorable à l'idée d'un remariage. C'est pour cela que j'ai cherché un héritier de remplacement. Kamal s'est fait moine. Il a renoncé à toute ambition terrestre et décidé de mener la vie d'un mendiant. La dernière fois qu'il est venu me voir, il a déclaré qu'il renonçait à sa fortune, qu'il en ferait don à des institutions charitables. Il a revêtu la tunique ocre des *sanyasin*. Il s'est installé dans un ermitage avec un gourou, qui l'a encouragé dans cette voie. Ce gourou est une femme. Elle convoite ses biens et sous prétexte de les lui faire léguer à de bonnes œuvres, elle va l'entortiller et c'est à elle qu'ils reviendront pour finir. Elle le tient entre ses griffes, elle ne le laissera pas échapper et lui est trop aveuglé pour voir ce qui se passe en réalité. Il est complètement subjugué. Il se tient à sa disposition jour et nuit. Ils habitent dans un ashram, quelque part dans l'Himalaya. C'est une vieille dame de presque soixante ans et voilà ce qu'elle a fait de mon petit-fils. Je sais tout cela parce que j'ai dépêché mes espions pour faire une enquête. Cette femme est une hypocrite finie, elle lui a tourné la tête. Il faut vraiment qu'il ait perdu la raison pour s'attacher à un être pareil. Je suis écœurée. Nous lui avons fait savoir que je voulais le déshériter mais il n'a pas réagi. Seule une femme pourrait l'appâter. C'est toi qui seras cette femme, Belly. Tu conviens en tous points. »

Sa voix lente et soporifique semblait venir de très loin ; chaque mot était choisi avec soin. Ses mains se tendirent vers l'assiette de bétel et, tout en parlant, elle prit calmement de petites pincées d'épices qu'elle disposa en un tas minuscule au milieu d'une feuille. Pour finir elle roula sa chique et la garda en suspens devant sa bouche, attendant le moment de la mâcher.

« Le saint Sri Ramakrishna disait que l'homme a deux faiblesses : la femme et l'or. Avec Kamal, l'or n'a pas marché. Nous allons donc essayer la femme. Dès qu'il te verra il sera envoûté – quel homme ne le serait pas ! Néanmoins nous ne pouvons tout laisser au hasard. Tu as besoin de t'instruire. Il faut que tu apprennes comment séduire un homme de façon à ne pas lui laisser d'autre choix qu'être ton esclave. Tu seras plus forte que sa gourou et tu le ramèneras ici, chez lui. Voilà mon plan. »

Rani se tut, mais sans refermer la bouche, car elle y enfourna aussitôt le paquet vert qu'elle mâcha vigoureusement afin de le réduire en pulpe rouge. Elle ne quittait pas Isabelle des yeux.

« Oui, mais... » commença celle-ci, ce qui relança le discours de Rani.

« Il y a des avantages pour chaque partie. Pour toi, ils sont évidents. Qui es-tu et d'où viens-tu ? Une petite jeune fille de rien du tout, orpheline, sans fortune et sans famille – à part moi. Ta seule richesse est ta beauté, mais elle ne t'a même pas permis de trouver un riche mari. Moi, je t'offre un mari fortuné et des ancêtres. Sans ancêtres un être humain ne vaut rien. Voilà donc ce que j'ai à t'offrir. L'autre là-bas – elle fit un geste vague en direction de Rita –, elle pourra te chaperonner. Car bien entendu il faudra partir à sa recherche, étant donné qu'il ne viendra pas ici tout seul... Des questions ? »

Elle se tut si abruptement que pendant quelques instants Rita eut l'impression de déraper au ralenti sur un terrain boueux, dans un match de hockey acharné, puis de trébucher et de tomber. Isabelle, pour sa part, se contentait de regarder Rani avec un air idiot. Rani attendait en mâchonnant sa chique.

« Alors ? tonna-t-elle.

— Je... je ne comprends pas, bredouilla Isabelle.

— Réfléchis-y. Retire-toi maintenant. » Rani bâilla

bruyamment, prit la télécommande et pressa un bouton. Surpris au beau milieu d'une violente dispute, un couple d'amoureux vociférant et bien en chair apparut sur l'écran ; la femme aux joues rebondies invectivait un moustachu dans une langue criarde et incompréhensible. Rani reporta toute son attention sur le drame emprisonné dans la boîte.

Il n'y avait d'ailleurs rien à ajouter. Rita regarda sa sœur puis Lakshmi qui, avec des gestes véhéments, faisait signe à Isabelle de partir. Les deux filles se relevèrent maladroitement et commencèrent à sortir à reculons. Mais soudain Rani tourna la tête, capta le regard de Rita, sur qui elle pointa un doigt boudiné.

« Toi, Riitha, reste ici, j'ai encore quelque chose à te dire. La petite peut s'en aller, tu iras la rejoindre dans un moment. Assieds-toi. »

Furieuse de sa propre obéissance, mais incapable de ne pas se soumettre à l'impérieuse sommation de Rani, Rita s'immobilisa, les yeux brillants de colère. Rani la regarda de la même façon. C'était un combat entre deux volontés. Rita sentit, derrière elle, Isabelle hésiter, et elle devina que Lakshmi la poussait dans le passage des Miroirs. Maintenant elle était seule avec Rani ; une partie de qui-baissera-les-yeux-la-première s'engagea. Rani mastiquait d'un air mauvais. Rita regardait, impassible.

Puis le sortilège se dénoua. Les plis de graisse enveloppant les traits de Rani se relâchèrent, sa bouche remonta, un rire s'en échappa, ses mains pressèrent un bouton et la querelle des amoureux télévisuels s'éteignit avec un petit bruit sec et définitif.

« Très bien, ma chérie, viens t'asseoir ici. Toi et moi nous avons des choses à nous dire. » Rani tendit la main comme pour inviter Rita à s'installer à côté d'elle sur le divan. Elle avait un sourire chaleureux et rayonnant, un ton conciliant, complice. Après un bref débat avec sa conscience, et n'ayant pas d'autre choix, Rita accepta de rendre les armes.

XLV

UN HOMME COMME LES AUTRES

À nouveau, le silence. Le silence est la forme la plus élevée du pouvoir, pensa Rita, qui attendait que Rani le rompe. *Celle qui parlera la première sera la perdante.* Cela au moins était clair. *Très bien, je remporterai le dernier round, laissons-lui gagner celui-ci. Parle la première, mais explique clairement ta position.*

« Isabelle ne peut pas épouser votre petit-fils. C'est ridicule. »

Rani rit si longtemps et de façon si totale que tout son corps en tremblait. « Pose-lui la question, dit-elle enfin. Pose-lui la question et tu verras. Cette Belly sait ce qu'elle veut et moi je sais ce que veut Belly : un mari fortuné. Mon Kamal est exactement ce qu'il lui faut.

— Un moine...

— Un moine riche. Un homme. Sous sa tunique ocre Kamal est un homme comme les autres, et très sensible – comme tout homme – aux attraits féminins. N'a-t-il pas succombé autrefois aux charmes d'une blonde étrangère ? Ce qui est arrivé une fois peut se reproduire, mais selon mes vœux cette fois. Cette Belly possède bien des charmes ; elle devra apprendre à s'en servir pour conquérir Kamal. Ce sera suffisant, la nature se chargera du reste. L'homme se montrera, le moine disparaîtra. Attends et tu verras, ma chérie. »

Qu'est-ce que ça voulait dire tous ces « ma chérie » ? C'était comme si Rani avait radicalement changé de politique. Jusqu'ici Rita aurait juré qu'elle lui était hostile et ne l'aimait pas, mais voilà qu'elle la traitait tout à coup en hôte d'honneur. Il s'agissait manifestement d'une tactique : Rani estimait sans doute que sa collaboration était indispensable à la réussite de son plan.

« Elle ne le connaît même pas... Comment pourrait-elle...

— Il n'est pas nécessaire de se connaître à l'avance. Il suffit qu'elle sache ce qu'elle veut et elle atteindra son but. Dans ce domaine, les hommes sont faibles, incapables de résister. Une femme peut soumettre l'homme le plus puissant. Veux-tu que je te raconte une histoire pour illustrer ce point ? »

Non, Rita voulait dire non, mais c'est un oui qui sortit. Rani réinstalla ses genoux, bourra un coussin de coups de poing pour y appuyer son coude, prit un gros livre sur la table placée à côté d'elle et le posa sur son ventre. Plusieurs marque-pages en cuir souple y étaient insérés ; après avoir cherché un petit moment, elle hocha la tête en souriant, puis elle ouvrit tout grand le volume sur sa cuisse droite, large comme une planche.

« C'est l'histoire des frères asuras Sunda et Upasunda. Une histoire vraie qui est arrivée il y a très longtemps. Approche-toi, ma chérie, je ne veux pas parler trop fort. Ça me fait mal à la gorge. »

Qu'avait-elle pour que les gens lui obéissent malgré eux ? En tout cas, Rita s'était laissé prendre ; elle avança sur son postérieur sans même s'en rendre compte, et cela fit rire Rani, qui lui lança un coussin. « Tiens, ce sera plus confortable, ma chérie. Maintenant écoute bien et prends-en de la graine.

« Ces deux frères du royaume des Enfers étaient célèbres dans la totalité des trois mondes. Ils partageaient tout : leur royaume, leur fortune, leur maison, leurs trésors, leurs armes. Ils étaient inséparables, invincibles, et ne craignaient ni dieu, ni diable, ni homme. Tout chez eux était identique, y compris le désir de conquérir la terre entière. Ils s'imposaient de sévères mortifications, jeûnant, ne dormant jamais, restant des heures sur la pointe des pieds ou les bras en l'air, regardant le bout de leur nez sans ciller, et grâce à ces exercices ils s'étaient forgé une volonté de fer. La montagne où ils habitaient s'échauffa par le pouvoir de ces mortifications et commença à cracher de la fumée, si bien que les dieux prirent peur et cherchèrent à les neutraliser. Ils leur envoyèrent des pierres précieuses et de somptueux joyaux pour les tenter et les faire renoncer à leur vie austère, mais si puissante était leur volonté que rien ne put les amener à enfreindre leur serment. Les dieux leur envoyèrent des visions de leur mère, de leurs sœurs, de leurs enfants et de personnes chères attaquées par des monstres effrayants, et qui criaient "au secours", mais les asuras restèrent de marbre. Finalement le Grand-père des mondes leur apparut et dit : "Votre ascétisme me contraint à vous accorder un vœu. Que désirez-vous ?"

« Les asuras se présentèrent devant le Grand-père, les mains jointes, et déclarèrent : "Puisque tu es content de nous, nous te demandons de nous accorder le don de l'immortalité !

« — Demandez-moi n'importe quoi et je vous l'accorderai. Mais je ne peux accorder l'immortalité à un mortel. Cela dépasse mes pouvoirs. Demandez-moi autre chose.

« — Dans ce cas, fais que personne, homme, dieu ou asura, ne puisse nous faire du mal. Que personne ne puisse nous tuer, hormis nous-mêmes.

« — Accordé", dit le Grand-père, et il disparut.

« Désormais détenteurs de ce formidable privilège, les asuras mirent en œuvre leur projet de conquérir les trois mondes. Ils envoyèrent des armées dans toutes les directions pour envahir la terre ; ils soumirent tous les peuples, laissant derrière eux des terres incendiées et des cieux noirs et huileux, mais ils emportèrent quelques pièces de choix pour en jouir plus tard. Après avoir conquis la terre, ils commencèrent à semer la désolation dans les Enfers, parmi les asuras. Une fois qu'ils les eurent asservis ils montèrent au ciel et terrassèrent tous les dieux, soumirent les chanteuses et les danseuses célestes appelées asparas, laissant derrière eux une boue puante et empoisonnée. La lune, le soleil, les planètes, les étoiles et les constellations s'obscurcirent et l'univers devint un détestable séjour. Ayant été témoins de ce massacre, les grands devins qui demeuraient par-delà les trois mondes allèrent trouver le Grand-père. "Grand-père, dirent-ils, vois ce que tu as fait. Tu leur as accordé ce vœu que nul ne puisse les tuer qu'eux-mêmes, et voilà le résultat. Les trois mondes sont plongés dans le chaos, le soleil, la lune et les étoiles tournoient dans le désordre. Un océan de sang recouvre la terre, les dieux sont asservis et les asuras réduits en esclavage. Vois tout cela et fais ce que tu dois faire."

« Le Grand-père regarda en bas et vit ce qui s'était passé ; il réfléchit un moment, puis il convoqua Maya, son divin architecte, et lui dit ce qu'il fallait faire. Maya réunit toutes les plus belles choses de tous les mondes et les coula toutes ensemble dans un moule, créant ainsi une femme divine et d'une céleste beauté, qui n'avait pas sa pareille dans tous les temps. Tout en elle était parfait et partout où elle allait elle emportait les regards amoureux de ses admirateurs. Le Grand-père lui donna le nom de Tilottama et lui dit : "Je t'accorde le pouvoir suprême. Va trouver les frères asuras et séduis-les."

« Après avoir conquis les trois mondes et s'être emparés de l'univers tout entier, les deux asuras s'étaient retirés dans un paradis montagneux qu'ils avaient laissé intact afin de pouvoir en jouir. Là ils s'adonnèrent à une vie de délices, ayant toutes les plus belles choses du monde à leur disposition : femmes, joyaux, or, argent, parfums, mets et boissons exquis. Tels des immortels, ils parcouraient à loisir ces lieux enchanteurs, prenant leur plaisir en toute liberté, par conséquent la force acquise grâce à leurs mortifications s'étiola. Des femmes leur servaient à boire et à manger, elles dansaient et chantaient pour eux et ils ne manquaient de rien. C'est alors que Tilottama se présenta devant eux revêtue d'un voile très fin. En la voyant, les deux frères furent pris tous deux d'un violent désir. De leurs yeux rougis par l'alcool ils la dévorèrent ; ils se levèrent d'un bond et se jetèrent sur elle. Rendus fous par l'ivresse et la concupiscence, ils se mesurèrent du regard avec une haine farouche.

« "Écarte-toi, elle est à moi !" s'écria l'un d'eux. "Fi donc ! Elle est pour moi !" dit l'autre. Hurlant d'une voix à glacer le sang : "Elle est à moi ! Moi ! Moi ! Moi !", ils se sautèrent à la gorge et s'entre-déchirèrent de leurs ongles griffus. Armés de leur terrifiante massue, ils se battirent comme des forcenés, jusqu'à expirer l'un et l'autre, tout couverts de sang, conformément à leur vœu de ne mourir que de leurs propres mains. Tilottama éclata de rire et s'en alla parcourir les trois mondes pour toucher tout ce qui était laid afin de lui rendre vie et beauté, à la grande satisfaction du Grand-père.

« Tu vois, ma chérie ? Tel est le pouvoir de la femme. L'Homme n'est qu'un petit enfant quand la Femme paraît ; qu'elle se montre un peu caressante et toute son intelligence descend dans ses reins. Une femme comme ta sœur sait cela d'instinct – elle emploie sa volonté et ses ruses à perfectionner ces dispositions naturelles ; elle se plaît à mettre un homme à genoux. C'est le pouvoir du *shakti* utilisé pour activer l'instinct animal. Est-ce mon expérience personnelle qui m'a appris tout ça ? Oui, bien sûr. »

Elle rit et commença à tousser. Lakshmi sortit d'on ne sait où, le crachoir à la main pour recueillir les mucosités, lui essuyer la bouche et recouvrir le réceptacle d'un mouchoir de dentelle.

« J'ai tout de suite vu que ta sœur était expérimentée dans ce jeu animal. Je me trompe ? Son corps est impur, dis-moi ? »

Rita avait compris, mais ne sachant quoi répondre elle hocha simplement la tête.

Rani eut un sourire satisfait. « Je le savais. Je sens ces choses. » Elle fronça le nez et renifla comme si une odeur désagréable lui chatouillait les narines.

« C'est une bonne et une mauvaise chose. Une bonne chose, parce que cela signifie qu'elle ne manifestera aucune pudeur excessive quand viendra le moment de mettre ses talents en œuvre ; il lui faudra avoir une effronterie intérieure dissimulée sous une apparente docilité. Une femme du tempérament de ta sœur saura instinctivement ce qu'il faut faire, ça lui viendra naturellement. Mais c'est aussi une mauvaise chose parce que Kamal le sentira et ça lui fera peur ; c'est un homme d'une extrême finesse et il ne se laissera pas prendre aussi facilement que d'autres. Il faut donc que nous y réfléchissions, toi et moi. Tu es très intelligente ; chez toi le *shakti* n'a pas été mis au service de bas instincts, il t'a permis d'affiner tes facultés intellectuelles. Tu devras donc être le guide de ta sœur, son mentor. Comme tu l'as toujours été. »

Rani avait parlé calmement, à son habitude, en pesant bien chaque mot, comme si elle disséquait un papillon pour l'épingler dans une vitrine. Ses yeux, trous sombres noyés dans les replis de chair capitonnant ses traits, cavités énigmatiques au fond desquelles luisaient des points de lumière, voyaient tout, absorbaient tout, avalaient le monde sans rien révéler. Ses lèvres minces prononçaient des mots si grotesques qu'en d'autres circonstances Rita serait sortie de ses gonds et aurait riposté avec un égal brio.

Mais pas maintenant. Maintenant elle regardait fixement devant elle en se mordant la lèvre et en déglutissant. Rita savait que c'était elle qui était dans le vrai, qu'elle avait la raison, le discernement et le bon sens de son côté. La dialectique de Rani était absurde et son plan extravagant. Une chose impensable. Un fantasme échappant au temps et à l'espace, un feuilleton de science-fiction, et c'était à elle, ou plutôt à Isabelle, que ça arrivait.

« Ça ne marchera pas, dit-elle finalement. Ce n'est pas possible. Vous n'avez pas compris. Isabelle n'est pas comme vous, ce n'est pas une vraie Indienne. Chez nous on ne procède pas comme ça. On ne se marie pas comme ça, sur ordre, on n'épouse pas une personne qu'on n'aime pas et qu'on n'a jamais vue. Vous devez y penser... »

La panique qui montait en elle balaya sa timidité et lui donna de l'éloquence, libérant un torrent de mots aussi rapide et passionné que les explications de Rani avaient été lentes et posées. Rani la regardait tranquillement, comme de très loin, noyau de toute-puissance enfermée dans des montagnes de chair.

« Isabelle n'aurait jamais imaginé ça, dit Rita. Elle pensait, nous pensions... quand vous nous avez fait appeler, Isabelle pensait que c'était elle que vous vouliez. Elle ne serait jamais venue ici dans le seul but d'épouser un inconnu. Isabelle est une jeune fille moderne, elle n'acceptera jamais... elle ne consentira jamais à un tel mariage. Nous avons beau être indiennes, dans notre pays on ne se marie plus comme ça. Nous choisissons notre partenaire, et en venant ici Isabelle pensait...

— Elle pensait pouvoir hériter d'une immense fortune, sans rien faire pour la mériter ? C'est cela que pensait Belly ? »

Cette remarque était si proche de la vérité que Rita ne répondit pas.

« Et toi, pourquoi es-tu venue ? Seulement pour l'accompagner ? Ou est-ce que toi aussi tu cours après un magot ?

— Écoutez... nous sommes venues ici sans intention précise. J'avais envie de connaître l'Inde. Notre père est mort depuis peu et je voulais simplement visiter le pays et me faire une idée de sa culture. Isabelle a réussi à me convaincre de l'emmener. Depuis la visite de Mr Hanoman, elle était curieuse de vous connaître. Nous étions curieuses toutes les deux. Après tout il s'agit de la terre de nos ancêtres !

— Vous faites une jolie paire d'aventurières. » Rani parlait tout bas maintenant, c'était presque un ronronnement. « L'idée vous est venue d'aller rendre visite à votre riche grand-maman, votre pauvre riche grand-maman pour tâcher d'entrer dans ses bonnes grâces avant qu'elle meure, c'est bien ça ? C'est bien ce que vous avez pensé ? Dis-moi la vérité maintenant. Si tu mens je le verrai. »

Il n'y a qu'en Inde qu'une chose pareille peut arriver, songea Rita, et elle fut prise d'un dégoût si violent qu'elle se serait enfuie sur-le-champ pour regagner un monde où la vie était simple, prévisible et sans risque, s'il n'y avait pas eu la moitié de la planète à parcourir pour cela. Mais dans l'univers de Rani, c'était une idée parfaitement normale, parfaitement sensée. Un mariage arrangé – quoi de plus naturel, de plus hautement recommandable ? Un mariage arrangé entre cousins éloignés – encore plus naturel, encore plus recommandable. Un mariage arrangé entre cousins éloignés, appartenant à une ex-famille royale fortunée – une pratique courante dans une société où le mythe imprègne la réalité.

Un rire lui échappa. Ne pouvant le retenir elle voulut le déguiser et eut une sorte de renvoi qu'elle étouffa avec la main. Un gros plan du visage de sa sœur en chaste fiancée indienne lui apparut, un visage au teint de miel sur lequel les déceptions amoureuses passées avaient appliqué une sorte de patine – invisible à l'œil mais perceptible pour un esprit perspicace – avec des yeux baissés non par pudeur, mais pour que le fiancé ne puisse pas y déceler les flétrissures que la dissipation avait laissées dans les recoins.

Rani n'était pas dupe. Elle demanda : « Pourquoi ris-tu ?

— C'est seulement... (Rita avait du mal à refouler son hilarité.) Vous ne pourrez jamais la forcer à... (Elle se mordit la lèvre.) Et lui... comment s'appelle-t-il déjà ? vous ne pourrez pas le tromper. Il se rendra compte. Les hommes sentent ce genre de choses... Isabelle serait incapable de jouer la comédie, même si sa vie était en jeu ; elle n'arrivera pas à le tromper, même si elle l'épousait. C'est une idée ridicule, irréalisable !

— Pfft ! » s'exclama Rani d'un ton sarcastique, tout en prenant le crachoir dans lequel elle envoya un glaviot d'un jaune verdâtre, comme pour souligner son dédain. « Ne sous-estime pas ta sœur ; les hommes sont tous des idiots quand il s'agit des femmes. Un battement de cils bien à propos, sais-tu l'effet que ça produit sur un homme ? Non, tu ne sais pas, comment pourrais-tu savoir, tu n'as jamais eu à apprendre ces artifices. Je ne m'étonne pas que tu ne sois pas encore mariée ! Tu parles de choisir son mari, comment y arriver sans ces ruses ? Qui te remarquera ? Une créature sans charme... je suis obligée de parler franc, vois-tu, c'est pour ton bien, ne sois pas peinée. Les femmes dans ton genre ne plaisent pas aux hommes, bien que tu ne sois pas vilaine, à part tes cheveux. Tu n'es pas une coquette. Les hommes aiment les femmes expertes, ils aiment être enjôlés, conquis par de charmantes minauderies. Ta mère ne t'a donc rien appris ? Ne t'imagine pas que parce que nos mariages sont arrangés nous n'avons pas besoin de recourir à de petites astuces. Au contraire, il nous faut être constamment sur le qui-vive parce qu'il y a des femmes qui ne demandent qu'à mettre nos maris dans leur lit, et une épouse doit être aussi experte qu'une prostituée pour garder son homme... je suis bien placée pour le savoir ! Autrement il ira vagabonder, il prendra une maîtresse, une concubine ou même une seconde épouse, et qui veut de ça ? Il faut donc tout le temps faire preuve d'ingéniosité. Ta sœur est un matériau idéal. Elle apprendra, j'en suis sûre. Je vais tout de suite l'installer dans le harem. »

Rita jugea préférable de ne pas discuter. Rani était totalement convaincue d'avoir raison – rien, aucun raisonnement, aucun appel à l'objectivité ne pourrait la faire changer d'avis concernant certains sujets, dont celui-ci. Elle ne doutait pas un instant qu'elle était dans le vrai et rien ni personne – surtout pas Rita – ne l'en dissuaderait. Rita était capable d'accepter ce fait, de s'incliner devant la réalité. Elle était même capable de sourire et de hocher la tête, comme si elle était d'accord, de se lever, de joindre les mains sur la poitrine et de se retirer à reculons de la présence de cette grande dame.

Il était temps d'avoir une petite discussion avec Isabelle.

XLVI

À LA PÊCHE AU MOINE

Isabelle avait passé le reste de la matinée avec trois femmes du harem qui commencèrent à lui enseigner les tactiques nécessaires pour transformer un moine inaccessible en fiancé empressé.

Elles l'avaient complètement déshabillée – enfin presque, car Isabelle avait refusé d'enlever son slip – puis installée sur les degrés de marbre d'une vieille fontaine désaffectée. Tout en se laissant dorloter, elle se représentait, en riant tout bas, une multitude de femmes au corps lisse et brun en train de prendre des poses aguichantes sur les marches et autour des lions de pierre qui les flanquaient. De leurs mains douces elles la massaient avec une huile parfumée, en lui murmurant des mots dans une langue étrangère et en fredonnant des chansons sans paroles ; elles lui souriaient pour la faire sourire, avec dans les yeux une admiration que jamais aucune femme ne lui avait témoignée. L'une d'entre elles vint se placer derrière elle pour lui masser les épaules, puis lui appliqua délicatement les mains sur les oreilles et lui tira doucement la tête en arrière pour la poser sur sa cuisse ; des doigts légers comme une plume pétrissaient la peau fine de ses paupières. Elle ferma les yeux et sombra dans un océan de luxe, en s'imbibant de parfums, de caresses et de bruits délicieux.

C'est dans cette scène idyllique de sensualité, dans cette douce atmosphère de plaisir suave, que Rita fit irruption. Ce fut un choc pour tout le monde, y compris pour Rita.

« Qu'est-ce que tu fabriques, bon sang ! s'écria-t-elle en réalisant que la nymphe quasi nue qui faisait l'objet de tant de soins n'était autre qu'Isabelle. Viens ici tout de suite et... Non, rhabille-toi d'abord ! Allez, rhabille-toi. Tu es folle ou quoi ! »

Tels les cris d'un oiseau de malheur, cette algarade rendit – même à ses propres oreilles – un écho grinçant, primitif, la plaçant immédiatement en position désavantageuse, puisque c'était elle qui apportait la discorde, et qu'elle devait se défendre.

Isabelle se redressa d'un mouvement alangui ; les trois demoiselles reculèrent comme dans un ballet parfaitement synchronisé, pour bien montrer qu'elles ne souhaitaient pas se mêler de l'affaire.

« Qu'est-ce qui te prend ? » demanda-t-elle d'un ton irrité.

Rita s'approcha d'un pas raide, se sentant empruntée et lourdaude face à cette assemblée de nymphes – un handicap supplémentaire, mais elle s'en fichait. « Vite, lève-toi, cesse de te ridiculiser ! Allons, rhabille-toi et suis-moi ! »

Le total mépris de Rita pour la situation et son indifférence face à la brutalité de son intervention lui conféraient une certaine autorité, et Isabelle obéit machinalement, mais en faisant la moue.

« Tu gâches toujours tout, dit-elle en enfilant le *shalwar* de soie qui l'attendait sur un coussin de velours.

— Qui gâche quoi ? » dit Rita, énigmatique. Sans un regard pour les trois autres filles, elle toisa sa sœur avec un dédain si intense que celle-ci se retourna comme si elle avait honte. Elle noua la cordelière de son *shalwar*, ramassa le *kameez,* le secoua pour le déplier, le passa par la tête, puis drapa le *dupatta* sur son épaule en le tapotant pour le mettre en place.

« N'est-ce pas que c'est joli ? dit-elle d'un ton d'apaisement. Je suis allée voir Lakshmi pour lui dire qu'on ne se sentait pas à l'aise en sari et elle a tout de suite fait venir plusieurs tenues comme celle-ci, dix pour moi et cinq pour toi. Je me sens tellement bien là-dedans... » Elle porta les mains à sa nuque et, d'un geste ample, elle releva ses cheveux, qui retombèrent sur ses épaules en un lourd rideau.

« Ce que tu es superficielle, Isabelle !

— Et toi si coincée, comme toujours. Pourquoi ne puis-je pas... Oh, Rita, tu ne l'as pas encore vue, la photo ! Viens ! »

Leur petite querelle déjà oubliée, Isabelle saisit sa sœur par la main, l'entraîna jusqu'à la galerie des Miroirs en passant par une succession de portes et de couloirs, et elles montèrent dans leur chambre. Là, elle se rua vers la coiffeuse pour prendre une photo sertie dans un cadre en bois foncé, abondamment sculpté de motifs de fleurs et de feuilles.

On y voyait un jeune Indien se détachant sur un arrière-plan de visages de face et de profil. Ses yeux luisaient de joie. Il avait des dents d'un blanc éclatant, un nez un peu mince et des lèvres assez charnues, malgré le sourire qui les étirait. Ses cheveux noirs étaient partagés par une raie sur le côté et coiffés avec tant de soin qu'on voyait la trace du peigne. Il portait une chemise blanche et une cravate rayée ; une lanière de cuir lui fendait l'épaule, sans doute celle d'un sac n'apparaissant pas sur la photo – qui s'arrêtait à quelques centimètres sous le nœud de sa cravate.

« C'est Kamal, dit Isabelle, surexcitée. Et je vais l'épouser. Cette photo a été prise juste avant qu'il parte faire ses études aux États-Unis, dans une université très cotée ! Elle a été prise voilà dix-huit ans, il est beaucoup plus vieux maintenant, bien sûr, mais tu ne trouves pas qu'il est beau, Rita ? Tu te rends compte que je vais me marier avec lui ! C'est fantastique, non ! Et puis il est riche, c'est un prince ! »

Rita jeta à peine un regard à la photo et la prit à Isabelle pour la remettre sur la coiffeuse.

« Ce n'est pas un prince, Isabelle, mets-toi bien ça dans ta petite cervelle. Cette famille n'est pas plus royale que la nôtre – ils se montent la tête tous autant qu'ils sont et te l'ont montée à toi aussi. Rani n'est pas une reine, ce garçon n'est pas un prince et tu ne seras jamais une princesse. Cesse de rêver ! Tu vis dans un conte de fées ! »

Isabelle frappa du pied et tendit la main vers la photo. « Je...

— Il faut qu'on parle, Isabelle, il faut qu'on parle. Il faut que tu réagisses. C'est aberrant, tu ne le vois donc pas ! Tu ne peux pas accepter de te marier avec ce garçon comme ça, sans réfléchir ! Tu es devenue folle ?

— Mais bien sûr que je peux, qu'est-ce qui m'en empêche ? On a choisi pour moi un homme important et séduisant et je trouve que c'est un moyen idéal pour se marier ! Vois tout le mal que maman s'est donné pour harponner quelqu'un et à quoi ça a servi : à rien ! Quel avenir aurai-je si je reste dans mon trou ? Je veux m'en sortir, Rita et tu ne me feras pas changer d'avis. Je vais me marier avec lui... Parfaitement !

— Dire que je croyais que c'était moi qui rêvais ! Il faut que tu sois devenue folle. Tu ne l'as jamais vu ! Une photo, qu'est-ce que c'est ? Tu dis qu'elle remonte à près de vingt ans. C'est vrai qu'il n'est pas mal dessus, mais quel âge avait-il à l'époque ? Dix-huit ans ? Dix-neuf ? Il en a donc aujourd'hui trente-six ! Il est vieux ! Vraiment vieux ! C'est peut-être un gros tas, comme cette Rani, et de toute manière il s'est fait moine, il a renoncé aux femmes, il ne veut pas se marier, ce qui ne les empêche pas de comploter pour lui trouver une épouse. Vous êtes tous devenus fous.

— Mais non, Rita, tu ne comprends pas, voilà tout. Dans ce pays, les mariages arrangés sont courants et ce n'est pas du tout gênant qu'il soit moine. Ça facilite même plutôt les choses. Il me suffira de lui faire du charme et je l'aurai... comme ça ! dit-elle en claquant dans ses doigts. Ces moines sont obligés de refouler leurs instincts. Il n'aura aucune défense. Il faudra seulement que je m'arrange pour qu'il me désire tellement qu'il ne pourra pas résister, et alors, bien sûr, je lui ferai comprendre qu'il ne pourra m'avoir que la bague au doigt. Et puis je ne crois pas qu'il soit gros et laid. Sinon ils le sauraient. J'ai parlé avec Lakshmi, Rita, et c'est vraiment fabuleux. Je connais toute l'histoire. Tu veux que je te la raconte ? »

Rita leva les yeux au ciel. « Je suppose que si tu ne me la racontes pas maintenant tu vas me harceler avec ça pendant des jours et des jours. Finissons-en tout de suite. Bon, alors, qui est ce merveilleux Kamal ?

— Eh bien, tu sais qu'il est le petit-fils de Rani. Ses parents ont été assassinés et c'est elle qui l'a élevé. D'abord elle a essayé de le tenir à l'écart du monde, c'était un enfant indocile et elle avait peur qu'il fasse des bêtises ou qu'on le tue, par exemple. Elle le protégeait beaucoup trop, sans doute parce que son fils était mort et qu'elle tenait à ce que cet enfant-là reste en vie. Elle voulait l'avoir sous les yeux en permanence, mais ça n'a pas marché ; il se sauvait tout le temps et, plus tard, il a fait une telle comédie pour qu'elle l'autorise à aller à l'école qu'elle a fini par céder. Ensuite il a voulu partir à l'étranger pour continuer ses études... Ç'a été un nouveau coup dur mais il a bien fallu qu'elle accepte. Il est donc parti aux États-Unis ! Dans une grande université. Il est devenu ingénieur. Et puis il est revenu avec une Américaine qu'il voulait épouser, mais Rani n'était pas d'accord, bien entendu. Elle l'a menacé de le déshériter, mais il s'en moquait ! Il a disparu, il s'est évaporé dans la nature pendant des années et des années. Rani était terriblement inquiète, elle le croyait mort, comme elle avait toujours craint que ça arriverait.

— Mais il ne l'était pas... à ce que je vois.

— Non, bien sûr que non. Il était seulement fâché. Mais Rani ne pouvait pas le savoir. Elle restait ici à se ronger les sangs tout en préparant le palais pour le jour où il reviendrait. Pour l'appâter ! Mais il n'a jamais reparu, alors elle a fait faire des recherches pour savoir s'il était vivant et s'il avait épousé cette Américaine. Parce que dans ce cas...

— Dans ce cas, qu'est-ce qui se serait passé ?

— Elle l'aurait déshérité. Il n'était pas question d'une princesse américaine et elle ne voulait pas de petits-enfants métis. Alors elle a envoyé des limiers à sa recherche.

— Comment pouvait-elle le retrouver ? L'Inde est si grande. Je ne crois pas qu'un détective puisse y retrouver une personne qui veut vraiment se cacher. Ce pays est un vrai foutoir !

— En principe elle n'aurait pas dû pouvoir le retrouver – si elle avait eu le moindre espoir elle aurait fait des recherches bien plus tôt. Mais elle avait reçu une lettre des parents de l'Américaine. Ils lui demandaient l'adresse de Kamal parce qu'ils voulaient avoir la garde de l'enfant. Ils possédaient des informations concernant l'endroit où il avait vécu et travaillé et ils étaient parvenus à retrouver sa trace à Rishikesh, dans l'Himalaya, où il habitait avec cette femme gourou. Il s'était fait moine.

— Mais il vivait avec cette femme... tu veux dire que... »

Isabelle devina la pensée de Rita. « Non, non, ce n'est pas... il était vraiment moine. Il y avait de nombreux moines dans cet ashram et il était l'un d'eux. Tous les deux mois environ Rani envoyait quelqu'un pour voir s'il y était toujours et, un beau jour, il a de nouveau disparu. Comme ça... pfft... envolé. Rani était dans tous ses états. Elle avait très peur qu'il se soit retiré dans une grotte ou quelque chose comme ça.

— Et l'enfant ?

— Qu'est-ce que j'en sais, dit Isabelle en haussant les épaules. Je n'ai pas demandé. C'est l'histoire de Kamal qui m'intéresse, pas celle de ce bébé. Quoi qu'il en soit, Kamal a disparu pendant des années ! Et puis, un beau jour, il a écrit. Il avait quitté l'ashram pour partir travailler en Arabie saoudite sur un puits de pétrole. Comme ingénieur. Tu te rends compte ! D'abord moine et ensuite ingénieur dans les pétroles... Il disait qu'il renonçait à son héritage, que ça ne l'intéressait pas. Du coup Rani a eu encore plus peur. Elle croyait que cela voulait dire qu'il avait l'intention de donner toute sa fortune à sa gourou. C'est à ce moment qu'elle a commencé à chercher un héritier de remplacement. Et puis il est subitement rentré en Inde. Depuis environ six mois. Habillé en civil. Tout le monde pensait qu'il avait renoncé à ses vœux, puisqu'il était parti en Arabie saoudite et tout ça, mais il a dit que non, qu'il était toujours moine, même s'il s'habillait normalement, mais ils étaient tous contents parce qu'ils ne le croyaient pas vraiment, ils pensaient qu'il ne voulait pas avouer qu'il avait renoncé à ses vœux. Rani a même pris la peine de lui installer des appartements confortables, plus un harem. Toutes ces filles – c'était pour lui, pour l'attirer au bercail ! Mais ça n'a pas l'air de l'intéresser. C'est alors qu'il a commencé à poser des questions à propos de l'argent et d'un tas de choses, qu'est-ce qui lui revenait exactement, de combien il pouvait disposer tout de suite, par exemple, et elle s'est affolée. Elle était persuadée que la gourou le harcelait. Tu connais ces gens, ils sont intéressés. C'est à cette époque qu'elle a déniché tous ces vieux papiers concernant un parent qui s'était établi en Guyana et elle a essayé de retrouver des héritiers mâles. Elle s'imaginait qu'il y en avait des quantités.

— Et c'est nous qu'elle a trouvées !

— Oui. Et si son plan réussissait elle aurait le beurre et l'argent du beurre. Elle veut se servir de moi pour ramener Kamal dans le troupeau. Elle est convaincue que si je joue bien mon rôle j'arriverai à l'avoir. Et alors tout le monde sera heureux. Kamal, moi, Rani. Un *happy end*, quoi.

— Ils vécurent heureux et eurent beaucoup d'enfants, c'est ça ? Isabelle, tu es une idiote.

— Tu es jalouse, voilà tout. Allez, avoue-le. Je parie que si c'était toi qui devais épouser Kamal tu sauterais sur l'occasion.

— Moi ! Dans cent ans peut-être !

— De toute manière c'est le temps qu'il te faudra attendre pour te marier, vu la façon dont tu te comportes. Tu parles de conte de fées... C'est toi qui attends le preux chevalier sur son bel étalon blanc. Rappelle-toi ce qui s'est passé avec Russell – tu t'es morfondue pendant des mois uniquement parce que ce n'était pas l'amour éternel. Moi au moins je me remets de mes déceptions. Les hommes ne valent pas la peine qu'on se lamente sur eux, un de perdu, dix de retrouvés. Si je dois faire un jour la fine bouche, ce sera avec discernement. Et tu dois reconnaître que je n'avais encore jamais attrapé une si belle prise !

— Si Rani t'entendait...

— Elle ne m'entend pas et de toute manière elle sait très bien que c'est une bonne prise pour moi... à ses yeux, je ne suis qu'un simple hameçon. Elle veut récupérer son Kamal et elle se sert de moi pour ça. Qu'est-ce que ça a de si terrible puisque de toute manière c'est aussi mon intérêt ? Et puis il a l'air d'un type intéressant... je pourrais trouver pire !

— Et où vit-il actuellement ?

— À Bombay. Voyant que Rani ne lui donnait aucune réponse concernant son argent, il a écrit directement à la banque et c'est comme ça qu'elle a eu son adresse.

— Qu'est-ce qu'il fait à Bombay ? Pourquoi est-il là plutôt qu'ailleurs ?

— Je n'en sais rien. Mais Rani veut que j'y aille et... que je m'arrange pour qu'il me remarque. Pour qu'il voie ce qu'il rate.

— Et moi je suis censée te tenir la main et t'aider à mener à bien ta petite machination, c'est ça ?

— Tu as d'autres projets, peut-être ? »

Rita s'était remise à la fenêtre et regardait la cour où régnait une grande animation. Une charrette transportant des chèvres ligotées par des cordes était en train de franchir les grilles. Elle s'arrêta au milieu de la cour en grinçant et deux jeunes garçons à demi nus commencèrent à la décharger. Rita se retourna lentement vers sa sœur. Elle s'était déjà posé cette question avant même de connaître les intentions de Rani. Elle avait beaucoup réfléchi et trouvé une réponse.

« Tu oublies que je suis venue ici dans un but précis, Isabelle. Et ce but n'est pas de te marier. Je veux visiter l'Inde et je la visiterai même si c'est la dernière chose que je ferai dans ma vie, que ça te plaise ou non, que tu ailles harponner Kamal ou non. Je t'avais dit que je t'emmènerais ici et c'est fait. Maintenant débrouille-toi toute seule. Ma vie ne tourne pas autour de toi. Il faut que je parte... j'ai hâte de m'en aller. Tout ça n'est qu'une simple péripétie. D'accord, c'est intéressant et j'écrirai peut-être une jolie petite histoire sur l'Inde des maharadjahs pour le *Guardian*. Mais j'ai autre chose à faire ici que de m'occuper de ton mariage. Depuis que j'ai posé le pied dans ce pays, je ressens une sorte de fièvre, un frisson, comme si quelque chose m'attendait au coin de la rue, la surprise de ma vie, un secret fantastique sur le point d'être découvert. L'ennui, bon Dieu, c'est que je ne sais pas de quoi il s'agit !

« C'est pour ça que j'ai tout laissé tomber – mon travail, la sécurité, ma maison – pour venir ici. J'ai l'impression de m'être lancée dans une quête – la quête d'une chose intangible que je ne parviens pas à identifier tout en sachant qu'elle est là. La quête de moi-même, de ma place dans le monde. J'en ai marre qu'on me range dans une case et qu'on me dise ce que je dois faire. Je déteste les projets et les sentiers battus. Je sais que je n'entre pas dans le moule ; c'est comme ça depuis toujours mais peut-être est-ce un bien. Peut-être que je ne suis pas faite pour marcher au pas. Il faut que je trouve ma voie toute seule et je ne peux y arriver que si je n'ai ni projet à réaliser ni objectif à atteindre et en me lançant simplement dans la vie. Chez nous, c'était impossible. Désormais je le peux. Et je vais le faire.

« J'ai hâte de sortir d'ici, d'échapper à ces grilles, de découvrir ce qu'il y a à découvrir, de me jeter dans la vie pour voir ce que l'instant m'apportera. Et toi tu ne penses qu'à te marier. »

Rita avait parlé sans hâte, avec des phrases sèches et des mots qui lui semblaient désespérément inadéquats. Elle n'avait pourtant jamais si bien décrit pour quelqu'un d'autre la rumeur du tambour lointain ; une rumeur qui s'était faite à chaque seconde plus forte et plus insistante, qui grandissait presque avec chaque respiration, une rumeur qui bien que silencieuse, s'était transformée en tonnerre ; et maintenant elle enflait en elle et l'étouffait comme une vague de nostalgie frémissante – oui, c'était le mot, *nostalgie* ; pas la nostalgie du souvenir mais celle de l'attente. Mais l'attente de quoi ? C'est quoi le contraire des souvenirs ? Pas les espoirs ou les rêves, rien d'aussi concret, rien d'aussi vague : non, le contraire, c'est une connaissance imprécise, bien que certaine et totale, non certifiée parce qu'impossible à prouver, s'élevant comme une flamme éclairante, avec pour véhicule, elle, Rita, ample et libérée de toute pensée.

Comment expliquer ça à Isabelle ? Impossible. Le monde d'Isabelle était différent, il reposait sur des lois et des règles de conduite simples et faciles à comprendre, sur une normalité rassurante où cette histoire de tambours silencieux passerait pour les élucubrations d'une folle. Tout cela n'aurait aucun sens pour Isabelle.

« Visiter l'Inde ! s'exclama celle-ci d'un ton supérieur et ironique. Allez, Rita, ne joue pas les trouble-fête. Voyons, tu parles de voir ce qui va se produire... c'est justement ça ! C'est passionnant cette idée d'entrer en relation avec Kamal pour essayer de le séduire ! Oh, Rita ! Reste, je t'en prie, aide-moi jusqu'au bout, jusqu'à ce que j'aie réussi, et ensuite tu pourras t'en aller vivre ton aventure. S'il te plaît ! »

Rita éprouvait à l'égard de sa sœur un sentiment de responsabilité impérieux. Il s'était installé dans son cœur dès le moment où on lui avait mis le nouveau-né dans les bras avec l'ordre de le nourrir, pour devenir irrévocable le jour où, par sa faute, Isabelle s'était retrouvée étendue sur la chaussée, devant chez Bookers, tout ensanglantée.

« C'est que... »

Isabelle s'empressa de profiter de l'hésitation qu'elle sentait chez Rita. Elle posa la photo et prit sa sœur dans ses bras. « S'il te plaît... Je suis tellement seule, Rita, et je risque de faire des erreurs dramatiques. J'ai vraiment besoin de ton aide ! Nous sommes si loin de chez nous et je n'ai que toi... Tu ne vois pas que c'est MA grande aventure ? Il faut juste que je mène bien ma barque, mais j'ai besoin de t'avoir près de moi, au moins jusqu'à ce que l'affaire soit lancée. Je ne veux pas me retrouver seule avec Rani et cette Lakshmi. S'il te plaît !

— Et si ça ne marche pas ? Si tu ne réussis pas à le séduire, s'il ne veut pas t'épouser, s'il ne te plaît pas ? Que feras-tu ?

— Dans ce cas je ferai tout ce que tu voudras, je te le promets. Parcourir l'Inde de fond en comble, aller à Tombouctou ou rentrer chez nous, comme tu voudras, promis.

— Tu sais, Isabelle, tu es vraiment une petite aventurière. Jamais je n'aurais cru que tu accepterais un mariage arrangé. Jamais.

— Et pourquoi ? C'est bien ce que maman a toujours voulu, non ? Sauf qu'elle n'a jamais trouvé quelqu'un du calibre de Kamal. Et puis c'est un défi qui me plaît. Séduire un moine pour se faire épouser... ce n'est pas de la tarte !

— Je te souhaite bonne chance. Je préfère que ce soit toi que moi. »

XLVII

LES ARTS DE LA FEMME

Rani jugea qu'il ne faudrait pas plus d'un mois à Isabelle pour maîtriser les arts de la séduction. Elle la remit entre les mains de Koswilla, une femme qu'elle avait fait venir de l'extérieur pour régner sur le harem et enseigner à Isabelle ce que Lakshmi appelait les « arts de la femme ». Une interprète fut spécialement engagée pour la circonstance. Ce qui se passait derrière les portes closes était un secret de polichinelle.

« On dirait que tu t'es renversé une bouteille de parfum dessus, dit Rita en pinçant le nez et en agitant la main devant son visage. Et puis tu as l'air d'une pute de luxe. »

Isabelle, toute de soie vêtue, haussa dédaigneusement les épaules. « Et après ? Je veux attraper mon homme, non ? Il faut que je tire le meilleur parti de moi-même. C'est ce que m'a dit Koswilla. C'est mon professeur particulier et elle me raconte de ces choses ! Je n'aurais jamais cru... Être une femme est un art dont la plupart des gens ignorent tout. Les leçons de Marilyn c'était de la rigolade ; ça c'est du sérieux – du classé X ! Koswilla dit que quand elle en aura terminé avec moi, je pourrai attraper n'importe quel homme. N'importe lequel ! Et aussi le garder. Le tout est de se rendre irrésistible. De l'ensorceler sans qu'il s'en aperçoive. De se glisser en lui, de trouver son point vulnérable et de s'y incruster. Ça, c'est le côté pute – une pute subtile, c'est ce que dit Koswilla. Aussi subtile qu'un souffle d'air : c'est une chose psychologique. Le tout est de connaître son pouvoir de séduction, de le maîtriser totalement, et de s'en servir en secret, dans sa tête, tout en ayant l'air absolument pure et innocente pour qu'il pense que c'est *lui* le séducteur. Les hommes aiment se prendre pour des conquérants, tu comprends. Tout est là. Il faut leur faire croire qu'ils sont le maître alors qu'on les mène par le bout du nez. »

Isabelle rit, la tête rejetée en arrière et, déjà, après une seule journée sous la tutelle de Koswilla, Rita voyait, ou plutôt sentait, la différence. Ce n'était pas seulement à cause du parfum enveloppant, des yeux soulignés de khôl, des lèvres d'un rouge éclatant ou des cheveux savamment coiffés. Ce n'étaient que les signes superficiels d'une transformation intérieure ou de son début – comme si Isabelle avait enfin trouvé son point d'équilibre, découvert la source d'un pouvoir secret, et avait décidé de s'en servir. Rita vit le changement et elle frémit car les yeux d'Isabelle n'étaient plus ceux d'une petite sœur mal dans sa peau. Elle eut l'impression d'être délogée du piédestal qu'elle occupait de droit depuis toujours. De plus, ce qui n'avait été qu'un jeu stupide de comment-attraper-un-mari prenait un tour sérieux, inquiétant et même dangereux. Apparemment Koswilla ne plaisantait pas. Ni Rani. Surtout pas Rani.

« Rani dit que nous avons toutes les deux besoin de nous initier à l'hindouisme, poursuivit Isabelle. Pour moi, c'est indispensable, mais tu peux venir aussi, si tu veux. Un pandit nous donnera des leçons. J'ai aussi des cours de yoga que tu pourras suivre avec moi. Koswilla dit que ça m'aidera à acquérir de la force mentale. Koswilla nous trouve complètement débiles, nous autres Occidentaux, qui ne savons rien de l'esprit et du pouvoir que nous pouvons avoir si nous le cultivons. Elle dit que Freud – je ne savais même pas qui c'était, mais elle me l'a expliqué ! – n'avait pas la moindre idée de la façon dont fonctionne l'esprit et qu'en ce qui concerne ce qu'il a dit de vrai, les Indiens le savaient des milliers d'années avant lui. Elle va m'apprendre plein de mantras pour atteindre certains objectifs – après je serai invincible ! C'est stupéfiant ! D'ailleurs je me demande si j'ai toujours envie de ce Kamal. Avec tous ces pouvoirs, je pourrais sûrement trouver quelqu'un de mieux. Peut-être un grand acteur de cinéma.

— Il faudrait d'abord que tu le rencontres pour pouvoir mettre tes trucs en œuvre, tu ne crois pas ?

— Oui, mais c'est justement ce pouvoir mental qui me permettra de le rencontrer. Je serai capable de faire n'importe quoi, Rita ! Je n'aurai qu'à me fixer un objectif, le vouloir de toutes mes forces, et je serai sûre de l'atteindre. C'est une sorte de loi psychique mais la plupart des gens l'ignorent.

— Je croyais que le yoga visait à apporter la paix et l'harmonie, dit timidement Rita.

— Certaines formes de yoga, oui. Mais il y a aussi le tantra yoga, celui que je vais apprendre, et même le hatha yoga, qui me donnera plus de souplesse. Rani pense que tu pourrais en faire aussi, elle dit que ça ne te ferait pas de mal. Tu pourrais apprendre aussi le tantra, mais je ne sais pas si ça t'intéresserait...

— Pas du tout.

— Dommage, dit Isabelle en la regardant d'un air apitoyé. Tu sais, Rita, un jour tu pourrais avoir besoin de connaître ces secrets ; par exemple si tu tombais amoureuse de quelqu'un qui ne s'intéresserait pas à toi ou qui en aimerait une autre. C'est déjà arrivé, après tout. Et si tu connaissais ces secrets...

— Bla, bla, bla. Si un homme ne me veut pas pour moi-même, alors tant pis. J'aimerais mieux mourir que me conduire comme une putain.

— Une femme doit être une sainte au-dehors et une putain au-dedans. C'est la seule façon d'attraper un homme et de le garder. Koswilla dit...

— Koswilla, Koswilla ! Koswilla dit : Fais le poirier, et Isabelle se met debout sur la tête. Au secours ! Où sommes-nous tombées ?

— Dix minutes de poirier par jour chasse les rides pour toujours. C'est ce qu'elle dit. À ta place, j'essaierais, Rita, tu commences à prendre de l'âge. Bientôt tu auras trente ans.

SIXIÈME PARTIE

XLVIII

BOMBAY

S'il existe un enfer sur la terre – mis à part la guerre, les tremblements de terre, les éruptions volcaniques, les accidents d'avion et autres catastrophes naturelles ou non – c'est sûrement Bombay.

Rita s'arrêta d'écrire et ses yeux se perdirent dans le vague. D'un geste machinal elle fit rentrer et sortir la pointe de son stylo-bille et se mordit la lèvre en se demandant par où commencer. Elles étaient arrivées la veille en avion, puis un taxi les avait déposées à l'hôtel – un hôtel cinq étoiles payé par Rani. Après un déjeuner somptueux elles s'étaient aventurées dans la ville, d'abord à pied, puis en taxi. Au bout d'une demi-heure Isabelle s'était plainte d'avoir mal à la tête ; Rita avait dit au chauffeur de la ramener à l'hôtel et elle était partie se promener toute seule. En posant le pied dans la rue, elle avait regardé autour d'elle. Voilà, c'est par là qu'il fallait commencer. Elle se pencha sur sa page et se remit à écrire.

À l'instant où Rita avait quitté le refuge du taxi, Bombay l'avait purement et simplement avalée. Quelle ville ! Grimaçante, monstrueusement laide, vêtue seulement d'une patine de crasse noirâtre. Elle ne savait pas du tout où elle était, et ça n'avait aucune importance ; c'était une rue semblable à des millions d'autres. Elle avait marché pendant un moment et, à chaque pas, ses sens avaient subi un nouvel assaut, une agression de bruits, d'odeurs et de visions mêlés qui l'avaient fait se recroqueviller sur elle-même pour se protéger. Autour d'elle Bombay rugissait, indifférente à sa présence et à sa stupeur. La ville l'aspirait dans la bouillie de ses entrailles puantes et bouillonnantes. Un cri de révolte muet était monté en elle : comment peut-on vivre ici ! Comment se fait-il qu'ils ne soient pas tous devenus fous ! Comment quelqu'un peut-il trouver un sens à ce chaos !

Elle était allée au hasard, bifurquant dans une ruelle puis dans une autre, faisant taire son dégoût pour enregistrer, mémoriser, tout noter mentalement, en prenant du recul par rapport à la pagaille et à la fange, ainsi que doit le faire un observateur neutre et impartial. Un observateur professionnel, intéressé mais pas touché. Bombay ne lui laissait pas le choix : c'était l'enfer sur terre mais ça ferait un sacré bon papier.

Demain, avant toute chose, nous allons voir Kamal. Isabelle prend pour argent comptant les élucubrations de Rani qui lui dit qu'elle est une princesse et lui un prince ! C'est précisément ce dont elle rêve depuis toujours : un conte de fées qui se réalise – pour elle. Pour moi, du temps perdu. Mais de toute manière il faut que je « fasse » Bombay – c'est un bon point de départ pour un récit et qui me fournira plus de matière qu'il n'en faut, mais Isabelle est un boulet accroché à mes pieds. Mon vœu le plus cher, c'est qu'ils aient un coup de foudre réciproque. Lui s'écrie Eurêka, il arrache sa robe de moine, l'épouse et tout le monde vit heureux jusqu'à la fin des temps dans le Mahal de Rani. Non. C'est peu probable. Ça ne marchera pas et il me faudra donc trouver un moyen de rapatrier Isabelle. Pas question de la traîner derrière moi à travers toute l'Inde, pendant toute une année, pour l'entendre récriminer contre les hôtels qui n'ont pas de service d'étage et la voir montrer le poing à tous les cafards qui croiseront son chemin. Je n'aurais pas dû accepter de l'emmener. J'aurais dû lui résister de mille manières et pendant mille ans. Maintenant je l'ai sur les bras et il en sera ainsi jusqu'à ce que je la marie. Quelle barbe ! C'est ma faute, je ne peux m'en prendre qu'à moi-même.

Demain c'est son Grand Jour.

Sur un écriteau délavé apposé à un imposant portail de fer hérissé de pointes dressées vers le ciel, ces deux mots étaient peints en rouge : « Ananda Nagar ». C'était une bâtisse grise et délabrée, située à quelques pas de la mer et isolée de la rue par une haie d'hibiscus haute d'environ deux mètres. Rita mit cinq bonnes minutes pour désentortiller la grosse chaîne qui attachait les deux battants.

« C'est vraiment accueillant, grommela Isabelle pendant que sa sœur s'escrimait. Pourquoi ces gens n'ont-ils pas mis un crochet, tout simplement ? Vraiment, ça me dépasse.

— Tais-toi, réserve-toi pour Kamal. C'est toi qui vas devoir expliquer la raison de notre visite.

— Je n'expliquerai rien du tout. J'ai la lettre de Rani.

— Et alors, qu'est-ce que tu vas faire ? La lui fourrer dans les mains et puis commencer à battre des cils et à faire ta bouche en cœur ? Je me demande où tu as trouvé le culot de venir le relancer jusqu'ici. Je suis sûre que ce n'est même pas comme ça que les Indiens s'y prennent. Il y a sûrement une manière plus subtile d'arranger un mariage.

— C'est plus subtil que tu penses. Pour Kamal nous sommes simplement des cousines inconnues venues visiter Bombay. Il est censé nous piloter dans la ville, nous montrer ce qu'il y a à voir et tout nous expliquer. Pour le reste c'est à moi de jouer, et elle m'a bien dit d'agir avec subtilité.

— Rani ne connaît même pas la signification de ce mot. Je parie que dans sa lettre elle y va avec ses gros sabots. Tu es très belle, quel dommage que tu ne sois pas mariée et le tout à l'avenant. Mais peu importe, allons-y. »

Le dernier nœud de la chaîne se défit entre ses mains et elle poussa le portail, qui s'ouvrit facilement. Une fois entrées, elle le referma en réenroulant la chaîne autour des barreaux, sans la serrer. « Au cas où il nous chasserait en faisant tournoyer son épée au-dessus de sa tête. On ne sait jamais.

— Ha ha ha. »

La maison se dressait au bout d'une allée autrefois sablée qui, à en juger par la proportion de mauvaises herbes par rapport au sable, n'avait pas dû être nettoyée depuis plusieurs semaines, voire plusieurs mois. Rita baissa la voix et chuchota d'un air menaçant :

« Rappelle-toi, ne me mêle pas à cette histoire. C'est *ta*

mission. Je ne suis ici qu'en tant que second rôle. Ne compte surtout pas me faire faire un travail de persuasion ou quoi que ce soit de ce genre. Ce type est un moine, paraît-il, et s'il ne veut pas se marier, c'est son droit. C'est affreusement gênant de venir sonner chez lui, les bras ballants, comme deux idiotes. S'il a seulement l'air de penser qu'on le dérange, moi je m'en vais, et si tu veux rester...

— Rita, arrête de râler. Depuis qu'on a quitté Rani tu ne fais que rouspéter. Depuis que nous sommes arrivées en Inde, tu n'arrêtes pas. Tu ne pourrais pas être un peu plus compréhensive et m'encourager au lieu d'essayer constamment de me mettre les bâtons dans les roues ? Tu me traites comme si j'étais toujours un bébé.

— Ah ça non, tu n'es plus un bébé ! Surtout avec cette couche de maquillage placardée sur ta figure. »

Rita exagérait. Il est vrai qu'Isabelle avait passé au moins deux heures à s'apprêter pour cette rencontre capitale – sans compter une longue séance chez le coiffeur de l'hôtel. Penchée vers son miroir, elle avait appliqué sur son visage des crèmes et des fards de toutes sortes, et cela d'une main assurée et avec un sens esthétique inné. Elle avait pu juger du résultat avant même de sortir de l'hôtel, pendant qu'elle traversait le vaste hall pour monter dans la limousine. Tout le monde s'était retourné sur son passage – les femmes comme les hommes. Elle avait réussi l'impossible, c'est-à-dire à améliorer la nature de façon invisible en rehaussant sa beauté par des artifices si discrets qu'elle semblait parfaitement authentique. Rien qu'à la regarder, à marcher à ses côtés, Rita s'était rendu compte que son propre naturel n'était pas total. Isabelle avait l'air d'une reine, dont elle n'était que l'ombre. Une ombre avec une figure assez plaisante, certes, mais exempte de tout rouge à lèvres ; des cheveux sans doute brillants, mais coiffés sans apprêt ; des vêtements de bonne qualité, mais pas en soie ; une démarche assurée, mais dépourvue de grâce. Rita paraissait et se sentait ordinaire. Isabelle paraissait et se sentait extraordinaire. L'extraordinaire était le lot d'Isabelle depuis le jour de sa naissance.

Elles avaient à peine parcouru quelques mètres qu'un homme en uniforme kaki leur barra le chemin. Rita supposa que c'était une sorte de gardien et bien qu'elle eût désigné Isabelle comme porte-parole, elle comprit qu'en la circonstance, c'était à elle de faire face à la situation.

« Bonjour. Nous voudrions voir Mr Kamal Maharaj. »

L'homme haussa les épaules et dit quelque chose dans une langue indienne. Rita haussa les épaules à son tour, secoua la tête et dit : « Mr Kamal, Mr Kamal », en désignant la maison.

Il marmonna alors quelques mots parmi lesquels Rita reconnut le nom « Kamal ». Elle montra une deuxième fois la maison en disant : « Allez le chercher, s'il vous plaît », tout en sachant qu'il ne comprendrait pas. « Montre-lui la lettre », dit-elle à Isabelle qui ouvrit son sac et y prit la longue enveloppe blanche que Rani lui avait remise. Elle la donna à Rita qui, à son tour, la tendit au gardien, avec ces mots : « Toi donner. »

Le gardien prit l'enveloppe, la retourna plusieurs fois, examina le nom inscrit dessus, regarda Rita d'un air mauvais et prononça une phrase qui lui sembla vouloir dire : « Restez ici, ne bougez pas ou je tire. » Puis il s'éloigna, monta les marches du perron et disparut.

Prenant cette menace au pied de la lettre, Rita attendit sans bouger avec Isabelle, en en profitant pour inspecter les lieux. La maison qui leur faisait face était une sorte de villa – vaste, croulante et construite dans une pierre sans doute rouge à l'origine, cette couleur transparaissant ici et là sous la couche de moisissure noirâtre qui recouvrait les murs et donnait au bâtiment une patine de laisser-aller et d'abandon.

« Pouah ! Quel endroit ! dit Isabelle. On dirait une maison hantée. Dire qu'il est si riche !

— Ça me rappelle un peu le 7, remarqua Rita, songeuse.

— Le 7 ! Pas du tout ! Le 7 n'est pas un dépotoir !

— Ça l'était autrefois, avant ta naissance. C'est drôle comme ça me revient tout à coup. C'est si loin... le 7 tombait pratiquement en ruine. Ça me plaisait beaucoup – je devais avoir dans les six ans et je trouvais qu'il n'y avait rien de plus beau au monde. Ensuite Marilyn a tout rénové. Ça n'a plus jamais été pareil.

— Dieu merci !

— Ce que je veux dire, c'est que cette maison dégage la

même atmosphère, la même impression de passé. Autrefois ce devait être une splendeur. Imagine seulement les propriétaires en train d'aller et venir dans leurs somptueux habits ! Peut-être n'avaient-ils plus les moyens de l'entretenir et voilà ce qu'elle est devenue, mais on voit toujours qu'elle a du caractère – exactement comme le 7. Voilà ce que je voulais dire. Le jardin aussi – il est à l'abandon depuis des années, mais c'était sûrement un paradis et il pourrait le redevenir si quelqu'un s'en donnait la peine. Je ne sais pas pourquoi... j'aime bien cet endroit.

— Moi il me donne la chair de poule, dit Isabelle en venant se mettre tout près de sa sœur.

— Oui, mais c'était pareil pour le 7. C'est ce qui le rendait si fascinant. Regarde les fenêtres... on dirait des trous noirs. »

Les fenêtres étaient toutes garnies de persiennes à la peinture écaillée ; beaucoup pendaient de guingois, à cause de leurs gonds cassés, et il manquait au moins une latte presque partout. En levant les yeux, Rita crut voir, mais sans en être tout à fait certaine, un visage apparaître à l'une d'entre elles et ce doute fit remonter un frisson le long de sa colonne vertébrale.

« Tu as vu ? dit-elle en saisissant la main d'Isabelle.

— Quoi ?

— Quelqu'un qui nous regardait. À cette fenêtre, là-haut. Au coin.

— Arrête, Rita, tu me fiches la trouille. Je ne resterai pas ici, ça c'est sûr.

— Et où iras-tu, alors ?

— À l'hôtel.

— Ne dis pas de bêtises, c'est beaucoup trop cher. Ran nous a donné de l'argent pour trois jours, pas plus.

— Je vais lui écrire pour lui en demander encore. Je suis certaine que jamais elle ne voudrait qu'on habite ici.

— C'est peut-être mieux à l'intérieur.

— C'est peut-être pire à l'intérieur.

— De toute manière, Isabelle, nous sommes là et c'est to qui as voulu venir. Il n'est plus question de se sauver. Nou sommes dedans jusqu'au cou.

— Est-ce qu'il a jamais été question de vivre dans un dépotoir ?

— Qui sait ? Ça pourrait être intéressant.

— Intéressant, tu parles.

— Tiens, le revoilà. »

Debout en haut des marches de l'entrée, le gardien leur faisait signe de venir. Elles s'approchèrent et gravirent le large escalier de pierre délabré. Il leur dit quelque chose dans sa langue, avec de grands gestes pour souligner son propos.

Elles le suivirent à l'intérieur de la maison, après avoir franchi une ligne traversant le plancher là où l'obscurité prenait la place de la lumière. Rita eut soudain l'impression qu'on lui jetait un manteau d'humidité, glacial, sombre et lugubre sur les épaules. Après l'éclat du grand soleil elle ne voyait plus rien. Quand ses yeux se furent accoutumés à la pénombre elle distingua un escalier appuyé contre le mur d'un vestibule long et étroit, percé à droite et à gauche de plusieurs portes, ce qui laissait penser qu'il partageait la maison en deux. Les portes, les murs, l'escalier, le sol, tout était en bois, sans le moindre ornement, pas un tapis sous leurs pieds, aucun tableau aux murs, et la peinture était tellement vieille qu'elle s'écaillait. Avec en arrière-plan une vague odeur, âcre et familière, qui disait à Rita que des termites s'activaient quelque part, creusant leurs tunnels, évidant le bois.

Toutes ces impressions l'assaillirent en l'espace de quelques secondes, pendant qu'elle suivait le gardien dans le couloir. Arrivé à la dernière porte à droite, il frappa plusieurs petits coups secs, cria quelque chose et leur fit signe de le suivre, le tout en même temps. Au moment d'entrer dans la pièce, Rita sentit la main froide et moite d'Isabelle étreindre la sienne.

C'était une grande cuisine, rudimentairement équipée. Sur l'un des côtés, un réchaud à kérosène à deux feux était posé sur une paillasse en pierre, et un vieux frigo vert, défiguré par une grande tache de rouille en forme de girafe, cliquetait bruyamment à côté d'une fenêtre aux vitres sales. Au-dessus et en dessous de la paillasse, il y avait des étagères soutenant des ustensiles de cuisine, tandis que des victuailles – de grands bocaux de riz et de lentilles, des petits pots d'épices, des citrons verts dans un bol ébréché – étaient posées sur des planches, à gauche du frigo. Des tomates à demi vertes se doraient au soleil sur un appui de fenêtre, sous laquelle un robinet gouttait dans un évier rouillé. Un régime de bananes pendait au plafond.

Au centre de la cuisine, il y avait une table rectangulaire avec deux chaises à dossier raide et, le long d'un mur, un lit en planches. Assise en tailleur à un bout, une femme équeutait des haricots. En entendant la porte s'ouvrir elle leva les yeux et sourit aux deux filles. La lettre de Rani, non décachetée, était posée à côté des haricots. À l'autre extrémité du lit étaient éparpillés des objets hétéroclites : une pile de serviettes pliées, un panier d'oignons, deux noix de coco, des piments et, objets plutôt incongrus, un réveil déglingué et une scie rouillée.

C'était une femme corpulente d'environ quarante-cinq ans. Elle portait un vieux sari rouge et, dessous, un corsage trop étroit qui cisaillait sa taille, renflée par un bourrelet de graisse, et ses bras. Son sourire chaleureux, accueillant, se reflétait dans ses yeux. Elle commença à parler dans cette langue que Rita ne parvenait pas à identifier et qui ne ressemblait en rien à celle qu'on parlait chez Rani. Elle supposa que c'était de l'hindi, ce qui ne l'avançait pas à grand-chose.

Elle agita les mains pour montrer qu'elle ne comprenait pas et demanda : « Vous parlez anglais ? » La femme haussa les épaules.

« Nous sommes venues voir Kamal. Mr Kamal, reprit-elle en montrant la lettre. Ma sœur, ajouta-t-elle en désignant Isabelle.

— Ah, seeeur, seeeur, répéta la femme, et son sourire s'élargit. Seeur Kamal !

— Non, pas sœur Kamal, sœur moi. Nous voudrions voir Mr Kamal. Est-ce qu'il est là ? »

La femme parut comprendre. Elle répondit quelque chose en montrant l'extérieur de la maison.

« Il n'est pas là ? » demanda Rita qui pensait avoir deviné ce qu'elle voulait dire.

Cette fois, la femme sembla perplexe. Rita ne pouvait donc

que supposer qu'elle avait deviné juste, que Kamal était sorti ; quant à savoir quand il rentrerait, si jamais il rentrait, elle n'en avait aucune idée. La femme posa son couteau à côté des haricots qui restaient à nettoyer et se leva avec difficulté, sans jamais cesser de parler. Elle tira une chaise, l'épousseta du coin de son sari, fit signe aux deux filles de s'asseoir, et Isabelle se précipita. Elle prit l'autre chaise et la secoua pour montrer qu'elle était branlante et risquait de casser sous le moindre poids, puis elle fit un peu de place sur le lit. Elle posa la pile de linge par terre, les oignons, les piments et les noix de coco sur la table, le réveil sur une étagère, à côté du bocal de riz, et la scie sur le réfrigérateur. Elle passa un chiffon humide sur les planches, les essuya avec un bout de son sari et invita du geste Rita à y prendre place.

Le gardien était resté planté sur le seuil ; il se curait les dents avec son ongle et regardait sans rien dire. Ayant sacrifié aux devoirs de l'hospitalité, la femme l'interpella avec brusquerie et – à l'intention des deux sœurs – le chassa d'un coup de pied symbolique. Il haussa les épaules, recula dans le couloir et ferma la porte.

La femme se tenait immobile au milieu de la cuisine, l'air extraordinairement contente d'elle-même. Elle tapota sa volumineuse poitrine et dit : « Subhadhai, Subhadhai. »

Rita lui dit son nom et celui de sa sœur.

« Riita, Iisabell, répéta la femme d'un air satisfait. Kapé, Kapé ? »

Rita mit un moment pour comprendre qu'elle leur proposait du café. Elle hocha la tête, regarda Isabelle, qui opina à son tour. La femme mit du café soluble dans deux tasses, versa par-dessus de l'eau bouillante et les leur apporta, avec trois biscuits pour chacune. Alors seulement elle reprit sa besogne. Sans cesser une seconde de parler.

Au bout d'une heure, quand elle eut fini d'équeuter ses haricots et de hacher les oignons, elle posa sur le réchaud une marmite avec de l'eau et du riz. Le café et les biscuits étaient digérés, la matinée s'achevait, l'heure du déjeuner approchait. Isabelle tortillait les pointes de ses cheveux et Rita estima qu'il était temps de savoir si elles avaient une chance de voir Kamal aujourd'hui, s'il allait rentrer à la maison et si oui, quand.

Ces questions formulées en articulant bien chaque syllabe ne firent que déclencher un nouveau torrent de paroles que Rita interrompit.

« Kamal venir ? Aujourd'hui ? »

Elle fit les gestes qu'elle pensait appropriés, remuant les doigts pour imiter des jambes en train de marcher et tapotant la table pour dire « ici ». Elle montra le réveil, puis écarta les mains dans un geste interrogateur.

Subhadhai, qui avait compris, se lança dans des explications fébriles, laissant penser que Kamal allait revenir. Elle désigna tour à tour le réveil, la marmite sur le fourneau, puis sa propre bouche ; elle remua les doigts comme des jambes en marche, montra à nouveau le réveil et leva un doigt.

« *Ek, ek, ek*, dit-elle.

— Je crois qu'elle veut dire qu'il rentrera à une heure, pour déjeuner », traduisit Rita à l'intention d'Isabelle.

XLIX

DES LARMES SILENCIEUSES

Soudain, à midi, Subhadhai se tut. Elle posa un doigt sur ses lèvres, le regard absent, et inclina la tête de côté. Rita écoutait elle aussi. Il n'y avait pas d'erreur possible ; quelque part dans les entrailles de la maison quelqu'un pleurait. Subhadhai se leva. Arrivée sur le pas de la porte elle hésita, comme si elle était en train de prendre une décision, puis fit signe aux deux filles de la suivre. Elles sortirent dans le couloir et montèrent l'escalier dont le bois craquait. Quand elles arrivèrent en haut, les pleurs se firent encore plus nets, c'était la lamentation désolée d'une âme qui a perdu tout espoir de consolation et tout droit au bonheur.

Elles s'engagèrent dans un autre couloir, moins sombre que celui du rez-de-chaussée car il était éclairé par une grande fenêtre en façade. Subhadhai ouvrit une porte et entra dans la pièce avec Rita et Isabelle.

Les pleurs provenaient d'une fille toute jeune, assise sur un *sharpai*, le dos au mur et les genoux repliés contre elle. Elle pouvait avoir une douzaine d'années, peut-être un peu plus, peut-être un peu moins – c'était difficile à dire car elle avait un tout petit corps décharné, un corps d'enfant, mais l'expression de son visage était celle d'une très vieille personne. Ses mains molles reposaient sur le matelas, les paumes vers le haut ; son menton relevé était à demi tourné sur le côté, ses lèvres tremblaient, ses yeux étaient vides. Elle ne bougeait pas et semblait pleurer non pour une raison précise mais parce que c'était la seule chose qui lui restait à faire en ce monde. Elle ne tourna même pas la tête pour voir qui entrait.

Rita eut l'impression de faire intrusion dans quelque chose de profondément intime, d'être indiscrète, importune. Elle recula, mais Subhadhai la retint par le bras. Isabelle, médusée par ce spectacle, se mordait la lèvre.

Subhadhai s'approcha du *sharpai* en entraînant Rita. Elle se mit à parler à la petite sur un ton faisant penser qu'elle lui prodiguait des paroles de réconfort. Voyant qu'elle ne réagissait pas, elle lâcha le bras de Rita pour lui caresser la joue. Toujours pas de réaction ; la fille continuait à pleurer, sans même regarder Subhadhai. Rita se sentait mal à l'aise, tiraillée entre le désir d'en savoir plus et une envie de fuir.

Elle était face à une détresse si profonde et si noire qu'elle prenait toute la place dans le cœur de cette enfant. Nul besoin d'explications – elle avait compris. L'inexpressivité de ces yeux sombres et ternes, le frémissement de cette bouche tombante, les plaintes désespérées, tout disait une douleur inimaginable, indicible. Cette fille était anéantie.

Le chagrin est-il contagieux ? Sans doute, puisque Rita fut prise de tressaillements incontrôlables ; ses mains tremblaient, son cœur cognait, la terreur s'empara de tout son être, la peur d'être détruite, avalée, par cette souffrance dont elle ignorait la cause. À nouveau, l'envie de fuir – de tourner les talons et de ne jamais plus revenir dans ces horribles lieux – la saisit, pour être aussitôt remplacée par son contraire : la compassion et l'amour, le besoin de se jeter dans la gueule du malheur, de contester son pouvoir, de nier son existence. Ses tremblements cessèrent aussi soudainement qu'ils avaient commencé.

Elle s'assit sur le *sharpai*, devant Subhadhai et juste en face de la fille.

Elle plongea son regard dans des yeux qui ne voyaient rien. Pas la moindre lueur de vie. Ça n'avait pas d'importance. Elle se pencha et la prit par les épaules. L'enfant ne résista pas. Elle était passive, une poupée de chiffon. Elle semblait ne plus avoir aucune volonté. Rita commença à lui parler, tout en sachant qu'elle était incapable de saisir le sens des mots qu'elle prononçait, mais tant pis.

« Qui es-tu ? Qu'est-ce que tu as, pourquoi pleures-tu ? » Instinctivement, elle avait baissé la voix pour en adoucir les aspérités ; puisque ses paroles ne pouvaient être comprises, elle y mettait tout le sentiment possible, certaine que, au fond d'elle-même, la petite capterait le message. Elle communiquait avec elle par-delà la pensée, par-delà la parole, à l'aide d'un langage transcendant. Elle savait que la fille, ou plutôt ce qui restait en elle de vivant, comprendrait. Elle lui écarta les cheveux du visage et prit la petite tête dans ses mains pour placer ses yeux bien en face des siens. L'enfant continua à pleurer. Les yeux la fixaient, sans la voir. Morts. Vides.

Elle est morte, songea Rita. Morte à l'intérieur. Mais non. C'est impossible. Si elle était morte, elle ne pleurerait pas. Il lui reste encore une étincelle de vie enfouie quelque part. Elle a entendu. Elle a compris.

Brusquement une porte s'ouvrit ; pas celle qui donnait sur le couloir, restée ouverte, mais une autre, une porte communicante. Rita leva la tête et vit une fille, un peu plus âgée – elle avait peut-être quinze ou seize ans – debout sur le seuil.

La fille regarda d'abord Rita, puis Isabelle et enfin Subhadhai, avec qui elle échangea quelques mots avant de saluer les deux sœurs d'un bref signe de tête. Elle alla à la fenêtre et resta un moment à regarder dehors, puis elle se retourna d'un mouvement vif et ressortit sans dire un mot par la même porte, qui se referma sans bruit derrière elle.

À son entrée, Rita avait lâché le visage de l'enfant, qui s'était tassée de nouveau contre le mur, sans cesser de se lamenter.

« On ferait bien d'y aller », dit Rita à Isabelle en se levant. Subhadhai leur fit comprendre par gestes qu'elle restait là et elles redescendirent dans la cuisine.

« Qu'est-ce que c'est que cette histoire ? demanda Isabelle.
— Je n'en ai aucune idée. Mais je peux te dire une chose : je finirai par le savoir. »

À treize heures trente, comme Kamal n'était toujours pas rentré, Rita commença à se poser des questions. Peut-être avait-elle mal compris ce qu'avait dit Subhadhai. Peut-être s'étaient-elles trompé d'adresse. Elle ne voyait absolument aucun rapport entre le Kamal dont Rani et Lakshmi leur avaient parlé avec tant de détails et cette maison, Subhadhai et la fille là-haut dans la chambre.

À midi et demi, Subhadhai leur avait apporté un plat de

riz et de légumes, simple mais savoureux, dans une salle à manger meublée seulement d'une longue table en bois et de six chaises.

Subhadhai avait ensuite monté un plateau à la fille, puis déjeuné seule dans la cuisine. Elle leur avait trouvé un magazine et un journal grâce auxquels elles s'étaient informées pendant une heure – ou deux ou trois – de la situation du pays. Subhadhai semblait les avoir totalement oubliées ; une fois la table débarrassée, elle avait vaqué à ses occupations dans la cuisine et fait plusieurs allers et retours dans l'escalier. La maison était pleine de bruits ; les pleurs avaient peu à peu cessé, mais d'en haut leur parvenait la rumeur d'une radio ou d'une télévision. À un moment donné Rita entendit la chaîne racler contre le portail du jardin et elle courut à la fenêtre, s'attendant à voir Kamal. Mais c'était seulement un vieillard enturbanné. L'attente continua.

L

EN ATTENDANT KAMAL

Quand Rita entendit de nouveau le bruit de la chaîne il était presque deux heures et elle avait abandonné tout espoir de jamais faire la connaissance de Kamal. Elle alla jeter un coup d'œil à la fenêtre, histoire de tromper son ennui, étant donné qu'elle avait lu *India Today* et *The Times of India* de la première à la dernière page et que tous les sujets de conversation étaient épuisés.

Mais cette fois, elle se rabattit aussitôt sur le côté de manière à voir sans être vue. En effet, c'était Kamal. Ce ne pouvait être que lui ; elle l'avait reconnu, non pas à cause de la photo, mais parce qu'il correspondait exactement à l'image qui s'était imprimée dans son esprit à force de penser à lui constamment. Le plus grand des deux inconnus qui se dirigeaient vers la maison – droit sur elle, semblait-il – ne pouvait être que Kamal.

« Isabelle ! Viens vite ! Le voilà ! »

Mais déjà Isabelle était là, collée au rideau, de l'autre côté de la fenêtre. Rita jeta un bref regard à l'adorable créature en train d'épier comme par un trou de serrure, les yeux écarquillés, la bouche ouverte, et plusieurs sentiments l'assaillirent tour à tour.

D'abord de la honte. Pourquoi se cacher ? Furieuse contre elle-même, Rita se planta au beau milieu de la fenêtre, là où Kamal ne pourrait manquer de la voir, s'il regardait dans cette direction. Ensuite elle ressentit comme un coup de poignard. Un coup de poignard dans la région du cœur, déclenchant en elle une douleur fulgurante exigeant une réaction. Mais Rita refusait de réagir. Les traits durcis et s'obstinant à faire fi de la souffrance, elle continua à regarder l'homme qui approchait, montait les marches du porche, puis disparaissait.

Il n'avait pas levé une seule fois les yeux vers la fenêtre, il ne l'avait pas vue et, Dieu sait pourquoi, cette indifférence la blessait, comme s'il l'eût ignorée délibérément. Elle s'en voulut d'en être mortifiée.

Sans dire un mot elle alla prendre le journal sur la table et commença à relire un article. Isabelle vint la rejoindre.

« Tu as vu ! s'exclama-t-elle, triomphante. Il n'est ni gros ni laid ! Je te l'avais dit. Il est très beau. Exactement comme je l'imaginais. Maintenant je n'ai plus qu'à...

— Utiliser tes trucs, termina Rita.

— Épargne-moi ton ironie. Tu cherches toujours à me rabaisser. Je me demande pourquoi... Je suppose que tu es jalouse parce que... »

Elle se tut car la porte venait de s'ouvrir et Kamal apparut sur le seuil. Rita, qui avait déployé le journal devant elle comme pour se protéger des accusations de sa sœur, baissa les mains et leva les yeux.

Elle avait déjà eu tout le loisir d'observer Kamal depuis la fenêtre, mais c'est seulement maintenant qu'elle le voyait de face et de si près. De même qu'Isabelle, elle le trouvait très séduisant. Pas seulement à cause de son aspect physique. C'était sa substance même, quelque chose d'invisible qu'elle perçut à d'innombrables signaux, imperceptibles pour les sens, mais immédiatement reconnaissables par le tambour intérieur qui battait depuis toujours sur un rythme propre et qui, en ce moment, se déchaînait tout à coup, comme activé par l'intrusion de cet inconnu dans sa sphère.

Kamal portait un pantalon en coton kaki et une chemise à rayures défraîchie. Comme tous les autres, il était pieds nus. Il était grand et se tenait très droit. Il avait un teint brun doré et un visage anguleux, presque émacié, avec de grands yeux enfoncés sous d'épais sourcils. Des yeux au regard inquisiteur, sévère même, tout en étant voilé, des yeux qui voyaient tout sans rien révéler. Il avait un bouc et une moustache. Il ne souriait pas. Tout en lui exprimait la distance et la supériorité. Il était inaccessible. Il avait d'abord regardé Rita, puis en entendant Isabelle il reporta son attention sur elle, la plus jeune, la plus jolie. C'est normal, pensa Rita non sans amertume. C'est toujours comme ça. Ça doit être comme ça. C'est la nature.

« Vous êtes sûrement Kamal », dit Isabelle avec un sourire éclatant.

Il ne lui rendit pas son sourire et leva à peine les mains dans un *namasté* symbolique. Il s'avança vers la table, regarda fugitivement Rita, à nouveau Isabelle, puis, comme incapable de choisir entre deux options également détestables, il baissa les yeux sur la lettre qu'il tenait à la main.

« C'est ma grand-mère qui vous envoie », constata-t-il en reposant la lettre sur la table.

Rita avait prévenu Isabelle qu'elle la laisserait s'expliquer, mais en voyant son sourire idiot elle s'efforça de surmonter sa gêne pour apporter quelques précisions.

« Oui. Nous sommes de lointaines parentes, de Guyana, et Rani nous a envoyées ici parce que... parce que... »

Imbécile, pensa-t-elle. Il te suffit d'ouvrir la bouche pour dévoiler le pot aux roses. Si tu termines cette phrase, autant rentrer à la maison tout de suite. À cet instant elle se détesta, détesta Isabelle, Rani, Kamal, toute cette comédie de ruse et de séduction dans laquelle elle avait volontairement choisi de jouer un rôle. Ce n'était absolument pas dans sa nature. Elle trouvait cette machination indigne. Elle s'était laissé convaincre par Isabelle, mais depuis qu'elle était entrée dans cette maison, depuis qu'elle avait vu cette fille, là-haut, et surtout depuis qu'elle avait vu Kamal, le doute s'insinuait en elle et elle se disait qu'il serait préférable de prendre la fuite au plus vite, de mettre le plus possible de distance entre elle et cette affaire. Malheureusement elle était incapable de bouger ; elle essaya de détourner les yeux, mais en vain ; elle chercha quelque chose d'intelligent à dire, mais pour une fois les mots se dérobaient.

« Rani me demande de vous faire visiter Bombay. Elle ne se rend vraiment pas compte. Je n'ai pas le temps de me promener ; je ne suis pas en vacances, voyez-vous. Si vous voulez faire un tour dans la ville je peux vous organiser quelque chose. À quel hôtel êtes-vous descendues ? »

Rita était de plus en plus déconcertée par son ton sec, sa froideur et le peu d'efforts qu'il faisait pour se montrer accueillant. Pour tout dire, il manquait carrément de savoir-vivre ; il aurait pu au moins, par politesse, feindre d'être ravi de voir ces lointaines cousines. Elle était froissée ; elle était indignée ; elle était fascinée.

« Oh, nous sommes au Taj », dit Isabelle d'un air mutin. Elle ne semblait pas avoir perçu l'hostilité qui froissait tant sa sœur. Pour elle, la partie n'était pas perdue. Le sourire qu'elle adressa à Kamal était de pure séduction : l'inclinaison du menton, l'imperceptible battement de cils, l'arrondi de la bouche, tout disait : Regardez-moi, n'est-ce pas que je suis jolie ? Vous n'avez pas envie de m'avoir ? C'est possible, vous savez.

S'il mord à l'hameçon, c'est un imbécile, pensa Rita, en plissant les yeux pour mieux observer sa réaction. Impossible de nier que dès l'instant où il était apparu dans le jardin elle avait été séduite. Il y a des êtres qui suscitent l'intérêt et le respect avant même d'avoir prononcé un mot. Ils ont du charisme. C'était le cas de Kamal et cela la paralysait et la rendait muette. Mais voir la tactique grossière d'Isabelle – qui avait pour sa part l'impression d'envoyer de subtils signaux secrets auxquels l'autre, étant un homme, serait incapable de résister – la rendait méfiante.

Allait-il tomber dans le panneau ? Succomberait-il au manège d'Isabelle ? Le jugement définitif qu'elle porterait sur lui dépendait entièrement de ce test. S'il n'était qu'un mâle, et uniquement ça, il se laisserait piéger ; il laisserait Isabelle déployer son filet de séduction arachnéen autour de son cœur et l'antique jeu mâle-femelle s'engagerait. Dans ce cas son charisme s'effilocherait. Les trois prochaines secondes allaient être décisives. Rita attendait.

Kamal regardait Isabelle. Isabelle avait elle aussi, à sa façon, un certain charisme. C'est là-dessus que tout se joue, songea Rita. Le magnétisme d'Isabelle face à celui de Kamal. Isabelle a été élevée – et j'y ai contribué – dans l'attente de l'admiration d'autrui. Elle possède d'instinct l'art de séduire et l'a poli jusqu'à la perfection – Rita repensa aux têtes qui s'étaient tournées quand elles avaient traversé le hall du Taj, aux regards furtifs des hommes, à la lueur d'animosité dans les yeux des femmes. Isabelle allait d'une démarche altière, comme indifférente à l'effet qu'elle produisait. C'était trompeur : elle se délectait de cette admiration tout en paraissant ne pas la remarquer. L'admiration des autres était le fondement sur lequel reposait toute sa personnalité ; la séduction qu'elle exerçait sur les hommes était la grande affaire de sa vie. S'ils ne s'y montraient pas sensibles, elle s'affaissait comme un rosier grimpant que plus rien ne soutient. Quelquefois Rita se reprochait son jugement trop sévère ; elle aimait sincèrement sa sœur, alors pourquoi la critiquait-elle constamment ? Se pouvait-il qu'elle fût simplement jalouse ainsi qu'Isabelle le disait si souvent ? Qu'elle ne fût au fond de son cœur qu'une immonde vipère ?

Mais pour le moment Rita ne pensait pas à s'analyser. Elle regardait Kamal et Isabelle en train de se regarder. Elle attendait que l'un des deux déclare forfait.

Kamal, lui semblait-il, était désavantagé ; son charme n'était pas délibéré, contrairement à celui d'Isabelle. Il ne cherchait pas à charmer, il le faisait naturellement ; chez lui, ce n'était pas une stratégie, il était comme ça. Ce qui le rendait vulnérable à la séduction manipulatrice d'Isabelle.

Rita priait pour que Kamal ait le dessus. Pour lui, pour elle.

Isabelle était assise loin de la table, dans une exquise attitude d'innocence et de soumission féminine. Malgré la chaleur elle était parvenue à rester aussi fraîche et délicieuse qu'une tranche de pastèque qu'on vient de couper. Avec son visage relevé dans l'angle le plus charmant, ses grands yeux bruns, limpides et sereins, ses lèvres que faisait tressaillir un sourire timide et fragile. Voyez comme je suis jolie, au-dedans et au-dehors. En moi réside l'essence de la félicité, tel était le message silencieux qu'elle émettait.

Rita s'effondra intérieurement. Isabelle avait gagné – elle le voyait au regard déconcerté de Kamal ; un regard qui semblait répondre au message d'Isabelle : Oh, oui, j'ai vu, ma belle, et je suis stupéfait. Je n'en reviens pas !

Dans un geste de capitulation et de soumission devant l'inévitable, Rita replia le journal qu'elle lisait quelques minutes plus tôt. Le froissement du papier attira l'attention de Kamal, ou peut-être profitait-il simplement de l'occasion pour se ressaisir — Rita était sensible à ces nuances de comportement — et détacher son regard d'Isabelle pour le poser sur le journal, où il s'attarda un moment, sans paraître s'y intéresser.

Tout à coup il poussa une exclamation et empoigna le journal à deux mains. Il désigna un endroit sur une page, tout en adressant quelques mots rapides en hindi à son ami, qui s'approcha pour lire à son tour. Puis il releva la tête, les yeux brillants, et parut même sourire — ce qu'il ne lui était pas arrivé depuis qu'il était entré dans la salle à manger et qui paraissait impossible de sa part, tant l'expression austère et solennelle qui devait lui être habituelle semblait gravée sur sa physionomie.

Les deux hommes échangèrent quelques phrases en hindi ; on les sentait très excités, prêts à passer à l'action, Isabelle oubliée et Rita encore davantage. Kamal leur adressa un signe de tête bref et vague, le regard dirigé quelque part dans la région de la fenêtre, roula le journal très serré et s'apprêta à sortir.

Pas question, pensa Rita : elles l'avaient attendu toute la matinée et elle ne le laisserait pas se sauver si vite — car la fuite, à l'évidence, était imminente. Il allait partir après n'être resté qu'un quart d'heure à la maison, sans avoir même jeté un regard au repas qui l'attendait à la cuisine, sans avoir bu une seule gorgée d'eau. C'était un homme habité par une idée, et quelque chose, dans ce journal, l'avait fait réagir.

Elle se leva d'un bond et s'écria : « Attendez une minute ! »

Kamal se retourna et, en la voyant, il eut une expression indécise, comme s'il ne se rappelait pas l'avoir déjà vue et se demandait ce qu'elle faisait chez lui.

« Quoi ?

— Et nous ? Nous sommes venues jusqu'ici, nous avons attendu toute la matinée... Rani a dit...

— Ah, c'est vrai, vous voulez visiter la ville. Je vais dire un mot à Subhadhai, elle téléphonera à une agence de taxis pour qu'une voiture vienne vous chercher. Elle demandera un chauffeur qui parle anglais... il vous montrera tout ce qu'il y a à voir.

— Non, mais... c'est que nous voulions aussi parler avec vous... Quand reviendrez-vous ? »

La question parut déconcerter Kamal, comme s'il n'avait pas l'habitude de programmer ses journées. Il jeta un regard impatienté sur la vieille montre qu'il portait au poignet puis il dit à Rita : « Écoutez, je n'ai pas beaucoup de temps pour bavarder. Je ne sais pas quand je rentrerai ; vous êtes ici chez vous. Moi, il faut que je parte. Je serai peut-être de retour dans la soirée, vers les six heures, mais je n'en suis pas sûr.

— Mais... pouvons-nous rester ici ? Il y a une chambre pour nous ?

— Une chambre ? Oui, bien entendu. Là-haut. Je vais dire à Subhadhai de vous en préparer une. Vous êtes mes invitées. Excusez-moi, il faut que je parte. Subhadhai va s'occuper de tout. Subhadhai ! »

Il sortit et Rita entendit Subhadhai descendre l'escalier, puis Kamal lui parler en hindi, sans doute pour lui donner des instructions concernant leur installation. Elle entendit des pas qui s'éloignaient, une porte qui s'ouvrit en grinçant, puis se referma en claquant. Elle entendit le gravier crisser sous les pas des deux hommes qui se dirigeaient vers le portail. Elle entendit le murmure de sa propre respiration et le martèlement du tambour de son cœur qui disait : Premier round pour Kamal.

Rita n'avait aucune envie de visiter Bombay. C'était l'heure la plus chaude de la journée, celle où la plupart des Indiens qui le pouvaient s'allongeaient pour la sieste, et elle aurait bien aimé en faire autant. En outre Isabelle semblait de mauvaise humeur ; après le brusque départ de Kamal sa douce expression s'était radicalement transformée, telle une eau calme et limpide soudain troublée par des vaguelettes désordonnées. « Quel toupet ! s'exclama-t-elle. Filer comme ça ! Pour qui se prend-il ? Je me demande bien ce qui a pu tant le bouleverser.

— C'est ce que j'aimerais savoir ! »

Kamal avait emporté le journal. Il fallait qu'elle en achète un autre – une information avait déclenché ce départ précipité et, piquée dans sa curiosité, Rita voulait savoir de quoi il s'agissait. Ces quelques minutes passées avec Kamal lui avaient appris beaucoup de choses. D'abord que Kamal n'était pas un homme ordinaire, régi par des pulsions ordinaires. L'image qu'elle s'était faite de lui d'après les histoires de Rani était celle d'un garçon faible, indécis, s'étant d'abord laissé piéger par une blonde Américaine qui n'en voulait qu'à son argent, puis par une soi-disant sainte. Un rêveur, un romantique, un visionnaire, un homme qui, confronté à une beauté comme celle d'Isabelle, succomberait à coup sûr.

Cette image s'était d'abord dissipée face à ce roc qu'était Kamal. Ensuite Isabelle lui avait sorti le grand jeu et Rita aurait parié que Kamal, mû par les instincts animaux que tout homme a en lui, allait répondre aux signaux muets, vieux comme le monde, qu'Isabelle lui envoyait.

Il y avait eu un moment d'hésitation. Et soudain une force nouvelle avait catapulté Kamal hors du cercle enchanté du désir. Quelque chose dans le journal avait actionné cette force. Rita voulait savoir quoi.

« Alors qu'est-ce qu'on fait maintenant ? gémit Isabelle. Il ne m'a pas dit un seul mot. Il arrive et repart comme un fou, alors qu'on a fait tout ce chemin pour venir le voir ! Il pense qu'on va poireauter ici à l'attendre, peut-être ?

— Non, il pense qu'on va prendre un taxi pour visiter la ville !

— Visiter la ville, mon œil ! Tu crois peut-être que Bombay m'intéresse ? Cette ville est une immonde poubelle ! Vas-y toute seule si tu veux, moi je rentre à l'hôtel. Je suis fatiguée et j'ai mal à la tête. Quant à s'installer ici, il n'en est pas question. Je resterai au Taj jusqu'à ce que ce foutu Kamal se conduise normalement.

— Oui, rentrons à l'hôtel, j'ai absolument besoin d'une douche. Le taxi sera là dans une minute, allons l'attendre dehors.

— Ça ne veut pas dire que je laisse tomber, ajouta Isabelle dans l'allée. Rani m'a prévenue qu'il serait peut-être difficile à accrocher ; je suis prête à relever le défi !

— Tu pourras toujours faire une nouvelle tentative ce soir. Mais tu devrais lâcher tes cheveux. Ça lui plaira peut-être davantage. Et ces boucles d'oreilles, Isabelle... je me demande si elles te vont vraiment bien. »

L'air inquiet, Isabelle porta la main à ses longs pendants d'oreilles. « Tu crois vraiment... Oh, Rita, quelle sale vache tu es, tu te moques tout le temps de moi. »

Rita sourit et leva le bras pour se protéger de la pluie de coups rageurs prêts à s'abattre sur elle.

En sortant de sa douche, Rita trouva Isabelle profondément endormie, pelotonnée sous les couvertures, dans la chambre fraîche et obscure. Le ronron du climatiseur lui donnait sommeil et elle bâilla. Elle aurait bien fait un petit somme, elle aussi ; mais non. Elle avait d'autres projets. Elle enfila un *shalwar kameez* en coton, griffonna un mot pour dire qu'elle serait de retour à six heures et sortit sans bruit de la chambre.

Dans le hall elle acheta le *Times of India* et l'ouvrit à la page réservée à Bombay, cette page qui avait déclenché une telle réaction chez Kamal.

Elle parcourut les titres pour voir si elle ne trouvait pas quelque chose qui aurait pu avoir attiré son attention, et comme elle ne savait pas ce qu'elle cherchait elle commença à lire également les articles. Ignorant pratiquement tout de Kamal – elle ne croyait plus un mot de ce que Rani avait dit concernant son petit-fils –, il lui était presque impossible de deviner ce qui avait pu le jeter dans les rues sans même prendre le temps de déjeuner.

Elle élimina d'entrée la grève des étudiants en médecine, qui en était à son cinquième jour, ainsi qu'un incident survenu la veille au temple de Viddalayak, où un pèlerin avait blessé un vendeur de guirlandes. Même chose pour le projet de démolition d'un immeuble dans les faubourgs de Bombay. Elle s'attarda un instant sur le suicide de l'épouse d'un homme politique – peut-être Kamal la connaissait-il. Son regard courait impatiemment d'un titre à l'autre ; non ça ne pouvait pas être ça. Ce n'est qu'au deuxième examen qu'un déclic se produisit. Le titre en soi semblait anodin : *Une jeune fille victime d'une agression admise à l'hôpital B.K. Shivnandan.* C'était un article, un entrefilet plutôt, relégué en bas de page, sur la colonne de gauche, qu'elle avait tout de suite écarté. Mais ne sachant pas ce qu'elle cherchait au juste, tous les articles lui avaient paru plus ou moins hors sujet.

Ce qui avait fait tilt, à la relecture, c'était un souvenir. Récent, et indélébile tellement il était fort.

Une prostituée de quatorze ans, victime d'un bras cassé et atteinte de plusieurs coups de couteau au cours d'une bagarre entre un proxénète et un client ivre dans le quartier de Kamathipura, a été transportée à l'hôpital B.K. Shivnandan. En état de choc et incapable de parler, la jeune fille n'a pu répondre aux questions de la police. Toutefois des prostituées appartenant au même établissement ont dit qu'elle avait été kidnappée à Madras puis vendue à un réseau de prostitution il y a environ un an. Elle a été conduite à l'hôpital par une personne appartenant à un organisme sanitaire non gouvernemental, qui a ensuite porté plainte pour trafic de mineurs...

Ce furent les mots « état de choc » et « incapable de parler » qui arrêtèrent Rita et firent resurgir le souvenir : c'était un écho de quelque chose qu'elle avait vu de ses yeux. Une fille en état de choc et incapable de parler ; la fille, là-haut, chez Kamal.

Objectivement parlant, le lien était purement spéculatif. Mais les soupçons de Rita ne reposaient sur rien d'objectif, pas plus que sur un examen des faits ou sur un raisonnement logique. C'était une certitude intuitive, un roulement du tambour intérieur.

À cause des embouteillages qui obstruaient tous les carrefours, le taxi mit une heure pour parvenir à l'hôpital Shivnandan. Le temps d'arriver, il était presque quatre heures. Convaincue d'avoir deviné juste, Rita était également persuadée qu'elle allait manquer Kamal, qui serait déjà sûrement reparti. D'ailleurs, ne sachant ce qu'elle pourrait lui dire, elle l'espérait presque.

Après avoir parcouru un labyrinthe de couloirs elle finit par arriver à l'entrée de la salle où on lui avait dit que se trouvait la jeune fille blessée. La porte était ouverte. Les lits rudimentaires rangés sur deux côtés d'une longue salle étaient tous occupés par des patientes en plus ou moins mauvais état. Certaines étaient seules, d'autres entourées par leur famille. Une jeune femme faisait manger une parente âgée ; une femme d'âge mûr aux cheveux décoiffés et huileux pleurait dans un coin de son lit. Dans ces locaux lugubres et sommairement équipés flottaient des relents d'urine mêlés à une odeur de médicament et de désinfectant, et le ventilateur fixé au plafond ne tournait pas assez vite pour les diluer dans l'air frais venu de l'extérieur. Rita se sentit prise d'une légère nausée. Il n'y avait là qu'une seule personne dont l'âge correspondait à celui de la blessée du journal.

À son chevet se tenait une jeune fille en jean et en T-shirt. Malgré son teint clair, on voyait bien que ce n'était pas une Européenne – la couleur café de sa peau n'était pas due au bronzage, et l'épaisse chevelure noire rassemblée en une queue-de-cheval, ainsi que les sourcils fournis sur les yeux noirs de jais, disaient à l'évidence qu'elle était indienne.

À l'approche de Rita, la jeune fille – elle ne devait même pas avoir vingt-cinq ans – leva les yeux et sourit.

« Bonjour, dit-elle. Tu viens prendre la relève ?

— Prendre la relève ?

— Ce n'est pas Kamal qui t'envoie ? Il a dit que quelqu'un viendrait à peu près à cette heure-ci. (Elle regarda sa montre.) Je ne vais pas tarder à partir et elle ne doit pas rester seule – au cas où ils essaieraient de la reprendre », ajouta-t-elle en posant un regard sur la forme inerte couchée dans le lit.

La fille, recouverte d'un drap élimé, était blottie en position fœtale sur le matelas, le visage à moitié enfoui dans le creux de son bras gauche, qui était plâtré. Elle avait à l'épaule gauche un gros pansement, qui dépassait de l'encolure et de la manche courte de la chemise de nuit d'hôpital.

Il y eut un moment de flottement avant que la jeune fille – elle s'appelait Gita – comprenne que Rita n'était pas envoyée par Kamal.

« Rita et Gita, dit cette dernière. Ça sonne bien ; ça rime

même. Mais pourquoi es-tu venue ici, si ce n'est pas pour prendre ton tour de garde ?

— En fait, je cherchais Kamal.

— Oh, ce n'est pas ici que tu le trouveras. Il est presque tout le temps fourré à Kamathipura. Il a une obsession, vois-tu. Mais on ne peut pas lui en vouloir.

— Une obsession ?

— C'est un homme qui a une mission à remplir. Et pas n'importe laquelle. Il cherche une aiguille dans une botte de foin.

— Et toi ? Est-ce que tu es... ?

— Sa petite amie, c'est ça ? Moi ? » Gita eut un rire amusé et se toucha le front. Non, je ne suis pas folle. Je lui donne simplement un coup de main. C'est un ami dans la peine. Je le connais pratiquement depuis toujours. Nous étions pensionnaires dans le même collège à Kodaikanal, mais j'étais bien plus jeune que lui. Le frère de Rehana, ma meilleure amie, était son meilleur ami, aussi je le voyais souvent. Nos chemins se sont à nouveau croisés quand je suis venue à Bombay pour faire mes études de médecine ; Rehana habite ici et c'est chez elle que je l'ai retrouvé – je parle de Kamal. Je ne l'avais pas vu depuis des années. Il m'a embringuée dans cette affaire – il a le don d'entraîner les gens. On n'y peut rien. Tout ça est tellement affreux. Et sans espoir. »

Rita s'approcha et s'assit au bord du lit. La fille dormait du sommeil des morts, tournant le dos à ses visiteuses. Rita la regarda puis sourit à Gita.

« Il est certain qu'il a réussi à éveiller mon intérêt. Pourtant je n'ai pas la moindre idée de ce qui se passe. Qu'est-ce qui est si affreux et si désespéré ? Quelle est cette aiguille dans la botte de foin ?

— C'est très simple. Il cherche sa fille. Elle a été vendue comme prostituée, ici, à Bombay. Elle a treize ans. »

Rita resta sans rien dire. Elle regardait fixement devant elle. Et, tout à coup, elle comprit. Avec un tel poids sur les épaules, comment Kamal aurait-il pu être autrement qu'il n'était : inaccessible, bourru, muré en lui-même ?

« Et cette fille-là, dit-elle enfin... Il était tellement excité quand il a vu le journal, est-ce qu'il pensait... Est-ce qu'elle est...

— Il pensait que c'était peut-être sa fille, mais ce n'est pas elle. Malgré tout il estime qu'il doit lui porter secours, à elle aussi. Il est comme ça. Sa fille vient de Madras, de même que celle-ci. Elle avait été placée comme bonne, dans une famille, et un jour elle a disparu. Subitement.

— Comment sait-il qu'elle est à Bombay ?

— Elle lui a écrit. Ses ravisseurs ignoraient sans doute qu'elle savait lire et écrire – les filles de la campagne sont presque toutes analphabètes. Elle a réussi je ne sais comment à faire poster sa lettre, sans doute en la confiant à un client compatissant.

— Treize ans, mon Dieu ! » Rita repensa à son adolescence, aux temps heureux où elle taquinait Archie Foot, tombait amoureuse de Russell Chambers et sillonnait Georgetown à fond de train sur son vélo neuf, ses couettes au vent, sans tenir le guidon.

« Treize ans, répéta-t-elle. C'est justement le pire...

— Oui. »

Leurs yeux se rencontrèrent ; ceux de Gita étaient humides de pitié inexprimée et inexprimable. En y plongeant les siens Rita comprit enfin ce qui animait Kamal. Cette chose, cette chose horrible, atroce, trop effrayante pour qu'on prononce son nom à haute voix, mais que tous ressentaient et connaissaient ; qui se transmettait d'âme en âme sans avoir besoin de mots, parce que la nommer reviendrait à la faire passer du monde des émotions à celui de l'intellect, à la désamorcer, à l'édulcorer, à la purger de son poison, à la rendre accessible pour l'esprit, autrement dit à rendre pensable l'impensable. Et cela ne devait pas être. Elle était là cependant, avec son atrocité palpable. Et elle était contagieuse.

Quand Rita reprit la parole, rompant le terrible silence qui s'était installé entre elles, sa voix n'était qu'un murmure. « Est-ce qu'il a avancé dans ses recherches ? »

Gita secoua la tête. La tristesse était inscrite sur son visage. « Non. Comment le pourrait-il ? Il y a ici environ trente mille prostituées, dont dix pour cent de mineures et tu peux être sûre que ces mineures sont bien cachées, parce que c'est illégal. Sais-tu à quoi ressemble cet univers ? C'est une fourmilière qui grouille de monde. Des bordels en veux-tu en voilà... un enfer empuanti où on ne mettrait même pas un chien, et lui consacre son temps à les passer tous au peigne fin pour retrouver sa fille. Mais comment pourrait-il la retrouver ? Il n'a même pas de photo. Il va au hasard, regarde et pose des questions. Il envoie des amis qui vont chaque nuit de bordel en bordel en se faisant passer pour des clients. Mais sans résultat. Les prostituées ? Elles adorent colporter les commérages, elles essaient de les aider, elles disent qu'il y a une fille ici, une autre là, qui pourrait être celle qu'on cherche, mais ça n'a jamais abouti à rien. Quant aux patrons de bordel, dès qu'ils ont vent de quoi que ce soit, ils avertissent leurs collègues et la fille en question disparaît aussitôt. S'il arrive à la retrouver ce sera vraiment le hasard, ou un cadeau de Dieu. Je pense que c'est là-dessus qu'il compte. La chance finira peut-être par lui sourire, après tout – il a en lui tant de passion que si Dieu existe, il faudra bien qu'Il se décide à faire quelque chose. »

À nouveau un épais silence les enveloppa. Rita sentait son cœur cogner ; elle avait la bouche sèche et les paumes moites. Elle aurait voulu tendre la main à Kamal, lui rendre son enfant, et son impuissance la rendait muette. La pitié était la seule chose qu'elle avait à offrir et elle savait d'instinct qu'il détestait la pitié.

— Et la mère de cette petite ? La femme de Kamal ?

— Elle est morte il y a très longtemps, peu après la naissance du bébé. Shazeed l'a rencontrée une fois. C'était une Américaine d'une grande beauté. Kamal l'adorait. Shazeed dit...

— Qui est Shazeed ?

— L'ami de Kamal, le grand frère de ma meilleure amie. Mon fiancé, pour tout dire. Il est médecin ; lui aussi l'aide de son mieux. Tu as dû le voir aujourd'hui, non ? Il a dit...

— Le voir ? Non, je ne crois pas. Ah... Attends, est-ce qu'il est venu chez Kamal ? Quand j'y étais ?

— C'est lui. Il passe voir les filles de temps en temps, pour s'assurer qu'elles se rétablissent.

— Qui sont ces filles ? Que font-elles chez Kamal ?

— Ce sont des filles qu'il a réussi à libérer. Il faut savoir qu'il ne se limite pas à vouloir sauver sa propre fille ; dès qu'il trouve une de ces malheureuses qu'on a jetées dans la prostitution, il remue ciel et terre pour la sortir de là. Ananda Nagar est une sorte de refuge où il les installe jusqu'à ce qu'on puisse les renvoyer chez elles. Ou ailleurs.

— Ah, mon Dieu ! soupira Rita. Voilà pourquoi il nous a reçues si peu aimablement quand nous nous sommes présentées avec une lettre de sa grand-mère lui demandant de nous faire visiter Bombay !

— Mets-toi à sa place ! Mais Kamal ne parle jamais de ça, même avec ses amis. Il est comme possédé, prisonnier de cette horreur. Depuis, personne n'arrive plus à communiquer avec lui. Même Shazeed. Pourtant tout le monde cherche à l'aider. On ne peut s'en empêcher. Les prostituées l'adorent, elles se feraient tuer pour lui, elles se sont toutes mises à la recherche d'Asha. Mais sans résultat. Apparemment.

— Depuis combien de temps est-elle dans le circuit ?

— Depuis un an environ, semble-t-il. Kamal a reçu sa lettre il y a six mois et il est ici depuis cinq mois.

— Que s'est-il passé ? Tu as dit qu'elle avait été placée comme bonne. Comment se fait-il qu'elle travaillait ?

— Le problème c'est qu'elle ne vivait pas avec lui mais chez sa mère nourricière, et on l'a envoyée à Madras, je ne sais pourquoi. La famille a dû avoir des difficultés. Kamal n'était au courant de rien.

— Pourquoi vivait-elle dans une famille nourricière ?

— Parce que sa mère, la femme de Kamal, est morte peu après sa naissance.

— Dans ce cas pourquoi n'était-elle pas avec son père ?

— Comment savoir au juste ? D'après Shazeed, après la mort de sa femme, il s'est rendu compte qu'il ne pouvait pas s'occuper du bébé. Il fallait qu'il s'en aille. Il est d'abord parti dans l'Himalaya, chez son gourou, puis en Arabie Saoudite, pour travailler sur un champ de pétrole – tu sais qu'il est ingénieur – et il y est resté plusieurs années. Il s'est abruti de travail pour oublier. Il a sans doute eu raison de faire ce choix. Asha se trouvait bien chez sa mère nourricière et ç'aurait été une erreur de l'arracher à un foyer stable. De plus, étant indien, il ne lui serait jamais venu à l'idée de l'élever tout seul. Ici c'est le rôle des femmes. Mais ce ne sont que des suppositions. Shazeed dit qu'il ne parle jamais de lui ou de ce qu'il ressent, en tout cas pas depuis la mort de Caroline. Quoi qu'il en soit, il est revenu en Inde pour entrer dans un ashram, chez son gourou. Il est devenu moine. Il a renoncé au monde – à la femme et à l'or, comme on dit chez nous. Un moine désargenté. Bien que Shazeed dise qu'il n'est pas si pauvre que ça – il paraît qu'il est l'héritier d'une grande fortune.

— C'est exact. C'est d'ailleurs pour ça que je suis ici. Ou plutôt que nous sommes ici. »

C'était maintenant à Rita de prendre le relais. Gita, fascinée, l'écouta parler du palais qui attendait Kamal dans le Maha Pradesh, de Rani, désespérée d'avoir perdu son petit-fils bien-aimé, et qui n'hésitait pas à remuer ciel et terre pour le ramener au bercail. C'était facile de se confier à Gita ; Rita avait l'impression de la connaître depuis toujours. Elle pouvait tout dire, sans rien dissimuler.

En apprenant qu'Isabelle avait reçu mission de séduire Kamal, Gita se mit à rire.

« La pauvre, elle n'a pas la moindre chance. Kamal n'a pas regardé une femme depuis la mort de Caroline, il y a plus de treize ans. Ça ne l'intéresse pas, voilà tout. Il a trouvé quelque chose de mieux, et c'est ce que nous autres avons tant de mal à accepter. Il traîne derrière lui une multitude de cœurs brisés. »

Ces mots faisaient mal ; cependant il y avait encore un point que Rita devait éclaircir. « Est-ce que ça veut... étais-tu... es-tu...

— Amoureuse de lui ? (Rita hocha la tête et Gita rit.) Non. Enfin... Non. À une époque, j'ai eu un faible pour lui. Mais comme je suis quelqu'un de réaliste, j'ai vite renoncé et j'ai choisi Shazeed, qui ne demandait pas mieux. Nous nous marierons dès que j'aurai mon diplôme. Mais sa sœur Rehana, elle est complètement folle de Kamal. Sans espoir bien entendu, et il lui a fallu apprendre à vivre avec un cœur brisé. C'est ce qui t'attend, toi aussi. Pauvre Rita ! »

Gita examinait Rita avec attention. Celle-ci baissa les yeux, puis les releva. Gita eut un petit rire amusé.

« Ça se voit à des kilomètres. Quand tu prononces son nom, tu as les yeux qui chavirent positivement ! Mais rassure-toi, je ne dirai rien, et Kamal ne remarque pas ce genre de choses. Il ignorera allégrement ton adoration, mais si tu te joins à la recherche d'Asha, tu auras définitivement gagné son cœur, sois-en sûre ! Et si ça te suffit, bienvenue au club ! Mais... »

Elle s'interrompit brusquement. Rita suivit son regard et là, juste à l'entrée de la salle, arrivait l'objet de leur conversation. Les paroles de Gita encore dans les oreilles, Rita eut envie de prendre la fuite. Des yeux qui chavirent... Si le seul fait de prononcer son nom produisait cet effet, que devait-il en être en ce moment ! Elle jugea préférable de détourner le regard. De toute évidence il était stupéfait de la trouver ici, mais Gita l'accapara aussitôt, ce dont Rita lui fut reconnaissante, car elle se sentait incapable de dire un mot. Elle fit mine de s'intéresser à un oiseau perché sur un fil électrique, devant la fenêtre.

Elle ne savait plus où se mettre. Elle était rouge, mortifiée. C'était très gênant de manière générale, et davantage encore en présence de Kamal. Toute au trouble qui l'habitait, elle n'entendit pas ce que disaient Gita et Kamal et c'est seulement quand il prononça son nom pour la troisième fois, et en haussant la voix, qu'elle leva les yeux.

« Pardon, je n'ai pas compris, qu'avez-vous dit ? » demanda-t-elle d'un ton parfaitement normal, posé, à croire qu'elle avait rêvé la tempête qui, quelques secondes plus tôt à peine, se déchaînait en elle. Elle inspira et expira à fond – ça faisait du bien.

« Gita suggère que vous l'accompagniez pour emmener cette fille à Ananda Nagar. Et que vous l'aidiez à l'y installer. (Il regarda sa montre.) Je suis obligé de partir, sinon je ne vous le demanderais pas. Il faudra peut-être la porter – physiquement elle est remise maintenant, à part son bras cassé, mais son apathie est telle qu'elle risque de ne pas vouloir marcher. Je l'aurais bien aidée moi-même, mais...

— Mais c'est un homme et il n'a pas le droit de la toucher, enchaîna Gita. Tu as le temps de venir avec moi, Rita ? »

Rita regarda sa montre. « Bien sûr. Mais je ne pourrai pas rester longtemps. J'ai promis à ma sœur d'être de retour à l'hôtel à six heures. Si je tarde trop elle va s'inquiéter.

— Alors allons-y tout de suite.

— Au revoir, et merci. Je vais dire à une infirmière d'amener un fauteuil roulant », ajouta Kamal au moment où il s'en allait.

Rita commençait à peine à retrouver son calme et à se comporter normalement que déjà il était parti.

LI

LES CHEMINS SE SÉPARENT

Rita trouva Isabelle au bar de l'hôtel, devant un grand verre rempli d'une boisson vert phosphorescent, en compagnie de deux jeunes gens qu'elle inondait de son sourire le plus enjôleur.

Rita s'approcha du trio et prit une chaise.

« Rita ! Où étais-tu passée ? » La voix d'Isabelle dégoulinait de miel ; sa colère s'était apaisée. Elle s'appuya sur un coude, mit la main en visière devant les yeux, puis de son ton de candidate à l'élection de Miss Guyana, elle déclara : « Permettez-moi de faire les présentations. Rita, voici Shankar et Ranjit. Ma sœur, Rita. »

Les deux garçons se levèrent à demi pour lui serrer la main en lui adressant un sourire éblouissant mais factice, avant de reporter leur attention sur Isabelle. Rita leur lança un regard irrité et dit : « Isabelle, j'ai à te parler.

— Eh bien, vas-y, parle.

— Non, il faut que je te parle sérieusement. En privé », ajouta-t-elle.

Isabelle tordit la bouche dans une grimace désapprobatrice. « Quelle barbe ! Ça presse tant que ça ? » Elle regarda les deux garçons comme si elle espérait une aide de leur part. Mais ils ne réagirent pas. L'arrivée de Rita avait eu sur eux l'effet d'une douche froide ; ils se levèrent, s'inclinèrent devant Isabelle, lui baisèrent la main et s'éclipsèrent.

« Tu vois ce que tu as fait, dit celle-ci. Tu t'amènes et ils disparaissent. Tu me gâches toujours tout mon plaisir.

— Isabelle, il faut qu'on parle.

— Oui, je sais, tu l'as déjà dit.

— Écoute-moi bien. Je vais m'installer à Ananda Nagar. Dès demain.

— Ah. Super ! Et moi ? Tu ne me feras pas déménager dans ce trou à rats, sois-en sûre.

— Je m'en doutais. Mais tu ne peux pas non plus rester dans cet hôtel.

— Pourquoi donc ?

— Parce qu'on n'en a pas les moyens, voilà pourquoi.

— Mais Rani les a, elle.

— Il n'est pas question que tu vives éternellement aux crochets de Rani. Elle t'a envoyée ici dans un but précis, mais c'est raté. Je peux te l'assurer. Kamal s'est totalement investi dans une action philanthropique dans les quartiers pauvres de Bombay. C'est une sorte de travailleur social. Il n'y a aucune chance qu'il s'intéresse à toi. »

Dans le taxi qui la ramenait à l'hôtel, Rita avait réfléchi à ce qu'elle allait dire ou ne pas dire à sa sœur à propos de Kamal. La version qu'elle venait de lui donner était la vérité, mais pas toute la vérité. Elle avait pris cette décision presque en même temps que celle d'accompagner Uma à Ananda Nagar. Ce projet avait pris forme pendant le trajet. Le fait d'aider Gita et Subhadhai à installer Uma l'avait renforcée dans le sentiment que sa place était bien ici. Mais que faire d'Isabelle ? Personne ne voudrait d'elle à Ananda Nagar et c'était réciproque. Il ne restait que deux possibilités : la renvoyer en Guyana ou chez Rani. Isabelle n'aurait qu'à choisir et Rita pensait avoir deviné quel serait son choix.

Si Isabelle retournait chez Rani, il faudrait la mettre au courant des activités de Kamal, et l'histoire serait la suivante : Kamal se consacre à des œuvres charitables dans les bidonvilles de Bombay, ce qui était vrai mais seulement en partie.

Isabelle rabattit une mèche de cheveux derrière son oreille. « Tu veux dire qu'il n'est pas question que je le revoie ?

— Oh, arrête, Isabelle. Parlons raisonnablement. Je voulais juste dire que le projet de Rani ne se réalisera pas. Donc qu'allons-nous faire maintenant ? Ou plutôt, que vas-tu faire ? Moi j'ai déjà pris une décision. Je reste ici, comme je te l'ai dit. Et toi...

— Ne me dis surtout pas que tu me renvoies en Guyana !

— C'est pourtant une des possibilités. Il faut bien que tu ailles quelque part. Tu ne veux pas venir à Ananda Nagar et de toute manière, je n'aurai pas le temps de m'occuper de toi.

— Je n'ai pas besoin de toi. Quand cesseras-tu de me materner, Rita ? Quand cesseras-tu de faire des projets à ma place et de me donner des conseils ? Je suis assez grande pour prendre mes décisions toute seule. Je sais ce que je veux faire.

— Et c'est quoi ? »

Le mieux, avec Isabelle, et Rita le savait d'expérience, était de lui laisser croire que c'était elle qui prenait les décisions qu'on avait déjà jugées les meilleures pour elle. En ayant l'air de dire qu'elle devait rentrer en Guyana, Rita pouvait être pratiquement sûre de son refus. Il ne restait donc que l'autre solution : qu'Isabelle aille là où elle se sentirait comme un poisson dans l'eau.

« Je veux retourner chez Rani. Je m'y plaisais beaucoup. J'ai encore tant de choses à apprendre. De plus, quand Rani saura ce que fait Kamal, elle en aura une attaque et m'aimera encore plus. Elle m'apprécie déjà beaucoup, mais elle place encore beaucoup d'espoirs en Kamal. Quand je lui raconterai comment il vit, ce qu'il fait... elle va blêmir. Elle aura tellement peur que Kamal récupère tout à sa mort qu'elle ne demandera pas mieux que de me reconnaître comme son héritière. S'il doit dilapider toute sa fortune pour les pauvres, je pense qu'elle ne voudra pas lui laisser un sou. Et elle n'a que moi.

— Ce que tu peux être vénale, Isabelle, déclara Rita avec mépris.

— Pas de grands mots avec moi, s'il te plaît. Je ne sais pas ce que ça veut dire et je m'en fiche. Ce que je sais c'est que tu me grondes tout le temps ! En tout cas, je ne rentrerai pas à la maison. Pas question. J'ai réussi à quitter ce pays et je n'y retournerai pas. Je savais bien que Rani serait la chance de ma vie, et même si ça ne marche pas avec Kamal, je n'aurai pas tout perdu. Elle tient absolument à faire de moi quelqu'un d'important, une princesse ! Ça l'amuse énormément ! La vie l'ennuie tellement que je suis pour elle comme une bouffée d'air frais, un défi à relever !

— Les grands esprits se rencontrent.

— Quoi ? Quels grands esprits ?
— Non, rien. Je plaisantais.
— Je ne crois pas...
— Écoute, Isabelle, si tu veux retourner chez Rani, je n'y vois pas d'inconvénient. Je t'emmènerai à l'aéroport demain matin. Ensuite tu te débrouilleras toute seule. »

Accompagner Isabelle à l'aéroport et la mettre dans l'avion pour Madras lui prit toute la matinée et elle en ressortit épuisée. Quelque chose de débilitant semblait tapi dans l'atmosphère même de la ville, un énorme parasite invisible et malfaisant embusqué dans l'ombre, qui se nourrissait de son énergie vitale. Rita se sentait sale, poisseuse ; retourner au Taj aurait été un vrai bonheur : une douche, un bon repas et une longue sieste dans la chambre fraîche et sombre. Mais il ne fallait pas y penser. Elle avait déjà réglé la note et fait descendre les bagages. Il ne lui restait plus qu'à aller directement à Ananda Nagar.

La sieste avait toujours eu sur Rita l'effet d'une drogue puissante ; il lui fallait ensuite plusieurs heures pour refaire surface. Il était cinq heures de l'après-midi quand elle se réveilla dans un état de léthargie d'où elle ne parvenait pas à émerger. Elle resta allongée sous le ventilateur qui tournait lentement, sans même le courage de se lever pour prendre un verre d'eau à la carafe posée sur le buffet. Les stores occultaient le soleil et la pénombre se prêtait bien à son humeur méditative. Maintenant qu'elle était là, elle se demandait pourquoi elle était venue. Personne ne l'avait sollicitée, Kamal moins que quiconque, et elle n'était apparemment d'aucune utilité. Je ferais peut-être mieux de m'en aller, pensa-t-elle.

La sonnerie du téléphone retentit, très loin. Rita entendit des pas en bas, dans le couloir et, quelques secondes après, la voix de Subhadhai qui l'appelait. Elle enfila un T-shirt, un pantalon avachi et descendit. C'était Gita.

« Je suis contente de te trouver. J'espérais bien que tu resterais. J'avais envie de parler de ma petite idée avec quelqu'un, mais pas Kamal ni Shazeed. Tu connais les hommes –

ils se croient toujours plus intelligents. Même les plus gentils. Tu l'as remarqué ? C'est automatique. Quand une femme émet une suggestion ils n'écoutent que d'une oreille : ils sont aimables et condescendants, mais ils ne te prennent jamais au sérieux. C'est ce qui m'agace tellement dans cette affaire. Je suppose que c'est un instinct qui remonte à l'homme des cavernes.

— Je l'avais remarqué, s'esclaffa Rita.

— Bien. En effet Kamal et Shazeed sont formidables, mais ce sont des hommes et ils ne peuvent rien contre leur programmation génétique. Ces deux-là forment une équipe. Pour mettre mon idée à exécution, il me faut aussi une équipe – une autre fille. Toi.

— Tu as une idée ?

— Oui... Je te l'ai dit. J'en ai parlé à Kamal et à Shazeed ; ils ont souri, hoché la tête et fait tous les bruits appropriés, mais tu crois qu'ils l'auraient mise à profit ! À l'évidence ma suggestion n'avait aucun sens, puisqu'elle venait d'une femme.

— À l'évidence. Mais que leur avais-tu suggéré ?

— D'exploiter la piste de la langue. Asha vient du Tamil Nadu. Je me suis demandé s'il n'existait pas une mafia tamoule qui aurait l'exclusivité de toutes les prostituées tamoules. Pour moi, ça tombe sous le sens. Un bordel tamoul, peut-être. Ou du moins un tenancier de bordel tamoul. C'est logique, non ? Dis-moi ce que tu en penses en toute sincérité.

— Ça me paraît effectivement logique.

— Alors pourquoi ne veulent-ils pas essayer cette piste-là ? Ça me fait enrager. D'accord, a dit Kamal, on pourrait aussi prendre ce facteur en considération. Elle a le teint clair, exceptionnellement clair, parce que sa mère était américaine, et blonde par-dessus le marché. Ils s'imaginent arriver à un résultat en posant des questions à propos d'une jeune fille au teint clair. Bon, ça se défend, mais mon idée est meilleure et je vais te dire ce que j'ai décidé de faire. Tu sais que je travaille comme bénévole dans les bordels ?

— Tout de même, Gita ! dit Rita en riant.

— Bon... c'est une façon de parler.

— Alors explique-toi.

— Je travaille comme bénévole dans un dispensaire dépendant de la Santé publique. J'y vais deux fois par semaine, je fais des tests du sida, des contrôles sanitaires. Et j'en profite pour me renseigner. Je demande s'il y a quelqu'un qui parle tamoul. Moi je le parle couramment. Le tamoul et l'anglais sont mes deux langues maternelles – je suis née au Tamil Nadu. Je pose des questions innocentes en apparence, par exemple : Connaissez-vous des prostituées tamoules ? Des proxénètes tamouls ? Des bordels tamouls ? Tu n'en reviendrais pas de voir la liste que j'ai dressée.

— Et ensuite tu te rends dans les endroits figurant sur ta liste.

— Exactement. Ça n'a encore rien donné, mais je ne me décourage pas.

— Mais comment pourrais-je t'aider ? Je ne parle pas un mot de tamoul.

— Oui, mais tu parles anglais.

— Toi aussi. De même que Kamal et Shazeed.

— Et Asha. Il n'y a pas tant de prostituées qui parlent anglais. Presque aucune, même. Ça fait donc une piste supplémentaire.

— Peut-être, mais qu'est-ce que je peux faire ? Quel sera mon rôle, au juste ?

— Je n'y ai pas encore vraiment réfléchi, mais je suis sûre que la piste de la langue est la meilleure. Tu pourrais m'accompagner à mon travail, fouiner un peu partout et poser des questions en anglais. Tu n'as jamais joué à l'inspecteur de police, quand tu étais petite ?

— Pas vraiment. J'étais plutôt du genre explorateur.

— Policier, explorateur, c'est pareil. Partons toutes les deux en exploration. D'accord ?

— Bien sûr ! Vois-tu, je me demandais justement ce que je pourrais faire et moi aussi j'ai eu une idée. Je suis journaliste et je pensais profiter de ce voyage en Inde pour écrire quelque chose, dénicher des histoires insolites à ramener dans mon pays. Si je dis que j'écris un article sur la prostitution à Bombay, crois-tu qu'on me laissera interviewer des gens, poser des questions ?

— Ce n'est pas une mauvaise idée, Rita, mais dans ce

milieu, on n'aime pas trop la publicité. Malgré tout, ça vaut la peine d'essayer. Qui sait, quand tout sera terminé et qu'on aura récupéré Asha, ça te fera peut-être un reportage sensationnel.

— Quand commençons-nous ?
— Je passerai te prendre demain matin.
— Pour aller où ?
— À Kamathipura. Au cœur de l'enfer. Le quartier chaud le plus sordide de Bombay. L'endroit des cages. »

Rita raccrocha et s'apprêta à remonter dans sa chambre. Kamal sortit de la cuisine. Elle s'arrêta et leurs yeux se rencontrèrent. C'est lui qui parla le premier.

« Vous avez faim, Rita ? »

Rita ne répondit pas. Elle ne s'était pas posé la question.

« Parce que dans ce cas on pourrait peut-être aller manger quelque chose. Je connais un petit restaurant près de Chowpatty Beach. Si vous êtes d'accord.

— Ça me ferait très plaisir. » Un instant, Rita crut qu'il allait sourire. Mais non. Peut-être était-ce son imagination, mais il lui sembla qu'une ombre se glissait entre eux deux, que le couloir obscur s'assombrissait encore un peu plus. Il ne souriait ni des lèvres ni des yeux. Elle hocha la tête et articula le mot oui, sans qu'aucun son sorte de sa bouche, tant elle avait la gorge sèche.

« Alors rendez-vous ici dans une demi-heure », dit-il, et il retourna dans la cuisine. Rita voulait aller y prendre un verre d'eau mais elle se ravisa et remonta directement dans sa chambre.

LII

PROMENADE SUR LA PLAGE

Kamal resta plongé dans ses pensées pendant tout le dîner. Il ne prononça pas un mot et il lui jeta à peine un regard, au moment de passer la commande à un serveur indifférent. Ses yeux étaient froids et opaques. Kamal, elle le savait maintenant, possédait un monde à lui où il se réfugiait de temps en temps. Là, il se retrouvait seul avec lui-même, coupé de la réalité concrète, enfermé dans une autre, une réalité intérieure, une bulle hermétiquement close, impénétrable et insondable. Ce dîner aurait pu être l'occasion d'entr'apercevoir l'univers de Kamal ; elle l'avait espéré, y avait vu le début d'une possible amitié. Au lieu de ça, elle se trouva rejetée à l'extérieur, solitaire, consciente que toute tentative de l'en faire sortir serait non seulement importune mais impardonnable. La seule chose à faire était d'attendre. Ça passerait. La bulle finirait bien par crever, en libérant Kamal. Le voile qui obscurcissait sa vision se lèverait, ils se rencontreraient de nouveau. Il sourirait, d'abord avec les lèvres. Elle saurait être patiente. Et un jour, le sourire gagnerait ses yeux. Le rideau de glace s'écarterait pour laisser passer une chaleur rayonnante. Elle le sentait ; elle le savait. Alors elle se fondrait dans quelque chose de plus profond, de plus vaste, de plus noble que tout ce qui avait existé auparavant. Il suffisait d'attendre. Tout en elle le lui disait. Mais pour le moment son cœur se serrait dans la crainte que Kamal ne se retire à jamais dans les profondeurs de son âme.

En sortant du restaurant ils regagnèrent Marina Drive. La circulation, encore plus dense que tout à l'heure, était comme un fleuve de métal compact, indifférent. À plusieurs reprises Kamal héla un taxi, mais aucun ne s'arrêta. Au loin s'arrondissait le Jewel Necklace, ce collier de lumières scintillant comme les étoiles qui bordait le front de mer.

« Venez », dit-il. C'était le premier mot qu'il lui adressait depuis qu'ils étaient entrés dans le restaurant. Telle la graine du proverbe, il tomba dans un sol fertile, annonce que tout n'était pas perdu, que Kamal était de retour et conscient de sa présence. Ils remontèrent jusqu'à un passage protégé où de nombreux piétons attendaient déjà. Le feu passa au rouge au moment même où ils arrivaient et Rita sentit la main de Kamal se refermer sur son coude : une pression douce mais ferme lui enjoignant de s'arrêter, de tourner, de traverser, de ne pas se perdre dans la foule, de ne pas s'éloigner, de se fier à lui. Une sensation agréable. Si puissante et si minuscule à la fois. Une main sur son coude et on aurait dit que c'était l'univers tout entier. Ils accostèrent sur l'autre rive, la main se retira, laissant Rita avec une impression de perte aussi immense que l'univers lui avait semblé l'être l'instant d'avant.

Pourtant il était là, qui marchait en silence à côté d'elle, si près qu'ils se touchaient presque. Le brouhaha de la circulation se fondit à l'arrière-plan car le silence de Kamal était plus fort, plus proche, plus palpable, et c'était ça qu'elle écoutait.

« Quelle belle nuit ! Si on allait se promener sur la plage ? »

Encore des mots, encore une invitation et puisqu'il ne pouvait voir ni son visage ni sa joie, elle répondit immédiatement : « Oh ! Oui ! J'aimerais bien », sachant qu'il *entendrait* sa joie – mais qu'importe.

Une petite brise tiède, des battements de cœur et une présence auprès d'elle. Là-haut, les étoiles éparpillées dans l'immensité indigo du ciel. Kamal ôta ses sandales et Rita fit de même. Le sable était chaud et dur sous ses pieds nus.

« Comme j'aimerais faire connaître cet endroit à Asha, dit Kamal. C'est ce qu'il y a de mieux à Bombay. Un jour je l'emmènerai ici. »

Rita resta un instant confondue à cause de ce que cette remarque avait d'intime ; s'il l'avait prise par les épaules, elle n'en aurait pas été moins saisie. C'était la première fois qu'il parlait de ce qu'il ressentait ou de ce qu'il désirait. C'était un regard glissé dans son monde intérieur, un privilège, un honneur. Que pouvait-elle lui offrir d'équivalent ?

« Asha a de la chance de vous avoir. Vraiment beaucoup de chance. Malgré tout le reste, elle a de la chance.

— De la chance ? De m'avoir ? dit-il d'un ton amer. C'est moi qui suis la cause de tous ses malheurs. Si j'avais été un meilleur père...

Oh mon Dieu, mon Dieu, qu'est-ce que j'ai fait.

— Je voulais dire...

— Vous vouliez dire quelque chose de gentil. De charitable. Vous êtes une personne gentille et charitable et vous ne m'auriez jamais accusé de l'avoir abandonnée. N'est-ce pas ? Non, bien entendu. Mais vous ne savez pas. Comment pourriez-vous savoir ? Autour de moi, tout le monde se pâme en disant qu'Asha a vraiment un père admirable, qui la cherche jour et nuit. Mais ils ne savent pas.

— Je sais certaines choses. Gita m'a dit...

— Gita ne sait rien. Ce qu'elle sait, elle le tient de Shazeed, et Shazeed ne sait rien. Je suis seul à savoir. Avec Asha, et Dieu. Voulez-vous que je vous raconte ? »

Il s'était arrêté de marcher et lui fit face. Rita s'arrêta aussi. Dans l'obscurité elle voyait à peine son visage, mais ses yeux semblaient brûler d'une fièvre dont elle n'était – elle le savait bien – nullement responsable. Ses yeux étaient pleins d'un regret et d'une souffrance si manifestes qu'elle détourna le regard, incapable de supporter une chose pareille.

« Oui, murmura-t-elle. Si vous voulez bien.

— Vous voulez vraiment ?

— Oui. Oh oui. »

Mais il garda le silence, et si longtemps qu'elle crut qu'il s'était ravisé. En effet, pourquoi se confierait-il à elle, justement à elle, une étrangère pour ainsi dire, quelqu'un qui venait de l'autre bout de la planète et qu'il ne connaissait que depuis deux jours, qui avait fait irruption dans sa vie et n'avait aucun droit, absolument aucun droit, de savoir, si ce n'est le droit conféré par l'amour. Parce que c'était bien de l'amour qu'elle éprouvait pour lui. Elle le savait depuis le début, sans jamais avoir osé prononcer le mot, ni se l'avouer à elle-même, car aimer un être signifie avoir besoin de lui et elle ne voulait pas avoir besoin de cet homme, ni d'ailleurs d'aucun autre, du moment qu'elle ne pouvait pas l'avoir.

Il y avait d'autres promeneurs sur la plage, pourtant ils étaient seuls. Sur leur gauche, l'horrible monstre nommé Bombay meuglait et se vautrait dans sa fange en lâchant des vents nauséabonds, mais ici tout était propre et paisible, la mer venait à eux dans la sombre pureté de la nuit, comme pour rappeler à la ville qu'il existait autre chose au-delà d'elle-même, au-delà de la souffrance et de la barbarie urbaine. Et Kamal à côté d'elle. Qui se recueillait avant de parler, se gorgeant de l'espace et de l'intemporalité du silence, accumulant en lui ce silence avant de le combler avec les mots qui dévoileraient pour Rita l'histoire de sa vie.

« Par où commencer ? »

Rita ne dit rien ; il n'y avait rien à dire. Elle marchait à ses côtés, à pas lents, au rythme de sa propre respiration, tel le disciple d'un moine, tous ses sens ouverts à la mer, au ciel, au vent et à sa présence auprès d'elle. Elle attendait. Elle était patiente ; le temps n'avait pas de limites, c'était à Kamal de le remplir, pas à elle, et elle pouvait attendre, elle qui avait attendu ce moment toute sa vie.

« Par Caroline. Je vais commencer par Caroline. »

Qu'importe. Qu'il commence donc par Caroline.

« Caroline et moi nous nous sommes connus à Cambridge. Pas le Cambridge d'Angleterre ; Cambridge, dans le Massachusetts. Elle y habitait et moi j'y faisais mes études. Elle aussi, d'ailleurs. Sa spécialité c'était l'anthropologie. Caroline aimait les gens ; les gens la fascinaient. L'Inde la fascinait ; – c'est sans doute pour ça qu'elle s'est d'abord intéressée à moi. »

Il parlait lentement, doucement, en détachant bien chaque mot, et Rita s'aperçut très vite qu'il revivait sa vie : il n'était pas ici, sur la plage, avec elle ; il était avec Caroline, à Cambridge, dans les forêts de la Nouvelle-Angleterre, dorées par l'automne ou blanchies par l'hiver. Ils étaient tous les deux dans un village tamoul écrasé de chaleur. Il n'était pas sur la plage de Chowpatty, avec elle ; il était là-bas, très loin, réuni à cette autre par des fils invisibles que ni la mort ni le temps ne pouvaient dénouer.

« La mort de Caroline a bien failli me tuer. J'étais fou de chagrin. Elle était tout pour moi ; je n'avais vécu que pour elle et pour notre avenir ensemble. Quant au bébé, j'avais à peine conscience de son existence, tant j'étais malheureux. Comprenez-moi bien, je l'aimais, évidemment. Le jour où je l'ai tenue dans mes bras pour la première fois restera le plus beau de ma vie. Mais en me retrouvant seul avec elle... je n'ai pas pu. J'étais pour elle un étranger, elle me fuyait et j'étais tout simplement incapable de m'occuper d'elle. N'oubliez pas que j'étais très jeune. Je n'avais jamais eu affaire à des tout-petits. Comment aurais-je pu gagner son cœur et faire face à ma détresse ? J'ai choisi la solution de facilité et je l'ai laissée à Sundari – Mrs Iyengar. Si nous avions vécu quelque temps ensemble avant la mort de Caroline, si elle m'avait considéré comme son père, tout aurait été différent ; ou encore si j'avais vécu dans des conditions normales, avec une famille, une mère qui aurait pu m'aider. Voyez-vous, j'ai beaucoup réfléchi à tout ça depuis, j'ai analysé ma dureté mille fois, essayé de me justifier, de me trouver des excuses, mais il n'y a aucune justification, aucune excuse. Dès que le frère de Caroline a été reparti en emportant sa dépouille, j'ai quitté Gingee. Je ne supportais pas de rester dans la maison où elle avait vécu. Pauvre Asha... elle ne faisait que me rappeler sa mère ; je l'ai fuie, elle aussi. Je l'ai laissée à Mrs Iyengar. Après tout, elle était en de bonnes mains.

« Étant donné la situation, c'était la meilleure solution. Que pouvais-je faire d'un bébé de sept mois, moi qui étais seul, qui travaillais et n'avais ni toit ni famille ? Et en Inde, par-dessus le marché, où on n'a jamais vu un père élever seul son enfant !

— Mais Rani aurait sûrement...

— Rani ? Vous plaisantez ! Reconnaître une enfant métisse ?

— Je pense qu'elle l'aurait fait. J'en suis même sûre.

— Le fossé entre Rani et moi était trop profond. Infranchissable. Je m'étais coupé d'elle... pour toujours. Il n'était pas question pour moi de revenir la tête basse, avec un enfant de sang-mêlé.

— Et ses grands-parents américains ? Ils l'auraient certainement recueillie, maintenant que Caroline était morte ? »

Kamal partit d'un rire sans joie. « Sans aucun doute. Ils ont même mis un avocat sur l'affaire. Mais sans mon consentement ils ne pouvaient pas grand-chose. Asha est citoyenne indienne. Même avec leurs relations, il leur aurait été impossible de la faire sortir du pays. De mon côté, il n'était pas question que je leur donne l'autorisation, sachant qu'ils ne me laisseraient jamais la revoir, et puis je ne voulais pas qu'elle grandisse entre ces deux blocs de glace. Non, elle était très bien chez les Iyengar. »

Il se tut et ils marchèrent sans rien dire pendant plusieurs minutes. C'était un silence bienfaisant, dans lequel Rita se sentait aussi proche de lui que s'il l'avait prise par les épaules – ce qu'elle aurait tant aimé. Elle le regardait à la dérobée ; elle avait l'impression de penser si fort qu'il devait forcément l'entendre. Mais Kamal marchait en balançant un peu les bras au rythme de son pas et ses pensées étaient manifestement plus maîtrisées que les siennes, car son visage, même vu de profil et dans l'obscurité, ne trahissait rien. On aurait dit qu'il se parlait à lui-même, comme si elle n'était pas là, comme s'il racontait cette histoire pour lui et non pour elle.

« Mais j'anticipe. Non... après la mort de Caroline, le problème n'était pas Asha, le problème c'était moi. J'ai dû faire face à mon chagrin. Affronter l'idée de la mort. Nous vivons en nous cachant de la mort, en nous faisant croire qu'elle ne nous touchera jamais, mais je vous le dis, Rita, il n'existe rien de plus important au monde. La mort m'avait pris ce que j'avais de plus précieux, plus précieux que ma propre vie. Il ne me restait absolument rien. Caroline avait emporté avec elle toute la vie qui était en moi ; j'étais vidé de tout ; j'avais tant de chagrin que je craignais de contaminer le bébé. Mais peut-être est-ce seulement un prétexte ou une tentative pour excuser l'inexcusable. Le manque d'amour est inexcusable et je manquais d'amour. Je n'avais plus rien à donner.

« Il n'y a qu'un moyen de surmonter une si grande perte, et c'est la religion. Dieu. J'ai couru vers Lui ; vers Elle, car pour moi Dieu n'est pas le Père mais la Mère. C'est le miracle de l'hindouisme : que Dieu puisse revêtir n'importe quelle forme, avoir n'importe quelle image. Dieu peut être Père, Mère, Enfant, Ami, Maître, parce ce que l'important n'est pas la forme de ce qu'on aime, mais l'acte d'aimer ou d'être aimé par Lui. Par Elle.

« Je suis allé trouver Swami Subramaniananda, mais c'est Ma que j'ai trouvée. Elle avait un ashram aux environs de Rishikesh, dans l'Himalaya, près de celui de Swami, et en la voyant j'ai su que j'étais enfin arrivé. Si la mort de Caroline avait une raison quelconque, c'était de rejoindre Ma. Vous êtes-vous jamais trouvée en présence d'un être humain qui vous aime totalement, Rita – jusque dans chaque fibre de votre être ? Ma est ainsi. Elle a tout vu, avant même qu'un seul mot ait été prononcé. Elle a vu ma souffrance, l'a guérie et m'a appris à aimer véritablement. Je suis resté trois ans dans cet ashram ; je vous épargnerai les détails, sachez seulement que j'y ai trouvé la guérison. Toutes les ambitions matérielles m'ont abandonné ; j'étais libre, et heureux, je ne voulais rien de plus que rester là, dans les contreforts de l'Himalaya, aux côtés de Ma, au service de Ma. C'était idyllique ; j'étais heureux, merveilleusement heureux.

— Voilà pourquoi vous vous êtes fait moine. »

Kamal lui jeta un bref regard. « C'est ce qu'on vous a raconté ? Oui, on peut dire ça. D'une certaine façon. Dans un sens. De cœur, mais pas officiellement. Je n'ai jamais eu de goût pour les institutions de la religion. Pourtant, j'ai effectivement porté la robe safran des moines pendant quelques années. Je n'ai jamais dit explicitement que j'étais moine, mais c'est ce que tout le monde pensait. Par rapport à Rani, ça m'arrangeait. Ainsi la rupture était bien nette, pour moi du moins. Mieux valait lui laisser croire que j'étais vraiment moine ; ça l'aiderait à cesser de comploter pour me marier et de se miner à cause de sa succession. Je ne voulais pas de sa fortune. Il semble pourtant qu'elle n'a jamais renoncé à l'espoir de me ramener au bercail.

« Mais une fois de plus, je vais trop vite. À cette époque je me sentais tellement en paix avec moi-même que je serais bien resté pour toujours dans cet ashram. Mais Ma voyait tout ; elle me dit que je n'en avais pas fini avec le monde. Il me restait deux questions à régler : Il fallait que j'assure le bonheur d'Asha et que je fasse la paix avec Rani. Je suis donc allé voir Rani pour me réconcilier avec elle, mais il n'y a rien eu à faire. Elle était comme une énorme araignée noire cherchant à m'attraper pour m'enfermer dans son palais doré et me vampiriser. J'ai compris que je ne pourrais jamais vivre sous le même toit qu'elle. Je le lui ai dit, calmement et fermement, et aussi que je renonçais officiellement à la fortune qu'elle amassait pour moi, qu'il était inutile qu'elle me cherche une épouse. Comme je l'ai dit, ma robe de moine a contribué à la convaincre que je parlais sérieusement.

« Il y avait aussi Asha. Je suis allé la voir. Elle avait alors trois ans – une adorable petite fille – mais elle n'était pas à moi. Elle restait plantée à me regarder avec ses grands yeux noirs, en suçant son pouce. Je suis resté quelque temps pour essayer de gagner son affection, mais elle était déjà trop bien intégrée à la famille Iyengar. Ces gens l'aimaient et voulaient la garder – elle était comme leur fille ; ils avaient eu depuis deux autres enfants, elle avait une vraie famille, avec des frères et des sœurs – comment aurais-je pu l'emmener ? Et pour aller où ? Je n'avais rien à lui offrir. Mais je pouvais la prendre en charge sur le plan matériel. Je décidai de travailler pour pouvoir envoyer de l'argent aux Iyengar. Jusque-là je ne leur avais pas donné une seule roupie – je n'avais rien. Mais j'allais me rattraper. Je suis parti voir mon ami Shazeed à Bombay pour lui demander de me trouver du travail et il m'a obtenu une situation très bien payée en Arabie saoudite. Je n'avais ni attaches ni domicile. Je suis donc parti, je gagnais beaucoup d'argent, j'ai aidé les Iyengar à déménager dans une belle maison et payé pour que leurs enfants puissent aller au collège de Gingee. Pour Asha je voulais ce qu'il y a de mieux. Elle aurait la meilleure instruction possible – en Angleterre, aux États-Unis. Tout ce qu'elle voudrait. J'avais plus d'argent qu'il n'en fallait – j'étais riche, mais ma fortune ne me venait pas d'un héritage, je l'avais gagnée. J'ai placé des fonds à son nom. Asha apprenait l'anglais, elle était bien habillée, toutefois je me gardais de trop la gâter matériellement. Les Iyengar menaient une vie confortable mais simple.

Ils étaient profondément croyants et je savais qu'elle était élevée dans des valeurs saines. C'était une solution parfaite et j'étais content qu'elle puisse rester chez eux, qu'elle soit heureuse et que je ne lui manque pas. Je pensais beaucoup à elle, mais elle ne me manquait pas vraiment – comment quelqu'un avec qui on n'a jamais vécu pourrait-il vous manquer ? C'est ce que je croyais à l'époque, mais je sais maintenant que c'est faux, car en réalité elle me manque, elle m'a toujours manqué, mais je me cachais simplement cette souffrance, parce que c'était plus facile pour moi, plus facile pour tout le monde, et je n'avais pas besoin de changer quoi que ce soit – aurais-je été capable de m'occuper d'une petite fille ? Par conséquent, je leur donnais de l'argent ; c'était le moins que je pouvais faire et cela soulageait ma conscience. Ce furent les années de vaches grasses.

« Je suis resté cinq ans en Arabie saoudite. J'avais gagné suffisamment d'argent pour qu'Asha ne connaisse jamais la pauvreté et que nous puissions mener ensemble une vie simple en Inde, peut-être dans les alentours de Gingee. C'était mon intention. Mais quand je suis arrivé pour la reprendre, j'ai compris que ça ne marcherait pas. Ma présence l'intimidait ; elle ne disait pas un mot et me regardait comme si je la terrifiais. C'était dur, mais je savais que c'était uniquement parce qu'elle était heureuse chez les Iyengar, que je n'étais pour elle qu'un étranger et que toutes ces histoires pour dire que j'étais son père l'inquiétaient. J'avais l'impression d'être importun.

« C'était trop tard. Elle était trop attachée à sa famille d'adoption, elle était leur fille, pas la mienne. Pour elle je n'étais pas un père mais un inconnu qui débarquait d'on ne sait où, qui la regardait en silence, ne sachant comment l'aborder, ne trouvant pas les mots capables de parler à son cœur. Je sentais qu'elle avait peur de moi, qu'elle était soulagée quand je m'en allais et c'est sans doute ce qui m'a fait revenir sur ma décision.

« Je me rendais compte que je me raccrochais trop à elle, alors j'ai fait mon possible pour ne pas m'imposer, pour qu'elle continue à se sentir vraiment l'enfant des Iyengar.

« Je suis donc reparti. Je suis retourné à Rishikesh, dans

l'ashram de Ma. Décidé à mener une vie solitaire. J'écrivais régulièrement à Asha, mais elle ne répondait jamais – je me disais que je ne l'intéressais pas. Elle avait pourtant dû mémoriser mon adresse. Sinon comment aurait-elle pu m'écrire quand le malheur s'est abattu sur elle ?

« J'ai été un très mauvais père – je n'ai aucune excuse. J'aurais dû faire quelque chose, trouver un moyen...

— Vous ne pouviez pas... » Rita s'interrompit. Kamal ne cherchait ni réconfort ni sympathie. Il énonçait simplement un fait. Ce n'était pas à elle de parler. Elle se tut et attendit qu'il poursuive.

« De toute manière, les regrets sont vains. C'est trop tard et je suis seul fautif. Je vois maintenant combien j'ai été égoïste – j'aurais dû me battre pour conquérir son amour, l'emmener avec moi, bâtir une vie pour nous deux et rien de tout ça ne serait arrivé. »

Il se tut à nouveau et comme le silence durait trop longtemps Rita dit :

« Que s'est-il passé au juste ? Comment Asha s'est-elle retrouvée...

— Un jour, j'ai reçu une lettre. Une lettre désespérée, déchirante, me disant qu'elle était à Kamathipura et me laissant deviner sa situation. Elle me suppliait de la secourir. Son anglais n'était pas fameux et moi je ne parle pratiquement pas un mot de tamoul, bien entendu. C'était griffonné sur un bout de papier, mais l'enveloppe était neuve et l'adresse n'était pas de sa main. Elle devait connaître mon adresse par cœur, puisque j'ai su ensuite par Sundari qu'elle n'avait emporté aucune de mes lettres en partant à Madras et n'avait pas reçu celles que je lui avais envoyées là-bas – l'oncle les détruisait. J'ai aussitôt tout plaqué pour aller à Gingee et essayer de savoir ce qui s'était passé. J'ai appris qu'après la mort de son père adoptif, l'oncle était devenu le chef de famille et avait placé Asha comme domestique à Madras – une chose qui se produit assez souvent quand une veuve est adoptée par un beau-frère qui ne tient pas à s'encombrer de bouches supplémentaires à nourrir. Sundari m'a dit qu'elle m'avait écrit trois fois pour m'en informer, mais ses lettres ne m'étaient jamais parvenues – il semble que le beau-frère avait soudoyé le postier pour qu'il intercepte toutes les lettres à destination de Rishikesh. Il ne devait pas y en avoir des masses. Évidemment, il ne tenait pas à ce que je sois informé, il risquait d'être privé de l'argent que j'envoyais, ainsi que des fonds déposés au nom d'Asha.

« Comment Asha est-elle ensuite arrivée à Bombay ? personne ne le sait. Je suis allé trouver les gens qui l'avaient employée à Madras pour les interroger – j'avais d'abord pensé qu'ils avaient dû la vendre à un réseau de prostitution. Mais en fait elle s'était enfuie – le mari était en prison pour escroquerie et je me suis rendu compte que sa femme ne savait rien. Ou alors, elle ne voulait rien dire. Je ne sais pas. Je suis donc venu à Bombay. J'ai acheté Ananda Nagar pour une bouchée de pain et j'ai commencé mes recherches. Ça fait environ cinq mois.

— C'est comme chercher une aiguille dans une botte de foin », intervint Rita et, pour la énième fois elle se mordit la langue. Elle ne pouvait donc pas se taire ? Les mots étaient impuissants à décrire la pitoyable situation d'Asha et le caractère désespéré de l'entreprise de Kamal. Il n'avait certainement pas besoin qu'elle épilogue sur le peu de chances qu'il avait de retrouver une petite fille égarée dans le dédale de ces taudis infernaux, tous plus sombres et plus lugubres les uns que les autres, et sur lesquels régnaient d'infâmes canailles. Il n'avait pas besoin qu'elle le pousse du coude pour le faire basculer de l'espoir dans l'abîme du désespoir.

À croire qu'il avait lu dans ses pensées, Kamal reprit :

« C'est comme marcher sur un fil ; l'équilibre est si précaire entre l'espoir et le désespoir. Objectivement, c'est une entreprise totalement chimérique. Je ne sais même pas si Asha est encore ici ou si on ne l'a pas expédiée à Pune, à Delhi ou à Calcutta. Comment savoir ? Et pourtant...

— Et pourtant quoi ? » demanda Rita dans un murmure, car elle craignait de s'aventurer sur un terrain miné, tout en brûlant de savoir jusqu'où allait sa foi dans la réussite de sa quête.

« Et pourtant je sais. Je la sens. Je peux presque l'entendre. Il y a quelque chose en moi, une voix, un courant intérieur qui me dit qu'elle est ici et qu'elle attend. Je n'ai aucune preuve, pas le moindre indice ; c'est une sorte de force immobile et silencieuse tout au fond de moi, qui m'appelle, m'entraîne et me soutient, une chose si ténue qu'on ne peut ni la voir ni l'entendre ni la mesurer. Un scientifique dirait que je prends mes désirs pour des réalités, que je suis abusé par une impression fabriquée de toutes pièces. Une certitude dénuée de tout fondement, pourtant elle est là, si réelle que je pourrais bâtir ma vie dessus. Je sais que je dois persévérer. »

Cette fois Rita se garda de rompre le silence. Le ressac des vagues sur le sable, le souffle de la brise de mer, la rumeur de la ville derrière elle lui parvenaient, tout en restant à la périphérie de ses sens. Plus qu'elle ne les entendait, elle sentait les mots de Kamal. Elle sentait la substance qui les nourrissait et y reconnaissait la voix de la vérité.

Savoir cela la rendait forte ; en lui dévoilant la source secrète de son énergie, Kamal l'associait à lui d'une façon plus essentielle, plus intime que n'aurait pu le faire une union physique ; il l'avait absorbée en lui et maintenant, malgré l'horrible drame qu'ils vivaient, elle se sentait inexplicablement heureuse, elle chantait, volait, tourbillonnait de joie.

Mais de Kamal n'émanait que du silence. En regagnant l'avenue, il tendit la main non pour prendre la sienne, mais pour héler un taxi. Rita sentit son cœur se ratatiner, tel un ballon dégonflé. Le taxi s'arrêta et il détourna un instant les yeux. Pendant tout le trajet il conserva un demi-sourire énigmatique et ne prononça pas une seule parole, se drapant dans une robe de moine invisible qui tenait Rita à distance, au propre et au figuré.

Il lui ouvrit galamment la porte de sa chambre et s'écarta un peu pour la laisser passer. Il haussa légèrement les sourcils, ses lèvres tressaillirent. Il allait dire quelque chose. Elle l'espérait, elle l'attendait. Mais non, il continua à l'observer sans un mot. Elle entra, se retourna, posa sur lui un regard le suppliant de mettre un terme à ce silence qui n'était plus doux, mais affreusement, affreusement gênant.

« Je ne sais pas pourquoi je vous ai raconté tout ça. D'habitude je n'en parle pas. Excusez-moi de vous avoir ennuyée avec cette histoire. »

Et sur ce, il la laissa.

LIII

KAMATHIPURA

Le dispensaire de Gita était sis dans un minuscule bâtiment donnant sur une ruelle, dans un quartier misérable d'une ville qui semblait uniquement composée de quartiers misérables. Rita sortit du taxi avec l'impression d'avoir roulé pendant des heures à travers une bouillie compacte de bruits assourdissants et d'odeurs nauséabondes. Elle ne savait plus du tout où elle était. Emportée d'un embouteillage à l'autre parmi des bidonvilles et des gratte-ciel de verre et d'acier, elle avait perdu le sens de l'orientation. Gita lui fit traverser une cour immonde au fond de laquelle s'élevait la seule maison en bon état de l'ensemble. Sur un panneau blanc apposé au mur étaient inscrits le nom de l'organisme, les heures d'ouverture, ainsi que des noms de médecins. Celui du Dr Gobin figurait en tête de la liste.

« Viens, dit Gita. Nous sommes en avance, mais ça ne fait rien. »

À côté du panneau s'ouvrait une grande double porte vitrée dont la propreté paraissait incongrue dans la saleté et le délabrement général des lieux.

« Il faut que je te présente au Dr Gobin, dit Gita. Il est fantastique – un vrai roc. Il est d'un grand secours pour les femmes de ce quartier. Je lui ai téléphoné pour lui demander si tu pouvais venir ce matin. Je lui ai dit que tu étais journaliste. Tu as donc intérêt à réfléchir à l'article que tu vas écrire », ajouta-t-elle avec un clin d'œil.

Le Dr Gobin était assis derrière un bureau très encombré, qui occupait presque tout l'espace dans une pièce grande comme un mouchoir de poche. Une table d'examen était placée le long de l'un des murs, tous recouverts d'affiches – des mises en garde et des informations concernant le sida, pour la plupart. Un téléphone et un ordinateur étaient posés sur le bureau, au milieu des papiers, et un ventilateur poussif suspendu au plafond tournait en grinçant.

En voyant entrer Rita, le Dr Gobin se leva. Il était grand, avec un visage émacié, des cheveux clairsemés et de grosses lunettes ; il lui tendit la main par-dessus la table, sourit largement, la pria de s'asseoir, puis sans presque reprendre sa respiration, et avant de se rasseoir lui-même, il demanda : « Vous êtes de la presse ? Vous voulez écrire un article sur nous ? Est-ce qu'il sera publié en Occident ?

— Oui », dit Rita qui lui expliqua ses intentions, sans faire allusion à Kamal ou à Asha, ni préciser que l'article en question ne serait pas publié en Angleterre ou aux États-Unis, mais dans un pays perdu nommé Guyana, qu'il ne serait lu que par une poignée de gens et qu'il ne déclencherait certainement pas les réactions que semblait espérer le médecin.

« Gita m'a dit que vous souhaitiez faire la tournée des bordels avec la camionnette du dispensaire. Je vous souhaite bien du plaisir. » Sur ces mots le Dr Gobin congédia brusquement Rita, qui ressortit avec Gita.

« Bon... il faut que je t'abandonne un petit moment, dit celle-ci. J'ai du travail à faire en haut, au labo. Tiens, lis ça – elle lui fourra un classeur dans les mains – ça te donnera une idée de la situation. Va t'asseoir dans la salle d'attente. Je n'en ai pas pour longtemps. »

Rita s'assit parmi les patients et commença à feuilleter le classeur où étaient réunis des articles de journaux vieux de dix, quinze ou vingt ans, glissés dans des pochettes en plastique. Il y était question de petites filles enlevées à leurs parents, de petites filles vendues par leurs parents, de petites filles offertes par leurs parents pour servir le culte de la déesse Yellamma, et qui se retrouvaient à Bombay dans des antres sordides ; il était question de petites filles de la caste népalaise Badi que leurs parents destinaient à la prostitution. Des enfants torturées, brutalisées, victimes d'abus sexuels, des petites vies saccagées et détruites jour après jour, nuit après nuit. En lisant cela, elle entendit un cri silencieux comme la mort mais plus grand que l'univers, s'élevant vers le ciel depuis les entrailles de l'enfer, un cri de détresse, de souffrance extrême, un cri de douleur trop vibrant pour être ignoré, trop silencieux pour être perçu, tellement déchirant qu'elle crut que son cœur allait se briser et sa voix se joindre à cette lamentation – écrasée sous le poids d'une barbarie si grande que l'humanité tout entière devait ployer sous elle. Pourtant le monde continuait à tourner, indifférent. On dansait, on chantait, on menait une vie normale ; on célébrait des mariages et des naissances ; le luxe et le plaisir s'étalaient dans ce monde qui renfermait tant de malheurs. Rita porta la main à son front comme pour refouler cette image. Là, dans cette pièce, à la lecture de ces coupures de presse, le monde d'Asha devenait réalité. Les mots qu'elle lisait étaient des clés ouvrant sur ce pays lointain, pour la préparer à y faire ses premiers pas hésitants. Elle prit brutalement conscience de cette infamie. À quelques rues d'ici, c'était l'enfer, et elle allait devoir se comporter en témoin passif, en touriste détaché. Elle eut un haut-le-cœur qui fit remonter de la bile dans sa gorge, de l'amertume sur sa langue. Elle continua à tourner les pages d'une main tremblante. Ses yeux s'emplirent de larmes contenues. « Je ne peux pas... Et pourtant il faut que je le fasse. »

« Kamathipura, annonça Gita. On est arrivées. » La camionnette du dispensaire du Dr Gobin s'immobilisa. Gita ouvrit la porte coulissante et tendit la main à Rita, qui cligna des yeux, aveuglée par le soleil, puis inspecta les alentours.

« On continue à pied.

— Ce n'est pas... dangereux ? »

Gita eut un sourire rassurant. « Ne t'inquiète pas, personne ne t'enlèvera. Viens. On va juste faire un tour dans quelques unes de ces ruelles, pour commencer. Il y a là deux ou trois tenanciers de langue tamoule que j'aimerais retrouver ouvrons nos yeux et nos oreilles. »

Elle partit d'un pas décidé et Rita dut courir pour la rattraper.

Elle sentait des regards curieux se poser sur elle. Elle étai mal à l'aise, gênée, et seule la détermination de Gita qu avançait avec assurance parmi une foule apparemmen désœuvrée l'empêcha de faire demi-tour. L'étroite rue étai bordée de maisons délabrées dont les portes ouvertes laissaient voir une courette commune. Des femmes appuyées aux embrasures levèrent la tête sur leur passage et deux ou trois d'entre elles adressèrent un signe à Gita. D'autres étaient assises sur leur *sharpai*. Beaucoup donnaient l'impression de venir de se lever, bien qu'il fût presque midi. Certaines, au contraire, étaient très fardées et leur parfum alourdissait l'air déjà épais. Ici, l'odeur de Bombay semblait encore plus âcre qu'ailleurs. Peut-être était-ce là qu'elle prenait naissance, que toutes ses composantes se mêlaient – les odeurs palpables de cuisine, d'épices, de fleurs, de parfum, d'huile capillaire, de poudre de riz, d'encens, de fruit pourri, d'égout, d'urine, de vomi, de sueur et de sperme, avec les odeurs impalpables de peur, de solitude, de détresse, de haine, de faim, de cruauté, de terreur et d'abjection. Mêlées, coagulées, pour produire cette senteur aigre et semblable à nulle autre, que Rita avait baptisée « Bombay-doux-amer », qui se répandait ainsi qu'une brume rampante dans les passages et les ruelles, escaladait les murs, s'infiltrait par les fenêtres, recouvrant toute la ville comme un linceul.

Tous les sens de Rita étaient maintenant en état d'alerte. Elle n'arrivait presque plus à réfléchir, car les impressions qu'ils captaient l'assaillaient avec violence ; ce mélange de bruits, d'odeurs et d'images se télescopait avec ses sensations personnelles d'écœurement, de terreur, de gêne et d'épouvante pure. Cette fois encore elle eut envie de prendre la fuite, mais à présent c'était trop tard.

Gita n'arrêtait pas de parler ; de temps à autre elle faisait un signe de la main à une femme ou s'arrêtait pour donner une explication à Rita qui l'entendait à peine et hochait la tête comme si elle avait compris. Elle bifurqua dans une rue, puis dans une autre. Elles étaient en train de se perdre dans un labyrinthe infernal. Tout cela, pourtant, semblait bien inoffensif. Des femmes, debout ou assises ici et là, quelques hommes – où étaient toutes ces horreurs ? Son dégoût était-il réellement justifié ?

« Depuis l'apparition du sida les prostituées n'ont plus beaucoup de clients, disait Gita. Mais les travailleurs sociaux ont réussi à convaincre tout le monde d'utiliser des préservatifs et ça va un peu mieux. Beaucoup d'hommes sont persuadés que le fait de coucher avec une vierge peut les guérir du sida. C'est pourquoi les très jeunes filles sont si recherchées. Regarde celle-là ! »

Elle montra une gamine vêtue d'un ensemble en tissu synthétique chatoyant, installée sur les genoux d'une grosse femme qui lui tressait les cheveux, assise devant une porte, sur un *sharpai*.

« On dirait une écolière, tu ne trouves pas ? Je parie qu'elle n'a même pas treize ans !
— Ça doit être à peu près l'âge d'Asha.
— Oui.
— Comment une personne... un homme...
— Va savoir. »

Elles restèrent un moment silencieuses, puis Gita désigna le premier étage d'une enfilade de maisons. Là toutes les fenêtres étaient munies de barreaux.

« Les cages, expliqua-t-elle. Les fameuses cages de Kamathipura. C'est là qu'on enferme les plus jeunes – celles qu'on a enlevées – pour les dresser. Dans de minuscules cellules infectes et puantes. Elles ne peuvent pas s'enfuir ; elles sont prises au piège. Après ça où pourraient-elles aller ? Elles appartiennent à Kamathipura. Personne n'en veut plus.
— Ça ressemble à de l'esclavage !
— C'est de l'esclavage ! Et qui s'en émeut ? Seulement quelques personnes. Les honnêtes gens disent que c'est un mal nécessaire. Les bourgeoises comme il faut y sont même favorables – elles estiment que ça les protège, elles et leurs filles. Ça leur permet d'aller et venir tranquillement. Et quelque part dans cet infâme cloaque il y a Asha. »

À mesure qu'elle s'enfonçait dans les étroites ruelles de Kamathipura, Rita sentait croître sa panique, tandis que cette atmosphère l'imprégnait de plus en plus profondément. Comme de la glu, poisseuse, immonde, collée à sa peau telle une sangsue vorace. Et c'est seulement la rue, pensa-t-elle : je ne suis qu'une spectatrice, je ne cours aucun danger. C'est derrière ces façades croulantes qu'avaient lieu ces horreurs. Jour après jour, nuit après nuit. Mille voix désespérées et silencieuses montaient vers elle : elle les entendait. Et quelque part dans cette cacophonie du malheur elle percevait des accents isolés – la voix innocente d'Asha qui appelait en vain.

Elle était convaincue que l'appel provenait de là. Cette petite fille entre toutes, cette petite voix parmi des milliers, des dizaines de milliers d'autres, résumait pour elle la tragédie de Kamathipura, son ignominie. Elle tendit l'oreille et elle entendit. Et elle se sentit alors plus proche de Kamal que dans n'importe quel rêve d'amour. Sa souffrance était la sienne ; ce qui lui insufflait du courage lui en donnait à elle aussi. Avec autant de netteté que si elles étaient gravées sur un disque, elle entendait deux voix : celle de la petite Asha dominant la rumeur discordante de la rue et celle de Kamal qui jetait toute son énergie dans la fange de Kamathipura, comme un filet dans une fosse d'aisances, pour essayer de retrouver un diamant dans le noir. Elle le comprenait. Elle le comprenait parce qu'elle ressentait ce qu'il ressentait. Elle comprenait également ce qu'avait voulu dire Gita, que la fièvre de Kamal était contagieuse, que tous ses proches cherchaient à l'aider dans ses recherches. Elle avait été contaminée par cette fièvre, cette obsession, et elle était devenue elle aussi, par toutes les fibres de son être, une partie de ça, une partie de lui.

Elles marchaient maintenant sans rien dire, moins vite, et Rita se détendit peu à peu. La tempête d'émotions qui avait failli l'emporter s'apaisait. Elle parvenait à regarder autour d'elle, à s'imprégner de son environnement, sans être submergée par la panique. C'était justement la force de Gita, et une condition préliminaire à une action efficace. Dans le silence qui s'était installé Rita comprit enfin pourquoi elle l'avait emmenée ici. C'était un test et elle l'avait passé avec succès. Il ne serait plus question de fuir. Elle participait de son plein gré à l'opération pour délivrer Asha. Elle avait un objectif, un but. Et en même temps elle ressentait autre chose, une chose apparentée à de la joie – car elle venait de trouver ce qu'elle cherchait depuis toujours.

Gita s'était arrêtée devant une sordide maison grise. Les fenêtres à barreaux du dernier étage étaient garnies de lambeaux de tissu faisant office de rideaux. Une corde à linge tendue entre deux lucarnes ployait sous le poids de quelques vêtements de nature indéfinissable. Une femme penchée à une fenêtre invectivait une autre femme assise en tailleur sur un *sharpai*, devant la porte, qui allaitait un bébé tout en jouant aux cartes avec un garçon d'environ treize ans, et qui lui répondait par ce qui sonnait comme des injures.

« Chut... dit Gita, en prenant la main de Rita.
— Qu'est-ce qui se passe ? »

Sentant leur présence, la joueuse de cartes leva la tête, puis ayant jugé que les deux filles ne présentaient pas de danger, elle reprit sa partie et son concours de glapissements. Elle retira le bébé de son sein et le coucha derrière elle, sur le *sharpai*, où il se mit à hurler de rage. Le garçon leur tournait le dos et ne s'occupait pas d'elles. La porte ouverte laissait entrevoir un long couloir obscur au fond duquel papillotait une guirlande lumineuse rouge, encadrant peut-être une porte ou éclairant l'escalier.

« Viens », dit Gita en tirant Rita par la main. Elle s'arrêta de nouveau un peu plus loin, puis se retourna vers le bordel. Un étal où s'empilait un monceau d'oranges leur cachait la visibilité, mais il les protégeait également des regards de quiconque chercherait à les épier depuis la maison.

« Tâche de te souvenir de l'emplacement de cette maison. Ici, il n'y a pas de numéros et il faut trouver d'autres repères. Cette réclame de Coca-Cola, sur la façade voisine, par exemple. Ça y est ? Tu penses que tu pourras la retrouver ? »

Rita, prise de court, répondit : « C'est que... pour la maison sans doute que oui, mais pas la rue. Pourquoi ?
— Ça pourrait être la bonne. Il se pourrait qu'Asha soit ici. »

Rita fronça les sourcils et se retourna encore une fois vers la maison.

« Tu crois ? Pour quelle raison ? Qu'est-ce que tu as vu ?
— Ce n'est pas ce que j'ai vu, c'est ce que j'ai entendu. Il y a plusieurs bordels tamouls dans cette ruelle, appartenant tous au même propriétaire. Et il est possible que cette maison-là soit celle que nous cherchons. Ces deux femmes...
— Celles qui se disputaient ? Oui, je les ai vues. Elles parlaient très fort. Était-ce du tamoul ?

— Oui. Et elles parlaient peut-être d'Asha.
— Que disaient-elles ?
— Il était question d'une jeune fille, une Tamoule. Apparemment la femme au bébé l'a battue comme plâtre, elle lui a mis le dos en sang et c'est ce que l'autre lui reprochait, parce que la fille ne pourra plus travailler pendant quelques jours. En gros, c'est ce qu'elle a dit.
— Mais pourquoi crois-tu qu'il s'agit d'Asha ?
— À cause de ce qu'a dit la femme du balcon ; elle vient d'arriver de Madras et j'ai l'impression que c'est elle qui a amené la fille ici il y a déjà plusieurs mois, mais elle n'est pas encore rentrée dans ses frais et elle est furieuse. Si la fille n'est pas en état de travailler, elle ne rapportera rien, bien entendu. L'autre, celle qui était en bas, disait qu'elle la paierait demain parce que quelqu'un doit venir lui acheter la fille. Mais la femme de la fenêtre craint qu'on ne veuille pas d'elle, à cause de ses blessures. Oh, Rita, je suis sûre qu'il s'agit d'Asha ! À cause de certains détails, le fait qu'elle parle anglais et... il faut tout de suite aller prévenir Kamal ! »

Gita avait déjà fait demi-tour. Rita ne la suivit pas ; elle resta plantée sur place et, pour la première fois depuis qu'elle était arrivée à Kamathipura, elle avait les idées parfaitement claires. Elle hocha la tête, puis courut derrière Gita et la rattrapa par le bras.

« Non, Gita. Il vaut mieux ne rien lui dire. On va d'abord faire notre enquête et on ne le mettra au courant que lorsqu'on aura une certitude.
— Mais pourquoi ?... Ah, oui. D'accord. Tu as raison. Pour le cas où ce ne serait pas elle.
— Exactement. Il faut qu'on ait une certitude absolue avant de lui dire quoi que ce soit. Il a déjà eu trop de faux espoirs. Si cette fille n'est pas Asha, on aura l'air de quoi ? Tu as dit que ni lui ni Shazeed ne te prenaient au sérieux – eh bien moi aussi j'ai cette impression, l'impression qu'il ne me prend pas au sérieux, moi non plus. Toute ma vie ç'a été comme ça, et j'en ai plus qu'assez ! Je ne me contenterai pas d'être un simple témoin, Gita, je veux faire quelque chose. J'ai besoin de faire quelque chose. Rien que d'y penser, cet endroit me donne envie de vomir... Rien que de penser à

cette malheureuse. Il faut que je la retrouve ! Que je la sorte de là ! Elle et toutes les autres, bon Dieu, toutes celles qui ne sont pas ici de leur plein gré. Je voudrais pouvoir donner l'assaut à toutes ces maisons, l'épée à la main et... et... Oh, j'enrage, Gita ! Comment osent-ils leur faire ça ? Comment osent-ils ? Je serais capable de... »

Des larmes de rage et de frustration s'accumulèrent dans ses yeux. Elle prit une grande inspiration, se calma un peu et poursuivit :

« Montrons à Kamal ce dont nous sommes capables, Gita. Ton idée de chercher dans les bordels tamouls est très astucieuse et j'ai l'impression qu'on est sur une piste. Et même si cette fille n'est pas Asha, oh, tu te rends compte, la battre, la vendre et... »

Son indignation la faisait bouillir et l'empêcha de finir sa phrase. Elle secoua amèrement la tête et lança à Gita un regard enfiévré, la suppliant silencieusement de comprendre.

Justement Gita comprenait. « Je comprends ce que tu veux dire. Je comprends. Mais sois raisonnable, Rita. Ça fait plusieurs mois que je travaille ici et je me rends mieux compte de la situation. Pour toi, c'est le premier contact et tu as eu un choc, bien entendu, mais...

— Justement, Gita, tout est là ! Pour toi, c'est devenu de la routine, alors que pour moi c'est la première fois et c'est précisément le moment idéal pour agir. C'est tout frais, ça brûle, c'est comme de la dynamite ! Il faut s'en servir tout de suite ! »

Gita lui tapota l'épaule comme pour la calmer. « Je sais exactement ce que tu ressens, Rita, et je sais que tu fais ça pour Kamal. Tu crois peut-être que c'est le seul moyen d'attirer son attention, tu te dis que si tu lui ramènes Asha, il pourra penser à autre chose et... »

Mais Rita écarta la main apaisante d'un geste rageur. « Ne dis pas ça ! Tu ne comprends donc pas ! Je ne fais pas ça pour Kamal ! Je me moque bien de l'approbation de Kamal ou de son amour ! C'est simplement que j'ai horreur de la condescendance ! Depuis toujours... » Elle s'interrompit un instant pour rassembler son indignation et la jeter à la tête de Gita. « Depuis toujours on m'empêche de faire ce que je sais être bien. Bien pour moi, ce que je dois faire. On m'a toujours dit, non, non, ça ne se fait pas. Ma belle-mère d'abord. Elle me traitait d'épouvantail et m'interdisait d'avoir des animaux. Mon patron. Il me trouvait indisciplinée et a fait de moi la gentille commère apprivoisée de la page féminine. Ma chipie de sœur qui me considère comme sa suivante. Et toujours le même refrain : Rita a vraiment de drôles d'idées. Rita rêve. Rita veut sauver le monde. Rita n'est pas réaliste. Rita est une originale. Et tout ça avec un petit sourire entendu. Eh bien, j'en ai par-dessus la tête. Pour une fois dans ma vie, Gita, je vais faire ce que me dicte mon cœur et ni toi ni personne ne pourra m'en empêcher !

— Mais tu ne peux pas te précipiter dans cette maison comme ça. Attends au moins...

— Non. Tout de suite. Viens. Il n'y a pas une minute à perdre.

— D'accord, mais...

— Il n'y a pas de mais, Gita. Si tu veux venir, suis-moi. Sinon, rentre chez toi. Je me débrouillerai toute seule. Tant pis. Mais tu pourrais m'être utile comme interprète, puisque je ne parle pas un mot de cette foutue langue ! »

Elle se retourna d'un bloc et partit vers la maison d'un pas décidé. Gita la suivit, en courant presque pour ne pas se laisser distancer. « Mais voyons, Rita, quel est ton plan ?

— Je n'ai pas de plan. J'aviserai le moment venu.

— Il faut tout de même avoir un plan...

— Je n'opère pas selon des plans. Je me laisse guider par mon instinct. Pour chaque moment il existe une réponse appropriée, mais on ne la connaît que lorsque le moment est là. On va retourner là-bas et voir ce qui va arriver.

— Arrête, Rita, pour l'amour de Dieu ! Examinons la situation. » La main de Gita se posa sur son avant-bras pour la retenir. Rita s'arrêta et lui fit face.

« Il n'y a rien à examiner, Gita. Je sais qu'il faut aller là-bas, tout de suite. Ne me demande pas pourquoi, je le sais, c'est tout. Je sais qu'il n'y a pas un instant à perdre. Je regrette de te paraître enragée. Non, je ne le regrette pas. Je suis enragée. En ce moment je suis dans une telle fureur que je serais capable de tuer quelqu'un. Je vais donc entrer ici avec toute ma fureur et si Asha y est, je la trouverai, et si ce n'est pas Asha, tant pis, il y a là une petite fille qu'on a battue et qu'on va vendre, et qui qu'elle soit, je la veux ! Alors, tu viens ou pas ? »

Elles se dévisagèrent en silence, avec la rumeur et le tourbillon de la rue qui les encerclaient comme une vague un rocher, le rocher étant en l'occurrence l'inébranlable obstination de Rita. Dans les yeux de Gita, elle vit de l'indécision, puis de la peur et enfin un doute. Elle ne la quitta pas du regard et l'hésitation de Gita laissa place à la détermination si bien que ses yeux devinrent le miroir de ceux de Rita, reflétant une passion intrépide qui suivrait son cours jusqu'au bout, de même qu'un fleuve finit par se jeter dans la mer.

« D'accord, dit Gita. Je viens. »

LIV

EN AVANT TOUTE

La femme assise sur le *sharpai* leva la tête. Rita la regarda calmement, lui adressa un signe de tête et se retourna vers son amie. « Bon, traduis, Gita. Dis-lui que je suis journaliste, que j'écris un article pour un magazine étranger. Dis-lui que je fais une enquête sur la prostitution et que je voudrais m'entretenir avec elle et visiter ce bordel. »

Gita prit la parole. Rita ne comprenait rien mais elle devina qu'il avait d'abord été question de savoir dans quelle langue la femme préférait s'exprimer, puis qu'elle avait dû choisir le tamoul, car l'idiome utilisé n'était pas familier à ses oreilles.

« Elle dit que ça ne l'intéresse pas, fit Gita après un bref entretien. C'est bien ce que je pensais. Ces gens ont horreur qu'on parle d'eux, surtout dans un magazine étranger. C'est justement quand on parle d'eux dans la presse étrangère que les pouvoirs publics commencent à s'émouvoir. Tu devrais peut-être...

— Dis-lui que je la paierai bien et que je lui promets l'anonymat. Je n'ai pas d'appareil photo et je changerai son nom. Elle n'a rien à perdre et beaucoup à gagner. Vois si tu peux marchander un peu. Accepte de lui donner ce qu'elle demande, dans les limites du raisonnable.

— Qu'appelles-tu les limites du raisonnable ?

— Attends que je regarde. J'ai changé de l'argent hier. Une minute. » Rita fit glisser son sac à dos de ses épaules et y prit son portefeuille. Elle compta ses billets de cent roupies et dit : « Propose-lui deux cents roupies. Si elle veut plus, tu peux monter un peu. Mais pas au-delà de huit cents roupies ; c'est tout ce que j'ai. »

Rita put constater que Gita était une farouche négociatrice, mais la femme n'avait rien à lui envier. Elle renvoya le petit garçon et ramassa les cartes, pour pouvoir se consacrer totalement à cette transaction visiblement ardue. À la fin Gita traduisit : « Elle demande deux cents roupies pour l'interview, cent cinquante de plus pour une visite guidée du bordel et encore cent pour chaque fille à qui tu parleras. Ça veut dire qu'avec huit cents roupies, tu auras droit à quatre filles. Désolée de ne pouvoir faire mieux.

— Il faudra s'en contenter.

— Elle demande que l'interview se fasse à l'intérieur, elle ne veut pas qu'on la voie parler avec des inconnues et elle a le déjeuner à préparer. »

La femme se leva en prenant tout son temps, comme si le moindre mouvement la faisait souffrir. Une fois debout elle rajusta son sari avec soin, se racla la gorge, cracha dans le caniveau, houspilla un chien rachitique qui s'était aventuré sous le *sharpai*, attiré par quelques grains de riz cuit, et fit enfin signe aux deux filles de pénétrer dans la maison.

Un petit espace carré près de l'entrée servait de cuisine ; un réchaud à pétrole à un feu reposait à même le sol cimenté, et des bocaux de verre, des bouteilles, des récipients en aluminium cabossés et divers autres ustensiles étaient accrochés au mur ou rangés sur des étagères. Sur une tablette, à côté d'un couteau pointu, un oignon énorme attendait d'être pelé et émincé.

La femme se faufila en bougonnant devant Rita et s'accroupit. Elle rabattit son sari en boule entre ses genoux et s'attaqua à ses préparatifs culinaires : allumer le réchaud, verser de l'eau dans une casserole, mettre la casserole sur le feu, éplucher l'oignon. Tout cela en échangeant avec Gita un dialogue animé, et à son ton, Rita devina qu'elle n'appréciait pas leur intrusion.

« Voilà. Elle est prête à répondre à tes questions, dit enfin Gita ; assieds-toi. »

Rita chercha une chaise des yeux, mais n'en vit aucune. D'un geste impatienté, la femme désigna une paillasse que Gita déroula et étala par terre, pour Rita, tandis qu'elle-même s'asseyait sur le ciment nu. Un cafard passa comme une flèche et disparut parmi les ustensiles. Une odeur de pourriture, aigre et rance, flottait. Des mouches du vinaigre tournoyaient au-dessus d'un régime de bananes en train de moisir.

Rita commença l'interview en lui posant des questions sur sa vie personnelle. Gita faisait l'interprète.

« Depuis combien de temps est-elle ici ?
— Depuis qu'elle a quinze ans.
— Comment en est-elle venue à faire ce métier ?
— Par le système *devadasi*. Ses parents l'avaient dédiée à la déesse Yellamma. Elle a ensuite été vendue à diverses personnes et finalement à un bordel de Kamathipura. Elle a travaillé dans plusieurs maisons et maintenant elle est responsable de celle-ci.
— Qu'est-ce que tu entends par "responsable" ? Tu veux dire que c'est la tenancière ?
— Non... elle n'est pas la patronne. Le propriétaire du bordel est un homme qui passe une fois par jour pour faire son inspection et récolter l'argent. Elle commande seulement les filles qui travaillent ici. »

Après deux ou trois autres questions concernant le passé de cette femme – qui y répondit avec réticence –, Rita en vint peu à peu au sujet qui l'intéressait.

« Combien a-t-elle de filles sous ses ordres ? »

À nouveau ce regard méfiant, renfrogné. La femme répondit par un long discours que Gita résuma par ce simple mot : « Quatorze.

— Est-ce qu'elles restent longtemps ici, ou est-ce qu'elles changent souvent ? »

Cette fois encore une longue réponse et une brève traduction.

« Ça dépend des filles. C'est en gros ce qu'elle a dit. »

Rita, agacée, fronça les sourcils. « Combien de clients ont-elles par nuit ?
— Des quantités.
— Quel est le tarif ?
— Entre vingt et trente roupies, selon les filles.
— Y en a-t-il qui sont séropositives ?
— Elles sont toutes "clean".
— Quel âge ont-elles ?

— Il y en a de tous les âges.
— Est-ce qu'elles sont toutes tamoules ?
— La plupart. C'est un associé de Madras qui les envoie.
— Y a-t-il des mineures parmi elles ? »

La femme hésita, puis répondit d'un ton cassant. Gita traduisit : « Non. La plus jeune a vingt et un an.
— Elle ment, c'est évident. Dis-lui que je lui donnerai le double si elle me laisse parler à une fille de moins de seize ans. »

Suivit une discussion particulièrement longue et vive. La femme laissa tomber sa cuisine afin de pouvoir se servir de ses mains pour manifester son irritation devant cette impudente proposition. Mais on voyait bien qu'elle était tentée. Gita ne lâchait pas prise. Rita admirait le flegme et la pondération avec lesquels elle défendait son point de vue. Sa collaboration était essentielle. Bien que Rita n'eût pas bluffé, tout à l'heure, en la mettant au défi de rentrer chez elle, elle se rendait compte qu'elle n'aurait rien pu faire sans elle. Un flot de gratitude l'envahit à la pensée que Gita avait mis ses hésitations de côté pour se jeter tête baissée dans une entreprise qu'elle désapprouvait.

La femme finit par céder, non sans avoir lancé un regard furieux à Rita. Elle se leva, s'engagea dans un couloir ténébreux et appela quelqu'un. Une réponse arriva d'en haut, suivie par le bruit mat de pieds nus sur un plancher.

Gita sourit. « L'argent a toujours le dernier mot. Mais je n'ai pas doublé le prix. J'ai ajouté cinquante roupies pour chaque prostituée mineure que tu rencontreras. »

La femme disparut dans l'obscurité sans cesser de ronchonner. Des profondeurs de la maison montaient divers bruits étouffés ; des pas dans l'escalier, un rideau glissant sur sa tringle, des mots tranchants. Gita prit la main de Rita.

« Je suis contente que tu sois venue, Rita. Excuse-moi d'avoir essayé de te faire changer d'avis. J'ai été simplement prise de court. Mais dis-moi ce que tu vas faire maintenant. Est-ce que tu vas prendre la fille par la main et te sauver avec elle en courant ? Peu importe si cette fille n'est pas Asha, as-tu dit, mais si jamais Asha est quelque part là-haut, que feras-tu ?

— Je veux visiter le bordel. C'est là-dessus que je compte le plus.

— Et si jamais tu trouves Asha, comment procéderas-tu ?

— Je te l'ai dit. J'aviserai le moment venu.

— Promets-moi tout de même d'être prudente, Rita. D'accord, cette femme semble plutôt inoffensive, mais n'oublie pas qu'il y a toute une mafia derrière ce trafic et beaucoup d'argent en jeu. Ça pourrait être dangereux.

— Qui ne risque rien n'a rien », répliqua Rita, et elle ajouta avec un sourire rassurant : « Ne t'inquiète pas, j'ai toujours eu la tête bien vissée sur les épaules. Mais si... »

La cuisine s'obscurcit tout à coup, au moment où une ombre imposante apparaissait sur le seuil, masquant le soleil qui entrait à flots. Rita leva les yeux et vit un homme vêtu d'un pantalon marron et d'une chemise blanche, avec une montre en or voyante et une chaîne, également en or, autour du cou. Il était pieds nus. Il les regarda de travers et cria un mot de deux syllabes en direction de l'intérieur de la maison.

La femme ressortit des ténèbres. Sur son visage, la fureur avait laissé place à la peur. Elle cligna des yeux et se lança dans de grandes explications, que l'homme interrompit par quelques paroles sèches avant de repartir aussi vite qu'il était arrivé. Le soleil inonda de nouveau la pièce.

« Qui était-ce ? demanda Rita.

— Un usurier. Il est venu récupérer son argent, mais elle n'a pas pu le rembourser. Ici les usuriers sont tout-puissants. Ils prennent cent pour cent d'intérêt. C'est une calamité pour les bordels. Ça et le sida. Elle lui a dit de revenir dans une heure. Elle compte sans doute sur l'argent que tu vas lui donner.

— Je contribue donc à la bonne marche de ce commerce, c'est bien ça ? Formidable. Interroge-la au sujet de la fille. »

Gita dit quelque chose à la femme, qui lança à Rita un regard particulièrement venimeux, puis retourna dans le couloir. Elle appela et une réponse lui revint des entrailles de la maison. Après un long échange de cris une jeune fille apparut enfin. Sur un ordre sec de son aînée, elle vint se planter devant Rita.

« Elle peut s'asseoir, dit celle-ci en tapotant la natte à côté d'elle. Quel âge as-tu ? »

Avant qu'elle ait pu ouvrir la bouche, la femme répondit à sa place en aboyant et Gita traduisit.

« Vingt et un ans.

— Tu la crois, Gita ? Elle fait plus de seize ans, en tout cas.

— C'est difficile à dire. Elle peut avoir entre seize et vingt et un ans. La seule chose sûre c'est que ce n'est pas Asha.

— À quoi vois-tu ça ?

— Elle est trop vieille. Et puis elle n'a pas le teint assez clair. C'est sa caractéristique la plus évidente, souviens-toi – le teint clair. Caroline était blonde et ça se voit sur sa fille. Pour une Indienne, Asha est très claire de peau. Ses cheveux sont noirs, c'est vrai, mais elle a ce que les Indiens appellent un "teint de blé". Ce n'est pas très courant chez nous et c'est très apprécié. C'est sans doute pour ça qu'on l'a enlevée. Elle a dû atteindre un prix élevé. »

La bouche de Rita forma un O bien rond. Elle hocha la tête et regarda la fille.

« Qu'est-ce qui l'a amenée à faire ce métier ?

— Elle dit qu'elle a été kidnappée dans son village du Tamil Nadu. Un type lui avait promis un rôle dans un film, à Bombay, elle l'a cru et elle est partie avec lui de son plein gré ; ensuite il l'a vendue à un bordel.

— Pourquoi ne retourne-t-elle pas chez elle ?

— Elle ne peut pas. Elle ferait honte à ses parents et les gens du village la chasseraient. Elle est obligée de rester ici.

— Est-ce qu'elle aimerait faire un autre travail ? »

La fille haussa les épaules.

« Elle a dit : "Qu'est-ce que je pourrais faire d'autre ?" Elle n'a aucune qualification. De toute manière il n'y a pas de travail. Ça ne lui servirait à rien de chercher autre chose parce qu'elle ne trouverait rien. Son destin est de rester ici. C'est la volonté de Dieu. Qui est-elle pour rêver d'une autre vie ? »

La femme était revenue s'accroupir par terre et tranchait son oignon sans rien dire, tap, tap, tap, en abattant son couteau sur la chair translucide d'un geste expert et furieux. Des rondelles fines comme du papier à cigarettes s'amoncelaient sur la planche à découper.

« Elles en sont toutes là ? demanda Rita. Elles n'ont vraiment plus aucun espoir ? Elles se résignent à leur sort ? Ne pourraient-elles pas s'enfuir, tout simplement ?

— S'enfuir pour aller où ? Tu as entendu ce qu'elle a dit ? Elle ne peut pas retourner dans sa famille. »

La fille continua à parler mais, tout à coup, la femme se mit à crier, et elle alla se réfugier dans l'obscurité du couloir, pour s'abriter de la pluie d'invectives cinglantes et déchaînées qui s'abattait sur elle. Le visage déformé par la colère, la femme lâcha son couteau et commença à faire des gestes menaçants en désignant tour à tour la fille et Rita. Ses yeux semblèrent disparaître dans deux trous noirs surmontés d'arcades sourcilières proéminentes, tandis qu'un rictus propre à faire naître la terreur chez le plus courageux des héros découvrait une dentition jaune et irrégulière.

Puis, tout aussi soudainement, elle se tut, ramassa son couteau et s'attaqua à un autre oignon avec un air féroce.

Rita se leva.

« Qu'est-ce qu'on fait maintenant ? demanda Gita.

— On n'arrivera jamais à rien comme ça. Je veux visiter la maison. Tout de suite. Sinon nous partons et elle n'aura que la moitié de l'argent. Elle essaie de nous rouler. Je refuse de payer un supplément pour cette fille, elle est trop âgée... Je veux Asha. »

Rita congédia la fille qui disparut aussitôt. Avant même que Gita ait pu traduire et que la femme ait eu le temps de se relever – une manœuvre à l'évidence douloureuse – Rita avait plongé à son tour dans les profondeurs du bordel.

LV

DANS LA GUEULE DU LOUP

Il faisait si noir dans le couloir que Rita fut obligée de ralentir et d'avancer à l'aveuglette jusqu'au moment où elle sentit sous ses doigts le mur froid, humide et visqueux. Elle frissonna mais n'en continua pas moins sa progression et finit par buter sur une sorte de planche. Les ténèbres s'étant alors légèrement éclaircies, elle distingua les contours d'un escalier très raide. Derrière elle s'élevaient des voix : les glapissements furieux de la femme et Gita qui la suppliait de revenir. Elle n'en tint aucun compte, chercha la rampe à tâtons et avança le pied pour repérer la première marche.

Asha – si vraiment c'était elle – se trouvait forcément là-haut. La maison était étroite mais haute – peut-être de quatre étages. Elle décida de poursuivre son exploration tant qu'elle n'aurait pas trouvé ce qu'elle cherchait. Elle ne ressentait pas la moindre peur. La femme serait facile à neutraliser – elle avait déjà beaucoup de mal à se mettre debout, tandis que Rita était solide et animée par une farouche détermination.

L'escalier n'était en réalité qu'une échelle fixe, appuyée contre le mur et munie d'une rampe précaire. Arrivée sur le premier palier, Rita s'engagea dans un couloir sombre et exigu, entrecoupé d'étroites ouvertures donnant sur des réduits dont quelques-uns seulement étaient fermés par un rideau. Rita passa la tête dans l'une de ces ouvertures et découvrit une minuscule cabine d'environ deux mètres de long sur un mètre cinquante de large. Un sommier sur lequel était posé un matelas crasseux couvert de draps froissés occupait la moitié de l'espace. Un bruit semblable à celui d'un rat qui détale lui parvint du fond du couloir et elle aperçut une silhouette humaine qui disparaissait dans un réduit, suivie du « slash » d'un rideau rabattu à la hâte, et qui remuait encore quand elle passa devant, quelques secondes après.

Au bout du couloir elle trouva une autre volée de marches où elle s'engagea. Entre-temps Gita et la tenancière étaient arrivées au premier étage. Rita se pencha sur la rampe pour les regarder ; la femme courait en clopinant aussi vite que ses moyens le lui permettaient, suivie de Gita, trop polie pour l'écarter et lui passer devant, Gita qui continuait à crier des « Ne fais pas ça » et des « Reviens ».

« C'est ridicule, Rita. Tu ne peux pas foncer comme ça, sans réfléchir. Reviens ! Sois raisonnable. Ne... » Mais c'était un refrain que Rita avait trop entendu ; pour elle le temps de l'obéissance était révolu.

Elle arriva au deuxième étage, s'arrêta un instant pour reprendre son souffle et renifler l'air. Une odeur âcre, constituée d'un mélange d'aigres sécrétions corporelles et de déchets pourris non identifiables. Elle avait l'impression d'être une antenne parabolique captant des signaux imperceptibles pour les sens : pensées, émotions, battements de cœur, chagrins, ainsi qu'un gémissement de terreur silencieux et sans fin. Elle atteignit le troisième étage. Le couloir était semblable aux deux précédents, si ce n'est que les réduits étaient pourvus de portes, des portes toutes closes – et fermées avec un verrou renforcé par un gros cadenas. Le roulement de tambour triomphal qui monta en elle lui confirma qu'elle touchait au but.

La femme arriva en haut des marches, à bout de souffle et presque pliée en deux de l'effort qu'elle venait de produire. Un masque de fureur déformait ses traits. Elle se mit à invectiver Rita, qui, ne comprenant pas un mot de ce qu'elle disait, attendit simplement que l'orage soit passé.

« Rita, tu ne peux pas... protesta Gita.

— Si, je peux », dit-elle. Puis comme la femme se taisait enfin pour reprendre sa respiration, elle ajouta : « Dis-lui d'ouvrir ces portes, l'une après l'autre. Elle a les clés sur elle. C'est la première chose que j'ai remarquée en arrivant. Allez, dis-lui d'ouvrir celle-ci pour commencer.

— Enfin, Rita, quelle mouche t'a piquée aujourd'hui ?

— Tout va bien, ne t'inquiète pas, Gita, j'ai seulement un petit grain, tu t'y habitueras. J'ai toujours été un peu bizarre, vois-tu. C'est tellement plus drôle. Tu as traduit ? Parce que si cette vieille sorcière n'ouvre pas cette porte, je vais lui prendre ses clés. Il va peut-être falloir recourir à l'intimidation ! »

La femme ouvrit la bouche comme pour parler, mais préféra se taire. Elle prit le trousseau attaché dans un nœud de son sari, en marmonnant ce qui ne pouvait être que des injures bien senties. Elle l'éleva dans la faible lumière de l'ampoule suspendue au plafond et prit une clé qu'elle introduisit dans la serrure.

La porte s'ouvrit en grinçant. Rita entendit un halètement rauque ; elle risqua un œil dans la pièce et vit une forme bouger sur le lit, mais il faisait trop noir pour distinguer autre chose que des ombres.

« Il n'y a pas de lumière ici ? »

Sans cesser de bougonner, la femme fit courir sa main au-dessus de la porte. Il y avait sûrement un interrupteur caché à cet endroit, puisqu'une ampoule pendant du mur s'alluma. Rita put alors constater que l'occupante du réduit était une fillette de dix ou onze ans. Elle était recroquevillée au bout du lit, un drap déchiré tiré jusqu'au menton. Elle fixait les nouvelles venues par-dessus ses poings serrés, et la terreur de son regard transperça le cœur de Rita ainsi qu'un poignard.

Elle avait la peau très foncée – presque noire.

« Oh, mon Dieu ! » C'était à la fois un cri d'horreur et une prière. Rita sentit des larmes lui picoter les yeux ; elle aurait voulu se précipiter vers l'enfant pour la prendre dans ses bras et l'emmener avec elle en courant.

« Demande-lui si elle parle tamoul », dit-elle à Gita. La petite ne répondit pas, mais ses yeux avides, suppliants, et son léger mouvement de tête indiquaient qu'elle avait compris, qu'elle se rendait compte que Rita était une amie.

« Dis-lui qu'elle n'a rien à craindre. Dis-lui que nous sommes obligées de partir, mais que nous reviendrons. Dis-lui que tout va s'arranger. Dis-lui... » Elle ne put continuer parce qu'une boule arrêtait les mots dans sa gorge. Elle lui adressa un sourire qu'elle espérait rassurant et fit signe à la femme de sortir.

La porte suivante n'avait pas de cadenas. Rita l'ouvrit et s'aperçut que la pièce était vide, de même que celle d'après.

En fait, sur les dix réduits, quatre seulement étaient occupés – chacun par une pré-adolescente, moins jeune toutefois que celle de la première chambre.

« Ce sont des cellules pour les nouvelles, chuchota Gita. Pour les plus jeunes. Ce sont les cages. Ça m'étonnerait qu'Asha soit encore dans l'une d'elles, après si longtemps – mais il ne fait aucun doute qu'ils y attachent beaucoup de prix.

— C'est drôle, j'avais toujours cru que c'étaient de vraies cages, comme dans un zoo.

— Les chambres donnant sur la rue ont effectivement des fenêtres à barreaux. Mais ici... imagine, quand nous serons parties, on éteindra la lumière. Elles vivent dans le noir total, nuit et jour.

— Viens, continuons. Il y a encore des chambres là-haut. Je ne désespère pas d'y trouver Asha. Et j'ai peur de trouver Asha. »

Elles continuaient à chuchoter comme si quelqu'un pouvait les entendre, comme si cette monstruosité sagement tapie dans l'ombre allait se déchaîner et fondre sur elles dans une explosion de cris démoniaques et de violence hystérique.

« Quelle barbarie ! s'exclama Rita.

— Rita... Tu as dis que peu t'importait que ce soit Asha ou une autre fille. Tu as dit...

— Tu veux dire que j'aurais dû emmener la première ? La plus jeune ? J'ai failli le faire. Mais Gita ! C'est Asha qui m'a conduite ici. Je l'entends. Je la sens. Ne me demande pas pourquoi, mais je sais qu'elle est ici. Et il faut que je la trouve. On reviendra plus tard pour les autres. On fera venir Kamal, la police, et on les sortira de cette maison. Mais pour le moment c'est Asha que je cherche. »

Elles s'engagèrent dans le couloir du dernier étage, Rita en tête. D'abord, elle crut que son instinct l'avait trompée, car ici les portes, bien qu'ayant un verrou, n'étaient pas cadenassées et les trois premiers cagibis étaient inoccupés.

Mais tout au fond, sur la dernière porte, pendait un gros cadenas rouillé.

La femme s'avança sans attendre qu'on le lui dise, la bonne clé déjà à la main. Le cadenas cliqueta, Rita poussa la porte, qui s'ouvrit en grinçant. Il n'y eut pas besoin d'allumer la lumière, car ce réduit possédait une fenêtre à barreaux, et bien que la vitre fût très sale, le soleil parvenait à filtrer au travers. C'était suffisant pour que Rita pût distinguer une forme menue, mi-allongée, mi-assise sur le lit, la tête et les épaules appuyées contre le mur. Suffisant pour qu'elle vît que c'était une enfant au teint clair, très clair.

LVI

PRISONNIÈRES

Était-ce Asha ? Sans aucun doute. La couleur de sa peau le disait à l'évidence. Son visage était si pâle et si immobile que Rita crut voir un cadavre et ne put s'empêcher de le toucher pour s'assurer qu'il n'était pas froid. Elle tendit la main vers la joue creusée, mais la fillette s'écarta brusquement, leva les bras comme pour se protéger, et ses yeux, des yeux vides et fixes comme ceux d'une morte quelques secondes plus tôt, s'écarquillèrent de frayeur. Rita s'assit au bout du matelas dur et qui sentait l'urine. Elle jeta un coup d'œil au lit. Deux ou trois draps sales et un peu déchirés étaient ramassés en tas à côté des jambes de la fille, comme si elle les avait repoussés à coups de pied. Rita les écarta pour se faire une place – ils étaient légèrement humides et sentaient l'urine, eux aussi. D'ailleurs le réduit tout entier empestait les excréments. Dans un coin, il y avait un pot de chambre rouillé recouvert d'un journal plié sur lequel trottinaient deux mouches et au-dessus duquel plusieurs autres mouches volaient en cercle. La puanteur venait principalement de là. Les murs, sans doute vert vif jadis, étaient incrustés d'une moisissure gris moucheté qui dégageait une odeur particulière. Rita retenait machinalement sa respiration. Elle aurait bien ouvert la fenêtre, mais même de là où elle se trouvait, elle voyait qu'elle était condamnée. Seuls quelques interstices dans les planches clouées dessus laissaient passer un peu d'air frais. Elle mourait d'envie d'aller y coller son nez pour se gorger d'oxygène. Au lieu de cela, elle se retourna vers Asha et sourit.

« Asha ? N'aie pas peur, je suis une amie. Tu n'as rien à craindre. »

En entendant ce nom, les yeux épouvantés de la fillette

parurent soudain s'éclairer et son front se plissa d'étonnement. Rita voulut lui prendre la main, mais là, la fillette recula à nouveau. Elle se redressa et se tassa tout en haut du matelas, les genoux ramenés contre la poitrine, les bras serrés autour de ses jambes.

Gita vint s'agenouiller par terre, à côté du lit.

« C'est elle, n'est-ce pas, Gita ? Elle est dans un état effrayant. Elle a réagi à son nom, mais elle a peur, elle n'a pas confiance en moi. Asha, dit-elle en s'adressant à l'enfant, nous savons qui tu es, nous te cherchions et nous voulons de faire sortir d'ici. Je sais que tu comprends l'anglais. Lève-toi, tout de suite, et viens avec nous ! On s'en va. Nous t'aiderons. Viens... » Elle se levait déjà quand un bruit violent la fit se retourner. La porte du réduit s'était refermée brutalement et le pêne rentra dans son logement avec un raclement. Il y eut ensuite un tintement de clés, le cliquetis d'un cadenas et les gloussements sardoniques de leur geôlière.

Laquelle leur cria à travers la porte, quelque chose de probablement très grossier, après quoi le silence retomba.

Gita se leva d'un bond et courut tambouriner contre la porte.

« Tu vois ce que tu as fait !

— L'une de nous aurait dû attendre à l'extérieur, dit simplement Rita. C'était stupide de notre part d'entrer toutes les deux.

— Dis plutôt que c'était stupide de ma part de te suivre, ironisa Gita. Toi, en somme, tu as simplement agi sans réfléchir. Tu t'es jetée dans la gueule du loup.

— D'accord, d'accord, nous avons agi toutes les deux sans réfléchir. Inutile de se disputer pour ça. Nous sommes prisonnières, voilà le résultat. Mais nous avons tout de même retrouvé Asha.

— On est bien avancées. Maintenant on va devenir prostituées toutes les trois.

— Tu fais de l'humour ?

— Et toi, est-ce que tu es vraiment aussi idiote que tu en as l'air ? Tu ne comprends donc pas que nous sommes prisonnières ? Nous sommes à Kamathipura, bonté divine ! dit Gita d'une voix aiguë. Tu ne t'imaginais tout de même pas qu'ils allaient nous laisser partir comme ça, après le joli tour que tu leur as joué, hein, Rita ? Quand je t'ai rencontrée, j'ai cru que tu étais quelqu'un de sensé, mais...

— Calme-toi, Gita. Calme-toi. Écoute, pour l'instant on ne peut rien faire. On ne peut pas sortir d'ici. Il ne nous reste qu'à attendre que la sorcière ou son méchant marionnettiste revienne, et *alors* je réfléchirai à un moyen de nous sortir de là, selon ce qu'ils feront ou selon l'idée qui me viendra à l'esprit. Tu t'affoles parce que tu ne sais pas ce qui va arriver. Moi je ne m'affole pas parce que je suis persuadée que je saurai quoi faire le moment venu. Tu ne peux donc pas me faire confiance ? Et pour commencer, reste donc assise au lieu de tourner en rond comme un fauve en cage.

— Tu es trop naïve pour avoir conscience du danger que nous courons, voilà tout ! glapit Gita.

— Puisque de toute manière on ne peut rien faire d'autre, je pense qu'on devrait essayer de gagner la confiance d'Asha au lieu de paniquer. Tu es peut-être catastrophée, mais moi je suis contente d'être ici. Je suis contente d'avoir retrouvé Asha. »

Stupéfaite par la réaction de Rita, Gita se laissa tomber sur le sol, l'air sombre.

« Tu as compris ce que nous avons dit, n'est-ce pas, Asha ? Tu parles anglais. Je le sais. Même si tu refuses de parler, tu peux écouter ; si tu es d'accord hoche la tête, sinon secoue-la. D'accord ? »

Rita attendait un signe d'Asha, mais celle-ci ne réagissait toujours pas. Elle restait assise, immobile, le regard fixe. Si l'expression de pure terreur par laquelle elle avait accueilli les premières paroles de Rita s'était effacée, de même que la lueur de vie qu'elle avait eue en entendant son nom, son visage reflétait toujours le désarroi et la méfiance. Rita remarqua que ses bras s'étaient encore davantage resserrés autour de ses jambes. Pour la première fois elle la regarda vraiment et pour la première fois elle prit conscience de sa beauté presque irréelle, qui parvenait à transparaître sous le manteau d'infortune qui la recouvrait au propre et au figuré. Elle était la détresse personnifiée, pourtant au lieu d'altérer ses traits, cette détresse semblait elle-même grandie du simple fait qu'elle irradiait une souffrance si exquise et si poignante que Rita la sentait presque physiquement, comme répercutée dans son propre cœur. Les yeux d'Asha, noirs de nuit, étaient éloquents par leur inexpressivité même. Ses traits possédaient une gracieuse symétrie et sa peau, si claire pour une Indienne, était lumineuse. Elle avait des pommettes trop saillantes. Elle portait des vêtements sales et déchirés, et avait les cheveux embroussaillés. Mais, au lieu d'entamer sa beauté, tout cela la rehaussait.

« Quelle sorcière ! La pauvre enfant est un paquet de nerfs à vif. Écoute, Asha ! Nous sommes tes amies. Nous sommes venues ici pour te délivrer et nous réussirons. Il y a longtemps que ton père te cherche et nous allons te ramener chez lui. »

Au moment où elle prononçait le mot « père », Rita crut voir une étincelle luire dans les yeux vides. Était-ce de l'espoir ? Du regret ? Ou simplement la peur qui disparaissait, les ombres qui reculaient ? En tout cas, Rita se sentit encouragée et poursuivit :

« Je m'appelle Rita. Et elle, c'est Gita. Tu peux nous faire confiance. N'aie pas peur. Nous sommes au courant de tout. Nous savons qu'on t'a enlevée à ta mère. Nous savons comment elle se nomme – Sundari Iyengar. Nous savons que tu as écrit à ton père ; il a reçu ta lettre et il est aussitôt venu à Bombay pour se mettre à ta recherche. Il t'aime beaucoup et veut te délivrer. C'est pourquoi nous sommes ici. Tu as envie d'être libre, hein ? Nous savons que tu as subi de mauvais traitements. Nous sommes tes amies. Crois-moi.

— Ne te fatigue pas, dit Gita d'un ton aigre. Elle ne t'écoute pas. Je ne crois même pas qu'elle t'entende. Elle est dans un état catatonique. Ce n'est pas étonnant, après ce qui lui est arrivé.

— Pas du tout, elle m'écoute. Je le sais. Elle comprend tout ce que je dis.

— Si tu crois ça, ou bien tu es vraiment naïve, ou bien tu as un sixième sens. On dirait une statue.

— C'est toi qui le dis. Asha, tu m'écoutes, n'est-ce pas ? Tu sais que c'est à toi que je parle ?

— Tu ferais mieux de songer à un moyen de sortir d'ici. »

Rita, qui regardait Asha avec un sourire qu'elle espérait

rassurant, se retourna soudain vers Gita et répondit sur un ton agressif :

« Je suis désolée de t'avoir entraînée dans cette galère, Gita, vraiment désolée, mais pour le moment, il n'y a qu'Asha qui compte. Il faut que je lui parle. Il faut que je voie dans quel état est son dos. Il faut que je réussisse à obtenir sa confiance, bon Dieu ! Et si tu continues à me verser des seaux d'eau froide dessus je n'y arriverai pas ! Par conséquent, je te prierais de la fermer ! »

LVII

UNE NUIT BLANCHE

Ce fut pour Rita le jour le plus long de sa vie. Les minutes s'égrenaient aussi lentement que des heures. Après être revenues cent fois sur la même question les deux filles passaient par de longs silences. Asha restait blottie dans son coin, s'endormant de temps à autre, la tête pendante, le corps appuyé contre le mur. Même dans son sommeil elle bougeait comme si elle ne parvenait pas à trouver une position confortable. Rita songeait à son dos meurtri et se désolait de ne pouvoir l'examiner, de ne rien avoir pour le nettoyer et le panser, car elle ne croyait pas un seul instant qu'on l'avait soignée. Malheureusement, Asha refusait qu'elle la touche.

Rita lui parlait sans cesse. De sa vie avant son arrivée en Inde, de sa famille, de ses rêves. Même si Asha ne paraissait pas entendre, Rita continuait à parler.

Elle avait fini par s'accoutumer à l'odeur ; de temps en temps elle allait respirer un peu d'air frais à travers les lamelles du volet. La vitre était tellement sale qu'elle ne parvenait pas à voir ce qu'il y avait à l'extérieur, si ce n'est les contours flous de la maison d'en face, une bâtisse presque noire, avec des fenêtres à barreaux, comme la leur. Elle examina attentivement celle-ci, dans l'espoir de trouver un moyen de l'ouvrir, mais elle était clouée et les barreaux semblaient très solides, si bien que même en cassant la vitre, il aurait été impossible de s'échapper par là. Il ne servirait à rien, non plus, d'appeler, car qui les entendrait ? Et qui les prendrait en pitié ?

Au bout de trois heures environ, elles entendirent des pas dans le couloir puis un bruit de clés. Elles se redressèrent toutes les deux en se faisant signe de se taire. Une voix masculine criait quelque chose.

« Il nous dit de ne pas faire les marioles, il est armé », traduisit Gita avec une grimace désappointée. Elles avaient pensé ouvrir brusquement la porte dès qu'elle serait déverrouillée, mais son emplacement rendait impossible une attaque surprise de l'intérieur. La porte s'entrebâilla à peine et Rita aperçut une petite main – une main d'enfant – qui poussait du bout des doigts une gamelle en aluminium noirci sur le plancher, puis se retirait prudemment. La porte se referma d'un coup sec, la poignée grinça, le verrou cliqueta.

Dans la gamelle il y avait du riz nageant dans un liquide jaunâtre. On ne leur avait donné ni assiettes ni couverts. Quoique mourant de faim, Rita dut se forcer pour avaler quelques bouchées de riz – en pétrissant des boulettes avec les doigts –, avant de renoncer, prise de dégoût.

« On ferait mieux de ne pas faire la fine bouche, dit Gita. Comment savoir dans combien de temps nous aurons à nouveau l'occasion de manger.

— Je ne peux pas, dit Rita en passant la gamelle à Asha, qui l'ignora, comme elle avait ignoré tout le reste.

— Je crois qu'il va falloir la faire manger. » Rita façonna une boule de riz et l'approcha des lèvres d'Asha. Il en tomba la moitié, mais elle réussit à lui enfourner le reste dans la bouche qui, à sa surprise, s'était desserrée et suffisamment ouverte pour recevoir la nourriture.

« Elle mange », dit Rita d'un ton presque joyeux. C'était le premier contact physique qu'elle établissait avec Asha, le premier geste qui n'avait pas été repoussé. Elle fit une deuxième tentative, puis encore une autre et Asha parut chaque fois avoir plus d'appétit et de vie, pour finir par mastiquer activement. Elle ne mangea toutefois que la moitié de ce que contenait la gamelle. Mais Rita était ravie. Elle avait abattu le mur d'apathie ; elle était sur le bon chemin.

Néanmoins sa sérénité s'effritait de minute en minute. Elle s'était toujours tenue prête à affronter les tours inattendus de la vie ; en général, elle parvenait à conserver son calme dans les situations critiques. C'est quand il ne se passait rien qu'elle s'énervait, quand aucun signe n'indiquait que l'attente allait jamais prendre fin. Les discussions avec Gita, plus creuses encore que les silences qui les entrecoupaient, tournaient en rond. Elle ne cessait de tendre l'oreille pour capter le moindre bruit. De temps à autre elle entendait des voix ou des pas provenant des entrailles de la maison, mais jamais ils n'arrivaient jusqu'à leur étage. L'impatience montait en elle comme un flot d'eau bouillante ; elle aurait voulu se lever, marcher, dégourdir ses membres ankylosés. De temps en temps elle faisait quelques pas, mais étant donné l'exiguïté de la pièce elle n'en retirait aucun bienfait et, chaque fois, elle retournait vite s'affaler sur le lit. Apparemment, c'était pareil pour Gita. Seule Asha paraissait résignée à cette attente éternelle, ou plutôt elle n'attendait rien, elle se contentait d'exister, comme si elle avait perdu la faculté de se projeter dans le futur, de s'attendre à un changement, de l'espérer.

La nuit tomba. À part la luminescence voilée de la vitre qui, tel un buvard, absorbait la faible clarté du dehors, l'obscurité était totale.

Asha s'était rendormie, recroquevillée contre le mur, et Rita se risqua à la toucher pour la faire s'allonger et la couvrir d'un drap déchiré. Elle ne se réveilla pas. Rita se désolait de ne pouvoir la déshabiller pour examiner son dos ; elle aurait aimé lui caresser les cheveux. S'il existait une chose capable de l'aider à supporter cette épreuve, c'était la pensée d'Asha. Elle s'était sans doute montrée impulsive, téméraire, entêtée, étourdie, mais elle avait eu raison. Elle avait retrouvé Asha.

Asha était la seule des trois à jouir du privilège de dormir allongée. Rita et Gita ne pouvaient que s'appuyer contre le mur ou l'une contre l'autre et, de toute manière, elles dormirent peu. La nuit leur sembla encore plus interminable que le jour. Bien qu'étouffés, les bruits montant de la rue aidaient Rita à rester éveillée. Pendant la journée, le calme avait régné dans la rue ; mais maintenant elle s'animait, et le mélange de musique diffusée par les haut-parleurs, de rires tonitruants, de cris et de mille autres rumeurs, faisait qu'elle ne risquait pas de s'évader longtemps de ses pensées lancinantes.

Il devait être bien plus de minuit quand elle fut tirée brutalement d'un sommeil agité. L'ampoule du plafond s'alluma, aveuglante ; des voix s'élevèrent dans la pièce, masculines et sonores, puis après s'être frotté les yeux, elle vit les hommes qui allaient avec.

La femme aussi était là, qui la regardait d'un air mauvais en la montrant du doigt. Elle parlait fort, avec une intonation vulgaire. Gita était réveillée et Asha avait les yeux ouverts.

La femme se baissa pour ramasser le sac à dos de Rita. Elle l'ouvrit, prit le portefeuille, sortit tous les billets qu'il contenait, compta les coupures de cent roupies, les plia et les glissa dans son corsage.

L'un des hommes s'adressa à Gita, qui hocha la tête, puis se retourna vers Rita, les yeux brillants.

« Ils nous laissent partir, Rita ! Ils ont acheté Asha, ils l'emmènent avec eux, mais ils ne veulent pas de nous ! Je suppose qu'on est trop indépendantes à leur goût. En tout cas, nous pouvons partir ! »

Ces paroles eurent un effet qui laissa tout le monde pantois.

Asha, qui jusque-là était restée couchée sans bouger, se redressa brusquement et se jeta sur Rita en la regardant avec de grands yeux terrifiés ; elle ne disait rien, mais elle l'étreignait comme dans un étau – jamais Rita n'aurait cru qu'elle avait autant de force. À son tour Rita serra contre elle le petit corps décharné. Elle posa une main protectrice sur les cheveux sales et poisseux, puis regarda Gita.

« Je ne peux pas partir, Gita. Je dois rester avec Asha. Dis-le-leur. »

LVIII

RITA JOUE LES HÉROÏNES

Fidèle à elle-même, Gita tenta de faire revenir Rita sur sa décision. Rita était folle, elle était stupide, elle était ridicule. Ce qu'elle disait n'avait pas de sens. Elle prenait des risques inutiles. Elle rendrait bien davantage service à Asha en allant prévenir Kamal, qui se lancerait aussitôt à sa recherche, maintenant qu'on avait une piste. Elle lui serait d'un plus grand secours en partant d'ici tout de suite pour faire une déclaration à la police. Elle pourrait mettre la presse au courant, remuer ciel et terre ; la police serait obligée d'intervenir. La femme serait arrêtée ; elle parlerait. La maison serait perquisitionnée. Asha retrouverait sa liberté – par des voies légales. À quoi bon jouer les héroïnes ? Ça ne servirait à rien. On n'était pas dans un film policier. On était dans la réalité et ces gens ne plaisantaient pas. Sa vie même serait menacée. On l'obligerait à se prostituer elle aussi. On ne pouvait pas faire confiance à de tels individus. Elle était une idiote. Une sotte. Une enfant.

Ces arguments revenaient sans fin, toujours les mêmes. Rita répliquait par des phrases sèches et concises. Elle ne pouvait pas abandonner Asha. Elle devait finir ce qu'elle avait commencé.

« Je ne peux pas faire autrement, Gita. Je sais que tu ne comprends pas mais il faut que je reste avec Asha. Il le faut. Je ne peux pas expliquer pourquoi. Il le faut, tout simplement. » Elle serra l'enfant encore plus fort dans ses bras et en sentant trembler le petit corps, elle eut la certitude d'avoir raison.

« C'est à cause de Kamal ? Tu fais ça pour Kamal ? Pour l'impressionner ?

— Crois-moi, Gita. Je n'ai pas pensé une seule fois à

Kamal au cours de ces dernières vingt-quatre heures. Je sais que tu ne me crois pas, mais c'est vrai. Je ne fais pas ça pour lui. Je le fais pour elle. Et pour moi. Parce qu'il le faut.

— J'espère que tu ne t'attends pas à ce que je fasse preuve d'autant d'héroïsme et d'abnégation que toi ! s'emporta Gita.

— Non, Gita. Toi tu es raisonnable et tu dois te comporter raisonnablement. Va voir Kamal, raconte-lui tout et remue ciel et terre, comme tu viens de le dire. Honnêtement, je me demande bien pourquoi ils acceptent de nous libérer maintenant que nous avons vu ces petites filles. C'est bizarre !

— Oh, ils n'en ont rien à faire ! Ils ne courent aucun risque. Si la police vient ici, je parie qu'elle ne trouvera pas une seule mineure – ils nous laissent partir parce qu'ils ont soudoyé tout le monde.

— En tout cas, toi, Gita, va-t'en et fais ce que tu pourras. Moi je reste et tout ce que tu pourras dire ne changera rien. »

Voilà que ça allait mieux. Il se passait enfin quelque chose et, comme toujours en pareil cas, Rita apparaissait dans toute sa splendeur, brandissant son étendard et parée de toute son intrépidité et de son enthousiasme. Elle était euphorique ; elle allait se battre pour Asha !

« Ne t'inquiète pas, Asha, je ne te laisserai pas, lui chuchota-t-elle à l'oreille. Je reste ici et je veillerai sur toi. »

La tête de l'enfant s'inclina imperceptiblement, les bras resserrèrent leur étreinte. Les tremblements s'atténuèrent comme si elle avait absorbé un peu du sang-froid de Rita.

Après avoir finalement accepté sa défaite, Gita avait fait part aux deux hommes de la décision de Rita. Maintenant ils discutaient entre eux et ne semblaient pas d'accord.

« Il y en a un qui est pour et l'autre qui est contre, dit Gita. Ils ne peuvent pas t'acheter.

— Dis-leur qu'ils en auront deux pour le prix d'une.

— Rita, tu n'es pas folle ? On ne plaisante pas avec ce genre de choses.

— Puisqu'ils étaient prêts à me laisser partir, quelle différence ça fait, de toute manière ? Écoute, dis-leur que je suis la seule capable de la faire manger. Elle a confiance en moi. Elle m'écoutera. Sinon ils ne pourront rien en tirer. Je m'occuperai d'elle. Ils ont besoin de moi. »

Gita traduisit et, après quelques minutes d'une discussion acharnée les deux hommes parurent tomber d'accord.

« On dirait que tu les as convaincus. À mon avis ce sont seulement des intermédiaires, ils espèrent la vendre à un proxénète important, et pour ça il faut qu'elle soit plus... souple. Ils estiment que tu pourras leur être utile.

— C'est ce que je pensais.

— Mais c'est une chose tout à fait inhabituelle. Ils n'ont encore jamais rencontré quelqu'un comme toi.

— Moi non plus je n'ai encore jamais rencontré quelqu'un comme moi. C'est ce qui pose un problème à la plupart des gens. Ils s'y habitueront.

— Rita, tu es folle.

— Je sais. On me l'a déjà dit.

— Et si...

— Ne t'inquiète pas pour moi. Je suis capable de me débrouiller seule.

— Folle ! Complètement folle ! »

Rita sourit. « Et pourtant ça fait du bien ! La vie est si ennuyeuse quand on est raisonnable ! »

Les yeux de Gita s'embrumèrent. « Je m'en veux de te laisser, Rita. J'ai vraiment mauvaise conscience...

— Gita, une folle suffit. Je te l'ai dit – il faut que tu partes pour pouvoir faire du ramdam. C'est ton rôle à toi.

— Je ne crois pas que ça servira à grand-chose, Rita. S'ils craignaient une descente de police, ils ne me laisseraient pas partir. Je suis si... » Mais déjà on la poussait dehors. Elle se retourna une dernière fois. « Sois prudente, Rita. Ne fais pas de bêtises. Ne prends pas de risques. S'il te plaît.

— Je ne te promets rien ; je fais tout le temps des bêtises. Il ne te reste qu'à prier, Gita. Prier pour que tout se passe bien.

— Je prierai. Ça, je te le promets. »

L'instant d'après, elles se retrouvèrent dans le couloir, pressées entre le mur et la balustrade, Rita entourant de son bras la taille menue d'Asha, qui boitillait. Elle se sentait légère comme une bulle ; ses pensées s'envolaient. En haut de l'escalier, elles durent se séparer ; Rita poussa doucement Asha, qui lui lança un bref regard suppliant.

« Descends. Je ne te quitte pas », dit-elle avec un sourire rassurant.

Parvenues à la porte d'entrée, elles sortirent dans la rue, Asha agrippée au bras de Rita, qui sentit une main implacable se refermer sur son bras libre ; l'un des deux hommes la poussait pour la faire avancer. L'autre s'occupait d'Asha. Elle tourna la tête ; Gita les suivait à quelques pas. Leurs yeux se rencontrèrent et Gita fit un geste d'impuissance. Rita esquissa un sourire d'encouragement.

« Tout ira bien, Gita. Ne t'inquiète pas. Il ne m'arrivera rien. Je veillerai sur nous deux. »

Il n'y avait presque personne dans la ruelle. Seules quelques femmes en sari clinquant se tenaient devant leur porte. Des fêtards attardés se dirigeaient vers l'artère principale, grondante du fracas de la circulation pendant la journée, mais déserte et silencieuse à cette heure. Une automobile noire attendait sur le bas-côté. À leur approche la portière arrière s'ouvrit sans bruit, comme mue par la main d'un spectre. Quelqu'un poussa Rita et Asha à l'intérieur ; Rita tourna une dernière fois la tête et vit Gita, qui les regardait l'air accablé. Elle lui fit un signe de la main. « Sois prudente, Rita ! » s'écria-t-elle, mais à cet instant, la portière se referma, les emprisonnant toutes les deux à l'intérieur de la voiture qui dégageait une odeur de moisi. Le chauffeur assis au volant empestait un lourd parfum masculin et son sourire déclencha chez Rita une envie de vomir. L'un des deux hommes du bordel, qui était monté à l'arrière, à côté d'elle, lui tint solidement les bras pendant qu'on lui bandait les yeux. Elle devina qu'on bandait aussi les yeux d'Asha, puis que le troisième homme s'installait à l'avant, à côté du chauffeur. La portière claqua. Le moteur toussa, une fois, deux fois, avant de trouver son régime de croisière, et la voiture s'ébranla.

LIX

DANS LA NUIT

Rita avait l'impression de rouler depuis environ deux heures, mais elle n'avait plus trop conscience du temps. Elle s'était assoupie par intermittence, pour être chaque fois réveillée en sursaut par un rêve, un souvenir ou un bruit, avant de replonger dans la somnolence. À certains moments, elle entendait les trois hommes parler ; à d'autres, il n'y avait que le silence ou alors seulement le ronronnement du moteur. Quand elle se réveilla pour la dernière fois, la voiture était arrêtée et de l'air frais lui caressait les joues. Des voix masculines s'élevèrent et quelqu'un la poussa pour la faire descendre. Des gravillons – qu'elle entendit crisser – lui entaillèrent la plante des pieds. La main qui lui tenait le bras ne desserra pas un seul instant son étreinte. Elle gravit quelques marches et se rendit compte qu'elle venait de pénétrer à l'intérieur d'une maison car la texture de l'air changea pour prendre la densité qui règne dans les lieux clos, et elle sentit sous ses pieds la fraîcheur de la pierre. Elle percevait à peine le chuintement des pas d'Asha qui la suivait. Des voix montaient autour d'elle, braillardes et brutales, un étau lui comprimait le bras, inexorable.

Elles arrivèrent en haut d'un escalier et une voix de femme se fit entendre, tandis que de grosses mains malhabiles dénouaient le bandeau qui lui couvrait les yeux. Aveuglée par la lumière, elle battit des paupières puis regarda autour d'elle. Elle reconnut deux des individus qui se trouvaient là ; c'étaient les hommes du bordel. Il y avait aussi une femme. En sentant les doigts d'Asha l'effleurer, elle comprit que l'enfant cherchait sa main et elle réussit à prendre la frêle menotte. Elle ne regarda pas Asha car la femme la fixait avec une telle intensité qu'il lui était impossible de détourner les yeux.

Cette femme pouvait avoir entre trente et cinquante ans. Elle portait sa beauté fanée avec la dignité d'une reine, bien que sa mise n'eût rien de royal. Il était évident qu'on venait de la tirer de son lit, car elle portait une chemise de nuit rose qui l'enveloppait du cou aux chevilles. Elle avait la peau couleur de miel foncé, des pommettes hautes et des yeux allongés aux paupières anormalement lourdes. Elle avait plusieurs bagues en or aux doigts, et une petite pastille, également en or, piquée dans une narine. Tout en discutant avec l'un des deux hommes, elle jetait de fréquents regards sur les deux filles, qu'elle évaluait d'un œil d'expert. Rita avait l'impression d'être une poupée de collection qu'on va mettre aux enchères.

Il était clair que la femme n'était pas préparée à les recevoir et on voyait bien qu'elle occupait un rang supérieur au leur. Rita ne comprenait évidemment pas un mot de leur conversation. À la fin la femme s'adressa directement à elle.

« Tu parles anglais ? » Rita opina. Asha n'eut aucune réaction. Elle essayait de se cacher derrière elle. Sa main tremblait dans la sienne comme celle d'un oisillon captif. La femme la tira par l'avant-bras.

« Laisse-moi te regarder », dit-elle en obligeant Asha à lâcher la main de Rita, pour la faire se retourner. « Tu parles anglais, toi aussi ? »

Asha ne répondit pas. La femme s'adressa alors à celui des deux hommes qui semblait être le chef, le plus grand, le plus foncé de peau et le plus trapu.

Il s'ensuivit une longue discussion. C'était surtout lui qui parlait, tandis qu'elle se contentait de secouer la tête, avec des « a-cha, a-cha ». Ensuite ce fut elle qui prit la parole. Ils semblaient être parvenus à un accord car leur ton devint presque amical. Les deux hommes redescendirent l'escalier. La femme fit signe aux filles de la suivre dans le couloir et les introduisit dans une pièce. Elle était assez vaste et meublée seulement d'un grand lit, d'une commode et d'une armoire. Mais comparée à celle qu'elles venaient de quitter, c'était une chambre de reine, car elle était propre, le lit était recouvert d'un drap d'un blanc éclatant et les deux fenêtres étaient ouvertes, quoique munies de barreaux en fer forgé.

« Il est tard, dit la femme à Rita. Couchez-vous et dormez, nous parlerons demain matin. On m'a dit qu'elle – elle montra Asha du pouce – ne voulait pas parler. Il faudra bien qu'elle se décide. Je suis gentille, mais ma patience a des limites. Ne me créez pas d'ennuis et je ne vous en créerai pas non plus. Vous avez faim ? Vous voulez quelque chose à manger ? Il y a de l'eau dans cette carafe. » Un nouveau mouvement du pouce, cette fois vers une cruche et deux verres posés sur un plateau. « Bon, je suis fatiguée et il faut que j'en termine avec ces deux-là, alors je vous laisse. Je reviendrai vous voir demain matin. Vous trouverez des chemises de nuit dans le tiroir du haut de la commode. »

Elle sortit et la réponse de Rita, qui s'apprêtait à dire que, en effet, elle avait faim, qu'elles avaient faim toutes les deux, mourut sur ses lèvres. La clé tourna dans la serrure.

Rita poussa un soupir résigné en se disant qu'on leur apporterait sans doute un petit déjeuner dans quelques heures ; elle aida Asha à retirer son sari et à enfiler une chemise de nuit, ce qui lui permit de voir pour la première fois les balafres sanguinolentes qui zébraient son dos maigre.

Quelle affreuse sorcière ! Ces gens-là, il faudrait les fouetter en public, pensa-t-elle. L'une des plaies paraissait envenimée ; il aurait fallu la désinfecter, mais pour ça il faudrait attendre le lendemain matin.

Rita prit ensuite l'autre chemise de nuit. Elle était blanche, amidonnée, repassée, et dégageait une bonne odeur de lessive. Quoi que l'avenir leur réservât, leur situation s'était radicalement améliorée par rapport à la veille. Elle porta la main sur le médaillon d'or en forme de cœur qu'elle avait autour du cou. Grand-mère, pensa-t-elle. Maman, papa. Ne m'abandonnez pas dans cette épreuve.

Il était trois heures à sa montre quand elle éteignit la lumière. Asha dormait déjà profondément. Une minute plus tard, Rita sombrait à son tour dans le sommeil.

LX

VENDUE

Rita s'éveilla en entendant une clé tourner dans la serrure ; elle se redressa sur son lit, encore groggy, mais reprit aussitôt ses esprits en voyant la femme de la nuit dernière entrer dans la chambre. Une servante la suivait avec un plateau sur lequel il y avait des toasts, du beurre et de la confiture, ainsi que des tasses, des assiettes et un pot fumant. L'arôme exquis du café flotta jusqu'aux narines de Rita, qui sentait grandir sa faim, accumulée au cours de la journée précédente. La bonne posa le plateau sur la table et sortit sans bruit.

« Bien, dit la femme. Mange. J'ai à te parler. Mais d'abord, comment t'appelles-tu ? »

Rita le lui dit, puis s'assit à la table et se servit une tasse de café. Asha n'était toujours pas réveillée. Autant la laisser dormir le plus longtemps possible.

« Et la petite, quel est son nom ? »

Quand Rita lui eut répondu, la femme demanda : « Est-il vrai qu'elle ne parle pas ? Pour quelle raison ?

— Je pense que vous devez déjà le savoir.

— Ne sois pas insolente, fit-elle d'un ton cassant. Je te l'ai dit : si vous ne me créez pas d'ennuis, je ne vous en créerai pas non plus. Je sais uniquement qu'elle ne parle pas, c'est ce que m'ont dit nos amis.

— Ce ne sont pas mes amis », rétorqua Rita, mais elle se tut aussitôt. Inutile de provoquer cette femme. Bien qu'elle semblât davantage exténuée que méchante, il y avait dans ses yeux une sévérité évidente qui disait de ne pas aller trop loin.

« Elle a subi un choc et elle n'est pas encore remise. Ce n'est pas sa faute.

— Il faudra bien qu'elle se blinde et qu'elle s'y fasse. Dans ce milieu c'est le plus fort qui survit. Cette fille – c'est ta sœur ? – ne donne pas l'impression qu'elle va tenir le coup longtemps.

— En tout cas pas si on continue à la battre ! s'exclama Rita. Il me faudrait quelque chose pour soigner son dos, elle est blessée et ça suppure.

— Quoi ! » s'écria la femme en se précipitant au chevet d'Asha qui continuait à dormir. Sans se soucier de la réveiller, elle la retourna sur le ventre et lui remonta sa chemise de nuit jusqu'en haut du dos. Elle examina les zébrures et fit doucement courir ses doigts dessus.

« Quelles brutes ! Ils ne m'ont pas dit... Bon, de toute manière elle est très belle, et avec quelques soins elle le sera encore plus, il faudra la remplumer, par exemple. Un médecin va venir dans la journée pour vous examiner toutes les deux. Mais vous devrez d'abord prendre un bain et vous débarrasser de vos poux. Vous sentez effroyablement mauvais. Vous êtes ici dans une maison respectable, qui n'a rien de commun avec celle d'où vous venez. Ici nous ne battons jamais nos filles. Si l'une d'elles a vraiment besoin d'une correction, on l'envoie dans une maison où ces pratiques ont cours. Mr Rajgopal interdit tout châtiment corporel dans ses établissements. Il est partisan de bien traiter les filles, il dit qu'ainsi elles travailleront plus volontiers, sachant que la place est bonne. Vous avez beaucoup de chance d'être ici.

— Je ne suis pas une prostituée, protesta Rita. Je cherchais Asha, c'est tout.

— C'est ta sœur ? En tout cas, je vous ai achetées et maintenant vous m'appartenez toutes les deux – ou plutôt vous appartenez à Mr Rajgopal. Je ne suis qu'une intermédiaire, je n'ai rien à faire de vous – je m'en fiche. Je veille simplement à ce qu'il en ait pour son argent. Il a une entière confiance en moi, vois-tu. Je fais bien mon travail. Mais ce n'est qu'un travail. Mr Rajgopal est gentil, en tout cas aussi gentil qu'on peut l'être dans ce métier. J'en ai connu de bien pires que lui et peu de meilleurs. Remercie le ciel d'être ici. Mais en réalité c'est plutôt ta sœur qu'il faudrait remercier – elle est beaucoup plus claire de peau que toi et bien plus jolie, sinon je n'aurais jamais donné une telle somme. C'était du gâchis de la laisser à Kamathipura. Une fille comme elle mérite un traitement spécial et désormais elle l'aura – ce n'est pas pour rien qu'on m'appelle Devaki l'Irréprochable. Toi, je ne t'aurais jamais achetée, mais ta sœur... Il faudra peut-être que tu restes avec elle au début. Tu pourras peut-être l'aider à retrouver sa langue. Mais attention, si elle ne la retrouve pas avant la fin de la semaine, dehors, retour à Kamathipura, et toi avec – ouste ! Ici, nous n'avons pas besoin de filles muettes. C'est une bonne chose que tu parles anglais, En plus, tu as l'air instruite, et ça aussi c'est bien. Je pourrais te trouver de bons clients avec qui sortir. Mais ta sœur, c'est vraiment un bijou. Tu ne t'imagines pas combien... »

Devaki continua à dégoiser comme si elle ne s'était pas aperçue que Rita avait cessé de manger depuis longtemps et se contentait de chipoter avec la nourriture. Elle avait également cessé d'écouter depuis qu'elle avait entendu ces mots : « Je vous ai achetées toutes les deux. »

Non ! Non et non ! Cela ne se pouvait pas ! On ne pouvait pas l'avoir vendue. Elle était venue ici de son plein gré, pour veiller sur Asha. On lui avait rendu sa liberté, elle aurait pu partir mais elle avait insisté pour l'accompagner. Elle savait avec certitude que les deux hommes ne l'avaient pas achetée. Par conséquent comment avaient-ils pu la vendre ?

Ou alors ce genre de raisonnement n'avait pas cours chez ces gens.

Peu à peu, très lentement, elle commença à comprendre que, à un moment donné du trajet entre les deux maisons, elle avait changé d'état. Elle était passée de celui de personne libre et indépendante, qu'elle pensait être, à celui de chose, de marchandise négociable qu'on pouvait vendre ou acheter selon sa fantaisie. Une fois de plus Gita avait vu juste : elle s'était jetée tête baissée dans la gueule du loup. Et elle appartenait désormais à Devaki.

LXI

ASHA CONTINUE À SE TAIRE

Jusqu'ici Rita n'avait pas connu la peur. On aurait dit qu'elle était protégée par une cuirasse lui permettant de se promener dans la vie en se conduisant de façon téméraire et désinvolte. Elle essaya de parler mais les mots refusèrent de sortir. En revanche, Devaki continuait à pérorer, le dos tourné aux deux filles, tout en sortant d'un tiroir des vêtements dont elle fit deux piles.

« Ces *shalwars* sont parmi les plus beaux qu'on puisse trouver à Bombay ; il me semble que le vert émeraude t'irait très bien. Ta sœur sera belle de toute manière, quels que soient la couleur ou le style. Comment se fait-il que vous soyez si différentes ? On ne dirait absolument pas que vous êtes sœurs. Tiens, voilà quelque chose pour toi. Il faut que vous vous fassiez un shampooing et ensuite vous vous passerez une lotion anti-poux que je vais vous donner. Le mieux, bien sûr, c'est de se raser complètement la tête, mais c'est une solution un peu trop radicale. Je te charge de t'occuper de la petite, elle ne me paraît pas capable de prendre son bain toute seule. La salle d'eau est derrière cette porte. Voici un joli *shalwar* rouge pour elle, mais attendez de vous être débarrassées des poux avant de vous habiller.

— Écoutez-moi, Devaki. » Rita avait retrouvé sa voix. Ce n'était encore qu'une sorte de coassement enroué, mais elle était déterminée. « Je vous l'ai dit, je ne suis pas une prostituée ! Je suis restée volontairement avec cette enfant pour pouvoir m'occuper d'elle. Je ne comprends rien à ce qui se passe, mais je suis contente que vous parliez anglais... Vous pourrez peut-être m'expliquer...

— Je n'ai pas de temps à perdre en explications ! C'est très simple. Je travaille pour Mr Rajgopal qui viendra vous voir dans l'après-midi afin de décider où il vous enverra. Je lui donnerai mon avis. Il y a plusieurs possibilités, mais je te conseille vivement de bien te tenir et de faire bonne impression quand il sera là, de manière à ce qu'il te mette dans une bonne maison où tu auras une vie agréable. Tu ferais bien d'expliquer à cette petite qu'elle a intérêt à retrouver très vite la parole. Si elle parle anglais, ce sera pour elle un atout supplémentaire, qui lui permettra d'espérer faire une très belle carrière. Quant à toi, tu n'es pas mal non plus, mais tu ne lui arrives pas à la cheville. Je connais une maison qui te conviendrait très bien mais il ne faudra pas t'attendre à du luxe. Je serai obligée de vous séparer, bien entendu. Maintenant, écoute... Non, ne m'interromps pas. Je n'ai pas beaucoup de temps, j'ai d'autres filles à aller voir là-haut. Prenez votre bain et remettez vos chemises de nuit pour la séance d'épouillage. La bonne va vous apporter le flacon. Il suffit de se masser la tête avec le liquide, de laisser agir pendant dix minutes et de bien rincer. C'est un produit qu'on fait venir spécialement d'Allemagne, il est très efficace ; après ça, il n'y a plus ni poux ni lentes, c'est une lotion diabolique. Ensuite, vous vous sécherez les cheveux et vous vous habillerez. Je reviendrai dans une heure pour voir où vous en êtes. Je veux que vous vous fassiez belles pour Mr Rajgopal, vous y avez tout intérêt. À ta place, j'essaierai de convaincre la petite de se remettre à parler dès aujourd'hui. Il n'est pas toujours commode et s'il pense qu'elle fait de la résistance, il risque de la renvoyer à Kamathipura, dans une maison de troisième catégorie. Tu sais à quoi elles ressemblent. Vous pouvez prétendre à mieux, à condition d'être raisonnables. Dans ce cas tout ira bien. Bon, je vous laisse. Fais ce que j'ai dit. Il va falloir que tu la réveilles, elle ne peut pas dormir toute la journée. Je reviens dans une heure. »

Quand Devaki fut partie, Rita alla à la fenêtre et regarda dehors pour voir s'il y avait une possibilité de s'évader. Son cœur s'arrêta de battre quand elle constata que la maison se trouvait au milieu d'un jardin, lequel était entouré d'une haute clôture grillagée. Il y avait un portail en fer, fermé à double tour, sans nul doute, avec deux gardiens en uniforme kaki assis devant, sur des pliants, qui bavardaient en fumant.

Même si pour le moment, ils n'avaient pas l'air très redoutables, Rita savait qu'ils le deviendraient si jamais elles tentaient de s'échapper. Sans compter qu'il n'était même pas question de sortir de la chambre, puisque la fenêtre était pourvue de solides barreaux.

La panique qui l'avait saisie en se rendant compte qu'on l'avait vendue laissait maintenant place à un effroi tranquille qui accélérait le fonctionnement de ses neurones. Elle s'était lancée tête baissée dans cette aventure, poussée par son instinct. Quand Asha s'était accrochée à elle, épouvantée, elle avait compris qu'elle ne pourrait pas la laisser aux loups. Elle avait agi sans préméditation et c'est seulement maintenant qu'elle prenait le temps de réfléchir à la situation, afin d'établir une riposte.

Étant donné qu'une évasion était impossible pour le moment, elle jugea prudent d'obéir à Devaki. Apparemment on n'allait pas les mettre tout de suite au travail et, par conséquent elle gagnerait du temps à se montrer docile. Tôt ou tard, une occasion de s'enfuir finirait bien par se présenter ; jusque-là mieux valait ne pas éveiller sa méfiance. Le moment venu, elle agirait selon son inspiration. C'était sa force : savoir attendre le bon moment avec la certitude qu'elle trouverait alors un moyen de fuir. Elle ne pouvait pas faire plus. Et puis, de toute manière, elle mourait d'envie de prendre une douche.

Sa décision prise, elle s'approcha du lit et secoua doucement Asha par l'épaule. « Asha, chuchota-t-elle. Réveille-toi. »

Le mode d'emploi inscrit sur l'étiquette du flacon étant rédigé en allemand, elle suivit fidèlement les instructions de Devaki. Après avoir généreusement aspergé les cheveux d'Asha, puis les siens, elle laissa agir le produit un petit moment. Dans l'eau de rinçage d'Asha elle découvrit plusieurs cadavres de poux, mais aucun dans la sienne. Néanmoins elle n'était pas mécontente de se dire que si jamais l'une de ces bestioles avait trouvé refuge dans sa crinière, elle en avait été obligatoirement délogée. Impossible de réchapper à cette lotion du diable. D'autre part elle se voyait obligée de reconnaître que ce *shalwar kameez* émeraude lui allait à la perfection. Quant à Asha, toute vêtue de soie cramoisie, elle était simplement radieuse – à condition de ne pas regarder ses yeux. Avec son *kameez* orné de broderie sur le devant et de petits miroirs cousus autour de l'encolure, on aurait dit une princesse.

Asha s'était laissé docilement manipuler. Elle s'était prêtée sans un mot au bain, au shampooing et à l'épouillage. Ensuite Rita l'avait fait manger et boire. Elle s'était glissée dans le *shalwar* qu'on lui présentait, pied droit, pied gauche, en se tenant aux épaules de Rita pour ne pas perdre l'équilibre, l'avait laissée nouer la coulisse du pantalon ; elle avait levé les bras, pour permettre à Rita de lui enfiler le *kameez* par la tête avant de le lui agrafer sur l'épaule. Ses cheveux, séchés et brossés, retombaient en une masse sombre jusque dans le milieu de son dos. Maintenant elle était assise sur une chaise, les mains sur les genoux, le regard fixé au mur, et ses yeux, de grands yeux noirs en amande, étaient morts. Tous les efforts de Rita pour capter ce regard et y faire naître une petite étincelle de vie avaient échoué, de même que des mouches qui se cognent contre une vitre tombent assommées.

Rita s'efforçait de paraître optimiste. « Tout va s'arranger, Asha. Nous sommes déjà beaucoup mieux ici ; je vais guetter toutes les occasions de sortir de cette maison au plus vite. Ne t'inquiète pas. Je te ramènerai à ton père, Asha ! Tu as vu comme c'est propre, ici ? Et puis nous avons eu droit à un bon repas. Je pense que tes malheurs vont bientôt prendre fin, Asha. Mais je ne sais pas dans combien de temps. Nous allons bientôt voir le propriétaire de cette maison et il faudra faire bonne impression. Je ne veux pas te brusquer, prends ton temps, mais ce serait beaucoup mieux si tu lui disais quelques mots – juste pour qu'il ne nous renvoie pas à Kamathipura. Tu en es capable, j'en suis sûre. Dis-lui bonjour et essaie de sourire – histoire de lui faire savoir que tu parles anglais. Ça nous permettra de gagner du temps, parce que j'ignore quand et comment je vais pouvoir me débrouiller pour qu'on sorte d'ici. Ce qui est sûr, c'est que j'y arriverai. Promis ! »

Mais le regard d'Asha resta fixe et sa bouche ne tressaillit même pas.

Rita commençait à désespérer d'obtenir une réaction, quand la clé tourna de nouveau dans la serrure et Devaki apparut, suivie de la même bonne qui leur avait apporté le petit déjeuner.

« Oh, comme vous êtes belles ! Très belles, toutes les deux ! C'est incroyable ! Oh, bien sûr, je me doutais que sous cette couche de crasse se cachaient deux petits bijoux ! Mr Rajgopal va être très satisfait – cette petite est tout simplement délicieuse. Elle est d'une beauté exceptionnelle ! Il se pourrait même qu'il veuille la garder pour son agence de call-girls – mais dans ce cas il faudra qu'elle se mette à parler normalement. Tu as réussi à la faire parler ?

— Pas encore, reconnut Rita. Mais je suis certaine qu'elle va s'y mettre. »

Tout en elle s'insurgeait contre le rôle qu'elle était contrainte de jouer. Elle avait une envie folle de se rebeller, comme elle l'avait fait jadis avec Marilyn ; d'arracher les yeux de Devaki, de lui griffer la figure, de la mordre, de la bourrer de coups de pied, avant de prendre la fuite. Pourtant, quand le moment viendrait, elle aurait recours à la ruse et non à la violence. Avec Marilyn, elle avait perdu la bataille. Cette bataille-là, elle ne la perdrait pas, même si elle devait temporairement jouer les chattes douces et dociles alors qu'un tigre tapi à l'intérieur attendait de passer à l'attaque... Mais non, il n'y aurait pas d'attaque. C'est par son astuce qu'elle s'en sortirait.

D'un geste impatienté, Devaki fit signe à la bonne de s'approcher et lui dit quelques mots.

« Il vous faut des bijoux. J'ai envoyé chercher quelques colifichets. Qu'est-ce que c'est ? demanda-t-elle en touchant le cœur pendu au cou de Rita. Ce n'est pas très joli, c'est ancien, non ? Il faudra l'enlever. Ça ne vaut pas grand-chose, à mon avis.

— Non, c'est seulement du plaqué or. Un souvenir de famille. Ça n'a aucune valeur marchande.

— Bon, si tu y tiens, je te conseille de l'enlever et de le

cacher quelque part. Sinon Mr Rajgopal te le prendra en remboursement de l'argent qu'il a donné pour vous.

— Pensez-vous que je pourrais acheter ma liberté et celle d'Asha avec ?

— Avec ça ? s'esclaffa Devaki. Ça vaut peut-être quelques milliers de roupies, mais c'est une bagatelle pour Mr Rajgopal. Je m'y connais un peu en bijoux et je peux te dire que ça ne l'impressionnera pas. Sa valeur est loin de compenser ce qu'il compte tirer de vous. Donne-le-moi, si tu veux. Je te le garderai.

— Pourquoi devrais-je vous faire confiance ?

— Oh, mais parce qu'on peut se fier à moi ! Ne va pas t'imaginer que je suis une voleuse parce que je fais ce métier. Tu ne trouveras personne de plus honnête que moi dans ce milieu. D'ailleurs je suis une femme tout à fait respectable, je viens d'une famille très convenable. Dans le temps j'ai été femme de chambre chez une Anglaise de la haute société. J'ai de l'instruction, mes parents m'avaient envoyée dans une école anglaise ! Et puis je suis humaine ; je ne bats jamais mes filles. C'est la malchance qui m'a réduite à prendre cet état. »

À l'évidence, parler était ce que Devaki aimait le plus. Elle ne pouvait s'empêcher de parler, parler, parler, et Rita se dit que plus elle la ferait parler, plus elle engrangerait d'informations, et plus il lui serait facile d'imaginer un moyen de s'enfuir. Elle se lança courageusement.

« Que vous est-il arrivé ?

— C'est à cause du fils de cette Anglaise, James, un ignoble individu. Très beau garçon ! J'avais dix-huit ans à l'époque, j'étais facile à impressionner. Il avait fini par me persuader de mettre mes scrupules de côté – j'étais naïve, je ne savais rien des hommes. Comment aurais-je pu repousser les avances d'un Anglais ? Il était plus jeune que moi, il avait quinze ou seize ans. Pendant quelque temps tout s'est bien passé, mais j'ignorais tout des réalités de la vie. Du jour au lendemain, je me suis retrouvée enceinte et ma patronne m'a mise à la porte. Que pouvais-je faire ? Impossible de retourner dans mon village – quelle honte ç'aurait été pour mes parents ! J'ai trouvé un foyer catholique pour m'héberger jusqu'à la naissance du bébé. Les religieuses me harcelaient pour que je le fasse adopter, mais je ne voulais pas – abandonner ma chair et mon sang ! Je l'ai donc mis dans un orphelinat et je suis partie chercher du travail. Mais quel travail pouvais-je trouver maintenant que j'étais déshonorée – moi, une femme seule dans une aussi grande ville ? J'étais une femme déchue et je suis tombée encore plus bas. Ma vie est devenue atroce ! Mais le pire, ce fut de perdre ma fille. Les religieuses découvrirent quel métier je faisais et elles m'interdirent de la voir. Elles voulaient me faire signer des papiers pour pouvoir me l'enlever définitivement – en fait, elles me l'avaient carrément volée ! Mais je n'ai rien signé et quand elle a eu six ans, je la leur ai volée à mon tour. »

Devaki ouvrit un coffret en plastique rempli d'accessoires de coiffure : brosses, peignes, rubans, épingles à cheveux, et mille autres choses.

« Je vais faire des merveilles avec cette chevelure. Tu n'imagines pas les miracles que mes mains peuvent accomplir !

— Quel âge a votre fille aujourd'hui ? » demanda Rita. Elle aurait pu facilement calculer son âge approximatif, mais elle avait toujours détesté l'arithmétique et, de toute manière, il fallait continuer à cuisiner Devaki.

« À peu près l'âge de cette petite, ou un an ou deux de plus. Elle n'est peut-être pas aussi jolie, mais pour une mère, sa fille est toujours belle ! Elle a le teint clair elle aussi, bien sûr – son père était anglais, après tout. Ta sœur est également métissée, je suppose. Un jour il faudra que tu me racontes son histoire, quand tu feras vraiment partie de la famille. J'aime bien tout savoir sur mes filles – je suis comme une mère pour elles et je les aime beaucoup.

— Si vous les aimiez tant que ça, vous les laisseriez partir. Vous ne feriez pas ce que vous faites !

— Mais mes filles sont heureuses ! On voit bien que tu es nouvelle – toutes celles qui ont passé quelque temps à Kamathipura donneraient leurs yeux pour venir chez moi ! Tu n'es qu'une ingrate. Je suis sûre que ta sœur voit les choses autrement – elle peut faire la différence. »

Devaki commença à brosser vigoureusement – et avec un plaisir évident – les cheveux d'Asha.

« Est-ce que vous laisseriez votre fille faire ce métier ? Puisqu'elle a le même âge qu'Asha, est-ce que vous lui faites faire ce genre de travail ?

— Bien sûr que non ! s'indigna Devaki. Il n'en est pas question ! C'est en partie à cause de ça que je me suis battue pour obtenir une meilleure situation, de façon à pouvoir quitter l'endroit où je vivais et trouver un logement plus convenable pour ma fille et moi. Malheureusement, les loyers sont très élevés à Bombay – je n'ai qu'une petite pièce, pas loin de Kamathipura. Ma fille va à l'école. Je ne l'aurais jamais laissée faire ce métier, bien entendu. Pourtant j'ai eu plusieurs propositions. Elle est très jolie, de plus elle a de l'instruction, et dans un an elle aura terminé ses études.

— Et que fera-t-elle ensuite ?

— Il faudra que je lui trouve un bon mari dans une famille convenable, mais ça va être difficile. Comment faire pour que les parents du fiancé éventuel n'apprennent pas comment je gagne ma vie ? C'est ce qui me chagrine le plus. C'est déjà dur pour une femme seule d'élever un enfant, mais pour une mère célibataire, trouver un mari à sa fille est pratiquement impossible. Malgré tout, il n'est pas interdit de rêver. »

Devaki prit une longue mèche des cheveux d'Asha et en fit une torsade qu'elle lui fixa sur le sommet de la tête. Elle procéda ainsi jusqu'à ce qu'il ne reste plus qu'une seule mèche qu'elle entreprit de tresser d'une main experte et rapide, en s'interrompant de temps à autre pour remonter ses bracelets. Elle ferait mieux de les enlever tout simplement, puisqu'ils n'arrêtent pas de glisser, songea Rita.

« Et quel est votre rêve ?

— Mon rêve ? En principe je n'en parle jamais à mes pensionnaires, mais entre nous, ce qu'il faudrait, dans l'intérêt de ma fille, ce serait que je reparte à zéro dans une ville où personne ne me connaîtrait. Lucknow : voilà mon rêve ! Je suis née dans une localité des environs et c'est une ville que je connais bien. Un petit appartement bien propre pour ma fille et moi. Peu importe s'il n'est pas grand, du moment que le quartier est comme il faut. J'accepterais même d'être gouvernante chez une famille riche – je gagnerais moins qu'ici mais ça me permettrait de nouer des relations intéressantes. Ma fille pourrait également se placer comme domestique – je lui apprendrais le métier. Mais mon grand rêve, c'est la coiffure. J'ai un don pour ça. J'aimerais coiffer des mariées – je suis sûre que je pourrais m'établir comme coiffeuse ! Et mon rêve ultime ce serait de coiffer ma fille pour son mariage ! Mais c'est seulement un rêve. Comment me serait-il possible de tout recommencer ? Je tâche d'économiser le moindre sou mais la vie est chère ici – l'argent vous file entre les doigts et je m'en sors tout juste. Comment arriverais-je à mettre assez d'argent de côté ? Tu vois, tout le monde a ses problèmes, et chacun en fait une montagne, donc tu ne devrais pas te plaindre. Bon, maintenant arrête de me parler, il faut que je me concentre. Quand j'aurai fini, tu verras pourquoi. »

En effet Rita vit pourquoi quand la coiffure d'Asha fut terminée, une coiffure vraiment digne d'une mariée : souple et lisse autour du visage, elle formait par-derrière une véritable sculpture de tresses entrelacées, à la fois simple et élaborée, chaque mèche de cheveux exactement à sa place.

Satisfaite de son œuvre, Devaki remonta une dernière fois ses bracelets et se retourna vers Rita avec un grand sourire.

« Tu vois ! C'est la coiffure qui plaît à Mr Rajgopal. À ton tour maintenant. »

Le mystérieux Mr Rajgopal arriva après le déjeuner pour une brève visite de travail. C'était un homme de taille moyenne, plutôt râblé, qui portait une chemise blanche et une cravate et faisait davantage penser à un banquier qu'à un patron de bordels. Il examina les deux filles d'un œil de professionnel. Il leur dit de se lever, de marcher et de se retourner. Ensuite il échangea quelques mots en anglais avec Rita – c'est un entretien d'embauche, pensa-t-elle, et même si je ne veux de cet emploi pour rien au monde, j'ai intérêt à jouer le jeu. Elle répondit donc poliment et en détail à ses questions. Elle avait l'impression de passer une sorte d'examen de culture générale – peut-être voulait-il se faire une idée de ses connaissances et de sa capacité à entretenir une conversation intelligente. Puis ce fut le tour d'Asha.

« Quel âge as-tu ? » lui demanda-t-il.

Asha, qui était l'image même de la beauté, ne leva même pas la tête.

Devaki jeta sur Rita un regard anxieux qui semblait la supplier de faire quelque chose.

« Réponds-moi, ma fille ! » La voix de Mr Rajgopal était empreinte d'une note d'impatience. Asha gardait le silence.

« Tu avais dit qu'elle parlait anglais, lança-t-il à Devaki d'un ton de reproche.

— Mais oui, mais oui. C'est seulement qu'elle ne va pas très bien en ce moment. On l'a maltraitée et elle a encore peur de parler.

— Eh bien, si elle ne se réveille pas un peu, elle devra retourner là d'où elle vient. Une fille qui aurait ce physique avec l'intelligence de l'autre... » Au beau milieu de sa phrase, il cessa soudain de parler anglais pour se lancer dans une grande discussion en tamoul – parfois vive – avec Devaki.

Puis il repartit, sans une parole ni même un regard pour les deux filles. Devaki revint au bout de dix minutes. La contrariété se lisait sur son visage.

« Il n'est pas content. Il dit que si elle ne parle pas, il ne pourra rien en faire. Il lui laisse une semaine de sursis. Il demande que tu fasses pression sur elle pour l'obliger à parler normalement. Sinon il la renverra. Mais toi, il veut te garder. Dans une semaine, tu partiras dans une autre maison et soit elle ira avec toi et vous resterez ensemble, soit il la renverra. C'est donc à toi de jouer. Maintenant, enlevez vos beaux habits et rangez-les. Le médecin sera là dans une heure. On vous fera aussi un test pour le sida. En attendant les résultats, il faudra prendre des précautions. Mais Mr Rajgopal vous accorde à l'avance une semaine de congé – c'est vraiment chic de sa part, hein ? Heureusement qu'il n'a pas vu son dos ; le temps qu'elle commence à travailler, il sera cicatrisé. Bon, je vous laisse. Tu dois user de toute ton influence pour l'obliger à parler. Autrement, elle retournera dans son trou à rats. Pour toi, c'est différent. La maison où on va t'envoyer est comme celle-ci, agréable et bien tenue.

En revanche la responsable n'est pas aussi gentille que moi – elle a plutôt mauvais caractère, je ne cesse pas de le lui dire, mais on est comme on est. Je vais regretter de te voir partir, je t'aime bien, mais Mr Rajgopal est le patron et c'est lui qui décide. Je ne suis qu'une employée.

« Asha, murmura Rita quand elles se retrouvèrent seules. Tu as entendu, tu as compris, je le sais. Je vais me débrouiller pour qu'on sorte d'ici tôt ou tard, mais je ne suis pas certaine d'y arriver avant la fin de la semaine. À ce moment, si tu ne parles toujours pas, ils nous sépareront, et alors tout sera fini. Je ne pourrai jamais te retrouver. Aussi, je t'en prie, essaie de parler ! Même si ce n'est que quelques mots... Rien que pour qu'il sache que tu peux parler et que tu le feras. Je ne veux pas te bousculer. Je sais que ça viendra en son temps. »

Au bout de deux jours Asha n'avait toujours pas prononcé un seul mot.

« Asha, ma chérie, au moins souris-moi. Juste pour me montrer que tu comprends et que tu vas faire un effort. Tu n'as quand même pas envie de retourner à Kamathipura, dis-moi ? » Rita sentit une légère pression sur sa main. Mais pas un sourire. Pas la moindre lueur de compréhension dans ses yeux. Pas un mot.

« Asha, jusqu'ici je n'ai pas voulu te bousculer. Je sais qu'il te faut du temps pour te remettre. Je sais que tu as vécu une épreuve abominable mais c'est notre seule chance. Tu ne veux pas retourner là-bas, n'est-ce pas ? Qui peut savoir où il t'enverrait ? C'est un homme impitoyable mais il est cent fois meilleur que tous ceux que tu as pu connaître à Kamathipura. S'il te plaît, s'il te plaît, fais un effort ! Il revient demain. Parle-lui, je t'en supplie ! C'est ta toute dernière chance ! Allons, parle-moi. Dis-moi quelque chose. Un mot – rien qu'un mot ! Pour que je sache que tu as compris et que tu vas essayer de t'en sortir ! Oh, Asha ! S'il te plaît ! »

Rita tomba à genoux, posa la tête sur Asha, et pleura de vraies larmes. Elle lui prit ses mains dans les siennes en la suppliant de lui adresser un signe indiquant qu'elle avait compris. Mais rien ne vint.

« Elle a parlé ? » Devaki entra dans la chambre et posa le coffret en plastique sur la table avec brusquerie. Elle connaissait déjà la réponse. Les deux filles avaient pris un bain et s'étaient mises sur leur trente et un, comme la semaine précédente. Mais cette fois le *shalwar kameez* de Rita était couleur citron et celui d'Asha bleu roi.

Rita secoua tristement la tête. « Non. Elle n'a pas dit un mot.

— Eh bien, Mr Rajgopal sera là dans une heure et alors elle aura intérêt à parler, sinon ça ira mal pour elle. Je croyais qu'elle t'écouterait. Comment se fait-il que tu n'aies pas réussi à la décider ? C'est une très vilaine fille. Il aurait fallu employer d'autres méthodes pour la faire parler – mais je te l'ai dit, je ne fouette jamais mes filles. Tant pis pour elle ; ça lui apprendra. Elle ne retrouvera plus jamais une occasion pareille. Je sais que tu comprends ce que je dis, ma fille, poursuivit-elle en s'adressant à Asha. Cette fois-ci, si tu rates l'examen, tu retourneras dès ce soir dans un trou à rats de Kamathipura ! Je vais être obligée de t'y conduire moi-même ! Quel gâchis – une telle beauté ! »

L'irritation de Devaki se manifesta dans la brutalité avec laquelle elle coiffa Asha, qui tressaillit plus d'une fois quand elle lui tirait les cheveux trop fort, ou lui plantait une épingle avec un peu trop de vigueur. Elle n'en continuait pas moins à se taire.

La clé tourna dans la serrure. Rita prit une dernière fois la main d'Asha et lui murmura à l'oreille : « Asha, je t'en supplie. C'est pour ton bien. Sinon ils vont nous séparer. Tu n'as pas envie qu'on nous sépare, dis ? Je le sais. Ils vont t'emmener de force. La semaine dernière j'ai réussi à les convaincre et j'ai pu rester avec toi, mais cette fois c'est vraiment grave. »

Les doigts d'Asha tressaillirent. Rita sut qu'elle avait compris. Elle n'avait toujours pas prononcé un seul mot.

Mais elle parlerait quand Mr Rajgopal serait là. Il le fallait. Il n'y avait pas d'autre solution.

La porte s'ouvrit. Mr Rajgopal entra, suivi de Devaki.

Mr Rajgopal n'y alla pas par quatre chemins. Il ne perdit pas son temps en préliminaires.

« Bien. Quel est ton nom ? »

Asha baissa la tête. Mr Rajgopal regarda Rita en haussant les sourcils. « Tu n'as rien pu faire ? Elle refuse même de répondre à cette simple question ?

— Redemandez-le-lui, supplia Rita. Je suis sûre qu'elle...

— Quel est ton nom, ma fille ? »

Pas de réponse.

« Très bien. Je vais te laisser une dernière chance. C'est une question simple et j'attends une réponse simple. Ton nom. Quel-est-ton-nom ? »

Asha gardait la tête baissée. Rita retint sa respiration, dans l'attente du mot salvateur. Elle sentit la main d'Asha frémir dans la sienne. Elle savait qu'elle était morte de peur. Mais on aurait dit qu'elle avait, au sens propre, avalé sa langue.

Mr Rajgopal accepta sa défaite avec élégance. « Très bien. » Il regarda sa montre. « J'ai une réunion, Devaki. Je te renverrai la voiture. Conduis-la chez Baboolal. Tu peux emmener l'autre aussi, tu sais où on l'envoie. C'est... c'est du gâchis, mais je ne permets pas qu'on se rebelle. Dans un an, peut-être, elle aura été suffisamment punie, alors elle parlera pour sauver sa peau. Bon, il faut que j'y aille. Accompagne-moi. »

Il sortit sans même leur accorder un regard. Malgré son envie de s'emporter contre Asha, Rita se retourna vers elle et la prit dans ses bras. Tout son petit corps était parcouru de tremblements, comme si elle avait une forte fièvre. On aurait dit qu'elle pleurait, sans larmes, en silence. Oui, surtout en silence.

LXII

RETOUR À KAMATHIPURA...

La voiture franchit le portail et s'engagea dans la rue. Rita avait la bouche sèche, son cœur battait si fort qu'elle avait l'impression d'entendre des bruits de pas résonnant dans une maison vide. Sa respiration s'était comme arrêtée. Asha, assise à côté d'elle sur la banquette arrière, lui avait pris la main et la serrait de toutes ses forces. Elle comprenait parfaitement ce qui était en train de se passer – là-dessus, il ne pouvait y avoir d'erreur. Pourquoi n'avait-elle pas parlé ? Même si elle était encore traumatisée, ça ne pouvait pas être si difficile de dire simplement son nom. Rita ne pensait qu'au sort affreux qui les attendait. La maison qu'elles venaient de quitter était sans aucun doute l'une des mieux tenues et des plus humaines de tout Bombay, et Devaki avait sûrement raison de dire qu'elle était particulièrement gentille. D'ailleurs Rita avait presque fini par la prendre en affection et l'idée de se retrouver ailleurs l'angoissait. Elle s'évaderait, c'était une certitude, mais quand et comment ? Plus grave que tout, pourtant, elle allait perdre Asha. Asha disparaîtrait de nouveau dans le bourbier de Kamathipura pour ne jamais plus en ressortir.

Devaki, qui était assise de l'autre côté d'Asha, se pencha pour parler à Rita.

« Elle est vraiment trop bête. Elle aurait pu si facilement s'en tirer. Je n'ai jamais rien vu d'aussi absurde de toute ma vie. Mais que faire ? Malgré tout elle me fait de la peine. Je l'aime bien – elle me rappelle tellement ma fille. J'ai autant de peine que si c'était elle que j'emmenais à Kamathipura.

— Si vous l'aimez ne serait-ce qu'un tout petit peu, Devaki, pourquoi ne dites-vous pas au chauffeur de s'arrêter pour la laisser descendre ? Vous n'aurez qu'à raconter qu'elle a réussi à prendre la fuite – je resterai avec vous et je vous aiderai à inventer une histoire quelconque. Laissez-la partir, s'il vous plaît, rien qu'elle. Moi, je suis capable de me débrouiller.

— Quoi ! Pour que je perde ma place ! » Devaki n'en revenait pas. « Si j'ai une qualité, c'est justement qu'on peut me faire confiance ! J'ai besoin de ce travail. Je ne mets pas beaucoup d'argent de côté, mais mon compte en banque grossit tout de même un peu chaque mois. Est-ce que tu crois que je vais sacrifier mon avenir et celui de ma fille pour une étrangère ! »

Elle remonta ses bracelets, rajusta le *dupatta* de son sari et Rita la vit retirer l'épingle de nourrice qui maintenait le pan sur son épaule.

Elle comprit soudain que c'était le bon moment. Elle tenait l'occasion qu'elle avait attendue toute la semaine mais qui ne s'était jamais présentée parce que, dans cette maison si bien gardée, les risques auraient été trop grands. Une occasion offerte sur un plateau – elles étaient seules avec Devaki, à part le chauffeur qui, pour autant qu'elle pouvait le voir, n'était pas armé.

« Devaki, dit-elle. Pourriez-vous me prêter cette épingle ? Juste un instant.

— Cette épingle ? Pour quoi faire ?

— Vous allez voir. » Déjà Rita portait la main derrière son cou pour chercher le fermoir de sa chaîne, qu'elle ouvrit avec l'ongle du pouce. Piquée dans sa curiosité – que pouvait-elle vouloir faire avec une inoffensive épingle de nourrice ? –, Devaki l'observait. Avec la pointe de l'épingle, Rita appuya sur le centre de l'une des fleurs de la guirlande entourant le cœur en or. Il s'ouvrit comme un livre. Rita le retourna sur sa paume, qu'elle présenta à Devaki.

« Voilà. Je vous achète notre liberté. Notre liberté à toutes les deux. »

Dans le creux de sa main scintillait un minuscule diamant. Quoique certaine que le chauffeur ne parlait pas anglais, Rita baissa néanmoins la voix en prenant un ton enjôleur.

« C'est un vrai diamant. Il m'appartient – ma grand-mère me l'a donné. Je l'ai fait tailler avant de partir et je l'ai emporté avec moi à tout hasard. Je l'ai fait expertiser : il vaut une petite fortune ; avec ça, on peut faire beaucoup de choses en Inde. Il est à vous, si vous nous laissez partir. Nous n'aurons qu'à descendre toutes les trois de cette voiture pour dire un adieu définitif à Mr Rajgopal. Vous pourrez vous installer à Lucknow avec votre fille et commencer une vie nouvelle. Il vous suffit de dire au chauffeur de s'arrêter.

« Tu avais ça sur toi depuis le début ? Un vrai diamant ? chuchota Devaki, très impressionnée.

— Oui. Je vous l'aurais bien proposé plus tôt mais c'était risqué. Les gardiens ne nous auraient jamais laissées sortir de la maison. J'attendais d'être seule avec vous. Il n'y a plus que le chauffeur. Que peut-il faire ? »

Devaki ne répondit pas. Elle avança l'index comme pour toucher la pierre, mais Rita se hâta d'éloigner la main et la referma sur son trésor. Son cœur battait à tout rompre. Elle était consciente des risques ; c'était ce pourquoi elle avait attendu. Si elle avait proposé ce marché alors qu'elles étaient encore dans la maison, quelle garantie aurait-elle eue que Devaki ne lui prenne la pierre puis les abandonne à leur triste sort ? Maintenant aussi il y avait un risque. Devaki pouvait accepter le diamant puis dire au chauffeur de déposer Asha à Kamathipura – et tout serait fini.

« Je vous le donnerai quand nous serons dehors toutes les trois, dit Rita en serrant bien le diamant dans sa main. Pas avant. »

Devaki n'hésita pas plus longtemps. Elle dit quelques mots au chauffeur, qui acquiesça d'un signe de tête.

« Les portières se verrouillent automatiquement. Il faut qu'il les débloque. Je lui ai dit que nous allions déjeuner dans un restaurant, au prochain carrefour. C'est un imbécile et je suis au-dessus de lui – il m'obéira, bien que ce soit une demande inhabituelle. Il sait que je suis quelqu'un de sérieux et il vous laissera descendre. Mais ensuite qu'est-ce qui me dit que tu ne vas pas t'enfuir avec le diamant et me laisser en plan ?

— Parce que vous avez été bonne pour nous. Vous pouvez me faire confiance, vous le savez bien. Laissez-nous descendre de cette voiture et je vous donnerai le diamant. Vous devez me faire confiance. »

La voiture s'arrêta devant un restaurant. Un déclic leur signala que les portières étaient déverrouillées. Rita descendit, suivie d'Asha. Devaki sortit par l'autre côté et alla les rejoindre.

« Nous allons nous diriger tranquillement vers le restaurant. Il faut qu'il aille garer la voiture quelque part et je lui ai dit de venir nous reprendre dans une demi-heure. Mais il ne trouvera personne ! » s'exclama Devaki qui avait peine à dissimuler sa joie, en mettant la main devant sa bouche pour étouffer un petit rire. « Il est très fidèle à Mr Rajgopal, mais il est obligé de m'obéir. Venez, allons-y. Marchez devant, comme si c'était moi qui commandais ! »

Elles s'approchèrent de l'entrée du restaurant ; la voiture s'éloigna.

« Parfait. Il est parti. Maintenant... le diamant ! » Devaki tendit la main. Rita avança son poing fermé, ouvrit les doigts et laissa tomber la pierre dans la paume de Devaki.

« Merci. Je vous aime bien toutes les deux ! Tous mes vœux vous accompagnent. J'espère qu'elle va se rétablir. Ça m'aurait fait de la peine qu'elle retourne à Kamathipura. Je ne suis pas un monstre, vois-tu. Moi aussi je suis une victime. Je n'ai pas eu une vie facile ; j'ai simplement essayé d'en tirer le meilleur parti et j'espère ne pas m'être montrée trop dure avec les autres.

— Je vous aime bien moi aussi, Devaki ! Je crois qu'en vous perdant ce métier perd aujourd'hui un petit peu d'humanité. Je vous souhaite bonne chance. Ainsi qu'à votre fille. »

Elles joignirent les paumes et se retournèrent au même instant. Devaki partit dans une direction, Rita prit Asha par la main et s'en alla de l'autre.

Elle n'avait aucune idée de l'endroit où elles se trouvaient. Autour d'elles les véhicules pétaradaient en crachant des gaz d'échappement ; les trottoirs étaient envahis d'un flot de piétons qui s'écartait sur leur passage pour se refermer aussitôt après. Il fallait trouver un taxi. Elle fouilla dans le sac à dos que Devaki lui avait rendu et constata que la tenancière du bordel de Kamathipura lui avait pris tout son argent, mis à part de la menue monnaie. Elle compta les pièces : trois roupies. Ça ne suffirait pas, bien entendu, mais elle n'aurait qu'à demander à Kamal ou à Subhadhai de régler la course en arrivant à Ananda Nagar. Elle s'arrêta pour héler une voiture, mais elles étaient trop près du croisement et il n'y avait pas de place pour s'arrêter.

Elles continuèrent à marcher. Il y avait fort peu de chances qu'elles se trouvent dans les parages d'Ananda Nagar. Il leur faudrait sans doute une bonne heure de voiture pour y arriver. Mais Rita exultait ; elle aurait aimé pouvoir grimper sur les toits pour crier qu'elle était libre. Elle avait envie de danser au milieu de la rue. Elle avait hâte de tout raconter à Kamal ; elle ne tenait plus. Il fallait qu'elle parle à Kamal. Tout de suite !

« Viens », dit-elle en entraînant Asha dans une boutique. C'était une boulangerie ; un homme lisait un journal ouvert devant lui, sur le comptoir.

« Bonjour », dit Rita. L'homme leva la tête. « Est-ce que vous avez le téléphone ? » Il la regarda d'un air ahuri.

« Téléphone, téléphone », dit-elle en faisant les gestes appropriés. L'homme balança la tête et lui montra un antique appareil noir, dans le fond du magasin. Rita fouilla dans son sac pour prendre son petit carnet d'adresses. Elle chercha le numéro de Kamal et composa le numéro.

Une sonnerie retentit à l'autre bout de la ligne ; c'est à peine si elle arrivait à respirer. Pourvu qu'il y ait quelqu'un, je vous en supplie, faites qu'il y ait quelqu'un ! Et si c'était Subhadhai qui répondait ? Elle ne comprendrait pas, mais elle reconnaîtrait sûrement sa voix. Elle pourrait peut-être joindre Kamal, où qu'il se trouvât... Rita sursauta : on venait de décrocher.

« Allô ? dit une voix féminine.

— *Isabelle* !

— Rita ! Rita, c'est toi ! C'est vraiment toi ? Oh, mon Dieu, où es-tu ? Tu es libre ? Qu'est-ce...

— Isabelle, je suis libre et Asha aussi, nous sautons dans un taxi et nous arrivons ! Mais toi, que fais-tu ici ?

— Je suis revenue à Bombay dès que j'ai su ce qui t'était

arrivé, dit Isabelle en sanglotant presque de soulagement. Oh, Rita, je me suis fait tant de souci ! Un jour j'ai téléphoné pour te dire bonjour et Kamal m'a tout raconté, alors je me suis précipitée ici. Quelle peur tu nous as faite ! Oh, Rita, j'arrive à peine à parler, je...

— Écoute, ne t'inquiète pas, j'arrive. On parlera plus tard. Il faudra que tu paies le taxi. Je serai là dans une heure environ ! »

Rita raccrocha, remercia le boulanger et posa ses pièces sur le comptoir. Il balança de nouveau la tête et se replongea dans son journal. Rita et Asha sortirent dans le soleil pour chercher un taxi.

Il leur fallut près de deux heures pour arriver à Ananda Nagar. Asha s'était endormie et Rita dut la réveiller au moment où elle reconnut les alentours. En entrant dans la rue, elle aperçut une silhouette familière devant le portail : Isabelle l'attendait.

Le taxi s'arrêta le long du trottoir d'en face. Rita ouvrit la portière, descendit et aida Asha à sortir. Isabelle l'avait sûrement déjà vue, car elle cria son nom si fort que Rita l'entendit malgré le brouhaha de la circulation. Isabelle agitait la main comme une folle, elle ne se tenait plus de joie.

Rita lui fit signe à son tour. Isabelle s'impatientait. Elle se précipita dans la rue.

« Isabelle ! Attention ! »

Le crissement des freins parut durer une éternité ; puis il y eut un silence qui se prolongea une fraction de seconde de trop, suivi par un cri d'effroi, un cri avalé par un choc et un bruit de verre cassé... et à nouveau le silence. Un silence interminable.

Puis un autre cri. Rita se demandait qui l'avait poussé quand elle réalisa que c'était elle et qu'elle était en train de courir au milieu des voitures. Deux véhicules, leurs capots imbriqués l'un dans l'autre, lui barraient le passage. Il fallait les contourner. Elle n'osait pas, terrorisée par ce qu'elle allait voir. Terrorisée par ce qu'elle n'allait pas entendre – redoutant le cri d'Isabelle qui n'était plus.

Un corps de femme, étendu sur la chaussée, immobile.

Une mare de sang.

Isabelle.

À nouveau le silence. Les badauds s'attroupèrent ; ils parlaient mais ne disaient rien ; des bouches de poissons rouges qui s'ouvraient et se refermaient sans bruit.

Une pensée vaste comme l'espace.

Une jeune fille le regard fixe.

Une jeune femme dont le cœur battait au rythme d'un tambour déchaîné, martelant le vide d'un espace nommé Isabelle.

LXIII

LES CHAUSSURES JAUNES

« Miss Maraj ? »
Rita sursauta et renversa son café.
« Oui ?
— Votre sœur a ouvert les yeux. » L'infirmière avait un sourire de circonstance et de doux yeux bruns dans un visage rond. « Voulez-vous venir avec moi ? »
La flaque de café s'élargissait sur le Formica blanc, elle arriva jusqu'au bord de la table et s'écoula sur le sol. Rita eut soudain l'impression que rien ne pressait. Curieusement, après avoir attendu pendant vingt-quatre heures, dans cette pièce ou au chevet d'Isabelle, le fait que ses yeux se fussent ouverts lui paraissait sans importance. De même que sa propre fatigue. De même que le monde extérieur, le monde situé au-delà des murs de la clinique du Dr Khan. Rien n'avait d'importance. Isabelle allait mourir. D'un geste las elle montra le café qui se répandait sur le carrelage.
« Il faudrait que j'essuie...
— Oh, je vous en prie. La femme de ménage s'en chargera. Suivez-moi. »
Rita monta l'escalier derrière l'infirmière et pénétra dans la chambre où Isabelle allait vivre les derniers moments de sa vie.
Elle n'avait pas capitulé facilement. Pendant tout le temps que Rita avait passé auprès d'elle, elle s'était battue pour essayer de parler. Ses lèvres remuaient de temps à autre et elle marmonnait des mots et des bribes de phrases qui avaient fait espérer à Rita qu'elle allait bientôt reprendre connaissance.
« Le carrosse. Laisse-moi monter, moi aussi ! S'il te plaît ! » avait dit Isabelle avec une voix vieillie, chevrotante, et Rita

avait eu un pincement de cœur au souvenir de son refus de l'emmener en promenade avec Dents de la Mort. Et voilà qu'elle lui aurait volontiers fait faire le tour du monde dans un carrosse blanc tiré par six chevaux si jamais elle se rétablissait.

Et encore : « Je ne les aime pas, celles-là. Je veux les jaunes. » Dit d'une voix forte et gaie la voix de l'Isabelle d'autrefois.

« Je vais gagner. Il faut que je gagne. » Chuchoté, à peine audible. Une allusion au concours de beauté ?

« Les souliers. »

« Pas de deux. Pas de deux. »

« Les souliers », encore et encore. « Les souliers. »

Et puis, subitement et d'une voix claire : « Le Père Noël. C'est la faute de Rita. Méchante, méchante Rita ! »

C'est alors que Rita était sortie pour prendre une tasse de café bienfaisante. Le remords, une montagne de remords, voilà ce qu'Isabelle lui léguerait si – et quand – elle mourrait. Le spectre de la faute était tapi dans les ombres de la cantine déserte qu'éclairait seulement une ampoule auréolée d'une nuée de papillons de nuit.

Et puis, en voyant le crâne d'Isabelle enveloppé dans des bandages encadrant un visage si fragile et si vulnérable, les yeux de Rita se mouillèrent. Elle s'assit à côté, sur une chaise, prit la main qui cherchait la sienne et se pencha. Les yeux d'Isabelle étaient transparents. Ils cherchaient ceux de Rita comme dans l'espoir d'y trouver un refuge, un endroit où se reposer. Ce n'étaient plus des écrans vides mais de douces flaques dociles. Rita et Isabelle se rencontraient pour la première fois de leur vie.

« Rita... » Ce n'était guère plus qu'un croassement.

« Ne parle pas, ma chérie, ça te ferait du mal. Reste tranquille. »

Isabelle s'agita comme si elle voulait se redresser sur les coudes. « Il le faut... Rita, je vais mourir.

— Mais non. Tu ne vas pas mourir, Isabelle. Bats-toi et tu vivras. Ne dis pas des choses comme ça. Demain elle sera là.

— Empêche-la de venir. Laissez-moi mourir.

— Tu ne vas pas mourir !

— Mais si. Je le sais. J'ai déjà... failli partir. Mais il faut que... je te dise. Je suis si contente que tu sois libre. J'étais revenue... pour te dire...

— Oui, oui, Isabelle, tu me l'as déjà dit. Mais je ne te crois pas. Je sais que tu vas vivre, je le sais, voilà tout. »

Isabelle voulut secouer la tête, mais la douleur la fit grimacer. « Non, il faut que je te dise... ça y est, je me souviens. Les souliers ! Oh, Rita, pardonne-moi !

— Je n'ai rien à te pardonner. »

Les doigts se resserrèrent autour de sa main, impatientés. La voix n'était qu'un murmure. Rita se pencha très près.

« Si. Il y a quelque chose. Ce n'était pas ta faute. Je t'ai fait croire que c'était ta faute, mais ce n'est pas vrai. Marilyn m'a obligée à dire que c'était ta faute, mais non. »

Les yeux d'Isabelle rivés dans les siens étaient d'une éloquence dévastatrice.

« Je ne comprends pas. » La voix de Rita s'était mise au diapason de celle d'Isabelle, à peine audible. « Qu'est-ce que tu veux dire, Isabelle ?

— L'accident, ma tête... ce n'était pas ta faute. Marilyn m'avait emmenée essayer des souliers jaunes... Tu ne t'en étais pas aperçue. Et puis... et puis elle a rencontré Mrs... je ne sais plus qui. Une amie. Elle a commencé à bavarder et n'a plus pensé à moi... J'ai entendu la clochette du Père Noël... je suis partie pour le voir... et puis... »

On aurait dit que les yeux d'Isabelle cherchaient à pénétrer le cœur de Rita, en quête d'un rejet, d'une accusation, d'une condamnation... et d'un pardon.

« Marilyn m'a interdit de jamais te parler de ces souliers. Jamais, jamais, jamais, m'avait-elle dit. Elle... m'a menacée : "Si tu dis que tu étais avec moi, je m'en irai et je ne reviendrai plus." J'avais tellement peur, Rita, j'ai fait ce qu'elle me demandait. Et elle me l'a répété si souvent que j'ai fini par y croire et j'étais convaincue que c'était ta faute, même si au fond de moi je savais que ce n'était pas vrai, que c'était sa faute à elle. J'avais conscience d'être une petite peste mais dans ces cas-là tu étais tellement gentille avec moi. Tu me pardonnais tout parce que tu croyais que c'était ta faute si j'étais méchante... Après ça, ç'a été si facile d'avoir tout ce que je voulais. Ensuite j'ai eu des coliques, des maux de tête – j'avais vraiment mal, je te le jure ! Des douleurs atroces. Une sorte de punition. Parce que je savais... J'avais oublié mais au fond de moi je savais et maintenant tout me revient. »

Les dernières paroles sortirent presque dans un souffle. À bout de forces, Isabelle ferma les yeux. Sa main se desserra. Une idée atroce traversa Rita : « Elle est en train de mourir ! » Elle lui secoua le bras aussi doucement et aussi fermement qu'elle le pouvait.

« Isabelle ! Isabelle, ne t'en va pas ! »

Isabelle rouvrit les yeux. Ses lèvres remuèrent. Les yeux se fermèrent. « ... si fatiguée...

— Isabelle, tu ne peux pas partir ! Ne t'inquiète pas, peu importe ce qui est arrivé, je t'aime ! Tu étais si petite ! Isabelle ! »

Les yeux se rouvrirent dans un frémissement. « ... fallait que je te le dise. Contente. Pas pu partir sans...

— Isabelle ! Ne t'en va pas !

— ... sans te le dire. »

Rita voulut encore lui parler mais les mots s'étouffaient dans sa gorge et elle ne put que secouer douloureusement la tête. C'était palpable... Isabelle partait à la dérive. Rita ferma les yeux elle aussi.

« Rita ! »

La voix la surprit par sa vigueur, ce n'était plus un murmure. Elle était claire et nette.

« C'est le moment, Rita, le grand moment... Tout mène à ce moment. Il faut tout mettre en ordre avant ce moment. Il n'y a que ça. Mettre les choses en ordre. Je ne pouvais pas partir... comme une chienne. »

Il n'y eut plus d'autres mots. Les yeux ne se rouvrirent pas.

LXIV

KAMAL S'EN VA

Kamal rentra très tard dans la soirée. Rita guettait son retour ; elle l'attendait beaucoup plus tôt, et à minuit passé, elle n'avait toujours pas fermé l'œil. Elle entendit le portail grincer, la voix de Kamal qui parlait au gardien, puis la porte s'ouvrir. Elle était au milieu de l'escalier quand il leva la tête et la vit. Elle était pieds nus, dans une longue chemise de nuit en coton jaune. Elle avait les cheveux embroussaillés à force de s'être tournée et retournée dans son lit, mais n'avait pas pris le temps de se rendre présentable.

En la voyant, Kamal s'immobilisa et ils restèrent plusieurs instants sans parler, car dans le silence tout était dit et il n'existait pas de mots pour combler le vide.

« Je suis désolé, Rita, fit-il enfin. Pour Isabelle. »

Elle haussa les épaules et détourna les yeux. Elle savait qu'il était désolé ; il le lui avait dit au téléphone.

« Mais vous avez retrouvé Asha », remarqua-t-elle avec une note d'amertume dans la voix. Elle, en effet, avait perdu Asha et Isabelle.

« Oui et non.

— Comment ça, non ? Vous l'avez retrouvée. C'est ce que vous vouliez, il me semble.

— Oui, et je voulais vous remercier pour tout ce que vous avez fait. Depuis que Gita est revenue, l'autre nuit – dire que ça fait à peine une semaine ! – et m'a appris que vous aviez accompagné Asha de votre plein gré, je ne cesse de m'émerveiller à votre sujet. J'ai vécu une semaine atroce, pire que les six mois qui l'ont précédée, parce je m'inquiétais non seulement pour Asha mais aussi pour vous. Aussi, du fond de mon cœur je vous dis merci.

— Je vous en prie. Mais vous ne devriez pas me remercier.

J'ai fait ça pour Asha, pas pour vous. Il n'était pas question de les laisser la reprendre.

— Je sais, mais je vous dois quand même des remerciements.

— Bon, en tout cas, vous l'avez retrouvée et vous allez pouvoir commencer une nouvelle vie tous les deux.

— Non.

— Comment ça, non ? dit encore Rita.

— Asha ne veut pas de moi. Elle n'a pas besoin de moi. Je l'ai compris tout de suite. Elle ne supporte plus les hommes... elle ne veut même pas que je la touche ! Elle refuse de me parler !

— Ah, ça ? Ça passera, rassurez-vous. Il faut la mettre en confiance. Ça risque d'être long, mais vous finirez par y arriver. Tout comme moi. Pourtant elle ne veut pas me parler, à moi non plus. Ça prendra du temps, je suppose. Soyez patient et persévérez, voilà tout. Vous devriez l'emmener dans un endroit agréable. À la campagne, ou au bord de la mer, par exemple, pour lui permettre de se rétablir doucement.

— Non. Ce n'est pas de ça dont elle a besoin. Ce n'est pas de moi dont elle a besoin. Elle a besoin de sa mère.

— Sa mère ? Caroline ? Ah, vous parlez de sa mère indienne.

— Oui. Avant tout il faut la ramener chez Sundari le plus vite possible. Chez elle. Elle partira dès demain. C'est là qu'elle a envie d'être, c'est sa place.

— Vous la renvoyez ?

— Oui. J'ai été stupide. Je ne pensais qu'à moi. Je croyais pouvoir me faire pardonner le passé. Être un père, lui donner tout ce qu'elle n'avait jamais eu. En dédommagement pour l'avoir abandonnée. Mais il n'en sera pas ainsi. Je l'ai compris à l'instant même où je l'ai vue. On ne peut pas revenir en arrière. Je peux seulement faire en sorte que Sundari ait une maison à elle où Asha retournera vivre une vie de famille normale. Pour autant que ce soit possible. Elle ne me connaît pas. Qui suis-je pour elle ? Pourquoi voudrait-elle vivre avec moi ?

— C'est pourtant à vous qu'elle a écrit quand elle était dans la détresse.

— Oui, mais uniquement parce qu'elle s'était rendu compte que sa mère ne recevait pas ses lettres. Ou qu'elle ne pouvait pas l'aider. J'étais son dernier recours – la seule autre personne à qui elle pouvait faire appel. Ça n'avait aucune signification. Aucune signification personnelle, j'entends. Maintenant qu'elle est hors de danger, la seule personne qui puisse vraiment l'aider, c'est sa mère. Par conséquent, il faut que Sundari ait une maison à elle et qu'elle reprenne Asha. Quant à moi... Je redeviendrai un père absent. Elle ne me connaît que sous ce jour. J'envoie de l'argent, je lui écris. Elle n'attend rien d'autre de moi.

— Et... et vous... ?

— Moi ? Je vais partir. »

Il lui prit la main, la serra, puis la lâcha. Rita se laissa faire sans lui rendre sa pression. Leurs yeux se rencontrèrent. « Rita, je... Allons nous asseoir dans la cuisine. Il faut qu'on parle. »

Ils s'assirent à la table, l'un en face de l'autre, éclairés par l'ampoule nue suspendue au-dessus d'eux. Rita avait l'impression d'être une détenue recevant une visite au parloir et non une femme s'entretenant avec l'homme qu'elle aime. Elle avait froid. Elle frissonna. Quelque chose n'allait pas, pas du tout, mais elle ne savait pas quoi et ne pouvait donc rien faire.

« Partir... où ? Et pourquoi ? » demanda-t-elle. Elle arrivait à peine à parler. Sa gorge était sèche. Elle ramena vers elle ses mains posées sur la table : elles étaient glacées. Elle les mit sous ses aisselles, les bras serrés autour d'elle, comme pour se protéger de ce que Kamal s'apprêtait à lui annoncer.

« Rita. Ne croyez pas que je ne sais pas... Que je ne ressens rien. Bien au contraire. Je voudrais... mais ce que je voudrais n'a rien à faire ici. Je ne suis pas sûr de pouvoir me faire comprendre. Il y a des années, voyez-vous, peu après la mort de Caroline, j'ai pris la décision de ne jamais me remarier, de me consacrer à la spiritualité. C'est la seule vie possible pour moi. Mais j'avais pris cette décision trop tôt... Je n'en avais pas terminé avec l'existence. J'avais commis des erreurs, il fallait que je les répare. On ne peut pas avancer tant qu'on n'a pas réparé le mal qu'on a fait. Au lieu de ça j'ai continué à me tromper et c'est Asha qui a dû payer, pas moi. En me lançant à sa recherche, ces derniers temps, je pensais pouvoir lui rendre une existence normale, mais je sais que rien ne sera plus jamais pareil, parce qu'elle a vécu un enfer qui va la marquer à jamais. Je me disais sans cesse : Une fois que je l'aurai retrouvée j'assumerai pleinement mon rôle de père ; je me rattraperai. Je ne me déroberai plus. Parce que je pensais que Dieu avait peut-être été un prétexte, un moyen de me soustraire à certains devoirs. Mais en me voyant elle a eu un mouvement de recul et j'ai compris qu'elle avait peur de moi parce que j'étais un homme. En tant que père je ne suis pour elle qu'un père qui l'a abandonnée, qui l'a laissée sombrer dans l'enfer. Comment pourrait-elle m'accorder sa confiance ? L'existence que je voulais bâtir pour nous deux ne sera pas. Elle appartient à sa mère. Par conséquent ma tâche est achevée. J'ai fait mon devoir. Ici tout est réglé. J'ai légué cette maison à la fondation du Dr Gobin – vous le connaissez, je crois, c'est un homme très dévoué –, il va en faire un foyer pour accueillir les filles qu'il a secourues, ainsi tout cela n'aura pas été inutile. Quant à moi... je vais poursuivre mon chemin. La recherche d'Asha m'a fait redescendre sur terre. Mais maintenant qu'elle est libre, je le suis également.

— Mais... » C'était plus fort qu'elle. Il fallait qu'elle mette son grain de sel comme une petite fille sentimentale habitée par des désirs et des envies égoïstes. Des choses si petites, si mesquines, comparées à ce noble idéal. Elle se sentait elle-même petite et mesquine. Les yeux de Kamal brillaient d'une ferveur dont elle ne pouvait voir, sentir ou même imaginer la source, mais qui était plus forte qu'elle et contre quoi elle était impuissante. Son assurance vacilla ; elle se sentit pareille à un insecte qui se cogne contre une vitre.

« Ah, bon. Dans ce cas, je vais pouvoir continuer mon voyage, moi aussi. » Elle n'avait pu s'empêcher de prendre un ton amer. Le seul fait de le revoir avait éveillé des sentiments confus qu'elle préférait ne pas analyser pour le moment. Ses paroles étaient claires. Il renverrait Asha à Gingee et retournerait à son ancienne vie ; elle n'aurait qu'à faire pareil de son côté. Elle sentait monter en elle quelque chose d'impossible à identifier et dont elle ne voulait pas ; c'était gros et rond, ça faisait très mal. Ça lui piquait les yeux, aussi elle détourna le regard. Elle était une sotte, une enfant.

Emmène-moi avec toi ! criait le cœur de Rita. Ne vois-tu pas que c'est ce que j'attends depuis toujours ? J'ai comme un gouffre à l'intérieur et ce que j'ai trouvé en toi pourrait le combler ! Un amour plus grand, plus plein, plus parfait ! Montre-moi le chemin, Kamal ! Emmène-moi avec toi où que tu ailles ! Laisse-nous une petite chance – maintenant qu'Asha est revenue, nous pouvons apprendre à nous connaître sous de meilleurs auspices, sans la menace d'une tragédie planant au-dessus de nous... Faisons au moins un essai... Mais elle garda le silence et détourna les yeux pour qu'il ne voie pas ce qu'ils disaient.

Un instant, il hésita, son âme s'entrouvrit et Rita vit, sentit, comprit. Il l'aimait mais ne voulait pas que cela soit. Un mur de verre les séparait ; elle était plus seule qu'elle ne l'avait jamais été.

Kamal se leva. « Je retourne chez Ma demain. J'ai donné des instructions à Shazeed concernant Asha ; il va la ramener à sa mère, dans le Sud. Et prendre des dispositions pour qu'elle puisse vivre avec elle. Gita les accompagnera ; elle compte bien que vous serez aussi du voyage puisque c'est vous qui connaissez le mieux Asha. Mais bien entendu nous ne voudrions pas abuser plus longtemps de votre dévouement – surtout après tout ce que vous avez fait...

— Vous allez partir comme ça ? En laissant les autres s'occuper d'Asha ? En me laissant avec mon chagrin ? » Ça lui avait échappé. Les mots étaient sortis tout seuls, de même que ceux qui suivirent et qui étaient lourds de détresse. « Je me sens tellement... seule ! Je n'ai personne ! Je... »

Kamal était généreux mais ferme comme un roc. « Je sais. C'est pourquoi je vous ai proposé d'accompagner Gita. Croyez-moi, Rita, c'est le moyen le meilleur et le plus rapide de surmonter votre chagrin. Asha a encore besoin de vous. Partez avec elle ! »

Et moi, de quoi ai-je besoin ? eut-elle envie de crier en le voyant partir. Mais ces paroles lui restèrent dans la gorge.

LXV

RETOUR AU BERCAIL

Rita accompagna Asha à Madras. Elle avait d'abord hésité, mais que pouvait-elle faire d'autre ? Quand vais-je commencer à rassembler les lambeaux de ma vie ? s'était-elle demandé. La mort d'Isabelle l'avait anéantie. C'était un moyen d'essayer de surmonter son chagrin.

De bonne heure dans la matinée, elle avait vu Marilyn à l'aéroport, une Marilyn hystérique qui l'avait repoussée, qui refusait tout soutien de sa part et qui venait uniquement pour emmener la dépouille d'Isabelle. Ce fut Kamal qui vint à son secours. Il retarda son départ dans le Nord pour l'aider à effectuer les démarches compliquées nécessaires pour rapatrier le corps. Là encore (selon Marilyn) Rita était responsable de l'accident survenu à sa fille, un accident mortel cette fois.

Shazeed était parti en éclaireur pour aller chercher la mère d'Asha à Gingee et la ramener à l'aéroport. Il devait également faire le nécessaire pour assurer l'indépendance économique de la famille, de manière à couper tous les liens avec le beau-frère.

À la sortie de l'aérogare de Madras, c'était la foule habituelle des Indiens qui gesticulaient, criaient et se bousculaient, appuyés contre les barrières dessinant un chemin vers le parking. Rita avait pris Asha par l'épaule ; elle marchait à pas lents, un peu comme une somnambule, les yeux baissés, la tête baissée, le sari rabattu sur la tête.

« Les voilà », dit soudain Rita, en montrant Shazeed qui venait à leur rencontre, en compagnie d'une femme d'une cinquantaine d'années, vêtue d'un sari rose. Elle poussa doucement Asha en avant et recula d'un pas.

La femme en sari rose ouvrit les bras et Asha courut s'y jeter. Rita détourna la tête.

ÉPILOGUE

Cher Kamal,

J'espère que vous ne serez pas fâché que je vous écrive. Je m'en veux de faire à nouveau intrusion dans votre vie mais je pense que je dois vous raconter ce qui s'est passé. Je suppose que Shazeed vous a déjà mis au courant de certaines choses, mais je vais tout de même commencer par le commencement.

Selon vos instructions, Shazeed a acheté une maison à Gingee pour qu'Asha et la famille de Sundari soient réunies sous le même toit. Cependant tout ne s'est pas passé aussi bien que vous l'espériez. Premièrement, l'oncle a informé le village de ce qui était arrivé à Asha et la communauté tout entière s'est retournée contre elle. Les gens ont commencé à jeter des pierres sur leur maison et, à l'école, les autres enfants – ses frères et sœurs – ont été boycottés. Quant à Asha, tout le monde la fuyait. Elle n'a pas été autorisée à aller en classe.

Ensuite les résultats du test du sida sont arrivés et on a appris qu'elle était séropositive. Les autorités sanitaires se sont affolées et n'ont guère fait preuve de discrétion. Il a été question de la placer dans une sorte de quarantaine. Shazeed est revenu de Bombay, il a fait un grand scandale et on a pu au moins lui éviter ça.

Malheureusement, Sundari a été incapable de faire face à la situation et il serait difficile de le lui reprocher. Elle doit penser à ses autres enfants, elle ignore tout concernant le sida, elle a eu peur qu'ils l'attrapent, et cela – joint au harcèlement qu'elle subissait – a eu raison d'elle. Elle était déchirée. J'ai vécu chez elle pendant tout ce temps aussi j'en sais quelque chose.

Car, voyez-vous, Asha ne voulait pas que je m'en aille. Elle a refusé tout net de me laisser partir. Le jour où j'ai voulu m'en aller elle s'est accrochée à ma main et alors elle a parlé – vous imaginez, ses tout premiers mots ! « Ne me laisse pas, s'il te plaît », m'a-t-elle dit. Je suppose qu'elle était paniquée à l'idée de se retrouver seule avec sa famille et comme je m'étais beaucoup occupée d'elle, elle s'était en quelque sorte attachée à moi. J'ai donc décidé de rester jusqu'à ce qu'elle se réhabitue à sa mère.

Mais comme ça ne s'arrangeait pas, j'ai compris qu'il nous fallait partir, toutes les deux. Je savais que vous ne verriez pas d'inconvénient à ce que Sundari reste dans la maison avec ses enfants, mais Asha et moi, il fallait que nous partions. Pour aller où ? En fait, je ne voyais qu'une possibilité : chez Rani.

Je ne vous ai pas demandé votre permission parce que je sais ce que vous pensez de Rani et je sais que vous auriez dit non. Mais où pouvions-nous aller ? Et puis, voyez-vous, Rani et moi nous nous entendons très bien. D'une certaine façon, elle m'a toujours respectée. Par conséquent, je lui ai amené Asha.

Rani est sa grand-mère, sa plus proche parente après vous. Rani désire ardemment avoir un héritier et Asha est son héritière. Bien entendu, ce n'est pas dans ce but que j'ai emmené Asha ici – j'ai vécu ça avec Isabelle –, mais simplement parce que je sais que sous sa brusquerie et ses rodomontades, Rani est assoiffée d'amour comme tout le monde. Et Asha a besoin d'amour, de l'amour d'une grand-mère. Rani fait de son mieux – si on lui montre qu'on n'a pas peur d'elle, elle peut même être très drôle.

Elle a eu deux infarctus ce mois-ci.

Nous sommes donc installées dans le Maha Pradesh et tout se passe bien. Nous logeons dans la maison de l'ancien chowkidar, *en bordure de la roseraie. Bombay semble très loin. Chaque matin deux couples de paons viennent prendre leur petit déjeuner et Asha leur donne du riz soufflé. Elle cueille des fleurs avant l'aube, puis s'assoit dans la véranda et tresse des guirlandes pour l'autel.*

Je n'ai pas parlé à Rani de ce qui lui était arrivé à Bombay. À quoi bon ? Elle n'en saura jamais rien. Rani est imprévisible et j'ignore quelle serait sa réaction. Pour le moment, en tout cas, elle adore Asha. Elle lui a même pardonné son sang américain – en Inde, il semble qu'un teint clair vous ouvre toutes les portes. Asha est très belle et depuis peu elle s'est remise à sourire. Vous ne l'avez jamais vue sourire, Kamal, mais je peux vous dire qu'il n'y a rien de pareil au monde.

Nous allons voir Rani tous les jours – c'est assez pour la contenter et pas assez pour qu'elle devienne possessive vis-à-vis d'Asha. Rani aime lui lire des histoires – le Ramayana, *le* Mahabharata, *tous ces vieux récits. Asha l'écoute avec beaucoup de plaisir.*

Et moi ?

Je vais rester avec Asha. Rani a fini par me convaincre. Du moins pour l'instant. Un jour il faudra que je termine mon voyage pour pouvoir raconter ce que j'ai vu ; j'ai déjà commencé et je sais que c'est bien. Mais en attendant je vais écrire un livre inspiré des tribulations d'Asha.

Car figurez-vous qu'Asha s'est mise à parler. Je note tout ce qu'elle me raconte. Il faut que les gens sachent ce que vivent les enfants de Kamathipura. Il faut mettre un terme à ces horreurs !

Asha me raconte tout. Quand elle s'est mise à parler je me suis rendu compte que ça lui faisait énormément de bien, et depuis elle n'arrête pas de parler, parler, parler. Elle a commencé à guérir.

J'ai pensé que vous aimeriez savoir ce qu'elle m'a dit à propos de vous.

Parce que vous vous êtes trompé, complètement trompé. Asha ne vous a pas rejeté. Elle ne vous accuse pas de l'avoir abandonnée et elle ne vous rend pas responsable de ce qui lui est arrivé. Pas du tout. C'était votre imagination – vos remords, peut-être. Non, la réalité est bien différente.

Asha vous vénère. Vous êtes pour elle comme un dieu vivant. Elle estime que vous lui êtes trop supérieur ; trop bon, trop pur pour elle. Elle se sent salie, elle a honte. « Je ne suis qu'un tas de boue, m'a-t-elle dit hier. Il ne fallait pas qu'il me touche, sinon je l'aurais sali. Je ne veux pas qu'il me voie – il faut que je me cache ! Qui pourrait aimer un déchet comme moi ! C'est normal qu'il soit parti quand il m'a vue dans ma souillure. »

Ce sont là les paroles d'Asha, pas les miennes. Je déteste avoir à vous dire ça, à pénétrer dans votre monde pur et parfait avec ces mauvaises nouvelles, mais j'estime que vous devez le savoir. On l'a tirée d'affaire, mais bien qu'elle sourie, bien que sa guérison soit entamée, elle conserve toujours une énorme blessure, et c'est celle que vous lui avez faite quand vous l'avez rendue à sa mère au lieu de lui montrer que vous l'aimiez. Je ne peux en dire plus.

Je pense que vous avez pris la fuite, une fois de plus.

Cher Journal,

Quelle journée !

Après une nuit d'insomnie j'avais décidé d'écrire à Kamal et je m'y étais mise ce matin à quatre heures. Alors tout m'est revenu, l'amour, la peine et le ressentiment. Et la colère. Je crois ne pas l'avoir épargné. L'apitoiement sur lui-même qui l'a incité à retourner chez sa chère Ma, alors qu'Asha avait tant besoin de lui ; la bonne conscience avec laquelle il a décidé qu'elle serait plus heureuse avec Sundari ; oh, quelle vanité de sa part ! Pendant que j'écrivais, ma fureur ne connaissait plus de bornes, mais j'ai réussi à la garder pour moi, dans l'intérêt d'Asha. Je ne l'ai pas accusé de quoi que ce soit ; à quoi bon lui faire croire que j'éprouvais un ressentiment personnel ? Non, Rita est bien trop fière. Mais je bouillais intérieurement, j'ai écrit cinq lettres furieuses, et puis, à la fin, ma colère une fois retombée, une dernière, très raisonnable. Tout de suite après le petit déjeuner je suis partie à la poste. Je bouillais.

Au moment même où je franchissais les grilles, un rickshaw est arrivé et j'ai failli tomber à la renverse en voyant qui en descendait.

Qu'aurais-je dû faire ? Ramasser une pierre pour la lui lancer dessus ? J'aimerais pouvoir dire que je me suis jetée sur lui toutes griffes dehors, mais tu sais très bien que ce n'est pas vrai.

Je suis simplement restée plantée là, raide comme une statue, les yeux écarquillés, ma lettre à la main. Il m'a regardée sans bouger. Ses yeux étaient graves et chauds ; ils parlaient un langage qui se passe de mots, les mots étant trop grossiers, trop rudes pour tout ce qu'il y avait à dire. J'ai compris. Je connais ce langage. Depuis toujours. Mais je n'avais personne avec qui le parler et je souffrais de me sentir isolée, je me battais pour être acceptée. Les gens me trouvaient bizarre ; ne se rendaient-ils pas compte que c'était eux qui étaient bizarres ? Comment pouvaient-ils ne pas connaître ce langage ? Comment pouvait-il ne pas les brûler comme il me brûlait ? Comment pouvaient-ils ne pas entendre le tambour ? Mais j'étais la seule à parler ce langage. J'ai toujours été seule avec lui.

Le langage de mon cœur me parvenait brouillé et confus ; j'étais une tour de Babel ambulante. Je le porte en moi depuis toujours, prisonnier de mon être, et je le traduis dans la langue commune, de manière à être acceptée par mes semblables. J'étais obligée de l'apprendre dans mon cœur ; je l'ai mis au point dans un espace intérieur où nul ne pouvait jamais pénétrer et j'ai reconnu la seule voix capable de me conduire ici, à cet instant parfait.

Je l'entendais comme une douce musique secrète, comme des roulements de tambour silencieux donnant un magnifique concert que personne sauf moi ne pouvait entendre. J'étais un auditoire à moi seule.

À cet instant nous sommes devenus un auditoire à deux. Seuls dans tout l'univers, et pourtant l'univers était contenu en nous, dans ce moment parfait, quand tout est dit et fait, et qu'un contact, un mot prononcé seraient superflus, car ils gâteraient l'union parfaite des cœurs et des esprits.

J'ai déchiré ma lettre.

GLOSSAIRE

Amma (tamoul) : mère.
Appa (tamoul) : père.
Asuras : êtres habitant les mondes inférieurs, qui sèment le désordre parmi les humains.
Beti : terme affectueux.
Chowkidar : régisseur d'un domaine.
Devadasi : mot sanskrit signifiant *servante du dieu*. Dans les familles pauvres surtout, des parents donnaient leur fille à un temple où on les initiait aux pratiques de la prostitution.
Dhobi : laveur de vêtements.
Dupatta : écharpe passée devant la poitrine.
Gopi : bergère.
Hukam : terme de respect.
Idli : boulettes de farine de riz cuites à la vapeur.
Jali : persienne fixe ajourée.
Kaupina : pièce d'étoffe nouée autour des reins ; pagne.
Ksatriya : membre de la caste des guerriers.
Namasté : se dit pour saluer quelqu'un, en joignant les mains devant la poitrine.
Paan : chique constituée de noix d'arec roulées dans une feuille de bétel.
Pandit : érudit détenteur de la connaissance des textes sacrés et traditionnels.
Purdah : bâtiment réservé aux femmes dans les palais indiens.
Puri : sorte de crêpe.
Sambar : sauce épicée de l'Inde du Sud, qui accompagne le riz.
Sanyasin : personne en quête de Dieu, ayant renoncé à ses biens, à sa caste ainsi qu'à tous les attachements et les désirs terrestres. Porte une tunique de couleur ocre.
Shakti : énergie créatrice perçue en tant que divinité féminine.

Shalwar kameez : tenue féminine composée d'une chemise (*kameez*) arrivant au genou et d'un pantalon large (*shalwar*), serré aux chevilles.

Sharpai : lit rudimentaire constitué d'un cadre en bois et de sangles entrecroisées.

Surya : le soleil, l'une des principales divinités des *Veda*.

Tabla : instrument de musique à percussion.

REMERCIEMENTS

Je remercie le Dr Ishwarprasad Gilada, secrétaire général de l'Institut de la Santé publique, pour l'aide précieuse qu'il m'a apportée au cours des recherches effectuées dans le cadre de ce livre. Je forme des vœux pour qu'il obtienne un soutien international dans sa lutte contre le sida et la prostitution enfantine.

Merci à Rupert Westmaas pour les poèmes que je lui ai empruntés. À Mary Norrito-Koller, Henry Baldwin et Timothy Pegler, pour leurs conseils.

Merci également à Sarah Molloy, qui est pour moi bien plus qu'un agent.

Et, bien entendu, merci à Susan Watt pour sa clairvoyance et ses encouragements, elle qui sait toujours ce qui se cache derrière les ombres.

6962

Achevé d'imprimer en France (Manchecourt)
par Maury Eurolivres
le 5 avril 2004.
Dépôt légal avril 2004. ISBN 2-290-33823-0

Éditions J'ai lu
84, rue de Grenelle, 75007 Paris
Diffusion France et étranger : Flammarion